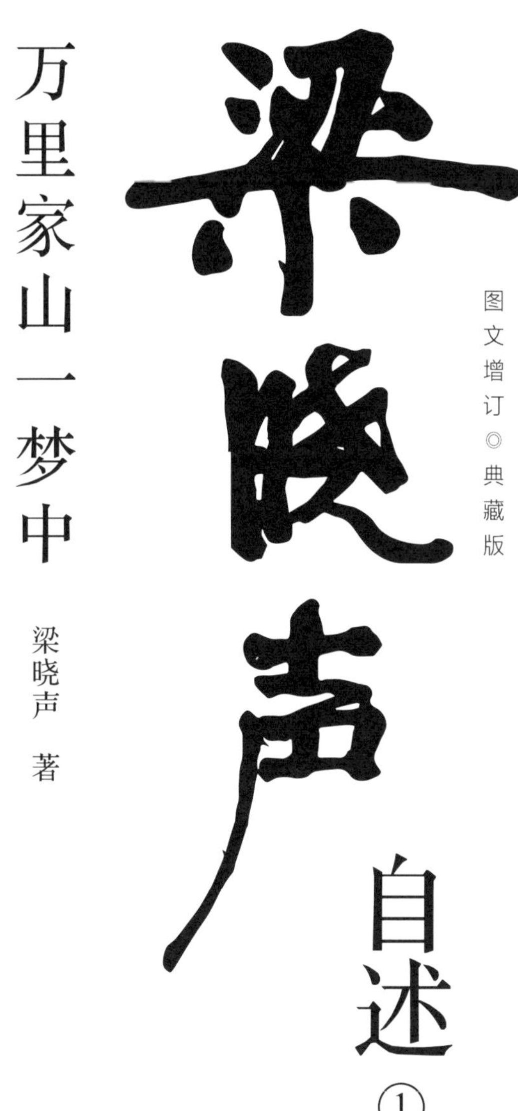

梁晓声自述①

图文增订◎典藏版

万里家山一梦中

梁晓声 著

人民日报出版社
北京

图书在版编目（CIP）数据

梁晓声自述. 1 / 梁晓声著. —北京：人民日报出版社，2023.11
ISBN 978-7-5115-8086-3

Ⅰ. ①梁… Ⅱ. ①梁… Ⅲ. ①散文集-中国-当代 Ⅳ. ①I267

中国国家版本馆CIP数据核字（2023）第218723号

书　　名：梁晓声自述
　　　　　Liangxiaosheng Zishu
著　　者：梁晓声

出 版 人：刘华新
责任编辑：万方正
特约策划：创意百人汇
装帧设计：仙境

出版发行：人民日报出版社
社　　址：北京金台西路2号
邮政编码：100733
发行热线：（010）65369527　65369846　65369509　65369510
邮购热线：（010）65369530　65363527
编辑热线：（010）65369521
网　　址：www.peopledailypress.com
经　　销：新华书店
印　　刷：大厂回族自治县彩虹印刷有限公司

开　　本：710mm×1000mm　1/16
字　　数：700千字
印　　张：38.75
版次印次：2024年6月第1版　2024年6月第1次印刷

书　　号：ISBN 978-7-5115-8086-3
定　　价：118.00元（全二册）

梁晓声近照（申卫星摄）

独缺父亲的全家福（那时父亲远在大西北支援三线建设）

独缺母亲的全家福（当时母亲因为没有一件能穿出门去照相的棉衣，没能和我们一起去市里照相，所以我家至今没有一张完整的全家福）

这是我四十多岁的父亲，正直、倔强、宁折不弯的建筑工人形象全写在他的脸上

这是我和父亲唯一一张合影，父亲已故去多年，而今忆及，我依然泪流不止

这是我七十多岁的老父亲，岁月淘尽了他脸上中年时鲜明的性格特征，只剩下温良和难褪的耿直了

我、妻子、儿子和父亲合影

右一是我的老母亲

一九九二年，中学同学与班主任孙老师合影，居中者为班主任孙老师

一九七四年，在离开兵团去上学的公共汽车上

一九七六年，在上海复旦大学读书期间与同学杨志松在黄浦江畔合影

和大学同学李维合影

和大学同学小莫合影，中间是犬子

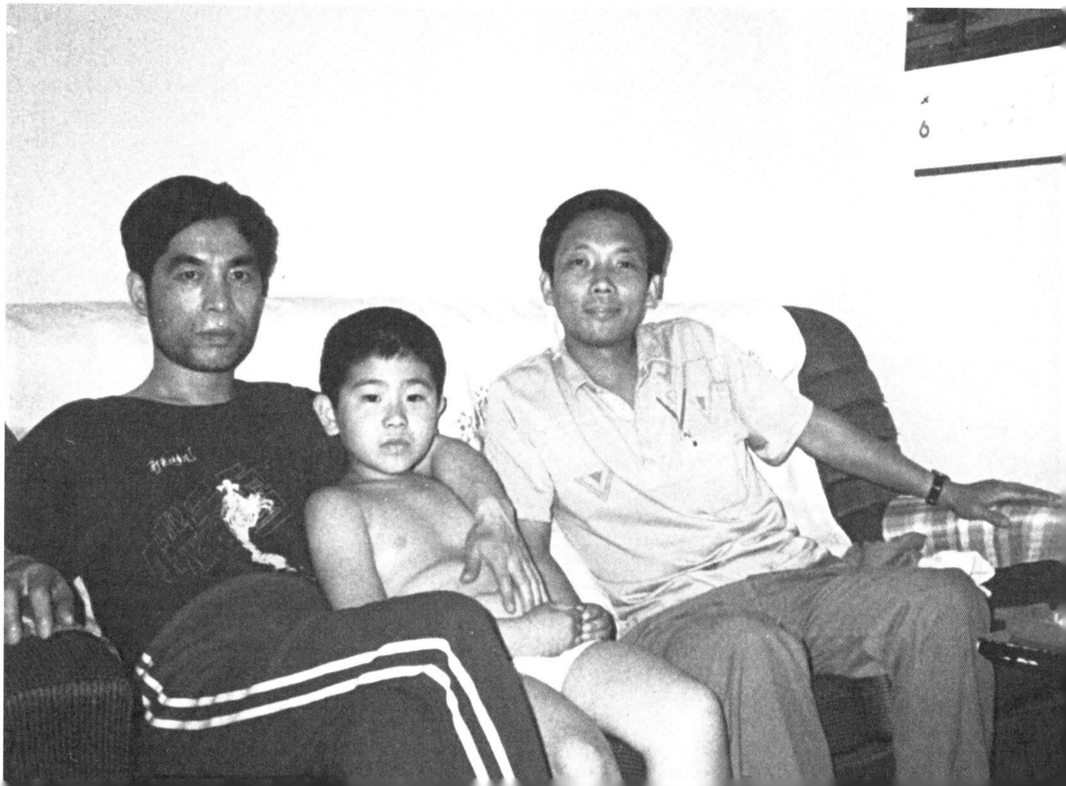

28 岁复旦大学毕业后分配到北影的第一张工作照

在北影一间办公室的工作照

目录

第一辑

天高地厚念亲恩，父母恩情似海深

第二辑

世事悠悠浑未了，

万里家山一梦中

第一辑

天高地厚念亲恩，父母恩情似海深

父母在，人生尚有来处；父母去，人生只剩归途。人生漫漫，我把生活诠释成一种孤独的流浪。通往梦想的大道，驿站不断，我却不愿停步，直到筋疲力尽。蓦然回首，在路旁的不仅仅是残香，更多的是那浓浓的、淡淡的、纯纯的亲情，是那份永世难报的父母恩。

我的父母

一九四九年九月二十二日，我出生在哈尔滨市安平街一个人家众多的大院里，我的家是一间半低矮的苏式房屋。邻院是苏联侨民的教堂，经常举行各种宗教仪式，我从小听惯了教堂的钟声。

父亲目不识丁，祖父也目不识丁。原籍山东省荣成温泉寨村。上溯十八代乃至二十八代三十八代，尽是文盲，尽是穷苦农民。

父亲十几岁时，因生活所迫，随村人“闯关东”来到了哈尔滨。

他是我们家族史上的第一个工人——建筑工人。他改变了我们这一梁姓家族的成分。我在小说《父亲》中，用两万余纪实性的文字，为他这一个中国的农民出身的“工人阶级”立了一篇小传。从转折的意义讲，他是我们家族史上的一座丰碑。

父亲对我走上文学道路从未有过任何有益的影响，不仅因为他是文盲，也因为从一九五六年起，我七岁的时候，他便离开哈尔滨市，建设大西北去了。从此每隔两三年他才回家与我们团聚一次，我下乡以后，与父亲团聚一次更不易了。在我的记忆中，父亲是反对我们几个孩子看“闲书”的。见我们捧着一本什么小说看，他就生气。看“闲书”是他这位父亲无法忍受的“坏毛病”。父亲常因母亲给我们钱买“闲书”而对她大发其火。家里穷，父亲一个人挣钱养家糊口，也真难为他。每一分钱都是他用汗水换来的。父亲的工资仅够勉强维持一个市民家庭最低水平的生活。

母亲也是文盲。外祖父读过几年私塾，是东北某农村解放前农民称为“识文断字”的人。故而同是文盲，母亲与父亲不大一样。父亲是个崇尚力气的文盲，母亲是个崇尚文化的文盲。崇尚相左，对我们几个孩子寄托的希望便也截然对立。父亲希望我们将来都能靠力气吃饭，母亲希望我们将来都能成为靠文化自立于社会的人。父亲的教育方式是严厉的训斥和惩罚，父亲是将“过日子”的每一样大大小小的东西都看得很贵重的。母亲的教育方式堪称真正的教育，她注重人格、品德、礼貌和学习方面。值得庆幸的是，父亲常年在大西北，我们从小接受的是母亲的教育。母亲的教育至今对我为人处世深有影响。

母亲从外祖父那里知道许多书中的人物和故事，而且听过一些旧戏，乐于将书中或戏中的人物和故事讲给我们。母亲年轻时记忆力强，什么戏剧什么故事，只要听过一遍，就能详细记住。有些戏中的台词唱段，几乎能只字不差地复述。母亲善于讲故事，讲故事时带有很浓的个人感情色彩。我从五六岁开始，就从母亲口中听到过《包公传》《济公传》《杨家将》《岳家将》《侠女十三妹》的故事。母亲是个很善良的女人，善良的女人大多喜欢悲剧。母亲尤其愿意而且善于讲悲剧故事，如《秦香莲》《风波亭》《杨业碰碑》《赵氏孤儿》《陈州放粮》《王宝钏困守寒窑》《三勘蝴蝶梦》《钓金龟》《牛郎织女》《天仙配》《水漫金山寺》《劈山救母》《杜十娘怒沉百宝箱》，母亲边讲边落泪，我们边听边落泪。

我至今在创作中追求悲剧情节、悲剧色彩，不能自已地在字里行间流露出浓重的主观感情色彩，可能正是由于小时候听母亲带着她浓重的主观感情色彩讲了许多悲剧故事的结果。我认为，文学对一个作家儿童时代的心灵所造成的直接或间接的影响，对一个作家在某一时期或某一阶段的创作风格起着“先天”的、潜意识的作用。

母亲在我们小时候给我们讲故事，当然绝非想要把我们培养成为作家，而仅靠听故事，一个儿童也不可能直接走上文学道路。

我们所住的那个大院，人家多，孩子也多。我们穷，因为穷而在那个大院中受到种种歧视。父亲远在大西北，我们因为家中没有一个男人而受到种种欺辱。我们是那个市民大院中的人下人。母亲用故事将我们吸引在而不是囚禁在家中，免得我们在大院里受欺辱或惹是生非，同时用故事排遣她自己内心深处的种种愁苦。

这样的情形至今仍常常浮现在我眼前：电灯垂得很低，母亲一边在灯下给我们缝补衣服，一边用凄婉的语调讲着她那些凄婉的故事。我们几个孩子，趴在被窝里，露出脑袋，瞪大眼睛凝神谛听，讲到可悲处，母亲与我们唏嘘一片。

如果谁认为一个人没有导师就不可能走上文学道路的话，那么我的回答是——我的第一位导师，是母亲。我始终认为这是我的幸运。

如果我认为我的母亲是我文学道路上的第一位导师不过分，那么可以说我的小学语文老师是我文学道路上的第二位导师。假若在我的生活中没有她们，我今天也许不会成为作家。

父 亲

关于父亲，我写下这篇忠实的文字，为一个由农民成为工人阶级者“树碑立传”，也为一个儿子保存将来献给儿子的记忆……

小时候，父亲在我心目中，是严厉的一家之主，绝对权威，靠出卖体力供我吃穿的人，恩人，令我惧怕的人。

父亲板起脸来，母亲和我们弟兄四个就忐忑不安，如对大风暴有感应的鸟儿。

父亲难得心里高兴，表情开朗。

那时妹妹未降生，爷爷在世，老得无法行动了，整天躺在炕上咳嗽不止。但还很能吃。全家七口人高效率的消化系统，仅靠吭哧一个三级抹灰工的汗水。用母亲的话说，全家天天都在“吃”父亲。

父亲是个刚强的山东汉子，从不抱怨生活，也不叹气。父亲板着脸任我们“吃”他。父亲的生活原则是——万事不求人。邻居说我们家：“房顶开门，屋地打井。”我常常祈祷，希望父亲也抱怨点什么，也唉声叹气。因为我听邻居一位会算命的老太太说过这样一句话：“人人胸中一口气。”按照我的天真幼稚的想法，父亲如果唉声叹气，则会少发脾气了。

父亲就是不肯唉声叹气。这大概是父亲的“命”所决定的吧？真是不幸！我替父亲感到不幸，也替全家感到不幸。但父亲发脾气的时候，我却非常能谅解他，甚至同情他。一个人对自己的“命”是没办法的。别人对这个人的“命”也是没办法的。何况我们天天在“吃”父亲，难道还不允许天天被我们“吃”的人对我们发点脾气吗？

父亲第一次对我发脾气，就给我留下了终生难忘的印象。一个惯于欺负弱小的大孩子，用碎玻璃在我刚穿到身上的新衣服背后划了两道口子。父亲不容分说，狠狠打了我一记耳光。我没哭，没敢哭，却委屈极了，三天没说话，在拥挤着七口人的不足十六平方米的空间内，生活绝不会因为四个孩子中的一个三天没说话而变得异常。全家都没注意到我三天没说话。

第四天，在学校，在课堂，老师点名，要我站起来读课文。那是一篇我早已读熟了的课文，我站起来后，许久未开口。老师急了，同学们也急了。老师和同学们都用焦急的目光看着我。教室的最后一排，坐着七位外校的听课老师。我不是不想读，我不是存心要使我的班级丢尽荣誉，我是读不出来。读不出课文题目的第一个字。我心里比我的老师，比我的同学还焦急。

“你怎么了？你为什么不开口读？”老师生气了，脸都气红了。

我“哇”的一声大哭起来。

从此，我们小学二年级三班，少了一名老师喜爱的“领读生”，多了一个“结巴磕子”。我，从此失掉了一个孩子的自尊心……我的口吃，直至上中学以后，才自我矫正过来。我变成了一个说话慢言慢语的人。有人因此把我看得很“成熟”，有人因此把我看得“胸有城府”。而在需要“据理力争”的时候，我往往又成了一个“结巴磕子”，或是一个“理屈词穷”者。父亲从来也没对我表示过歉意。因为他从来也没将他打我那一耳光和我以后的口吃联系在一起……爷爷的脾气也特火暴。父亲发怒时，爷爷不开骂，便很值得我们庆幸了。

值得庆幸的时候不多。

母亲属羊。像羊那么温顺，完全被父亲所“统治”。如若反过来，我相信对我们几个孩子是有益处的。因为母亲是一位农村私塾先生的女儿，颇识一点文字。

中国贫穷家庭的主妇，对困窘生活的适应力和耐受力是极可敬的。她们凭一种本能对未来充满憧憬。虽然这憧憬是朦胧的，盲目的，带有浪漫的主观色彩的。

期望孩子长大成人后都有出息，是她们这种憧憬的萌发基础。我的母亲在这方面的自觉性和自信心，我认为是高于许多其他母亲的。

关于“出息”，父亲是有他独到的理解的。一天，吃饭的时候，我喝光了一碗苞谷面粥，端着碗又要去盛，瞥见父亲在瞪我，我胆怯了，犹犹豫豫地站在粥盆旁，不敢再盛。父亲却鼓励我：“盛呀！再吃一碗！”父亲见我只盛了半碗，又说：“盛满！”接着，用筷子指着哥哥和两个弟弟，异常严肃地说：“你们都要能吃。能吃，才长力气！你们眼下靠我的力气吃饭，将来，你们都是要靠自己的力气吃饭的！”

我第一次发现，父亲脸上呈现出一种真实的模样，一种由衷的喜悦，一种殷切的期望，一种欣慰，一种光彩，一种爱。我将那满满一大碗苞谷面粥喝下去了，还勉强吃掉半个窝窝头。为了报答父亲，报答父亲脸上那种稀罕的慈祥和光彩。尽管撑得很难受，但心里却很幸福，因为我体验到了一次父爱。我被这次宝贵的体验深深感动。我以一个小学生的理解力，将父亲那番话理解为对我的一次教导，一次具有征服性的教导，一次不容置疑的现身说法。我心领神会，虔诚地接受这种教导。从那天起，我的饭量大了。我觉得自己的肌肉也仿佛日渐发达，力气也似乎有所增长。

“老梁家的孩子，一个个都像小狼崽子似的！窝窝头，苞谷面粥，咸菜疙瘩，瞧，一顿顿吃得多欢，吃得多馋人哟！”这是邻居对我们家的唯一羡慕之处。父亲引以为豪。

我十岁那年，父亲随东北建筑工程公司支援大西北去了。父亲离家不久，爷爷死了。爷爷死后不久，妹妹出生了。妹妹出生不久，母亲病了。医生说，因为母亲生病，妹妹不能吃母亲的奶。哥哥已上中学，每天给母亲熬药，指挥我们将家庭乐章继续演奏下去。我每天给妹妹打牛奶，在母亲的言传下，用奶瓶喂妹妹。我极希望自己有一个姐姐。母亲曾为我生育过一个姐姐，然而我未见过姐姐长什么样，她不满三岁就病死了。姐姐死得很冤，因为父亲不相信西医，不允许母亲抱她去西医院看病。母亲偷偷抱着姐姐去西医院看了一次病，医生说晚了。母亲由于姐姐的死大病了一场。父亲却从不觉得应对姐姐的死负什么责任。父亲认为，姐姐纯粹是因为吃了两片西药被害死的。

“西药，是治外国人的病的！外国人，和我们中国人的血脉是不一样的！难道中国人的病是可以靠西药来治的吗?！西药能治中国人的病，我们中国人还发明中医干什么？”父亲这样对母亲吼道。

母亲辩驳：“中医先生也叫抱孩子去看看西医。”

“说这话的，就不是好中医！”父亲更恼火了。

母亲，只有默默垂泪而已。

邻居那个会算命的老太太，说按照麻衣神相，男属阳，女属阴。说我们家的血脉阳盛阴衰，不可能有女孩。说父亲的秉性太刚，女孩不敢托生到我们家。说我夭折的姐姐，是被我们家的阳刚之气吓得逃了，又托生到别人家中去了。

一天晚上，我亲眼看见，父亲将一包中草药偷偷塞进炉膛里，满屋弥漫着一种苦涩的中草药味。父亲在炉前呆呆地站立了许久，从炉盖子缝隙闪出的火光，忽明忽暗地映在父亲脸上。父亲的神情那般肃穆，肃穆中呈现出一种哀伤。我幼小的心灵，当时很信服麻衣神相之说。要不妹妹为什么是在父亲离家、爷爷死后才出生的呢？我尽心尽意地照料妹妹，希望妹妹是个胆大的女孩，希望父亲三年内别探家。唯恐妹妹也像姐姐似的，“托生”到别人家中去。妹妹的“光临”，毕竟使我想有一个姐姐的愿望，从某种程度上得到了一种弥补性的满足。父亲果然三年没探家，不是怕吓跑了妹妹，而是打算积攒一笔钱。父亲虽然身在异地，但企图用他那条“万事不求人”

的生活原则遥控家庭。

“要节俭，要精打细算，千万不能东借西借……”父亲求人写的每一封家信中，都忘不了对母亲谆谆告诫一番。父亲每月寄回的钱，根本不足以维持家中的起用开销。母亲彻底背叛了父亲的原则。我们家“房顶开门，屋地打井”的“自力更生”的历史阶段，很令人悲哀地结束了。我们连心理上的所谓“穷志气”都失掉了……

父亲第一次探家，是在春节前夕。父亲攒了三百多元钱，还了母亲借的债，剩下一百多元。

“你是怎么过的日子？啊？我每封信都叮嘱你，可你还是借了这么多债，你带着孩子们这么个过法，我养活得起吗？”父亲对母亲吼。他坐在炕沿上，当着我们的面，粗糙的大手掌将炕沿拍得啪啪响。

母亲默默听着，一声不吭。

“爸爸，您要责骂，就责骂我们吧！不过我们没乱花过一分钱。”哥哥不平地为母亲辩护。我将书包捧到父亲面前，兜底儿朝炕上一倒，倒出了正反两面都写满字的作业本，几截手指般长的铅笔头。我瞪着父亲，无言地向父亲申明：我们真的没乱花过一分钱。

“你们这是干什么？越大越不懂事了！”母亲严厉地训斥我们。父亲侧过脸，低下头，不再吼什么。许久，父亲长叹了一声。那是从心底发出的沉重负荷下泄了气似的长叹。那是我第一次听到父亲叹气。我心中突然对父亲产生一种怜悯。第二天，父亲带领我们到商店去，给我们兄弟四个每人买了一件新衣服，也给母亲买了一件平绒上衣……父亲第一次探家，是在三年自然灾害期间。

“错了，我是大错特错了！……”一一细瞧着我们几个孩子因吃野菜而水肿不堪的青黄色的脸，父亲一迭声地说他错了。

“你说你什么干错了？”母亲小心翼翼地问。父亲用很低沉的声音回答：“也许我十二岁那一年就不该闯关东……猜想，如今老家的日子兴许会比城市的日子好过些。就是吃野菜，老家能吃的野菜也多啊……”

父亲要回老家看看。果真老家的日子比城市的日子好过些，他就将带领母亲和我们五个孩子回老家，不再当建筑工人，重当农民。父亲这一念头令我们感到兴奋，给我们带来希望。我们并不迷恋城市。野菜也好，树叶也好，哪里有无毒的东西能塞满我们的胃，哪里就是我们的福地。父亲的话引发了我们对从未回去过的老家的向往。母亲对父亲的话很不以为然，但父亲一念既生，便会专执此念。那是任何人也难以使他放弃的。

母亲从来也没有能够动摇过父亲的哪怕一次荒唐的念头。母亲根本不具备这种妇人之术。母亲很有自知之明，便预先为父亲做种种动身前的准备。父亲要带一个儿子回山东老家。在我们——他的四个儿子之间，展开了一次小小的纷争。最后，由父亲做出了裁决。父亲庄严地对我说："老二，爸带你一块儿回山东！"

老家之行，印象是凄凉的。对我，是一次大希望的大破灭；对父亲，是一次心理上和感情上的打击。老家，本没亲人了，但毕竟是父亲的故乡。故乡人，极羡慕父亲这个挣现钱的工人阶级。故乡的孩子，极羡慕我这个城市的孩子，羡慕我穿在脚上的那双崭新的胶鞋。故乡的野菜，还塞不饱故乡人的胃。我和父亲路途上没吃完的两个掺面馒头，在故乡人眼中，是上等的点心。父亲和我，被故乡一种饥饿的氛围所促使，竟情不自禁地扮演起"衣锦还乡"的角色来。父亲第二次攒下的三百多元钱，除了路费，东家给五元，西家给十元，以"见面礼"的方式，差不多全救济了故乡人。我和父亲带了一小包花生米和几斤地瓜子离开了故乡……到家后，父亲开口对母亲说的第一句话是："孩子他妈，我把钱抖搂光了！你别生气，我再攒！……"

这是我第一次听到父亲用内疚的语调对母亲说话。母亲淡淡一笑："我生啥气呀！你离开老家后，从没回去过，也该回去看看嘛！"仿佛她对那被花光的三百多元钱毫不在乎。

但我知道，母亲内心是很在乎的，因为我看见，母亲背转身时，眼泪从眼角溢出，滴落在她的衣襟上。那一夜，父亲叹息不止，长吁接短叹。两天后，父亲提前回大西北去了，假期内的劳动日是发双份工资的……父亲始终信守自己给自己规定的三年探一次家的铁律，直至退休。父亲是很能攒钱的，母亲是很能借债的，我们家的生活，恰恰特别需要这样一位父亲，也特别需要这样一位母亲。正所谓"对立统一"。在我记忆的底片上，父亲愈来愈成为一个模糊的虚影，三年显像一次。在我的情感世界中，父亲愈来愈成为一个我想要报答而无力报答的恩人。报答这种心理，在父子关系中，其实质无异于溶淡骨血深情的缓释剂。它将最自然的人性最天经地义的伦理平和地扭曲为一种最荒唐的债务。而穷困之所以该诅咒，不只因为它造成物质方面的债务，更因为它造成精神上和情感上的债务。

父亲第三次探家那一年，正是哥哥考大学那一年。父亲对哥哥想考大学这一愿望，以说一不二的威严加以反对。"我供不起你上大学！"父亲的话，令母亲和哥哥感到没有丝毫商量的余地。好心的邻居给哥哥找了一个挣小钱的临时活——在菜市场卖菜，卖十斤菜可挣五分钱。父亲逼着哥哥去挣小钱。哥哥每天偷偷揣上一册课本，早出晚归，回家后交给父亲五角钱。那五角钱，是母亲每天偷偷塞给哥哥的。哥哥实则是到公园里或松花江边去温习功课的。骗局终于败露，父亲对这种“阴谋诡计”大发雷霆，用水杯砸碎了镜子。父亲气得当天就决定回大西北，我和哥哥将父亲送到火车站。列车开动前，父亲从车窗口探出身，对哥哥说：“老大，听爸的话，别考大学！咱们全家七口，只我一人挣钱，我已经五十出头，身板一天不如一天了，你应该为我分担一点家庭担子啊！……”父亲的语调中，流露出无限的苦衷和哀哀的恳求。列车开动时，父亲流泪了。一滴泪水挂在父亲胡茬儿又黑又硬的脸腮上。

我心里非常难过，却说不清究竟是为父亲难过，还是为哥哥难过。我知道，哥哥已背着父亲参加了高考。母亲又一次欺骗了父亲。哥哥又一次欺骗了父亲。我这个“知情不举”者，也欺骗了父亲。我因无罪的欺骗感到内疚极了。我，很大程度上是在为自己难过……几天后，哥哥接到了大学录取通知书。母亲欣慰地笑了。哥哥却哭了。我又送走了哥哥。哥哥没让我送进站。他说：“省下买站台票的五分钱吧。”在检票口，哥哥又对我说：“二弟，家中今后全靠你了！先别告诉爸爸，我上了大学……”

我站在检票口外，呆呆地望着哥哥随人流走入火车站，左手拎着行李卷，右手拎着网兜，一步三回头。我缓慢地走在回家的路上，手中紧紧攥着没买站台票省下的那五分钢镚儿，心中暗想，为了哥哥，为了我们家祖祖辈辈的第一个大学生，全家一定要更加省吃俭用，节约每一分钱……

我无法长久隐瞒父亲哥哥已上大学这件事。我不得不在一封信中告诉父亲实情。哥哥在第一个假期被学校送回来了。

他再也没能返校，他进了精神病院——一个精神世界的自由王国，一个心理弱者的终生归宿，一个明确的句号。

我从哥哥的日记本中，翻出了父亲写给哥哥的一封信，一封错字和白字占半数以上的信：老大！你太自私了！你心中根本没有父母！根本没有弟弟妹妹！你只想到自己！你一心奔你个人的前程吧！就算我白养大你，就算我没生出你这个儿子！有朝一日，你当了工程师，我也再不会认你这个儿子！每句话后面都是“！”号，所有这些“！”号，似乎也无法表达父亲对哥哥的憎怒。父亲这封信，使我联想到了父亲对我们的那番教导：“将来，你们都是要靠自己的力气吃饭的！”我不由得将父亲的教导作为基础理论进行思考：每个人都是有把子力气的，倘一个人明明可以靠力气吃饭而又并不想靠力气吃饭，也许竟是真有点大逆不道的吧？哥哥上大学，其实绝不会造成我们家有一个人饿死的严重后果。那么父亲的愤怒，是否因为哥哥违背了他的教导呢？父亲是一个体力劳动者，我所见识过的体力劳动者，大致分为两类。一类自卑自贱，怨天咒命的话常挂在嘴边上：“我们，臭苦力！”一类盲目自尊，崇尚力气，对凡是不靠力气吃饭的人，都一言以蔽之曰：“吃轻巧饭的！”隐含着一种藐视。父亲属于后一类。如今思考起来，这也算一件极可悲的事吧？对哥哥，抑或对父亲自己，难道不都可悲吗？

父亲第四次探家前，我到北大荒去了。以后的七年内，我再没见过父亲。我不能按照自己的意愿和父亲同时探家。在我下乡的第七年，连队推荐我上大学。那已是第二次推荐我上大学了。我并不怎么后悔地放弃了第一次上大学的机会。哥哥上大学所得到的结果，远比父亲对我的人生教导在我心理上造成更为深刻的不良影响。然而第二次被推荐，我却很想上大学了。第二次即最后一次，我不会再获得第三次被推荐的机会了。那一年我已经二十五岁了。

我明白，录取通知书没交给我之前，我能否迈入大学校门，还是一个问号。连干部同意不同意，都至关重要。我曾当众顶撞过连长和指导员，我知道他们对我耿耿于怀。我因此而忧虑重重。几经彻夜失眠，我给父亲写了一封信，告之父亲我已被推荐上大学，但最后结果尚在难料之中，请求父亲汇给我两百元钱。还告知父亲，这是我最后一次上大学的机会。我相信我暗示得很清楚，父亲是会明白我需要钱是干什么的。信一投进邮筒，我便追悔莫及。我猜测父亲要么干脆不给我回信，要么会写封信狠狠骂我一通，肯定比起哥哥那封信更无情。按照父亲做人的原则，即使他的儿子有当皇上的可能，他也决不容忍他的儿子为此用钱去贿赂人心的。没想到父亲很快就汇来了钱，两百元整，电汇。汇款单的附言条上，歪歪扭扭地写着几个错别字：“不勾，久来电。”

当天我就把钱取回来了。晚上，下着小雨。我将二百元钱分装在两个衣兜里，一边一百元。双手都插在衣兜，紧紧捏着两沓钱，我先来到指导员家，在门外徘徊许久，没进去，后来到连长家，鼓了几次勇气，猛然推门进去了。我支支吾吾地对连长说了几句不着边际的话，立刻告辞，双手始终没从衣兜里掏出来，两沓钱被捏湿了。

我缓缓地在雨中走着。那时候一个充满同情的声音在我耳边响着：“老梁师傅真不容易呀，一个人要养活你们这么一大家子！他节俭得很呢，一块臭豆腐吃三顿，连盘炒菜都舍不得买……”这是父亲的一位工友到我家对母亲说过的话，那时我还幼小，长大后忘了许多事，但这些话却忘不掉。我觉得衣兜里的两沓钱沉甸甸的，沉得像两大块铅。我觉得我的心灵那么肮脏，我的人格那么卑下，我的动机那么可耻。我恨不得将我这颗肮脏的心从胸腔内呕吐出来，践踏个稀巴烂，践踏到泥土中。我走出连队很远，躲进两堆木楞之间的空隙，痛痛快快地大哭了一场。我哭自己，也哭父亲。

父亲为什么不写封信骂我一通啊?！一个父亲的人格的最后一抹光彩，在一个儿子心中破坏了，就如同一个泥偶毁于一捧脏水。而这捧脏水是由儿子泼在父亲身上的。这是多么令人悔恨令人伤心的事啊！第二天抬大木时，我坚持由三杠换到了二杠——负荷最沉重的位置。当两吨多重的巨大圆木在八个人的号声中被抬高地面，当抬杠深深压进我肩头的肌肉，我心中暗暗呼应的却是另一种号子——爸爸，我不，不！……那一年我还是上了大学，连长和指导员并未从中作梗，还把我送到了长途汽车站。和他们告别时，我情不自禁地对他们说了一句："真对不起……"他们默默对望了一眼，不知我说这句话是什么意思。

那个漆黑的，下着小雨的夜晚，将永远永远保留在我记忆中……

三年大学，我一次也没有探过家，为了省下从上海到哈尔滨的半票票价，也为了父亲每个月少吃一块臭豆腐，多吃一盘炒菜。毕业后，参加工作一年，我才探家。算起来，我已十年没见过父亲了。父亲提前退休了，他从脚手架上摔下来过一次，受了内伤，也年老了，干不动重体力活了。三弟返城了。我回到家里时，见三弟躺在炕上，一条腿绑着夹板，悬在半空。小妹告诉我，三弟预备结婚了。新房是傍着我们家老鹰山墙盖起的一间"偏厦子"。我们家的老屋很低矮，那"偏厦子"不比别人家的煤棚高多少。我进入"新房"看了看，出来后问三弟："怎么盖得这么凑合?"三弟的头在枕上偏向一旁，半天才说："没钱，能盖起这么一间就不错了。"我又问："你的腿怎么搞的?"三弟不说话了。小妹替他说："铺油毡时，房顶木板太朽了，踩塌掉进屋里……"

我望着三弟，心里挺难过。我能读完三年大学，全靠三弟每月从北大荒寄给我十元钱。吃过晚饭后，我对父亲说："爸爸，我想和你谈件事。"

父亲看了我一眼，默默地等待我说。父亲看我时的目光，令我感到有些陌生。是因为我们父子分别了整整十年吗?是因为我成了一个大学毕业生吗?我不得而知。他看我那一眼，像一匹老马看自己带大的一头鹿。

我向父亲伸出了一只手："爸爸，把你这些年攒的钱都拿出来，给三弟盖房子用吧！"父亲又用那种有些陌生的目光看了我一眼，低下头，沉默半晌，才低声说："我……不是已经给了吗?"我说："爸爸，你只给了三弟二百五十元钱呀！那点钱能够盖房子用吗！""我……再没钱……"父亲的声音更低了。我大声说："不对！爸爸，你有！我知道你有！你有三千多元钱……"父亲腾地从炕沿上站了起来，脸色涨得通红，怒吼道："你……你简直胡说！我什么时候攒下过三千元?！……"

躺在炕上的三弟插嘴说："二哥，你何必为我逼爸爸呢！爸爸一辈子都想攒钱，如今总算攒下了，能舍得拿出来为我盖房子？”口吻中流露出一个儿子内心对父亲的极大不满。

我生气了，提高嗓门说：“爸爸，你这样做不对！三弟能在那样一间煤棚似的破屋里结婚吗？那里出生的，将是你的孙子，或是你的孙女！你将会在子孙后代面前感到羞愧的！……”我心中倏然对父亲鄙视起来。

“住嘴！……”父亲举起了一只拳头，拳头没落到我身上，在空中停了片刻，沉重地垂下了。母亲、四弟和小妹赶紧从里间屋出来，把我往里间屋拉。“你！……十年没见，见我就教训我吗？！好一个儿子啊！你就是这样给你弟弟妹妹们做榜样的吗？你可算念成大学了！你给我滚！……”父亲脸腮抽搐着，眼中喷射出怒火。他那凶暴的语词中，有一种寒透了心的悲凉成分。他用手朝我一指，又吼出一个“滚”字，再说不出别的话来。

我一下子挣脱了母亲和四弟拉住我的手，大声说：“爸爸，我永远不再回这个家！……”说完，便冲出了家门。我一口气走到火车站，买了一张三小时后开往北京的火车票，坐在候车室的长凳上，一支接一支吸烟。

不知过了多久，听到有人轻轻叫我，抬起头，见母亲和四弟站在面前。四弟说：“二哥，回家吧！”母亲也说：“回家吧，妈求你！”“不……”我坚决地摇摇头。母亲又说：“你怎么能那样子跟你爸爸争吵呢？他的确是没攒下那么多钱呀！他攒下的一点钱，差不多全给你三弟了……下个月初就要给你哥哥交住院费……”

几个好奇的男人女人围住了我们，用各种猜疑的目光注视着我。我听到一个上了年纪的女人离开时叹了口气，说：“可怜天下父母心啊！”我分明是被看成个不孝之子了。

我打断母亲的话，说：“妈妈，您别替我爸爸辩护了！我在大学时，您亲自写信告诉过我，我爸爸已积攒下了三千元钱，他怎么能对他的儿子那么吝啬？”母亲怔了一下，说：“傻孩子，是妈不好，妈那是骗你的呀！为了让你在大学里安心读书，不记挂家中的生活……”听了母亲的话，我呆呆地望着母亲那张憔悴的脸，发愣许久，说不出话来。

“听妈的话，回家吧！回家给你爸认个错……”母亲上前扯我。我低下头哭了……我跟着母亲和四弟回到了家里。我向父亲认了错。父亲当时没有任何原谅我的表示。小妹那时已中学毕业，在家待业两年了，一直没有分配工作。母亲低眉下眼地去找过街道主任几次，街道主任终于给了一个活口说：“下一次来指标，我给使把劲试试看吧！”

母亲将这话学给父亲，对父亲说：“为了孩子，这人情，管多管少，无论如何也得送啊！”父亲拉开抽屉，取出一个牛皮纸钱包，递给母亲，头也不抬地说："我这个月的退休金，刚交了老大的住院费，剩下的，都在里边了……"

牛皮纸钱包里，大票只有两张十元的了。母亲犹豫了一阵，将其中一张交给妹妹，妹妹就用那十元钱买了点不成体统的东西，当天拎着去街道主任家"表示表示"。妹妹怎么拎去的，又怎么拎回来了。

母亲诧异地问："怎么拎回来了？"小妹沮丧地回答："人家不肯收。"母亲又问："嫌少？""人家说，多年住在一条街上，收了，就显得不好了。人家说，要是咱们非愿意表示表示，他家买了一吨好煤，咱们帮忙给拉回来……"小妹说罢，怯怯地瞟了父亲一眼。

父亲始终没抬头，听罢小妹的话，头更低下去了。过了好一会儿，父亲才开口说："我和你四哥……一块儿去给拉回来……"四弟刚巧从外面回来，问明白后，为难地对父亲说："爸，我们厂的团员明天要组织一次活动，我是团支部书记，我不能不去呀！"

小妹急了："什么破团支部书记，你当得那么上瘾？！明天不给拉回来，人家的煤票就过期了……"这一切话，我都在里屋听到了，我跨出里屋，对小妹说："明天我和爸去拉。"

父亲突然莫名其妙地火了："谁都用不着你们！我明天一个人去拉！我还没老得不中用，我还有力气！"

头天晚上就下起了大雨，第二天白天，雨下得更大了。我和父亲借了辆手推车，冒雨去拉煤。路很远。煤票是在一个铁道线附近的大煤厂开的，距我们住的街区，有三十来里。一吨煤，分三趟拉。天黑才拉回第三趟。拉第三趟时，一只车轮卡在铁轨岔角里。无论我和父亲使出多大的力气，车轮都纹丝不动，像被焊住了。我和父亲一块儿推，一块儿拉，一个推，一个拉，弄得浑身是泥，双手处处是伤，还是一筹莫展。在暴雨中，我听得见父亲像牛一样的呼哧呼哧的喘息声。我抹了一把脸上的雨水，对父亲大声喊："爸爸，你在这儿看着，我去值班房找个人来帮帮忙！""你的力气都哪去了？！"父亲一下子推开我，弯下腰，用他那肌肉萎缩了的肩膀去扛车。

远处传来火车的吼声，一列火车开过来了。在闪电亮起的刹那，我看见一块松弛的皮肤，被暴雨无情地鞭打着，那是一个老年人丧失了力气的脊梁。车头的灯光从远处射了过来，父亲仍在徒劳无益地运用着微不足道的力气。我拔腿飞快地朝值班房跑去。值班工人发出了紧急停车信号。列车停住了，值班工人和我一块儿跑到煤车前。父亲还在用肩膀扛煤车，他仿佛根本没有发现有火车开过来。"你他妈的玩命啊！"值班工人恶狠狠地骂了一句。

火车车头的光束正照着煤车，父亲的肩膀终于离开了煤车。父亲缓缓抬起了头，我看清了父亲那张绝望的脸，那张皱纹纵横的脸，每一条皱纹，都仿佛是一个“！”，比父亲写给哥哥的那封信中还多……

雨水，从父亲的老脸上往下淌着。我知道，从父亲脸上淌下来的，绝不仅仅是雨水。父亲那双瞪大的空洞的眼睛，那抽搐的脸腮，那哆嗦的双唇，说明了这一点……这个雨夜，又使我回想起几年前那个雨夜。我躲在我们连队木楞堆之间大哭过一场的那个雨夜……

今年四月的一天，我收到一封电报。电文 ——“父即日乘十八次去京，接站。”

我有几年没探家了。我与父亲又有几年没见面了。我已经 35 岁了，可以说是一个中年人了。电报使我心中涌起了一个中年人对自己老父亲的那种情感。那是一种并不强烈的，却撩拨回忆的情感。人的回忆，是可以随着年龄的增长而改变“焦距”的，好像照片会随着时间改变颜色一样。回忆往事，我心中对父亲的谴责少了，对自己的谴责反而多了。我毕竟没有给过父亲多少一个儿子对父亲的爱啊！电报没能在头一天交到我手里，却被从门底缝塞进了我的办公室。我因头一天熬夜，第二天上班推迟。看看手表，离列车到站时间，仅差一小时十五分，马上动身，完全来得及接站。我手中拿着电报，心里倏忽产生了一个念头——雇一辆小汽车去接站。这念头产生得很随便，就像陕西人想吃一顿“羊肉泡馍”。

父亲生平连一次小汽车也没坐过，我要给予父亲“生平第一次”。我给几处出租汽车站打电话，都没车，二十多分钟在电话机前过去了。乘公共汽车接站，已经来不及，只有继续拨电话。又拨了十多分钟，终于要到了一辆车。司机说很快就到，却并不是很快，半小时以后才到。一路红灯，驶驶停停，到火车站，早已过时。我打开车门就往下跳，司机一把揪住我：“车费！”我一摸衣兜，钱包没带！只好向司机赔笑脸，告诉他我是来接人的，接到再给他车费。说了不少好话，最后将工作证押给他，他才算松开了手。站内站外，都没寻到父亲。

我沮丧地回到出租汽车跟前，央求司机再送我回家，来去车费一块儿付。司机“哼”了一声，将车开走了。我见方向不对，赔着笑脸问：“你要把我拉哪去呀？”司机冷冰冰地回答：“出租汽车总站。我饿了，该吃午饭了。你在总站再要一辆车吧！”我自认理亏，不便再说什么。

在出租汽车总站，又等了一个多小时，才终于坐进了另一辆小汽车里。回来倒是一路飞快，算账时，可把我吓了一大跳——二十三元！我不由得问了一句：“怎么二十三元啊？”

司机瞪了我一眼："加上从火车站到出租汽车总站的那一段车费！"

"那一段路也要车费？！"

"笑话！你想白坐啊？"

一进家门，见父亲已在家中了。我埋怨道："爸爸，你怎么不在火车站多等会儿啊？让我白接了你一趟！"父亲说："等了一会儿，没见着你，我心想你不会来接了……"

"拍了电报，我能不去接吗？真是的！"

"我心想，大概你工作忙，脱不开身……"

我说："爸，先给我二十三元钱！"刚见面，就伸手要钱，父亲很奇怪，疑惑地瞧着我。我只好解释："爸爸，我是租了一辆小汽车去接你的，司机在下边等着呢，我的钱包放在办公室了。"仿佛为了证实我的话，司机按了几声喇叭。父亲当时那种表情，就好像听说我是租了一艘宇宙飞船去接他似的。他缓缓解开衣扣，拆开缝在衣里儿的一块布，用手指捻出三张十元的纸钞，默默递给了我。我从父亲的目光中看出了他心里想说的一句话："你摆的什么谱啊！"

"爸爸，这钱我会还你的……"我接过钱，匆匆奔下楼去。当我回到屋里，见父亲脸色变得很阴沉，也不瞧我，低头吸烟。

我醒悟到，我刚才说了一句十分愚蠢的话……

父亲，不再是从前那个身强力壮的父亲了，也不再是那个退休之后仍目光炯炯、精神矍铄的父亲了。父亲老了，他是完完全全地老了，生活将他彻底变成了一个老头子。他那很黑的硬发已经快脱落光了，没脱落的也白了。胡子却长得老长，银灰间黄，所谓"老黄忠武"，飘逸洒脱的，留到第二颗衣扣。只有这一大把胡子，给他增添些许老人的威仪。而他那一脸饱经风霜的皱纹，凝聚着某种不遂的夙愿的残影……

生活，到底是很厉害的。我家住在一幢筒子楼内，只一间，十三平方米，在走廊做饭，和电影《邻居》里的情形差不了多少。走廊暗，黑，苍蝇多，老鼠肆无忌惮，特胆大。父亲到来的第一天，打量着我们家在走廊占据的"领地"，不无感触地说："老二，你有福气呀！你才参加工作几年啊，就分到了房子，走廊这么宽，还能当厨房……你……比我强……"这话从父亲口中说出，以那么一种淡泊的自卑的语调说出，使我心中有些难过。

父亲当了一辈子建筑工人，盖了一辈子楼房，却羡慕我这筒子楼里的十三平方米……他是被尊称为主人翁的人啊……

编辑部暂借给我一间办公室。每天晚上，我和父亲住在办公室，妻和孩子住在家中。我虽没有让父亲生平第一次坐上小汽车，父亲却沾了我的光，生平第一次住上了楼房。父亲每天替我们接孩子，送孩子，拖地板，打开水，买菜，做饭，乃至洗衣服，拆被子，换煤气。一切的家务，父亲都尽量承担了。我不希望父亲，我的老父亲沦为我的老勤杂员。

我对父亲说："爸爸，你别样样事都抢着做。你来后，我们都变懒了！"父亲阴郁地回答："我多做点，倒累不着。只要能在你们这儿长住下去，我就很知足了……你妹妹结婚后，家中实在住不开了，我万不得已，才来搅扰你们……"

父亲的性格也变了，变成一个通情达理的，事事处处，家里家外都很善于忍让的，老无脾气的老头了。除了家务，父亲还经常打扫公共楼道，楼梯，厕所，水池。他不久便获得了全楼人的称赞和敬意。

父亲初来乍到时，人们每每这么问我："那个大胡子老头就是你父亲吗？"以后我听到的问话往往是："你就是那个大胡子老头的儿子呀？"在我意识中，父亲是依附于我的人格而存在的，但在不少人心目中，我则开始依附于父亲的人格而存在了。一些从不到我家中走动，大有"老死不相往来"趋势的工人们，也开始出现在我家了，使我同一种更普遍的生活贴近了。

我惊奇地发现，不是家属洗澡的日子，父亲也可以公然到厂内浴室洗澡。没票，父亲也可以从容不迫地进入厂内礼堂看电影。忘带食堂饭菜票，父亲也可以从食堂且先端回饭菜来。而人们还都对他很客气，很友好。这些"优待"，是连我也没受到过的。父亲终于以他所能采取的方式，获得了和我并存的独立人格。我不再阻止他打扫公共卫生。我理解，人们注意到他，承认他的独立存在，对他来说是何等需要，何等重要！这是一个没机会受文化教育的，丧失了健壮和力气的，自尊心极强的老父亲，在一个受过大学文化教育的，有了一丁点小名气的儿子面前保持心理平衡的唯一砝码。我告诫自己，我要替父亲珍视它，像珍视宝贵的东西一样。

父亲身上最大的变化，是对知识分子表现出了由衷的崇敬。以前，他将各类知识分子统称为"耍笔杆子的"。靠"耍笔杆子"而不是靠力气吃"轻巧饭"的人，是他所瞧不起的。每天接踵而来找我的，十有八九是地地道道"耍笔杆子"的。我将他们介绍给父亲时，父亲总是臂微垂，腰微弯，很不自然地做他所不习惯的鞠躬状，脸上呈现出似乎不敢舒展的笑容。随后，便替我给客人沏茶，点烟。当我和客人侃侃而谈时，父亲总是静默地坐在角落，一会儿注意地瞧着我，一会儿注意地瞧着客人，侧耳聆听。倘我和客人谈到该吃饭时，父亲便会起身离去悄然做饭。倘我这个主人有时竟忘了吃饭这件事，父亲便会走进屋，低声问我："饭做好了，你们现在要吃吗？还是再过一会儿？"饭后，照例抢着刷洗碗筷。

一次，送走客人后，我对父亲说：“爸爸，你不必对客人过分恭敬、过分周到，他们大多是我的同事、朋友，用不着太客气。”

“我……过分了吗？……”父亲讷讷地问，仿佛我的话对他是一种指责。几天后，我收到了友人的一封信，信中写道：“昨天我到你家找你，你不在，我和你的老父亲交谈了两个多小时。他真是一位好父亲，好老人。但我感到，他太寂寞了。他对我说，连和你交谈几句话的机会都没有。你真那么忙吗？……”这封信使我无比惭愧，无比自责。是的，父亲来后，我几乎没同父亲交谈过。即使一次不太长久的，半小时以上的，父子之间的随随便便的交谈也没有过。父亲简直就像我雇的一个老仆役，勤勤恳恳，一声不吭，任劳任怨地为我做着一切一切的家务。而我每天不是在写、写、写，就是和来客无休止地谈、谈、谈……

第二天晚饭后，我没到办公室去抄那急待发出的稿子，见妻抱着孩子到邻居家玩去了，我便坐到了父亲面前。我低声说：“爸爸，跟我聊几句家常话吧！”

父亲定定地看了我片刻，用一种单刀直入的语调问：“老二，你为什么不争取入党啊？”

我怔住了。我预先猜想三天三夜，也料不到父亲会向我提出这样的问题。难道这就是父亲最想同我交谈的话题吗？我低头沉默了一会儿，抬起头又说：“爸爸，聊几句家常话吧！”

“你们兄妹五个，你哥呢，就不提他了……比起来，顶数你有了点出息，可你究竟为什么不入党啊？听你们同事讲，你说过要入但不现在入共产党的话。你是说过这样的话吗？”父亲的目光仍定定地看着我，揪住这个话题不放。

我默默地点了点头。是的，我说过，而且是在某个会议上当众说的。我并不想欺骗父亲。我对党的信仰是萌发于一种朴素的感恩思想的。这种感恩思想，毕竟不是建立在切身体会的基础之上，而是间接灌输的结果，是不稳固的，是易于倒塌的，也是肤浅的，不足以长久维系下去的。动摇过的事物，要恢复其原先的稳固性，需要有比原先更稳固的基础。信仰不像小孩子玩积木，抚乱一百次，还可以重搭一百次。信仰的恢复需要比原先更深刻的思想观和认识观。这比给表上弦的时间长得多。父亲的话，使我的自尊心受到了挫伤。我故意用冷漠的语调反问：“爸爸，你为什么对我入不入党这么在乎呢？你希望我能入党，当官，掌权，而后以权谋私吗？”父亲听出来了，我的话对他的愿望显然是嘲讽。

父亲缓缓站起，一只手撑着椅背，像注视一个冒充他儿子的人似的，眯起眼睛，眈眈地瞪着我。他突然推开椅子，转身朝外就走。椅子倒在地上，发出很响的声音。父亲在门口站住，回过头，瞪着我，大声说：“我这辈子经历过两个社会，见识了两个党，比起来，我还是认为新社会好，共产党伟大！不信服共产党，难道你去信服国民党？把我烧成了灰我也不！眼下正是共产党振兴国家，需要老百姓维护的时候，现在要求入党，是替共产党分担振兴国家的责任！……你再对我说什么做官不做官的话，我就揍你！……”说罢，一步跨出了房间。

在那一时刻，站在我面前的，又是从前那威严而易怒的父亲了。我怀着复杂的心情离开家，来到了办公室。我坐在办公桌前，双手捧着脸腮，陷入了静静的思考。我理解父亲对共产党的感情。他六岁给地主放牛，十二岁闯关东，亲眼看到过国民党怎样残害老百姓。他被日本人抓过劳工，要不是押劳工的火车被抗联伏击，很难想象他今天还活着，也不知这个世界上还会不会有我这位“青年作家”……

写一份入党申请书，这比创作一篇小说需要有更大的严肃性。而且，在我心灵中，还有许多腌臜得没勇气告人的欲念，还时时受到个人名利的诱惑，还潜藏着对享乐的向往，还包裹着对虚荣的贪婪，还……“全心全意为人民服务”，这句话是庄严地写在中国共产党的党章中的。我不能够怀着一颗极不干净的灵魂在一张雪白的纸上写下：我要求加入……人可以欺骗别人，但无法欺骗自己。我在心中说：“爸爸，原谅我！我不，现在还不……”

办公室的门被突然推开了。父亲来了。他连看也不看我，径直走到他的那张临时支起的钢丝床前，重重地坐了下去。钢丝床发出一阵吱吱嘎嘎的声响。我转过身去瞧着父亲。他又猛地站了起来，用手指着我，愤愤地大声说：“你可以瞧不起我，你的父亲！但我不允许你瞧不起共产党。如果你已经不信服这个党了，那么你从此以后也别叫我父亲！这个党是我的救星！如果我现在还身强力壮，我愿意为这个党卖力一直到死！你以为你小子受了点苦就有资格对共产党不满啦？你受的那点苦跟我在旧社会受的苦一比算个屁！”

我想对父亲解释几句什么，却一句适当的话也寻找不到。我一言不发地望着父亲，心想：爸爸，你说得不对，不对，我并不像你认为的那样啊！……我觉得委屈极了，直想哭。

父亲对我教训了这一次之后，接连几天不理我，不跟我说一句话。

一天傍晚，有一个外地的陌生姑娘来到我家中，她自称是位文学青年，读过我的几篇作品，希望能同我谈谈。

我带她来到了办公室。她很漂亮。身材很美，又高，又窈窕。一张白净的鹅蛋形的脸，容貌端庄娴雅。眼睛挺大，闪着充满想象的光彩。剪得整齐的乌黑的短发，衬托着她那张动人的脸，像荷叶衬托着荷花。她穿一件五彩缤纷的花外衣，只有三颗扣子，好像是骨质的，月牙形，非常别致，半敞的衣襟露出里面深红色的毛衣。裤线裤角带有古铜色镶边的牛仔裤，奶黄色的坡底高跟鞋。她端坐在沙发上，修长的双臂微向前探，双手习惯性地揽住两膝。她从头到脚焕发着浪漫气质，举止文静而有修养。

我沏了一杯茶端给她。她接过去，看了一眼，欠身轻轻放在桌上，说："我不喝绿茶。我从小都是喝花茶的。"我说："请便。"将椅子搬到她斜对面，瞧着她问："你想和我谈些什么呢？"她妩媚地一笑："当然是谈文学啦……不过，也希望不仅仅限于文学。"我说："那么就请谈吧！不过，我也许会令你失望，我不是个理想的交谈者。"儿子有些发高烧。走出家门时妻正在给儿子灌药，而父亲在给我洗衣服。我尽量排除思路上的干扰，集中精力。我想她一定会首先向我提出什么问题。但她没有，她用悦耳的音调向我讲述起自己来。

她说她离开家已经一个多月了。从南到北，旅游了不少大城市，拜访过许多颇有名气的青年作家。接着，便依次向我说出他们的名字，有人是我认识的，有人是我没见过面的。还说她崇拜某某及其作品，难以忍受某某及其作品，欣赏某某的作品但不喜欢作者本人。她很坦率。我愿意同坦率的人交谈。我问："你此行是出差吗？"

"噢不，"她摇摇头，又是那么博人好感地一笑，"就是为了玩，散散心。""你的单位竟会给你这么长一段假？""我现在不受任何单位管束，自由公民！""你是个待业青年？""我想有工作时便可以有种工作，腻烦了就当自由公民。"我迷惑不解地望着她。她揽住两膝的双手放开了，身体舒展地靠在沙发上，目光迅速地在我的办公室内环视一番，说："你的办公室可以容得下五对人跳舞。"我说："我不会跳舞，大概是可以的。"这时轮到她迷惑不解了，她怀疑地盯着我，要看出我说的是不是真话。我惭愧地笑笑。她的目光移开了，落在写字台上，又问："自由市场上买的吧？"我点点头："是的。""样式太老。不，是太俗气，但便宜。"她的目光又盯在了我脸上，那模样仿佛我对她承认了我是一个下流坯子似的。我说："请接着谈下去吧，你刚才谈到自己的话还使我有些不明白。""是吗？"怀疑的神态，怀疑的口吻。接着，她轻轻叹了口气，平平淡淡地说："报考过电影学院、音乐学院，都没考上。在外贸局工作了三个月，在旅游局工作了半年，这两个单位都没能更长久地吸引住我。在省图书馆混了一年，因为那儿有书，才拴住我一年。看书也看腻烦了，于是就辞职了……回去以后，也许会到省电视台，看我那时心情好不好，乐不乐意……”

我终于明白，她是来自另一个天地的。“你出来这么长时间，父母放心吗？”

“他们也没什么不放心的。每座城市都有父亲当年的老战友。或者住他们家中，或者住高级宾馆……”

我觉得没有必要再问什么了，期待着她说。

她沉默了一会儿才又开口：“你一定无法理解我……小时候，我和姐姐，觉得世上任何好吃的东西我们都吃过了，我们就将糖和盐拌在一起，再浇点辣椒油……现在，我的心境就跟小时候似的，我觉得我丢了。我觉得我对什么都腻烦了，对生活失去了热情，就好像我小时候对食物失去了味觉一样……”我依旧望着她那张漂亮的脸，心中对她产生了一种同情，类似对一只将要溺死在蜜中的小昆虫的同情。她见我在很认真地听，便继续说下去：“本想离开家散散心，但结果心境反而愈来愈不好。每座城市都到处是人、人、人，愚昧的，没文化的，浑浑噩噩的人，许许多多的人，每天都在谈论房子问题、待业问题……”

我平静地问：“你无法忍受这样一些人吗？”

“难道你能够忍受这样一些人吗？”她端正了身子，目光又盯在我脸上，显出一种对我的麻木不仁开始感到失望的表情。我没有立即回答她。我又想起了我躲在木楞堆间痛哭过一场的那个雨夜，也想起了我和父亲为了妹妹早日分配工作给街道主任拉煤的那个雨夜。小雨，大雨，都是下雨的夜，为什么保留在我记忆中的都是雨夜呢？我毕竟从我生活中的两个雨夜度过来了。我毕竟扯着父亲的破衣襟，扯着一个没有受过文化教育的、头脑中有着狭隘的农民意识的父亲的破衣襟，一步步从生活中走过来了，一岁岁长大了……

“古老的国家，古老的民族，生活在这么一种氛围中，每个人都将要窒息而死！……”那姑娘的悦耳的声音，使我的注意力不能从她身上过久地分散。

我要求说：“让我们谈谈文学吧！”

“文学？……”她嘴角浮现一丝嘲讽，大声说，“中国目前不可能有文学！中国的实际问题，就在于人口众多。如果减少三分之二,一切都会变个样子！”

我冷冷地回答她：“好主意！减少的当然应该是那些愚昧的，没文化的，浑浑噩噩的，每天都在谈论房子问题和待业问题的人。”我情绪的变化并没有引起她的注意。

她皱起眉头，用一种忧国忧民的语调说："就在今天，就在你们北影厂门口，我看到一个白胡子老头，抱着一个傻乎乎的孩子，在围观一辆外国小汽车。我心里真是悲哀极了！我要写一篇心理小说，将我内心这种悲哀表述出来！这就是我们的人民，我作为一个中国人真感到羞耻！……"她那样子悲哀得快要哭了。或者说，她想要将我感动哭了。

然而我并没有受到丝毫感动。我已不再像从前那么易于动感情了。我在想，她那颗心一定很渺小，因此也只能产生这么一点渺小的悲哀。我已经不再同情她。我告诉她，那白胡子老头，肯定就是我的父亲，而抱在他怀中那傻乎乎的孩子，是我的儿子。

"是你……父亲？……"她的脸微微红了，显出动人的窘态，讷讷地说，"请原谅！我……还以为你是……"

"这不值得请求原谅！因而我也不想对你表示原谅！我并不想否认，我的父亲没有文化，他在扫盲时所认识的字，绝不会比你这件花外衣上的花朵多。他还很愚昧。由于他的愚昧，由于他的农民意识的狭隘，给我们的家庭造成了重大的不幸。因为他不相信医生的话而相信算命先生的话，我的姐姐夭折了！我的哥哥，因为他鄙薄文化而崇尚力气，疯了！我原谅了他，但却不能忘记这些。我要比你更加憎恨愚昧！我要比你更加明白文化对于一个国家一个民族意味着什么！我诅咒造成愚昧和没有文化的落后状况的一切因素！……"我从椅子上站了起来。我的声音很高，我内心很激动。我仿佛不是在对我面前的这位姑娘说话，而是在对众多的各种各样的人说话。

我还想对她说，她可以对我们的人民没有感情，她也尽可以像她读过的小说中那些西方的贵夫人一样，对他们的愚昧和没有文化表示出一点高贵的怜悯，这无疑会使像她这样的姑娘更增添动人的魅力。但她没有权利瞧不起他们！没有权利轻蔑他们！因为正是他们，在历史进程中享受不到文化教育而在创造着文明的千千万万的普通人，如同含水岩层一样，一层一层地积压着，凝固着，坚实地奠定了我们的九百六十万平方公里土地，而我们中华民族正在振兴的一切事业，还在靠他们的力气和汗水实现着！愚昧和没有文化不是他们的罪过，是历史的罪过！我们每一个对振兴我们的国家我们的民族缺乏热情，缺乏责任感的人应为之感到愧疚！我还想对她说，至于她，不过是我们九百六十万平方公里土地上一小片水分充足的沃壤之中的一朵小花而已。美丽，娇弱，但没有芬芳。因为她不是树木，所以她那短细的根须是触及不到含水岩层的，她所蔑视的正是她所赖以存在的。她那种因没有什么值得忧郁的事才产生的忧郁，那种一颗空泛的心灵内的微妙而典雅的悲哀，与他们可能经历过的悲哀相比，是不值一提的。我还想对她说……我什么也不想对她说了。我又想到了发烧的儿子。我认为我应该回到儿子身边去了。“非常抱歉，我不能再陪你交谈下去了！”我走到办公室门前，推开了门。

门外，站着我的父亲，呆呆地，一动不动地，像根木桩似的。一手拎着水壶，一手拿着一瓶墨水。他是给我们送开水来的。他分明是听到了我方才大声说的某些话。那姑娘走下楼梯时，还回过头来看了我一眼。我这样对待她，肯定是她没想到的。父亲一声不响，放下水壶，默默走向他睡的那张钢丝床。一直到熄灯，我和父亲彼此没说一句话。我静静地躺着，无法入睡。我知道父亲也是在静静地躺着，没睡。我真想翻身下床，走到父亲身边，跪下去，将头伏在父亲胸上，对他说：“爸爸，原谅我那番话又无意伤害了你，原谅我，爸爸……”隔了一天，我从朋友家很晚才回来，一进家门，妻便告诉我，父亲走了。

“走了？上哪儿去了？……”“回哈尔滨了！”“你……你为什么不拦他？！”“我拦不住。”病刚好的儿子在哭叫：“爷爷，我要爷爷！我要找爷爷嘛！……”我问：“父亲临走说了什么没有？”妻回答：“什么也没说。”我一转身从家中冲了出来。我赶到火车站，匆匆买了一张站台票。我跑到站台上时，开往哈尔滨的列车刚刚开动。我跟着列车奔跑，想大喊：“爸爸！……”却没喊出来。

列车开出了站台。送行者纷纷离去了。只有我一个人还孤零零地伫立在站台上。望着远处的铁路信号灯，我心中默默地说：“爸爸，爸爸，我爱你！我永远不忘我是你的儿子，永远不耻于是你的儿子！爸爸，爸爸，我一定要把你再接到北京来！”远处的铁路信号灯，由红变绿了……

母 亲

淫雨在户外哭泣，瘦叶在窗前瑟缩。这是一个孤独的日子，我想念我的母亲。有三只眼睛隔窗瞅我，都是那杨树的眼睛。愣愣地呆呆地瞅我，我觉得那是一种凝视。

我多想像一个山东汉子，当面叫母亲一声“妈”。“妈，你咋的又不舒坦？”

荣成地区一个靠海边的小小村庄的山东汉子们，该是这样跟他们的老母亲说话的吗？我常遗憾它对于我只不过是“籍贯”，如同一个人的影子当然是应该有而没有其实也没什么。我无法感知父亲对那个小小村庄深厚的感情。因为我出生在哈尔滨市，长大在哈尔滨市。遇到北方人我才认为是遇到了家乡人。我大概是历史上最年轻的“闯关东”者的后代——当年在一批批被灾荒从胶东大地向北方驱赶的移民中，有个年仅十二岁的孑然一身衣衫褴褛的少年，后来他成了我的父亲。

“你一定要回咱家一趟！那可是你的根土！”父亲每每严肃地对我说，“咱”说成“砸”，我听出了很自豪的意味儿。

我不知我该不该也同样感到一点儿自豪，因为据我所知那里并没有什么值得自豪的名山和古迹，也不曾出过一位差不多可以算作名人的人。然而我还是极想去一次。因为它靠海。

可母亲的老家又在哪里呢？靠近什么呢？母亲从来也没对我说过希望我或者希望自己能回一次老家的话。她的母亲是吉林人吗？我不敢断定。仿佛是的。母亲是出生在一个叫“孟家岗”的地方吗？好像是。又好像不是。也许母亲出生在佳木斯市附近的一个地方吧？父亲和母亲当年共同生活过的一个地方？

我很小的时候，母亲常一边做针线活，一边讲她的往事——兄弟姐妹众多，七个，或者八个。一年农村闹天花，只活下了三个——母亲、大舅和老舅。

“都以为你大舅活不成了，可他活过来了。他睁开眼，左瞧瞧，右瞧瞧，见我在他身边，就问：‘姐，小石头呢？小石头呢？’我告诉他：‘小石头死啦！’‘三丫呢？三丫呢？三丫也死了吗？’我又告诉他：‘三丫也死啦！二妹也死啦！憨子也死啦！’他就哇哇大哭，哭得憋过气去……”母亲讲时，眼泪扑簌簌地落，落在手背上，落在衣襟上，也不拭，也不抬头，一针一针，一线一线，缝补我的或弟弟妹妹们的破衣服。

“第二年又闹胡子，你姥爷把骡子牵走藏了起来，被胡子们吊在树上，麻绳沾水抽……你姥爷死也不说出骡子在哪儿，你姥姥把我和你大舅一块儿堆搂在怀里，用手紧捂住我们的嘴，躲在一口干井里，听你姥爷被折磨得呼天喊地。你姥姥不敢爬上干井去说骡子在哪儿，胡子见了女人没有放过的。后来胡子烧了我们家，骡子保住了，你姥爷死了……”

与其说母亲是在讲给我们几个孩子听，莫如说是在自言自语，更是一种回忆往事的特殊方式。这些烙在我头脑里的记忆碎片，就是我对母亲的身世的全部了解。加上“孟家岗”那个不明确的地方。

母亲在没有成为我的母亲之前，拴在贫困生活中多灾多难的命运就是如此。后来她的命运与父亲拴在一起仍是和贫困拴在一起。后来她成了我的母亲，又将我和我的兄弟妹妹拴在了贫困上。

我们扯着母亲褪色的衣襟长大成人，在贫困中她尽了一位母亲最大的责任……我对人的同情心最初正是以对母亲的同情形成的。我不抱怨我扒过树皮捡过煤核的童年和少年，因为我曾分担着贫困对母亲的压迫，并且生活亦给予了我厚重的馈赠——它教导我尊敬母亲及一切以坚忍捧抱住艰辛的生活，绝不因茹苦而撒手的女人……

在这一个淫雨潇潇的孤独的日子，我想念我的母亲。隔窗有杨树的眼睛愣愣地呆呆地瞅我……

那一年我的家被“围困”在城市里的“孤岛”上——四周全是两米深的地基壑壕、拆迁废墟和建筑备料。几乎一条街的住户都搬走了，唯独我家还无处可搬。因为我家租住的是私人房产——房东欲向建筑部门勒索一大笔钱，而建筑部门认为那是无理取闹，结果直接受害的是我们一家。正如我在小说《黑纽扣》中写的那样，我们一家成了城市中的“鲁滨逊”。

小姨回到农村去了，在那座两百余万人口的城市，除了我们的母亲，我们再无亲人。而母亲的亲人即是她的几个小儿女。母亲为了微薄的工资在铁路工厂做临时工，出卖一个底层女人廉价的体力。翻砂——那是男人都干得很累很危险的重活。

临时工谈不上什么劳动保护，全凭自己在劳动中格外当心。稍有不慎，便会被铁水烫伤或被铸件砸伤、压伤。母亲几乎没有哪一天是不带着轻伤回家的，母亲的衣服被迸溅的铁水烧出了片片的洞。

母亲上班的地方离家很远，没有就近的公共汽车可乘，即便有，母亲也必舍不得花五分钱或一毛钱乘车。母亲每天回到家里的时间，总在七点半左右，吃过晚饭，往往九点来钟，我们上床睡，母亲则坐在床角，将仅仅二十支光的灯泡吊在头顶，凑着昏暗的灯光为我们补缀衣裤。当年城市里强行节电，居民不允许用超过四十支光的灯泡。而对于我们家来说，节电却是自愿的，因那同时意味着节省电费。代价亦是惨重的。母亲的双眼就是在那些年里熬坏的。至今视力很差。有时我醒来，仍见灯亮着。仍见母亲在一针一针，一线一线地缝补，仿佛就是一台自动操作而又不发出声响的缝纫机。或见灯虽亮着，而母亲却肩靠着墙，头垂于胸，补物在手，就那么睡了。有多少夜，母亲就是那么睡了一夜。清晨，在我们横七竖八陈列一床酣然梦中的时候，母亲已不吃早饭，带上半饭盒生高粱米或生大饼子，悄无声息地离开家，迎着风或者冒着雨，像一个习惯了独来独往的孤单旅者似的“翻山越岭”，踧出连条小路都没给留的“围困”地带去上班。还有不少日子，母亲加班，则我们一连几天甚至十天半月见不着母亲的面儿。只知母亲昨夜回来了，今晨又刚走了。要不灯怎么挪地方了呢？要不锅内的高粱米粥是谁替我们煮上的呢？

才三岁多的小妹想妈，哭闹着要妈。她以为妈没了，永远再也见不到妈了。我就安慰她，向她保证晚上准能见到妈，为了履行我的诺言，我与困意抵抗，坚持不睡。至夜，母亲方归。精疲力竭，一心只想立刻放倒身体的样子。

我告诉母亲小妹想她。

“嗯，嗯……”母亲倦得边闭着眼睛脱衣服，一边说，“我知道，知道的。别跟妈妈说话了，妈困死了……”话没说完，搂着小妹便睡了。

第二天，小妹醒来又哭闹着要妈。

我说：“妈妈是搂着你睡的！不信？你看这是什么？……”

枕上深深的头印中，安歇着几根母亲灰白的落发。我用两根手指捏起来给小妹看：“这不是妈妈的头发吗？除了妈妈的头发，咱家谁的头发这么长？”

小妹亦用两根手指将母亲的落发从我手中捏过去，神态异样地细瞧；接着放在母亲留于枕上的深深的被汗渍所染的头印中，趴在枕旁，守着，好似守着的是母亲……

最堪怜是中秋、国庆、新年、春节前夕的母亲，她每日只能睡上两三个小时。五个孩子都要新衣穿，没有，也没钱买。母亲便夜夜地洗、缝、补、浆。若是冬季里，洗了上半夜搭到外边去冻着，下半夜再取回屋里，烘烤在烟筒上。母亲不敢睡，怕被火烤焦了或着了。母亲是太刚强的女人，她希望我们在普天同庆的节日，虽然没有新衣服，也要从里到外穿得干干净净。尽管是打了补丁的衣服，还想方设法美化我们的家。

家像地窖，像窝，像土丘之间的窝。四壁落土，顶棚落土。它使不论多么神通广大的女人为它而做的种种努力，都在几天内变为徒劳。

母亲却常说："蜜蜂蚂蚁还知道清理窝呢，何况人！"

母亲拼尽她那毫无剩余可谈的精力，也非要使我们的家在短短几天的节日里多少有点像样不可。

"说不定会有什么人来！"母亲心怀这等美好的愿望，颇喜悦地劳碌着。

然而没有个谁来。没有个谁来母亲也并不觉得扫兴和失望。

生活没能将母亲变成个懊丧的怨天怨地的女人。母亲分明是用她的心锲而不舍地衔着一个乐观。那乐观究竟根据什么？当年的我无从知道，如今的我似乎知道了，是母亲默默地望着我们时目光中那含蓄的欣慰。

她生育了我们，她就要把我们抚养成人。她从未怀疑她不能够。母亲那乐观当年所根据的也许正是这样的信念吧？唯一的始终不渝的信念。

我们依赖于母亲而活着。像蒜苗之依赖于一棵蒜。当我们到了被别人估价的时候，母亲已被我们吸收空了。没有财富和知识。母亲是位一无所有的母亲。她奉献满腔满怀不温不冷的心血供我们吮咂！母亲啊，妈！我的老妈妈！我无法宽恕我当年竟是那么不知心疼您、体恤您。

是的，我当年竟是那么不知心疼和体恤母亲。我以为母亲就应该是那样任劳任怨的。我以为母亲天生就是那样一个劳碌不停而又不觉累的女人。我以为母亲是累不垮的。其实母亲累垮过很多次。在夜深人静的时候，在我们做梦的时候，母亲几回瘫软在床上，暗暗恐惧于死神找到她的头上了。但第二天她总会连她自己也觉不可思议地挣扎了起来，又去上班……

她常对我们说："妈不会累的，这是你们的福分。"

我们不觉得是福分，却相信母亲累不垮。

在北大荒，我吃过大马哈鱼。肉呈粉红色，肥厚、香。乌苏里江或黑龙江的当地人，习惯用大马哈鱼肉包饺子作为待客的佳肴。

前不久我从电视中又看到大马哈鱼：母鱼产子，小鱼孵出，想不到它们竟是靠惯食它们的母亲而长大的。母鱼痛楚地翻滚着，扭动着，瞪大它的眼睛，张开它的嘴和它的腮，搅得水中一片红。却并不逃去，直至奄奄一息，直至狼藉成骸……

我的心当时受到了极强烈的刺激。我瞬间联想到长大成人的自己和我的母亲，联想到我们这九百六十万平方公里土地上一切曾在贫困之中和仍在贫困之中坚忍顽强地抚养子女的母亲们。她们一无所有，她们平凡、普通、默默无闻，最出色的品德可能仍是坚忍。除了自己的坚忍，她们无可依靠。然而她们也许是最对得起她们儿女的母亲！因为她们奉献的是自己。想一想那种类乎本能的奉献真令我心酸。而在她们的生命之后不乏好男儿，这是人类最持久的美好啊！

我又联想到另一件事：小时候母亲曾买了十几个鸡蛋，叮嘱我们千万不要碰碎，说那是用来孵小鸡的。小鸡长大了，若有几只母鸡，就能经常吃到鸡蛋了。母亲满怀信心，双手一闲着，就拿起一个鸡蛋，握着，捂着，轻轻摩挲着。我不信那样一个鸡蛋会产生一个小生命。有天母亲拿着一个鸡蛋，走到灯前，将鸡蛋贴近了灯对我说："孩子，你看！鸡蛋里不是有东西在动吗？"

我看到了，半透明的鸡蛋中，隐隐地确实有什么在动。

母亲那只手也变成了红色的。那是血色呀！血仿佛要从母亲的指缝滴落下来！……

"妈妈，快扔掉！"我扑向母亲，夺下了那个蛋，摔碎在地上——蛋液里，一个不成形的丑陋的生命在蠕动。我用脚去踩踏，不是宣泄残忍，而是源自恐惧。我觉得那不成形的丑陋的生命，必是由于通过母亲的双手吸了母亲的血才变出来的！我抬起头望母亲，母亲脸色那么苍白，我内心里充满了恐惧，愈加相信我想的是对的。我不要母亲的心血被吸干！不管是哪一个被我踩死了踏死了无形的丑陋的生命，还是万恶的贫困！因为我太知道了，倘我们富有，即使生活在腐朽的棺材里，也会有人高兴来做客，无论是节日抑或寻常的日子，并且随身带来种种礼物……

"不，不！"我哭了。我嚷："我不吃鸡蛋了！不吃了！妈妈，我怕……"

母亲怒道："你这孩子真罪孽！你害死了一条小生命！你怕什么？"

我说："妈妈，我是怕你死……它吸你的血……"

母亲低头瞧着我，怔了一刻，默默地把我搂在怀里，搂得很紧……

小鸡终于全孵出来了，一个个黄绒似的，活泼可爱。它们渐渐长大，其中有三只母鸡。以后每隔几日，我们便可吃到鸡蛋了。但我在很长一段时间内不敢吃，对那些鸡我却有着一种特殊的情感，视它们为通人性的东西，觉得它们有着一种血缘般的关系……

连续三年的自然灾害使我们的共和国也处在同样艰难的时间。国营商店只卖一种肉——"人造肉"，淘米泔水经过沉淀之后做的。粮食是珍品，淘米泔水自然有限。

"人造肉"每户每月只能按购货本买到一斤。后来由于收集不到足够用来生产的淘米泔水，"人造肉"便难以买到了。用如今的话说，是"抢手货"，想买到得“走后门儿”。

中央人民广播电台在“为人民服务”节目中，热情宣传河沟里的一层什么绿也是可以吃的，那叫“小球藻”，且含有丰富的这个素那个素，营养价值极高……

母亲下班更晚了。但每天带回一兜半兜榆钱儿。我惊奇于母亲居然能爬到树上去撸榆钱儿。然而那就是她在厂里爬上一些高高的大榆钱树撸的。

“有‘洋辣子’吗？”我们洗时，母亲总要这么问一句。

我们每次都发现有，我们每次都回答说没有。我们知道母亲像许多女人一样，虽不胆小，却极怕叶上的“洋辣子”那类毛虫。

榆钱儿当年对我们来说是佳果。我们只想到母亲可别由于害怕“洋辣子”就不敢给我们再撸榆钱儿了。如果月初，家中有粮，母亲就在榆钱儿中拌点豆面，和了盐，蒸给我们吃。好吃。如果没有豆面，母亲就做榆钱儿汤给我们喝。不但放盐，还放油。好喝。

有天母亲被工友搀了回来——母亲在树上撸榆钱儿时，忽见自己遍身爬满“洋辣子”，惊掉下来……

我对母亲说：“妈，以后我跟你到厂里去吧，我比你能爬树，我不怕‘洋辣子’……”母亲抚摸着我的头说：“儿啊，厂里不许小孩进。”

第二天，我还是执拗地跟母亲去上班了。无论母亲说什么，看门的始终摇头，坚决不许我进厂。

我只好站在厂门外，眼睁睁瞧着母亲一人往厂里走，不回家，我想母亲就绝不会将我丢在厂外的。不一会儿，我听到母亲在低声叫我。见母亲已在高墙外了，向我招手。我趁看门的不注意，沿墙溜过去，母亲赶紧扯着我的手跑，好大的厂，好高的墙。跑了一阵，跑至一个墙洞口，工厂从那里向外排污水，一会儿排一阵，一会儿排一阵。在间隔的当儿，我和母亲先后钻入到了厂里。面前榆林乍现，喜得我眉开眼笑。心内不禁产生了一种自私的占有欲——都是我家的树多好！那我就首先把那个墙洞堵上，再养两条看林子的狗，当然应该是凶猛的狼狗！

母亲嘱咐我：“别到处乱走。被人盘问就讲是你自己从那个洞钻进来的。千万别讲出妈妈，要不妈妈该挨批评了！走时，可还要钻那个洞！”母亲说完，便匆匆离开了。

我撸了满满一粮袋榆钱儿，从那个洞钻出去，扛在肩上，心内乐滋滋地往家走，不时从粮袋中抓一把榆钱儿，边走边吃。

结果我身后跟随了一些和我年龄差不多的孩子，馋涎欲滴地瞅着我咀嚼的嘴。

“给点儿！”

“给点儿吧！”

“不给，告诉我们在哪儿的树上撸的也行！”

我不吭声，快快地走。

“再不给就抢了啊！”

我跑。

“抢！”

“不抢白不抢！”

他们追上我，推倒我。抢……

我从地上爬起时，“强盗”们已四处逃散，连粮袋儿也抢去了。我怔怔地站着，地上一片踏烂的绿。我怀着愤恨走了。回头看，一位老妪在那儿捡……

母亲下班后，我向母亲哭述自己的遭遇，凄凄惨惨戚戚。母亲听得很认真。凡此种种，母亲总先默默听，不打断我的话，耐心而怜悯的样子。直至她的儿女们觉得没什么补充的了，母亲才平静地做出她的结论。

母亲淡淡地说：“怨你。你该分给他们些啊，你撸了一口袋呀！都是孩子，都挨饿。你那么小气，他们还不抢你吗？往后记住，再碰到这种事儿，惹人家动手抢之前，先就主动给，主动分。别人对你满意，你自己也不吃亏……”

母亲往往像一位大法官，或者调解员，安抚着劝慰着小小的我们与社会的血气方刚的冲突，从不长篇大论一套套地训导。一向三言两语，说得明明白白，是非曲直，尽在谆谆之中。并且表现出仿佛绝对公正的样子，希望我们接受她的逻辑。我们接受了，母亲便高兴，夸我们：好孩子。而母亲的逻辑是善良的逻辑，包含有一个似无争亦似无奈的“忍”字。仅仅为使母亲高兴，我们也唯有点头而已。

可能自幼忍得太多了吧，后来在我的性格中，遗憾地生出了不屈不忍的逆反。如今三十九岁的我，与人与事较量颇多，不说伤疤累累，亦是伤痕遍体。每每咀嚼母亲过去的告诫，便厌恶自己是个犟种。忏悔既深且久，每每玩味母亲传给我的一个“忍”字。又常于“克己复礼”之后而疑问重重。弄不清作为一个人，那究竟是好呢还是不好？……

一场雨后，榆钱儿变成了榆树叶。榆树叶也能做“小豆腐”，做榆树叶汤，滑滑溜溜的，仿佛汤里加了粉面子。然而母亲厂里的食堂将那片榆树林严密地看管起来了，榆树叶成了工人叔叔和阿姨的佐餐之物。

别了，喧腾腾的“小豆腐”……

别了，绿汪汪的“滑溜溜”……

别了，整个儿那一片使我产生强烈的占有欲并幻想饲以狼狗严守的榆树林……

我们是社会主义国家，实行共产主义分配原则，可做“小豆腐”、可做“滑溜溜”的榆树叶儿“共产”起来，原本也是情理之中的事儿。倒是我那占为己有的阴暗的心思，于当年论道起来，很有点儿自发的资产阶级利己思想的意味儿。不过我当年既未忏悔，也未诅咒过。

母亲依然有东西带给我们，鼓鼓的一小布包——扎成束的狗尾巴草。狗尾巴草不能做“小豆腐”吃，不能做“滑溜溜”喝，却能编毛茸茸的小狗、小猫、小兔、小驴、小骆驼……

母亲总有东西带回给每日里眼巴巴地盼望她下班的孤苦伶仃的孩子们。母亲不带点什么，似乎就觉得很对不起我们。不论何种东西，可代食的也罢，不可代食的也罢。稀奇的也罢，不稀奇的也罢，从母亲那破旧的小布包抖搂出来，似乎便都成了好东西。哪怕在别的孩子们看来是些不屑一顾的东西。重要的仅仅在于，我们感受到母亲的心里对我们怀着怎样的一片慈爱。那乃是艰难岁月里绝无仅有的营养供给高贵的“代副食”啊！母亲是深知这一点的。

某天，放学回家的路上，我被一辆停在商店门口的马车所吸引。瘦马在荫凉里一动不动，仿佛处于思考状态的一位哲学家。老板子躺在马车上睡觉，而他头下枕的，竟是豆饼，四分之一块啊！

我同学中有一个是区长的儿子，有次他将一个大包子分给我和几个同学吃，香得我们吃完了直咂嘴巴。

“这包子是啥馅的？”

“豆饼！”

“豆饼？你们家从哪儿弄的豆饼？”

“他爸是区长嘛！”我们不吭声了。

我绕着那辆马车转了一圈儿，又转一圈儿，猜测那老板子真是睡着了，就动手去抽那块豆饼。

老板子并未睡着，四十来岁的农村汉子微微睁开眼瞅我，我也瞅他。

他说：“走开。”

我说：“走就走。”

偷不成，只有抢了！我猛地从他头下抽出了那四分之一块豆饼，吓得他的头在车板上咚地一响。他又睁开了眼，瞅着我发愣。我也看着他发愣。

“你……”

我撒腿便跑，抱着那四分之一块豆饼，沉甸甸的。

“豆饼！我的豆饼！站住！……”懵怔中的老板待我跑开了挺远才明白过来是怎么一回事，边喊边追我。

我跑得更快了，像只袋鼠似的，在包围着我的家的复杂地形中逃窜，自以为甩掉了追赶着的尾巴，紧紧张张地撞入家门。

母亲愕问：“怎么回事？哪儿来的豆饼？”

我着急忙慌，前言不搭后语地说：“妈，快把豆饼藏起来……他追我！……”却仍紧紧抱着豆饼，蹲在地上喘作一团。

“谁追你？”

“一个……车老板……”

“为什么追你？”

“妈你就别问了！……”

母亲不问了，走到了外面。我自己将豆饼藏到箱子里，想想，又往外跑。“往哪儿跑？”母亲喝住了我。

“躲那儿！”我朝沙堆后一指。

“别躲！站这儿。”

“妈！不躲不行！他追来了，问你，你就说根本没见到一个小孩子！他还能咋的？……”

“你敢躲起来！”母亲变得异常严厉，“我怎么说，用不着你教我！”

只见那持鞭的老板子，汹汹地出现，东张西望一阵，向我家这儿跑来。

他跑到我和母亲跟前，首先将我上下打量了足有半分钟。因我站在母亲身旁，竟有些不敢贸然断定就是我夺了他的豆饼，手中的鞭子不由背到了身后去。

“这位大姐，见一个孩子往这边跑了吗？抱着不小一块豆饼……”

我说：“没有没有！我们连个人影也没看见！”

“怪了，明明是往这边跑的啊！”他自言自语地嘟囔，“挺大个老爷们儿，倒被个孩子明抢明夺了，真是跟谁讲谁都不相信。”他悻悻地转身欲走。

“你别走。”不料母亲叫住他，说，“你追的就是我儿子。”

他瞪着我，又瞪着母亲，似欲发作，但克制着，几乎是有几分低声下气地说：“大姐你千万别误会，我可不是想怎么你的儿子！鞭子……是顺手一操……还我吧，那是我今明两天的口粮啊……”一副农村人在城里人面前明智的自卑模样。

母亲又对我说：“听到了吗？还给人家！”我悻悻地回到屋里，从粮柜内搬出那块豆饼，不情愿地走出来，走到老板子跟前，双手捧着还他。

他将鞭杆往后腰带斜着一插，也用双手接过，瞧着，仿佛要看是不是小了。

母亲羞愧地说："我教子不严，让你见笑了呀！你心里的火，也该发一发。或打或骂，这孩子随你处置！……""

"老大姐，言重了！言重了！我不是得理不让人的人，算了算了，这年头，好孩子也饿慌了！……"他反而显得难为情起来。

"还不鞠个躬，认个错！"在母亲严厉目光的威逼之下，我像被人按着脑袋似的，向那车老板鞠了个草草的躬。

我家的斧头，给一截劈柴夹着，就在门口。车老板一言不发，拔下斧头，将豆饼垫在我家门槛上，嘿嘿几下，砍为两半，砍得豆饼碎屑纷落。他一手拿起一半，双手同时掂了掂，递给母亲一半，慷慨地说："大姐，这一半儿你收下！"

"那怎么行，这是你的干粮啊！"母亲婉拒。老板子硬给，母亲婉拒不过，只好收了，进屋去，拿出两个窝窝头和一个咸菜疙瘩给那车老板。又轮到那车老板拒而不收，最后呢，见母亲一片真心实意，终于收了。从头上摘下单帽，连豆饼一块儿兜着，连说："真是的，真是的，倒反过来占了你们个大便宜，怪不像话的！……"他在围困着我们家的地基壕壑、沙堆、废墟和石料场之间择路而去，插在后腰带上的长杆儿鞭子，似"天牛"的一条触角。

"你呀，今天好好想想吧！"直至吃晚饭前，母亲只对我说了这么一句话。不理睬我，也不吩咐我干什么活儿。而这是比打我骂我，更使我悲伤的。

端起饭碗时，我低了头，嗫嚅地说："妈，我错了……"

"抬头。"我罪人一般抬起头，不敢迎视母亲的目光。

"看着妈。"母亲脸上，庄严多于谴责。

"你们都记住，讨饭的人可怜，但不可耻。走投无路的时候，低三下四也没什么。偷和抢，就让人恨了！别人多么恨你们，妈就多么恨你们！除了这一层脸面，妈什么尊贵都没有！你们谁想丢尽妈的脸，就去偷，就去抢……"母亲落泪了。

我们都哭了……

夏天和秋天扯着手过去了，冬天咄咄地来了。我爱过冬天，大雪使我家周围的一切肮脏都变成洁白一片了；我怕过冬天，寒冷使我家孤零零的低矮的小破屋变成了冰窖。

那一年冬天我们有了一个伴儿——一条小狗。我在放学回家的路上发现了它，被大雪埋住，只从雪中露出双耳。它绊了我一跤。我以为是条死狗，用脚拨开雪才看出它还活着，快冻僵了。它引起了我的怜悯。于是它有了一个家，我们有了一个伴儿。一条漂亮的小狗，白色、黑花，波兰奶牛似的。脖子上套着皮圈儿，皮圈儿上缀着一个小铜牌儿，小铜牌儿上压色出个“3”。它站立不稳，常趴着。走起来踉踉跄跄，前足抬得高高的，不顾一切地一踏，于是下巴也狠狠触地。幸亏下巴触地，否则便一头栽倒了。喂它米汤喝，竟不能好好喝。嘴在破盆四周乱点一通，五六遭方能喝到一口米汤。起初我以为它是只瞎狗，试它眼睛，却不瞎。而那双怯怯的狗眼，流露着无限的人性，哀哀地乞怜着。我便怀疑它不过是被冻伤了。它漂亮而笨拙，如同一个患羊痫风的漂亮的小女孩。它那双褐色的狗眼，不但是通人性的，且仿佛是女性的。我并未因其笨拙而产生厌恶。弟弟妹妹们也是。

我们那么需要一个小朋友，而它可以被当成一个小朋友，就是这样。

母亲下班回到家里，呆呆地瞅着那狗吃和走的古怪样子，愣了半晌，惊问：“这是什么？”

我回答：“狗。”

“扔出去！”母亲大吼，“快给我扔出去！”

我说：“不！”

弟弟妹妹们也齐声嚷：“不扔！不扔！”

“都不听话啦？”母亲一把抓起了笤帚，高举着先威胁的是我，“看我挨个儿打你们！”

我赶紧护住头：“就不许我们喜欢个什么东西吗？”

弟弟妹妹们也齐声表示抗议：“就不许我们养条喜欢的狗吗？就不许我们有个捡来的伴儿吗？”

母亲吼道：“不许！”笤帚却高举着，没即刻落到我头上。

我大胆争辩：“你说过的，对人要心善！”

“可它不是人！”母亲举着的手臂放下了，“人都吃糠咽菜的年月，喂它什么？还是这么条狗！”

我说：“我那份饭分它吃。”

弟弟妹妹们也说：“还有我们！”

母亲长长叹了口气，逐个儿瞧我们，垂下了手臂。

在一中住读的哥哥那天晚上也回家了，研究似的望着那条狗说：“我知道了，这是条被医院做实验的狗，跑出来了！老师带我们到医院参观过，那些狗脖子上挂的都是这种编了号码的小铜牌儿，肯定做的是小脑实验，所以它失去平衡机能了，生物课本上讲到过这一点。不养它，它死路一条……”

可怜的我们的小朋友！母亲又长长地叹了一口气，不知是因狗，还是因她的儿女们的集体发难。宽容的我们的母亲……

那一条狗，也是可以和我们在雪地上玩耍的。感谢上帝，它的大脑里的人性是没被人做过什么实验的。它那种古怪的滑稽的笨拙的动作，使我们发出一串串笑声，足以安慰我们幼小的孤独的心灵。雪地上留下一片片生动的足迹，我们的和狗的……

一天上午，趴在窗前朝外望的三弟突然不安地叫我："二哥你快看！"

外面，几个大汉一边指点雪地上的足迹，一边朝我家走来。

"是想抢我们的狗吧？"我也不安了，惶惶地将"3 号"藏入破箱子内，将小妹抱到箱子盖上坐着。

他们高叫："我们是打狗队的！"大汉们在敲门了。

"我们家没养狗！"然而他们闯入家中。

"没养狗？狗脚印一直跑到你家门口！"

"它死了。"

"死了？死了的我们也要！"

"我们留着死狗干什么？早埋了。"

"埋了？埋哪儿了？领我们去挖出来看看！"

"房前屋后坑坑洼洼的，埋哪儿我们忘了。"

他们不相信，却也不敢放肆搜查，这儿瞧瞧，那儿瞅瞅，最后扫兴地走了……

"他们既然是打狗队的，又没相信你们的话，就绝不会放过它的……"

晚上，母亲为我们的"小朋友"表现出了极大的担心。

我说："妈，你想办法救它一命吧！"

母亲问："你们不愿失去它？"

我和弟弟妹妹们点头。

母亲又问："你们更不愿它死？"

我和弟弟妹妹们仍点头。

"要么，你们失去它；要么，你们将会看到打狗队的人，当着你们的面儿活活打死它。你们都说话呀！"

我们都不说话。

母亲从我们的沉默中明白了我们的选择。

母亲默默地将一个破箱子腾空，铺一些烂棉絮，放进两个掺了谷糠的窝窝头，最后抱起"3 号"，放入箱内，我注意到，母亲抚摸了一下小狗。

我将一张纸贴在箱盖里面儿，歪歪扭扭地写的是——别害它命，它曾是我们的小朋友。

我和母亲将箱子搬出了家，拴根绳子，我们拖着破箱子在冰雪上走。月光将我和母亲的身影映在冰雪上。我和母亲的身影一直走在我们前边。不是在我们身后或在我们身旁，一会儿走在我们身后一会儿走在我们身旁的是那一轮白晃晃的大月亮。

不知道为什么月亮那一个晚上始终跟随着我和我的母亲。半路我捡了一块冰坨子放入破箱子里。我想“3 号”它若渴了就舔舔冰吧！我和母亲将破箱子遗弃在离我家很远的一个地方……

第二天是星期日。母亲难得休息一个星期日，近中午了母亲还睡得很实。我们难得有和母亲一块儿睡懒觉的时候，虽早醒了也都不起。失去了我们的“小朋友”，我们觉得起早也是个没意思。

“堵住它！别让它往那人家跑！”

“打死它！打呀！”

“用不着逮活的！给它一锹！”

男人们兴奋的声音乱喊乱叫。

“妈！妈！”

“妈妈！”我们焦急万分地推醒了母亲。

母亲率领衣帽不齐的我们奔出家门，见冬季停止施工的大楼角那儿，围着一群备料工人。我们跑过去一看，看见了吊在脚手架上的一条狗，皮已被剥下一半儿，一个工人还正剥着。

母亲一下子转过身，将我们的头拢在一起，搂紧，并用身体挡住我们的视线。一边对我们说：“不是你们的狗！孩子们，别看，那不是你们的狗……”

然而我们都看清了——那是“3 号”，是我们的“小朋友”。白黑杂色的漂亮的小狗，剥了皮的身躯比饥饿的我们更显得瘦，小女孩般的通人性的眼睛死不瞑目……

母亲抱起小妹，扯着我的手，我的手和两个弟弟的手扯在一起。我们和母亲匆匆往家走，不回头，不忍回头。

我们的“小朋友”的足迹在离我家不远处中断了，一摊血仿佛是个句号。

自称打狗队的那几个大汉，原来也是备料工人。不一会儿，他们中的一个来到了我家里，将用报纸包着的什么东西放在桌上。

母亲狠狠地瞪他。

他低声说：“我们是饿急眼了……两条后腿……”

母亲说：“滚！”

他垂了头往外便走。

母亲喝道："带走你拿来的东西！"

他的头低得更低，转身匆匆拿起了送来的东西……

雨仍在下，似要停了，却又不停，窗前瑟缩的瘦叶被洗得绿生生的了。偶尔还闻一声寂寞的蝉吟。我知道的，今天准会有客来敲我的家门——熟悉的，还是陌生的呢？我早已是有家之人了。弟弟妹妹们也都早是有家之人了。当年贫寒的家像一只手张开了，再也攥不到一起。母亲自然便失落了家，栖歇在她儿女们的家里。

在她儿女们的家里有着她极为熟悉的东西——那就是依然贫寒，受着居住条件的限制，一年中的大部分日子，母亲和父亲两地分居。

那杨树的眼睛隔窗瞅我，愣愣地呆呆地瞅我。古希腊和古罗马雕塑低沉的眼睛，大抵都是那样子的，冷静而漠然。

但愿谁也别来敲我的家门，但愿。在这一个孤独的日子让我想念我的老母亲，深深地想念……

我忘不了我的小说第一次被印成铅字时的那份儿喜悦。我日夜祈祷的就是这回事儿。真是的，我想我该喜悦，却没怎么喜悦。避开人我躲在一个地方哭了，那一刻我最想我的母亲……

我的家搬到光仁街，已经是一九六三年了。那地方，一条条小胡同仿佛烟鬼的黑牙缝，一片片低矮的破房子仿佛是一片片疥疮，饥饿对于普通人的严重威胁毕竟开始缓解。我是小学五年级的学生了，我已经有三十多本小人书了。

"妈，剩的钱给你。"

"多少？"

"五毛二。"

"你留着吧。"

买粮、煤、劈柴回来，我总能得到几毛钱。母亲给我，因为知道我不会乱花，只会买小人书。每个月都要买粮买煤买劈柴，加上母亲平日给我的一些钢镚儿，渐渐积攒起就很可观，积攒到一元多，就去买小人书。当年小人书便宜，厚的三毛几一本，薄的才一毛几一本。母亲从不反对我买小人书。

我还经常出租小人书，在电影院门口、公园里、火车站。有一次，火车站派出所一位年轻的警察，没收了我全部的小人书，说我影响了站内秩序。我一回到家就号啕大哭。我用头撞墙。我的小人书是我巨大的财富。我觉得我破产了，从绰绰富翁变成了一贫如洗的穷光蛋。我绝望得不想活，想死。我那可怜的样子，使母亲为之动容。于是她带我去讨还我的小人书。

“不给！出去出去！”车站派出所年轻的警察，大檐帽微微歪戴着，上唇留撇小胡子，一副葛列高利（苏联作家肖洛霍夫长篇小说《静静的顿河》中的主人公，性格复杂的动摇分子）那种桀骜不驯的样子。母亲代我向他承认错误，代我向他保证以后绝不再到火车站出租小人书，话说了许多，他烦了，粗鲁地将母亲和我从派出所推出来。

母亲对他说：“不给，我就坐台阶上不走。”

他说：“谁管你！”“砰”地将门关上了。

“妈，咱们走吧，我不要了……”我仰起脸望着母亲，心里一阵难过。亲眼见母亲因自己而被人呵斥，还有什么事比这更令一个儿子内疚的？

“不走。妈一定给你要回来！”母亲说着，就在台阶上坐了下去。并且扯我坐在她身旁，一条手臂搂着我。

另外几位警察出出进进，连看也不看我们。

“葛列高利”也出来了一次：“还坐这儿？”

母亲不说话，不瞧他。

“嘿，静坐示威……”他冷笑着又进去了……

天渐黑了。派出所门外的红灯亮了，像一只充血的独眼，自上而下虎视眈眈地瞪着我们。我和母亲相依相偎的身影被台阶斜折为三折，怪诞地延长到水泥方砖广场，淹没在一汪红晕里。我和母亲坐在那儿已经近四小时。母亲始终用一条手臂搂着我。我觉得母亲似乎一动也没动过，仿佛被一种持久的意念定在那儿了。

我想我不能再对母亲说——“妈，我们回家吧！”那意味着我失去的是三十几本小人书，而母亲失去的是被极端轻蔑了的尊严，一个自尊的女人的尊严。我不能够那样说……

几位警察走出来了，依然并不注意我们，纷纷骑上自行车回家去了。终于，“葛列高利”又走出来了。

“嗨，我说你们想睡在这儿呀？”

母亲不看他，不回答，望着远处的什么。

“给你们吧！”“葛列高利”将我的小人书连同书包扔在我怀里。

母亲低声对我说：“数数。”语调很平静。

我数了一遍，告诉母亲：“缺三本《水浒》。”

母亲这才抬起头来，仰望着“葛列高利”，清清楚楚地说：“缺三本《水浒》。”

他笑了，从衣兜里掏出三本小人书扔给我，嘟囔道：“哟嗬，还跟我来这一套……”

母亲终于拉着我起身，昂然走下台阶。

“站住！”“葛列高利”跑下了台阶，向我们走来。他走到母亲跟前，用一根手指将大檐帽往上捅了一下，接着抹他的那一撇小胡子。

我不由得将我的“精神食粮”紧抱在怀中。母亲则将我扯近她身旁，像刚才坐在台阶上一样，又用一条手臂搂着我。

“葛列高利”以将军命令两个士兵那种不容违抗的语言说：“等在这儿，没有我的允许不准离开！”

我惴惴地仰起脸望着母亲。“葛列高利”转身就走。

他却是去拦截了一辆小汽车，对司机大声说：“把那个女人和孩子送回家去。要一直送到家门口！”

我买的第一本长篇小说是《青年近卫军》，一元多钱。母亲还从来没有一次给过我这么多钱，我也从来没有向母亲一次要过这么多钱。我的同代人，当你们也像我一样，还是一个小学五年级学生的时候，如果你们也像我一样，生活在一个穷困的普通劳动者家庭的话，你们为我做证，有谁曾在决定开口向母亲要一元多钱的时候，内心里不缺少勇气？

当年的我们，视父母一天的工资是多么非同小可啊！但我想有一本《青年近卫军》想得整天失魂落魄，无精打采。我从同学家的收音机里听到过几次《青年近卫军》长篇小说连续广播。那时我家的破收音机已经卖了，被我和弟弟妹妹们吃进肚子里了。直接吃进肚子里的东西当然不能取代“精神食粮”。我那时还不知道什么叫“维他命”，更没从谁口中听说过“卡路里”，但头脑却喜欢“革命英雄主义”，一如今天的女孩子们喜欢嚼泡泡糖。

在自己对自己的怂恿之下，我到母亲的工厂向母亲要钱。母亲那一年被铁路工厂辞退了，为了每月三十元的收入，又在一个街道小厂上班。一个加工棉胶鞋帮的中世纪奴隶作坊式的街道小厂。

一排破窗，至少有三分之一埋在地下了。门也是，所以只能朝里开。窗玻璃脏得失去了透明度，黑玻璃一样。我不是迈进门而是跃进门去的，我没想到门里的地面比门外的地面低半米。一张踏脚的小条凳权做门里台阶，我踏翻了它，跌进门的情形如同掉进一个深坑。

那是我第一次到母亲为我们挣钱的那个地方。空间非常低矮，低矮得使人感到压抑。不足两百平方米的厂房，四壁潮湿颓败，七八十台破缝纫机一行行排列着，七八十个都不算年轻的女人忙碌在自己的缝纫机后。因为光线阴暗，每个女人头上方都吊着一只灯泡。正是酷暑炎夏，窗不能开，七八十个女人的身体和七八十只灯泡所散发的热量，使我感到犹如身在蒸笼。

那些女人热得只穿背心。有的背心肥大，有的背心瘦小，有的穿的还是男人的背心，暴露出相当一部分丰厚或者干瘪的胸脯，千奇百怪。毡絮如同褐色的重雾，如同漫漫的雪花，在女人们在母亲们之间纷纷扬扬地飘荡。而她们不得不一个个戴着口罩。女人们母亲们的口罩上，都有三个实心的褐色的圆。那是因为她们的鼻孔和嘴的呼吸将口罩浸湿了，毡絮附着在上面。女人们母亲们的头发、臂膀和背心也差不多都变成了褐色的，毛茸茸的褐色。我觉得自己恍如置身在山顶洞人时期的女人们母亲们之间。我呆呆地将那些女人们母亲们扫视一遍，却发现不了我的母亲。七八十台破缝纫机发出的噪声震耳欲聋。

“你找谁？”一个用竹篾拍竹毡絮的老头儿对我大声嚷，却没停止拍打，毛茸茸的褐色的老头儿像一只老雄猿。

“找我妈！”

“你妈是谁？”

我大声说出了母亲的名字。

“那儿！”老头朝最里边的一个角落一指。

我穿过一排排缝纫机，走到那个角落，看见一个极其瘦弱的毛茸茸的褐色的脊背弯曲着，头凑近在缝纫机机板上。周围几只灯泡的电热烤我的脸。

“妈……妈……”

背直起来了，我的母亲。转过身来了，我的母亲。肮脏的毛茸茸的褐色的口罩上方，眼神儿疲竭的、我熟悉的一双眼睛吃惊地望着我，我的母亲的眼睛。

母亲大声问：“你来干什么？”

“我……”

“有事快说，别耽误妈干活！”

“我……要钱……”我本已不想说出“要钱”两字，可是竟说出来了！

“要钱干什么？”

“买书……”

“多少钱？”

“一元五角就行……”

母亲翻出衣兜，掏出一卷毛票，用指尖龟裂的手指点着。

旁边一个女人停止踏缝纫机，向母亲探过身，喊道：“大姐，别给！

没你这么当妈的！供他们吃，供他们穿，供他们上学，还供他们看图书啊！……”又对我喊：“你看你妈这是在怎么挣钱？你忍心朝你妈要钱买图书啊！……”

母亲却已将钱塞在我手心里了，大声回答那个女人：“谁叫我们是当妈的啊！我挺高兴他爱看书的！”

母亲说完，立刻又坐了下去，立刻又弯曲了背，立刻又将头俯在缝纫机机板上，立刻又陷入手脚并用的机械忙碌状态……

那一天我第一次发现，我的母亲原来是那么瘦小，竟快是一个老女人了！那时我努力想回忆起一个年轻母亲的形象，竟回忆不起母亲她何时年轻过。

那一天我第一次觉得我长大了，应该是一个大人了，并因自己十五岁了才意识到自己应该是一个大人了而感到羞愧难当，无地自容。我鼻子一酸，攥着钱跑了出去……

那天我用那一元五毛钱给母亲买了一听水果罐头。

“你这孩子，谁叫你给我买水果罐头的？不是你说买书，妈才会舍得给你钱的吗？”

那一天母亲数落了我一顿，数落完了我，又给我凑足了买《青年近卫军》的钱……

我想我没有权利用那钱再买任何别的东西，无论为自己还是为母亲。从此我有了第一本长篇小说……后来我又有了第二本、第三本、第四本、第五本……《钢铁是怎样炼成的》《牛牤》《勇敢》《幸福》《红旗谣》……我再也没因想买书而开口向母亲要过钱。

我是大人了，我开始挣钱了——拉小套。在火车站货运场、济虹桥坡下、市郊公路上……你用自己辛辛苦苦挣的钱买书时，你尤其会觉得你买的乃是世界上最值得花钱、最好的东西。于是我有了三十几本长篇小说。十五岁的我爱书如同女人之爱美，向别人炫耀我的书是我当年最大的虚荣。

三年后几乎一切书都成了“毒草”。学校在烧书，图书馆在烧书，一切有书的家庭在烧书。自己不烧，别人会到你家里查抄，结果还是免不了被烧。普通人的家庭只剩下了一个人的书，并且要摆在最显眼的地方。街道的使命之一也是挨家挨户查抄“毒草”并焚烧之。

“老梁家的，听说你们这个院儿里，顶数你们家孩子买的黑书多啦，通通交出来吧！”

面对闯入家中的人们，母亲镇定地声明：“我是文盲，不知哪些书是黑书。”

“除了毛主席和林副统帅的书，全是黑书、毒草。这个简单明白的革命道理文盲也是应该懂得的！”

“我儿子的书，我已经烧了，烧光了，现时我家只有那几本红宝书了。”母亲指给他们看。

他们怀疑。母亲便端出一盆纸灰：“怕你们不信，所以保留着纸灰给你们验证。若从我家搜出一本黑书，你们批判我。”

“听说你儿子几十本书呢，就烧成这么一盆纸灰？”

“都烧了，十来盆呢。我不过只保留了一盆给你们看。”母亲一副分外虔诚老实的样子。

他们信了。他们走时，母亲问：“那么这一盆纸灰我也可以倒了吧？”

他们善意地说：“别倒哇！留着，好好保留着。我们信了，兴许今后再来查一遍的人们还不信啊，保留着是有必要的！”

纸灰是预先烧的旧报，我的书，早已在母亲的帮助下，糊在顶棚上了。我下乡前，撕开糊棚纸，将书从顶棚取下，放在一只箱子里，锁了，藏在床下最里头。我将钥匙交给母亲时说：“妈，你千万别让任何人打开那箱子。”

母亲郑重地接过钥匙：“你放心下乡去吧！若是咱家失火了，我也吩咐你弟弟妹妹们抢救那箱子。”

我信任母亲。但我离开城市时，心怀着深深的忧郁。我的书我的一个世界上了锁，并且由我的母亲像忠仆一样替我保管，我没有什么可不放心的。然而谁来替我分担母亲的愁苦呢？即使能够分担一点点？

我知道，不久三弟也是要下乡的，接着将会轮到四弟。那么家中就只剩下挑不动水的妹妹、疯了的哥哥和我瘦小的憔悴的积劳成疾的母亲了！我们将只能和父亲一样，从相反的两个方向——大东北和大西北遥遥地关注我们日益破败的家了……

母亲越是刚强地隐藏着愁苦，我越是深深地怜悯母亲。上帝保佑，我的家并未失过火。却因房屋深陷地下，如同母亲挣钱的那个小厂一样，夏季里不知被雨水淹了多少次。

一九七九年，时隔五载，我第一次从北京回家探亲，帮助母亲从家中清除破烂东西，打床底下拖出那只挺沉的箱子，它布满了滑溜溜的霉苔。

我问母亲：“妈，这箱子里装的什么呀？”母亲看着，回忆着，和我一样想不起来。

“妈，把打开这锁的钥匙给我……”

“妈也记不清楚哪把钥匙是开这把锁的了，你试试吧！”母亲从兜里掏出一串钥匙给我。

锁已锈死，哪一把钥匙也打不开，最后被我用砖头砸开了。掀开箱盖，一股霉味直冲鼻腔。一箱子书成了一箱子发黄的碎纸。碎纸中有几个粉红色的小小的生命在蠕动。我砰地关上了箱子盖，并用双手使劲按住，仿佛箱子内有一个面目狰狞的魔鬼。

“那箱子里到底是什么呀？”母亲困惑地又问了一句……

父亲带着一颗受了伤的心离开北京回四弟家中去住了，我致信三弟希望母亲能到北京来住。这是一九八五年的事。算起来我有六年未见母亲了。父亲的走，使我更加想念母亲。我心中常被一种潜在的恐慌所滋扰，我总觉得一个不可避免的事实伏在距离我很近的日子里，当它突然跃到我跟前时，我不知如何承受那悲哀和内疚和惭愧。

母亲很快便来到了北京。母亲是感知到了我的心情吗？我和妻每夜宿在办公室，将我们那十三平方米的小小居室让给了母亲和安徽小阿姨秀华和我们三岁半的儿子。一老一少两个女人和一个孩子夜夜挤在一张并不宽大的硬床上。

母亲满口全是假牙了。

母亲的眼病更严重了。

“你是她什么人？”在积水潭医院眼科，医生对母亲的双眼仔细检查了一番后，冷冷地问我。

“儿子。”

“为什么到了这种地步才来看？”

我无言以对，我知道弟弟妹妹们为了治好母亲的眼睛，已是付出了许多儿女的义务和孝心，我也听出了医生话中谴责的意味。

“眼翳是难以去除了，太厚，手术效果不会理想的，而且也极可能伤到瞳仁……”

“那——至少，是应该可以植假睫毛的吧？……”可怜的母亲，双眼连一根睫毛也没有了，丧失了保护的眼睛常被炎症所苦。

“应该想到的事，你不认为你想到的有些晚了吗？眼皮已经这么松弛了，植了假睫毛还是会向内翻，更增加痛苦。”

“那……”

“多大年纪了？”

“六十七了。”

“哦，这么大年纪了……开几瓶常用药水吧，每天给你母亲点几次，保持眼睛卫生……这更现实些……”

我搀扶着母亲，兜里揣着几瓶眼药水，缓慢地往医院外面走。

默默地我不知对母亲说什么话好。十五岁那一年，我到母亲为养活我们而挣钱的那个地方的一幕幕情形，从此以后更经常地浮现在我脑际，竟至使我对类似踏缝纫机的一切声音和一切近于褐色的颜色产生极度的敏感。

“儿，你替妈难过了？别难过，医生说得对，妈这么大年纪了，治好治不好的又怎么样呢！……”

八岁的儿子，有着比我在十五岁时数量多得多的“书”——《卡通连环画册》《看图识字》《幼儿英语》《智力训练》什么什么的。妻的工资并不高，甚至可以说是“低收入阶层”，却很相信“智力投资”这一类宣传。如这等模样的书，妻也看，儿子也看，因为妻得对儿子进行启蒙式教育。倘我在写作，照例需要相对的安静，则必得将全部的书摊在床上或地下，一任儿子作践，以摆脱他片刻的纠缠。结果更值得同情的不是我，而是他的那些“书”。

触目皆是儿子的“书”，将儿子的爸爸的“读物”从随手可取排挤到无可置处，我觉得愤愤不平，看着心乱。既要将自己的书进行整理归置，又要定期对儿子那些被他作践得很惨的“书”加以扫荡，毫不吝惜。

这时候，母亲每每跟着我踱出家门，站于门口，望着我将那些“书”扔到哪儿去了，随后捡回，如是频频，我不知觉。

一天，我跨入家门，又见满床满桌全是幼儿读物的杂乱情形，正在摆布的却不是儿子，而是母亲。糨糊、剪刀、纸条，一应俱全。母亲正在粘那些“书”。那些曾被儿子作践得很惨被我扔掉过的“书”。母亲唯恐我心烦，慌慌地立刻就要收起来。

我拿起一册翻看，母亲粘得那么细致。我说：“妈，别粘了。粘得再好，梁爽也是不看的，这些书早对他失去吸引力了！”

母亲说：“我寻思着，扔了怪让人心疼的不是……要不让我都粘好，送给别人家孩子吧，也比扔了强啊！”

我说：“破旧的，怎么送得出手？没谁要，妈你瞧，你也不是按着页码粘的，隔三岔五，你再瞧这几页，粘倒了呀！……”

母亲说：“唉，我这眼啊，要不寄给你弟弟妹妹们的孩子，或者托人捎给他们？”

我说：“千里迢迢，给弟弟妹妹们的孩子寄回去捎回去一些破的旧的画册？弟弟妹妹们心里不想什么，弟妹们和弟媳妹夫还不取笑我？”

母亲说：“那……我真是白粘了吗？……就非扔不可了吗？粘好保

存起来，过几年，梁爽他长大了几岁，再给他看，兴许他又像没看过似的吧？”

我说：“也可能，妈你愿粘，就粘吧。粘成什么样都没关系，我不心烦。”于是我和母亲一块儿粘。

收音机里播着一支歌：

旧鞋子穿破了不扔为何？
老先生老太太他们实在太啰唆……

我想像我这样的一个儿子，是没有任何权利嘲弄和调侃穷困在我的母亲身上造成的深痕的。在如今的消费心理和消费方式下，这一点并不太使我这个儿子感到可笑，却使我感到它在现实中的格格不入的投影是那么凄凉而又咄咄逼人。

我必庄重。对于我的母亲所做的这一切似乎没有意义的事情，我必庄重。我认为那是母亲的一种权利，一种特权。我必服从，我必虔诚。我不能连母亲这一点点权利都缺乏理解地剥夺了！

我知道床下，柜下，还藏着一些饮料筒儿、饼干盒儿、杂七杂八的好看的小瓶儿什么的，对于十三平方米的居室，它们完全是多余之物，毫无用处。我装作不知。是的，我必庄重。

它没什么值得嘲弄和调侃的。倘发自于我，是我的丑陋。尽管我也不得不定期加以清除，但绝不当着母亲的面，并且不忍彻底，总要给母亲留下些她也许很看重的……

一天，我嘱咐小阿姨秀华带母亲到厂内的浴室洗澡。母亲被烫伤了，是两个邻居架回来的。

我问邻居：“秀华呢？”

她们说她仍在洗。

我从没对小阿姨表情严厉地说过话。但那一天我生气了，待她高高兴兴地踏进家门之后，我板起脸问她：“奶奶烫伤了你知道不知道？”

“知道呀！”

“知道你还继续洗？”

“我以为……不严重……”

“你以为……你以为！那么你当时都没走到奶奶身边儿去看看了？我怎么嘱咐你的！……”

母亲见我吼起来，连说：“是不严重，是不严重，你就别埋怨她了……”

半个多月内，母亲默默忍受着伤痛。没说过一句抱怨之词。

母亲又失去了假牙。母亲一天将假牙取下泡在漱口杯里，被粗心大意的小阿姨连水泼掉了。

母亲没法儿吃东西了，每顿只能喝粥。

我正要带母亲去配牙那一天，妹妹拍来了电报。我看过之后，撕了。

母亲问："什么事？"

我说："没什么事。"

"没什么事哪会拍电报？"母亲再三追问。

尽管我不愿意，但终于不得不告诉母亲——长住精神病院的大哥又出院了……

母亲许久未说话。

我也许久未说话。

到办公室睡觉之前，我低声问母亲："妈，给你订哪天的火车票？"

母亲说："越早越好，越早越好。我不早早回去，你四弟又不能上班了！"母亲分明更是向对自己说。

我求人给母亲买到了两天后的火车票，走时，母亲嘱咐我："别忘了把那瓶灌油和那卷药布给我带上。"

我说："妈，你烫的伤还没好？"

母亲说："好了。"

我说："好了还用带？"

母亲说："就快好了。"

我说："妈，我得看看。"

母亲说："别看了。"

我坚持要看，母亲只好解开了衣襟——母亲干瘪的胸脯前仍是一大片未愈的烫伤的溃面！我的心疼得抽搐了。我不忍直视，转过脸说："妈，我不能让你这样走！"

母亲说："你也得为你四弟的难处想想啊！"

……

母亲走了，带着一身烫伤，失落了她的假牙；留下的，是母亲的临时挂号证，上面写着眼科医生草率的字——已无手术价值。

今年春季，大舅患癌症去世了。早在一九六四年，老舅已经去世了。母亲的家族，如今只活着母亲一个女人了，老而多病，如同一段枯朽的树根，且仍担负着一位老母亲对子女们的种种的责任感。那将是母亲至死也无法摆脱得了的。

我想我一定要在母亲悲痛的时候回到母亲身旁去，我想如果我不去就简直太浑蛋了！于是我回到了哈尔滨。

母亲更瘦更老更憔悴了，真正的就好似根雕一个样子！母亲面容之上仿佛并无悲痛。那一副漠漠然的神态令我内心酸楚。母亲其实已没有丝毫能力担负她的责任和使命了呀！母亲好比是一只老猫，命在旦夕，只有关注着她的亲人和儿女们在这个世界上艰难地死去的份儿了！母亲那苍老的生命大概已完全丧失了体现她内心悲痛和怜悯之情的活力了吧？

在四弟家里，只有我和母亲两个人的时候，母亲强打起她最后的尊严，问我："你写的那篇叫《雪城》的书，为什么闹得满世界风风雨雨？"

我缄默。

"为了稿费？"

"妈……不是……"

"不是？那究竟为什么？"

"听着，妈和你爸从来没指望你当什么作家。你既然已经是了，就要好好儿地当。妈和你爸都这么大年纪了，别在我们活着的时候，给我们丢脸……"

"妈……不是……"

"可报上是这么说的，你弟弟也是这么认为的，连你妈和你弟弟都不能原谅你的事，你还觉着自己没多大错吗？……"

"妈，我错了！我一定记住您老人家的话！……"那一刻，我真想给母亲跪下，告诉母亲我心里的实话——为了好好当一个作家，我活得多么苦多么累！

母亲对我已无他求。

"不会干别的才写小说"——这一句话恰恰应了我的情况。在这大千世界上我已别无选择，没了退路！母亲，放心吧。我会记住你的话，一辈子！

若有人问我最大的愿望是什么？我会毫不犹豫地回答：将我的老母亲老父亲接到我的身边来，让我为他们尽一点儿人子的孝心。然而我知道，这愿望几乎等于是一种幻想是一个泡影。在我的老母亲和老父亲活着的时候，大致是可以这样认为的。

我最最衷心地虔诚地感激哈尔滨市政府为我的老父亲和老母亲解决了晚年老有所居的问题。使他们还能和我的四弟住在一起。若无这一恩德降临，在这家原先那被四个家庭三代人和一个精神病患者分居的二十六平方米的低矮残破的生存空间，我的老母亲老父亲岂不是只有被挤到天棚上去住吗？而父亲作为我们共和国的第一代建筑工人，为我们的共和国付出了三十余年汗水和力气。

我的哈尔滨我的母亲城，身为一个作家，我却没有也不能够为你做些什么实际的贡献！这一内疚是为终生的疚惭。梁晓声他本非衔恩不报之人！

对于那些读了我的小说《溃疡》给我写来由衷的信，愿真诚地将他们的住房让出一间半间暂借我老母亲老父亲栖身的人们，我也永远地对你们怀着深深的感激。

这类事情的重要意义是，表明我们的生活中毕竟还存在着善良。

我们北影一幢新楼拔地而起。分房条例规定：副处以上干部，可加八分，得一次全国奖之艺术人员，可加二分，我只得过三次全国中短篇小说奖，填表前向文学部参加分房小组的同志核实，他同情地说："那是指茅盾奖而言，普通的全国奖不算。"我自忖得过三次普通的全国中短篇奖已属文坛幸运儿，从不敢做得三次茅盾奖的美梦。而命运之神即使偏心地只拥抱我一个人，三次茅盾奖之总分也还是比一位副处长少二分，而我们共和国的副处长该是作家人数的几百倍呢？

母亲啊，您也要好好儿地活着呀！您可要等啊！您千万要等啊！求求您了，母亲！母亲啊，在您那忧愁的凝聚满了苦涩的内心里，除了希望您的儿子"好好儿地"当一个作家，真就别无所求了吗？……

淫雨是停歇了。瘦叶是静止了。这一个孤独的日子，我想念我的母亲。有三只眼睛隔窗瞅我，都是那杨树的眼睛。愣愣地呆呆地瞅我，瞅着想念母亲的我。邻家的孩子在唱着一首流行的歌：

杨树杨树生生不息的杨树，
就像那妈妈一样，
谁说赤条条无牵挂？……

由我的老母亲联想到千千万万的几乎一代人的母亲中，那些平凡的甚至可以认为是平庸的在社会最底层喘息着苍老了生命的女人们，对于她们的儿子，该都是些高贵的母亲吧？一个个写来，都是些充满了苦涩的温馨和坚忍之精神的故事吧？

我之愀然是为心作。

妈！……遥远地，我像山东汉子一样呼喊您一声，您可听到……

父亲与茶

父亲是从不饮茶的。

我想，他年轻时大约也在什么场合饮过几次茶的吧。当然，那天他肯定被失眠折磨了，结果就畏茶如畏虎，正如酒于父亲也是如此。

一九六三年冬季，春节前，父亲从四川辗转数千公里回到了家。四川是他支援大三线建设的最后停驻地。他背回了一个自己缝做的特大的帆布袋，里边剩有二十几个冻得很硬的大米面馒头、三双从工地上捡的劳保鞋、十几双线织的劳保手套、四顶兔毛帽子、几件毛线背心……五十来斤四川大米。

父亲背着如上东西，首先要从山岭间搭来往于工地的运输卡车到乐山，再从乐山乘长途公共汽车到成都，从成都乘列车到北京，从北京转乘列车到哈尔滨。

当年的中国列车，最快时速也就八十公里，而通常的时速是六十公里。从四川到哈尔滨，父亲经历了五整天。一名建筑工人的探亲假是不能享受卧铺的。当年一名乘客即使买的是有座票，在长途列车上其实无座可坐是司空见惯之事。因为当年列车超载很正常，有时超载人数甚至过半。而有些城市的列车站干脆售的就是无座票。春节前是客运高峰时期，许多要赶回家过春节的人能买到一张无座票已觉相当幸运。在列车经常严重超载的时期，列车上往往这么广播：各位乘客，本次列车由于超载，决定取消座号，请乘客们发扬社会主义风格，互相谦让，轮流而坐。男同志应该照顾女同志，成年人应该照顾老弱病残及儿童……

父亲不但是成年人，而且是穿工作服的受人尊敬的工人阶级之一员，他一路上当然会自觉发扬社会主义风格。换一种说法那就是，五个整天里他肯定经常是站在列车里的。

父亲回到家里时，双腿肿胀得一按一个坑，却那么高兴。

二十几个冻得很硬的馒头中，有半个上面留下了父亲的牙印。三双劳保鞋是翻毛水牛皮的，每一只都有磨破处，也都被父亲用皮片儿补好了。那是他从工地上捡的，带回来给我、哥哥和三弟穿。三双由父亲补过的劳保鞋，对于我们兄弟三人的脚都未免太大了。线手套也是父亲从工地上捡的，也都由父亲补过了。而毛线背心，则是父亲将捡到的但破得没法补的手套拆成了线，再用染料染了，一针针织成的。有母亲一件，还有妹妹一件。四顶兔毛帽子却是新的，是列车经过西北某站时父亲在站台上买的，我们兄弟四人一人一顶。

父亲最后从大帆布袋里取出的是一个牛皮纸包，有包一斤蛋糕的纸包那么大。

他将纸包递给母亲时叮嘱说："这是茶，在咱们东北是稀罕东西，哪天要分给邻居，放好，千万别沾水。"

一九六三年我已经十四岁了，还没见过茶。但从读过的小说里知道，茶是南方有身份人家待客的饮料。

第二天，父亲和母亲一块儿将茶分成十多份，一一用红纸包好。红纸是我替母亲买的，五分钱一张，母亲让我买了两张。母亲本是要用红纸亲手做拉花的，而父亲坚决主张用红纸包茶，说那才显得心诚。我在一旁裁红纸时，母亲絮叨些舍不得的话。

母亲陪着父亲，挨家挨户将茶送给邻居，回家时都满脸高兴，我想那足以证明，收到茶的邻居们也都是很高兴的。

初一上午，全院孩子们大串门儿。在我们那个大院儿，拜年首先是由小字辈开始的。

一户邻居家的大婶问我："除了茶，你爸还带回了什么好东西呀？"

随口一问的话。

我说："还带回了五十多斤大米呢！"

也是随口一答的话。

就见大婶和大叔交换了一次意味深长的眼神儿。

那是一户和我家关系最好的邻居。

我当时因大叔大婶的眼神很觉奇怪。

初二晚上，和我家关系最好的邻居家的女孩来到了我家，将用红纸包着的茶原封不动退送给我家了。女孩代她爹妈说："我家没人喜欢饮茶，好东西别白瞎了。"

在我看来，那是一件挺正常的事。几年也见不着一次茶的哈尔滨人，对待并不留下吃饭的客人的礼节分为三个等级——白开水、白糖水、红糖水。至于茶，其实并不比红糖水的规格更高。所以既然不喜欢饮，再给我家送回来挺自然的。

女孩走后，父亲和母亲满脸困惑了。

父亲说："别是因为有什么事使人家不高兴了吧？"

母亲说："一向处得很好啊！"

想了想，问我初一去拜年时说了什么不得体的话没有。

我就将我在邻居家说过的话又说了一遍，因母亲之问感到冤枉。

父亲一拍脑门说："错！错！怎么没想到也送些大米给人家？"

一九六三年中国许多省发生旱情，水稻严重减产。哈尔滨市的居民，由每人每月二斤大米减少到一斤。那女孩的姥姥姥爷都是南方人，他家的大米从来不曾为过春节攒下过。

母亲此时也想到了这一点，后悔极了，而父亲已搬出米袋子往一只盆里倒米了。

母亲说行了。

父亲说太少。

但母亲接着说出一句话，使父亲犹豫不决了。

母亲说的是："只送给一家，其他几家不送，邻里间还不分出远近来了？再者，是人家把茶送回来了在先，咱们又送米过去在后，不是反而闹得双方面都不尴不尬的？"

如果给每户邻居都送些米，哪怕一户两三斤，那父亲千里迢迢背回的米也就只剩一小半了。别说母亲多么舍不得了，连父亲也觉得像割肉，而我们几个儿女更舍不得。

大米呵！尽管只不过是四川糙米。

米最终没送。

那包茶母亲后来送给了别人家。

我们两家邻居的关系，并没因而出现裂痕。但两家的大人孩子，心里都留下了隐隐的不悦，只不过都尽量掩饰。

父亲临走时还埋怨我："你说那么一句干什么呀！……"

从此，我与父亲天各一方，每隔多年才能同时与家人团圆，每次团圆仅两个星期。并且，通信也少。因为父亲只不过在"扫盲"运动中识过不多的字，我的信他若不请人读，自己是看不明了的。而父亲又必亲笔回信，仅一页纸而已，字体大且歪歪扭扭，夹杂着错别字。这使我每次给父亲写信，难免总是犹豫不决。

一九七一年，也是春节前，我从兵团回哈尔滨探家。那个冬季多雪而寒冷。父亲原本是准备与我同时探家的，却没成行——他在家信中写的原因是："建设任务紧张，请不下假来。"

自从一九六三年我与父亲一别，我们父子二人已八年没见过面了。

母亲在八年中苍老成一个老太婆了。

母亲告诉我——父亲从四川寄回了一斤茶叶，信上说是花八元钱买的头季芽茶，要我在春节前按地址送给某人。那一年我已二十二岁，还没饮过一口茶水呢。父亲每月最多才能往家里寄四十元，自己又节俭得要命，都舍不得花几分钱买食堂的菜吃，一块腐乳下三天的饭，却居然用八元钱买一斤茶，千里迢迢地寄回来送人，我想父亲一定是欠了对方极大的人情。

某天我就去替父亲送茶。哥哥疯着，母亲关节炎很重，三弟也下乡了，四弟小妹没办过重要之事，那一斤珍贵的茶只有我去送了。在当年的哈尔滨，整整一斤四川的好茶，确乎算得上珍贵了。

地址是“动力之乡”的一处工人居住区。“动力之乡”在郊区，我家离那儿有三十多里，且交通不便。当年是没有什么出租车的。

我先乘公共汽车到了郊区某站，下车后开始步行。由于那一段公路来往车辆少，一尺多深的积雪尚未被压平。我一脚一个雪坑走了二十来里，才终于到达“动力之乡”。在那一带，样式一律的平房和楼群左一片右一片，此片彼片相距挺远。父亲寄给家中的地址上仅写了第几工人宿舍区第几排第几号，而那是根本不能将茶送到的。因为当年的“动力之乡”，是由三个大厂组成的。每个厂又分干部宿舍区和工人宿舍区；多数干部住楼房，多数工人住平房。这些父亲都没写清楚，我忽东忽西奔走了一个多小时也没打听出个结果，最后只有气喘吁吁、万般无奈地站立在冰天雪地之中，望楼群而沮丧，望一排排平房而无奈。

我回到家时天已黑了。

我将一斤好茶丢在公共汽车上了。

当母亲听我说非但没将茶送到，还将茶丢了，眼神呆呆地望着我，整个人被定身法定住了似的。

许久，母亲才缓过神来，惴惴不安地说：“这可咋办？这可咋办？我猜你爸肯定是遭遇到了特别为难的事，急着求人帮忙化解，不然会舍得花八元钱买一斤茶送人？你知道的，你爸他可是万事不求人的性格啊！这可咋办？儿子这可咋办啊？由谁写信告诉你爸实情呢？咱们总不该撒谎骗他吧？……”

父亲的性格我当然清楚。

母亲的猜想也正是我的猜想。

当然告诉父亲实情才是唯一正确的做法。

我对母亲内疚地说：“妈，别急成这样。急也没用，由我写信告诉我爸。”

因为那一斤茶的丢失，一九七一年的春节我们全家谁都高兴不起来。八元钱一斤的四川好茶也只不过是茶，我们和母亲高兴不起来的主要原因是一种大的担忧——父亲他究竟遭遇到了什么事，使他这个从不求人的人非求人不可？……

我回到了连队才给父亲写信。

我在信中实话实说，承认那包茶被我丢失了。接着用一大段文字细写我寻找地址上的人家多么多么不容易，我认为那种客观原因也是必须让父亲了解的。再接着，批评父亲粗心大意，自己应该将地址写详细了嘛。最后，询问父亲究竟遇到了什么为难的事，是否超出了自己克服不了，非求人相助不可的程度？如果并没超出，那么还莫如自己迎难而上克服过去为好。那样一些话，想不写出儿子反过来教诲父亲的意味也不可能。

一九七一年整整一年内，父亲没回信。我明白，我伤了父亲的自尊心，他生我气了。

转眼到了一九七三年夏季，我又一次探家。而父亲，也终于与我同时探了一次家。那一年是我下乡的第五个年头，屈指算来，我与父亲整整十年没相见了。

父亲已秃顶。我印象中那个身体强健的父亲，变成了形销骨立的老父亲，两眼却还是那么炯炯有神。也唯有此点，仍能显出他倔强又正直的老工人的性格。

父亲又带回了一斤好茶。

他要亲自将茶送给据他所说的“一个好人”。但他出示的地址，还是两年前使我白辛苦了一次的地址。

我说按照那个地址他肯定也会白辛苦一次。他却一意孤行。没法子，我只得相陪而往。

一路上，我和父亲都矢口不提两年前被我丢失了的那一斤好茶。我也没因两年前写给父亲那封信而向父亲认错，因那么一来，就会提到那一斤被我丢失的好茶。而父亲也没解释什么，更没训我，仿佛两年前我们父子之间根本没发生过什么不愉快的事。

一九七一年，“动力之乡”已是哈尔滨市的一个远郊之区了。我和父亲用了更长的时间寻找“一个好人”的家，却没找到。那天很热，我和父亲心里同样着急，我们父子俩的衣服都被汗湿透了。

回家的路上，我忍不住埋怨了父亲几句，惹得父亲光火起来，站在路旁冲我吼：“我是你父亲！我做什么事自有我的道理！你不埋怨我就不行啊？”

我也冒火了，大声顶撞：“我哥哥生病了，我已经是家里实际上的长子，你究竟遇到了什么事不必也不应该瞒我！我有权知道！”

父亲气得举起了巴掌，几乎就要扇我一耳光……

团圆的日子里，父亲一直生我的气。到他回四川的前一天，他的气才终于消了些。我往列车站送他时，他没头没脑地说了一句："到该告诉你知道的时候，当然就会告诉你。但也许，一辈子都不告诉你，也不告诉你妈，更不告诉你弟弟妹妹！……"

父亲将他亲自带回的一斤茶又带回了四川，怕留在家里，母亲收藏得不好，糟蹋了。

他的话，使我心怀不安地离开了家。

一九七七年春节前，我从北京回到了哈尔滨。一九七七年的我已经是北京电影制片厂的一名编辑了，而父亲已经退休了。父亲是六十三岁才退休的，因为家中生活困难，单位照顾他晚退休三年。

还是雪后的一天，父亲命我陪他将他再次从四川带回的那斤茶给他所言的"一个好人"送去。那斤茶，第一次带回哈尔滨时是绿的，再次被父亲带回时，已是褐色的了。父亲舍不得一次次花钱买，请四川茶厂里的茶工将那斤茶焙成了干茶，那样就容易保存了。

我提醒父亲："如果还是原先那地址，不去也罢。明明找不到却非去，何必呢？"

父亲表情深沉地说："有新地址了。现在的地址确切无误，今天咱们一定会找到他。"

路上，父亲告诉我，"文革"开始不久，他这名获得过许多奖状的老建设工人，竟被不知何人写的一封信揭发成了"伪满时期"的"汉奸特务"。因为父亲会说几句日本话，档案里又有在日本药店当过小伙计的记载，所以造反派们对揭发深信不疑……

"他们将我两条胳膊反吊起来拷打我，像当年的日本人拷打咱们抗日的中国人一样。不但逼我承认自己是汉奸特务，还逼我揭发别的汉奸特务。我横下一条心，诬陷我的事，打死我也不承认……"

父亲讲得很平静，我却听得惊心动魄——那是我这个"红五类"的儿子根本想不到的事。

我心疼地低声说："爸，其实你当时承认了也没什么。好汉不吃眼前亏啊。"

父亲说："那不行。我如果承认了，你一九七四年还能上大学吗？我如果承认了，咱家不就一下子变成'黑五类'家庭了？你们能一下子承受得住日后的种种歧视吗？我如果承认了，继续逼我揭发别人，那我又该怎么办？所以当年我只能横下一条心，诬陷在我头上的事，打死也不承认……"

父亲的话使我的眼泪顿时夺眶而出。

我和父亲并没再去“动力之乡”，父亲引领我来到了近郊的一处公墓。在一座木碑上，刻着“一个好人”的姓名。

父亲说：“就是他，咱们山东的一个人。也是我十七岁那年到东北以后，给过我许多爱护的人。当年是他介绍我到一家挺大的日本药店去做小伙计的，而我经常向他汇报日本人尤其日本军人到药店去开药的情况。当年我就猜到了他是抗联的人，一九四九年后他当上了一个县的武装部部长。‘文革’中四川的造反派来到哈尔滨向他搞外调，巴不得由他证明我千真万确曾是‘汉奸特务’。那时他自己也进了‘牛棚’，但他将那些造反派顶得一愣一愣的。他说——你们想要从我这儿得到证言的事，完全是胡说八道！所以，造反派们才不得不结束了对我的隔离审查，你才能够顺利地上了大学，咱们家才没成为‘黑五类’家庭。其实，我也不知道他有没有喝茶的习惯，但我总得表达一种心意吧！除了茶，我也再没什么更好的东西值得从四川带回来送给他呀！……”

父亲将那包从四川带回来又带回去退休后再带回来的茶和一瓶白酒，恭恭敬敬地放在坟前。

我说：“爸，这么放这儿不行，会被看到的人拿走的……”

不由自主地，我跪下了。

我将白酒浇在茶包上，用打火机将茶包点燃了。

……

我和父亲一样，既是一个不喜欢喝酒的人，也是一个不喜欢饮茶的人。

父亲已于十几年前去世了。

如今茶已成了中国人之间普遍送来送去的礼品，而且包装越来越讲究，甚至到了不必要的极其考究的程度。

而我每每地回忆起父亲与茶，也可以说是我们全家与茶的那一段往事……

父亲的演员生涯

父亲去世已经一个月了。

我仍为父亲戴着黑纱。

有几次出门前，我将黑纱摘了下来，但倏忽间，内心里涌起一种怅然若失的情感，便又戴上了。我不可能永不摘下，我想。这是一种纯粹的个人情感，尽管这一种个人情感在我有不可殚言的虔意。我必得从伤绪之中解脱，也是无须别人劝慰我自己明白的。然而怀念是一种相会的形式，我们每人的情感都曾一度依赖于它……

这一个月里，又有电影或电视剧制片人员，到我家来请父亲去当群众演员。他们走后，我就独自静坐，回想起父亲当群众演员的一些微事……

一九八四年至一九八六年，父亲栖居北京的两年，曾在五六部电影和电视剧中当过群众演员。在北影院内，甚至范围缩小到我当年居住的十九号楼内，这乃是司空见惯的事。

父亲被选去当群众演员，毫无疑问地最初是由于他那十分惹人注目的胡子。父亲的胡子留得很长，长及上衣第二颗纽扣，总体银白，须梢金黄。谁见了都对我说：梁晓声，你老父亲的一把大胡子真帅！

父亲生前极爱惜他的胡子。兜里常揣着一柄木质小梳，闲来无事，就梳理。

记得有一次，我的儿子梁爽，天真发问："爷爷，你睡觉的时候，胡子是在被窝里，还是在被窝外呀？"

父亲一时答不上来。

那天晚上，父亲竟至于因为他的胡子而几乎彻夜失眠。竟至于捅醒我的母亲，问自己一向睡觉的时候，胡子究竟是在被窝里还是在被窝外。无论他将胡子放在被窝里还是放在被窝外，总觉得不那么对劲……

父亲第一次当群众演员，在《泥人常传奇》剧组，导演是李文化。副导演先找了父亲，父亲说得征求我的意见。父亲大概将当群众演员这回事看得太重，以为便等于投身了艺术。所以希望我替他做主，判断他到底能不能胜任。父亲从来不做自己胜任不了之事，他一生不喜欢那种滥竽充数的人。

我替父亲拒绝了。那时群众演员的酬金才两元。我之所以拒绝不是因为酬金低，而是因为我不愿我的老父亲在摄影机前被人呼来唤去的。

李文化亲自来找我——说他这部影片的群众演员中，少了一位长胡子老头儿。

“放心，我吩咐对老人家要格外尊重，要像尊重老演员们一样还不行吗？”——他这么保证。

无奈，我只好违心同意。

从此，父亲便开始了他的“演员生涯”——更准确地说，是“群众演员”生涯——在他七十四岁的时候……

父亲演的尽是迎着镜头走过来或背着镜头走过去的“角色”。说那也算“角色”，是太夸大其词了。不同的服装，使我的老父亲在镜头前成为老绅士、老乞丐，摆烟摊的或挑菜行卖的……

不久，便常有人对我说：“哎呀晓声，你父亲真好。演戏认真极了！”

父亲做什么事都认真极了。

但那也算“演戏”吗？

我每每一笑罢之。然而听到别人夸奖自己的父亲，内心里总是高兴的。

一次，我从办公室回家，经过北影一条街——就是那条旧北京假影街，见父亲端端地坐在台阶上。而导演们在摄影机前指手画脚地议论什么，不像再有群众场面要拍的样子。

时已中午，我走到父亲跟前，说：“爸爸，你还坐在这儿干什么呀？回家吃饭！”

父亲说：“不行。我不能离开。”

我问：“为什么？”

父亲回答：“我们导演说了——别的群众演员没事儿了，可以打发走了。但这位老人不能走，我还用得着他！”

父亲的语调中，很有一种自豪感似的。

父亲坐得很特别，那是一种正襟危坐。他身上的演员服，是一件褐色绸质长袍。他将长袍的后摆，掀起来搭在背上。而将长袍的前摆，卷起来放在膝上。他不依墙，也不靠什么。就那样子端端地坐着，也不知已经坐了多久。分明的，他唯恐那长袍沾了灰土或弄褶皱了……

父亲不肯离开，我只好去问导演。导演却已经把我的老父亲忘在脑后了，一个劲儿地向我道歉……中国的电影电视剧，群众演员的问题，对任何一位导演，都是很沮丧的事。往往地，需要十个群众演员，预先得组织十五六个，真开拍了，剩下一半就算不错。有些群众演员，钱一到手，人也便脚底板抹油，溜了。群众演员，在这一点上，真可谓相当出色地演着我们现实中的某些个“群众”。

难得有父亲这样的群众演员。我细思忖，都愿请我的老父亲当群众演员，当然并不完全因为他的胡子。那两年内，父亲睡在我的办公室。有时我因写作到深夜，常和父亲一块儿睡在办公室。有一天夜里，下起了大雨。我被雷声惊醒，翻了个身，黑暗中，恍惚发现父亲披着衣服坐在折叠床上吸烟。我好生奇怪，不安地询问：“爸，你怎么了？为什么夜里不睡觉吸烟？是不是有什么心事啊？”黑暗之中，但闻父亲叹了口气。许久，才听他说：“唉，我为我们导演发愁哇！他就怕这几天下雨……”

父亲不论在哪一个剧组当群众演员，都一概地称导演为“我们导演”。从这种称谓中我听得出来，他是把他自己——一个迎着镜头走过来或背着镜头走过去的群众演员，与一位导演联系得太紧密了。或者反过来说，他是把一位导演，与一个迎着镜头走过来或背着镜头走过去的群众演员联系得太紧密了。

而我认为这是荒唐的，实实在在是很犯不上的。我嘟哝地说：“爸，你替他操这份心干吗？下雨不下雨的，与你有什么关系？睡吧睡吧！”“有你这么说话的吗？”父亲教训我道，“全厂两千来人，等着这一部电影早拍完，才好发工资，发奖金！你不明白？你一点不关心？”

我佯装没听到，不吭声。

父亲刚来时，对于北影的事，常以“你们厂”如何如何而发议论，而发感慨。不知从什么时候开始，他不说“你们厂”了，只说“厂里”了。倒好像，他就是北影的一员。甚至倒好像，他就是北影的厂长……

天亮后，我起来，见父亲站在窗前发怔，我也不说什么。怕一说，使他觉得听了逆耳，惹他不高兴。后来父亲东找西找的。我问找什么，他说找雨具。他说要到拍摄现场去，看看今天究竟是能拍还是不能拍。他自言自语：“雨小多了嘛！万一能拍哪？万一能拍，我们导演找不到我，我们导演岂不是要发急吗？……”听他那口气，仿佛他是主角。我说：“爸，我替你打个电话，向你们剧组问问不就行了吗？”父亲不语，算是默许了。于是我就到走廊打电话，其实是给我自己打电话。回到办公室，我对父亲说：“电话打过了。你们组里今天不拍戏。”——我明知今天准拍不成。父亲火了，冲我吼：“你怎么骗我？！你明明不是给我们剧组打电话！我听得清清楚楚。你当我耳聋吗？”父亲怒冲冲地走出去了。我站在办公室窗口，见父亲在雨中大步疾行，不免羞愧。对于这样一位太认真的老父亲，我一筹莫展……父亲还在朝鲜的一部在中国选景的什么影片中当过群众演员。当父亲穿上一身朝鲜民族服装后，别提多么像一位朝鲜老人了。那位朝鲜导演也一直把他视为一位朝鲜老人。后来得知他不是，表示了很大的惊讶。也对父亲表示了很大的谢意，并单独同父亲合影留念。

那一天父亲特别高兴，对我说："我们中国的古人，主张干什么事都认真。要当群众演员，咱们就认认真真地当群众演员。咱们这样的中国人，外国人能不看重你吗？"

记得有天晚上，是一个星期六的晚上。我和妻子、父母亲一块儿包饺子，父亲擀皮儿。忽然父亲长叹一声，喃喃地说："唉，人啊，活着活着，就老了……"

一句话，使我、妻子、母亲面面相觑。母亲说："人，谁没老的时候？老了就老了呗！"父亲说："你不懂。"妻煮饺子时，小声对我说："爸今天是怎么了？你问问他。一句话说得全家怪纳闷怪伤感的……"吃过晚饭，我和父亲一同去办公室休息。睡前，我试探地问："爸，你今天又不高兴了吗？"父亲说："高兴啊。有什么不高兴的！"我说："那怎么包饺子的时候叹气，还自言自语老了老了的？"父亲笑了，说："昨天，我们导演指示——给这老爷子一句台词！连台词都让我说了，那不真算是演员了吗？我那么说你听着可以吗？……"我恍然大悟——原来父亲是在背台词。我就说："爸，我的话，也许你又不爱听。其实你愿怎么说都行！反正到时候，不会让你自己配音，得找个人替你再说一遍这句话。……"父亲果然又不高兴了。父亲又以教训的口吻说："要是都像你这种态度，那电影，能拍好吗？老百姓当然不愿意看！一句台词，光是说说的事吗？脸上的模样要是不对劲儿，不就成了嘴里说阴，脸上作晴了吗？"父亲的一番话，倒使我哑口无言。惭愧的是，我连父亲不但在其中当群众演员，而且说过一句台词的这部电影，究竟是哪个厂拍的，片名是什么，至今一无所知。我说得出片名的，仅仅三部电影——《泥人常传奇》《四世同堂》《白龙剑》。前几天，电视里重播电影《白龙剑》，妻忽指着屏幕说："梁爽，你看你爷爷！"我正在看书，目光立刻从书上移开，投向屏幕——哪里有父亲的影子……我急问："在哪儿在哪儿？"妻说："走过去了。"

是啊，父亲所"演"，不过就是些迎着镜头走过来或背着镜头走过去的群众角色。走得时间最长的，也不过就十几秒钟。然而父亲的确是一位极认真极投入的群众演员——与父亲"合作"过的导演们都这么说……

在我写这篇文字时，又有人打来电话——

"梁晓声？……"

"是我。"

“我们想请你父亲演个群众角色啊！……”

“这……我父亲已经去世了……”

“去世了？……对不起……”

对方的失望大大多于对方的歉意。

父亲一生认真做人，认真做事。连当群众演员，也认真到可爱的程度。这大概首先是与他愿意分不开的。一个退了休的老建筑工人，忽然在摄影机前走来走去，肯定是他的一份儿愉悦。人对自己反感之事，想要认真也是认真不起来的。这样解释，是完全解释得通的。但是我——他的儿子，如果仅仅得出这样的解释，则证明我对自己的父亲太缺乏了解了！

我想——“认真”二字，之所以成为父亲性格的主要特点，也许更因为他是一位建筑工人，几乎一辈子都是一位建筑工人，而且是一位优秀的获得过无数次奖状的建筑工人。

一种几乎终生的行业，必然铸成一个人明显的性格特点。建筑师们，是不会将他们设计的蓝图给予建筑工人——也即那些砖瓦泥灰匠们过目的。然而哪一座伟大的宏伟建筑，不是建筑工人们一砖一瓦盖起来的呢？正是那每一砖每一瓦，日复一日，月复一月，年复一年地，十几年、几十年地，培养成了一种认认真真的责任感。一种对未来之大厦矗立的高度的可敬的责任感。他们虽然明知，他们所参与的，不过一砖一瓦之劳，却甘愿通过他们的一砖一瓦之劳，促成别人的冠环之功。

他们的认真乃因为这正是他们的愉悦！

愿我们的生活中，对他人之事的认真，并能从中引出自己之愉悦的品格，发扬光大起来吧！

父亲是一个普通得不能再普通的人。父亲曾是一个认真的群众演员。或者说，父亲是一个“本色”的群众演员。

以我的父亲为镜，我常不免地问我自己——在生活这个大舞台上，我也是演员吗？我是一个什么样的演员呢？就表演艺术而言，我崇敬性格演员。对现实中人而言，恰恰相反，我崇敬每一个“本色”的人，而十分警惕“性格演员”……

母亲养蜗牛

母亲是住惯了大杂院的。

大杂院自有大杂院的温馨。邻里处得好，仿佛一个大家庭。故母亲初住在北京我这里时，被寂寞所囿的情形简直令我感到凄楚。单位只有一幢宿舍楼，大部分职工是中青年，当然不是母亲聊天的对象。由于年龄、经历、所关注事物之不同，除了工作方面的话题，他们甚至也不是我的聊天对象。我是早已习惯了寂寞的人，视清静为一天的好运气，一种特殊享受。而且我也早已习惯了自己和自己诉说，心灵的独白，那最佳方式便是写作。稿债多多，默默地落笔自语，成了我无法改变的生活定律了。

我们住的这幢楼，大多数日子，几乎是一幢空楼。白天是，晚上仿佛也是。人们在更多的时候不属于家，而属于摄制组。于是母亲几乎便是一位被“软禁”的老人了……

为了排遣母亲的寂寞，我向北影借了一只鹦鹉。就是电影《红楼梦》中黛玉养在“潇湘馆”的那一只。一个时期内，它成了母亲的伴友，常与母亲对望着，听母亲诉说不休。偶尔发一声叫，或嘎唔一阵，似乎就是“对话”了。但它有“工作”，是“明星”，不久又被“请”去拍电影了。母亲便又陷入寂寞和孤独的苦闷之中……

幸而住在我们楼上的人家“雪中送炭”，赠予母亲几只小蜗牛。并传授饲养方法，交代注意事项。那几个小东西，只有小指甲的一半儿那么大，呈粉红色，半透明，隐约可见内中居住着不轻易外出的胎儿似的小生命。其壳看上去极薄极脆，似乎不小心用指头一碰，便会碎了。

母亲非常喜欢它们，视若宝贝，将它们安置在一个漂亮的装过茶叶的铁盒儿里，还预先垫了潮湿的细沙。有了那么几个小生命，母亲似乎又有了需精心照料和养育的儿女了。七十多岁的老太太，仿佛又变成一位责任感很强的年轻的母亲。她要经常将那小铁盒儿放在窗台上，盒盖儿敞开一半，使那些小东西能够晒晒太阳。并且，要很久很久地守着，看着，怕它们爬到盒子外边，爬丢了。就好比一位母亲守在床边儿，看着婴儿在床上爬，满脸洋溢母爱，一步不敢离开。唯恐一转身之际，婴儿会摔到地上似的。下雨天，母亲担心那些小生命着凉，就将茶叶盒儿放在温水中，使沙子能被温水焐暖些。它们爱吃的是白菜心儿、苦瓜冬瓜之类，母亲便将这些蔬菜最好的部分，细细剁了，撒在盒儿内。一次不能撒多，多了，它们吃不完，腐烂在盒儿内，则必会影响“环境卫生”，有损它们健康。它们是些很胆怯的小生命，盒子微微一动，立即缩回壳里。它们又是些天生的“居士”，更多的时候，足不出“户”，深钻在沙子里，如同专执一念打算成仙得道之人，早已将红尘看破，排除一切凡间滋扰，“猫”在深山古洞内苦苦修行。它们又是那么的羞涩，宛如大门不出二门不迈的名门闺秀。正应了那句话，真人不露相，露相不真人。偶尔潜出“闺阁”，总是缓移“莲步”，像提防好色之徒攀墙缘树偷窥芳容玉貌似的。觉得安全，便与它们的“总角之好”在小小的“后花园”比肩而行。或一对对，隐于一隅，用细微微的触角互相爱抚、表达亲昵……

母亲日渐一日地对它们有了特殊的感情。那种感情，是与小生命的一种无言的心灵之倾诉和心灵之交流。而那些甘于寂寞，与世无争、与同类无争的小生命，也向母亲奉献了愉悦的观赏的乐趣。有时，我为了讨母亲的欢心，常停止写作，与母亲共同观赏……

八岁的儿子也对它们产生了浓厚的兴趣。也开始经常捧着那漂亮的小蜗牛们的“城堡”观赏。那一种观赏的眼神儿，闪烁着希望之光。都是希望之光，但与母亲观赏时的眼神儿，有着质的区别……

“奶奶，它们怎么还不长大啊？”

“快了，不是已经长大一些了吗？”

“奶奶，它们能长多大呀？”

“能长到你的拳头那么大呢！”

“奶奶，你吃过蜗牛吗？”

“吃？……”

“我们同学就吃过，说可好吃了！”

“哦……兴许吧……”

“奶奶，我也要吃蜗牛！我要吃辣味儿蜗牛！我还要喝蜗牛汤！我同学的妈妈说，可有营养了！小孩儿常喝蜗牛汤聪明……”

“这……”

“奶奶，你答应我嘛！”

“它们现在还小哇……”

“我有耐性等它们长大了再吃它们。不，我要等它们生出小蜗牛以后再吃它们。这样我不就永远可以吃下去了吗？奶奶你说是不是？……”

母亲愕然。

我阻止他："不许你存这份念头！不许你再跟奶奶说这种话！难道缺你肉吃吗？馋鬼，你是一头食肉动物哇？"

儿子眨巴眨巴眼睛，受了天大委屈似的，一副要哭的模样。

母亲便哄："好，好，等它们长大了，奶奶一定做了给你吃。"

我说："不能什么事儿都依他！由我替奶奶保护它们，看谁敢再提要吃它们！"

儿子理直气壮地说："吃猪肉、羊肉、牛肉可以，吃鸡肉可以，吃烤鸭可以，为什么吃蜗牛就不行？"

我晓之以理："我们吃的是肉……"

儿子说："我想吃的也是蜗牛肉呀，我说吃它们的壳了吗？"

我说："你得明白，人自己养的东西，是舍不得弄死了吃的。这个道理，是尊重生命的道理……"

儿子顶撞我："你骗小孩儿！你尊重生命了吗？上次别人送给你的蚕茧儿，活着的，还在动呢，你就给用油炸了！奶奶不吃，妈妈不吃，我也不吃，全被你一个人吃了！我看你吃得可香呢！……"

我无言以对。

从此，儿子似乎更认为，首先在理论上，有极其充分的、天经地义的、无可辩驳的吃蜗牛的根据了……

从此后母亲观看那些小生命的时候，儿子肯定也凑过去观看……

先是，儿子问它们为什么还没长大，而母亲肯定地回答——它们分明已经长大了……后来是，儿子确定地说，它们分明已经长大了。不是长大了些，而是长大了许多，而母亲总是摇头——根本就没长……

然而，不管母亲怎么想，怎么说，也不管儿子怎么想，怎么说，那些小小的生命，的的确确是天天长大着。在母亲的精心饲养下，长得很迅速。壳儿开始变黑了，变硬了。不再是些仿佛不经意地用指头轻轻一碰就易破碎的小东西了，它们的头和它们柔软的身躯，从它们背着的"房屋"内探出时，也有形有状了，憨态可掬，很有妙趣了。它们的触角，也变粗变长了，俩俩一对儿，在盒之一隅卿卿我我，"耳鬓厮磨"之际，更显得情意缱绻……

那漂亮的茶叶盒儿，对它们来说未免显得小了。

于是母亲将它们移入另一个盒子里，一个装过饼干的更漂亮的盒子。

"奶奶，它们就是长大了吧？"

"嗯，就是长大了呢……"

"奶奶，它们再长大一倍，就该吃它们了吧？"

"不行。得长到和你拳头一般儿大。你不是说要等它们生出小蜗牛之后再吃它们吗？”

“奶奶，我不想等到那时候，我只吃一次，尝尝什么味儿就行了……”

母亲默不作答。

我认为有必要和儿子进行一次更郑重更严肃些的谈话。

一天，趁母亲不在家，我将儿子扯至跟前，言衷词切，对他讲奶奶抚养爸爸、叔叔和姑姑成人，一生含辛茹苦，忍辱负重，是多么的不容易。自爷爷去世后，奶奶的一半，其实也已随着爷爷而去了。爸爸的活法又是写作，有心挤出更多的时间陪奶奶，也往往心恳而做不到。爸爸的时间，常被某些不相干的人不相干的事侵占了去，这是爸爸对奶奶十分内疚而无奈的。奶奶内心的孤独和寂寞，是爸爸虽理解也难以帮助排遣的。为此爸爸曾买过花，买过鱼。可养花养鱼，需要些专门的知识。奶奶养不好，花死了，鱼也死了。那些小小的蜗牛，奶奶倒是养得不错，而你还天天盼着吃了它们，你对吗？……

儿子低下头说：“爸爸，我明白了……”

我问：“你明白什么了？”

儿子说：“如果我吃了蜗牛，便是吃了奶奶的那一点儿欢悦……”

我说：“既然你明白了，以后再也不许对奶奶说吃蜗牛的话了！”

儿子一副信誓旦旦的模样，诺诺连声。果然再不盼着吃辣味儿蜗牛、喝蜗牛汤了。甚至，再不关注那更漂亮的蜗牛们的新居了……

一天，我下班回到了家里，母亲已做好晚饭，一一摆上桌子。母亲最后端的是一盆儿汤，对儿子说：“你不是要喝蜗牛汤吗？我给你做了，可够喝吧！”

我愕然。儿子也愕然。我狠狠瞪儿子。

儿子辩白：“不是我让奶奶做的！……”

母亲也说：“是我自己想做给我孙子喝的……”

母亲说着，朝我使眼色……

我困惑，首先拿起小勺，舀了一勺，慢呷一口，鲜极了！但我品出，那绝不是什么蜗牛汤，而是蛤蜊汤。

我对儿子说：“奶奶是为你做的，你就喝吧！”

儿子迟疑地拿起小勺，喝了起来。

我问：“好喝吗？”

儿子说：“好喝。”

又问：“奶奶对你好不好？”

儿子说：“好……奶奶，等我长大了，能挣钱了，挣的钱都给你花！……”

八岁的儿子动了小孩儿的感情，眼泪“吧嗒吧嗒”落入汤里。

母亲欣慰地笑了……

其实母亲将那些长大了的，她认为完全能够独立生活了的蜗牛放了，放于楼下花园里的一棵老树下。那儿土质松软，潮湿，很适于它们生存。而且，老树还有一深深的树洞，大概是可供它们避寒的……

母亲依然每日将蜗牛们爱吃的菜蔬之最鲜嫩的部分，细细剁碎，撒于那棵树下……

一天，母亲喜笑颜开地对我说：“我又看到它们了！”

我问：“谁们呀？”

母亲说：“那些蜗牛呗。都好像认识我似的，往我手上爬……”

我望着母亲，见母亲满面异彩。那一刻，我觉得老人们心灵深处对情感交流的渴望，真真令我肃然，令我震颤，令我沉思……

而长大成人的儿子们和女儿们，做了父母的儿子们和女儿们，四十多岁五十多岁的儿子们和女儿们，我们还能够细致地经常洞察到这一点吗？

冬天来了。

树叶落光了。

大地冻硬了。

母亲孑然一身地走了。我给母亲的信中写道：“妈，来年春天，我会像您一样，天天剁了细碎的蔬菜，去撒在那一棵老树下……”

那些甘于寂寞的，惯于离群索居的，羞涩的，斯文的，与世无争与同类无争的蜗牛们啊，谁知它们是否会挨过寒冷的冬天呢？谁知它们明年春天是否会出现在那一棵老树之下呢？

它们真的会认识饲养过它们的我的老母亲吗？甚至也会认识那样一位老母亲的儿子吗？……

母亲播种过什么

预感竟是真的有过的。似乎父亲和母亲逝前，总是会传达给我一些心灵的讯息。

十月中旬，我和毕淑敏见过一面。她告诉我她在师大进修心理学，我便向她请教——我说今年以来，无论白天还是夜晚，无论睡着还是醒着，我眼前常有这样一幅画面移动着——在冬季，在北方小村外的雪路上，一只羊拉着一架爬犁，谨慎又从容地向村里走着。爬犁上是一桶井水，不时微微地漾出，在桶外和爬犁上结了一层晶莹的冰。爬犁后同样步态谨慎而又从容地跟随着一位少女，扎红头巾，脸蛋儿亦冻得通红，袖着双手。而漫天飘着清冽的小雪花儿……

并且，我向毕淑敏强调，此电影似的画面，绝非我从任何一本书中读到过的情节，也绝非我头脑中产生的构思片段。事实上一年多以来，尽管此画面一次比一次清晰地向我浮现，但我从未打算将这画面用文字写出来……

毕淑敏沉吟片刻，答出一句话令我暗讶不已。

她说："你不妨问问你母亲。"

我母亲属羊，母亲的母亲也属羊。而这都是毕淑敏所不知道的。

而母亲于昏迷中入院的第二天，哈尔滨降下了入冬的第一场雪……

我的思想是相当唯物的，但受情感的左右，难免也会变得有点儿唯心起来——莫非母亲的母亲，注定了要在这一年的冬季，将她的女儿领走？我没见过外祖母，但知外祖母去世时，母亲尚是少女……

那么，那一桶清澈的井水意味着什么呢？

在医院里，在母亲的病床前，以及在母亲出殡的过程中，我见到了母亲的一些干儿女。

我早知母亲有些干儿女，究竟有多少，并不很清楚。凡三十余年间，有的见过几面，有的竟不曾见过。但我清楚，在漫长的三十余年间，他们对母亲怀着很深很深的感情。

他们当年皆是我弟弟那一辈的小青年。

话说当年，指的是"上山下乡"运动开始以后。许多家庭的长子长女和次子次女，和我以及我的三弟一样，都恋恋不舍地告别了家庭和城市。城市中留下的大抵是各个家庭的小儿女，年龄在十六七岁和十八九岁之间。那个年代，这些平民家庭的小儿女啊，似些孤独的羔羊，面对今天这样明天那样的政治风云，彷徨，迷惘，无奈，亲情失落不知所依。他们中，有人当年便是丧父或失母的小儿女。

既都是平民家的小儿女，所分配的工作也就注定了不能与愿望相符。或做街头小杂食店的售货员，或做挖管道沟的临时工，或在生产环境破败的什么小厂里学徒……

某一年夏天，是知青的我回哈探家，曾去酱油厂看过我四弟的劳动情形。当时他们几名小工友，刚刚挥锹锨出几吨酱渣，一个个只着短裤，通体大汗淋漓，坐在车间的窗台上，任穿堂凉风阵阵扑吹，唱印度电影《流浪者》中的“拉兹之歌”——“我和任何人都没来往，命运啊，我的星辰，你把我引向何方引向何方……”

他们心中的苦闷，是不愿对自己的家庭成员倾诉的。但是这些城市中的小儿女，又是多么需要一个耐心倾听他们倾诉的人啊！那倾听者，不仅应有耐心，还应有充满心间的爱心。还应在他们渴望安慰和体恤之时，善于安慰，善于劝解，并且，由衷地予以体恤……

于是，他们后来都非常信赖也不无庆幸地选择了母亲。

于是，母亲也就以她母性的本能，义不容辞地将他们庇护在自己身边。像一只母鸡展开翅膀，不管自家的小鸡抑或别人家的小鸡，只要投奔过来，便一概地遮拢翅下……

那些城市中的小儿女啊，当年他们并没有什么可回报母亲的。只不过在年节或母亲生病时，拎上一包寻常点心或两瓶廉价罐头聚于贫寒的我家看望母亲。再就是，改叫“大娘”为叫“妈”了。有时混着叫，刚叫过“大娘”，紧接着又叫“妈”。与点心和罐头相比，一声“妈”，倒显得格外的凝重了。

既被叫“妈”，母亲自然便于母性的本能而外，心生出一份油然的责任感。母亲关心他们的许多方面——在单位和领导和工友的关系；在家中是否与亲人温馨相处；怎样珍惜友情，如何处理爱情；须恪守什么样的做人原则，交友应防哪些失误；不借政治运动之机伤害他人报复他人；不可歧视那些被政治打入另册的人，等等。

母亲以她一名普通家庭妇女善良宽厚的本色，经常像叮咛自己的亲儿女一样，叮咛她的干儿女们不学坏人做坏事，要学好人做好事。

此世间亲情，竟延续了三十年之久。我曾很不以为然过，但母亲对我的不以为然也同样不以为然。她不与我争辩，以一种心理非常满足的、默默的矜持，表明她所一贯主张的做人态度。直至她去世前三天，还希望能为她的一个干女儿和一个干儿子做成一次大媒……

而他们，一个帮着四弟将母亲送入医院，一个一小时后便闻讯匆匆赶到医院，三十几个小时不曾回家，不曾离开过医院！

母亲逝后，她的干儿女们都纷纷来到了弟弟家。

我说——不必在家中设灵位了吧！

他们说——要设。

我说——不必非轮守四十八小时灵了吧！

他们说——要守。

这些三十年前的城市平民家庭的小儿女啊，三十年前是小徒工们，如今仍是工人们。只不过，有的下岗了；只不过，都做了父母了。

他们都是些沉默寡言之人。

我离开哈市时，仍分不清他们中几个人的名字。

他们不与我多说什么，甚至根本不主动与我说话。

他们完完全全是冲他们与母亲之间那一种三十年之久的亲情，而为母亲守灵，为母亲烧纸，为母亲送丧的。

三十年间，我下乡七年，上大学三年，居京二十年，我曾给予母亲的愉快时日，比他们给予的少得多。

回到北京，我常默想——从今后，我定当以胞弟胞妹视待他们和她们啊！

至于我自己的几名中学挚友与母亲之间的亲情，比三十年更长久，从我初一时就开始了。那是世间另一种亲情，心感受之，欲说还休……

每独坐呆想，似乎有了一种答案——那时时浮现过我眼前的画面中那一桶清澈的井水，是否便意味着是人世间的一种温馨亲情呢？母亲的母亲，给予在母亲心里了。而母亲只不过从内心里漾出了一些，便获得了多么长久又多么足以感到欣慰的回报啊！这么想很唯心，但请不要责怪儿子的痴思。

愿此亲情在我们中国老百姓间代代相传。

没了它，意味着是我们普通人的人生多么大的损失啊！

母亲，我爱您。

母亲，安息吧……

父亲的遗物

我站在椅上打开吊柜寻找东西，蓦地看见角落里那一只手拎包。它是黑色的，革质的，很旧的，拉锁已经拉不严了，有的地方已经破了。虽然在吊柜里，竟还是落了一层灰尘。

我呆呆地站在椅上看着它，像一条走失了多日又终于嗅着熟悉的气味儿回到了家里的小狗看着主人……

那是父亲生前用的手拎包啊！

父亲病故十余年了，手拎包在吊柜的那一个角落也放了十余年了。有时我会想到它在那儿，如同一个读书人有时会想到对自己影响特别大的某一部书在书架的第几排。更多的日子里更多的时候，我会忘记它在那儿。忘记自己曾经是儿子的种种体会……

十余年中，我不止一次地打开过吊柜，也不止一次地看见过父亲的手拎包，但是从没把它取下过。事实上我怕被它引起思父的感伤。从少年时期至青年时期至现在，我几乎一向处在多愁善感的心态中。我觉得我被那一种心态缠绕得太久了。我怕陷入不可名状的亲情的回忆中。我承认我每有逃避的企图……

然而这一次我的手却不禁向父亲的遗物伸了过去。近年来我内心里常涌起一种越来越强烈的倾诉愿望，但是却不愿被任何人看出我的这种愿望。这一种封闭在内心里的愿望，那一时刻使我对父亲的遗物倍觉亲切。尽管我知道那即使不是父亲的遗物而是父亲本人仍活着，我也断不会向父亲倾诉我人生的疲惫感。

我的手伸出又缩回，几经犹豫，最终还是把手拎包取了下来……

我并没打开它。

我认真仔细地把灰尘擦尽，转而腾出衣橱的一格，将它放入衣橱里了。我那么做时心情很内疚，因为那手拎包作为父亲的遗物，早就该放在一处更适当的地方。而十余年中，它却一直被放在吊柜的一角。那绝不是该放一位父亲的遗物的地方。一个对自己父亲感情很深的儿子，是不该让自己父亲的遗物落满了灰尘的啊！

我不必打开它也知里面装的是什么，有一把刮胡刀。在我很小的时候，就见过父亲用那一把刮胡刀刮胡子。父亲的络腮胡子很重，刮时发出刺啦刺啦的响声。父亲去世前，刮胡刀的刀刃已被用窄了，大约只有原先的一半那么宽了。因为父亲的胡子硬，每用一次，必磨一次。父亲的胡子又长得快，一个月刮五六次，磨五六次，四十几年的岁月里，刀刃自然耗损明显。如今，连一些理发店里，也用起安全刀片来了。父亲那一把刮胡刀，接近于文物了……手拎包里还有一个小小的牛皮套，其内是父亲的印章。父亲一辈子只刻过那么一枚印章。木质的，比我用的钢笔的笔身粗不到哪儿去，父亲一生离不开那印章。是工人时每月领工资要用，退休后每三个月寄来一次退休金，每月六十余元，一年仅用数次……

还有一对玉石健身球，是我花五十元为父亲买的。父亲听说是玉石的，虽然我强调只花了五十元，还是觉得那一对健身球特别宝贵。他只偶尔转在手里，之后立刻归放盒中。其中一只被他孙子小时候要去玩，结果掉在阳台的冰泥地上摔裂了一条纹……

父亲当时心疼得直跺脚，连说："哎呀，哎呀，你呀，你呀！真败家，这是玉石的，你知道不知道哇！……"

再有，就是父亲身份证的影印件了。原件在办理死亡证明时被收缴注销了。我预先影印了，留作纪念。手拎包的里面，还有一层。那道拉锁是好的。影印件就在夹层里。

除了以上东西，父亲这一位新中国第一代建筑工人，就没再留下什么遗物了。仅有的这几件遗物中，健身球还是他儿子给他买的。

手拎包的拉锁，父亲生前曾打算换过。但那要花三元多钱。花钱方面仔细了一辈子的父亲舍不得花三元多钱。父亲曾试图自己换，结果发现皮革已有些糟了，"咬"不住线了，自己没换成。我曾给过父亲一只开什么会发的真皮的手拎包。父亲却将那真皮的手拎包收起来了，舍不得用。他生前竟没往那真皮的手拎包里装过任何东西……

他那只旧拎包夹层的拉锁既然仍是好的，父亲就格外在意地保养它，方法是经常为它打蜡。父亲还在拉锁上安了一个纽扣那么大的小锁。因为那夹层里放过对父亲来说极重要的东西——一张六千元整的存折。那是父亲一生的积攒。他常说是为他的孙子我的儿子积攒的……

父亲逝前一个月，我为父亲买了六七盒"蛋白注射液"，大约用了近三千元钱。我明知那绝不能治愈父亲的癌症，仅为我自己获得一点儿做儿子的心理安慰罢了。父亲那一天状态很好，目光特别温柔地望着我笑了。

可母亲走到了父亲的病床边，满脸忧愁地说："你有多少钱啊？买这种药能报销吗？你想把你那点儿稿费都花光呀？你们一家三口以后不过了吗？……”

当时，已为父亲花了一万多元，父亲的单位效益不好，一分钱也没给报销。母亲是知道这一点的。在已无药可医的丈夫和她的儿子之间，尤其当母亲看出我这个儿子似乎要不惜一切代价延缓父亲的生命时，她的一种很大的忧虑便开始转向我这一边了……

当我捧着药给父亲看，告诉父亲那药对治好父亲的病疗效多么显著时，却听到母亲从旁说出那种话，我的心情可想而知……

仰躺着已瘦得虚脱了的父亲低声说：“如果我得的是治不好的病，就听你妈的话，别浪费钱了……”沉默片刻，又说：“儿子，我不怕死。”听了父亲的话，我心凄然。

那药是我求人写了条子，骑自行车到很远的医院去买回来的呀！进门后脸上的汗还没来得及擦一下呀……结果我在父亲的病床边向母亲大声嚷嚷了起来：“妈妈，你再说这种话，最好回哈尔滨算了！……”我甚至对母亲说出了如此伤她老人家心的冷言冷语……母亲是那么忍辱负重。她默默地听我大声嚷嚷，一言不发。而我却觉得自己的孝心被破坏了，还哭了……

母亲听我宣泄够了，离开了家，直至半夜十一点多才回家。如今想来，母亲也肯定在外边的什么地方默默哭过的……

哦，上帝，上帝，我真该死啊！当时我为什么不能以感动的心情去理解老母亲的话呢？我伤母亲的心竟怎么那么近于冷酷啊？！

一个月后，父亲去世了；母亲回哈尔滨了……

我心里总想着应向母亲认错，可直至母亲也去世了，认错的话竟没机会对母亲说过……

母亲留下的遗物就更少了。我选了一条围脖和一个半导体收音机。围脖当年的冬季我一直围着，企图借以重温母子亲情。半导体收音机是我为母亲买的，现在给哥哥带到北京的精神病院去了，他也不听。我想哪次我去看他，要带回来，保存着。

我写字的房间里，挂着父亲的遗像——一位面容慈祥的美须老人；书架上摆着父亲和我们兄弟四人一个妹妹青少年时期的合影，都穿着棉衣。

我们一家竟没有一张“全家福”。

在哈尔滨的四弟家里，有我们年龄更小时与母亲的合影，那是夏季的合影。那时母亲才四十来岁，看上去还很年轻……

父亲在世时，常对我儿子说：“你呀，你呀，几辈子人的福，全让你一个人享着了！”

现在上高三的儿子，却从不认为他幸福。高考竞争的心理压力，也使儿子过早地体会到人生的疲惫……

现在，我自己竟每每想到死这个字了。我也不怕死，只是觉得，还有些亲情责任未尽周全。我是根本不相信另一个世界之存在的。但有时也孩子气地想：倘果有冥间，那岂不就省了投胎转世的麻烦，直接又可以去做父母的儿子了吗？那么我将再也不会伤父母的心了。

第二辑

世事悠悠浑未了，万里家山一梦中

品过清欢，踏过浮华。人这一生，一路行来，终会与许多缘分擦肩而过。人世间的事情，还有许多在懵懂孤独中至今未能了结，万里家山恍如一梦中。红尘世间，行过太多的路，看过太多的人，历过太多的事，到最后，心如静潭，再无波澜。

我的少年时代

怎么的，自己就成了一个四十多岁的人了呢？

仿佛站在人生的山头上。五十岁的年龄正在向我招手。如俗话常说的——“转眼间的事儿”。我还看见六十岁的年龄拉着五十岁的手。我知道，再接着我该从人生的山头上往下走了。如太阳已经过了中午。不管我情愿不情愿，我必须接受这样一个现实……

于是茫然地，不免频频回首追寻消失在岁月里的童年和少年时代。

我是一个穷人家的孩子。父亲是建筑工人，新中国的第一代建筑工人。我六岁的时候他到大西北去了，以后我每隔几年才能见到他一面。在十年“文革”中我只见过他三次。我三十三岁那一年他退休了。在我三十三岁至四十岁的七年中，父亲到北京来，总共和我住过一年多。一九八八年五月他再次来北京，已是七十七岁的老人了。这一年的十月，父亲病逝在北京。

父亲靠体力劳动者的低微工资养活我和弟弟妹妹们长大。我常觉得我欠父亲很多很多。我总想回报，其实没能回报。如今这一愿望再也不可能实现。

母亲也是七十多岁的老人了。在我的印象中，母亲就没穿过新衣服。我是扯着母亲的破衣襟长大的。如今母亲是很有几件新衣服了，但她不穿。她说，都老太婆了，还分什么新的旧的。年轻时没穿过体面的，老了，更没那种要好的情绪了……

小胡同，大杂院，破住房，整日被穷困鞭笞得愁眉不展的母亲；窝窝头、野菜粥、补丁连补丁的衣服、露脚趾的鞋子……这一切构成我童年和少年时期的物质的内容。

那么精神的呢？想不起有什么精神的。却有过一些渴望——渴望有一个像样的铅笔盒，里面有几支新买的铅笔和一支书写流利的钢笔；渴望有一个像样的书包；渴望在过队日时穿一身像样的队服；渴望某一天一觉醒来睁开眼睛，惊喜地发现家住的破败的小泥土房变成了起码像种样子的房子。也就是起码门是门，窗是窗，棚顶是棚顶，四壁是四壁。而在某一隅，摆着一张小小的旧桌子，并且它是属于我的。我可以完全占据它写作业，学习……如果这些渴望都可以算是属于精神的，那么就是了。

从小学三年级起我是“特困生”“免费生”。从初中一年级起我享受助学金。每学期三元五。现在回想起来似乎是不可思议的事情。每学期三元五，每个月七角钱。为了这每个月七角钱的助学金，常使我不知如何自我表现，才能觉得自己是一个够资格享受助学金的学生。那是一种很大的精神负担和心理负担。用今天时髦的说法，“活得累”。对于童年和少年时期的我，由于穷困所逼，学校和家都是缺少亮色和欢乐的地方……

回忆不过就是回忆而已，写出来则似乎便有“忆苦”的意味儿。我更想说的其实是这样两种思想——我们的共和国毕竟在发展和发达着。咄咄逼人的穷困虽然仍在某些地方和地区存在着，但就大多数人而言，尤其在城市里，当年那一种穷困，毕竟是不普遍的了。如果恰恰读我这一篇短文的同学，亦是今天的一个贫家子弟，我希望他或她能产生这样的想法——梁晓声能从贫困的童年和少年走到人生的中年，我何不能？我的中年，将比他的中年，还将是更不负年龄的中年呐！

一个人的童年和少年，十分幸福，无忧无虑，被富裕的生活宠爱着，固然是令人羡慕的，固然是一件幸事。我祝愿一切下一代人，都有这样的童年和少年。

但是，如果一个人的童年和少年不是这样，也不必看成一件很不幸的事。不必以为，自己便是天下最不幸的人了。更不必耽于自哀自怜。我的童年和少年，教我较早地懂了许多别的孩子尚不太懂的东西——对父母的体恤，对兄弟姐妹的爱心，对一切被穷困纠缠的人们的同情，而不是歧视他们，对于生活负面施加给人的磨难的承受力，自己要求于自己的种种的责任感，以及对于生活里一切美好事物的本能的向往，和对人世间一切美好情感的珍重……

这些，对于一个人的一生，都是有益处的。也可以这么认为，是生活将穷困施加在某人身上，同时赏赐于某人的补偿吧。倘人不用心灵去吸取这些，那么穷困除了是丑恶，便对人生多少有点儿促进的作用都没有了……

愿人人都有幸福的童年和少年……

我的小学

我永远忘不了这样一件事：某年冬天，市里要来一个卫生检查团到我们学校检查卫生，班主任老师吩咐两名同学把守在教室门外，个人卫生不合格的学生，不准进入教室。我是不许进入教室的几个学生之一。我和两名把守在教室门外的学生吵了起来，结果他们从教员室请来了班主任老师。

班主任老师上下打量着我，冷起脸问："你为什么今天还要穿这么脏的衣服来上学？"

我说："我的衣服昨天刚刚洗过。"

"洗过了还这么脏？"老师指点着我衣襟上的污迹。

我说："那是油点子，洗不掉的。"

老师生气了："回家去换一件衣服。"

我说："我就这一件上学的衣服。"

我说的是实话。

老师认为我顶撞了她，更加生气了，又看我的双手，说："回家叫你妈把你两手的皴用砖头蹭干净了再来上学！"接着像扒乱草堆一样乱扒我的头发，"瞧你这满头虮子，像撒了一脑袋大米！叫人恶心！回家去吧！这几天别来上学了，检查过后再来上学！"

我的双手，上学前用肥皂反复洗过，用砖头蹭也未必能蹭干净。而手的生皴，不是我所愿意的。我每天要洗菜，淘米，刷锅，刷碗。家里的破屋子四处透风，连水缸在屋内都结冰，我的手上怎么不生皴？不卫生是很羞耻的，这我也懂，但卫生需要起码的"为了活着"的条件，这一点我的班主任老师便不懂了。阴暗的，夏天潮湿冬天寒冷的，像地窖一样的一间小屋，破炕上每晚拥挤着大小五口人，四壁和天棚每天起码要掉下三斤土，炉子每天起码要向狭窄的空间飞扬四两灰尘……母亲每天早起晚归去干临时工，根本没有精力照料我们几个孩子，如果我的衣服居然还干干净净，手上没皴头上没有虮子，那倒真是咄咄怪事了！我当时没看过《西行漫记》，否则一定会顶撞一句："毛主席当年在延安住窑洞时还当着斯诺的面捉虱子呢！"

我认为，对于身为教师者，最不应该的，便是以贫富来区别对待学生。我的班主任老师嫌贫爱富。我的同学中的区长、公社书记、工厂厂长、医院院长们的儿女，他们都并非品学兼优的好学生，有的甚至经常上课吃零食、打架，班主任老师却从未严肃地批评过他们一次。

对班主任老师尖酸刻薄的训斥，我只有含羞忍辱而已。

我两眼涌出泪水，转身就走。

这一幕却被语文老师看到了。

她说："梁绍生，你别走，跟我来。"扯住我的一只手，将我带到教员室。她让我放下书包，坐在一把椅子上，又说："你的头发也够长了，该理一理了，我给你理吧！"说着就离开了办公室。学校后勤科有一套理发工具，是专为男教师们互相理发用的。我知道她准是取那套理发工具去了。

可是我心里却不想再继续上学了。因为穷，太穷，我在学校里感到一点尊严也没有。而一个孩子需要尊严，正像需要母爱一样。我是全班唯一的一个免费生。免费对一个小学生来说是精神上的压力和心理上的负担。"你是免费生，你对得起党吗？"哪怕无意识地犯了算不得什么错误的错误，我也会遭到班主任老师这一类冷言冷语的训斥。我早听够了！

语文老师走出教员室，我便拿起书包逃离了学校。我一直跑出校园，跑着回家。"梁绍生，你别跑，别跑呀！小心被汽车撞了呀！"我听到了语文老师的呼喊。她追出了校园，在人行道上跑着追我。我还是跑，她紧追。"梁绍生，你别跑了，你要把老师累坏呀！"我终于不忍心地站住了。她跑到我跟前，已气喘吁吁。她说："你不想上学啦？"我说："是的。"她说："你才小学四年级，学这点文化将来够干什么用？"我说："我宁肯和我爸爸一样将来靠力气吃饭，也不在学校里忍受委屈了！"她说："你这种想法是错误的。小学四年级的文化，将来也当不了一个好工人！"我说："那我就当一个不好的工人！"她说："那你将来就会恨你的母校，恨母校所有的老师，尤其会恨我。因为我没能规劝你继续上学！"我说："我不会恨您的。"她说："那我自己也不会原谅我自己！"我满心间自卑、委屈、羞耻和不平，哇的一声哭了。她抚摸着我的头，低声说；"别哭，跟老师回学校吧，啊？我知道你们家里生活很穷困，这不是你的过错，没有什么值得自卑和羞耻的。你要使同学们看得起你，每一位老师都喜爱你，今后就得努力学习才是啊！"

我只好顺从地跟她回到了学校。

如今想起这件事，我仍觉后怕。没有我这位小学语文老师，依着我从父亲的秉性中继承下来的那种九头牛拉不回的倔犟劲儿，很可能连我母亲也奈何不得我，当真从小学四年级就弃学了。那么今天我既不可能成为作家，也必然像我的那位小学语文老师说的那样——当不了一个好工人。

一位会讲故事的母亲和从小的穷困生活，是造成我这样一个作家的先决因素。狄更斯说过——穷困对于一般人是种不幸，但对于作家也许是种幸运。的确，对我来说，穷困并不仅仅意味着童年生活的不遂人愿，它促使我早熟，促使我从童年起就开始怀疑生活，思考生活，认识生活，介入生活。虽然我曾千百次地诅咒过穷困，因穷困感到过极大的自卑和羞耻。

我发现自己也具有讲故事的“才能”，是在小学二年级。认识字了，语文课本成了我最早阅读的书籍，新课本发下来没过多久，我就先自通读一遍了。当时课文中的生字，标有拼音，读起来并不难。

一天，我坐在教室外的楼梯台阶上正聚精会神地看语文课本，教语文课的女老师走上楼，好奇地问：“你在看什么书？”我立刻站起，规规矩矩地回答：“语文课本。”老师又问：“哪一课？”我说：“下堂您要讲的新课——小山羊看家。”“这篇课文你觉得有意思吗？”“有意思。”“看过几遍了？”“两遍。”“能讲下来吗？”我犹豫了一下，回答：“能。”上课后，老师把我叫起，对同学们说：“这一堂讲第六课——小山羊看家。下面请梁绍生同学先把这一篇课文讲述给我们听。”

我的名字本叫梁绍生，梁晓声是我在“文革”中自己改的名字。“文革”中兴起过一阵改名的时髦风，我在一张辞去班级“勤务员”职务的声明中首次署了现在的名字——梁晓声。

我被老师叫起后，开始有些发慌，半天不敢开口。老师鼓励我：“别紧张，能讲述到哪里，就讲述到哪里。”我在老师的鼓励下，终于开口讲了：“山羊妈妈有四个孩子，一天，山羊的妈妈要离开家……”

当我讲完后，老师说：“你讲得很好，坐下吧！”看得出，老师心里很高兴。

全班同学都很惊异，对我十分羡慕。

一个穷困人家的孩子，他没有任何值得自我炫耀的地方，当他的某一方面“才能”当众得以显示，并且被羡慕，并且受到夸奖，他心里自然充满骄傲。

以后，语文老师每讲新课，总是提前几天告诉我，嘱我认真阅读，到讲那一堂新课时，照例先把我叫起，让我首先讲述给同学们听。

我的语文老师，是一位主张教学方法灵活的老师。她需要我这样一名学生，喜爱我这样一名学生。因为我的存在，使她在我们这个班讲的语文课生动活泼了许多。而我也同样需要这样一位老师，因为是她给予了我在全班同学面前显示自己讲故事“才能”的机会。而这样的机会当时对我是重要的，使我的意识中也有一种骄傲存在着，满足了我匮乏的虚荣心。后来，老师的这一语文教学方法，在全校推广了开来，引起区和市教育局领导同志的兴趣，先后到我们班听过课。从小学二年级至小学六年级，我和我的语文老师一直配合得很默契。她喜爱我，我尊敬她。小学毕业后，我还回母校看望过她几次。“文革”开始，她因是市的教育标兵，受到了批斗。记得有一次我回母校去看她，她刚刚被批斗完，握着扫帚扫校园，剃了“鬼头”，脸上的墨迹也不许她洗去。

我见她那样子，很难过，流泪了。

她问：“梁绍生，你还认为我是一个好老师吗？”

我回答：“是的，您在我心中永远是一位好老师。”

她惨然地苦笑了，说：“有你这样一个学生，有你这样一句话，我挨批挨斗也心甘情愿了！走吧，以后别再来看老师了，记住老师曾多么喜爱你就行！”

那是最后一次见到她。

不久，她跳楼自杀了。

她不但是我的小学语文老师，还是我小学母校的少先队辅导员老师。她在同学们中组织起了全市小学的第一个“故事小组”和第一个“小记者委员会”。我小学时不是个好学生，经常逃学，不参加校外学习小组，除了语文成绩较好，算术、音乐、体育都仅是个“中等”生，直到五年级才入队。还是在我这位语文老师的多次力争下有幸戴上了红领巾，也是在我这位语文老师的力争下才成为“故事小组”和“小记者委员会”的成员。对此我的班主任老师很有意见，认为她所偏爱的是一个坏学生。我逃学并非因为我不爱学习。那时母亲天不亮就上班去了，哥哥已上中学，是校团委副书记兼学生会主席，也跟母亲一样，早晨离家，晚上才归，这就苦了我。家里还有两个弟弟一个妹妹，我得给他们做饭吃，收拾屋子和担水，他们还常常哭着哀求我在家陪他们。将六岁、四岁、二岁的小弟小妹撇在家里，我常常于心不忍，便逃学，不参加校外学习小组。班主任老师从来没有到我家进行过家访，因而不体谅我也就情有可原，认为我是一个坏学生更理所当然。班主任老师不喜欢我，还因为我身上的衣服一向很不体面，不是过于肥大就是过于短小，不仅破，而且脏，衣襟几乎天天带着锅底灰和做饭时弄上的油污。在小学没有一个和我要好过的同学。

语文老师是我小学时期在学校里的唯一的一个朋友。我至今没有忘记她，永远都难忘。不仅因为她是我小学时期唯一关心过我喜爱过我的一位老师，不仅因为她给予了我唯一的竖立起自豪感的机会和方式，还因她将我向文学的道路上推进了一步——由听故事到讲故事。

语文老师牵着我的手，重新把我带回了学校，重新带到教员室，让我重新坐在那把椅子上，开始给我理发。语文教员室里的几位老师百思不得其解地望着她。一位男老师对她说："你何苦呢？你又不是他的班主任。曲老师因为这个学生都对你有意见了，你一点不知道？"她笑笑，什么也未回答。她一会儿用剪刀剪，一会儿用推子推，将我的头发剪剪推推摆弄了半天，总算"大功告成"。她歉意地说："老师没理过发，手太笨，使不好推子也使不好剪刀，大冬天的给你理了个小平头，你可别生老师的气呀！"

教员室没有镜子，我用手一摸，平倒是很平，头发却短得不能再短了。哪里是"小平头"，分明是被剃了一个不彻底的秃头。虮子肯定不存在了，我的自尊心也被剪掉剃平。

我并未生她的气。随后她又拿起她的脸盆，领我到锅炉房，接了半盆冷水再接半盆热水，兑成一盆温水，给我洗头，洗了三遍。只有母亲才如此认真地给我洗过头。我的眼泪一滴滴落在脸盆里。她给我洗好头，再次把我领回教员室，脱下自己的毛坎肩，套在我身上，遮住了我衣服前襟那片无法洗掉的污迹。她身材娇小，毛坎肩是绿色的，套在我身上尽管不伦不类，却并不显得肥大。教员室里的另外几位老师，瞅着我和她，一个个摇头不止，忍俊不禁。她说："走吧，现在我可以送你回到你们班级去了！"她带我走进我们班级的教室后，同学们顿时哄笑起来。大冬天的，我竟剃了个秃头，棉衣外还罩了件绿坎肩，模样肯定是太古怪太滑稽了！

她生气了，严厉地喝问我的同学们："你们笑什么？有什么可笑的？哄笑一个同学迫不得已的做法是可耻的行为！如果我是你们的班主任，谁再敢哄笑我就把谁赶出教室！"

这话她一定是随口而出的，绝不会有任何针对我的班主任老师的意思，但我看到班主任老师的脸一下子拉长了。班主任老师也对同学们呵斥："不许笑！这又不是耍猴！"班主任老师的话，更加使我感到被当众侮辱，而且我听出来了，班主任老师的话中，分明包含着对语文老师的不满。语文老师听没听出来，我无法知道。我未看出她脸上的表情有什么变化。她对班主任老师说："曲老师，就让梁绍生上课吧！"班主任老师拖长语调回答："你对他这么尽心尽意，我还有什么话可说？"市教育局卫生检查团到我们班检查卫生时，没因为我们班有我这样一个剃了秃头、棉袄外套件绿色毛坎肩的学生而在我们教室门上贴一面黄旗或黑旗。他们只是觉得我滑稽古怪，惹他们发笑而已……

从那时起直至我小学毕业，我们班主任老师和语文老师的关系一直不融洽。我知道这一点，我们班级的所有同学也都知道这一点，而这一点似乎完全是由于我这个学生导致的。几年来，我在一位关心我的老师和一位讨厌我的老师之间，处处谨小慎微，循规蹈矩，扮演着一架天平上的小砝码的角色。扮演这种角色，对于一个小学生的心理，无异于扭曲，对我以后性格的形成产生不良影响，使我如今不可救药地成了一个忧郁型的人。

我心中暗暗铭记语文老师对我的教诲，学习努力起来，成绩渐好。

班主任老师却不知为什么对我愈发冷漠无情了。

四年级上学期期末考试，我的语文和算术破天荒地拿了“双百”，而且《中国少年报》选登了我的一篇作文，市广播电台“红领巾”节目也广播了我的一篇作文，还有一篇作文用油墨抄写在儿童电影院的宣传栏上。同学们对我刮目相待了，许多老师也对我和蔼可亲了。

校长在全校师生大会上表扬了我的语文老师，充分肯定了在我这个一度被视为坏学生的转变和进步过程中，她所付出的种种心血，号召全校老师向她那样对每一个学生树立起高度的责任感。

受到表扬有时对一个人不是好事。

在她没有受到校长的表扬之前，许多师生都认为，我的“转变和进步”，与她对我的教育是分不开的。而在她受到校长的表扬之后，某些老师竟认为她是一个“机会主义者”了。“文革”期间，有一张攻击她的大字报，赫赫醒目的标题即是——“看机会主义者 ×× 是怎样在教育战线进行投机和沽名钓誉的！”

而我们班的几乎所有同学，都不知掌握了什么证据，断定我那三篇给自己带来荣誉的作文，是语文老师替我写的。于是流言传播，闹得全校沸沸扬扬。

四年级二班的梁绍生，
是个逃学精。
老师替他写作文，
《少年报》上登。
真该用屁崩！
……

一些男同学，还编了这样的顺口溜，在我上学和放学的路上，包围着我讥骂。班主任老师亲眼看见过我被凌辱的情形，但没制止。

班主任老师对我冷漠无情到视而不见的地步。她教算术，在她讲课时，连扫也不扫我一眼了。她提问或者叫同学在黑板上解答算术题时，无论我将手举得多高，都无法引起她的注意。

一天，在她的课堂上，同学们做题，她坐在讲课桌前批改作业。教室里静悄悄的。“梁绍生！”她突然大声叫我的名字。我吓了一跳，立刻怯怯地站了起来。全体同学都停了笔。“到前边来！”班主任老师的语调中隐含着一股火气。我惴惴不安地走到讲桌前。“作业为什么没写完？”“写完了。”“当面撒谎！你明明没写完！”“我写完了，中间空了一页。”我的作业本中夹着印废了的一页，破了许多小洞，我写作业时随手翻过去了，写完作业后却忘了扯下来。我低声下气地向她承认是我的过错。她不说什么，翻过那一页，下一页竟仍是空页。我万没想到我写作业时翻得匆忙，会连空两页。她拍了一下桌子：“撒谎！撒谎！当面撒谎！你明明是没有完成作业！”我默默地翻过了第二页空页，作业本上展现出了我接着做完了的作业。她的脸倏地红了：“你为什么连空两页？！想要捉弄我一下是不是？！”

我垂下头，讷讷地回答：“不是。”

她又拍了一下桌子：“不是？！我看你就是这个用意！你别以为你现在是个出了名的学生了，还有一位在学校里红得发紫的老师护着你，托着你，拼命往高处抬举你，我就不敢批评你了！我是你的班主任，你的小学鉴定还得我写呢！”

我被彻底激怒了！我不能容忍任何人在我面前侮辱我的语文老师！我爱她！她是全校唯一使我感到亲近的人！我觉得她像我的母亲一样，我内心里是视她为我的第二个母亲的！

我突然抓起了讲台桌上的红墨水瓶。班主任以为我要打在她脸上，吃惊地远远躲开我，喝道：“梁绍生，你要干什么？！”

我并不想将墨水瓶打在她脸上，我只是想让她知道，我是一个人，在忍无可忍的情况下我是会愤怒的！我将墨水瓶使劲摔到墙上。墨水瓶粉碎了，雪白的教室墙壁上出现了一片“血”迹！我接着又将粉笔盒摔到了地上。一盒粉笔尽断，四处滚去。

教室里长时间鸦雀无声，直至下课铃响。

那天放学后，我在学校大门外守候着语文老师回家。她走出学校时，我叫了她一声。

她奇怪地问：“你怎么不回家？在这里干什么？”

我垂下头去，低声说：“我要跟您走一段路。”

她沉思地瞧了我片刻，一笑，说：“好吧，我们一块儿走。”

我们便默默地向前走。

她忽然问：“你有什么事要告诉我吧？”

我说："老师，我想转学。"

她站住，看着我，又问："为什么？"

我说："我不喜欢我们班级！在我们班级我没有朋友，曲老师讨厌我！要不请求您把我调到您当班主任的四班吧！"我说着想哭。

"那怎么行？不行！"她语气非常坚决，"以后你再也不许提这样的请求！"

我也非常坚决地说："那我就只有转学了！"眼泪涌出了眼眶。

她说："我不许你转学。"我觉得她不理解我，心中很委屈，想跑掉。

她一把扯住我，说："别跑。你感到孤独是不是？老师也常常感到孤独啊！你的孤独是贫穷带来的，老师的孤独是另外的原因带来的。你转到其他学校也许照样会感到孤独的。我们一个孤独的老师和一个孤独的学生不是更应该在一所学校里吗？转学后你肯定会想念老师，老师也肯定会想念你。孤独对一个人不见得是坏事……这一点你以后会明白的。再说你如果想有朋友，你就应该主动去接近同学们，而不应该对所有的同学都充满敌意，怀疑所有的同学心里都想欺负你……"

我的小学语文老师已成泉下之人近二十年了。我只有在这篇纪实性的文字中，表达我对她虔诚的怀念。

教育的社会使命之一，就是应首先在学校中扫除嫌贫谄富的心态！而嫌贫谄富，在我们这个国家，在我们这个国家的小学、中学乃至大学，在二十一世纪的今天，依然不乏其例。

因为我小学毕业后，接着进入了中学，而后又进入过大学，所以我有理由这么认为。

我诅咒这种现象！鄙视这种现象！

我的第一支钢笔

它是黑色的，笔身粗大，外观笨拙。全裸的笔尖、旋拧的笔帽。胶皮笔囊内没有夹管，吸墨水时，捏一下，缓慢鼓起。墨水吸得太足，写字常常“呕吐”，弄脏纸和手。我使用它，已经二十多年了。笔尖劈过，断过，被我磨齐了，也磨短了。笔道很粗，写一个笔画多的字，大稿纸的两个格子也容不下。已不能再用它写作，只能写便笺或信封。

它是我使用的第一支钢笔，母亲给我买的。那一年，我升入小学五年级。学校规定，每星期有两堂钢笔字课。某些作业，要求学生必须用钢笔完成。全班每一个同学，都有了一支崭新的钢笔。有的同学甚至有两支。我却没有钢笔可用，连支旧的也没有。我只有蘸水钢笔，每次完成钢笔作业，右手总被墨水染蓝。染蓝了的手又将作业本弄脏。我常因此而感到委屈，做梦都想得到一支崭新的钢笔。

一天，我终于哭闹起来，折断了那支蘸水笔，逼着母亲非立刻给买一支吸水笔不可。母亲对我说：“孩子，妈妈不是答应过你，等你爸爸寄回钱来，一定给你买支吸水笔吗？”我不停地哭闹，喊叫：“不，不，我今天就要。你去给我借钱买。”

母亲叹了口气，为难地说：“你这孩子，真不懂事。这月买粮的钱，是向邻居借的；交房费的钱，也是向领导借的；给你妹妹看病，还是向领导借的钱。为了今天给你买一支吸水笔，你就非逼着妈妈再去向邻居借钱吗？叫妈妈怎么张得开口啊？”

我却不管母亲好不好意思再向邻居张口借钱，哭闹得更凶。母亲心烦了，打了我两巴掌。我赌气哭着跑出了家门……

那天下雨，我在雨中游荡了大半日不回家，衣服淋湿了，头脑也淋得清醒了，心中不免后悔自责起来。是啊，家里生活困难，仅靠在外地工作的父亲每月寄回几十元钱过日子，母亲不得不经常向邻居开口借钱。母亲是个很顾脸面的人，每次向邻居家借钱，都需鼓起一番勇气。

我怎么能为了买一支吸水笔，就那样为难母亲呢？我觉得自己真是太对不起母亲了。

于是我产生了一个念头，要靠自己挣钱买一支钢笔。这个念头一产生，我就冒雨朝火车站走去。火车站附近有座坡度很陡的桥，一些大孩子常等在坡下，帮拉货的手推车夫们推上坡，可讨得五分钱或一角钱。

我走到那座大桥下，等待许久，不见有推车来。雨越下越大，我只好站到一棵树下躲雨。雨点劈劈啪啪地抽打着肥大的杨树叶，冲刷着马路。马路上不见一个行人的影子，只有公共汽车偶尔驶来驶去。除了看到几根电线杆子在远处，就迷迷蒙蒙地看不清楚什么了。

我正感到沮丧，想离开，雨又太大，等下去，肚子又饿，这时忽然发现了一辆手推车，装载着几层高高的木箱子，遮盖着雨布。拉车人在大雨中缓慢地、一步步地朝这里拉来。看得出，那人拉得非常吃力，腰弯得很低，上身几乎俯得与地面平行了，两条裤腿都挽到膝盖以上，双臂拼力压住车把，每迈一步，似乎都使出了浑身的劲儿。那人没穿雨衣，头上戴顶草帽。由于他上身俯得太低，无法看见他的脸，也不知他是个老头儿，还是个小伙儿。

他刚将车拉到大桥坡下，我便从树下一跃而出，大声问："要帮一把吗？"

他应了一声。我没听清他应的是什么，明白是正需要我"帮一把"的意思，就赶快绕到车后，一点也不隐藏力气地推起来。车上不知拉的何物，非常沉重。还未推到半坡，我便一点力气也没有了，双腿发软，气喘吁吁。那时我才知道，对于有些人来说，钱并非容易挣到的。即使一角钱，也是并非容易挣到的。我还空着肚子呢。又推了几步，实在推不动了，产生了"偷劲"的念头，反正拉车人是看不见我的。我刚刚松懈了一点力气，就觉得车轮顺坡倒转。不行，不容我"偷劲"。那拉车人，也肯定是凭着最后一点力气在坚持，在顽强地向坡上拉。我不忍心"偷劲"了。我咬紧牙关，憋足一股力气，发出一个孩子用力时的"哼唷"声，一步接一步，机械地向前迈动步子。

车轮忽然转动得迅速起来。我这才知道，已经将车推上了坡，开始下坡了。手推车飞快朝坡下冲，那拉车人身子太轻，压不住车把，反被车把将身子悬起来，腿离了地面，控制不住车的方向。幸亏车的方向并未偏往马路中间，始终贴着人行道边，一直滑到坡底才缓缓停下。

我一直跟在车后跑，车停了，我也站住了。那拉车人刚转过身，我便向他伸出一只手，大声说："给钱。"

那拉车人呆呆地望着我，一动不动，也不掏钱，也不说话。

我仰起脸看他，不由得愣住了。"他"……原来是母亲。

雨水，混合着汗水，从母亲憔悴的脸上直往下淌。母亲的衣服完全淋透了，像从水里捞出来的一样，湿漉漉地贴在身上，显出了她那瘦削的两肩的轮廓。她胸口剧烈地起伏着，脸色苍白，大口大口地喘着气。

我望着母亲，母亲望着我，我们母子完全怔住了。

就在那一天，我得到了那支钢笔，梦寐以求的钢笔。

母亲将它放在我手中时，满怀期望地说："孩子，你要用功读书啊。你要是不用功读书，就太对不起妈妈了……"

在我的学生时代，我一刻都没有忘记过母亲满怀期望对我说的这番话。

如今，二十多年过去了，我已经是个成年人了，母亲变成老太婆了。那支笔，可以说早已完成它的历史使命了。但我，却要永远保存它，永远珍视它，永远不抛弃它。

我和橘皮的往事

多少年过去了，那张清瘦而严厉的、戴六百度黑边近视眼镜的女人的脸，仍时时浮现在我眼前，她就是我小学四年级的班主任老师。想起她，也就使我想起了一些关于橘皮的往事……

其实，校办工厂并非是今天的新事物。当年我的小学母校就有校办工厂，不过规模很小罢了。专从民间收集橘皮，烘干了，碾成粉，送到药厂去，所得加工费，用以补充学校的教学经费。

有一天，轮到我和我们班的几名同学，去那小厂房里义务劳动。一名同学问指派我们干活的师傅，橘皮究竟可以治哪儿种病？师傅就告诉我们可以治什么病，尤其对平喘和减缓支气管炎有良效。

我听了暗暗记在心里。我的母亲，每年冬季都为支气管炎所苦，经常喘作一团，憋红了脸，透不过气来。可是家里穷，母亲舍不得花钱买药，就那么一冬季又一冬季地忍受着，一冬季比一冬季气喘得厉害。每每看着母亲喘作一团，憋红了脸透不过气来的痛苦样子，我和弟弟妹妹都难受得想哭。我暗想，一麻袋又一麻袋，这么多的橘皮，我何不替母亲带回家一点儿呢？……

当天，我往兜里偷偷揣了几片干橘皮。

以后，每次义务劳动，我都往兜里偷偷揣几片干橘皮。

母亲喝了一阵子干橘皮泡的水，剧烈喘息的时候，分明减少了，起码我觉得是那样。我内心里的高兴，真是没法儿形容。母亲自然问过我——从哪儿弄的干橘皮？我撒谎，骗母亲，说是校办工厂的师傅送的。母亲就抚摸我的头，用微笑表达她对她的一个儿子的孝心所感受到的那一份儿欣慰。那乃是穷孩子们的母亲们普遍的最由衷的也是最大的欣慰啊！……

不料想，由于一名同学的告发，我成了一个小偷，一个贼。先是在全班同学眼里成了一个小偷，一个贼，后来成了全校同学眼里的一个小偷，一个贼。

那是特殊的年代。哪怕小到一块橡皮，半截铅笔，只要一旦和“偷”字连起来，也足以构成一个孩子从此无法刷洗掉的耻辱，也足以使一个孩子从此永无自尊可言。每每的，在大人们互相攻讦之时，你会听到这样的话——“你自小就是贼！”——那贼的罪名，却往往仅由于一块橡皮，半截铅笔。那贼的罪名，甚至足以使一个人背负终生。即使往后别人忘了，不再提起了，在他或她内心里，也是铭刻下了。这一种刻痕，往往扭曲了一个人的一生，改变了一个人的一生，毁灭了一个人的一生……

在学校的操场上，我被迫当众承认自己偷了几次橘皮，当众承认自己是贼。当众，便是当着全校同学的面啊！……

于是我在班级里，不再是任何一个同学的同学，而是一个贼。于是我在学校里，仿佛已经不再是一名学生；而仅仅是，无可争议地是一个贼，一个小偷了。

我觉得，连我上课举手回答问题，老师似乎都佯装不见，目光故意从我身上一扫而过。我不再有学友了。我处于可怕的孤立之中。我不敢对母亲讲我在学校的遭遇和处境，怕母亲为我而悲伤……

当时我的班主任老师，也就是那一位清瘦而严厉的、戴六百度近视眼镜的中年女教师，正休产假。她重新给我们上第一堂课的时候，就觉察出了我的异常处境。放学后她把我叫到了僻静处，而不是教员室里，问我究竟做了什么不光彩的事。我“哇”地哭了……

第二天，她在上课之前说：“首先我要讲讲梁绍生和橘皮的事。他不是小偷，不是贼。是我嘱咐他在义务劳动时，别忘了为老师带一点儿橘皮。老师需要橘皮掺进别的中药治病。你们再认为他是小偷，是贼，那么也把老师看成是小偷，是贼吧！……”

第三天，当全校同学做课间操时，大喇叭里传出了她的声音。说的是她在课堂上所说的那番话……从此我又是同学的同学，学校的学生，而不再是小偷不再是贼了。从此我不想死了……

我的班主任老师，她以前对我从不曾偏爱过，以后也不曾。在她眼里，以前和以后，我都只不过是她四十几名学生中的一个，最普通的最寻常的一个……但是，从此，在我心目中，她不再是一位普通的老师了。尽管依然像以前那么严厉，依然戴六百度的近视眼镜……

在“文革”中，我已是中学生了，没给任何一位老师贴过大字报。我常想，这也许和我永远忘不了我的小学班主任老师有某种关系。没有她，我不太可能成为作家。也许我的人生轨迹将彻底地被扭曲、改变，也许我真的会变成一个贼，以我的堕落报复社会。也许，我早已自杀了……

以后我受过许多伤害，但她使我永远相信，生活中不只有坏人，像她那样的好人是确实存在的……因此我应永远保持对生活的真诚热爱！

恰同学少年

"我常想在纷扰中寻出一点闲静来，然而委实不容易。目前是这么离奇，心里是这么芜杂。一个人做到只剩了回忆的时候，生涯大概总要算是无聊了罢，但有时竟会连回忆也没有……"

这是鲁迅为他的《朝花夕拾》所作的"小引"。

文中还有一段，进一步告白他的回忆感觉："我有一时，曾经屡次忆起儿时在故乡所吃的蔬果：菱角、罗汉豆、茭白、香瓜。凡这些，都是极其鲜美可口的；都曾是使我思乡的蛊惑。后来，我在久别之后尝到了，也不过如此；惟独在记忆上，还有旧来的意味留存。他们也许要哄骗我一生，使我时时反顾。"

鲁迅写这"小引"时是一九二七年的五月，在广州。

鲁迅文章的遣词，有时看似随意，然细一品咂，却分明是极考究的。比如形容街上的人流如织为"扰攘"；形容屏息敛气为"悚息"；而形容隐蔽又为"伏藏"。他是不怎么用司空见惯的成语的，每每自己组合某些两字词，使我们后人读到，印象反比四字成语深刻多了。一九二七年的中国，居然用"离奇"二字加以概括，这也是令我有"离奇"之感的，我咀嚼出了吊诡的意味。

我对八十多年以后的中国的当下，往往也生出"离奇"的想法。又往往，和当年的鲁迅一样，亦觉"心里是这么芜杂"。并且呢，同样常被回忆所纠缠，还同样时觉无聊。我怕那无聊的腐蚀，故在几乎"只剩回忆"的日子，也会索性靠了回忆姑且抵挡一下无聊的。

近来便一再地回忆起我的几名中学同学。在我的中学时代，和我关系亲密的同学是刘树起、王松山、王玉刚、张运河、徐彦、杨志松。我写下的皆是他们的真实姓名。我回忆起他们时，如鲁迅之回忆故乡的菱角、萝豆、茭白、香瓜，那都是养育百姓生命的鲜美蔬果。而我的以上几名中学同学，除了徐彦家的日子当年好过一些，另外几人则全是城市底层人家的孩子。用那些生长在泥塘园土中的蔬果形容之，自认为倒也恰当。与鲁迅不同的是，我回忆他们与思乡其实没什么关系，更是一种思人的情绪。自然，断不会生出"也不过如此"的平淡，而是恰恰相反，每觉如沐煦风，体味到弥足珍贵。

我和树起在中学时代相处的时光更多些。我家算是离校较远了，大约半小时的路。树起家离校更远，距我家也还有二十分钟左右的路。那么，我俩几乎天天结伴放学回家是不消说的了。走到我家所住那条小街的街口中，通常总是要约定，第二天我俩在街口相等，一块去上学。路上是一向有些话题可说的——学校里的事，班级里的事，各自家里发生的烦恼，初中毕业后的打算，谁在看一部什么小说等等。有时什么也不说，只不过默默往前走，那是要迟到了的情况下。还有时一同背着课文或什么公式往前走，因为快考试了。树起家在一片矮破的房屋间，比我的家还小，全不成个样子。如今，中国的城市里绝对见不到那样的人家了，在农村也很少见了，一旦见了会令富有同情心的人心里难受，潸然泪下的。那样的家，简直可以说是土坯窝。回到那样的家，差不多可形容为一头钻进窝里。但在当年的哈尔滨，那样的人家千千万万。正因为比比皆是，所以小儿女们并不觉得自己多么可怜，并且照样爱家、恋家，在乎家之安全和温暖；仿佛小动物之本能地喜欢家。树起和他的老父母以及弟弟、妹妹住在那样的家里。当年他的父母亲都已经快六十岁，在我们几个同学眼中是确确实实的老人了。然而他的父亲还在工作着，是拉铁架子车的。如今在全中国乃至全世界找到那样一种车肯定是很难的了，可在当年那是哈尔滨市特别主要的一种运载车。一般情况下不是谁有钱就容易买到的，得凭证明，属于“劳动资产”。他的父亲刚一解放就是拉那一种车的车夫了，那一种车对于他的父亲犹如黄包车之于祥子。只不过他们拉的不是人而是货物，将他们组织在一起的是城市的劳动管理部门。

我和树起一起上学去，有时他会给我一个大的蒸土豆或半块烙饼，若是夏天，或一个大的西红柿、一条黄瓜。那是挨饿的年代，给人任何可吃的东西都是一份慷慨、一份情义。他心里就是那么有我。记得有次他还给了我几块很高级的软糖，我极享受地吃着时，他告诉我他的三姐结婚了。他有四位姐姐，这着实是令我们几个羡慕的。

树起学习很好，数理化及俄语四科成绩在班里一向名列前茅。他耿直、善良，具有天生的同情心，眼见不正义的事他是很难做到不上前干涉的，而发现一位老人或孩子当街跌倒了，他是那种会赶紧跑过去扶起来的少年。“文革”前，我们之间从没发生过争论。这么好的同学，我和他争论什么呢？他对人对事的看法，我一向认为是客观公正的。

“文革”中，他的表现也很“特别”。他是班里的好学生，完全置身度外是不行的。他从没亲笔写过大字报；别人写了让他签名，以示支持，他也要认认真真地看一遍，倘觉得批判的内容不符合事实，他就会拒绝签名；

倘觉得其中一句话甚或一个词对被批判的人具有显然的侮辱性，他竟会要求对方将那句话或那个词涂抹了。若对方不，他也不签名的。他绝不会打人的，不管对方是谁。即使一个公认的“反革命”，他也并不认为便有权利进行侵犯。谁做过那样的事，他对谁是极嫌恶的。他这一种“特别”，当年深获我的敬意。

当年我们五个初三生，真是好像五个拜把子兄弟一样，虽然我们不曾那样过。“情义”观念，怎么一下子就在我们五个之间根深蒂固了，如今却记不清楚了。似乎，起初主要是由于我们的家在上学去的同一路线上。虽说是同一路线，但上学是不可能一个找一个的，那我和树起要多走不少路。但放学回家，则都走得从容多了，便常常一齐走。先陪云河走到家门口，依次再陪玉刚和松山走到家附近，最后是我和树起分手。寒来暑往，一个学期又一个学期走下来，一起走了三年多，走出了深厚的感情。另外的原因便是，我们都是底层人家的孩子，家境都接近贫寒。不管一块儿到了谁家，没什么可拘束的，都跟回自己家差不多随便。而家长们，对我们也都是亲热的。当年我们的父母那样一些底层人家的家长，对与自己儿子关系密切的同学，想不真诚都不会。而既真诚了，亲热也就必然了。

但我们之间的“情义”，主要还是在“文革”中结牢了的。云河、松山和树起一样，也是班级数理化及外语四科的尖子生。玉刚则和我一样，综合成绩也就是中等生。在“文革”初期，所谓“中央文革领导小组”发表的文件中说——初、高中生们，以后或升学或分配工作，皆要看“文革”中表现如何。弦外音是，表现不好的，那时会有麻烦。

这无疑等于“头上悬刀”。

为了不至于落个“表现不好”的结果，大字报起码总得写几张吧？然而对于云河、松山、玉刚三个，让他们提起毛笔写大字报，如同让他们化了妆演街头戏。他们平时都是讷于语言表达，即使被迫作次表态性发言，往往也会面红耳赤，三分钟说两句话都会急出一头汗来，当然也会急出别人一头汗来。

于是写大字报就成了我和树起的任务，他们只管签名。我一个人不时在他们的催促之下写一张，我们五名学生的表现也就不至于被视为不好了呀。每次都是，我起草，树起审阅，我再抄。树起说“没问题”，他们就都说“完全同意”。其实呢，我每次都将写大字报当成写散文诗，也当成用免费的纸墨练毛笔字的机会，从不写针对任何具体个人的大字报。

玉刚的话说得最实在，他当年曾一边看着我写一边说：“那么高层的事，咱们知道什么呀？还是晓声这么虚着写好。”

而松山曾说："'啊'少几个也行。你别往纸上堆那么多词，看着华而不实。"

云河曾说："词多点儿可以的，蒙人。该蒙人的时候，那就蒙吧。不多用点儿词，怎么能显得激情饱满呢？"

树起则作权威表态："那就少抄几个词，找一段语录抄上，反而显得字多。"

我们自幼从父母那儿接受的朴素的家教都有这么几条：不随梆唱影，不仗势欺人，不墙倒众人推，不落井下石。

且莫以为以上那些词，只有文化人口中才能说出。谁这么以为，真是大错特错了。事实上在城市贫民大院里长大的我们，从小经常听到目不识丁的大人们那么评说世上人事的是非对错。在民间，那不啻为一种衡量和裁判人品如何的尺度。我们都是"闯关东"的山东人的儿子；我们的父母，尽管都是没文化的人，却都知道——如果在做人方面失败了，那么在生存方面便也不会有什么希望，故都自觉地恪守某些做人原则。

多少年后，我反思"文革"时悟到，我们实在是应感恩于父母的。中国，也实在是应感恩于某些恪守底层世道原则的人民的。若当年那样一些尺度被彻底地颠覆了，中国之灾难将更深重可悲；所幸还未能彻底。

据说评定一名学生在"文革"中的表现如何，还要看是否主动与工农群众相结合过。我们五人中，树起是团员，在政治方向上，我们都与他保持一致。

树起认为，如果严格按照"学生也要学工、学农"的"最高指示"去做，学工强调在前，我们应该先学工。

于是我们去了松江拖拉机厂。那完全是没有任何报酬的义务性劳动。我们是不怕累的。因为累而多吃了家里的口粮也在所不惜。但，那厂里的工人阶级分裂为势不两立的两派，一派人多势众，叫"革命造反团"；一派人少，以老工人为主，叫"红色造反团"。"红色"的先是被"革命"的视为"不可救药的保守组织"，后又干脆被宣布为"反动"的了。偏偏，我们参加劳动的那一车间里，基本全是"红色造反团"的老工人。他们对我们很爱护，我们觉得他们都很爱厂，都很可敬。学工的学生只埋头苦干地劳动是不行的，还要积极参加工厂里的"造反劳动"。"革命"的造反，"红色"的也造反，究竟应该跟随哪一派造反，我们困惑了，为难了。

树起倒很民主，其实也没了主张。他说："听大家的。"云河说："我觉得曲师傅一点儿都不反动，是个好工人，使人家伤心的事我不做。"——曲师傅是带领我们劳动的老工人。松山说："我觉得这车间里的老工人个个都是好工人。”玉刚说：“我的看法和他俩一样。”树起又说：“那，我明白你们三个的意思了。晓声，你的态度呢？”我果断地说：“咱们支持‘红色’的，帮他们把‘反动’的帽子还给‘革命’的！”

于是我们在“革命”的和“红色”的之间作出了坚定的选择。若能使这个厂的一批老工人不再被视为“反动”的，我们觉得也不枉学工一场了。

我又写起“文革散文”来，仿“九评”的风格，一评二评三评连续《评这些老工人谁都不反动》……看的人居然还很多，反响还很大。曲师傅不安了，老工人们感动了；他们劝说我们没必要卷入厂里的派性斗争。而我们心中都充满了政治正义感，将那种卷入视为己任，还都有股子不达目的誓不罢休的劲头。

有天早上我们又结伴去厂里，在大门口被阻拦住了。前一天夜里“革命”的一派单方面夺权了，“红色”的一派都被集中起来，去所谓的“悔过学习班”了。

我们五名中学生，被青年工人打跑了。后来，厂里连续贴出了评我们的大字报的大字报，也仿“九评”的风格，曰一评、二评、三评……

那个冬季，我们多次去曲师傅家看望他，最后一次才见到他。他的思想很顽固，被放出得晚。他没写“悔过书”。“革命造反团”的头头是他徒弟，拿他没奈何，没写也只得恢复了他的自由……

来年也就是一九六八年的五月，黑龙江生产建设兵团到哈尔滨市展开动员，我就报名下乡了。一则是，家里生活太困难了，太缺钱了，我急切地要成为能挣钱养家的人；二则是，我对“文革”厌烦透了。

不久就要分别了，四个好同学对我依依不舍，几乎天天都到我家去一次，没事也去，没什么话说也陪我一块儿沉默。他们因为没报名和我一块儿下乡，都挺内疚，仿佛愧对友情似的。我则安慰他们，各家的具体情况不同，没人逼到头上，何必非走？何况，树起、云河、松山，他们学习都特好，考高中考大学是手拿把掐的事儿。他们的家长也都有意培养他们，那为什么要放弃志向呢？至于玉刚，他只有姐妹，是家中独生子，他父亲长年生病，不走也有不走的原因。万一不久能分配工作了，那不是更好吗？

我这么劝慰，他们个个释然了。和我同一批下乡的只有杨志松。那一批全校才走了十二名学生，我们班就走我俩。

志松也到家里来过一次，恰巧树起他们四个在。志松家住学校附近，所以此前他与我们接触较少。但在全班男生中，我们都觉得最与我们性情投合的，那就非他莫属了。

树起郑重地说：“你来得正好，有头等大事托付给你。”

志松愣愣地问什么事。云河反应快，立刻就明白什么事了，朝我翘翘下巴说："我们把他托付给你。没我们在身边了，你一定要多操点儿心，别让他哪天被打成'现行反革命'……"

松山附和道："对对，这可真是头等大事！别的方面我们对他都没什么不放心的，就是他这里边太复杂了。只想不说还行，万一不该那么想的还偏要那么想，还要忍不住说，后果就严重了！"——他说时指自己太阳穴。

玉刚最后说："我们授你权，他一胡思乱想，你就替我们敲打他。"

志松乐了，指点着我说："你听到没有？听到没有？他们几个把你交给我了！如果到了广阔天地你还胡思乱想，想了还说，看我不收拾你！……"

当年的我们，本不过个个都是贫家子弟，而且又都是中学生，哪里谙知波诡云谲的政治风云？又怎么能参与什么国家大事？于我，实在是由于耳闻目睹人斗人的冷酷乱象，厌恶之极，也压抑之极。每欲一逞少年之勇，以图释放罢了。对"文革"反动一下，却枉有此心，并无此胆。顾及家境，也是顾及自身，学做一个隐忍之"愤青"。于树起、云河、松山、玉刚四个，实在是怕他们的情义册上，哪天不得不划掉了我的姓名，痛心不已。

树起是一心要做"革命人"的。但"革命"在他那儿，是被充分理想化了的。他想做的是完全符合人道主义甚至足成楷模的"革命人"。"革命"一表现为凶恶，他内心就挣扎了，郁闷了，认为是"革命"的耻辱，不屑为伍了。

而云河、松山、玉刚三个，却只想本本分分地做人，什么"革命"不"革命"的，都当成"专门好那个"的人的事。何况那等样的所谓"革命"，在他们看来是"集体演戏"。他们做"逍遥派"做得心安理得。志松也是那样。

当年倒是他们比我和树起都活得超然，活得明白，活得纯粹。

杨志松的父亲和刘树起的父亲一样，也是拉车的，当年也快六十岁了。他上有两个哥哥两个姐姐，下有一个妹妹。他当年下乡的想法也和"革命热情"无关。那一年他父亲病了，看起来以后不能再干拉车运货那么辛苦的活了；而大姐二姐大哥都已成家，自己小家庭的日子也都过得很拮据，二哥刚参加工作，每月仅十八元工资。仅以学习成绩而言，他也是那类升高中考大学不成问题的学生。但出于对全家今后生活的考虑，他下乡的决心毫不动摇。

有他这一名同班同学跟我一块儿下乡，真是我的幸运。知青专列一开，车上车下一片哭声，我俩却是微笑着向同学们挥手的，仿佛只不过是很短暂的离别。志松在哭声中对我说："到了地方，咱俩都得要求分在一个连队啊！"

我说："当然。树起他们托付你管住我的嘴嘛！"

他乐了，又说："明白就好，那以后就得服管。"

事实上，到了北大荒以后，我并没太使他操心过我的思想和我的嘴。远离了城市，家愁不再是每天直接面对的了，令我嫌恶的"文革"现象也看不到了，便有一种心情豁然开朗的感觉。不太习惯的是每天三顿饭前必得正经八百地"敬祝"一番。以前都是在家里吃饭，完全可以不那样的。但一到了连队，别人都那样，自己不习惯也得习惯！在食堂吃饭的老战士们原本并不那样的，见知青们那样，也只得那样了。而这一"革命"的日常仪式，是由几名女知青带的头。志松倒是很适应。我看出他还有几分喜欢那样。当然，他也看出了我的不情愿。

某日，他背着人问我："敬祝时你为什么好像是被迫的？"

我告诉他："我读过一本法国人写的关于宗教的书。那本书里说，一日三餐是每人每天最重要的事，三餐不保，人心发慌。而宗教规定了餐前祈祷，其实从心理学上看，是一种日复一日的暗示方法。而使人革命，不该借助宗教手段……"

他问："你怎么能看到那么一本书？"

我说："我家隔壁收破烂的邻居收回来的一本残书，没头没尾。我一翻，觉得里边在讲我从不知道的知识，所以带回家读完了。"

他又问："后来书呢？"

我说："一本没头没尾的书，不值得收藏起来，做饭时烧了。"

他一拍我肩："烧了就对了！我也同意你的想法。但那你也得装出高兴'敬祝'的样子，还绝不许对别人说你刚才那番话！"

其实，志松、树起、云河、松山、玉刚四人，也都多次同意过我对当年现实的不少看法。我记得云河曾当着我面对另外三个说："有时候我喜欢听晓声的一些想法。"而平时最为少言寡语的玉刚则说过："难怪'文革'一起，首先要烧书……"

志松又这么说："忘了那本书里怎么写的！你要把'敬祝'当成好玩儿的事，我就是当成好玩儿的事。或者，内心里也可以这么想，咱们真敬祝的是咱们爸妈。"

我愣了愣，问："你内心里这么想过？"

他说："对！"

从第二天，一日三餐他必叫上我和他一块儿进食堂。由他首先大声说出头几句，我只跟着说"万寿无疆"四字。

这种仪式并没持续多久。麦收一开始，每一名知青都领教了什么才叫

“累”。一累，谁都没那种坚持下去的精神头了……

我下乡前，家中被褥刚够铺盖，所以我只带走了一床旧被子，没带褥子。第二年的布票棉花发下来之前，一年多以来，我一直睡在志松的半边褥子上。半夜一翻身，每每和他脸对脸了。正所谓“同呼吸，共命运”。他家替他考虑得周到，他带的东西全。而他的，基本上也可以说是我的。他的手套、袜子、鞋垫、短裤、衣服，我都穿过用过。他还多次向其他知青声明：“我对梁晓声负有保护的责任啊，谁欺负他就是欺负我！”尽管没什么人欺负我，但是分明地，他真的随时准备为我和别人打架。

一九六九年的十月末，又一大批一百多名知青于深夜被卡车送到了连队。他们还没全从车上下来，我和志松就听到谁在一声接一声喊我俩名字。循声找过去，车上站着云河、松山、玉刚三个！

沉默寡言的玉刚一见我俩，乐了，大声说：“要是你俩不在这个连了，那我们仨不下车了，肯定再坐这辆车返回团部，打听清楚你俩在哪个连后，要求团里重新把我们分去！”

我和志松自是喜出望外，逐个拥抱之，欢喜得流泪了。

他们三个是可以到离哈尔滨较近的一个团的，为了能和我俩在一起，却报名到了离哈尔滨最远的一团。

志松埋怨他们没先写信告知一下。

云河说：“要给你俩一个惊喜嘛！”

松山老诚，承认是因为临时决定，走得急，从志松家和我家各要到一个家信信封就来了。

那时树起已如愿以偿上高中。不过仅仅一年之后，他也下乡了。而且失去了来兵团的机会，去黑龙江边的饶河一个小村插队了。我们接到他寄自那个小村的信后，一个个都怅然若失，感到实在是我们的也是他的大遗憾。

如今回忆起来，我在兵团最觉舒心的时光，便是那以后的两年。与四个亲如兄弟的好同学朝夕相处，一切艰苦，似乎也都同时有着快乐的色彩。友谊确如一盆炭火。

那两年我如同有着多位家长的独生子——我因家事而犯愁了，他们几个会一起围着我进行安慰和劝解，志松还会为我唱歌；冬天到了，云河见我的棉裤太破了，处处露棉花了，就将他自己舍不得穿的、兵团发的一条新棉裤“奉献”给我了；玉刚和松山亲自动手，为我缝做了一床新被子；我要探家了，都主动问我打算往家带多少钱，由他们来凑；我探家回来了，路上将志松家捎给他的包子吃得一个不剩，他也只不过这么抱怨：“你这家伙太不够意思了吧？怎么也得给我们一人留一个呀！……”

但那样的时光仅仅两年多一些日子。先是，志松调到团报道组去了，在国庆和春节的长假期间才有机会回连队看我们几个，最多也就住一两天。接着云河调到别的连队当卫生员去了。而两年后，志松上大学了，松山和玉刚随他俩的排调往别师的化工厂去了。

我自己，则经历了当小学老师、团报道员以及被“精简”到木材厂抬大木的三次变动。正如我亲密的同学们所经常担忧的，我的知青生涯落至孤苦之境，最终竟真是由于思想由于话语。但即使在那两年里，我的思想也还是有着一处可以安全表达的港湾。这便要说到徐彦了。

徐彦的家境，在我们班级里，当年也许是最好的了。他父亲是市立一院的医生。他母亲原本也是医生，因为患有心脏病，长年在家休养，但享有病假工资。而他哥哥曾是海军战士。复员后分配在哈市著名的大工厂里。徐彦是我们班几个没下乡的同学之一，也在他哥哥那个厂里当车工。我在班里当“勤务员”时，几乎去遍了全班男女同学的家，徐彦的家当年是最令人羡慕的家。不只我羡慕，每一个去过的同学都印象深刻，羡慕不已。房子倒不大，前后皆有花园，是有较高地基的俄式砖房。前窗后窗的外沿，砌出了美观的花边。门前还有数级木板的台阶，冬季一向扫得很干净，夏季徐彦还经常用拖布沾了水拖，那大约是他主要的一项家务。哈尔滨人家，很少人家能直接用上自来水。但徐彦家厨房里有自来水龙头，而我们几个，都从小抬过水，长大后以挑水为己任。我们在中学时代也是都没穿过皮鞋的，但他既有冬天穿的皮鞋，也有夏天穿的皮鞋。不论冬夏，他一向衣着整洁。最令我们向往的，是他自己有一小套屋子可住。不是一间，而是有“门斗”、厨房，分里外间的单独一小套，并且也是木地板。说到地板，我们几个的家里竟都没有。云河家的屋地要算“高级”一点儿了，却也只不过是砖铺的。另外几家的屋地，泥土地而已。那样一套小屋子，与他父母和妹妹住的屋子在同一个大院里。在那个大院里，几户有四五口人的人家，所居便是那么一套小屋子。他居然还拥有一架风琴，就在那小屋子里。总而言之，在我们看来，他当年实在是可以算作“富家子弟”了。他还是美少年，眉清目秀，彬彬有礼，我们几乎从没听他大声嚷嚷着说过话。他如果生气了，反而就不说话了。他的性格属于沉静的女孩子那种类型。

倘以我们的学校为中点，我们几个的家在同一边，而他的家在另一边。每天放学，一出校门，我们和他便反向而去了。在学校里，课间我们和他也是不太主动接触的。他终究还是成了我们情义小团体的一分子，起先是由于“文革”。“文革”中我们的身份虽然还是中学生，却没课可上了。于是以前不太来往的同学之间，相互也开始靠近了。后来，则是由于我和他的关系一下子变得亲近了。在我们初一下学期，我的哥哥患了精神病。在我们初二上学期，他才读小学三年级的妹妹，因为一点儿在学校里受的闲气，隔夜之间也不幸成了小精神病患者。我母亲听我说了，非要求我带她去徐彦家认认门，为的是以后经常向他的父母取经，学习怎样做好患精神病的儿女的家长。我无奈之下，只得于夏季里的一个晚上带领母亲去了徐彦家。恐怕自己陪得无聊，我还带上了一部小说《希腊悲剧选集》，也是从邻居卢叔家收的旧书堆中发现的。

母亲和徐彦的父母说话时，徐彦将我带到了他住的屋里。由于他的沉默寡言和我的自卑心理作怪，我表现得极矜持，低头看书而已。他则坐在我旁边表现着主人应有的热情，隔一会儿则找话跟我说。而他不说什么时，我则不开口。终于，他问我看的是什么书。这一问，帮我打开了话匣子，对他讲起了书里的故事。两个多小时后母亲才告辞，而徐彦还没听够呢。几天后他受他父亲的吩咐，到我家来送安眠药，我向他展示了我仍收藏着的十几部书，建议他选一两部带回家去看。

他说："这些书以后中国不会再有了，如果别人在我家看到了也向我借，万一还不回来怎么办？我这人嘴软，别人一开口借，我肯定会借给的。"

我说："失去了，我认了，绝不埋怨你。"

他想了想，却说："我还是不借的好。以后咱俩在一起，我听你讲就是了，我爱听你讲。"

后来，母亲经常独自去他家，成为他家常客。因为儿女患同一种病，我的母亲和他的父母之间，渐生相互体恤的深情。当年即使有证明，也只能一次从医院买十几片安眠药，而徐彦的父亲，可为母亲一次买一小瓶来，这减轻了母亲总去医院的辛苦。自然地，我和徐彦的关系也逐渐亲密了。我以每次见到他都给他讲故事的方式报答他父亲对我家的帮助。

他哥哥参军了，他妹妹有那样的病，他母亲还有心脏病——这些综合理由，使他可以免于下乡。

我下乡后，每从兵团给他写信，嘱他去我家替我安慰我的母亲，教导我的弟弟妹妹们听母亲的话，实际看一下我哥哥的病情。而他对我的嘱托一向当成使命，往往去了我家，一待就是半天。其实我觉得他是不善于安慰人的，但却是特有耐心的倾听者。他的心也善良得如同一位院长嬷嬷。我想我的母亲向他倾诉心中的悲苦时，一定也像是在对具有善良情怀的人倾诉吧。

他是个天生看不进书的人，也是一个天生懒得给别人回信的人。他竟回了我几次信，那于他真是难能可贵的事了。

“我到你家去了，带去了我父亲替你母亲买的药，和大娘聊了两个多小时的家常。你家没什么更不好的事，你也别太惦家……”

“我也很寂寞。厂里还有许多人热衷于搞派性斗争，很讨厌。同学们都下乡了，周围缺少友谊，更没人给我讲有意思的故事听了……”

他信上的字写得很大，也很工整；却看得出，每多写一行字，大概要想半天。

我虽精神苦闷，情绪消沉，但给他写的信，内容一向不乏发生在兵团的极有趣的事。我不愿用我的不快乐影响他。故他给我的回信中，也曾有过这样的文字：“读你的信，是我愉快的时候……”

我在上大学前一年，被黑龙江出版社借调了三个月。那三个月里，他家的一位常客不再是我的母亲，而是我自己了。出版社自然仍是“知识分子成堆”的单位；比之于平民百姓，知识分子显然是更加忧国忧民的。那一年的中国，并没麻木不仁的中国人胸中忧成块垒，积怨如地火般悄然运行。我每天在出版社都会加入值得信任的人之间的私议之中。而我在他家里，也就不仅仅是讲故事给徐彦听了，而是“讲政治”给他的父母听。至于他，倒成了一旁的陪听者。他的父母，不但是知识分子，而且是有社会良知的那类。每逢我讲到义愤时，竟也情不自禁地插话，诅咒祸国殃民者流。我讲到希望所在时，他父亲还会激动得陪我吸一支烟。我是极少数由他父亲陪着在他家吸过烟的人，他父亲一年也吸不了几支烟的。

每次我走他都送我，有时送出很远。

他不止一次告诫我：“千万记住我爸妈的叮嘱，那些话绝不能跟别人说。你以为有的人值得信任，可万一你的感觉错了呢？出卖人的事咱们知道的听到的还少吗？……记住行吗？”

他那时的口吻，更像一位院长嬷嬷了。我就说：“行。”他说过：“我可不是怕万一你出事了，我和我父母受你牵连。枪毙你你都不会出卖我们的，这我绝对相信。可……你是我最不愿失去的朋友啊！你如果出事了，我不是就连个与我通信的朋友都没有了吗？……”那时我不由得站住，睇视他，整个心感动得发烫。当年，当年，当年真是不堪回首，思想成了令亲友们极度担心的事。当年，当年，当年真是难以忘怀，有那样一些中学同学的情义，如同拥有过美好爱情。因为在特殊年代也曾拥有那样一种情义，我决定我死前要对这个世界虔诚地说：“谢谢。”

去年我回家乡城市，我们以上几名同学聚在了一起。大家都老了，也都还在为各自的家庭劳作。树起两口子都退休了，他曾为了增加家庭收入开过一个小饭店，没挣到多少钱还累出了心脏病；徐彦为了帮婚后的儿子还买房贷款，虽也退休了仍得找活干，在外县的一处工地上开大型挖土机；志松从一份医学杂志总编的位置退下来后，在家带孙子，偶尔打麻将；云河、玉刚、松山也都白了头发，而我已十几年没见到他们了。彼此脸上都有被人生折腾出来的倦容，却又都竭力表现出快乐，争取给朋友们留下毫无心事的印象。然而我清楚，每人都有各自的远忧近虑。

树起缓缓饮了一口茶（他心脏做手术后滴酒不沾了），看着我慢条斯理地说："现在，咱们对这家伙，终于可以放心了。"

志松反应快，紧接着说："当年你们几个托付给我的责任，我可尽到了啊！他后来在复旦大学上学，我已大学毕业分配到了北京，有次出差南京，还专程绕到上海，告诫他务必学会保护自己呢！……"

云河说："做得对，应该表扬！他上大学那三年，据说中国被打成'现行反革命'的人更多了。"松山说："要说现在咱们对这家伙可以放心了，那也还是早点儿。什么时候他不写了，咱们才能彻底放心。"玉刚说："现在中国没有反革命罪了。而且，我看这家伙的思想也不像当年那么'反动'了……"

大家就都笑了。徐彦待大家笑过，也看着我说："别深沉了，讲讲吧！"我问："讲什么呀？"他说："讲国家呗。你当年最爱讲国家大事啊！"我想了想，这么说了一番话："中国现在问题很多，有些社会矛盾又突出又尖锐。可即使这样，我也还是觉得，倒退回去肯定不是出路。我们要告诉我们的儿女，从前的中国，与现在的中国相比，是一个无望的国家和一个大有希望的国家的区别……"

玉刚乐了："都听到了吧？不但不'反动'了，还特'革命'了呢！"志松接着不客气地说："你小子打住！当你是谁呀？大领导呀？在对我们作报告呀？不许装模作样了，喝酒喝酒！"于是除了树起，都擎起杯来一饮而尽。我也是。大家刚放下杯，树起又说："但这家伙刚才的话，我完全同意。"云河问："咱们刚才反对了吗？"松山他们几个就摇头。志松一一往大家的怀里斟满酒，站起来，朗声道："本人提议……"我抢着说："为情义干杯！"志松说："错。我要说的是为中国的大有希望！咱们晚年的幸福指数还指望一点呢，过会儿再为情义干杯！"

于是都站了起来，都一饮而尽。连树起，也将杯里的茶水喝光了。

都老了的我的亲爱的几位中学同学，一个个写着倦意的脸上，呈现着难掩的期盼了……

我的知青文学路

我的文学道路中的一个很重要的阶段，是在北大荒的七年知青生活。北大荒培养过我，我永远不忘。

我到北大荒的最初几年是在基层连队。连队每隔半月要开一次批判会或颂扬会。当时值得批判的事那么多，值得颂扬的事也那么多。每次我都是批判会或颂扬会的重点发言者，这并非我很乐于扮演的角色，不过是我无法推卸的义务。

我是第二批到连队的知青，照例要开欢迎会，欢迎会上照例要有新知青代表发言。新知青互相推脱，谁也不肯当发言代表，内中有一个是我的同班同学，他“出卖”了我，说：“让梁晓声做发言代表吧，他在学校里是个秀才！”

我也推脱。

指导员恼火了：“你们都是知识青年，写篇发言稿还那么难？别推了，就是你！”

我对写发言稿从来是当成写作文那般认真对待的。整整一下午，字斟句酌，涂涂抹抹，写成了一篇五千余字的发言稿。

欢迎会开过后，连里的许多人，尤其是老职工和家属们，交口称赞我有“文才”。

第三批知青到连队后，我又代表全连致欢迎词。我的“写作实践”就这样从“革命八股”开始了。

“小梁，昨天张 ×× 从麦场偷了一条麻袋，晚上要开他的批判会，你写一篇重点批判稿！”

“小梁，机务排长死了，你写一篇悼词！”

“小梁，咱们连的毛著标兵要到师里去讲演，从今天起你别出工了，帮助写讲演稿！”

“小梁……”

以后，凡此种种“任务”，都落在我身上，有时连长交代给我，有时指导员交代给我。有时连长交代我写这，指导员交代我写那。

再以后，连里的黑板报缺少半板字，宣传队的节目要用连接词串成一台戏，知青伙伴们写检查，老职工们交代历史问题，全找我。

这种种实践，不过是“写字”的实践，与文学不沾边。对我走上文学道路，究竟有无意义，意义何在，连我自己也不能做出结论。但有一点是应该提及的，这种种实践，也可算我个人机遇链条上的一环，因为渐渐使我产生了一种认为自己是个可以“写”的人的自信，而且暗暗开始向往在报刊上发表点什么。

我当了连队的小学教师，对于写颂扬稿和批判稿感到厌烦了。写的兴趣由“革命八股”转向格律诗词。小学教师的闲暇比一般知青多，我常独自漫步在大草甸子或徜徉在小河边，为的是产生“灵感”。回想起来，浪漫得够味。隔河是另一个连队，那连队的小学教师是老高三，也有赋诗填词的“雅兴”。我们志趣相投，成了知交。我几乎每天都过河去找他，谈格道律，相互吹捧。

团宣传股不知从何处听说了我这么个人物。股长给我写了一封信，希望我能为团里写篇广播稿。时值雷锋去世十周年纪念日前夕，我写了一篇题为《雷锋精神不死》的小文章寄去，在团广播站广播了。不久在《兵团战士报》上发表了，还被列为我们团那一年见诸报纸的“重要文章”。我的文字第一次发表在报上，心中的激动无法形容。这在连里算件大事，全连的人对我刮目相看。接着我又写了一首诗——《夜诊》，直接寄往《兵团战士报》，居然又登载了。两个月后，我的第一篇小说——《麦种》也在《兵团战士报》上问世。

如果当年没有《兵团战士报》，我今天也许不会走在文学道路上。

同年，我参加了全兵团第二届文学创作培训班。

黑龙江生产建设兵团对开展知识青年的各种文学和文艺活动给以充分重视，公正地说，是当作兵团精神建设的一项事业来抓的。

兵团宣传部将参加这些培训班的男女知识青年从各师各团甚至直接从各连召集到兵团总部所在地佳木斯市（有时也召集到某师或某团），最大限度地提供当时可能提供的一切条件，进行文学和文艺方面的培训。

参加了兵团文学创作培训班，我才真正向文学迈出了第一步，意识到我在连队的种种“写”的实践中所沾染的时代的“八股”文风，对搞文学的人是有害的。

培训班上，爱好文学的知青们，在一起无所顾忌地大谈各自读过的文学著作和各自崇拜的古今中外的作家，颇似沙龙。与他们的接触，使我深感自己原来读书并不多。

大家都很刻苦，很勤奋。每人占据一张桌子，互不干扰。深夜两三点钟，能安然入睡的寥寥无几。招待所管理员心疼大家的身体，吩咐食堂天天为我们做夜宵。

我带到学习班上一篇小说，请大家提意见。都是知青，虽初次相识，却很坦诚，毫不顾及情面，一通七言八语的“轰炸”便“枪毙”了。我从连队带去的骄矜，也“土崩瓦解”。回到连队后，我变得谦虚了。半年内再没有动笔写什么，几乎对自己彻底丧失了信心。

一天，我收到兵团宣传部干事寄来的信。他负责抓全兵团的文学和文艺创作。他在信中写道：“参加过我们兵团文学培训班的人，没权利自暴自弃。下一届培训班，我还要通知你来，到时候你要带来一篇好小说。否则，你连兵团一所为你服务过的服务员们也对不起……”

我又开始动笔。写了撕，撕了写。常常独自一人在小学校里写至深夜。冬天，教室里很冷，写一阵，哈一阵手。

第二年年初，我果然收到参加兵团第三届文学创作培训班的通知。

又到了佳木斯，与崔干事见面后，他第一句话就问：“带来小说了？”

我回答：“带来了。”

他说：“给我。我要首先看你带来的小说。”

我说：“现在不给，我还要改。”

“好！”他笑了。

我在培训班上将自己的小说给大家看，心中忐忑不安，唯恐又挨一顿毫不顾及情面的“轰炸”，遭到被“枪毙”的下场。

知青文学伙伴们是那么无私！每个人接过我的稿子都说：“一定认真看！”有的一接过稿子，当即停止自己的写作看起来。大家都看过后，晚上聚在一起，为我那篇小说“会诊”。

三千余字的小说，竟聚谈了两个多小时，被提出了十几处修改意见。他们都并非信口开河，意见是经过反复思考才提出的。题目是他们最后为我确定的。有人看得仔细到某处标点的运用都提出了修改意见。教学态度认真的老师批改学生的作文，也不过如此。

我按照他们的意见，又修改了两遍，直至培训班结束后，才向崔干事交稿。我在《兵团战士报》上发表的第二篇小说《向导》，就是这样写出来的。

《向导》是我在兵团时期的代表作。如同后来《这是一片神奇的土地》《今夜有暴风雪》《父亲》《溃疡》成为我的代表作一样。《向导》之后我又发表了几篇小说和散文，但都不及《向导》。凭《向导》这篇小说，我被承认是兵团的业余文学创作员。

严格地说，我在兵团时期发表的作品，不算文学，它们介于较优秀的中学生作文和最低层次的文学之间。它们依然不过是“写”的实践的产物而非文学实践的产物。但正是通过这些作品，我一步步走向文学之路。

我的创作简历，将一九七九年我大学毕业后发表在《新港》的小说《美丽姑娘》定为自己的处女作，这并不意味着对自己兵团时期发表的作品感到羞耻，只不过我认为它们确是非文学类的东西。《美丽姑娘》平庸，但它好歹跨越了中学生作文的水平，像是一篇平庸的小说了。

这里我要提及一个人——杨防。他原是解放军文艺出版社的编辑，是《苦菜花》的责编。因为家庭出身问题，与一批“右派分子”一起被“清洗”到了哈尔滨，又进一步被“清洗”到北大荒，举家定居四师。

每次办创作培训班，只要他不病倒，总被请来做我们的义务编审。他身体非常不好，瘦而高，面容憔悴，形销骨立，患有严重的肺气肿和心脏病，才五十多岁的人，看上去仿佛六十多岁的样子。今天活跃在文坛的我和北大荒知青出身的编辑、编剧及作家，提起他都会产生由衷的缅怀之情。我们多少人当年在兵团发表的作品，是经他审阅过，指点过，亲笔修改润色过和热忱推荐过的啊！他为我们倾注过大量的心血。

记得一次在十九团办班，住团部招待所。有天夜里，我醒了，听到隔壁一阵猛烈的咳嗽声。那声音猛烈得可怕，接着变成一阵残喘。我看手表，三点多了。知道隔壁住的是杨防老师，心中极为不安，匆忙披了件衣服到隔壁。我推开门，见室内烟雾浓重，他双膝跪在地上，一手抓着桌沿，一手拿着谁的稿子，喘成一团，快要窒息了，皮包骨的脸，憋得青紫。

我赶紧将他扶起，帮他仰卧床上，从他手中夺下稿子，嗔怪地说：“杨老师，这么晚了您还看稿！咳嗽得这么厉害您还吸烟！”

他一动不动地仰卧着，喘息了半天才能说出话：“我觉得我快活不长了……我不能为你们做什么更有意义的事，也只有为你们看看稿了……我想多看……”

第二天，他病倒了，被送到兵团医院。那是我最后一次见到他。我与其他兵团创作员们通信，总要探问杨防老师的情况。

那次大病后，他又参加过一次创作培训班，没坚持到结束，又病倒了，又被送进医院。我上大学的第二年，得知他去世的消息。

杨防，他是我文学上的老师，也是我们文学上的老师。所有当年兵团的业余文学创作员，都不会忘记他的名字。

李龙云说过一句话：“他是为我们累死的。”

我在一篇小说《北大荒纪实》中，写到一位老编辑，就是以他为人物原型的，而且用的就是他的名字——杨防。

一九八二年我们十名北大荒知青重返北大荒“探家”，十人中九人认识他，对他怀有深厚感情。我们曾想到他家中去看看，到他坟上去凭吊，但因行止匆匆，未能如愿。

又要谈到所谓“个人奋斗”，我认为我们北大荒知青中如今当了编辑、编剧、作家的朋友们，可以说人人都是“个人奋斗”出来的。但是，在我们走过来的路途上，的的确确兵团对我们的扶植和培养起过重要作用，的的确确有像杨防、崔干事这样的人的鼓励和鞭策起过重要作用。如果为了将自己塑造得更像“个人奋斗”者而矢口不谈这一点，那的的确确是忘恩负义了！

我不能忘记我的母亲给过我一个文学的“世界”。

我不能忘记我的小学语文老师培养了我讲故事的能力，培养了我少年时期的写作兴趣。

我也同样不能忘记杨防老师。

我更不能忘记崔干事。

从十九团回连队不久，我被调到了我们一团宣传股做报道员。我的整个心已完全被文学吸引，主要精力花在写小说、散文、诗歌方面。我做报道员的一年内，没写过一篇报道。幸亏团宣传股不止我一个报道员，股长和宣传干事对我很宽容，从未加谴责。

我不习惯在团各级领导们的视线以内活动。尽管我处处注意，他们也还是能从我身上发现许多他们所不能容忍的地方。我的种种努力徒劳无益，索性我行我素。

一年后，我被“精简”了，偌大一个团部，只“精简”了两个知青，我是其中一个。我被“精简”的直接原因，后来成了小说《这是一片神奇的土地》中的情节。小说中的“我”因母亲生病，连里不批假，擅自回到城市探望母亲，其实是发生在我们团木材加工厂一个鹤岗知青身上的事。小说中副指导员李晓燕替“我”向连长辩护的情节，是源自木材加工厂团组织生活会上，发生在我与木材加工厂连长指导员之间的一场大辩论。我因此而犯了“思想立场错误”，遭到被“精简”的命运。

我耻于回老连队，怀着一种“较量”心理，血气方刚地要求将我分配到木材加工厂。我那时身体就很瘦弱，已经生了肝病。木材加工厂连长问我：“这样的身体，能干什么活？木材加工厂可不养闲人。”

我反问：“什么活最重？”

他说：“抬大木。”

我说：“那我就抬大木。”

于是我成了抬木班的一名“劳力”。

我身体毕竟太瘦弱，而且病着，一天比一天感到支撑不住。

兵团宣传部的崔干事，得知我被从团机关“精简”后，千里迢迢从佳木斯市来到我们团。他一见我就吃惊地问：“你怎么瘦成这样？”他望着我摇头不止。我的身体的确是要被累垮了，觉得在一团绝不会有什么好的命运转机了，便产生了回山东老家插队落户的念头。那一时期我忽然极想有一个小家、有一个妻子，当一个能守着老婆孩子热炕头的农民，了此一生。崔干事听我讲出我的念头，生气地说：“那你就太对不起杨防了！他住院期间还问你最近又写了什么没有？你别忘了你参加过四次兵团创作培训班！”我无言以答。我坚决反对崔干事为我去找我们团的领导交涉什么，可他还是去找了。临行前到我们连去，正见我抬大木。

我从跳板上走下来，他把我拉到一边，严厉地对我说：“听着，你要挺住这一个时期，我将把你调离一团！参加过我们兵团创作培训班的知青，应当有几个成为作家。我负责抓全兵团的文学创作，我对你不只有友情，还有责任。”

我说：“中国好像不会再有作家了吧？”他说：“我指将来！十年后，二十年后！”我苦笑。他又说：“作家是时代的产儿。十年、二十年后，我的话定见分晓！”他说得那么自信，跟我握了一下手就走了。我站在原地，一直望着他走到公路上，虽然感激他对我的关心，却根本不相信他的话……

几天后，我病倒了，四肢软弱无力，一口饭也不想吃，浮在菜汤表面的油星也会引起我的恶心。但仍坚持着抬大木，不愿被连长和指导员认为我是累垮了。半个月后，我收到一封电报：

速往黑龙江出版社，培训期半年。

当时正是在劳动间歇，我坐在一根大木上看过电文，许久许久没有力气站起来……

我与文学

我对文学的理解，以及我的写作，当然和许多人一样，曾受古今中外不少作品和作家的影响，影响确乎发生在我少年、青年和中年各个阶段。或持久，或短暂。却没有古今中外任何一位作家的文学理念和他们的作品一直影响着我。而我自己的文学观也在不断变化……

下面，我按自己的年龄阶段梳理这种种影响。

童年时期主要是母亲以讲故事的方式，向我灌输了某些戏剧化的大众文学内容，如《钓金龟》《铡美案》《乌盆记》《窦娥冤》《柳毅传书》《赵氏孤儿》《一捧雪》等。

那些故事的主题，无非体现着民间的善恶观点和对“孝”“义”的诠释而已。母亲当年讲那些故事，目的决然不是为了培养我们的文学爱好。她只不过是怕我们将来不孝，使她伤心；并怕我们将来被民间舆论斥为不义小人，使她蒙耻。民间舆论的方式亦即现今所谓口碑。东北人家，十之八九为外省流民落户扎根。哪里有流民生态，哪里便有“义”的崇尚。流民靠“义”字相互凝聚，也靠“义”字提升自己的品格地位。倘某某男人一旦被民间舆论斥为不义小人，那么他在品格上几乎就万劫不复了。我童年时期，深感民间舆论对人的品格，尤其是对男人们的品格所进行的审判，是那么权威，其公正性又似乎那么不容置疑。故我小时候对“义”也是特别崇尚的。但流民文化所崇尚的“义”，其实只不过是“义气”，是水泊梁山和瓦岗寨兄弟帮那一种“义”。与正义往往有着质的区别，更非仁义，然而母亲所讲的那些故事，毕竟述自于传统戏剧，内容都是经过一代代戏剧家锤炼的，所传达的精神影响，也就多多少少地高于民间原则，比较具有文学美学的意义了。对于我，等于是母乳以外的另一种营养。

这就是为什么，我早期小说中的男人，尤其那些男知青人物，大抵都是孝子，又大抵都特别讲义气的原因。我承认，在以上两点，我有按照我的标准美化我笔下人物的创作倾向。

在日常生活中，“义”字常使我临尴尬事，成尴尬人。比如我一中学同学，是哈市几乎家喻户晓的房地产老板。因涉嫌走私，忽一日遭通缉——夜里一点多，用手机在童影厂门外往我家里打电话。白天我已受到种种忠告，电话一响，便知是他打来的。虽无利益关系，确有同学之谊。不见，则不"义"；即往见之，则日后必有牵连。犹豫片刻，决定还是见。于是我成了他逃亡国外前见到的最后一人。还要替他保存一些将来翻案的材料，还承诺三日内绝不举报。于是数次受公安司法部门郑重而严肃的面讯。说是审问也差不多。录口供，按手印，记录归档。

这是五六年前的事。

我至今困惑迷惘，不知一个头脑比我清醒的人，遇此事该取怎样的态度才算是正确的态度？倘中学时代的亲密同学于落难之境急求一见而不见，结果虚惊一场，日后案情推翻（这种情况是常有的），我将有何面目复见斯人，复见斯人老母，复见斯人之兄弟姐妹？那中学时代的深厚友情，不是一下子就显出了它的脆薄性吗？这难道不是日后注定会成为我们双方沮丧之事吗？

但，如果执行缉捕公务的公安人员不由分说，先关押我三个月五个月，甚或一年半载，甚至更长时间（我是为一个"义"字充分做好了这种心理准备的），我自身又会落入何境？

有了诸如此类的经历后，我对文学、戏剧、电影有了新的认识。那就是：凡在虚构中张扬的，便是在现实中缺失的，起码是使现实人尴尬的。此点古今中外皆然。因在现实中缺失而在虚构中张扬的，只不过是借文学、戏剧、电影等方式安慰人心的写法。这一功能是传统的功能，也是一般的功能。严格地讲，是非现实主义的，归为理想主义的写法或更正确。而且是那种照顾大众接受意向的浅显境界的理想主义写法。揭示那种种使现实人面临尴尬的社会制度的、文化背景的，以及人性困惑的真相的写法，才更是现实主义的写法。回顾我早期的写作，虽自诩一直奉行现实主义，其实是在理想主义和现实主义之间左顾右盼，每顾此失彼，像徘徊于两岸两片草地之间的那一头寓言中的驴。就中国文学史上呈现的状态而言，我认为，近代的现实主义文学，其暧昧性大于古代；现代大于近代；当代大于现代。原因不唯当代主流文学理念的禁束，也由于我及我以上几代写作者根本就是在相当不真实的文化背景的影响之下成长起来的。它最良好开明时的状态也不过就是暧昧。故我们先天的写作基因是潜伏着暧昧的成分。即使我们产生了叛逆主流文学理念禁束的冲动，我们也难以有改变我们先天基因的能力。

自幼所接受的关于"义"的原则，在现实之中又逢困惑和尴尬。对于写作者，这是多么不良的滋扰。倘写作者对此类事是不敏感的，置于脑后便是了。偏偏我又是对此类事极为敏感的写作者。这一种有话要说不吐不快的冲动，每每变成难以抗拒的写作的冲动。而后一种冲动下快速产生的，自然不可能是什么文学，只不过是文学方式的社会发言而已……

我非是那类小时候便立志要当作家才成为作家的人。在我仅仅是一个爱听故事的孩子的年龄，我对作家这一种职业的理解是那么单纯——用笔讲故事，并通过故事吸引别人感动别人的人。如果说这一种理解水平很低，那么我后来自认为对作家这一种职业的似乎“成熟”多了的理解，实际上比我小时候的理解距离文学还要远些。因为讲故事的能力毕竟还可以说在新闻评论充分自由的国家和时代，可能使人成为好记者。反之，对于以文学写作为职业的人，也许是一种精力的浪费吧？如果我在二十余年的写作时间里，在千万字的写作实践中，一直游弋于文学的领域，而不每每被文字方式的社会发言的冲动所左右，我的文学意义上的收获，是否会比现在更值得欣慰呢？

然而我并不特别地责怪自己。因为我明白，我之所以曾那样，即使大错特错了，也不完全是我的错。从事某些职业的人，在时代因素的影响下，往往会变得不太像从事那些职业的人。比如“文革”时期的教师都有几分不太像教师；“文革”时期的学生更特别地不像学生。于今的我回顾自己走过的文学路，经常替自己感到遗憾和惋惜，甚至感到忧伤……

比较起来我还是更喜欢那个爱听故事的孩子年龄的我。作家对文学的理解也许确乎越单纯越好。单纯的理解才更能引导我走上纯粹的路。而对于艺术范畴的一切职业，纯粹的路上才出纯粹的成果。

少年时期从小学四五年级起，我开始接触文学。不，那只能说是接近。此处所言之文学，也只不过是文学的胚胎。家居的街区内，有三四处小人书铺。我在那些小人书铺里度过了许多惬意的，无论什么时候回忆起来都觉得幸福的时光。今人大概一般认为，所谓文学的摇篮，起码是高校的中文系，或文学系。但对我而言，当年那些小人书铺即是。小人书文字简洁明快，且可欣赏到有水平的甚至堪称一流的绘画。由于字数限制所难以传达的细致的文学成分，在小人书的情节性连贯绘画中，大抵会得以形象地表现。而这一点又往往胜过文学的描写。对于儿童和少年，小人书的美学营养是双重的。

小人书是我能咀嚼文学之前的“代乳品”。

但凡是一家小人书铺，至少有五六百本小人书。对于少年，那也几乎可以说是古今中外包罗万象了。有些取材于当年翻译过来的外国当代作品，那样的一些小人书以后的少年是根本看不到了。

比如《中锋在黎明前死去》——这是一本取材于美国当年的荒诞现实

主义电影的小人书，讽刺资本对人性的霸道的侵略。讲一名足球中锋，被一位资本家连同终生人身自由一次性买断。而“中锋”贱卖自己是为了给儿子治病。资本家还以同样的方式买断了一名美丽的芭蕾舞女演员，一头人猿，一位生物学科学家，以及另外一些他认为“特别”的具有“可持续性”商业价值的人。他企图通过生物学科学家的实验和研究，迫使所有那些被他买断了终生人身自由的“特别”人相互杂交，再杂交后代，“培植”出成批的他所希望看到的“另类”人，并推向世界市场。“中锋”却与美丽的芭蕾舞演员深深相爱了，而芭蕾舞女演员按照某项她当时不十分明白的合同条款，被资本家分配给人猿做“妻子”……

结局自然是悲惨的。美丽的芭蕾舞女演员被人猿撕碎，“中锋”掐死了资本家，生物学科学家疯了……

而“中锋”被判死刑。在黎明前，在一场世界锦标赛的海报业已贴得到处可见之后，“中锋”被推上了绞刑架……

这一部典型的美国好莱坞讽刺批判电影，是根据一部阿根廷五十年代的剧本改编的，其内容不但涉及资本膨胀的势力与全世界都极为关注的“克隆”实验，其内容也有超前的想象。倘滤去其内容中的社会立场所决定了的成分，仅从文学的一般规律性而言，我认为作者的虚构能力是出色的。

那一本小人书给我留下极深的印象。

比如《前面是急转弯》——这是一部反映苏联社会现实题材小说。问世后很快就拍成了电影，并在当年的中国放映过。但我没有机会看到它，我看到的是根据电影改编的小人书。

它讲述了这样一件事：踌躇满志事业有成的男人，连夜从外地驾车赶回莫斯科，渴望着与他漂亮的未婚妻度过甜蜜幸福的周末时光。途中他的车灯照见了一个卧在公路上的人。他下车看时，见那人全身浸在一片血泊中。那人被另一辆车撞了。撞那人的司机畏罪驾车逃遁了。那人还活着，还有救，哀求主人公将自己送到医院去。在公路的那一地点，已能望见莫斯科市区的灯光了。将不幸的人及时送到医院，只不过需要二十几分钟。主人公看着血泊中不幸的人却犹豫了。他暗想如果对方死在他的车上呢？那么他将受到司法机关的审问，那么他将不能与未婚妻共同度过甜蜜幸福的周末了。难道自己连夜从外地赶回莫斯科，只不过是为了救眼前这个血泊中的人吗？他的车座椅套是才换的呀！那花了他不少的一笔钱呢！何况，没有第三者作证，如果他自己被怀疑是肇事司机呢？那么他的事业，他的地位，他的婚姻，他整个的人生……

在不幸的卧于血泊中的人苦苦的哀求之下，他一步步后退，跳上自己的车，绕开血泊加速开走了。

他确实与未婚妻度过了一个甜蜜幸福的周末。

他当然对谁都只字不提他在公路上遇到的事，包括他深深地爱着的未婚妻。

然而他的车毕竟在公路上留下了轮印，他还是被传讯并被收押了。

在审讯中，他力辩自己的清白无辜。为了证明他并没说谎，他如实“交代”了自己的真实想法……

当然，肇事司机最终还是被调查到了。

无罪的他获释了。

但他漂亮的未婚妻已不能再爱他。因为那姑娘根本无法接受这样一个事实——她不但爱而且尊敬的这个男人，竟会见死不救。非但见死不救，还在二十几分钟后与她饮着香槟谈笑风生、诙谐幽默，并紧接着和她做爱……

他的同事们也没法像以前那么对他友好了……

他无罪，但依然失去了许多……

这一部电影据说在当年的苏联获得好评。在当年的中国，影院放映率却一点儿也不高。因为在当年的中国，救死扶伤的公德教育深入人心，可以说是蔚然成风。这一部当年的苏联电影所反映的事件，似乎是当年的中国人很难理解的。正如许多中国人当年很难理解安娜·卡列尼娜为什么非离婚不可……

我承认，我还是挺欣赏苏联某些文学作品和电影中的道德影响力的。

此刻，我伏案写到此处，头脑中一个大困惑忽然产生了——救死扶伤的公德教育（确切地说应该是人性和人道教育）在当年的中国确曾深入人心，确曾蔚然成风——但“文革”中灭绝人性和人道的残酷事件，不也是千般百种举不胜举吗？为什么一个民族会从前一种事实一下子就转移到后一种事实了呢？

是前一种事实不真实吗？

我是从那个时代成长过来的。我感觉那个时代在那一点上是真实的啊。

是后一种事实被夸张了吗？

我也是从后一个时代经历过来的。我感觉后一个时代确乎是可怕的时代啊。

我想，此转折中，我指的不是政治的而是人性的——肯定包含着某些规律性的至为深刻的原因。它究竟是什么，我以后要思考思考……

倘一名少年或少女手捧一本内容具有文学价值的小人书看着，无论他或她是在哪里看着，其情形都会立刻勾起我对自己少年时代看小人书度过的那些美好时光的回忆，并且，使我心中生出一片温馨的感动……

我至今保留着三十几本早年出版的小人书。

中学时代某些小人书里的故事深印在我头脑中，使我渴望看到那些故事在“大书”里是怎样的。我不择手段地满足自己对文学作品的阅读癖，也几乎是不择手段地积累自己的财富——书。

与我家一墙之隔的邻居姓卢。卢叔是个体收破烂的，经常收回旧书。我的财富往往来自他收破烂的手推车。我从中发现了《白蛇传》和《梁祝》的戏剧唱本，而且是一九四九年前的，有点儿“黄色”内容的那一种。一部破烂不堪的《聊斋志异》也曾使我欣喜若狂如获至宝。

《白蛇传》是我特别喜欢的文学故事。古今中外，美丽的，婉约的，缠绵于爱，为爱敢恨敢舍生忘死拔剑以拼的巨蛇只有一条，那就是白娘子白淑贞。她为爱所受之苦难，使是中学生的我那么那么地心疼她。我不怎么喜欢许仙。我觉得爱有时是值得越乎理性的。白娘子对许仙的爱便值得他越乎理性地守住。既可超乎理性，又怎忍歧视她为异类？当年我常想，我长大了，倘有一女子那般爱我，则不管她是蛇，是狮虎，是狼甚至是鬼怪，我都定当以同样程度同样质量的爱回报她。哪怕她哪一天恶性大发吃了我，我也并不后悔。

但是《白蛇传》又从另一方面影响了我的情爱观，那就是——我从少年时期便本能地惧怕轰轰烈烈的、不顾生不顾死的那一种爱。我觉得我的生命肯定不能承受爱得如此之重。向往之，亦畏之。少年的我，对家庭已有了责任意识，而且是必须担当的责任意识，故常胡思乱想——设若将来果真被一个女子以白蛇那一种不顾生不顾死的方式爱着了，我可究竟该怎么办才好呢？我是明明不可以相陪着不顾生不顾死地爱的呀！倘我为爱陪死了，谁来孝敬母亲呢？谁来照顾患精神病的哥哥呢？进而又想，我若一孤儿，或干脆像孙悟空似的，是从石头里“生”出来的，那多好。那不是就可以无牵无挂地爱了吗？这么想，又立刻意识到对父母对家庭很罪过，于是内疚，自责……

《梁祝》的浪漫也是我极为欣赏的。

我认为这一则文学故事的风格是完美的。以浪漫主义的“欢乐颂”式的喜悦情节开篇；以现实主义的正剧转悲剧的起承跌宕推进人物命运；又以更高境界的浪漫主义情调扫荡悲剧的压抑，达到想象力的至臻至美。它绮丽幽雅，飘逸隽永，“秾纤得衷，修短合度”。

我认为就一则爱情故事而言，其浪漫主义与现实主义相结合的出神入化，古今中外，无居其上者。

据说，在某些大学中文系的课堂，《白蛇传》和《梁祝》的地位只不过列在“民间故事”的等级。而在我的欣赏视野内，它们是经典的，绝对一流的，正宗的雅文学作品。

梁斌的《红旗谱》以及下部《播火记》给我的阅读印象也很深。

《红旗谱》中有一贫苦农民叫严志和，严志和有二子，长子运涛，次子江涛。江涛虽是农家子，却仪表斯文，且考上了保定师专。师专有一位严教授，严教授有一独生女严萍，秀丽，聪慧，善良，具叛逆性格。她与江涛相爱。

中学时期的我，常想象自己是江涛，梦想班里有像严萍的女生注意我的存在，并喜欢我。

这一种从未告人的想象延续不灭，至青年，至中年，至于今。往往忘了年龄，觉得自己又是学生，相陪着一名叫严萍的女生逛集市。而那集市的时代背景，当然是《红旗谱》的年代。似乎只有在那样的年代，一串糖葫芦俩人你咬下一颗我咬下一颗地吃，才更能体会少年之恋的甜。在我这儿，一枝红玫瑰的感觉太正儿八经了；倘相陪着逛大商场，买了金项链什么的再去吃肥牛火锅，非我所愿，也不会觉得内心里多么美气……

当然我还读了高尔基的“三部曲”，读了《牛虻》《钢铁是怎样炼成的》《红岩》《斯巴达克斯》等。

蒲松龄笔下那些美且善的花精狐妹，仙姬鬼女，皆我所爱。松龄先生的文采，是我百读不厌的。于今，偶游刹寺庙庵，每作如是遐想——倘年代复古，愿寄宿院中，深夜秉烛静读，一边留心侧耳，若闻有女子低吟“玄夜凄风却倒吹，流萤惹草复沾帏”，必答“幽情苦绪何人见？翠袖单寒月上时”，并敞门礼纳……

另有几篇小说不但对我的文学观，而且对我的心灵成长，对我的道德观和人生观产生影响。

陀思妥耶夫斯基的《白夜》。

这是一个短篇内容：一个美丽的少女与外祖母相依为命。外祖母视其为珠宝，唯恐被“盗”。于是做了一件连体双人衫。自己踏缝纫机时，与少女共同穿上，这样少女就离不开她了，只有端端地坐在她旁边看书。但要爱的心是管不住的。少女爱上了家中房客，一位一无所有的青年求学者，每夜与他幽会。后来他去彼得堡应考，泥牛入海，杳无音讯。少女感到被弃了，常以泪洗面。在记忆中，此小说是以“我”讲述的，“我”租住在少女家阁楼上，“我”渐渐爱上了少女，少女的心在被弃的情况下是多么地需要抚慰啊！就在“我”似乎以同情赢得少女的心，就在“我”双手捧住少女的脸颊欲吻她时，少女猛地推开了“我”跑向前去——她爱的青年正在那时回来了……于是他们久久地拥抱在一起，久久地吻着……而“我”又失落又感动，心境亦苦亦甜，眼中不禁盈泪，缓缓转身离去。那一个夜晚月光如水，那是“我”记忆中最明亮的夜……

陀氏以第一人称写的小说极少。甚至，也许仅此一篇吧？此篇一反他作品一向阴郁冷漠的风格，温馨圣洁。它告诉中学时期的我：爱不总是自私的。爱的失落也不必总是“心口永远的痛”……

马卡连柯的《教育诗》，内容：职任苏维埃共和国初期孤儿院院长的马卡连柯，在孤儿院粮食短缺的情况下，将一笔巨款和一支枪、一匹马交给了孤儿中一个“劣迹”分明的青年，并言明自己交托的巨大信任，对孤儿院的全体孩子们意味着什么。那青年几乎什么也没表示便接钱、接枪上马走了。半个月过去，人们都开始谴责马卡连柯。但某天深夜，那青年终于疲惫不堪地引领着押粮队回来了，他路上还遇到了土匪，生命险些不保。

他问马卡连柯：“院长，您是为了考验我吗？”马卡连柯诚实地回答：“是的。”“如果我利用了您的考验呢？”“当时的情况不允许我这样想。你知道的，只有你一个人能完成任务。”“那么，您胜利了。”“不，孩子，是你自己胜利了。”

高尔基看了《教育诗》大为感动，邀见了马卡连柯院长，促膝长谈。它使中学时期的我相信：给似乎不值得信任的人一次值得信任的机会，未尝不是必要的。人心渴望被信任，正如植物不能长期缺水。但是后来我的种种经历亦从反面教育我——那确乎等于是在冒险。托尔斯泰的《复活》这部小说使中学时期的我害怕：倘一个人导致了另一个人的悲剧，而自己不论以怎样的方式忏悔都不能获得原谅，那么他将拿自己怎么办？

法朗士的《衬衫》，内容：国王生病，病症是倍感自己的不幸福。于是名医开方——找到一件幸福的人穿过的衬衫让国王穿，幸福的微粒就会被国王的皮肤吸收。于是到处寻找幸福的人。举国上下找了个遍，竟无人幸福。那些因权力、地位、财富、名望、容貌而被别人羡慕的人，其实都有种种的不幸福。最令人苦笑不得的是：有人因自己的妻子是国王的情妇而不幸福，也有人因自己的妻子不能是国王的情妇而不幸福。最后找到了一个在田间小憩的农夫，赤裸上身快乐吹笛。问其幸福否？答正幸福着。于是许以城池，仅求一衫。农夫叹曰：我穷得连一件衬衫都没有……

它使中学时期的我对大人们的人生极为困惑：难道幸福仅仅是一个词罢了？后来我的人生经历渐渐教育我明白：幸福只不过是人一事一时，或一个时期的体会。一生幸福的人，大约真的是没有的……

“文革”中我获得了一个绝好的机会——半个月内，昼夜看管学校图书室。那是我以“红卫兵”的名义强烈要求到的责任。有的夜晚我枕书睡在图书室。虽然只不过是一所中学的图书室，却也有两千多册图书。于是我如饥似渴地读雨果、霍桑、司汤达、狄更斯、哈代、卢梭、梅里美、莫泊桑、大仲马、小仲马、罗曼·罗兰等等。

于是我的文学视野，由苏俄文学，而拓宽向十八世纪十九世纪西方大师们的作品……

拜伦的激情、雪莱的抒情、雨果的浪漫与恣肆磅礴、托尔斯泰的从容大气、哈代的忧郁、罗曼·罗兰的蕴藉深远以及契诃夫的敏感、巴尔扎克的广泛笔触，至今使我钦佩。

莎士比亚没怎么影响过我。

《红楼梦》我也不是太爱看。却对安徒生和格林兄弟的童话至今情有独钟。

西方名著中有一种营养对我是重要的。那就是善待和关怀人性的传统以及弘扬人道精神。

今天的某些评者讽我写作中的“道义担当”之可笑。而我想说：其实最高的道德非它，乃人道。我从中学时代渐悟此点。我感激使我明白这一道理的那些书。因而，在“文革”中，我才是一个善良的红卫兵。因而，大约在一九八四年，我有幸参加过一次《政府工作报告草案》的党外讨论，力陈有必要写入“对青少年一代加强人性和人道教育”，后来，报告中写入了，但修改为“社会主义的人性和革命的人道主义教育”，我甚至在一九七九年就写了一篇辩文《浅谈“共同人性”和“超阶级的人性”》。以上，大致勾勒出了我这样一个作家的文学观形成的背景。我是在中外“古典”文学的影响之下决定写作人生的。这与受现代派文学影响的作家们是颇为不同的。我不想太现代，但也不会一味崇尚“古典”。因为中外“古典”文学中的许多人事，今天又重新在中国上演为现实。现实有时也大批“复制”文学人物及情节和事件。真正的现代的意义，在中国，依我想来，似应从这一种现实对文学的“复制”中窥见深刻，但这非是我有能力做到的。在中国古典白话长篇小说中，我喜欢的名著依次如下：《三国演义》《西游记》《封神演义》《水浒传》《隋唐演义》《红楼梦》《老残游记》《聊斋志异》……我喜欢《三国演义》的气势磅礴、场面恢宏，塑造人物独具匠心的情节和细节。

中外评家在评到托尔斯泰的《安娜·卡列尼娜》时，总不忘对它的开卷之语溢美有加。正如我们都知道的，那句话是：“幸福的家庭是相似的，不幸的家庭各有各的不幸。”

据说，托翁写废了许多页稿纸，苦闷多日才确定了此开卷之语。

于是都知道此语是多么多么好，此事亦成美谈。然我以为，若与《三国演义》的开卷之语相比，则似乎顿时失色。“话说天下大势，分久必合，合久必分。”我常觉得这是几乎只有创世纪的上帝才能说出来的话。当然，两部小说的内容根本不同，是不可以强拉硬扯地胡乱相比的。我明知而非相比，实在是由于钦佩。

我一直认为这是一部关于一个国家的一次形成的伟大小说。它所包含的政治的、军事的、外交的以及择才用人的思想，直至现今依然是熠熠闪光的。在惊天地泣鬼神的大战役的背景之下刻画人物，后来无居其上者。

《三国演义》是绝对当得起“高大”二字的小说。我喜欢《西游记》的想象力。我觉得那是一个人的想象天才伴随着愉快所达到的空前绝后的程度。娱乐全球的美国电影《蝙蝠侠》《超人》《星球大战》和《西游记》，一比就相当小儿科了。《西游记》乃天才的作家为我们后人留下的第一“好玩儿”的小说。《封神演义》的想象力不逊于《西游记》。它常使我联想到荷马的《伊利亚特》和《奥德修斯》。“雷震子”和“土行孙”二人物形象，证明着人类想象力所能达到的妙境。在全部西方诸神中，模样天真又顽皮的爱神丘比特，也证明着人类想象力所能达到的妙境。东西方人类的想象力在这一点上相映成趣。

《封神演义》乃小说家将极富娱乐性的小说写得极庄严的一个范本。《西游记》的“气质”是喜剧的；《封神演义》的“精神”却是正剧的，而且处处呈现着悲剧的色彩。

我喜欢《水浒传》刻画人物方面的细节。几乎每一个主要人物的出场都是精彩的，而且在文学的意义上是经典的。少年时我对书中的“义”心领神会，青年以后则开始渐渐形成批判的态度了。梁山泊好汉中有我非常反感的二人：一是宋江；二是李逵。我并不从“造反”的不彻底性上反感宋江，因为那一点也可解释成人物心理的矛盾。我是从小说家塑造人物的“薄弱”方面反感他的。我从书中实在看不出他有什么当“第一把手”的特别的资格。而李逵，我认为在塑造人物方面是更加的失败了，觉得只不过是一个符号。他一出场，情节就闹腾，破坏我的阅读情绪。李逵这一人物简单得几乎概念化。关于他唯一好的情节，依我看来，便是下山接母。《水浒传》中最煞有介事也最有损“好汉”本色的情节，是石秀助杨雄成功地捉了后者妻子的奸那一回。那一回一箭双雕地使两个酷武男人变得像弄里流氓。杨雄的杀妻与武松的杀嫂是绝不能相提并论的。武松的对头西门庆是与官府过从甚密的势力人物；武松的杀嫂起码还符合着一命抵一命的常理。杨雄杀妻时，从旁幸灾乐祸的石秀的样子，其实是相当猥琐的。他后来深入虎穴暗探祝家庄的“英雄行为”，洗刷不尽他的污点……

《隋唐演义》自然不如《水浒传》那么著名，但比之《水浒传》，它似乎将“义”的品质提升了层次。瓦岗兄弟的成分，似乎也不像梁山好汉那么芜杂。而且，前者们所反的，直接是朝廷。他们的目标是明确的而不是暧昧的，他们是比宋江们更众志成城的，所以他们成功了。秦琼这个人物身上所体现的“义”，具有“仁义”的意义，是所有的梁山好汉们身上全都不曾体现出来的……

我不是多么喜欢《红楼梦》这一部小说。它脂粉气实在是太浓了，不合我阅读欣赏的“兴致”。

我想，男人写这样的一部书，不仅需要对女人体察入微的理解，自身恐怕也得先天有几分女人气的。曹雪芹正是一位有几分女人气的天才。但我依然那么五体投地佩服他写平凡、写家长里短的非凡功力。我常思忖，这一种功力，也许是比写惊天动地的大事件更高级的功力。西方小说中，曾有“生活流”的活跃，主张原原本本地描写生活，就像用摄像机纪录人们的日常生活那样。我是很看过几部“生活流”的样板电影的。那样的电影最大限度地淡化了情节，也根本不铺排所谓矛盾冲突。人物在那样的电影里“自然”得怪怪的，就像外星人来到地球上将人类视为动物而拍的“动物世界”。那样的电影的高明处，是对细节别具慧眼的发现和别具匠心的表现。没了这一点，那样的电影就几乎没有任何欣赏的价值了。

我当然不认为《红楼梦》是什么“生活流”小说。事实上《红楼梦》对情节和人物命运的设计之讲究，几乎到了考究的程度。但同时，《红楼梦》中充满了对日常生活细节，以及人物日常情绪变化的细致描写。那么细致需要特殊的自信，其自信非一般作家所能具有。

《红楼梦》是用文学的一枚枚细节的“羽毛”成功地“裱糊”了的一只天鹅标本。它的写作过程显然可评为“慢工出细活儿”的范例。我由衷地崇敬曹雪芹在孤独贫病的漫长日子里的写作精神，那该耐得住怎样的寂寞啊！曹雪芹是无比自信地描写细节的大师。《红楼梦》给我的启示是：细细地写生活，这一对小说的曾经的要求，也许现今仍不过时……

我喜欢《老残游记》，乃因它的文字比《二十年目睹之怪现状》《儒林外史》《官场现形记》都好些，结构也完整些；还因它对自然景色的优美感伤的描写。

《聊斋志异》不应算白话小说，而是后文言小说。我喜欢的是它的某些短篇。至于集中的不少奇闻逸事，现今的小报上也时有登载，没什么意思的。

我至今仍喜欢的外国小说是：《约翰·克利斯朵夫》《悲惨世界》《九三年》《大卫·科波菲尔》《安娜·卡列尼娜》《红与黑》《红字》《苔丝》《简·爱》，巴尔扎克和梅里美的某些中短篇代表作……

我不太喜欢《雾都孤儿》《呼啸山庄》那一类背景潮湿阴暗，仿佛各个角落都潜伏着计谋与罪恶，而人物心理或多或少有些变态的小说……

《堂·吉诃德》我也挺喜欢。有三位外国作家的作品是我一直不大喜欢得起来的：陀思妥耶夫斯基、左拉、劳伦斯。

一个事实是那么令我困惑不解：资料显示，陀氏活着的时候，许多与他同时代的俄国人，甚至可以说大多数与他同时代的俄国人谈论起他和他的作品，总是态度暧昧地大摇其头，包括许多知识分子和他的作家同行们。他们的暧昧中当然有相当轻蔑的成分。一些人的轻蔑怀有几分同情，另一些人的轻蔑则彻底地表现为难容的恶意。陀氏几乎与他同时代的任何一位作家都没有什么密切的往来，更没有什么友好的交往，他远远地躲开所谓文学的沙龙，那些场合也根本不欢迎他。他离群索居，在俄国文坛的边缘，默默地从事他那苦役般的写作。他曾被流放西伯利亚，患有癫痫病，最穷的日子里买不起蜡烛。他经常接待某些具有激进的革命情绪的男女青年，他们向他请教拯救俄国的有效途径，同时向他鼓吹他们的“革命思想”。而他正是因为头脑之中曾有与他们相一致的思想才被流放西伯利亚的，并且险些在流放前被枪毙。于是他以过来人的经验劝青年们忍受，热忱地向他们宣传他那种“内部革命”的思想。他相信并且强调，一个真的正直的人，其榜样的力量是无穷的。他更加热忱地预言，只要这样的一个人确乎出现了，千万民众就会首先自己洗心革面地追随其后，于是一个风气美好的新社会就自然而然地形成了。那一个人究竟应该是怎样的呢，便是他《白痴》中的梅什金公爵了。一个从精神病院出来的，和他自己一样患有癫痫病的没落贵族后裔。他按照自己的标准，将他用小说为人类树立的榜样塑造成一个单纯如弱智儿，集真善美品质于一身的理想人物。而对于大多数精神被社会严重污染或异化的人们，灵魂要达到那么高的高度显然不但是困难的，而且是痛苦的。他在《罪与罚》中成功地揭示了这一种痛苦，并试图指出灵魂自新的方式。他自信地指出，那方式便是他“灵魂深处爆发革命”的主张。当然，他的“革命”说，非是针对社会，而是每一个人改造自己灵魂的自觉意识……

综上所述，像他这样一位作家，在活着的时候，既受到思想激进者们的嘲讽，又引起思想保守者们的愤怒。因为他的梅什金公爵，分明不是后者们所愿承认的什么榜样。他们认为他是在通过梅什金公爵这一文学形象影射他们的愚不可及。而他欣赏他的梅什金公爵又是那么由衷，那么真诚，那么实心实意。

陀氏在他所处的时代是尴尬的，遭受误解是最多的。他的众多作品带给他的与其说是荣耀和敬意，莫如说是声誉方面的伤痕。

但也有资料显示，在他死后，“俄国的有识之士全都发来了唁电”。

那些有识之士是哪些人？资料没有详列。

是因为他死了，“有识之士”们忽然明白，将那么多的误解和嘲讽加在他身上是不仁的，所以全都表示哀悼；还是后来研究他的人，认为与他同时代的“有识之士”们对他的态度是可耻的，企图掩盖历史的真相呢？

我的困惑正在此点。

我是由于少年时感动于他的《白夜》才对他发生兴趣的。到“上山下乡”前，我已读了他的大部分小说。以后，便特别留意关于他的评述了。

我知道托尔斯泰说过嫌恶陀氏的话，而陀氏年长他七岁，成名早于他十几年，是他的上一代作家。

高尔基甚至这么评价他：“陀思妥耶夫斯基无可争辩，毫无疑问是天才，但这是我们的一个凶恶的天才。”车尔尼雪夫斯基更是曾几乎与他势不两立。

苏维埃成立以后，似乎列宁和斯大林都以批判性的话语谈论过他。于是陀氏在苏联文学史上的地位一再低落。

而相应的现象是，西方世界的文学评论，将他推崇为俄国第一伟大的作家，地位远在屠格涅夫、托尔斯泰之上。这有西方新兴文学流派推波助澜的作用，也有意识形态冷战的因素。

我不太喜欢他，仅仅是不太喜欢他而已，并不反感他。我的不太喜欢，也完全是独立的欣赏感受，不受任何方面的评价的影响。我觉得陀氏的小说中，不少人物身上都有神经质的倾向。在现实生活中我非常难以忍受神经质的人在我眼前晃来晃去，读同样文学状态的小说我亦会产生心烦意乱的生理反应。我一直承认并相信文学对于人的所谓灵魂有某种影响力，但是企图探讨并诠释灵魂问题的小说却是使我望而生畏的。陀氏的小说中有太浓的宗教意味儿，而且远不如宗教理念那么明朗健康。最后一点，在对一切艺术的接受习惯上，“病态美学”是我至今没法儿亲和的。而陀氏的作品，是我所读过的外国小说中病态迹象呈现得最为显著的……

我觉得高尔基评说陀氏是“一个凶恶的天才”，用词太狠了，绝对的不公正。我认为陀氏是“一个病态的天才”。首先是天才，其次有些病态。因其病态而使作品每每营造出紧张压抑、阴幻异迷的气氛，而这正是许多别的作家们纵然蓄意也难以为之的风格。陀氏的作品凭此风格独树一帜，但那的确不是我所喜欢的小说的风格。他常使我联想到凡·高，凡·高是一个心灵多么单纯的大儿童啊！西方的评论也认为陀氏是一个心灵单纯的大儿童。我却不这么认为，我觉得恰恰相反。身为作家，也许陀氏的心灵常常处在太繁杂太紊乱的状态了。因为儿童是从来不想人的灵魂问题的。成年人难免总要想想的，但若深入地去想，是极糟糕的事。凡·高以对光线和色彩特别敏感的眼观察大自然，因而留给我们的是美；陀氏却以对人心特别敏感的、神经质的眼观察罪恶在人心里的起源，因而难免写出一些使人看了不舒服的东西。这乃是作家与画家相比，作家注定了容易遭到误解与攻讦的原因。除了陀氏的《白夜》，我还喜欢他的《穷人》。我对他这两篇作品的喜欢，和对他某些作品的不喜欢，只怕是难以改变了……

在八十年代以前，对于我这样一个由喜欢看小人书而接触文学的少年，爱弥尔·左拉差不多是一位陌生的法国作家的名字。倒是曾经与他非常友好，后来又化了名在报上攻击他的都德，给我留下了极深的记忆。这乃因为，都德的短篇《最后一课》，收入过初中一年级的语文课本里，也被改编成小人书。而且，在收音机里反复以广播小说的形式播讲过。

在我少年时代的小人书铺里，我没发现过由左拉的小说改编的小人书。肯定是由于左拉的小说不适合改编成小人书供少年们看。在我是知青的年龄，曾极短暂地拥有过一部左拉的《娜娜》。

那时我已是“兵团”的文学创作员，每年有一次机会到“兵团”总司令部佳木斯市去接受培训。我的表哥居佳木斯市，我自然会利用每次接受培训的机会去看他。有次他不在家，我几乎将他珍藏的外国小说“洗劫”一空，塞了满满一大手提包带回了我所在的一团宣传股，其中就包括左拉的《娜娜》。手提包里的外国小说其实我都看过，惟《娜娜》闻所未闻。我几次想从提包里翻出来在列车上看，但是不敢。因为当年，一名青年在列车上看一部外国小说已有那么几分冒天下之大不韪。倘书名还是《娜娜》这么容易使人产生猜想的外国小说，很可能会引起“革命”目光的关注。我认识的几名知青曾在探家所乘的列车上传看过《黑面包干》这么一部苏联小说，受到周围“革命”乘客的批评而不以为然，结果“革命”乘客们找来了列车长和乘警。列车长和乘警以“有义务爱护青年们的思想”为由收缴《黑面包干》。那几位知青据理力争，振振有词，说《黑面包干》怀着敬爱之情在小说中写到列宁，是一部好小说。对方说，有些书表面看起来是好的，却在字里行间贩卖修正主义的观点。于是强行收缴了去，使那几名知青一路被周围乘客以看待问题青年的眼光备受关注……

他们的教训告诉我，还是在列车上不看《娜娜》为好。

而这就使我失去了一次当年领略左拉小说的机会。因为，我回到一团团部，将手提包放在宣传股的桌上，去上厕所的当儿，书已被瓜分一空，《娜娜》自然也不翼而飞。

在复旦大学中文系的内部阅览室，我借阅过左拉的《小酒店》。序言评价那部小说“无情地揭露了资本主义社会制度”。它写的是一名工人和他的妻子从精神到肉体堕落及毁灭的过程。我觉得左拉式的现实主义“真实”得使人周身发冷，使人绝望——对社会制度作用下的底层人群的集体命运感到绝望。在《小酒店》中，底层人物的形象粗俗、卑贱，几乎完全丧失人的自尊意识，并且似乎从来也没感到过对它的需要。他们和她们生存在潮湿、肮脏，到处充满着污秽气味和犯罪企图的环境里，就像狄更斯《雾都孤儿》里那些被上帝抛弃了的、破衣烂衫的、早晨一睁开双眼便开始寻思到哪儿去偷点儿什么东西的孩子。我们在读《雾都孤儿》时，内心里会情不自禁地涌起一阵阵同情。但是在《小酒店》里，我们的同情被左拉那支笔戳得千疮百孔。因为儿童还拥有将来，留给我们为他们命运的改变作祈祷和想象的前提。而《小酒店》里的成年男女已没有将来。他们的将来被社会也被他们自己扔在劣质酒缸里泡尽了生命的血色……

我是自少年起读另一类现实主义小说长大的，它们被冠以“革命现实主义”。在“革命现实主义”小说里，底层人物的命运虽然穷困无助甚或凄惨，但至少还有一种有希望的东西——那就是赖以自尊和改变命运的品质资本。还有他们和她们那一种往往被描写得美好而又始终不渝，令人羡慕的经得起破坏的爱情。这两种“革命现实主义”小说几乎必不可少的因素，在左拉的批判现实主义小说里是少见的。与许多批判现实主义小说尤其不同的是，左拉的批判现实主义小说的笔触极冷，使人联想到“零度感情”状态之下的那一种写作。

我后来对于法国历史有了一点了解，开始承认左拉自称“自然主义”的那一种现实主义，可能更真实地接近他所处的法国的时代现实的某一面。

而我曾扪心自问，我对左拉式的现实主义保持阅读距离，当然不是左拉的错，而是由于我自己即使作为读者，也一直缺少阅读另类现实主义小说的心理准备。进一步说，我这样的一个自诩坚持现实主义的中国作家，也许是不太有勇气目光逼近地面对更真实的现实的。

毕竟，我在我的阅读范围伴随之下的成长，决定了我是一个温和的现实主义作家——与左拉的写作相比较而言。

在对现实主义的理念方面，我更倾向于巴尔扎克。

巴尔扎克对现实的批判态度体现得更睿智一些，因而他将他的系列小说统称为《人间喜剧》。左拉对现实的批判态度却体现得更“狠”一些……我在大学里读了左拉的《娜娜》。那部小说讲述富有且地位显赫的男人们，怎么样用金钱深埋一个风尘女子于声色犬马的享乐的泥沼里；而她怎么样游刃有余地利用她的美貌玩弄他们于股掌之上。结局是她患了一种无药可医的病，像一堆腐肉一样烂死在床上。

娜娜式的人生，确切地说是女人的人生，在中国的现今不乏其例，但大多数活得比娜娜幸运。她们中绝少有人患娜娜那一种病，也绝少有人的命运落到娜娜那种可怕的下场。她们生病了，一般总是会在宠养她们的男人们的安排之下，享受周到的医疗待遇。左拉将他笔下的娜娜的命运下场设计得那么丑秽，证明了左拉的现实主义的确是相当“狠”的一种，比死亡还“狠”。

先我读过《娜娜》的同学悄悄而又神秘地告诉我：“那绝对是值得一读的小说，我刚还，你快去借……”

我借到手了。两天内就读完了。

读过哈代的《德伯家的苔丝》，小仲马的《茶花女》，再读左拉的《娜娜》，只怕是没法儿不失望的。

我想，我的同学说它“绝对是值得一读的”，也许另有含意。

《卢贡家族的命运》和《萌芽》才是左拉的代表作。可惜以后我就远离左拉的小说了，至今没读过。

既没读过左拉的代表作，当然对左拉小说的看法也就肯定是不客观的。比如在以上两部小说中，文学研究资料告诉我，左拉对底层人物形象，确切地说是对法国工人的描写，就由“零度感情”而变得极其真诚热烈了。

好在我写到左拉其实非是要对左拉进行评论，而主要是分析我自己对现实主义的矛盾心理和暧昧理念。

我利用过我与之一向保持距离的左拉的名义一次。那就是在连我自己现在也感到羞耻的小说《恐惧》的写作过程中以及出版以后。

我决定写《恐惧》的初衷是由外部生活现实的“刺激”而产生的。某日接近中午，我从童影厂回家，腋下夹些报刊。五月的阳光暖洋洋的。顺着厂门前人行道刚一拐弯，但见五六十米远处，亦即“清水大澡堂”门前有着行状怪异的三个人——一人伏在地上，双手扳着人行道沿；另外两人各自拽他左右腿……

当我走到距那三人十米远处，才看到地上有血迹。起初我以为只不过是三个喝醉了的男人在胡闹，不由站住，一时难以判断究竟怎么回事。而那个伏在地上的人，就朝我扭头求救：“兄弟，救我一命，兄弟，救我一命……”其声奄奄，目光绝望。我却呆愣着，不知该怎么救他。那时拽他腿的一个人，就放了他的腿，用皮鞋跺他扳住人行道沿的双手。他手一松，自然就被拖着双腿拖向“清水大澡堂”了……

于是他用不堪入耳的话骂我这见死不救的北京人，并惊恐地喃喃自语着：“我完了，我死定了……”

他被拖上台阶时，下巴被几级台阶磕出了血。

这时我才从呆愣中反应过来，第一个想法是我得跟进去——企图杀人者不至于当着别人的面杀人吧？

我紧走几步，踏上台阶，进了门——顿时一股血腥扑鼻，满地鲜血，墙上溅的也是血。一个人仰面倒在地上，看去似乎已死；一个人靠墙歪坐，颈上有很长很深的伤口，随着喘气一股一股往外涌血……

我又惊呆，生平第一次目睹此现场，心咚咚跳，壮着胆子喝道：“不许杀人！杀人要偿命！……”

两个穿黑皮夹克的人中的一个，瞪着我，将一只手探到了怀里……

而那个被拖进来的人却说：“他俩都有枪……”

我不知他为什么说这句话，但结果是我退出了门。我想我得报警，但那就只能回厂。我跑回厂里，让一名警卫战士报警，让两名警卫战士跟我去制止杀人。他们不很情愿地跟我匆匆走着。忽然我心冷静——那个断了两条腿的外地男人，就肯定是好人吗？两名警卫战士还太年轻，且是农村孩子，万一他们遭到什么不测，我将如何向他们的父母交代？于是我又命他们回厂去。他们反倒为我的安危担心起来，偏跟着我了。最后我生气地将他们赶了回去……

当我再来到“清水大澡堂”台阶前，那两个穿黑皮夹克的男人恰从门内出来，在我面前踏下台阶，扬长而去。我想到那个双腿断了的外地男人，推开门看时，见他居然没被弄死。他说：“幸亏你刚才跟进来了，他们慌了，只顾到二楼去拿钱，才留下我一命……我们是被绑架的，他们是被雇的杀手。”我不知他说的“我们”，是否即指那一死一伤二人？此时门外才出现人。真正报上了案的是我们童影厂的老厂长于蓝同志……那一天以后，我觉得，某些原本离我很远的事，其实离我很近了。“恐惧”二字，总是在头脑中盘桓，挥之不去。与另外一些积淀心间的人事相融合，遂产生了写一部小说的冲动。

起初我想将“清水大澡堂”当成中国九十年代的《小酒店》来写。其中形形色色的人物当然非是底层人们。底层的人们不去那样的地方“洗澡”。

在写前，我想到了左拉那句名言：“无情地揭示社会丑恶的溃疡。”左拉那句话当时确乎唤起了我的一种作家责任感。我发誓我也要“揭示”得“狠”一点儿。

但进入写作状态不久，我的勇气便自行地渐渐减少了。那时我受到一些恐吓威胁。其文学意味和话语中的杀机，完全是黑社会那一套。我想我的写作不能再图痛快而给我自己和家庭带来不安全的阴影了。结果《恐惧》就改变了初衷，放弃了实践一次左拉那种现实主义的打算。

一种打算放弃了，另一种打算却渗入了头脑。那就是对印数的追求。进一步明确地说，是对稿费收获的追求。当时我因自己的种种个人义务和责任，迫切地需要一笔为数不少的钱。第二种打算一旦渗入头脑，写作的冲动和过程就变质了。所谓“媚俗”成为不可避免之事。我在左拉式的批判现实主义与媚俗以迎合市场的打算之间挣扎，却几乎不可救药地越来越滑向后一方面。

那一时期我不失时机地谈左拉“无情地揭示社会丑恶的溃疡”的主张，实则是在替自己写作目的之卑下进行预先的辩护。

《恐惧》出版以后，我常被当众诘问写作动机。于是我只有侃侃地大谈我并不太喜欢的左拉和他的小说。我祭起左拉的文学主张当作自己的盾，虽振振有词，但自己最清楚自己内心里是多么虚弱。

有一次我又进行很令我头疼的签名售书，有两名女中学生买了《恐惧》。我扣下了她们买的书，让售书员找来了我的另两本书代替之。那一件事后，《恐惧》真的成了我“心口的疼”。尽管它给我带来了比我任何一部书都多的稿酬。我一直暗自发誓要重写它，但一直苦于没有精力。不过这一件事我肯定是要做的。我之利用左拉分明是很卑劣的。我以后的写作实践中再也不会出现那样的“失足”了。由此我常想另一个问题——那就是一部好书的标准究竟是什么？对于这样的问题肯定有各种各样的回答。而且，肯定有争议。但我更希望自己写的书，初中的男孩子女孩子也都是可以看的。家长们不会因他们和她们看我的书而斥责：“怎么看这样的书！”——我自己也不会因此有所不安。

我认为《红与黑》《红字》《简·爱》《复活》《安娜·卡列尼娜》《茶花女》《德伯家的苔丝》《巴黎圣母院》《红楼梦》《聊斋志异》等等都是初中的男孩子女孩子皆可看的书。只要不影响学业，家长们若加以斥责，老师们若反对，那便是家长和老师们的褊狭了。

至于另外一些书，虽然一向也有极高的评价，比如《金瓶梅》或类似的书，我想，我还是不必去实践着写吧。

写了二十余年我渐渐悟到了这么一点——文学的某些古典主义的原理，在现代还远远没被证明已完全过时。也许正是那些原理，维系着人与文学类的书的古老亲情，使人读文学类的书的时光，成为美好的时光；也使人对文学类的书的接受心理，能处在一种优雅的状态。

我想我要从古典主义的原理中，再多发现和取来一些对我有益的东西，而根本不考虑自己是否会迅速落伍……

最后我想说，我特别钦佩左拉在“德雷福斯”案件中的勇敢立场。他为他的立场付出了全部积蓄，再度一贫如洗。同时牺牲了健康、名誉。还被判了刑，失去了朋友，成了整个法兰西的“敌人”，并且被逐出国。

然而他竟没有屈服。

十二年后他的立场才被证明是正确的。

我认为那件事是左拉人生的“绝唱”。

是的，我特别钦佩他此点。

因为，我即使在是血气方刚的青年时都没勇气像左拉那样；现在，则更没勇气了……

劳伦斯这位英国作家是从八十年代中期才渐入我头脑的。

那当然是由于他的《查泰莱夫人的情人》中译本的出版。“文革”前那一部书不可能有中译本，这是无须赘言的——但新中国成立前有。

一九七四至一九七七年间，我在复旦大学中文系的“内部图书阅览室”也没发现过那一部书和劳氏的别的书。因而，《查泰莱夫人的情人》中译本出版前，我惭愧地承认，对于我这个自认为已读过了不少外国小说的“共和国的同龄人”，劳伦斯是一个完全陌生的名字。

读过《查泰莱夫人的情人》的中译本以后，我看到了同名电影的录像。并且，自己拥有了一盘翻转的。书在当年出版不久便遭禁，虽已是改革开放年代，虽我属电影从业人员，但看那样一盘录像，似乎还是有点儿犯忌。知道我有那样一盘录像的人，曾有三四五人神秘兮兮地要求到我家去“艺术观摩”，而我几乎每次都将他们反锁在家里。

好多家出版社当年出版了那一部小说。

不同的出版说明和不同的序，皆将那一部小说推崇为“杰作”。皆称劳氏为“天才”的或“鼎鼎大名”的小说家。同时将“大胆的”“赤裸裸的”“惊世骇俗”的性爱描写“提示”给读者。当然，也必谈到英国政府禁了它将近四十年。

我读那一部小说没有被性描写的内容“震撼”。

因为我那时已读过《金瓶梅》，还在北影文学部的资料室读到过几册明清年代的艳情小说。《金瓶梅》的“赤裸裸”性爱描写自不必说，明清年代那些所谓艳情小说中的性爱描写，比《金瓶梅》有过之而无不及。在中国各朝各代非“主流”文学中，那类小说俯拾皆是。当然，除了“大胆的”“赤裸裸”的性爱描写这一共同点，那些东西是不能与《查泰莱夫人的情人》相提并论的。

有比较才有鉴别。读后比较的结果是——使劳氏鼎鼎大名的他的那一部小说，在性爱描写方面，反而显得挺含蓄，挺文雅，甚而显得有几分羞涩了。总之我认为，劳氏毕竟还是在以相当文学化的态度在他那部小说中描写性爱的。我进一步认为，毫不含蓄地描写性爱的小说，在很久以前的中国，倒可能是世界上最多的。那些东西几乎无任何文学性可言。

我非卫道士。但是我一向认为，一部小说或别的什么书，主要以“大胆的”“赤裸裸的”性爱描写而闻名，其价值总是打了折扣的。不管由此点引起多么大的沸扬和风波，终究不太能直接证明其文学的意义。

故我难免会按照我这一代人读小说的很传统的习惯，咀嚼《查泰莱夫人的情人》的思想内容。

我认为它是一部具有无可争议的思想内容的小说。

那思想内容一言以蔽之就是——对英国贵族人士表示了令他们难以沉默的轻蔑。因为劳氏描写了他们的性无能，以及企图遮掩自己性无能真相的虚伪。当然的，也就弘扬了享受性爱的正当权利。

我想，这才是它在英国遭禁的根本缘由。

因为贵族精神是英国之国家精神的一方面，贵族形象是英国民族形象历来引以为豪的一方面。

在此点上，劳氏的那一部书，似又可列为投枪与匕首式的批判小说。

但英国是小说王国之一。英国的大师级小说家几个世纪以来层出不穷，一位位彪炳史册，名著之多也是举世公认的。与他们的作品相比，劳氏的小说实在没什么独特的艺术造诣。就论对贵族人士及阶层生活形态的批判吧，劳氏的小说也不比那些大师们的作品更深刻更有力度。

但使劳氏获得鼎鼎大名的，分明不是他的小说所达到的艺术高度，而是他的《查泰莱夫人的情人》当时及以后所造成的新闻。

我想，也许我错了，于是借来了他的《儿子与情人》认真地看了一遍。

我没从他的后一部小说看出优秀来。

由劳氏我想到了两点：第一点，我们每一个人作为读者，是多么容易受到宣传和炒作的影响啊。正如触目皆是的广告对我们每一个人的消费意识必发生影响一样。这其实不应感到害羞，也谈不上是什么弱点。但如果不能从人云亦云中摆脱出来，那则有点儿可悲了。第二点，我敢断言，中外一切主要因对性的描写程度“不当”而遭禁的书，那禁令都必然是一时的，有朝一日的解禁都是注定了的。虽禁之未必是作者的什么耻辱，但解禁也未必便是一部书的荣耀。

人类文明发展到今天，对性事的禁忌观念已解放得够彻底，评判一部小说的价值，当高出于论性的是是非非。倘在性以外的内容所留的评判很庸常，那么“大胆”也不过便是“大胆”，“赤裸裸”也不过便是“赤裸裸”……

我这一种极端个人化的读后杂感，仅作一厢情愿的自言自语式的记录而已，不想与谁争辩的。

随提一笔，根据《查泰莱夫人的情人》改编的电影，抹淡了原著对英国贵族人士的轻蔑，裸爱镜头不少，但拍得并不猥秽。尽管算不上一部多么好的电影，却还是可归于文艺片之列的。

我也基本同意这样的评论：就劳伦斯本人而言，他对性爱描写的态度，显然是诚实的、激情的和健康的。

我不太喜欢他和他的小说，纯粹由于艺术性方面的阅读感觉。

现在，我要回过头来再谈我自己写作实践中的得失。

首先我要提的是《一个红卫兵的自白》。这一本书，对于在“文革”中出生和“文革”以后出生的很年轻的一代，比较感性地认识“文革”，有一点点解惑的意义。写作的动机正在于此，但也就是一点点的解惑意义而已。因我所经历的“文革”，其具体背景，只不过是一座城市一个省份。而且，只不过是以一名普通中学生的视角、思想和行为来经历的，自身认识的局限是显然的。虽则“大串联”使我能够写入书中的内容丰富了些，却仍只不过是见闻和一己感受而已。

我更想说的是，也许，此书曾给中国的“新时期”文学，亦即粉碎“四人帮”以后的文学，带了一个很坏的头。它是当年第一部写“文革”中的红卫兵心路历程的长篇小说。按我的初衷，自然是作为小说来写的。本身曾是红卫兵，自然以第一人称来写。既以第一人称来写，也索性便将自己的真实姓名写入书中了。刊物的编辑收到稿件后来电话说：这部小说很怪呀，你看专辟一个栏目，将它定为“纪实小说”行不行？我说：行啊。有什么不行呢？那大约是一九八五年。我被社会承认是作家才三年多。对于小说以外的文学名堂还所知甚少，也是第一次听到“纪实小说”这一提法。它当年只发表了一半，另一半刊物不敢发表了。似乎正是从此以后，“纪实小说”很流行了一阵子。接二连三，在文学界招惹了不少是是非非，连我自己也曾受此文学谬种的严重伤害。

因为“纪实”而又“小说”的结果是明摆着的——利用小说形式影射攻击的事例，古今中外，举不胜举。此本伤人伎俩，倘再冠以“纪实”，被攻击的人哪有不“体无完肤”的呢？若被文痞们驾轻就熟地惯以用之，发泄私愤，好人遭殃。

故我对“纪实小说”这一文学种类已无好感。《从复旦到北影》及《京华闻见录》两篇，继《一个红卫兵的自白》之后不久发表。

在复旦我既获得过老师们的关怀爱护，也受到过一些委屈。那些委屈今天看来是微不足道的，与上一代人的人生磨砺相比更是不值言说的。但我当年才二十五六岁，心理承受能力毕竟脆弱。自以为承受能力强大，其实是脆弱的。何况，从童年至少年至青年，虽然成长于贫困之境，却一向不乏友爱，难免娇气。又一向被视为好儿童好少年好青年，做过知青班长代理排长连队教师，人格方面特别地自尊。偏那委屈又是冲着人格方面压迫来的，于是耿耿于心，不吐不快。

故《从复旦到北影》中，有积怨之气，牢骚之词，也有借题发挥、情节演绎的成分。它写于十五六年前，证明当年的我，对自己笔下的文字责任感意识不强，要求不高。

倘如今年，心头委屈积怨全释，平和宽厚地回望当年人事纷纭，情理梳析，摈弃演绎，娓娓道来，于山雨欲来的政治背景下，翔实客观地反映“工农兵学员”的大学体会和感受，必将是另一面貌，也会有更大的认识价值。

那多好呢！

《京华闻见录》中所录的纪实成分多了，演绎成分少了。就我这样一个具体的中国人的观念而言，就我这样一个当年被视为有“异端思想”的作家而言，却又“正统”多了些，思想拘泥呆板了些。文字的放纵，是弥补不了这一点的。

当年我才三十四五岁，刚入中国作家协会一年多。自以为责人颇宽，克己颇严，其实今天文坛上某些年轻人的轻狂浅薄，刚愎自信，躁行戾气，我身上都是存在过的。

以上两篇，虽能从中看到我的一些真实经历，真实性情，真实心路，真实思想；虽能从中看到一些当年的时代特色，社会状态，人生杂相；虽读起来或挺有意思——但毕竟地，因先天不足，乏大器而呈小气，乏冷静而显浮躁，乏庄重而露轻佻，乏深刻而显浅薄……

《泯灭》这一部小说，现在看来，前半部较后半部要写得好一点。因为前半部有着自己童年和少年时期的生活为底蕴，可取从容平实、娓娓道来的写法。虽然平实，但情节、细节都是很个人化的，便有独特性，非别人的作品里所司空见惯的。后半部转入了虚构。虚构当然乃是小说家必备的能力，也是起码的能力。但此小说的后半部，实际上是按一个先行的既定的“主题”轨路虚构下去的——对金钱的贪婪使人性扭曲，使人生虽有沉浮荣辱，最终却依然归于毁败。这样的人物，以及由其身上生发出来的这样的主题，当然并没什么不对。

翟子卿式的人物在八十年代以后的中国现实生活中并不少，有些典型意义。但此“主题”却太古老陈旧了。近几个世纪以来，尤其西方资本主义时期以来，无数作品都反映过这个“主题”。可以说，八十年代以来的第一桩中国经济案中，也都通过真人真事包含了这个主题。而在现实主义小说中，主题对作品有魂的意义。泛化的主题尽管不失为主题，却必然决定了作品的魂方面的简浅常见。

在我的友情关系和亲情关系中，很有一些和我一样的底层人家的儿子，中年命达，或为官掌权，或从商暴富。但近十年间，却接二连三地纷纷变成阶下囚，往日的踌躇满志化作南柯一梦。他们所犯之案，或省级大案，或列入全国要案。这使我特别痛心，也每叹息不已。由于友情和亲情毕竟存在过，法理立场上就难以做到特别的鲜明。这一种沉郁暧昧的心理，需要以一种方式去消解。而写一部小说消解之对我来说是自然而然的方式。直奔一个简浅常见的主题而去，又成了最快捷的方式——我在写作中竟未能从此心理因素的纠缠中明智而自觉地摆脱，全受心理因素的惯力所推，小说便未能在“主题”方面再深掘一层，此一憾也……

喜读引我走上了写的不归人生路。然读之于我，在绝大多数情况之下并不是为了促进写，读只不过是少年时养成的习惯，是美好时光的享受而已。我的读又是那么不系统，索性地，也便不求系统了。我从读中确乎受益匪浅。书对我的影响，少年时大于青年时，青年时大于现在。现在我对社会及人生已形成了自己的看法，非是读几本什么书所能匡正或改变的。尽管如此，以后我不写了，仍会是一个习惯了闲读的人。读带给我的一种清醒乃是——明白自己往往写得多么平庸……

初恋杂感

我的初恋发生在北大荒。

许多读者总以为我小说中的某个女性，是我恋人的影子。那就大错特错了。她们仅是一些文学加工了的知青形象而已，是很理想化了的女性。她们的存在，只证明作为一个男人，我喜爱温柔的，善良的，性格内向的，情感纯真的女性。

有位青年评论家曾著文，专门研究和探讨一批男性知青作家笔底下的女性形象，发现他们（当然包括我）倾注感情着力刻画的年轻女性，尽管千差万别，但大抵如是。我认为这是表现在一代人的情爱史上惨淡的文化现象和倾向。开朗活泼的性格，对于年轻的女性，当年太容易成为被指责与批评的对象。在和时代的对抗中，最终妥协的大抵是她们自己。

文章又进一步论证，纵观大多数男性作家笔下的女性，似乎足以得出结论——在情爱方面，一代知青是失落了的。

我认为这个结论是大致正确的。

我那个连队，有一排宿舍——由破仓库改建的，东倒西歪。中间是过廊，将它一分为二。左面住男知青，右面住女知青。除了开会，互不往来。

幸而知青少，不得不混编排，劳动还往往在一块儿。既一块儿劳动，便少不了说说笑笑，却极有分寸，任谁也不敢超越。男女知青打打闹闹，是违反行为规范和道德准则的，是要受批评的。

但毕竟都是少男少女，情萌心动，在所难免，却都抑制着。对于当年的我们，政治荣誉是第一位的，情爱不知排在第几位。

星期日，倘到别的连队去看同学，男知青可以与男知青结伴而行，不可与女知青结伴而行。为防止半路汇合，偷偷结伴，实行了“批条制”——离开连队，由连长或指导员批条，到了某一连队，由某一连队的连长或指导员签字。路上时间过长，便遭讯问——去哪里了？刚刚批准了男知青，那么随后请求批条的女知青必定在两小时后才能获准。堵住一切“可乘之机”。

如上所述，我的初恋于我实在是种“幸运”，也实在是偶然降临的。

那时我是位尽职尽责的小学教师，二十三岁，已当过班长、排长，获得过“五好战士”证书，参加过“学习毛主席著作积极分子代表大会”。但没恋爱过。

我探家回到连队，正是九月，大宿舍修火炕，我那二尺宽的炕面被扒了，还没抹泥。我正愁无处睡，卫生所的戴医生来找我——她是黑河医校毕业的，二十七岁，在我眼中是老大姐。我的成人意识确立得很晚。

她说她回黑河结婚。她说她走之后，卫生所只剩卫生员小董一人，守着四间屋子，她有点不放心。卫生所后面就是麦场，麦场后面就是山了。她说小董自己觉得挺害怕的，最后她问我愿不愿在卫生所暂住一段日子，住到她回来。

我犹豫，顾虑重重。

她说："第一，你是男的，比女的更能给小董壮壮胆。第二，你是教师，我信任。第三，这件事已跟连里请求过，连里同意。"

我便打消了重重顾虑，表示愿意。那时我还没跟小董说过话。

卫生所一个房间是药房（兼作戴医生和小董的卧室），一个房间是门诊室，一个房间是临时看护室（只有两个床位），第四个房间是注射室、消毒室兼蒸馏室。四个房间都不大。我住临时看护室，每晚与小董之间隔着门诊室。

除了第一天和小董之间说过几句话，在头一个星期内，我们几乎没交谈过，甚至没打过几次照面。因为她起得比我早，我去上课时，她已坐在药房兼她的卧室里看医药书籍了。她很爱她的工作，很有上进心，巴望着轮到她参加团卫生员集训班，毕业后由卫生员转为医生。下午，我大部分时间仍回大宿舍备课——除了病号，知青都出工去了，大宿舍里很安静。往往是晚上十点以后回卫生所睡觉。

"梁老师，回来没有？"小董照例在她的房间里大声问。

"回来了！"我照例在我的房间里如此回答。

"还出去吗？"

"不出去了。"

"那我插门啦？"

"插门吧。"

于是门一插上，卫生所自成一统。她不到我的房间里来，我也不到她的房间里去。

"梁老师！"

"什么事？"

"我的手表停了。现在几点了？"

"差五分十一点。你还没睡？"

“没睡。”

“干什么呐？”

“织毛衣呢！”

我清清楚楚地记得，只有那一次，我们隔着一个房间，在晚上差五分十一点的时候，大声交谈了一次。

我们似乎谁也不会主动接近谁。我的存在，不过是为她壮胆，好比一条警觉的野狗——仅仅是为她壮胆。仿佛有谁暗中监视着我们的一举一动，使我们不得接近，亦不敢贸然接近。但正是这种主要由我们双方拘谨心理营造成的并不自然的情况，反倒使我们彼此暗暗产生了最初的好感。因为那种拘谨心理，最是特定年代中一代人的特定心理，一种被荒谬的道德原则规范了的行为。如果我对她表现得过于主动亲近，她则大有可能猜疑我“居心不良”。如果她对我表现得过于主动亲近，我则大有可能视她为一个轻浮的姑娘。其实我们都想接近，想交谈，想彼此了解。

小董是牡丹江市知青，在她眼里，我也属于大城市知青；在我眼里，她并不美丽，也谈不上漂亮。我并不被她的外貌吸引。

每天我起来时，炉上总有一盆她为我热的洗脸水。接连几天，我便很过意不去。于是有天我也早早起身，想照样为她热盆洗脸水。结果我们同时走出各自的住室。她让我先洗，我让她先洗，我们都有点不好意思。

那一天中午我回到住室，见早晨没来得及叠的被子叠得整整齐齐，房间打扫过了，枕巾有人替我洗了，晾在衣绳上。窗上，还有人替我做了半截纱布窗帘。放了一瓶野花。桌上，多了一只暖瓶，两只带盖的瓷杯，都是带大红喜字的那一种。我们连队供销社只有两种暖瓶和瓷杯可卖。一种是带“语录”的，一种是带大红喜字的。

我顿觉那临时栖身的看护室，有了某种温馨的家庭气氛。甚至由于三个耀眼的大红喜字，有了某种新房的气氛。

我在地上发现了一截姑娘们用来扎短辫的曲卷着的红色塑料绳。那无疑是小董的。至今我仍不知道，那是不是她故意丢在地上的。我从没问过她。

我捡起那截塑料绳，萌生起一股年轻人的柔情。

受一种莫名其妙的心理支配，我走进她的房间，当面还给她那截塑料绳。

那是我第一次走入她的房间。我腼腆之极地说：“是你丢的吧？”

她说：“是。”

我又说：“谢谢你替我叠了被子，还替我洗了枕巾……”

她低下头说：“那有什么可谢的……”

我发现她穿了一身草绿色的女军装——当年在知青中，那是很时髦的。还发现她穿的是一双半新的有跟的黑色皮鞋。我心如鹿撞，感到正受着一种诱惑。

她轻声说："你坐会儿吧。"

我说："不……"立刻转身逃走。回到自己的房间，心仍直跳，久久难以平复。

晚上，卫生所关了门以后，我借口胃疼，向她讨药。趁机留下纸条，写的是——我希望和你谈一谈，在门诊室。我都没有勇气写"在我的房间"。

一会儿，她悄悄地出现在我面前。我们不敢开着灯谈，怕突然有人来找她看病，从外面一眼发现我们深更半夜还待在一个房间里……

黑暗中，她坐在桌子这一端，我坐在桌子那一端，东一句，西一句，不着边际地谈。从那一天起，我算多少了解了她一些：她自幼失去父母，是哥哥抚养大的。我告诉她我也是在贫困的生活环境中长大的。她说她看得出来，因为我很少穿件新衣服。她说她脚上那双皮鞋，是下乡前她嫂子给她的，平时舍不得穿……

我给她背我平时写的一首首小诗。给她背我记在日记中的某些思想和情感片段——那本日记是从不敢被任何人发现的……

她是我的第一个"读者"。

从那一天起，我们都觉得我们之间建立了一种亲密的关系。

她到别的连队去出夜诊，我暗暗送她，暗暗接她。如果在白天，我接到她，我们就双双爬上一座山，在山坡上坐一会儿，算是"幽会"，却不能太久，还得分路回连队。

我们相爱了，拥抱过，亲吻过，海誓山盟过。都稚气地认为，各自的心灵从此有了可靠的依托。我们都是那样地被自己所感动，亦被对方所感动。觉得在这个大千世界之中，能够爱一个人并被一个人所爱，是多么幸福多么美好！但我们都没有想过也没有谈起过结婚以及做妻子做丈夫那么遥远的事，那仿佛是太遥远的未来的事。连爱都是"大逆不道"的，那种原本合情合理的想法，更好像是童话……

爱是遮掩不住的。

后来就有了流言蜚语，我想提前搬回大宿舍。但那等于"此地无银三百两"。继续住在卫生所，我们便都得继续承受种种投射到我们身上的幸灾乐祸的目光。舆论往往更沉重地落在女性一方。

后来领导找我谈话，我矢口否认——我无论如何不能承认我爱她，更不能声明她爱我。不久她被调到了另一个连队。我因有着我们小学校长的庇护，除了那次含蓄的谈话，并未受到怎样的伤害。

你连替你所爱的人承受伤害的能力都没有，这真是令人难堪的事！

后来，我乞求一个朋友帮忙，在两个连队间的一片树林里，又见了她一面。那一天淅淅沥沥地下着雨，我们的衣服都湿透了。我们拥抱在一起流泪不止……

后来我调到了团宣传股，离她的连队一百多里，再见一面更难了……

我曾托人给她捎过信，却没有收到过她的回信。我以为她是想要忘掉我……

一年后我被推荐上了大学。

据说我离开团里的那一天，她赶到了团里，想见我一面，因为拖拉机半路出了故障，没见着我……

一九八三年，《这是一片神奇的土地》获奖，在读者来信中，有一封竟是她写给我的！

算起来，我们相爱已是十年前的事了。

我当即给她写了封很长的信，装信封时，却发现她的信封上，根本没写地址。我奇怪了，反复看那封信。信中只写着她如今在一座矿山当医生，丈夫病故了，给她留下了两个孩子……最后发现，信纸背面还有一行字，写的是——想来你已经结婚了，所以请原谅我不给你留下通信地址。一切已经过去，保留在记忆中吧！接受我的衷心的祝福！

信已写就，不寄心不甘。细辨邮戳，有“桦川县”字样。便将信寄往黑龙江桦川县卫生局，请卫生局代查可有这个人，然而杳无回音。

初恋之所以令人难忘，盖因纯情耳！

纯情原本与青春为伴。青春已逝，纯情也就不复存在了。

如今人们都说我成熟了，我自己也常这么觉得。

近读青年评论家吴亮的《冥想与独白》，有一段话使我震慑——

“大概我们已痛感成熟的衰老和污秽……事实上纯真早已不可复得，唯一可以自慰的是我们还未泯灭向往纯真的天性。我们丢失的何止纯真一项？我们大大地亵渎了纯真，还感慨纯真的丧失，怕的是遭受天谴——我们想得如此周到，足见我们将永远地远离纯真了。号啕大哭吧，不再纯真又渴望纯真的人！”

他写的正是我这类人。

丢失的香柚

“大串联”时期，我从哈尔滨到了成都，住气象学校，那一年我才十七岁。头一次孤独离家远行，全凭“红卫兵”袖章做“护身符”。第二天我病倒了。接连多日，和衣裹着一床破棉絮，蜷在铺了一张席子的水泥地的一角发高烧。

高烧初退那天，我睁眼看到一张忧郁而清秀的姑娘的脸，她正俯视我。我知道，她就是在我病中服侍过我的人，又见她戴着“红卫兵”袖章，愈觉她可亲。

我说：“谢谢你，大姐。”看上去她比我大两三岁。一丝悱然的淡淡的微笑浮现在她脸上。

她问：“你为什么一个人从大北方串联到大南方来呀？”

我告诉她，我并不想到这里来和什么人串联，我父亲在乐山工作，我几年没见他的面了，想他。并委托她替我给父亲拍一封电报，要父亲来接我。

隔日，我能挣扎着起身了，她又来看望我，交给了我父亲的回电——写着“速回哈”三个字。

我失望到顶点，哭了。

她劝慰我：“你应该听你父亲的话，别叫他替你担心，乐山正武斗，乱极了！”

我这时才发现，她戴的不是“红卫兵”袖章，而是黑纱。

我说：“怎么回去呢？我只剩几毛钱了！”虽然乘火车是免费的，可千里迢迢，身上总需要带点钱啊！

她沉吟片刻，一只手缓缓地伸进衣兜，掏出五元钱来，惭愧地说：“我是这所学校的学生，‘黑五类’。我父亲刚去世，每月只给我九元生活费，就剩这五元钱了，你收下吧！”她将钱塞在我手里，拿起笤帚，打扫厕所去了。

我第二天临行时，她又来送我。走到气象学校大门口，她站住了，低声说：“我只能送你到这儿，他们不许我迈出大门。”她从书包里掏出一个柚子给了我，“路上带着，顶一壶水。”空气里弥漫着柚香。

我说：“大姐，你给我留个通信地址吧！”

她注视了我一会儿，低声问："你会给我写信吗？"

我说："会的。"

她那么高兴，便从她的小笔记本上扯下一页纸，认认真真给我写下了一个地址，交给我时，她说："你们哈尔滨不是有座天鹅雕塑吗？你在它前边照张相寄给我好吗？"

我默默点了一下头。我走出很远，转身看，见她仍呆呆地站在那里，目送着我。

路途中缺水，我嘴唇干裂了，却舍不得吃那个柚子。在北京转车时，它被偷走了。

回到哈尔滨的第二天，我就到松花江畔去照相。天鹅雕塑已被砸毁了，满地碎片。一片片仿佛都有生命，淌着血。

我不愿让她知道天鹅雕塑被砸毁了，就没给她写信……

去年，听说哈尔滨的天鹅雕塑又复雕了，我专程回了一次哈尔滨，在天鹅雕塑旁照了一张相，彩色的。按照那页发黄的小纸片上的地址，给那位铭记在我心中的大姐写了一封信，信中夹着照片。

信退回来了。信封上，粗硬的圆珠笔字写的是——"查无此人"。

她哪里去了？想到有那么多我的同龄人"消失"在十年内乱之中了，我的心便不由得悲哀起来。

复旦与我

我曾写过一篇散文，题目是《感激》。

在这一篇散文中，我以感激之心讲到了当年复旦中文系的老师们对我的关爱。在当年特殊的时代背景下，对我，他们的关爱还体现为一种不言而喻的、真情系之的保护，非是时下老师们对学生的关爱所能包含的。在当年，那一份具有保护性质的关爱，铭记在一名学生内心里，任什么时候回忆起来都是凝重的。

我还讲到了另一位并非中文系的老师。

那么他是复旦哪一个系的老师呢？

事隔三十余年，我却怎么也不能确切地回忆起来了。

我所记住的只是一九七四年，他受复旦大学之命在黑龙江招生。中文系创作专业的两个名额也在他的招生范围以内。据说那一年复旦大学总共从黑龙江生产建设兵团招收了二十几名知识青年，他肩负着对复旦大学五六个专业的责任感。而创作专业的两个名额中的一个，万分幸运地落在了我的头上。

事情大致是这样的——为了替中文系创作专业招到一名将来或能从事文学创作的学生，他在兵团总部翻阅了所有知青文学创作作品集。当时，兵团总部每隔两年举办一次文学创作学习班，创作成果编为诗歌、散文、小说、报告文学、通讯报道与时政评论六类集子。一九七四年，兵团已经培养了一支不止百人的知青文学创作队伍，分散在各师、各团，直至各基层连队。我是他们中的一个，在基层连队抬木头。兵团总部编辑的六类集子中，仅小说集中收录过我的一篇短篇《向导》。那是我唯一被编入集子中的一篇，它曾发表在《兵团战士报》上。

《向导》的内容是这样的：一个班的知青在一名老职工的率领下进山伐木。那老职工在知青们看来，性格孤倔而专断——这一片林子不许伐，那一片林子也坚决不许伐，总之已经成材而又很容易伐倒的树，一棵也不许伐。于是在这一名老“向导”的率领之下，知青离连队越来越远，直至天黑，才勉强凑够了一爬犁伐木，都是歪歪扭扭、拉回连队也难以劈为烧材的那一类。而且，他为了保护一名知青的生命，自己还被倒树砸伤了。即使他在危险关头那么舍己为人，知青们的内心里也没对他起什么敬意，反而认为那是他自食其果。伐木拉到了连队，指责纷起。许多人都质问："这是拉回了一爬犁什么木头？劈起来多不容易？你怎么当的向导？"而他却用手一指让众人看：远处的山林，已被伐得东秃一片，西秃一片。他说："这才几年工夫？别只图今天我们省事儿，给后人留下的却是一座座秃山！那要被后代子孙骂的……"

这样的一篇短篇小说在当年是比较特别的。主题的"环保"思想鲜明，而当年中国人的词典里根本没有"环保"一词，我自己的头脑里也没有。只不过所见之滥伐现象，使我这一名知青不由得心疼罢了。

而这一篇仅三千字的短篇小说，却引起了复旦大学招生老师的共鸣，于是他要见一见名叫梁晓声的知识青年。于是他乘了十二个小时的火车从佳木斯到哈尔滨，再转乘八九个小时的火车从哈尔滨到北安，那是那一条铁路的终端，往前已无铁路了，然后改乘十来个小时的长途汽车到黑河，第二天上午从黑河到了我所在的团。如此这般的路途最快也需要三天。

而第四天的上午，知识青年梁晓声正在连队抬大木，团部通知他，招待所里有位客人想见他。

当我听说对方是复旦大学的老师，内心一点儿也没有惊喜的非分之想。认为那只不过是招生工作中的一个过场，按今天的说法是作秀。而且，说来惭愧，当年的我这一名哈尔滨知青，竟没听说过复旦这一所著名的大学。一名北方青年，当年对南方有一所什么样的大学，一向不会发生兴趣的。但有人和我谈文学，我很高兴。

我们竟谈了近一个半小时。

我对于"文革"中的"文艺"现象"大放厥词"，倍觉宣泄。

他从自己的包里取出一本当年的"革命文学"的"样板书"《牛田洋》，问我看过没有，有什么读后感，我竟说："那样的书翻一分钟就应该放下，不是任何意义上的文学作品！"

而那一本书中，整页整页地用黑体字印了几十段"最高指示"。

如果他头脑中有着当年流行的"左"，则我后来根本不可能成为复旦的一名学子。倘他行前再向团里留下对我的坏印象，比如"梁晓声这一名知青的思想大有问题"，那么我其后的日子更加不好过了。

我记得清清楚楚，我们分手时，他说的是"你跟我说过的那些话不要再跟别人说了，那将会对你不利"。这是关爱。在当年，也是保护性的。后来我知道，他确实去见了团里的领导，当面表达了这么一种态度——如果复旦大学决定招收该名知青，那么名额不可以被替换。没有这一位老师的认真，当年我根本不可能成为复旦学子。

我入学几天后，就因为转氨酶超标，被隔离在卫生所的二楼。他曾站在卫生所平台下仰视着我，安慰了我半个多小时。三个月后我转到虹桥医院，他又到卫生所去送我……

至今想来，点点滴滴，倍觉温馨。进而想到——从前的大学生（他似乎是一九六二年留校的）与现在的大学生是那么不同。虽然我已不认得他是哪一个系、哪一个专业的老师了，却肯定地知道他不是中文系的老师。而当年在我们一团的招待所里，他这一位并非中文系的老师，和我谈到了古今中外那么多作家和作品。这是耐人寻味的。

大千世界，芸芸众生，人皆一命，是谓生日。但有人是幸运的，能获二次诞生。大学者，脱胎换骨之界也。“母校”说法，其意深焉。复旦乃百年名校，高深学府；所育桃李，遍布人间。是复旦当年认认真真地给予了我一种人生的幸运。她所派出的那一位招生老师身上所体现出的认真，我认为，当是复旦之传统精神的一方面吧！我感激，亦心向复旦之精神也。故我这一篇粗陋的回忆文字的题目是《复旦与我》，而不是反过来，更非下笔轻妄。我很想在复旦百年校庆之时，见到一九七四年前往黑龙江生产建设兵团招生的那一位老师。

我的大学

一

一九七四年九月二十七日，下午两三点钟，哈尔滨至上海的一趟火车进站。一个其貌不扬的年轻人被人流裹着，步子虚浮地出了上海站。

上海很热，三十四度左右。这年轻人穿件咔叽布的、旧的、在洗染店染过的、黑色而又变灰了的学生制服。一条崭新的、裤线笔直的"的卡"裤子，蓝色的，太长，折起一寸有余。脚穿一双半新的网球鞋。头戴一顶崭新的单帽。

他左手拎着皮革旅行包，右手拎网兜，里面兜着一个新脸盆、牙具什么的。

他避开人流，有些发蒙，不知该往哪儿去。

他像东北农村某人民公社的小文书一样，更具体地说，像《艳阳天》中的"马立本"。连"马立本"那点土潇洒也没有，模样迟钝。

虽然处于"文革"时期，但讲究穿着的上海人还是比全国其他大城市的人们明显穿得雅致。他有些自惭其"土"。他从来没有见过满大街的女人尽数裸胳膊裸腿的情形。他感到有些害羞，竟不知目光应朝什么地方看才算个正经的年轻人。

从他面前走过的女人们，并不注意他。偶有一两个女人看他一眼，完全是觉得他有些"憨大"。他便更自惭、更害羞。没有一个男人像他似的头上戴着顶崭新的单帽。撑帽纸板还保留在帽子里，未丢掉是为了让帽脸儿显得更陡，给自己增添点精神。

他不由得将帽子摘了下来，塞进手提兜里。可是想到自己一个多月前剃过光头，现在头发生出还不足半寸，一定更傻里傻气，又取出帽子重新戴上。撑帽纸板折坏了，只好扔了。单帽失去了它，不如原先那么像样。

他有几分沮丧。他是我。如果上海的年轻人们知道我随身带着一份复旦大学的"工农兵学员"入学通知书，他们肯定会非常羡慕甚至可能嫉妒我这个"东北土老帽"的。那年头"工农兵学员"正吃香，复旦又是国内名牌大学。我家祖坟大冒红烟紫气！

我向一个清洁工询问去复旦大学怎样乘车。

他上下打量我一阵，反问：“新入学的工农兵学员？”

我不无自豪地点头。

又问：“从哪儿来？”

我回答：“北大荒。”

再问：“北大荒当地人？”

答：“哈尔滨知青。”

他说：“我女儿也在北大荒，一师三团。”

我说：“我在二团。”

他询问兵团知青的近况。我很乐意地回答了他提出的种种问题。我的上海知青朋友很多，上海话早已听惯。他对我颇产生了一点好感，末了说：“复旦大学的接站车停在离这儿不远的地方，我带你去。”……

我能进入复旦，自己完全没想到。

一九七三年初，我从黑龙江生产建设兵团总司令部所在地佳木斯市回到我们一师二团。我是到兵团总部去参加文学创作学习班的。我是团宣传股报道员，兵团业余文学创作员。

回到团部刚几天，政治部主任带我到木材加工厂“蹲点”，总结“政治思想工作”经验。木材加工厂是团后勤处直属连队，在团部附近，离团机关区只五六分钟的路。木材加工厂有一个鹤岗知识青年，抬大木时摔断了腿，被送到师部医院住院。腿好后，他从医院给连队领导写了一封信，要求回鹤岗市探一次家。连队领导没批准。他私自回到了鹤岗。他的母亲给连队领导写了一封信，其中有句质问的话：“我的儿子千里迢迢去到边疆，在劳动中摔断了腿，我自己也在生病，难道你们当连队领导的，竟没有批准我儿子探一次家的善心吗？”可想而知，这封信使连队领导恼怒到什么程度。他一个星期后回到连队的当天，团支部召开会议，对他进行批评教育，并讨论对他的处分。“讨论”不过是一种形式，处分已在他回到连队之前就确定了——开除团籍。

我以团政治部工作组成员之一的身份，参加了这次基层连队的团组织特殊会议。会前我了解到，连队领导已找过一些团员骨干个别谈话，“指示”他们在讨论处分时起到“应起的作用”。团支部书记、一位哈尔滨姑娘，对连长和指导员的“指示”当然心领神会，毫无异议，“坚决照办”了。这种做法，本应被列为破坏团组织原则的做法，甚至可以说是“小动作”，是不光明正大的，更不利于一个基层连队开展政治思想工作。

在那个鹤岗知青痛哭流涕地反复承认错误，作了检讨之后，在经过一阵沉默之后，在由团支部书记宣布给予他开除团籍的组织处分之后，在那几个连长、指导员找他们个别谈过话的团员骨干同时举起手之后，在其他团员们十分犹豫的时候，我忍耐不住了，开口发言了。我的性格不允许我在那一时刻保持沉默。而当我对什么事情不赞同的时候，我的言词往往是尖酸刻薄的。我当时说了些什么，无须赘述。总之，团支部书记兼副指导员显得非常尴尬和难堪，几乎是愤愤然地吩咐一个团员："去把连长和指导员找来！"

连长来了。指导员也来了。两位连队领导"坐镇"的局面，使气氛格外严峻。这种严峻的气氛，将我推到了被迫"迎战"的地位。而人一旦被推到这种地位，哪怕是一个沉着练达的人，这时也会变得一反常态，激昂慷慨起来的。我天生永远不可能成为一个沉着练达的人。我的气质中有种易于冲动、易于激昂慷慨的不良基因。而我一旦冲动起来，岂止"激昂慷慨"而已，简直可以说"目中无人""气冲霄汉"！尤其当我深信正义是在我一方时，我是颇有点不怕天不怕地的。

我当时又说了些什么，连我自己也记不清了。有一点却记得很清楚，连长没坐多一会儿，就一言未发、面色青白地怫然而去。指导员比连长涵养好，默默地吸了两支烟，也站起身走了。他虽然表面上不动声色，但离开前狠狠踩灭烟蒂的动作，也够令人"触目惊心"的。如果不是因为我的工作组成员的身份，他当时绝不会表现得那么有涵养。团支部书记也要起身走，我把她叫住了，对她说："团组织会还没开完呢，你不能走！"她只好留下，眼泪汪汪的，几乎快哭了。

多数团员知青，对于出现这样一种他们万万料想不到的、"剑拔弩张"的局面，既感到震惊，也暗暗感到钦佩。我无形中成了代表他们被压制的意见的人。他们主张继续表决。表决的结果——给那个鹤岗知青警告处分。这等于是对木材加工厂连长和指导员威信的一次严重打击。剖析起来，我的"仗义执言"，倒并非主要是受所谓"正义感"的驱使。还有更为主要的，当时连我自己也不可能意识到的某种心理因素起了重要作用。这种心理，就是身为一个知识青年，经常受到种种抑制性的不正当的"管束"，人格被"领导意志"随心所欲地扭曲，情绪被外界力量无端地粗暴地施加骚扰，寻找机会想得以发泄、表示反抗的心理。不过在什么机会下，以什么事件为导火索，以什么方式发泄和反抗，因人而异罢了。这件事，我在我的小说《这是一片神奇的土地》中，作为"情节"移植到女主人公李晓燕身上了。

我以我认为恰当的方式发泄了。我的心里感到了一种发泄后的满足，感到了一种类乎“大获全胜”的痛快，一种从未有过的痛快。然而，“大获全胜”的不是我，也不可能是我。我不过扮演了一次“堂·吉诃德”式的惨败者的角色而已。我已说过，从木材加工厂到团部只需五六分钟。刚表决完，还没散会，我就被叫去接电话。是政治部主任从团部打来的。

“放下电话，立刻跑步到我的办公室！”政治部主任在电话中用异常严厉的语调命令。

我没跑步，但走得很快。走进政治部主任办公室，木材加工厂连长和指导员坐在办公室里，都幸灾乐祸地瞧着我，都是一副皮笑肉不笑的神气。

“从今天起，不，从现在起，你不再是工作组成员了！你必须在木材加工厂团支部会议上作深刻检查！”主任对我拍桌子瞪眼睛。

“没什么可检查的！”我恼火透了。

“你太放肆了！”主任气得脸色紫红。

我顶撞道：“作为一个人，我有权放肆一次！”

主任腮帮子抽搐，说不出话。

“小梁，你何必发这么大火呢！有话好好讲嘛！”木材加工厂连长和指导员虚伪地劝说我。

我狠狠瞪了他们一眼，走出了主任办公室。政治部主任对我没有半点好印象。他给我的印象更不怎么样。我从连队调到宣传股两个多月后，我们连的文书、一位小巧玲珑的“安琪儿”般的牡丹江姑娘，也调到了团部组织股。她报到的当天，吃晚饭的时候，我和她肩并肩向机关食堂走。政治部主任吃罢了晚饭，迎着我们俩往回走。相距三十步远，我就发现他的五官往一块儿挤，在脸上挤出了一堆笑。尽管我不爱看他那种笑，但却认为他是在对我笑。自从我调到宣传股后，他只对我简短地说过几句例行公事的话，还从没对我笑过。主任对我笑，而且是第一次，仅仅出于礼貌，我想我也应对主任笑。我心里那么想，表情上也就相应地做出了一种笑模笑样。笑得不怎么自然，也不怎么由衷。相距二十步远，主任脸上那堆笑更加可掬了。相距十步远，我才看出，主任脸上那堆笑，并非为我，而是呈献给我身旁那位“安琪儿”般的她的。目光，是聚焦的，整整齐齐的两束，投射向一个焦点——她的脸，连点儿余光也没赏赐给我。我那笑模笑样，算是白做出了，像一个蹩脚的“二传手”，移传不到位。

我撇下她，识趣地独自走了。从那一天起，我就认定政治部主任不是个好东西。事实证明，我对人的看法还是有准头的。他终于因为道德败坏，被开除了军籍、党籍，撤销了一切干部职务，“发配”到我的老连队，成了名副其实的“二劳改”。

这个“不是好东西”的人，在当时，还没有充分的证据被公认为“坏东西”，因此也就完全操纵着我这个小小报道员的命运。不久，团机关开始“精简机构”。政治部所属干部、组织、宣传三个股要精简掉二十二分之一。我就是那个一。宣传股长觉得有些对不住我，安慰我道：“你到机械连吧，能学点技术。以后，找个机会，我再把你抽上来。”

我没到机械连去。我那时年少气盛。一种对政治部主任、对木材加工厂连长和指导员的挑战情绪，促使我要求到木材加工厂去。这样的要求当然不会遭到拒绝。

在木材加工厂的连部里，连长坐在椅子上，撩起眼皮看了我一眼，慢条斯理地说：“你自愿来到木材加工厂，我当然很欢迎。在哪里跌倒，在哪里爬起来嘛！可我们这儿没轻活啊！”

他分明对我落到这种地步很高兴。

我问：“什么活最累？”

他说：“抬大木。”

我说：“我抬大木。”

他说：“好啊！”

他站起来，从办公柜里取出一双帆布手套、一副垫肩，放在桌子上，悠悠然走出去了……

我永远感激当年木材加工厂抬木班的知青伙伴们，他们对我的爱护之情，胜似兄弟。他们认为我是被“贬”到木材加工厂的。他们觉得有义务爱护我。最初三个月内，我的肩膀几乎没挨过“蘑菇头”——抬大木的杠棒，只是用卡钩搬搬木头。三个月后，在我的要求下，他们才开始轮流与我搭对抬木头。我的脚步起初总是踏不上号子，大原木前扭后晃，左右摇摆，“耍龙”不止。好几个人由于和我搭对子扭伤了腰，却没有一个人对我说过一句抱怨的话。

我永远感激他们，永远不会忘记他们的姓名和绰号。他们的音容笑貌，至今仍常常浮现在我眼前。后来在北京的几个，虽然都已成了家，各自被家庭和工作所累，来往不多了，但每到春节，总是要互相看望看望的。

他们性格各异，都很豪爽，很正直。也许这一点与特殊的体力劳动分不开。八个人，哼起号子，抬千斤重木，是不可能不齐心的。一声“弟兄们，起呀……”将人和人拉近了。

四个月后，招生名额下到连里了。

我成为三名被推荐者之一，名列第二。

但那一年出了个张铁生，我没走成。政治部主任也不甘心让我去上大学。他亲自将我的名字划掉了。

第二年，木材加工厂只分到两个名额：一个大学名额，一个中专名额。大学名额是哈尔滨师范学院，中专名额是鹤岗市邮电学校。

那时我已借调到黑龙江出版社文艺编辑室，为期一年。对上大学不感兴趣了。唯希望一年后兴许会被留在出版社，做一名编辑。因为他们对我好，有这个意思。

但连队的知青伙伴们替我报了名。推荐的结果，我名列第三。伙伴们还颇为我遗憾。我从哈尔滨回木材加工厂“探家”，推荐工作刚刚结束。

被推荐到鹤岗市邮电学校的，是一名鹤岗知青，木材加工厂的卫生员。他处了个女朋友，是我们哈尔滨姑娘，菜班班长。

推荐结束的当天晚上，菜班班长约卫生员“会晤”。她对他说：“你千万不要去上什么邮电学校！鹤岗不过是个小小煤城，回去当邮递员图什么呢？卫生员在我们这里很吃香，人人求得着，难道你舍得丢掉听诊器吗？”卫生员犹豫起来。

菜班班长进而含情脉脉地说：“反正我是无论如何也不让你走的！你一走，我们的爱情就完结了！我怕你回到鹤岗，会爱上别的姑娘！”

卫生员信誓旦旦，言道人虽离开，心是永远不变的。菜班班长哭了，又说：“就算你不会变心，将来两地生活，多么不幸福啊！”

卫生员终于被说服，为了爱情，作出“牺牲”，放弃名额。

菜班班长却瞒着卫生员，去找后勤处长，说她的男朋友希望能由她顶替这个名额，恳求后勤处长成全他们的愿望。

木材加工厂归后勤处领导。后勤处长经常到木材加工厂走走，对菜班班长这个哈尔滨姑娘印象不错，爽快答应。

一个鹤岗市邮电学校的名额，谁顶替谁都不至于引起什么风波。何况又是女朋友顶替男朋友。更何况后勤处长亲自出面说情。招生办认为反正不算原则问题，同意了。这岂能瞒得过卫生员？

卫生员知道后，未免生气，质问女朋友，怎么可以“偷梁换柱”呢？

菜班班长说：“我是太想上学，太想离开兵团了。只要能离开兵团，到任何一个小城市去都行！为了我们的爱情，你就彻底作出牺牲吧！我决不会对你变心的！其实呢，两地生活，也有两地生活的好处。不经常在一起，思念会加深爱情的……”

卫生员对这样的话颇不受用。他真爱她，上了一次当，就不怎么肯轻信她，于是找到招生办吵闹。

招生办觉得他们无事生非，很恼火，对他们说：“拉倒吧！你们都扎根边疆吧！”

结果，他们两个上鹤岗市邮电学校的资格都被取消。感情却未破裂，似乎断了想法反而更相爱了。

连里呢，认为别白瞎一个名额啊！指导员就去招生办交涉，又将这个名额要回来了。要回来，是为了让另一个女知青走。指导员和那个女知青的关系有点非正常。

连里的知青们不同意，说应该让我走。因为我是经过推荐的，而且名列第三。名列第二的没资格了，当然该名列第三的走。

我呢，其实不想去上什么邮电学校。分配去向是预先明告的——鹤岗市邮电部门。我一想到以后将穿着一身绿衣服，在小小的煤城鹤岗的某一邮电所里整天拿着一颗邮章不停地盖东盖西，或者骑辆自行车丁零零地驶街穿巷，觉得并不美好。

伙伴们说服我。他们讲人挪活树挪死。他们讲你想留在黑龙江出版社没那么容易。从兵团调走一个知青关卡多着呢！你身体这么不好，再回到木材加工厂抬大木，非把你累垮了不可！他们讲团里的干部们不喜欢你，连里的干部们也不待见你，不走，留恋的又是什么呢？

那个当初因为我替他说了一句公道话才保留了团籍的鹤岗知青对我说：“我爸爸是《鹤岗日报》的副主编，你千万别错过这机会！将来我让我爸爸想办法将你调到《鹤岗日报》当记者！”

我不忍辜负他们的好心。而且对能否留在黑龙江出版社当一名编辑，毫无把握，就作出了我一生中很重大的一次决定——去当一名鹤岗市公民。我对抬大木这重体力活也确实有些怵了。那一时期我吃不下饭，浑身无力，走路双腿发软，不要说抬大木上高跳板了，有一次险些在三节跳板上被压趴下。果真如此，我的小命也早就报销在大木之下了。我自己不知道，那时我已患了急性无黄疸型肝炎。肝功能损伤严重。

我的名字报到团招生办的第二天，我正硬撑着和伙伴们抬大木，连长走来了，对我说复旦的一名老师要见见我，叫我立刻到招待所去。

“负担？什么负担？”我有些疑惑。惭愧得很，直到那一天，我还不知道中国有所著名的大学叫复旦大学，只知道清华、北大、哈工大、哈军工。如果我“大串联”时到过上海，肯定会知道的。但我没到过。平素也未从上海知青口中听过“复旦”二字。一个初中毕业生，又怎么会知道全国的每一所名牌大学呢？

连长显然也糊里糊涂，说：“你去了就知道了。”

我就去了招待所，见到的是复旦的一位四十余岁的男老师。如果我没记错，他姓陈，政治经济系的。

他对我很热情，问我都读过哪些文学书籍，我就回答他读过了什么什么书。

他又问我最喜欢哪些著作。

我说："《牛虻》《钢铁是怎样炼成的》《红与黑》《红字》……"

"在这几本书中，最感动你的是哪本书？"

我想了想，说："是《红与黑》。"

"为什么？"

我语塞了。我看《红与黑》，是在初中一年级。记得读完这本书，我痛哭了一场。我最同情的倒不是于连，而是德·瑞那夫人。她对于连的爱，在我看来太令人伤心了。我想我要是于连，可能会朝自己的太阳穴开一枪，决不忍心伤害那么热烈那么痴情地爱过自己的女人。而且看过《红与黑》后，我常常设想另一种结局——于连越狱逃走，带着德·瑞那夫人双双逃到一个孤岛或大森林里去，有情人终成眷属，生下一个女儿，白头到老……我就把这些想法给他讲了。

他很认真地听。

最后我说："第一次被深深地感动和第一次恋爱一样，是难忘的。"

他看我一眼，忽然想到了什么，问："你有女朋友？"

我摇头说："没有。"

他还问："真的？"

我说："为什么要骗你呢？"

他说："好，很好。"

我当时并不明白他为什么认为我没有女朋友"好"，而且"很好"。

但能有这么一位大学老师很认真地听一个知青谈文学，我觉得格外高兴，不再感到拘束，又谈起了别的作品。记得我还谈到了《纳赛·吉约》。这是一个短篇，小学五年级看的。篇名中肯定有两个字我记错了或颠倒了。而且是不是梅里美的作品，也搞不太清楚了。内容是：一个富家子弟与一个孤儿院长大的美丽女工相爱，但又没有娶她为妻的意思。她无法摆脱对他的爱情，跳楼自杀，未死，摔断了一条腿，被一个专做慈善事情的年轻的伯爵夫人所怜悯，送到医院里，天天给她读《圣经》，教导她为自己"罪恶"的爱情忏悔。富家子弟深感内疚，决心娶女工为妻。但他的监护人，也是他的小姨反对这种爱情，认为一个富家子弟爱一个女工是有失贵族体面的事情。那小姨就是那伯爵夫人，她亦爱上了自己的侄子。结局是：那女工凄凉地死在医院里，伯爵夫人阻挡了她的情人与她的每一次见面。伯爵夫人要女工临死前向上帝忏悔。

她说："我爱过。"

她说："是我，我爱过。"

她就死了。

一年后，年轻的寡居的伯爵夫人与自己的侄子结成夫妻。小说的名字我虽然记错了，但是那女工临死前说的话，铭刻在我记忆中。

我还记得对这篇小说的介绍这样写道："作品一发表，贵族阶层大哗，对作家进行愤怒地围剿。贵妇淑女们，谩骂作家是一只可憎的忘恩负义的猴子，'一旦攀上高枝，便向人间作态'……"

陈老师自始至终听得很认真。他又问我看过哪些中国文学作品。我老老实实地回答我都看过了什么什么。他沉思了一会儿，忽然问："看过《牛田洋》吗？"我说："看过。语录引用得太多，不是小说。"他不再问什么。我便告辞了。抬大木的伙伴们围住我，问我复旦的老师找我什么事儿，问了些什么，我怎样回答的。我复述了一遍，他们就一个个直拍大腿，说我是个大傻蛋，不该对复旦的老师卖弄，大谈什么西方文学。尤其不该贬低《牛田洋》，那是"革命样板文学"。他们认为我如果回答得高明，兴许能入复旦。

我想哪有这等好事落在我头上，我上鹤岗市邮电学校，已是板上钉钉了，报以一笑而已。第二天，那复旦的老师到师里去了。隔了三天，他从师里回到了我们团，又把我找到招待所，一见面就对我说："你的档案，我从团里带到师里了，如今已从师里寄往复旦大学了。如果复旦复审合格，你就是复旦大学中文系创作专业的学生了！"

我呆住了，半天讲不出话。他又说："关于《牛田洋》的那些话，你如果真入了复旦，是不能再说的。复旦很复杂，言行要谨慎。不要希望目前情况之下能在大学学到很多，自己多看些书吧！多看书，对一个人今后总是有益处的。"

事后我才知道，那一次招生，整个东北地区只有两个复旦大学的名额，都分在了黑龙江省。黑龙江省又都分在了兵团。其中一个名额又分在了我们二团。陈老师住在招待所里，偶读《兵团战士报》，发现了我的一篇小散文，便到宣传股，将我几年来发表的小散文、小诗、小小说，统统找到，认真读了。还给黑龙江出版社去了一封信，了解我在那里的表现。然后亲自与团招生办交涉，将我的名字同复旦大学联系在了一起。

是机遇吗？不是机遇又是什么呢？

从此我在许多事情上都非常相信机遇了。如果木材加工厂的知青们对我不好，不连续两年推荐我，我便没有这机遇。如果黑龙江出版社文艺编辑室的那些老编辑们给我写封很坏的而不是很好的鉴定，便也没这机遇。如果陈老师不是偶然在招待所中翻看《兵团战士报》，我仍没这机遇。如果不是陈老师是另外一位老师来招生呢？我更没这机遇。

我的机遇是许许多多人给予我的。我甚至认为包括木材加工厂的卫生员和菜班班长。这次机遇是我生活道路上的一次重大转折。机遇决定了多少人的命运啊！生活中，有多少人，仅仅因为没有机遇，便默默无闻。而一旦有了机遇，谁又能断定走在大马路上的一个什么人，不会在一番什么事业中取得什么成功呢？当时我们兵团创作员中，不少人在写作上都比我强得多。那次机遇却偏偏落在我头上。对他们真是不公正，对我真是太幸运。我是兵团创作员中最早离开北大荒去上大学的一个。让我在这篇记叙性文字中，对当年木材加工厂的我的知青伙伴们，对黑龙江出版社文艺编辑室在文学上给予我许多指引的老编辑们，对复旦大学的陈老师，再次表达我永远的感激吧！也让我感激机遇吧，这冥冥之中的仿佛法力无边的主宰！而且让我说，人啊，都为别人更多地创造机遇吧！如果人人如此，我们每个人的机遇也便在其中了。某些人苦苦追求某一事业而不成功，有时实在不是因为缺少才华，而是缺少机遇。进而言之，是缺少为他或她创造机遇的一些人们。我们为他人创造机遇，更多的时候并不损失我们自己的什么利益，何乐而不为呢？仅仅因为“我不能，你便也别想”这样一种心理，断送了别人可能一辈子只有一次的机遇，那是多么该诅咒的行为！这样的行为在我们的生活中太多了。少一点，生活将会变得多么美好！

有一部电影中的一个情节，令我感动至深，永难忘记。

年轻的肖邦初到巴黎，无人赏识他的音乐才华。他偶识了乔治·桑——这也是机遇。乔治·桑引他进入自己的沙龙的第一天，邀请了许多音乐界名流，告诉他们，大音乐家李斯特将为他们演奏钢琴曲。但有一个条件，需熄烛听之。黑暗中，钢琴声将所有的人都陶醉了。琴声止，掌声起。乔治·桑挽着李斯特持烛走至钢琴旁。这时人们才发现，演奏者原来并非李斯特，而是一个陌生的年轻人。持在法国女作家手中的蜡烛，照亮了未来的大音乐家的脸。

李斯特说：“这位年轻人演奏得好极了！我非常羡佩他的音乐天才！”

也许是虚构。但是真美好！美好的乔治·桑！美好的李斯特！当时眼望着银幕，我流泪了，从此喜爱乔治·桑的作品，喜爱李斯特的乐曲，尤胜喜爱别的作品和别的乐曲。乔治·桑与肖邦的爱情，对我来说，也成为容不得什么人的什么文字非议的爱情了……

在接到复旦大学的录取通知书前的半个月，我仍每天抬木头，身体每况愈下，勉强支撑着，以此感谢心中要感激的一切。一天，我竟晕倒了……

二

我到复旦那天，两腿肿胀，鞋袜难脱。我以为是在火车上坐的，然而并不是，是急性肝病的症状。

当天晚上，已报到的同学们聚在一起开“认识会”。天南地北，各自拿出带来的好吃的东西，堆了一桌子。我只剩下几个小苹果，不好意思拿出来，也不好意思光吃别人的，就吸烟。

我的东北老乡，C，女性，放在桌上的是两个哈尔滨特有的“大列巴”，有小脸盆那么大。我只在很小时吃过几次。当时哈尔滨难以买到。大家觉得新奇，切了，你一片他一片，都说好吃，我也拿起一片吃。吃的是老乡的，太客气反而显得疏远。我在一师，C 来自五师，原先互不认识。我心中暗想，同学中有一个老乡兼兵团战友，真不错。

有一同学问：“听说你们哈尔滨人天天吃这种‘大列巴’？”

C 回答：“当然。哈尔滨人个个都是从小吃‘大列巴’长大的！”

我觉得很有纠正一下的必要，便说：“只有百分之五，也许还更少的哈尔滨人是从小吃‘大列巴’长大的。百分之九十五以上的人是从小吃大饼子长大的。”

我说的是绝对正确的。因为当时哈尔滨人的粮食定量是——面粉二斤，大米一斤，其余全是粗粮。米面在一般家庭中，除了过年过节，都是给上班的人带的。

C 当即反驳我：“你一个人是吃大饼子长大的，也代表不了哈尔滨人。我就是从小吃‘大列巴’夹红肠长大的！”

我据理力争，说我是百分之九十五中的一个，当然代表大多数哈尔滨人。她不过是百分之五那“一小撮”中的一个，无论如何代表不了哈尔滨人。

她生气了，说：“你说谁是‘一小撮’？告诉你，我的家庭是‘革干家庭’！你侮辱革命干部！”

我说：“我不知道啊！可你为什么要说谎呢？为什么要欺骗这么多初识的同学们呢？你明明知道百分之九十五以上的哈尔滨人吃的是粗粮！哈尔滨人如果都是从小吃‘大列巴’夹红肠长大的，哈尔滨人早算进入共产主义了！”

我认为，百分之九十五以上的哈尔滨人究竟是从小吃“大列巴”夹红肠还是吃大饼子长大的，这是非辩论清楚不可的。对于这一类问题，我一向特别敏感，容不得别人当我面说一句假话。

她说："你的话里明明有对现实不满的意思！"

我火了，说："咱俩都是工农兵学员，你少跟我来这一套！就算我对现实不满，你又能把我怎么样？"

她说："我是一名共产党员，那我就有权批判你！"

我说："你不过是从小吃'大列巴'夹红肠长大的共产党员，统计一下，你在共产党员中也不过是百分之五！"

其他的同学就劝解。他们越劝解，我越来气。我希望他们都能够相信我的真话，而不要相信C的假话。但他们似乎对我与C争论的问题一点也不感兴趣，只对"大列巴"感兴趣，这比他们相信了C的话还令我气愤。若在兵团，如果C不是女的，而是男的，说哈尔滨人百分之九十五以上是从小吃"大列巴"夹红肠长大的，还坚持，非被吃大饼子长大的哈尔滨青年们合伙揍一顿不可！

怎么能瞪着眼睛认真严肃地说假话呢？

C拍了一下桌子，气势汹汹地说："你这是在分化我们党员队伍！"

我腾地立了起来，说："滚！"将吃剩下的那半片"大列巴"，狠狠朝桌上一摔，猛转身离开了，回到自己的宿舍。

我以前从不骂人，是到木材加工厂后学会的。学会了，就觉得在必要时来一句"滚"，十分管用。

我躺在自己床上，还气得不行，还想再去找C展开一场大辩论。忍而又忍，才忍住怒火。

我的性格中，有种过于认真而又过于激烈的劣根性。在连队，跟几任连干部大吵过；在团里，跟政治部主任、副主任、参谋长大吵过；到木材加工厂，性格依然不改。

我在初二便已入团，到了北大荒，要求重新入团，劳动很能干，不怕苦不怕累。就是因为这种性格，重新入团竟入不了。四年后，调到团宣传股的前一年，只好又请求恢复团籍，补了十二元多的团费。教训可谓深刻，但江山易改，本性难移。

现在回想起来，哈尔滨人究竟是从小吃"大列巴"还是吃大饼子长大的，有什么值得辩论的呢？吃大饼子长大的有之，吃"大列巴"夹红肠长大的也有之，干吗脸红脖子粗地争谁代表百分之九十五的哈尔滨人呢？

听隔壁宿舍阵阵说笑声，我忽然意识到，我已到了另一种环境里。复旦与北大荒太不一样了。我将与之共处的同学也与木材加工厂抬木头的伙伴们有很大不一样。我必须正视这个现实。想起陈老师在我们团招待所里对我说过的那番告诫的话，倏然地我心中产生了一种孤独感。

隔壁宿舍不断传来欢声笑语，C的说笑声尤为响亮。同学们吃着她的“大列巴”，当然不会表示怀疑她的话而相信我的话了。

可我从来没有像那时那刻一样，希望自己的话被相信。每月二斤面粉的哈尔滨人——我心里真是有些难过。

隔了两天，我到医务室去看身体复检结果。医生问过我的姓名，翻到我的化验单，只看了一眼，就低声叫道：“乖乖，好家伙！”接着说，“你跟我来，你跟我来！”不用手扯我，用夹化验单的夹板从背后顶着我往前走。我就这么被顶上了医务室的二楼，顶进了一扇三夹板临时做成的门内。

我糊里糊涂地问：“这是什么地方啊？”

医生说：“肝炎隔离室。”

我这才知道，我是一个病毒携带者——转氨酶五百八十以上。

我请求道：“那也得让我回宿舍一次呀！”

医生说：“不行。你的一切东西都得经过严格消毒。消毒后日常用的我们会替你送来。从现在起你不能离开这里！”

共有二十几名各系各专业的新生被关闭在“肝炎隔离室”，我是其中肝指数最高的。大家的活动区仅限各房间，每房间四五人，有一个四十多平方米的大阳台。阳台下是篮球场。可谁也不愿出现在阳台上，那好像等于自我展览。

我苦闷起来，唯恐被退回兵团。未入复旦，不知复旦名气。入了复旦，方知复旦果真是可以改变一个人命运的地方。有一个上海“老高三”的新生，与我对面床，每天向我讲复旦的历史。我才知道复旦是出名人的地方，不禁对这所大学肃然起敬。

有一天，学校里的气氛似乎显得有些异常。那“老高三”经常偷偷溜出隔离室，带回一些消息。那天他又溜出去了，回来后告诉我们，是某国元首到学校参观，还说翻译就是复旦上一届分配到外交部的学生。“肝友”中一个外语系的，不知为什么就哭了。大家问他哭什么，他说：“我的名额将来是要分到外交部去的，现在却被关在这儿！”大家寂然。

大学既是往人头脑里灌输学问的地方，也是在人头脑里编织梦想的地方。“戴帽分配”——即入学前便已预知分配去向，尤使梦想迷人。想想看，昨天还在握锄把或抡大锤，明天突然进了某某名牌大学，三年后将要被分配到外交部、文化部、中宣部、人民日报社等好去处，怎地不使人天天做梦呢？

“肝友”中还有一个国际政治系的，是广西农村学员。“老高三”半真半假地对他说，他们这一届国际政治系中，有分配到中国驻联合国办事处去的。他便天天梦想着有朝一日代表中华人民共和国在联合国大会上发言，每天不断地冲葡萄糖水喝，以为转氨酶会早降下来，还买了一本《肝脏病知识》，手不释卷。一会儿用小镜照舌苔，一会儿看手，害怕发现“肝掌”。

我也借来那本《肝脏病知识》读，也学会了长长地伸出舌头照着小镜观察自己的舌苔，也学会了观察身上有没有“蜘蛛痣”，手上出没出现“肝掌”，也梦想，梦想有朝一日分配到黑龙江出版社文艺编辑室做一名编辑。为这个梦想我也暗暗祈祷过，不是祈祷上帝，而是祈祷什么“复方草冲剂”——医生每天给我喝三次的草药汤。

一天，刚刚吃过晚饭，正躺在床上忧愁，忽听外面有人喊我。走到阳台上，朝下一望，是陈老师。见了他，就如同见了一位久别的亲人，不禁眼泪潸潸，相对无语。他仰视，我俯视，我俩好像戏台上《空城计》中的诸葛亮和司马懿。他见我那可怜样子，安慰道：“别想得太多，安心养病。思想负担太重，对肝病也是不利的。”

我说：“我真怕被退回去。”

他说：“一般情况下是不会的。肝炎没那么可怕，也不是什么不治之症。”

陈老师走后，我便回到隔离病房，重新躺在床上，感到内心的忧郁稍释。

同学小莫给我送来十几封信。除一封家信外，其余全是木材加工厂抬大木的伙伴和宣传股的朋友们写来的。信给我带来了一些安慰。

有三封信是宣传股的姑娘们写来的。我们宣传股只有三位姑娘。北京姑娘小徐是广播员。天津姑娘小张和鹤岗姑娘小张都是放映员，我总是叫她们“张天”“张鹤”。我们宣传股在政治部人最多，加上三名报道员、三名干事、两名男放映员，可谓一个大家庭。股长当年也才三十六七岁，现役军人，是我们的“家长”，令我们感到很可亲的一位“家长”，在我们面前，没有半点股长的架子，对政治部主任也是“敬而远之”。

我们宣传股的知青之间非常友好。三位姑娘，像我们的三位妹妹一样。这原因很简单，因为那时似乎谁也没有谈情说爱的念头，关系都很单纯。起码我自己那时没有产生过与三位姑娘中的哪一个谈情说爱的念头，也从未看出其他几个小伙子对三位姑娘有过这种表示。

我上大学两年之后，我在宣传股时那种互相之间友好的关系就分崩离析了。都是爱情把这种关系搞坏了。毕竟不是亲兄妹们，到了年龄，小伙子们总希望某一个姑娘不再是自己的“知青姊妹”，而成为自己的妻子。这是任谁也没办法阻止的。只有互相不被吸引的青年男女之间才有所谓纯粹的友谊。这是一条关于男人和女人的定律。伪君子们才企图证明这条定律是错误的。

我们宣传股的三位姑娘，是三位非常可爱的姑娘，都很懂事，很温柔，很善良，也都各有其美，各有动人之处。小徐的身体最弱，我们视她为最小的妹妹。说句实在话，我们是把她宠得有点任性了。但她的任性，也不过是闹点女孩家的小脾气而已。逗她几句，就又笑了。她对我最好，比我小三岁，倒像我一位姐姐，经常善意地取笑我。不知为什么，我很认真地说的话，很认真地做的事，在她看来，似也有几分可笑。

最难忘的一件事是，夏天，我在河边刷棉袄（我的棉袄脏了，一向是刷洗的，拆了就不可能再自己缝上），忽然想游泳，将棉袄用一块大石头压在河中，脱了衣服跃入河里游够了，穿上衣服就走了。直至冬天快到了，却哪里也找不见棉袄了。一天猛然想起，是夏季泡在河里了。到河边去找，仍被大石压着，冻在一层薄薄的冰下面。破冰捞出，已被小鱼小虫之类钻了许许多多的蜂窝洞。拿回来晒，瞧着发愁。那时知青们普遍都很节俭，轻易不扔一双鞋一件衣服，何况是棉衣。

小徐听说了这件事儿，好一顿笑，她非要亲眼看看那棉袄成了什么样子不可。看到了，更笑得不行。笑了好几气儿，指点着我说：“你呀，你呀，你呀，你真应该带个阿姨一块儿下乡！看来今后我有义务当你阿姨了，谁叫我们在一个股呢？你真叫姑娘们觉着可怜！”

我被她的玩笑话说得脸红红的，认为自己整个儿是个“傻青”。

她又说：“棉袄都这样了，晒干了又怎么穿？还不成铠甲啦？”要拿去替我拆了重做。

我怕她费事，不肯。她竟自作主张，将湿淋淋、沉甸甸的棉袄拿了去。

几天后，她将棉袄替我做好了，送来时，要我叫她一声“阿姨”。我说：“叫姐吧！”她让步了，说：“也行啊！”我就叫了她一声“姐”。我一看棉袄，认不出是自己的了。里儿也换了，面儿也换了，棉花分明也换了，厚厚的、新新的。她给我重做了一件袄……

“张天”呢，一口娇小姐似的懒洋洋慢吞吞的天津话，人却一点也不娇气，常像小伙子们似的，戴一顶单军帽，将辫子掖在帽檐儿里。乍一看，像个俊俊秀秀、腼腼腆腆的小伙子。

我被“精简”到木材加工厂，常回股里去玩，像回家一样。

她见了我，总是首先笑盈盈地说一句：“你来了呀？”而后就静静地坐在一旁，听我与股里的小伙子们聊天，偶尔插嘴说一句："你瘦多了呢！"或者问："劳动很累吧？""我家里寄来一听麦乳精，你拿去吧？"她好像任何脾气都没有，从未和什么人翻过脸。谁对她发脾气，她也依然笑盈盈地瞧着人家，使对方的脾气不发自消。

有一次，大礼堂放电影《杜鹃山》，我坐在放映机旁。断了几次片，机械连的几个坏小子就往她身上扔鞭炮。鞭炮接二连三地在她身上爆炸，她只是一声不响地接片子。我忍不住站起来大声说："不愿看的，滚出去！"那几个坏小子也一齐站了起来，朝我跨过来，想揍我。

"你们别欺负人！"她停了放映机，将我掩护在身后。

我喊："木材加工厂的哥儿们，有人想跟我动武！"

我们抬木班的伙伴们，还有其他许多木材加工厂的小伙子，呼啦啦站起来一片。木材加工厂的知青们打架是出了名的，没有哪一个连队的知青敢惹。那几个机械连的坏小子见势不妙，慌慌张张地逃出去了。

事后，她对我说："你还有那么多肯帮你打架的朋友啊？"

我骄傲地说："那是当然！"又问，"那几个坏小子往你身上扔鞭炮，你怎么一点儿都不生气？"

她一笑，说："跟他们生什么气呀？犯不着嘛！我不理他们，他们自己就会感到没趣儿的！"说罢，塞到我手中两块糖……

"张鹤"是矿工的女儿，白白净净的，短发齐耳，眼睛挺大，挺妩媚，略胖，是三个姑娘中看起来发育最成熟的一个，也是三个姑娘中顶厉害的一个。有一次在连队放电影，因为断片次数多了，知青们起哄。她便停了放映机，不肯再放，直至那个连队的连长和指导员向她说许多好话……

我读着她们各自寄给我的信，感到极大的快乐，回忆着我们相处时的种种趣事，借以排遣心中的忧郁。我忽然产生了一个念头，想给她们之中的某一个写一封求爱信。那时我非常强烈地渴望获得爱情。可是她们之中我最爱谁呢？觉得她们都曾非常友好地对待我，认为她们之中无论谁将来成为我的妻子，我都会很幸福。的的确确，她们是三位非常好的姑娘，以后我在生活中再也没有碰到过像她们那么好的姑娘。一个人二十多岁时认为非常好的姑娘，到了三十五六岁回忆起来还认为非常好，那就真是好姑娘了。在二十多岁的青年眼中，姑娘便是姑娘。在三十五六岁乃至更大年龄的男人眼中，姑娘是女人。这就很要命。但男人们都如此。所以大抵只有青年或年轻人，才能真正看出一个"姑娘"的美点。到了"男人"这个年龄，觉得一个姑娘很美，实在是觉得一个"女人"很美。这之间意念上的区别，有如看话剧与看电影的区别。也许我是个坏男人，才生出这么不地道的体会。

于今我认识的姑娘中，漂亮的颇有几个。八十年代的姑娘有八十年代姑娘的特点。有的毫无思想，毫无思想而又“彻底解放”，也便谈不上有多少实在的感情。有的仿佛是女哲人，或者自以为是女哲人。女人到了哲人的地步，不复再是女人，而是怪物。即令美到如花似玉，也不过就是如花似玉的怪物。这两类，都叫我受不了。又有八十年代的流行病传染着她们——玩世不恭。真真地玩世不恭，那是一种境界。装模作样地玩世不恭，那是一种病态。是达到了某种境界还是染了某种病态，带她们到自由市场上走一遭就分辨出来了。企图少花元儿八角钱从小贩手中买一件便宜衣服时，你就可以对她们直言：“你有病。”八十年代的姑娘装模作样地玩世不恭，和封建社会的公主小姐们装模作样地弱不禁风，是一码事。话题扯开去了，还谈我们宣传股的三个姑娘吧！

她们都没有装模作样的毛病。她们也没有那么多深刻的思想，但都非常珍重感情。她们写给我的信，都流露出对我的真挚的关心。

我没给她们中的哪一个写求爱信。虽然有这念头，却提不起这精神。在“肝炎隔离病房”内写求爱信，命运未卜，我只怕自己会写得太不像样子，但从此，就觉得三位姑娘中的哪一位，已经便是我的恋人了似的，心中明朗了许多，几乎每天都拿出她们的信读。

到了冬天，多数“肝友”都已“获释”，只剩下了我和另外三个。形影相吊，冷冷清清好不凄凉！情绪坏到了极点。又过了半个多月，一天下午，一辆小卡车将我们拉到了虹桥医院。

我整个第一学期没上一天课。

出院后，心情渐渐开朗，积压了许多信件，就在一个星期天集中回复。于是我又重读了三位姑娘各自写给我的几封信，竟不知如何回复才妥当了。

人啊，人啊，有时真是令自己都鄙视自己。在学校“肝炎隔离病房”，在虹桥医院，我天天都盼着三位姑娘给我来信，希望她们经常给我来信，多多益善。每收到她们的来信，便如获至宝，仿佛收到包治肝炎的灵丹妙药。从字里行间，我寻找着那些充满友情的、流露关心的、善良而温柔的话语，反复咀嚼，细细体味，获得着某种精神上的怜恤和安抚。而一旦离开了那种特殊的令人沮丧的环境，肝指数正常了，心术则变得有些诡诈起来。

眼前摆着她们的几封来信，头脑中忽然闪过一种想法：我若回信，她们必再来信，导致书信往来不断。继而将会导致什么呢？

导致什么呢？——导致爱情。

毫无疑问。

曾认为被她们之中的任何一个所爱，将是莫大幸福的我，肝病初愈，便觉得未见其然了。是啊，我已经是复旦——全国名牌大学的大学生了，她们呢，还在北大荒。这爱的后果，又有何幸福可言呢？最不理想，我也会被分配到黑龙江出版社吧？一位出版社的编辑，在哈尔滨市什么样的姑娘物色不到呢？何必操之过急呢？凡事还是现实些的好啊！人是不是都在生病的时候才更需要获得爱情呢？生病时所需要获得的爱情，病好了是否便都觉得不那么太急于获得了呢？我当时弄不明白自己是怎么一回事了，好像心里生出了一个鬼，在教我一点诡诈。

我重读那几封信，便认为那些充满友情的、流露关心的、善良而温柔的话语，分明都包含着不直白、待我回信中主动表露的一个“爱”字。

我可不能，我想。我千万别头脑发昏，今朝一主动，则将永远被动了。

信总是要回的。不回，太没人味了。

究竟怎么回呢？想啊想啊，受心中那个鬼的启发，想出了一个可谓“上策”。

于是我动笔在一张信纸上这样写——小徐、张天、张鹤：你们的来信收到了……

每一句都经过反复推敲，既要表达出感激，又要在关系上拉开远远的距离。写完之后，涂涂改改，句句换字，最后定稿一封给“知青姐妹”的致敬电一般的短信。抄了一遍，再读一遍，觉得挺满意。料想她们收到这样一封写给她们的公开信，大约是不会再来信了。来信，也可能是联名信了。联名信就没什么需设防的后果了。我觉得自己挺聪明的。

信寄出后，过了一个多月，果然未收到她们中任何一个人的回信。心中有鬼，必然有愧，终于按捺不住内疚心理，就给股里的一个朋友写了封信。末尾似乎随便地带了一句——我给三位姑娘的回信她们收到否？何以竟不复信？

三

不久，收到了朋友的来信。信中告诉我，三位姑娘接到我的信那天，都正在股里开会。她们互相传阅了我的信，谁也没有说什么，谁也没有表示什么。散会后，我的信就遗留在桌子上，没人收，一连在桌子上放了几天，后来就不知哪去了，大概被人当废纸烧了。还告诉我，三位姑娘，已有了意中人，爱情都很美满。她们是真心实意地都关心着我，像过去我曾是宣传股这个“大家庭”中的一员一样关心着我。她们还向股长建议，动员我寒假或暑假回团里探一次“家”，往返路费由她们“报销”……

我怔呆了许久许久。

又读她们的来信，那些充满友情的、流露关心的、善良而温柔的话语，仿佛不是写在纸上的，而是她们站在我面前温婉地对我说的，都是我从前与她们相处时听惯了的话语。如果离开她们上大学的并非我，而是我们宣传股“知青家庭”中的另外一个人，她们依然会写这样的信，信中依然会写那些话语。她们如此珍视友情，如同养蜂人珍惜蜂蜜，那乃是因为她们的天性本如此，她们的品德本如此，她们为人的原则本如此。自作多情的是我自己，想入非非的是我自己，心怀鬼胎的是我自己，亵渎了友情的亦是我自己。在我没那样做之前，我不知自己的灵魂内还蛰伏着一个鬼。在我那样做时，那鬼就变成了我自己，因而我不能看到自己有多么丑恶。在这件事已无可挽回之后，我自己开始憎恨我自己。以前我也做过对不起人的事，但都是在并无鬼胎的情况下做的。也自责过，但从没有鄙视过自己，从没有憎恨过自己。而这件事则不同，它的本质证明着为人的诡诈、狡猾和虚伪，动用了心术，而且是对三位真挚地关心着我的姑娘。谁动用过卑下的心术，谁就将得到等量的报应。动用没动用心术，这是该不该原谅的界线。

“梁晓声，梁晓声，你这个狗崽子，你真不是东西，你真没人味啊！……”我只有在心中暗暗诅咒我自己。

那一下午，我没说一句话……新学期第三天，全系在一起开大会。什么内容我已记不起，只记得许多平常见不到的老教授们全到会了。

首先照例是系工宣队队长、总支书记讲话。他讲了些什么，我也不能全记起了，只记得这样一句话：“复旦是藏龙卧虎之地，也是虎豹豺狼之窝。工农兵学员不要只带着红口袋来到大学装知识，还要积极参与复旦的斗、批、改，彻底占领上层建筑……”这番话是针对新生说的，也分明是针对那些老教授们说的。他们当时那种普遍的无动于衷的默然表情告诉了我这一点。接着是评论、创作各专业各年级的学生代表发言。

我是创作专业新生的发言代表。我成为发言代表，是“毛遂自荐”的结果。同学们互相推诿，有的是真推诿，有的是假推诿。C其实很想受命当之，大家也都认为应该。因为她是支部副书记，但她既非常想，又忸怩作态，希望造成一种大家逼迫她成为发言代表的局面。我看不顺眼，就说：“她如果真不愿意，我可以代表大家发言。”我主动请缨，谁也不好说不同意。于是发言代表就是我了。C老大不悦，一张宽脸拉长了。

其实我也不是要与C过不去。在我的本性中，沉淀着一种强烈的、长期被压抑的、爱出风头的愿望。活了二十五岁了，社会还没为我提供过一次像样的机会，让我像样地满足地出一次风头。按说“文革”总该算一次机会，出身干净，红五类。大风头出不了，小风头也是可以出出的。成立个什么红卫兵组织，并非干不成。我们中学里，最初起码有三十几个红卫兵组织。最小的红卫兵组织只有七八人。但我觉得那种风头太丢脸面。黑龙江省“炮轰派”的一个头头儿，哈军工的学生，与“捍联总”的头头儿们从北京谈判后回到哈尔滨，站在飞机舷梯上，答各派战报记者问，那潇洒风度，那演讲才能，令我羡慕极了。当时我十九岁，那个头头儿二十四五岁，正是我到复旦的年龄。十九岁的我到机场看热闹，目睹仿佛电影里的情形，那时便暗暗想，给我一次这样的机会，我死也甘心了！

下乡后，渐渐地对一切轰轰烈烈都厌倦了，但是更爱出风头。开个什么庆祝会，总要胡写几行歪诗当众朗诵朗诵。若有人奉承：“诗写得不错哇！”便足可得意几天。后来也终于觉得不过瘾，也厌倦，期待着我人生路上有更辉煌的机会到来，出更辉煌的风头。

二十五岁，这真是年轻人最最渴望出风头的年龄！研究起来，年轻人的爱出风头，大抵是因为姑娘们的存在。正如不见雌孔雀，也未受什么鲜艳色彩的刺激，雄孔雀是懒得开屏的。只有小伙子们在一起的情况下，连最爱出风头的小伙子，也没多大兴致出风头。同理，只有姑娘们在一起的情况下，连最爱打扮的姑娘，也没多大兴致打扮自己。出风头实在是小伙子们为姑娘们“打扮”自己的特殊方式。

我将代表创作专业新生发言，看成是在全系师生面前的一次公开“亮相”。在名牌大学的大学生中，在名牌大学的教授、讲师面前进行一次精彩的发言，我以为这风头是大大值得一出的，是一次够辉煌的机会。

预先写好了发言稿，但对同学和老师说尚未写好。发言稿揣在兜里，走出学校，在校园后围墙下来回徜徉，将发言稿背了下来。我要达到在发言时出口成章的效果。我要在发言后引起掌声和窃窃私语。我要在散会时听到学生、教授和讲师们互相询问：“他叫什么名字？”“哪个专业的？几年级？”还要听到这样的称赞：“发言太有水平了！”“简直出口成章！”“从容不迫！”“有演说家气质！”还要引起男学生们的嫉妒。还要从此无论在什么场合下都吸引女学生们的目光。还要从此为自己在专业、在系里奠定一种优势地位……在学校“肝炎隔离室”和传染病医院里孤寂地度过了整整一学期，想出一次风头的愿望几乎成了精神上的需要。

开会那天，我穿了一件新的铁灰色的咔叽中山装，出院后买的。上海那时流行衬领，便新买了一条洁白的衬领，使铁灰色内露出一圈洁白。单帽早已不戴。头发早已长出。往宿舍的窗子上照照自己，半清半楚地映出一个斯文了点的“马立本”，觉得自己还颇有发言代表的风度，挺自信的。系总支书记、工宣队长的讲话，扰乱了我背熟的发言。我觉得他说得太荒唐。无论是什么人，说了我不赞同的话，无论什么场面下，我也会起而反驳，全然不计后果。这是我本性中的另一面，与我的爱出风头相得益彰、互为衬映，显现出一个真我来。他的话刚结束，我便站了起来。我说："我不同意您的话！复旦大学谁是虎豹豺狼？既有之，指出给我们看！当然不会是我们工农兵学员吧？那么难道是这些教授、副教授、讲师们不成？我看他们没那么可怕！在上、管、改中，工农兵学员不是与革命的教师们是同一战壕的战友吗？虎豹豺狼一词，不是明明在分裂我们吗？……"

工人若在工厂里做工，我是很尊敬他们的。若在大学里颐指气使，那再令人讨厌不过了。我是有意当众表示出我对这位工宣队队长的蔑视。下乡前，在军宣队也当众顶撞过，顶撞也就顶撞了。在兵团，一般连队的知青，几年后已普遍形成了对权力的蔑视。有一次，一位兵团总部副政委到木材加工厂视察，进入我们男知青宿舍，大家躺着的照样躺着，歪着的照样歪着，光着脊梁洗脸的照样水花四溅地大洗特洗，没一个拿正眼瞧一下那副政委。他说"同志们好"，也没人应声。

我初入复旦，不知深浅，不知工宣队在复旦的一统天下的权力，更不知"藏龙卧虎之地，虎豹豺狼之窝"这句话是张春桥说的。

所以我的话，使全体师生鸦雀无声。许多老师和许多学生都知道张春桥说过那句话。如果我也知道，绝不会当众反驳工宣队长的。我以为反驳他一下，不过就像在兵团时反驳团长政委一下，也不能把我怎么样。其实大不一样。

我的话所造成的静场效果，使我爱出风头的心理受到了怂恿和鼓励。于是我借题发挥，侃侃而谈。好像还说了托尔斯泰、巴尔扎克、雨果从书架上走下来，与老教授们坐在一起，同样引起我的敬意一类的话。总之，接下来我说的尽是一些花里胡哨、卖弄唇舌的话，大大地哗众取宠了一番。工宣队队长脸色阴沉严峻。

"住口！"有人打断我的话，是评论专业三年级一名上海男同学，他激昂慷慨地批判我。他刚坐下，第二个立刻站起，一场批判会自发开始。我是那么不堪一击，没有机会站起来反驳，有机会站起来也失去了反驳的勇气和能力，得意之色一扫而光，坐在那里无地自容。

批判我的，差不多全是上海同学。这应该被解释为复旦的一种政治现象。同全国所有文理科大学一样，中文系也是复旦的"神经"，是工宣队控制最严的系。如果说其他理科各系的学生还可以将政治视为"副科"，中文系的学生则不得不将政治当成本科。在那个历史时期，复旦中文系实应改为“中国政治系”。复旦小舞台上的政治戏与中国大舞台上的政治戏，是按照同一脚本演出的，主演是工宣队，导演也是他们。在一切运动中，中文系带动哲学系、新闻系、历史系，然后带动起全校。

徐景贤曾对复旦工宣队指示：“北有北大，南有复旦。这是我们的两座桥头堡。复旦应该成为斯莫尔尼那样的大学。”斯莫尔尼，是苏联十月社会主义革命时期，为苏维埃夺取政权培训武装力量的革命大学。“四人帮”希望将复旦的学生培训成既能为他们夺取政权效力的工具，也能像保卫冬宫一样有朝一日保卫他们的“中国士官学生”。

工宣队在中文系培养的骨干，以上海学生为主。指出这一点，也许会伤某些上海“工农兵学员”的自尊心，但这是事实。有许多充分的证据足以证明这一点，张春桥曾对复旦作过指示：“要多输送上海学生进京。”

但另一个事实是，并非所有的上海学生都愿意成为“骨干”。像C那样的外地学生积极靠拢工宣队的，也有，不多。每一个怀有政治目的之人，都希图在告别复旦时，能得到复旦慷慨的政治馈赠。失掉了些什么，他们不在乎。像今天某些人对钱的观念很实在一样，一九七四年至一九七七年，某些人对政治的观念也是很实在的。这也就是“四人帮”粉碎以后，许多应该“说清楚”的人，为什么只谈政治，不谈灵魂，说来说去总也说不清楚的缘故。

我的风头出得很划不来，但因此出了点名。许多学生从此都知道中文系有个梁晓声。在女学生们眼中，我不过是个哗众取宠的家伙而已。但我并不认为这不公正。很公正。与其说那是对一个工农兵学员的观点的“围剿”，不如说是对一个爱出风头的家伙的公开声讨。

在五角场买香烟，碰到了专业的一位老师。

他问：“气色怎么这么不好？病了？”

我说：“没病。”

他说：“你刚出院不久，肝病容易复发，要注意身体啊！”

我说：“谢谢。”

他说：“感到压力了？”

我说：“有点。”

他说：“工宣队是很恼火，还要继续动员学生对你进行批判。我替你多次辩解过了。你是新生，刚入校，对复旦的情况缺乏了解，发表了错误的观点也情有可原。”我默不作声。

他又说：“其实我和你的观点一样，工农兵学员应该同革命教师是同一战壕的战友。大学又不是动物园，哪有什么虎豹豺狼？耸人听闻嘛！即令有，也不是我们。你的观点并不错，只是太哗众取宠了。如果不是这样，肯定会有不少同学支持你的观点。哗众取宠，你就使自己正确的观点也变成孤立的观点了。在个性、气质、风度和其他一切方面，受人尊重的是质朴无华。你要记住这一点。今后要多观察，多分析，多思考啊！复旦值得思考的事情太多了。我们教师的责任之一，就是尽量保护自己的学生。”

老师的话使我非常受感动。

因为那次发言，以及“四人帮”被粉碎的消息刚刚传到复旦，我第一个闯入校党委抗议不许我们走出校园游行庆祝，我的毕业鉴定上多了对我十分有利而又十分重要的一条——“与‘四人帮’进行过斗争”。

十六名同学中，只有我的鉴定中有这样一条评语。被粉碎了的“四人帮”是死老虎。

踢死老虎一脚也算勇气吗？

细想想，真惭愧！政治对人的嘉奖也真大方啊！政治，政治，我从此对它有了悟性。

如今已经三十六岁。爱出风头的年龄早已过去了，与多情的年龄一块儿过去了。从个人的教训中，从别的爱出风头者们的庸俗中，体会到了这种庸俗实实在在是对一个人的莫大损害。人既从自己的教训中发现自己的劣点，也从别人的庸俗中总结出自己应当如何做人的原则。不惑之年仍大惑不悟，好比女人的更年期无限延长。那是怪不幸的。

我在复旦见识到了不少在别的地方不太容易见识到的人和事。

中文系总支副书记中，有一位身高一米五左右，男性，三十余岁，不知是留校生还是工宣队，样子很猥琐。我从未见其笑过，他永远那么猥琐地严肃着，仿佛权力又极大，与系工宣队队长平起平坐，背景莫测。在《学习与批判》上发过一篇所谓杂文《赞“山羊角”精神》，据说很得张春桥好评。自那以后，似乎更身价百倍，使人觉得你不招他不惹他，他也时刻想猝然顶你一头。有一次我亲眼看见他在系里拍着桌子训斥一位副教授，大有顺我者昌、逆我者亡的架势。而且他还没有脖子。在校园里看见他，矮矮地趾高气扬、不可一世地移动过来，猥琐而严肃地瞪着你，够令人不舒服的。我经常是退避三舍，绕条路走。无路可绕，便低下头去。倒不是怕他到这般地步，是怕看见他会破坏一时的好心境。按说他应到某电影制片厂去做特型演员，却狂傲地在堂堂复旦大学内招摇过往。“四人帮”纳“贤”到了宠丑的地步，使人常常替中国替复旦深感羞耻和悲哀。

“四人帮”被粉碎以后，有次我在公共汽车上碰到了一个不寻常人——上海曾红极一时的一位小说作者。他到我们专业去座谈过，故而认得。我问他日子好过否。他倒对我说了几句实话：“日子不好过啊。其实我们这些人呢，对文学并不感兴趣。我们是要通过文学走向政治。我们崇拜的是张姚道路。唉，前途如烟了呀！……”

心灰意懒之人，往往能吐真言。

有一位研究文艺理论的老师，给我留下了难忘的印象。我在系图书馆偶然翻到一本他的小册子，“文革”前出的，便拿着向他请教某一文艺理论问题。

不料他连连摆手，有些惊惶地说：“不是我写的，不是我写的。”

我说：“别人告诉我就是您写的呀！”

他更加惊惶：“同名同姓，同名同姓！”说罢匆匆而去。

同学小莫恰巧看见了这情形，对我说：“你别再给自己找麻烦，也别给他找麻烦！”

我说：“我又怎么了呀？不过就是向他请教一个文艺理论问题嘛！”

小莫说：“文艺理论在中国只有一个——‘三突出’创作原则，请教我吧！”

我问：“他不愿回答也罢了，干吗那么惊惶啊？”

小莫同情地望着他走远的背影，说：“因为他是个‘坏人’啊！”

我更加大惑不解。

小莫便告诉我：据说他原是徐氏的同学。徐氏还没在政治上成气候时，两人碰在一起开过一次什么会。徐氏爱听鬼故事。他也善讲鬼故事。讲罢回自己房间睡觉，半夜徐氏敲门，只穿着裤衩跨进他的房间，言道怕鬼，不敢独眠。房间里正好空一张床，徐氏便天天与他睡在同一房间。徐氏是既怕鬼，又迷鬼。每晚都纠缠他讲鬼。后来徐氏成了上海市革命委员会副主任，反对徐的一派组织就派人到复旦来找这位研究文艺理论的讲师，想从他口中获得“炮轰”材料。讲师本是书呆子，不愿卷入政治旋涡，被纠缠烦了，无法摆脱，便拍拍衣兜说：“材料都在这里，时候不到。时候一到，材料抛出，十个徐景贤也打倒了。”说的实在是气话。

徐氏的上海市革委会副主任当稳了，就下令将他抓了起来，隔离审查半年有余，逼他老实交代，到底掌握哪些徐的“黑材料”。审来讯去，他也只能交代出一条——徐景贤怕鬼。终于定不成什么罪名，不得不放了。放是放了，徐氏对他耿耿于怀。堂堂上海市革命委员会副主任怕鬼，总归是有点令人哂笑的事，而且容易使人产生疑问：真唯物主义者还是假唯物主义者？徐氏便下了一道“口谕”：“这个人是个坏人。要控制使用，永不得带学生。”

于是未盖棺而定论，这讲师便成了复旦园内罪名抽象的“坏人”。以后我每次再见到他，心中尤为充满同情。试想这“坏人”的罪名，对于好人来说，是作践到家了。它太容易使人猜测到道德败坏、腐化堕落，以及与女人乱搞关系一类事情上去。而且又是自己无法向别人释冤的。述说一次自己成为“坏人”的经过，便等于又散布一次上海市革命委员会副主任怕鬼的言论，岂非坏上加坏、罪上加罪吗？别人也是无法替他释冤的，就只有那样令人莫测地和一个“坏”字连着了。在我看来，他那半秃的头顶，那列宁式的智慧型的前额，那不修边幅的样子，完完全全是个只会做学问的人。可能做学问做得还有点“迂”。呜呼！悲夫！至今想来，黑色幽默之戏剧之文学，在中国人的生活中蕴含着大量的素材，却怎么在外国异军突起了呢？不是中国作家和戏剧家们的一大遗憾吗？

讲师成了坏人，学生原来是“试验品”。

同学中有名女生小樊，上海川沙县人，农村姑娘。矮，胖，圆脸。像目前电视中正在播放的儿童动画片中的“小咪”。挺厉害，谁说她一句不的话也不行。开玩笑她会当真，动不动就这样抢白你：“咋啦，瞧不起阿拉贫下中农女儿哇？”心眼却很好，富有同情心。在十六名同学中，三年没说一句违心话，没做一件违心事的，我认为只有她一个人。“批邓”时，每个同学都至少贴过一张表态性质的大字报。唯独她例外，不写，很干脆地说：“阿拉写不来嘛！”若是别的同学，起码属于路线斗争的立场问题。对她，没人敢这么上纲上线。谁也奈何不得她。

她确是“写不来”。

老师将我和她编在一组，交给我帮助她提高“写作水平”的任务。

我第一次看她写的东西，是学期个人总结，连标点符号也不会用，一“逗”到底，最后一个实心大句号。而那字，像稻田里插的秧苗，一律倾斜地“长”在格子里，仿佛字字是从下往上挑着写的。通篇有四分之一的字似是而非，缺胳膊短腿。语法就更谈不到了。我想替她重标一下标点，力不从心。一“逗”到底，还看得明白。若重新断句，则没有一句意思是完整的。

我十分惊诧，问：“你上过几年学呀？”

答曰：“初一。”

又问：“为什么初中都没念完？”

答曰：“母亲死了，家中缺劳力，帮父亲挣工分。”

再问：“教你的语文老师没给你讲过如何运用标点符号吗？”

答曰：“谁有耐心认真学那些？”

“为什么？”

“不学那些就嫁不了人啦？”我怔怔地瞧着她，许久不知说什么。她说崇明对面是台湾。我告诉她不是。她就跟我争执不休，争得我只好说“是是是”。

后来我才知道，张春桥对复旦中文系有过什么“指示”，要招收一个文化很低的、根本不知“文学”为何物的学生，将其培养造就成为作家，以打破“文学神秘论”“作家天才论”。她就是按照这样的指示被招入复旦的“试验品”。

知道了这个底细后，我常常替她感到悲哀。后来同学们差不多都知道了，却没有一个人告诉过她。她自己不知，也就从不悲哀。每月十七元五角的助学金，吃饭很节省，竟能省下近半数的钱，不买书，买衣服。她对我说：“两个月添一件衣服，三年三十六个月，我至少能添十几件衣服是不是？将来结婚的时候，就不必自己再添衣服了。”

我问：“你有对象了？”

她诚实地点点头，说：“还没定。”

问：“为什么还没定？”

答：“要是我分在上海了，就把他甩了！定了，将来就甩不掉了。”

问：“他很爱你？”

答：“当然，我们全公社，这几年就出了我这么一个大学生。”她对我比对别的同学信任，肯讲实话。

我在北大荒当过小学教师，就从怎样运用标点符号起帮她提高“写作水平”。三年来，我觉得我对她是尽了一个同学的义务的，不乏耐心。毕业时，除了逗号和句号，她还会运用冒号、引号、感叹号了，字写得依然如故，不见进步。残字在她的文化废墟上，依然可以组成一个“独立王国”。

有年端午节她从川沙返校，给我带回十几个肉粽子。我说：“别都给我，也分给其他同学呀。”她说：“哼，给他们个屁！”她觉得所有的同学都瞧不起她这个“贫下中农的女儿”。其实更多的同学并非瞧不起她，是可怜她。她似乎不觉得自己有什么可怜的，三年来与同学们“划清界限”。

作集体毕业鉴定时，十六个同学中，对十五个同学她一言不发。只对我一个人发了言，提了三条优点。过后，她单独找到我，说：“我算报答你了吧？”一句话，竟感动得我几乎落泪。

三年，三条优点，还有那些肉粽子……她是个以德报德、以怨报怨的姑娘，而且自尊心特强。

三年来我对她的一些所谓帮助，实在不值一报。对于提高她的“写作水平”，也并不起什么作用。我是心有余而力不足。

我本欲告诉她，她为什么会被招入复旦，却终于没有告诉她。我想她知道了，准会大哭一场。何必让她三年后怀着一颗深受伤害的心灵离开复旦呢？

她离校时，除了我，没有第二个同学去送她。因为她不向同学们告别。

我一直将她送到公共汽车站。她对我竟有些依依不舍。忽然她哭了，说：“其实我早就知道我能入复旦是怎么回事了，把我当成‘试验品’，所以我偏不努力学，让他们扫兴……”“他们”——当然不是指老师们。老师们对她都很关心，她对此也不无感激。张春桥的任何一条“指示”都是复旦的法令，老师们没有抗拒的力量。她自己，三年来不过是以一种消极的心理，嘲弄政治对她的命运的摆布。

政治摆布人，如同猫摆布老鼠。

她还不是“工农兵学员”中最值得同情的一个。最值得同情的是评论专业的一个藏族女生，文化水平不比小樊高多少，她是两个孩子的妈妈，入校后有压力，也想孩子，对文学评论不感兴趣，如同盲人对看电影不感兴趣一样。数次要求退学，工宣队不同意，党委不批。她是农奴的女儿，认为退了她，是“阶级感情”问题。

有一天我端着脸盆到水房洗衣服，见她呆呆地站立在三楼走廊的一个窗口出神。一件衣服还未洗完，就听“唰啦”一响，是什么从楼上掉下去砸到树的声音。我觉得那声音不祥，满手肥皂沫冲出了水房——走廊窗口已不见了她的身影。俯窗一看，楼底下卧着她的躯体。

她摔死了……

这些人，这些事，渐渐使我意识到，复旦是不能满足我强烈的求知欲的。它可以给予我的只能是另外一类东西：入党，理想的分配去向，政治垫脚石。想要多少块？它可以给你多少块！但需用等量的“实际行动”去换取。在给了工宣队一个不良的最初印象后，对我来说，换取到那些东西，得“摇身一变”，往自己脸上多涂几道反差油彩。

我没有足够的信心和足够的勇气。出卖自己也总需要点勇气。彻底出卖自己则需要更大的勇气。

我唯愿自己能无风无波地在复旦度过三年。

我想，我得本分一点才好。

然而，“本分”要成为一个人的愿望和原则时，还需获得客观的恩典。客观不发“允许证”，主观就像一个被无赖纠缠的姑娘……

四

一天，吃午饭时，中文系留学生窗口贴了一张大白纸，上面用工工整整的毛笔字写着：我们不要留学生特殊化，我们要与中国学生同吃同住。署名——申·沃克。

也许是这个名字在留学生中具有某种潜在的号召力，也许是他提出的要求符合留学生们的普遍愿望，留学生窗口一个留学生也没有，他们皆分散地和我们中国学生排在一起了。

我平素对留学生都没太注意过，更没接触过，问同学小莫："哪一个是申·沃克？"小莫朝前努努嘴："喏，瑞典王子。"

站在三四个人前边的一名留学生转过身来，对我们点头微笑，态度友好。他身材很高，一米八以上，却并不魁梧。因为身材高，显得有些瘦，但举止矜持，风度优雅。我们也友好地对他点头微笑，仅仅是出于礼貌。中文系和新闻系的同学合住四号楼。一幢楼一分为二，一半三楼划给了留学生。走廊被门隔开。门上挂着一把拳头大的锁，镶的是乌玻璃。某个中国学生若与留学生接触过多，准会被"留学生办"找去谈话。接触过多是与没有来往相对而言。谈话的实质意味着提醒、批评、警告。我当时是一个"走白专道路"的典型，时时处于某些同学的监视之下，稍有不慎，便有"小报告"打将上去。所以我避免与留学生们发生接触，讨厌给自己招来什么麻烦。

逢年过节，什么纪念日，欢迎新同学或欢送毕业生，系里照例是要举行联欢会的，留学生们照例是要被组织起来参加的，他们有时也准备个小节目，一般照例是唱诗词歌。《沁园春·雪》《咏梅》《蝶恋花》是留学生们很喜欢唱的。只有在这些联欢会上，中外学生之间才显示出一点交往气氛来。也只限于气氛而已，并不能深入到感情层去。像我和小莫回报沃克的微笑，谈不上友好，只能算礼貌。《重上井冈山》《鸟儿问答》两首诗词公开发表并被谱曲后，我却没听到任何一位留学生唱过。我们中国学生是很快就会唱了的。广播室天天以最高音量反复播放。早、午、晚响彻校园，听也听会了，何况每人还发了油印的铅印的歌篇，学生会还集体教唱了好几次。也巧，那天食堂还就是做了"土豆烧牛肉"，许多中国学生和留学生都买了。不知是哪位大师傅烧的，土豆成了羹，牛肉却不烂。食堂里一片抱怨之声。食堂外响亮地播放着《鸟儿问答》。

我和小莫买好饭后，端着碗四处寻找座位。沃克刚刚在一条长凳上坐定。他看到我俩，又朝我俩点头微笑。所有的桌子凳子全被占据了，我俩找不到可以坐下的地方。沃克欠身往他坐的那条长凳的一端挪了挪，只坐了个角，招之以手，示意我们和他坐在一起。

不过去坐下连礼貌也失掉了。我和小莫对视一眼，走了过去，与他"三位一体"。条凳只有二尺长，三个人坐上，两边两个人的屁股就缺少支点。这么坐着吃饭并不比站着吃饭强多少。我和小莫实实在在是出于礼貌。

其实饭厅里有五张桌子没人就座，都是“留学生专桌”。留学生们响应了沃克，谁也不去坐“专桌”，端着碗往中国学生的饭桌上挤。没座位的中国学生端碗站着吃，或端回宿舍去吃，也不愿坐到“留学生专桌”去。这是完全可以理解的。“不要特殊化”，在留学生们提出来，是增进友谊的愿望。由中国学生去坐，就未免有“不自觉”之嫌了。

沃克见他提出的要求得到留学生们的响应，心中分明暗暗高兴，一脸得意之色。

他将一块嚼不烂的牛肉吐在桌子上，侧脸瞅着我和小莫说：“朋友才坐在一条板凳上。你们俩是我的支持者吗？”他中国话说得相当流利，吐字很清楚，而且是标准的普通话语音。

小莫没吭声。

我自然也不愿有所表示，满怀信心地嚼着一块牛肉。沃克又说：“你们中国学生也应该支持我。”

小莫低声问：“你要我们用什么样的行动支持你？”沃克又朝桌上吐出一块嚼不烂的牛肉，盯着它恨恨地说：“简直像从轮胎上切下来的！”随后索性放下筷子不吃了，两肘支在桌上，双手托下巴颏，微笑着说：“从今天晚饭起，我希望你们带头坐到‘留学生专桌’去，那么这个饭厅里就再也不存在什么‘留学生专桌’了，嗯？”那一时刻，他脸上有种孩子般天真的神气。他的微笑也显得那么幼稚。他使我怀疑，他对他的做法并不是很认真的，甚至可能掺杂着无恶意的玩笑的成分。校方是绝不会喜欢一位留学生开这种玩笑的。我想。

“这就是你要达到的目的？”小莫又低声问。

我暗中踩了小莫的脚一下，希望他别愚蠢地提什么问题，快吃饭，吃完快跟我一道走。因为我发现已经有人在注意我们。

沃克的目光在整个饭厅巡视了一遍，望着所有仍在饭厅里的中国学生和留学生们，用缓慢的语调说：“我要达到的目的是了解。”他收回目光，又目不转睛地瞧着我和小莫，情绪变得有些激烈地说：“我们留学生从各国来到中国，绝不仅仅是为了学到中国文化！我们还非常想接近中国人，了解中国人！对于我们，这是同了解和学到中国文化一样重要的！哪怕让我们真实地了解一个中国人也行啊！可是你们中国学生见了我们留学生，无非就是点头、微笑、‘您好’、‘请’，仿佛你们都是机器人，就会说这么几个简单的词汇！难道我们是到一个机器人国家来留学的吗？有时我真想把你们的思想从你们头脑中挖出来！难道你们中国人的头脑里当真什么都没有吗？”

他的语调很高。这时的他，脸上那种纯稚的微笑不见了，那种孩子般天真的神气也没有了。他那样子好像要立刻同谁展开一场大辩论。

饭厅里一时变得寂静无声。中国学生和留学生们都停止了吃饭，从各个角度愕然地朝我们这边张望。

我和小莫一时怔住了。我当时绝没有想到，这位瑞典留学生，竟会当着我和小莫——两个中国学生的面，坦率地说出那么一大番不够友好的话。我以为他想了解中国人的愿望表达得过于强烈了！而经验，别人的经验，更准确说是别人的教训警告我，与这么一位不安分的留学生接触，对自己是很危险的。

我当机立断地站了起来。小莫却仍愚不可及地怔怔坐着。外面，大喇叭还在播放《鸟儿问答》，不知已是第几遍了。沃克也突然站了起来，环视着所有的人，大声说："安静，请聆听最高指示……"

他的话声刚落，紧接着大喇叭里传出一句歌声："土豆烧熟了，再加牛肉……"再接着是，"不须放屁！……"留学生们哄笑起来。中国学生们，则一个比一个神态严肃。不难看出，有人的严肃是佯装出来的。

一位老师傅在机械地抹桌子，仿佛身旁发生的事情，与自己毫不相干。

沃克离开桌子，走到那位老师傅跟前，极其认真地说："老师傅，如果先烧牛肉，牛肉烧得半熟，再放土豆，今天就没有这么多人抱怨您了。"

那老师傅木讷地瞧了他一会儿，竟驴唇不对马嘴地张口来了一段语录："凡是敌人反对的，我们就要拥护。凡是敌人拥护的，我们就要反对！"

沃克无可奈何地耸了一下肩膀。我趁此时机，扯起小莫，赶快离开了饭厅。

"这个申·沃克！……"我边走边嘟哝。

"复旦校园有了这么一位留学生，够工宣队操心的喽！"小莫幸灾乐祸地说。

我说："有什么操心的？工宣队实在看着他不顺眼的时候，也许会将他开除！你以为工宣队做不出来？"

小莫说："只怕没那么便当！沃克在留学生中很有威信，开除了他，也许会引起留学生们的普遍抗议，造成国际影响呢！"

我问："他真是瑞典王子？"

小莫回答："留学生们送给他的绰号罢了。"

"他像吗？"

"我哪儿知道像不像！真正的瑞典王子，我也不曾见过。"

"真正的瑞典王子要比我温文尔雅得多！"没想到沃克又跟了上来，和我们并肩走，边走边说，“用你们中国话形容，儒者风度。”

我和小莫不禁都有几分尴尬，猜想我们议论他的话一定全被他听到了。

“你们对我的议论很有意思。”

果然如此!

我和小莫更加发窘。

他却粲然一笑，避而不提了，问：“你们一定读过新编的《中国文学发展史》，认同那种用阶级斗争观点阐述的文学史观吗？”

此著是很有威望的复旦F教授对其原著的“崭新”的“修正”。用阶级和阶级斗争的红线贯穿了中国的文学史，完全符合“迄今为止，人类的一切历史，都是阶级和阶级斗争的历史”的观点。老人家亲笔写给F教授的信，复印件敬存在复旦校中展览馆，我们中文系的学生几乎都“瞻仰”过。此著在复旦园内被称为“新文学史”，规定中文系学生人必购之，购必读之。“四人帮”对它也极为欣赏，在史学界大大鼓噪了一番，制造了一阵别有用心的热闹。

沃克提出了一个我和小莫不愿回答的问题。关于“新文学史”，即使在我们中国学生之间谈起，若非彼此绝对信任，也是讳莫如深，谨而慎之的。但如果我们根本不回答，又未免显得我们心有所忌到了胆小如鼠的地步。这又会使我们感到，在一位留学生面前，人格贬低，自尊难保。而且，说到底，他向我们提出的毕竟是一个纯学术问题。起码我们可以认为是一个纯学术问题。

于是我用外交辞令回答：“那是一部很有独到见解的著作。”我因头脑中能想出这样一句圆滑的话作为回答，对自己感到很满意，同时极欲尽快摆脱掉这位“瑞典王子”的“纠缠”。是的，我已经觉得他是在“纠缠”我们了。小莫却自作聪明地反问：“您呢？您是否能够接受那种文学史观？”

“我当然反对了！如果我们留学生在中国都接受了这样一种文学史观，那就太可悲了！那我们就白到中国来留学了，那我们回国后的个人前途就毫无希望了！一个尊重自己的文学和文化历史的国家，是不会用阶级和阶级斗争的观点来篡改自己的文学史的，这难道不是极其愚蠢的事情吗？……”沃克激动起来，站在我们面前，看样子要对我们发表“激烈反对派”的演说。

当时我心中真是对他充满了羡慕。因为他有坦率说出自己观点的权利，而我没有，小莫也没有，复旦园内哪一位教师、哪一个中国学生都没有。他说了，最严重的后果，也无非是可能被宣布为“不受欢迎的人”。而他说的那番话如果出自我们口中，轻则受批判，被记过；重则可能被开除，甚至打成“反革命”。世界那么大，中国不欢迎他，他还可以到许多国家去。中国若对我和小莫过不去，我们就彻底完了。

有几个新闻系的女同学从我们身旁走过，频频回头。显然，她们听到了沃克的话。高音喇叭里，《鸟儿问答》诗词歌仍在播放。广播员仿佛不但要使这歌声响彻复旦园，而且要传遍神州大地。

我们加快脚步朝前走，他却倒退着走，继续面对面地和我们说：“这不能算诗！也不能算歌曲！你们中国古代的美学家不是讲究诗中有画、画中有诗吗？可这两首诗词难道能算好诗词吗？‘到处莺歌燕舞，更有潺潺流水，高路入云端……’莺歌燕舞，潺潺流水，难道这样的词句还不够平庸吗？你们却说这是中国现实的伟大浪漫主义的写照！这真实吗？这使我联想到了你们在《人民日报》和《红旗》杂志上大张旗鼓地对安东尼奥尼进行的批判，就因为他用摄影机向全世界展现了你们国家许多贫穷和落后的情形吗？可那毕竟有较真实的一面啊！你们两报一刊今年的元旦社论中不是也承认自己的国家‘目前还很落后，还很贫穷’吗？既然如此，为什么就容忍不了一个外国人拍的一部影片呢？……”

我和小莫装聋充哑，只有低头走路而已。沃克继续倒退着走在我们前边。

但愿别人看来，沃克是在对“牛”弹琴。我当时真愿变成一头牛。我想小莫大概也恨不得坐地变成一头牛或者别的什么牲口。

“你们听，这算音乐，这算歌曲吗？你们的鲁迅先生不是就曾经说过‘辱骂和恐吓绝不是战斗’的话吗？我无论如何也不能承认这算音乐，这算歌曲！这样的东西在复旦这样全中国乃至全世界都著名的大学校园里天天广播，真是滑稽可笑，无法理解，不成体统！……”

小莫这时变得聪明了，脖子似乎从后面被人砍了一刀，低垂着的头始终不再抬起。

你说得很有道理！你说得都对！你说得对极了！但你这个外国小子干嘛非纠缠住我们俩不放？！干嘛非对我们俩说这些？！往日无冤，近日无仇，你太缺德了呀！我心中恨恨地想。

我猛地抬起头，差点要将饭盒砍到沃克脸上。

大概我当时的模样太可怕，沃克顿时缄口了。他惊诧地瞧着我。

我却发现系总支书记、工宣队队长站在楼口台阶上，像一只袋鼠，正聚精会神地望着我们。

一个声音命令我：赶快脱身！傻小子，赶快脱身！

那是我自己的理智的声音，也仿佛是一个陌生的令我讨厌也使我惧怕的什么人的声音。这种人当时复旦园里可真不少，防不胜防。在我们中文系上两届的毕业生中，就有一个学生被自己最要好的同学出卖了——毕业前夕，系里贴出了他的“反动言行百例”，被打成“现行反革命”，押送回原籍劳动改造。

我灵机一动，突然说：“哎呀！我的饭票夹丢在饭厅了……”说罢转身就往回走。

“我跟你一块儿去找！”真是“心有灵犀一点通”，小莫的聪明倒来得真快，往回走得比我更快。

我们一路无话，匆匆走回饭厅。饭厅里空空荡荡，一个人也没有了。

我们面对面坐在一张桌子旁，相互望着，各自心里都有种摆脱了一个什么魔鬼逃入安全之门的获救感。

“太可怕了！……”小莫心有余悸地嘟哝。

我说：“但愿他别认为我们和他的观点一致，那对我们俩可不美妙啊！”

小莫沉思了半晌，自言自语：“如果他认为我们和他的观点完全不一致，那我们在一位留学生眼里可就分文不值了。”

我问：“难道你觉得他的话颇有道理不成？”

小莫生气了，虎虎地说：“你别问这种话好不好？”

“我可丝毫没有不良居心。”我立刻向小莫解释，又说，“在一位留学生面前，我们都太虚伪是不是？”

小莫摇了摇头：“不，是太可悲。”

“比我们更可悲者大有人在，比如F教授，嗯。”

“嗯。一世英名，毁于一旦啊！”

“你说在我们复旦大学三千多工农兵学员中，会有多少人异常清醒地在装糊涂？”

“起码两千五百人吧。”

“剩下的那五百多怎么回事呢？”

“比我们还清醒的野心家，小小的政治投机者，被既得利益收买者，时代制造的半颅人。”

“半颅人？……”

“只有左半边大脑。”

“你以为你挺深刻是不是？”

“反正我不是半颅人。”

我忽然觉得，我们相处两年来，那天才彼此了解，往后可以成为最知己的朋友。我不禁隔着桌子向他伸过一只手去，在他的手背上轻轻拍了一下。

小莫领会了我这一动作的表示，苦笑了一下，说："不谈这些，我们走吧！"

我也说："走吧。"望着小莫，却未站起。

小莫也未站起，又自言自语："这个申·沃克好像认定了我们俩就应该是他主动了解的中国人似的！"

我问："晚饭我们俩带头坐'留学生专桌'吗？"

小莫反问："我们当时应诺他了吗？"

我说："也不算应诺。"

小莫说："那我们完全没有必要带这个头。"

"是完全没有必要。"我表示同意。

可小莫紧接着又说："其实带了这个头也无所谓，不过就是坐在哪儿吃饭的问题。"

我想了想，又表示同意："是无所谓。"

我们刚才紧张的神情渐渐松弛，对望着，忽然都觉得我们之间的谈话既认真又可笑，因为非常认真而显得非常可笑。我们都忍不住扑哧笑了起来……

然而我们并没有获得带头坐"留学生专桌"就餐者的"荣幸"。当我和小莫一块儿来到饭厅，"留学生专桌"早已不成其为"专桌"了。围坐着它们吃饭的更多是中国学生。"留学生窗口"也名存实亡。有几个中国学生想为所有的中国学生作表率，假装大大咧咧的样子，将饭碗从窗口递了进去，却又被粗鲁地推了出来。卖饭的姑娘一本正经地说："没接到取消'留学生窗口'的通知，我可无权擅自破例！"那几个中国学生只好悻悻离开。

但是所有的留学生们，毕竟有理由认为他们的愿望实际上已获得了所有中国学生的理解和支持。他们一个个因此而格外高兴，分散地与中国学生坐在一起，又说又笑。大多数中国学生在这种不常见的友好气氛中，却还是习惯地，不，是本能地表现出矜持和拘谨。

小莫说："还真造成了一种水乳相融的局面呢！"

我纠正他道："实际上还是水乳不相融，不过混兑在一起罢了。好比鸡尾酒。"

小莫说："比喻得不错。"

两天后，"留学生办"通知我，说要找我谈话。我马上联想到了申·沃克三天前从饭厅到四号楼的路上对我和小莫发表的那些言论，内心忐忑不安。但又一想自己毕竟没说过一句附和沃克的话，心里踏实了些。隔墙有耳。路上也有耳。大学没教给我什么正经知识，但教给了我不少"防人"的经验，或曰“常识”。那便是——尽量将真实的自己包裹起来，包裹得愈严密愈安全。

我在这方面得到的教训太值得记取了。

入学数月后，我便观察出同学中有几位善于“打小报告者”，殊恶之。曾以言语相讽。

一日，晚饭后，同学H邀我出去散步。他与我同寝室，而且上下铺。我下他上。我当时有些不舒服，但其邀甚殷，难以坚拒，强颜随行。

走出校园，跨过马路，漫步一条僻静小街。其实那算不得一条街，也算不得一条巷，一侧是大片菜地，另一侧有零散民宅。我们只是相与走着，并无话说。H偶尔说一句话。实实在在是“散步”。

H突然发问：“你猜，这是谁住的地方？”

我看时，见高墙内树冠探出，洋楼露顶。院内寂寂然如无人居住。走至门前，门半掩，得窥院内卵石铺路，冬青成篱，月季盛开。有葡萄架，串串葡萄挂缀架下，待人剪摘。我不知这是什么人住的地方，摇头。

H告诉我：“这是陈望道先生的住所。”言罢，脸上闪耀出神秘之色。

我顿时肃然起敬，倒退着离开院门前。直至那时我还是一句话都没有与他说，不知为什么，那个傍晚我就是不想说话。也许仅仅是由于身体不舒服。

我们从其他路回返，H突然又问：“哎，你觉得那院子怎么样？”

我不甚明白他这句话的意思，迷惑地瞧着他。

他一笑，进一步问：“要是让你在那么一座院子里生活，你会感到满意吗？”

我随口回答：“当然满意。”我觉得他问得有点莫名其妙，回答前并未作任何严肃的思考。他问了我好几次话，一次也不回答，未免有故意冷淡之嫌。我本无此意的。

那样回答了，认为他就不会再问什么了。而且我回答得也很实在。他果然不再问什么。我却看出他内心里暗暗高兴，竟吹起口哨来。“当然满意”——这四个字，是我与他散步时说过的唯一一句话。

五

两天之后，星期六的晚上，系里召开全系师生大会。工宣队副队长发表讲话，表情严肃得形之于色：“我们有的同学，资产阶级占有思想极为严重。严重到什么地步呢？严重到想要住进陈望道先生家中的地步！我倒要问问这个同学，你想要住进陈望道先生家，那么让陈望道先生搬到什么地方去住？大概你还梦想着住进中南海去吧？这叫野心啊！……”

我回头看了 H 一眼，他明知我在看他，却装作没有注意到我，一副认真聆听的样子。

我明白了，他那一天是存心“邀”我去“散步”。同时也明白了，他为什么要设这样一个智慧的圈套诓我上钩——因为入学后我和他同时交了入党申请书。也就是从那一天起，我退出了这场两个人的“战争”。我实在不想卷入这样一场“战争”。而且认识到，我一旦卷入，他和我之间，便无所谓“正义与邪恶”了。况且我也绝不是他的对手。从此我再也没有交过一份“思想汇报”。

还有一次，一位党员同学虔诚之至地对我说：“大梁，你入学前就发表过小说了，以后你得多帮助我啊！”

我慌忙回答：“你可别说这样的话！我发表过的那哪叫小说，不过是在《兵团战士报》上以故事形式发表过一两篇好人好事，咱们都一样，要搞创作，都得从头学起……”

我最怕别人提我入学前就发表过小说。提的人越多，提的次数越多，我感到的压力就越大。入学的第二天，十六名同学聚在一起，与老师们一块开“漫谈会”。一位老师问谁入学前发表过作品，众皆默然。我以为大家是因为彼此陌生而拘束，为了打破僵局，便首先说：“我入学前发表过几篇小小说、小诗、小散文。”老师说：“你的情况我已经知道，其他同学呢？”默然者们仍默然。可怜，名曰“创作专业”，十几个学生，半数以上党员，发表过什么的，除我和一位女生外，竟没有第三个。也就是从入学的第二天，老师们总是不断受到“推行智育第一”的种种指责。而我也就理所当然地成了所谓走“白专道路”典型。那位和我一样入学前发表点小文章的女同学，因为是女同学，幸免之。

一位党员同学要求我在写作上帮助他，并未使我感到受宠若惊，反而使我感到意外。不料那位党员同学一本正经地说：“你别假装谦虚好不好？谦虚过分就是虚伪。”我见他这么说，又确很虔诚，便回答：“你是党员，你思想觉悟比我高，请你在思想上今后多帮助我。”

不料以后小莫暗暗告诉我，我又被“出卖”了一次，那位党员同学竟向工宣队汇报，说我要与他达成一笔“交易”——我请他帮我解决组织问题，以帮他修改文章作为报答。他们不向老师汇报我什么，因为老师们都挺爱护我。我虽愤怒，但只想再多铭记一次教育，并不愿与之吵翻。随他们去好了。

又过了几天，那党员同学竟果然拿了一篇什么文章请我帮忙润色文字。

其话，其态度，其表情依然那么虔诚之至，那么令人难以拒之。我的回答颇不文明——“去你的！”

“你……”他目瞪口呆。

我说：“老子早就不交思想汇报了！你是党员，你会不知道吗？”

他心中有鬼（是否有愧不得而知），退回铺位，钻进蚊帐去了……

自从我打消了争取入党的念头，便觉得自己变得无所畏惧了，而且某些人也确实反过来开始怕我了。我尝到了做人的某种“甜头”。但戒备之心，已成本能。除了小莫，不与任何人过从。暗暗立下与某些人老死不相往来的誓言。

无所畏惧——其实是一种自我感觉。因为我深知，言行不慎，我会比以前任何一次被“出卖”得更惨。“出卖”——各种人之间的各种“出卖”，已不复能用“品德”二字解释，那是那一历史时期的“流行病”。如果放在特种显微镜下分析，每个最渺小的病毒，都带有那一历史时期的政治特征。

所以我本能地认为申·沃克对我是个“危险”人物。小莫也接到了“留学生办”的“传讯”。

他将我扯到校园内一个僻静的地方，很有些紧张地问：“前天我没对沃克说什么‘过杠’的话吧？”

我肯定地回答：“没有。”

他又问：“也没对你说什么‘过杠’的话吧？”

我摇摇头，用同样肯定的语气回答：“没有！”他顿时长出了一口气。

我问：“就是你说了什么‘过杠’的话，难道还怀疑我出卖你不成？”

他脸红了，说：“你可千万别那么以为啊！我不过是有点神经过敏罢了。申·沃克这个外国佬，今后咱俩都得躲避着点。否则咱俩不定哪天准倒霉！”

我比小莫更明白这一点。

但是沃克自己肯定不明白。

他不过就是想主动与两个中国学生建立友谊，对中国人有所了解而已。在那一历史时期，一位外国人想要真实地了解一个中国人，那只能是一种愿望而已。哪个中国人如果向一位外国人真实地袒露自己头脑中的思想，不是想入狱，就准是个疯子！我和小莫都不愿一脚从大学校门跨进监狱大门去。我们的神经也没什么毛病。

我们按时来到“留学生办”，“召见”我们的是一位我们不太熟悉的工宣队员。看样子不过是个小角色，却偏要做出一副大人物的派头。从校党委到各系总支，逐级都有工宣队员担任要职，所谓掺入高教战线的“沙子”，领导“教育革命”。此公即是一粒“革命”的“沙子”。而当时复旦的党委书记，竟是位“一颗红星头上戴，革命的红旗挂两边”的现役军人。就差一位贫下中农了。

我和小莫落座后，那工宣队员点着一支烟，吸了一口，吐出一缕，先瞅瞅我，后瞅瞅小莫，语调缓慢地说：“情况嘛，是这样的，我们经过研究以后，接受留学生们要求与中国学生同吃同住的愿望。当然，这无疑会使我们今后面临的思想政治工作更加复杂化。可我们既是来领导上层建筑的，就不怕面对各种复杂的情况……”每说到“我们”两个字，便带有格外强调的意味。

“我们”两个字，暗示出工宣队在复旦校园中至高无上的权力。我和小莫都不作声。我们预先商量过“对策”，要装成两个头脑简单的大傻瓜。“情况嘛，也就是这样一个情况。我们决定，你们俩以后同瑞典留学生申·沃克住在一起。”他话题一转，虎视眈眈地盯着我们。太出乎意料了！我和小莫对视一眼，真都有点发傻了。“据说，你们与申·沃克接触频繁？”对方挪动了一下工人阶级强壮的身躯，往沙发靠背舒服地一靠，脸上呈现出令人怀疑的和气表情。

“这是胡说！我们与申·沃克只接触过一次！”小莫当即反驳。

“别发火嘛，有则改之，无则加勉嘛！”那表情，那口吻，依然怪和气的。

我说：“有则改之，无则加勉，这是指一个人对待错误应采取的态度，我们与留学生接触过一次，也算什么错误吗？何况是申·沃克主动与我们接触……”

“这个申·沃克都与你们谈了些什么？”对方打断我的话，猝然发问，同时将身体迅速地俯向我们，仿佛一只会相面的大猩猩瞪着我们的脸。

我一时语塞，不知如何回答是好。

“谈气候！”小莫随口回答。

“谈气候？谈什么气候？”

“谈国内气候呗！”

“说，说！……”

“申·沃克认为北京气候好，我们认为还是上海气候好。上海气候多好哇，一年四季湿湿润润的，所以上海人的皮肤才比北方人的皮肤细嫩是不是？他说上海的黄梅雨季挺讨厌，我们说北京风沙太大，他就同我们争论不休……”小莫信口开河，胡诌八扯，煞有介事。

“当然还是上海好，当然还是上海好……”对方搭讪道，大脸盘上均匀地布满了失望，又往后一靠，烟灰落了自己一身。小莫暗暗朝我挤了一下眼睛。

我又说："让我们俩和留学生同住，我觉得不妥。因为我们的生活作风挺散漫的，政治思想也不够成熟，只怕会在留学生面前说了什么不该说的话，做了什么不该做的事。请工宣队慎重考虑，是否重新选择两位政治思想比我们更成熟的同学？"

小莫连连道："就是，就是，就是。"

对方将烟掐灭在烟灰缸里，看着我们说："我们还是充分信任你们的嘛！不过，申·沃克这个留学生，不是我们的朋友。据我们掌握的情况，是散布了许多与我们不友好的言论的。你们要及时向我们汇报他的情况，要同他展开必要的斗争。这也是对你们的考验嘛……"说着，站了起来，表示这次"召见"已经结束。

我和小莫巴不得早结束这场谈话，马上站起退出。退出之前，我真想问一句："要是申·沃克成了你们的朋友，你们大概会封他为什么'荣誉工宣队员'吧？"

我们走进校园里时，小莫低声说："这太卑鄙了！和让我们当'告密者'有什么两样？"

我说："反正我们又没有接受他们的经费，完全可以不必向他们汇报什么。"

"那我也觉得这场谈话够令人恶心的！"小莫愤愤地啐了一口……

我们中文系学生，一般七人住一房间。和留学生同住，四人一房间。除了我、小莫、申·沃克以外，还有一位黑人留学生。不过那黑人留学生不久便因为什么事回国了，H搬了进来。傻瓜也会明白，他是工宣队掺入到我们这个宿舍的一位"沙子"。我和小莫虽然与沃克同住了，但更加避免与他交谈什么。我们不愿被工宣队第二次"召见"。H却时常提出各种话题，企图在我们这个中外学生同住的宿舍里引起讨论或争论。比如：评《水浒》的现实意义是什么？儒法斗争的历史经验是什么？……我和小莫知其居心不良，任其独自高谈阔论，姑妄听之而已。

申·沃克曾经对评《水浒》的现实意义发表过一通"独辟蹊径"的见解。

他说："《水浒》是你们中国最伟大的一部反人性的古典名著。"

"什……么？"H当时脸上充血，不知是被一股辩论情绪所激动，还是由于另外的目的而感到兴奋。

沃克从容不迫地说："在《水浒》这部著作中，谁杀人不眨眼，谁就是英雄。评《水浒》的现实意义就在于，为中国今天的缺少人性和明天的杀人寻找形象的理论根据。中国目前对那些‘走资派’和他们的亲人子女不是非常没有人性的吗？……”

“你这是对中国的诽谤！”H的脸愈加充血，慷慨激昂地说，“《水浒》里的英雄杀的尽是贪官污吏！‘革命不是请客吃饭，不是作文章，不是绘画绣花，不能那样……’”

“武松‘血溅鸳鸯楼’，不是就杀了好几个无辜的人吗？孙二娘不是也将许多不见得坏的人包到馒头里去了吗？”

“那是武松杀得性起……”

“杀得性起就可以滥杀无辜了吗？”

“这……好人杀好人是误会……”H的辩论才华，发挥到顶点也就这么高的水平。

“好人杀好人是误会？”沃克眯起眼睛，表情严肃地思考了片刻，似有所悟地点了一下头，自言自语，“难怪武松也差一点被孙二娘麻翻后剁成肉馅。”

H得意地说：“只有我们中国人才能理解目前重新评价《水浒》的现实意义。”

沃克不动声色地说：“也只有在中国才能产生‘好人杀好人是误会’这一理论。我一会儿就去动员我的留学生朋友们，要他们和我一块离开中国。好人生活在这样一个充满误会的国家里真是太不安全了。谢谢你使我明白了这一点。真是一条冷冰冰的理论。不，我得现在就去动员我的留学生朋友们，我要和他们一块去找学校的领导！要求退学！”说罢，站起来就大步往外走。

“哎，你，你别去！……”H慌了。

“你有什么权力阻止我！”沃克转身质问，依然那么不动声色。

“我求求你……”H狼狈极了，走过去拽住沃克的袖子不放。

沃克朝我和小莫挤挤眼睛。

我和小莫将脸扭向窗外，使劲咬住嘴唇才没笑出声来。我们都认为沃克是很善于辩论的。他每次总是沉着论战，一步步将H引到辩论的“边缘”。而每到这种时刻，H就一声不吭了。

“为什么毛主席要称王洪文、张春桥、江青、姚文元为‘四人帮’呢？”沃克常会在辩论中故作天真地向H提出这一类问题。这一类问题，好比是被辩论气氛吹薄了的气球，谁最后轻轻触它一下，它就会爆炸。H极其害怕这类问题，如同迷信的人害怕什么不祥之物。

我和小莫渐渐对沃克产生了某种好感。因为这瑞典留学生的思想竟和我们头脑深层的真实思想那么相通。只有关心中国命运的外国人，才会提出他所提的那些问题。沃克虽然不是复旦大学工宣队的“朋友”，却应该成为我们的朋友。我们对他的好感，并没明显表示出来，以替他捎一瓶开水，下雨前提醒他将晒在外面的衣物收回，到市内去时，问他需不需要我们代买什么东西这类小事表达。我们相信，他是理解了这一点的。

按照学校“纪律”规定，与留学生同住的中国学生，是不能将《红旗》《学习与批判》《人民日报》《光明日报》《参考消息》和各种大批判学习材料带到宿舍的。我和小莫严格遵守这一“纪律”。

一天上午，宿舍里只有我和沃克，我抱起被褥去晒，却忘了有本过期的《学习与批判》压在褥子底下。它被带到了地上，我没发现。晒好被褥回到宿舍，见沃克正拿着那本《学习与批判》在看。

“我看看行吗？”他将《学习与批判》朝我扬了一下。

“这……”我不禁面露难色。

《学习与批判》是上海市委机关刊物，被工宣队们称为“小红旗”。上海市委御用写作班子的大块文章，经常以头号标题发表在上面。几乎每一篇大块文章都有政治背景，都是一种政治烟幕。

“这是不许我们留学生看的吗？”沃克似乎敏感地猜到了。

“不，不，没这个规定。”我说，同时暗想，我这是在替谁辩护啊？

其实，莫说《学习与批判》，就是《人民日报》《红旗》杂志，只要一个在中国的外国人想看，搞到一份或一期看看并非难事。搞不到手的，也可以站到某些报刊栏前去看。《红旗》杂志一有“重要”文章发表，则被按页码扯下，张贴于有玻璃橱窗的某些报刊栏内。希望更多的人从中得到某些暗示，从而紧跟之。

“你骗我。你们一定有这个规定。我不看了。”沃克将《学习与批判》轻轻扔在我的床上。

那一时刻，我觉得身为一个中国人，在这位瑞典留学生面前无地自容。世界上绝没有哪一个国家的哪一所大学，像当时的复旦一样，连自己国家公开发行的报纸和刊物，也对外国留学生实行“封锁”。

我望着他，低声问：“你生气了？”

他耸了一下肩膀，说：“是的。但我并不生你的气。”

我走到自己的铺位前，默默坐下了。

沃克则在他的铺位一躺，头枕在双手上，眼睛瞧着屋顶。忽然，他低声问：“你知道吗，瑞典是世界上第一个与中华人民共和国建立外交关系的西方国家。”

我说：“知道的。”

隔了一会儿，他又说："我爱中国。东方文化和文明，在我很小的时候对我就具有一种神秘的吸引力。我的父亲是斯德哥尔摩研究东方文学资格最老，也最有成就、最有权威的教授。他经常对我说，中国是东方文化、文明和文学的宝库。他支持我到中国来留学。可是我的母亲坚持反对。她认为中国是一个动荡不安的国家。我到中国来，她很不放心。但是我的父亲帮助我说服了母亲……"

我静静地坐着，望着他，将那册《学习与批判》卷起来拿在手中。

他问："你在听吗？"

我回答："是的，我在听。"

他接着说："中国，作为一个国家，将自己封闭得那么严。中国人，作为人，一个个也将自己封闭得那么严，使我感到要在中国真正了解一个中国人，与一个中国人建立诚挚的友谊，是根本不可能的。你认识那位罗马尼亚女留学生吗？"

"认识。"

"你与她很坦率地交谈过什么吗？"

"也没有。"

"真遗憾。你们都是社会主义国家的人。难道你们中国学生对一个来自社会主义国家的留学生也戒心重重吗？"

"……"

"我和她交谈过。她对我讲过一件事，真是滑稽可笑。她说一艘中国商船有次在罗马尼亚的一个港口城市停靠，三个年轻的中国船员走上码头。那一天是罗马尼亚的假日，码头上很热闹。姑娘们和年轻的妇女们穿得漂漂亮亮，惹人注目。她们又主动又友好地向三位年轻的中国海员招手，微笑，抛送飞吻。可是他们呢，排成三人纵队，在码头上齐步走，对周围的一片热情毫无反应，个个脸上表情严肃，就像在码头上操练步伐的士兵一样，而且目不旁视，使热情的罗马尼亚姑娘和妇女们感到又古怪又迷惑。有一群罗马尼亚姑娘瞧着他们哈哈大笑。其中一个调皮的姑娘悄悄跟在他们身后，出其不意地抱住了走在最后面那个年轻的中国海员，并在他脸上使劲亲了一下。他用中国话大声叫喊起来。你猜他叫喊了一句什么？"

"什么？"

"快救我！"

"你胡说。"

"你问济珈去，她会对你再讲一遍的。因为那个亲了中国海员一下的罗马尼亚姑娘，不是别人，就是她自己。"

“……”

“那个被她亲了一下的中国海员，还当着她的面儿对两个伙伴声明：‘不是我抱住了她！是她……主动抱住了我！不信你们问问她！你们得给我作证！’……”

“济珈怎么说？”

“她说：‘是我主动抱住了他，还亲了他一下。’码头上的女人男人全大笑不止。三个中国海员重新列成纵队，跑步回到了船上……”

“和我们外国人接近，说出一些真实的思想，对你们中国人来说就那么可怕吗？”

我无言以对。

我拿着那册去年的《学习与批判》走到沃克跟前，递给他，低声说：“你拿去看吧，但要偷偷地。这不是文学刊物。其中也没有文化和文明。”

他缓缓转过头来看看我，伸出一只手想接，却又没接，说：“既然我看了可能对你那么不利，我为什么偏要看呢？我不过是这会儿闲着没事儿，想随便看点什么。”

宿舍门不知何时敞开了。H站在门口，嘴角凝着一丝冷笑，咄咄地盯着我。

我不禁怔住了……

翌日，我第二次被工宣队“传讯”，还是上次“召见”过我和小莫的那一位。依然是那种令人讨厌的语调，“我们认为你犯了极其严重的错误。”

我明白他为何“召见”我。

我略思索了一下，尽量用平静的语调回答：“每个人都可能犯错误。毛主席说：‘犯了错误并不可怕，改正了就是好同志。’但我不知自己犯了什么错误，请您告诉我。”

我心中暗想：必须否认。若承认了，怎么处分我，就由不得我自己了。命运一旦掌握在他们手中，下场难料。

“你自己不知道？那么给你三分钟，你好好想想。”说完他开始吸烟，不再理睬我。一边吸烟一边欣赏压在玻璃板底下的一排“白毛女”年历片。上海那几年许多单位都印制年历片，而且都印制得相当精美。

对方向我提出的讯问不值得我去想，给我的时间也太宽裕。我没事干，就也瞅那排压在玻璃板下的年历片。对方几乎是伏在桌子上看。我是隔着一米左右的距离望。倒着的“白毛女”在我眼中变成了一排小兔子，各种颜色的衣服，像儿童画册里画的那样。不同姿势的“白毛女”的腿，仿佛一双双兔耳朵。

对方终于将目光从玻璃板上收回，看一眼手表，瞧着我说："五分钟过了，想好了吗？"我摇头。

"看来你是不愿主动交代了？"

我回答："没什么可交代的。"

"你给申·沃克看过《学习与批判》没有？"

"没有。"我表现出惊诧的样子。

"那么，你也没对他说：'拿去看吧，但要偷偷地'了？"

"没有。"

"但是有人亲眼看见你给申·沃克一本《学习与批判》，亲耳听到你对他说了那句话。"

"谁？……"我装出受到严重诬陷的样子，从椅子上站起，大声说，"这个人是谁？我要当面和他对质！"

"你坐下，你坐下，"对方说，"不必当面对质，我们也会弄清楚是你受到了诬陷，还是你对自己的错误进行抵赖。"

我心里说：我将抵赖到底。

对方又说："你先回去吧，回去好好反省。"

我说："没什么反省的。"说罢便走。

刚出门，碰到了沃克。他正要走进去。

我望着他，他也望着我，我们没说话。

我与他擦肩而过，心里对他说："沃克，沃克，都是因为你！"

回到宿舍，见小莫在仔仔细细地往他新买的皮鞋上打油。他抬头看了我一眼，问："召见你又有什么指示？"

我未回答，走到自己床前，忧心忡忡地坐了下去。

小莫一边继续擦鞋一边说："看来你成为他们的心腹，否则为什么单独召见你，不一块儿召见我们俩呢？"

我心里烦透了，拿起暖水瓶要倒杯水喝，却是空的。使劲往桌上一放，竟砰的一声爆了。小莫复抬起头，瞧着我吃惊地说："那是沃克的暖水瓶。"我仍不理他，仰面往自己的床上一躺。

小莫放下皮鞋，走过来，低声问："究竟怎么回事？"

我恨恨地骂了H一句，坐起，将"《学习与批判》事件"告诉了他。

"你承认了？"他皱眉追问。

我说："我绝不会承认的。"

他说："对！千万不要承认！你得一口咬到底，纯属凭空捏造，政治陷害。我可以作证。"我说："你怎么作证？你当时又不在场。"

他说："谁又能证明我当时不在场呢？"

我说："就怕沃克已经承认了。工宣队也将他找去了。"

他说："那太糟了！"

小莫的话刚说完，沃克走进了宿舍。我看看他，又往床上一躺。小莫又拿起皮鞋打油。沃克坐在自己的床上，看看我，又看看小莫，问："你们为什么故意不理我？"

我只装没听到他的话。小莫见我不回答，不忍冷落了沃克，抬头朝他笑笑，说："你刚才到哪儿玩去了？"笑得极不自然。

"你们分明在怀疑我什么。"沃克生起气来。

我打定主意不接话，怕一接话，就将话题扯到那本过期的《学习与批判》上，引起我们之间更大的不愉快。

"沃克，难道你看不出来，我们一向对你是很友好的吗？"小莫努力缓和室内不正常的气氛。

"既然你这样说，那么请你出去一下好吗？我想和梁单独谈几句话……"沃克注视着我。"好吧。"小莫耸了一下肩膀，放下鞋刷，就要往外走。

"别走。"我叫住他，不得不坐起，对沃克说，"小莫是我的好朋友。你要对我说什么话，就说吧。"

沃克迟疑了一下，说："我没出卖你。"

我与小莫对视了一眼，一时不知应对他这句话作出怎样的反应才合适。

沃克又说："我没出卖你。我对他们说，你什么也没给我看。我以前从来没说过谎，但今天说谎了。我使你不愉快了，我心里感到很内疚……"他的脸红了。

小莫走到他跟前，在他肩上轻轻拍了一下，说："沃克，你够朋友。"

我望着沃克，报以感激的一笑，隔着桌子，向他缓缓伸过一只手去。沃克握住了我的手。我说："沃克，谢谢你。"

沃克耸了一下肩膀，说："真抱歉。"

走廊里传来H女学生般尖细的笑声，我们的手立刻放开了，各自躺倒在自己床上。小莫骂道："卑鄙的东西！"

"《学习与批判》事件"还是被当作一条性质严重的政治错误，在全系大会上批判。虽然因为证据不足未点我的名，但我心里明白，这并不等于我得到了宽恕。也许，毕业的时候，在我的档案上，记载下一条什么罪状。而我并不知道，它会像影子似的伴随着我。

无论我将来被分配到什么部门。管他妈的呢，大不了是"社来社去"……

我、小莫和沃克，对我们生活中H这么一个人的存在，竟渐渐开始习惯了。当时流行的“辩证法”使人变得愚不可及，H却使我们变得聪明起来。当我们变得聪明起来后，H就似乎不那么讨厌了——我们索性把他当成我们合养的一只猴子。

六

不久，唐山发生了地震。其后，据说上海也将发生地震。学校里逐级做了“防震动员”，希望大家在突然地震时发扬友爱互助、舍己为人的精神。

我们的宿舍，与校园围墙之间有七八米的距离，窗口临街。有天午饭后，H不在宿舍里。小莫睡不着觉，伏在窗口朝外观望，忽然将我拽起，扯我到窗口，让我往下看。我看时，见H正在我们窗下那片地方捡碎砖乱瓦，捡一堆儿，用土篮拎到围墙下。劳动得很忘我。

小莫悄声说：“这小子怎么忽然做起好人好事来了？”

我想不到H有什么其他目的，嘟哝道：“那你就给写篇表扬稿吧！”便又去躺下看书。

那天夜里，我正睡得香，又被小莫捅醒。

他神秘地附耳对我说：“那小子出去了半个多小时没回来。”

我说：“你不睡自己的觉，监视他干什么？”

小莫说：“我觉得这小子今天有点鬼鬼祟祟的。”

我说：“兴许他闹肚子吧？”

小莫说：“你听……”

我听到了一阵轻微的翻地的嚓嚓声。我不由得撩开蚊帐起来了。

沃克也起来了。我们凑在窗口往下看，月光下，H穿着背心裤衩翻地，在正对我们宿舍窗口的方位，翻起了约有二十余平方米的一片土地。他用步子丈量了一下面积，又继续翻。我们离开窗口，退回自己的床位，各自钻入蚊帐躺下。

“我明白了，”小莫在蚊帐里说，“他大概是打算地震突然发生时，就从窗口跳出去！”

我说：“那他可真够有胆量的，三层楼啊！”

小莫说：“所以他才要捡尽碎砖烂瓦，还要将地翻松。”

沃克说：“这太冒险了，我们应该劝阻他打消这个念头。”

小莫说：“他会听我们的？他瞒着我们，半夜三更地偷偷摸摸这么做，还不是怕我们知道了他的目的，地震时与他争夺窗口往外跳？他那种心理我还不明白？”

沃克天真无邪地说："我们向他发誓，地震时绝不与他争夺窗口往下跳。但是我们不应该不劝阻他，那样我们可太不对！"

我也认为从三楼往下跳实在凶多吉少，尽管他将地面偷偷翻松了。就说："小莫，一会儿他回来，你还是劝阻他几句为好。"

小莫生气地说："我才不！"

沃克说："那我劝阻他。"

走廊里传来了H像只夜行猫似的轻悄的脚步声。我们停止了说话。

门缓缓开了。H贼一般地溜进室内，以为我们都在睡，蹑手蹑脚钻入蚊帐。

小莫故意打鼾，越打越响。

沃克并没有对H说什么。

明知是在瞒着你诡秘地进行的事，却要点破，还要劝阻，这实在够让违心人别扭的了。我自己是绝不愿去劝阻H的。因此我也理解沃克为什么沉默不语。

第二天，我们四个都起来后，H搭讪着对小莫说："小莫，我……求你一件事。"

小莫冷淡地问："我能为你效什么劳啊？"

H说："咱俩换换床位吧！不知怎么回事，靠门这张床，我睡不习惯，总失眠。"

小莫说："好吧，我成全你。"

H显得非常高兴："谢谢，谢谢，你真好。"

小莫说："小事一桩，用不着谢。"

我们当然都明白H为什么从靠门的床位换到靠窗的床位。

沃克看看我，又看看小莫，最后瞅定H，说："H，从窗口往外跳太冒险。即使果真发生地震，不到万不得已，你不能那样做。"

H怔了一下，说："这是我的自由，你干涉不着。"

我忍不住也说："你别误会，从窗口跳出去的特权属于你了。因你为此付出了劳动。地震发生时，我们三个绝不会跟你争抢着夺窗而逃的。你放心好了。但沃克说的话，纯粹是为你好。你别辜负了沃克的一片好意。"

沃克因为我替他说了这样一番话，感激地望着我。

H却说："其实我的目的并不自私。我们是四个人，宿舍只有一个门。少了一个从门往外逃的，对你们三个也都有利，是不是？只要你们三个到时候不和我争夺窗口，我也绝不和你们争夺门口，咱们今天君子一言，驷马难追，怎么样？"我们三个面面相觑，不知再说什么。

“小莫，你别听他俩的。”H希冀地望着小莫。

“我说出的话，绝不往回收。”小莫抱起被褥，同H调换了床位。

那天夜里下起了大雨，我起来关窗，见H的蚊帐被雨淋湿了，也想替他将那边的半扇窗子关上。

“你干什么？”蚊帐里传出H警觉的声音，原来他并未睡死。

我说：“替你将窗子关上。”

他说：“别关！”

我“哼”了一声，钻入自己的蚊帐。

两天后的夜里，大约一点多钟，我被一阵喧嚣的人声和杂乱的脚步声惊醒。

有许多人咚咚地从四楼跑下三楼。跑过走廊，跑下二楼。

第一个意识——地震！

我一跃而起，仓皇间大叫：“小莫，沃克，快起来！……”随手拉亮了灯，觉得那盏日光灯，秋千似的来回摇晃。小莫和沃克机灵地一下子从蚊帐里蹦到地上。

沃克说：“快叫醒H！”

小莫一把撩开H的蚊帐，随即放下，气愤地说：“他妈的这小子早逃命了……”

我们三个光着脚，只穿着短裤和背心，跑出宿舍，跑出楼去。

外面，操场上站着几百名男女学生，一个个衣衫不全。女同学大多赤着脚，男同学有不少只穿短裤，光着脊梁。

过了半个多小时，却一点地震的预兆也没有，幢幢大楼岿然不动。

原来，“地震”的叫喊声，最先是从八号楼传出的。那是一幢女生宿舍。天热，她们睡觉时，敞窗开门，为了形成空气对流。出于女学生特有的警惕心理，她们在宿舍门口横了一个条凳，上面还摆放了一个脸盆。有位女同学起夜，碰掉了条凳上的脸盆，脸盆骨碌碌顺着楼梯往下滚，于是她大叫起来：“地震啦！”顷刻间整幢八号楼乱成一片，紧接着附近的几幢楼也纷扰不安……一场虚惊，操场上那些衣衫不全，裸脊赤足的学生，都不免觉得太难为情，留下一片诅咒之声分散而去。

我、小莫和沃克一块儿走入四号楼，刚进楼口，见有几个没穿上衣的女同学，双臂护在胸前，隐蔽于楼梯的斜角下，像几只还没长出毛的麻雀，挤抱成一堆儿。她们还不晓得“地震”究竟过去没有，既不愿有失大雅地跑到外面去，也不敢离开她们认为那比较安全的角落。沃克一发现她们，就急忙转过身，伸开他那长长的胳膊挡住楼口，高声说：“都请等一会儿再进楼！”连我和小莫也被挡在了他面前。

沃克又背对那几个女同学说：“没发生地震，你们快回宿舍吧！”

她们便狼狈地跑上楼去了。

我们三个回到宿舍里，一时无法再入睡。

H 还没回来。

小莫恨恨地说：“这小子，都不叫醒我们，不知什么时候出去的！”

我想，这符合 H 的为人。他准希望我们都被埋在废墟之下，创作专业只活着他一个，那么他就会如愿以偿，笃定可以入党，毕业分配也可以无比理想了。

沃克朝窗口瞅了一眼，忽然不安地说：“他刚才会不会从窗口跳下去了？”

我和小莫不禁对视。

小莫走到窗口，探身朝下一望，立刻转过身，脸色苍白如纸，低声说：“老天爷，果然如此！……”

我和沃克一步抢到窗口。我们看到的情形使我们吃惊得呆住了——月光下，一个人仰卧在被翻松了的那片地上，双腿几乎插进了地里，而头，撞在水泥护楼围墙上……几天后，从医院里传来消息，H 虽然保住了一条性命，却成了白痴。

毕竟是一个人。毕竟与我们共同生活过。我们对 H 都产生了一种恻隐之心。我们一块儿到医院去看望 H，沃克买了许多东西。我们希望从医院传来的消息并不属实，或者夸大其词。但 H 的的确确变成了一个白痴，并且瘫痪，身上将永远地插着两根管子。医生说，丧失医疗价值了。

H 的父亲，一位黑而瘦小的老农民，站在儿子的病床前不停流泪，兀自喃喃地说：“为什么就你要跳？为什么就你要跳？……”

H 两眼大瞪着，却不认人，脸上僵固着一种苦笑般的表情。还有一位农村干部模样的人陪着他的父亲。那一天我们才知道，H 入学前是某省某县某公社革命委员会副主任。我们丝毫不能从 H 平素的为人与他那位可怜而笃诚的老父亲之间找到什么相同之处。也觉得像他那样的一个人当上什么革委会副主任，是在意料中又匪夷所思的事。

那陪同者说：“我们 H 若是党员，地革委主任也早当上了！唉，如今这……全完了！……”不胜惋惜地大摇其头。难怪 H 那么迫切地要入党！如果削尖了脑袋能“钻”入党内，他是会舍得一颗头的。

我们对 H 的种种记恨都不存在了。只觉得他是那么可怜，觉得他的老父亲更可怜。沃克给了那可怜的老父亲一百元钱。我和小莫是拿助学金的穷光蛋学生，只能表示我们的同情而已。

从医院回校的路上，沃克沉闷不语。

小莫有几分忏悔地说：“也许我不该和他换床位，可我哪能预想到这么个结果呢！”

我说：“这也不能怪你，只能怪他自己。”

沃克说：“我们三个都有责任，如果我们对他多加劝阻，他也许最终会听的。我心里真为此而难过。”之后他就再也没有说过一句话。

要我们对H的可怜下场负责任，我和小莫觉得太欠公道，却并没有同沃克争论。

H的老父亲委托我们帮助他收拾一下儿子的东西。我们收拾H的东西时，发现了他的一个笔记本。上面的记载有几段与我有关，摘录如下：

“到北京去！一定要想方设法争取分配到北京去！只有分配到北京，才能前程似锦！”

“今天我已探听到底细，专业有两名分配到北京文化部的名额，据说首长指示，要善于在文化部门展开思想和路线斗争的毕业生，要能成为掺进文化部门的‘沙子’的毕业生。要插队下过乡的上海知识青年。阴错阳差，竟使梁与C两个哈尔滨知青偏得机会……”

“原来专业里有好几个学生都暗知这两个名额的底细。他们都想进京。我们上一届分配到教育部的一个学生，已经当上了《教育革命》的负责人，前途无量。C的名额是别人挤不掉的，她是专业支部副书记，系工宣队的红人。因此梁成了众矢之的，谁都想‘整’垮他，取而代之，机不可失，时不再来……”

“其实我与梁并无积怨，也无近仇。但我不‘整’他，别人也照样‘整’他。我不取而代之，别人最终也要取而代之。不是我坏，是前途如此，不得不为。否则，毕业后，我则可能‘社来社去’，再当那个小小的公社革委会副主任……”

“梁似乎变得处处谨慎了，但这么多人盯着他，他绝不可能从此不再说一句错话，做一件错事。他的下场注定了的，不过‘鹿死谁手’罢了……”

“梁的一封看过的信被我发现，在我手中，是黑龙江出版社一个人写给他的，信中有‘老妖婆’数句……这就足够了。天助我。现在我不忙抛出来，到毕业前来个‘奇袭’……”

这日记本先是小莫翻看的。他看了一会儿，递给我，恨恨地说：“你自己看吧！没想到这小子这么不是人，可我们还傻乎乎地同情了他一番！多不多余！”

我看过之后，许久没说话，觉得自己仿佛沉入了零下二百七十度的冰窖底。

入学两年多，我才明白为什么有人像密探似的时常监视我的言行；为什么有人连我在中文系的借书卡也要暗暗统计，阅读“封资修”作品比例多，也作为“思想意识问题”的一条向工宣队汇报；为什么我在阅览室学习《列宁选集》时，只因旁边放了一本没读完的《拿破仑传》，也会被诬为假学马列之名，行摘抄“拿破仑”言论之实；为什么我的信件时常不翼而飞……

沃克瞧着我，似乎也想看那本日记，却不开口说。自从《学习与批判》事件之后，沃克“自觉”多了，我们不主动给他看的，即使他兴趣极大，也决不提出请求。

我将那日记本扔给沃克，说：“你愿看就看吧！这对你了解我们中国学生大有好处。”

沃克看完之后，望着我，低声问：“梁，你心里很难过是不是？”

我冷笑道：“不，我并不难过。老子这个大学不念了，让他们去为一个北京名额明争暗斗吧！”

小莫说：“别犯傻，这个日记本得销毁。更重要的是，得找到你那封信！”

小莫帮我在H那些信件和书籍中翻找。翻找了半天，却未找到。小莫说：“看来找不到了。他会不会已经交给工宣队了？”

我想了一会儿，摇摇头，说：“大概不会的。他要是交了，工宣队早拿我开刀了。再说他日记上明明写着，要等到毕业前夕再对我进行‘奇袭’……”

小莫说：“如果你的判断不错，反正他已经那样子了，再也不会威胁到你了，你也就不必再担心了。”

可我找不到那封信，还是很有些担心。因为那封信如果落入别人手中，我的下场可能同样不堪设想，黑龙江出版社的肖老师将头上悬刀。

我和小莫当着沃克的面将H的那本日记烧了。沃克直摇头，用谴责的语气说：“你们这样做可不好，很不好。H的父亲委托我们代他整理H的东西，未经同意，怎么能……”

小莫打断他的话说：“收起你那套西方式的道德观吧！你是在中国！让他的老父亲看到自己的儿子在日记里记下了这么见不得人的鬼心肠，未免太受刺激吧！”

我也生气地反问："难道别人存心坑害你，你连点措施都没权利采取吗？"

那是我和小莫第一次与沃克正面发生矛盾。沃克受到我们的抢白，不再说什么，默默扫尽纸灰，倒进厕所里冲走了……

放暑假了。小莫不论寒暑假，必定要回贵州去的。我和沃克一同送走了小莫。我问沃克这个暑假打算怎么度过，他回答说想回国去看望他的老母亲。

"我已经一年多没见到母亲了。我从来没有离开母亲这么久过。"

他微笑着对我说，脸上又显出那种纯真的大孩子神气来。

他反问我打算怎样度过这个暑假，我回答说要留在学校里多看些书。系阅览室的李老师对我不错，某些当时还封存的书，在假期他也肯偷偷借给我。入学后，我还一直没探过家。助学金十七元五角，刚够饭费。弟弟每月从乌苏里江边寄给我十元钱。弟弟的工资也低得可怜，三十二元，一级农工。我决心三年不探家，省下几笔路费。

沃克听我说假期要留在学校里，思忖片刻，改变了想法，说："那我也要留在学校里。"

我问："为什么？"

他说："和你做伴。没有人监视我们，我们之间可以交谈很多很多，对不？"

即使没有人监视了，我又能对沃克说些什么呢？我微微苦笑。

沃克果然就陪我留在学校了。

一天，我那双猪皮鞋开胶了，不能再穿了。而且，一条最像样的裤子也洗薄了，再搓洗一次就会破。我想，我得买一双鞋了，也得买一条裤子了。可弟弟尚未寄钱来。想朝沃克借，终觉羞于启齿，未借。

我决定将自己那块上海牌手表卖掉，暂解拮据。是在延安西路上一家小小的委托商店卖掉的，作价八十五元。我声明要现钱，便只得到六十五元。买了一双鞋，照例是猪皮的。买了一条裤子，照例是"三合一"的。走出商店，发现同学齐某拎着大包小包，与哲学系的一高个子女同学边走边谈，亲亲密密，兴致勃勃。我不愿被齐某看到，更不愿与他打招呼，转身朝另一方向而去。

齐某算是个"干部"子弟，其父十二级。十二级干部并不显贵，若在北京大概总要数以万计的吧！但他常常自诩"我们高干子弟……"如何如何的。他带工资上学，这一点倒令我极羡慕。他专爱跟女同学，尤其爱跟那些年龄不大、思想单纯的女同学"建立友谊"。同学们对他颇有非议。但他根本不在乎，说这是他从小养成的习惯。说跟男同学在一起没什么可谈的。仿佛他认为男同学个个都是“污浊之物”，那些年龄不大、思想单纯的女同学们才是“水”化成的清癯人儿。小莫说他患的是“贾宝玉症”。

回到学校，沃克不在宿舍里，不知干什么去了。忽然间我觉得异常空虚，异常孤独，靠着窗框，像只猴子似的坐在窗台上，手中拿着一本《新华字典》百无聊赖地翻看，全然不怕掉下去，落H那么个下场。

信手翻来，却翻到“女”字旁部。在偏旁索引中占的比例竟还不少。于是想到，大概世界上没有哪一个国家专门为女人创造了那么多文字，在形容女人方面有那么多细致的学问。就说女人的笑吧，外国文字的形容，也不过就是大笑、微笑、冷笑、美好地一笑、天真地一笑、单纯地一笑……而中国文字中，则有嫣然一笑、莞尔一笑、妩然一笑、媚然一笑……思量起来，果然各领风骚。外国人形容女性身材，也不过就高低胖瘦，充其量再加上“线条”怎样怎样，如何如何“性感”。而中国文字中，除“苗条”之外，还有“婀娜”，“婀娜”之外还有“窈窕”，“窈窕”之外还有“亭亭玉立”“风姿绰约”一类。还有“秀色可餐”，要吞吃下去的意思。想起前些时候偷读一本《香艳诗抄》，其中更不乏什么“软玉温香”“被翻红波”一类。外国人叫“做爱”，或者直言曰——“睡觉”，就像阿Q对吴妈说的那么直白。可中国人却谓之曰“云雨”。怎么琢磨的呢！可见中国男人在女人身上动用的脑筋自古以来就很多。可是又自古以来都爱装正人君子。继而想到那位召见过我两次的工宣队员，他在欣赏“白毛女”年历片时，目光就很有几分猥亵。倘若那年历片上没有女人的大腿，印的是仿宋体或隶书体或“狂草”的“最高指示”，那粒革命的“沙子”还会不会伏在玻璃板底下，时不时就低下头去“欣赏”起来，没完没了的？

我进一步想到周围那么多人都在“装孙子”，包括我自己。

我又在装什么呢？装大大具有“工农兵学员”本色的样子。尽管工宣队已经觉得我不具有了，但我还要硬装下去，唯恐毕业分配时被划入“另册”。

这想法使我觉得自己可怜亦复可悲。

干脆退学的念头便又产生了。

校园外，马路对面，有一个什么陶瓷厂，时值下班，一帮姑娘们刚刚在厂里洗过澡的样子，一个个披散着头发，结伴走出厂门。其中一个，抬头望见我，竟大声问：“嗨！大学生，想什么呐？”

我俯视她们一眼，高喊一句：“想你们哪！”话一出口，立刻觉得不对，怎么自己口中出了流氓语言？顿时面红耳赤，赶快溜下窗台，不敢露头，怕遭到辱骂。

窗外却一阵咯咯嘎嘎的笑声。我弯着腰离开窗口数步。直起腰，见沃克站在门口，正对我微笑。我觉得脸上更加发烧了。

沃克走到窗口，朝下望了望，转身对我说："她们还站在下边呢！"

我说："我可没招惹她们！"

沃克愣愣地瞅了我一会儿，变微笑为哈哈大笑。我呆呆地坐在床上，仿佛犯了什么天条似的，没人问罪，徒自心中惶惶然。沃克也坐在床上，面对面地望着我，那目光，仿佛在鉴别一个什么中国古董。我被他望得不自在，就躺到床上，避开他那研究的目光。

他低声说："我听到你对她们说的那句话了。"

听到了又怎么呢？我想。

他又问："你在想什么呢？"

我回答："想女人。"故意使他吃惊。

"哦！天哪！……"听他那语调，似乎果然大吃一惊。

我朝他扭过头去，见他的表情并非吃惊，而是快活。

他说："你真可爱。"

我说："就因为我这会儿想女人？"

他说："不，因为你对我说了一句真话。是真话吧？"

我思考片刻，自认这会儿确是在想女人，便答道："是的。"

他又问："你想的是你的未婚妻？"

我说："没有未婚妻。"

"那么，是在想情人？"

"中国人只许有老婆，不许有情人。有了情人就是坏分子。"

"想女朋友？"

"从来没交过女朋友。"

"你二十几岁？"

"二十七岁。"

"二十七岁从来没交过女朋友？"

"从来没交过女朋友。"

"你打算奉行独身主义？"

"我刚才不是说过了吗？我正在想女人！"

"你想的是性吧？"

"什么？"

"性，做爱。"

"就是云雨啰？没云雨过，想也想不快活，不想！"

“瞧，你又不说实话了！”

“在你们瑞典，女人和性是同义词吗？”我腾地坐了起来，生气地瞪着他。

他莫名其妙地说：“我并没有侮辱你的意思，你为什么要生气呢？”

我又慢慢躺下去，自言自语地说：“我想的是女人。这会儿如果有个女人，无论年龄比我大还是比我小，只要不很丑，只要有温情，我就真愿意将我的头靠在她怀里，睡上整整一天不醒……”

“可是她如果有丈夫呢？”沃克仿佛存心大煞风景，从道德的角度提出了这个问题。

我简直恼火透了，大声说：“她有没有丈夫关我什么事？我不过就是想将头靠在她怀里。只要她愿意。”

沃克很认真地说：“她丈夫知道了会揍你的。”

这是一个很实际的问题。我沉默了一会儿，说：“谢谢你的告诫。我现在不想女人了，现在想喝啤酒了。”

沃克说：“我陪你到五角场去。我请客。”

于是我们就到五角场去喝啤酒，啃五香鸡头。

七

沃克举杯说：“谢谢你今天跟我谈到女人。第一次一个中国人跟我谈到女人。”

我问：“你以为中国的男人都是不谈论女人的吧？”

他点点头：“给我的印象是这样。”

我冷冷一笑，说：“我们中国是个君子国。来，为君子国干杯吧！”

……

我们都喝得醉意醺醺才回到学校里。啤酒和五香鸡头代替不了女人。喝过了啤酒我更想女人。我感到我周围布着许多陷阱，防不胜防。我的心理时常处于戒备状态，它太累了。也许是它太需要靠在一个女人的怀里，太需要一种女性给予的温情了……想女人真是男人们心甘情愿的痛苦！二十七岁了，第一次明确地想女人。想得好苦哇！后悔早几年没将头往一个女人怀里靠过。

那天夜里，我做了一个梦，梦见了一个真真实实的姑娘，我将头靠在她怀里，她用手轻轻抚摩着我的头发……第二天醒来，这个梦境仍历历在目。

多亏这个梦，使我想的女人具体了。

沃克仔细地瞅瞅我，问："看你样子好像睡得不太好。"

我说："睡得还好，不过做了一个梦。"

"噩梦？"

"不，美梦。"

"梦见了什么？"

"梦见我将头靠在一个姑娘怀里。"

"真够味儿。"

"我今天要去找她。我很想见到她。"

"谁？"

"我梦见的这姑娘。"

"她是干什么的？"

"她是扫马路的。"

"那，我给你点钱吧！我看你最近好像很缺钱花。"

"谢谢，我已经把手表卖了。"

"你为什么要卖掉手表呢？为什么不向我借钱呢？"

"我没有借钱的习惯。更不会向一个外国人借钱。"

沃克注视着我，直摇头……

我匆匆洗罢脸，也不去吃早饭，就跑到一楼，给那姑娘挂了一个电话。

"喂，谁呀？"她婉声婉语地问。

我低声说出了我的名字。

"你？……有事？……"

"我想……请你今天陪我玩玩。"

"这……我在上班啊！"

"也许……也许我不久就要离开上海……"

"为什么？……"

"不为什么。我累了……"

"累了？喂，喂！你听着，我今天请假，我在四十八路车站等你！……"

我缓缓地放下了电话，心情却更加忧郁。我曾在上海杂技学馆深入生活过，每天清晨带着孩子们在新华路跑步。那姑娘每天在新华路扫马路。有一次我的手表掉了，自己却全然不知，等我带领孩子们从另一条马路绕回来，见她站在人行道上，招手叫住我，将手表还给了我……我们就那么认识了。

以后每天我让一个大孩子带领全体孩子跑步，我和她就站在人行道上交谈。

她是上海音乐学院一位教授的女儿。两个姐姐都下乡了，都在北大荒。一个姐姐我还认识，是三师师部宣传队的队员。我们之间似乎从一开始就没有什么拘谨。除了小莫，我对她暴露的真实思想算最多了，我还经常将从学校图书馆借的书送给她看——她是一个很清秀很文静的姑娘。

我跳下四十八路公共汽车，看见她站在路旁等我。见了她的面，我竟不知第一句话应当说什么。

她问："我们到哪儿去玩呢？"

我说："到哪儿都行。"

她想了想，说："那我们上西郊动物园去吧。"

我说："那里有老虎吗？"

她说："有的。"

我说："好吧，我们就去看老虎。"

到了西郊动物园，老虎躲在洞里不出来。我们没看成，却也不觉得十分扫兴。我们在小河边的一条长椅上并肩坐下，看鱼。不是金鱼，是青鱼。每条都一尺多长，又肥得笨笨拙拙，纷纷游到岸边觅食吃。

她从书兜里取出两本书，递给我，低声说："还你吧。"

我问："看完了？"

她摇摇头。

我说："那你留下看吧。"

她又摇了摇头，望着河面，用更低的声音说："我母亲前几天去世了。父亲被'扫地出门'了，过几天我就要跟我父亲回浙江农村老家了……可能我们今后再也不会见面了，谢谢你经常借书给我看……"

我怔怔地望着她，许久许久说不出话来。我忽然觉得，我心中对这姑娘充满了无边无际的爱，也可能是同情。

至今回想起来，分辨不清。爱情加同情，使男人对女人的爱成为怜爱。

她缓缓将脸转向我，凝眸睇视着我，几乎是用请求的语调说："对我讲几句话吧。"

我说："我想退学。"

"退学？……"她脸上显出十分意外的表情。

我又说："我实在不想念下去了。"

她问："为什么？"

我说："没意思。"

她很能理解我这句话的含义，沉思了一会儿，说："再有一年多你就毕业了，什么事儿都忍着吧。多少人都在忍着啊！”

我情不自禁地抓住了她的一只手，紧紧握着。她的手那么小，那么柔软。

她愣了一下，矜持地抽回自己的手，讷讷地说：“你怎么了？……你……病了吗？”

我说：“我也想到浙江农村去。和你们父女一块儿到你们的老家去。我可以当小学教师，也可以当农民。”

她说：“你胡说些什么呀？”

我说：“不是胡说，我爱你。如果你同意，我明天就打报告退学。”

“不，不，你千万别这样。”她慌乱地说，“你就是打了退学报告，被批准了，也只能回北大荒去……咱俩没缘分……”

我又不知说什么好了，情不自禁地第二次抓住了她的手。这一次，她没有将手抽回去，任我紧紧地握着。

河里的大青鱼纷纷聚拢到岸边，将嘴冒出水面，比赛吐水泡。

她的眼泪落在我手背上，一滴，两滴……她又抽出了她的手，从布包里取出一支笔，双手交给我，说：“我特意买了送给你的，留着作个纪念吧！”我握住了那只笔，也再次握住了她的手。

她忽然将头靠在我怀里，说：“我们没缘分……”说完，她就无声地哭了……

回到学校，沃克见我便问：“你终于将头靠在一个姑娘怀里了？”

我说：“和我梦到的相反，一个姑娘将头靠在我怀里。”

沃克说：“都一样。她很美丽吗？”

我说：“女子们的美丽是不同的，有的使男人想到性，有的使男人想到绞刑架，有的使男人想到诗，有的使男人想到画，还有的能使男人产生忏悔的念头……”

沃克说：“这不过是男人们的想象，你那位姑娘属于哪一类呢？”

我说：“她如同一颗橄榄，我要用心永久含着她。”

沃克看了我半天，说：“你动真情了。”

我说：“是的。”

沃克问：“你果真爱上了她，为什么不跟她结婚？”

我说：“我不知我的命运会在何方。”

沃克沉默了一会儿，又问：“被 H 偷去那封信，是不是仍使你心中不安？”

我说：“不安极了。”

“你仍恨他？”

“我恨不得一刀宰了他！”

她告诉了我离开上海的日期和车次，却不许我去送她，很坚决很断然地不许。我还是到火车站去了，怕火车站人多，寻找不到她，很早就去了。在一排长椅上，我发现了她，呆呆地坐着，脚旁放着一只帆布皮箱，身旁坐着她的父亲，一位头发苍白、气质斯文的六旬以上的老人。我隐蔽在一个角落，不想让她发现我。我望着她一手搀老父亲，一手拎那只旧的黑色的小皮箱，微微低着头，被缓缓移动的人流裹入了检票口，像一个幻影似的，从我眼前一晃，倏然消失了。

我呆呆地站在我隐蔽的那个角落，被充满心间的忧郁压迫得有些窒息。她的命运将会是什么？那一时刻，我完全忘记了自己的命运中也画着一个问号……

开学后，复旦园内发生了一件重大的事情——物理系三年级的一位女同学，贴出了一张大字报，批驳张春桥和姚文元的两个小册子——《论资产阶级法权》和《论无产阶级专政条件下的继续革命》。那是工农兵学员中反叛精神的第一次公开的大无畏的宣战。那是孤单无援的勇士舍生取义的行为。正直的师生们肃立在她那张大字报前，用他们严峻的表情，沉思的目光，互相传达着他们心中的敬佩。反叛的潜流在复旦园内暗暗地汇聚着。政治投机者们却认为这是一个自我表现的大好机会。于是就有一些学生“自发”地前去围攻那个物理系的女学生。操纵幕后的则是工宣队。

我们专业的支部副书记C，也带着她“革命的伙伴们”参与围攻。她也叫我去，她说我善于辩论，最应该去。还应该“立功赎罪”。

我冷冷地问：“赎什么罪？”

她说：“别忘了你作为专业发言代表的那次发言。”

我回答：“你忘了我有口吃的毛病吗？我现在正要读《列宁选集》。”便打开一本《列宁选集》，伏在桌上读起来。

她悻悻地走了。我却读不下去。我终于坐不住，便独自走到大字报栏前，看那张勇士的“宣战书”。大字报写得犀利极了，使人读罢，热血沸腾。一种强烈的冲动，促使我从衣兜取下钢笔，就想在那张大字报上署上自己的名字。然而那种强烈的冲动很快就变成了最大的怯懦，握着钢笔的手出了汗。产生得最快的勇气也消失得最快。任何冲动如果不能变成行为，不过就是一种心理本能而已。除了证明你有这种本能，再无其他意义。

我默默地转身离开了，手中仍握着钢笔，内心里对自己充满了蔑视。“梁晓声，梁晓声，在那个无畏的女同学面前，你不过是一条被政治的电棒击怕了、学乖了的狗！”我一边缓缓地走着，一边这样诅咒自己。仿佛诅咒了自己，就能驱除内心里的羞耻感似的。无畏者敢做真勇士。懦夫却只希望别人为真理拔出决斗之剑，将胜利的小旗背在身后，连一声助战的呐喊也不敢发出。倘邪恶倒下了，他们便举起小旗，分享勇士的荣耀。倘勇士倒下了，他们便悄悄丢掉小旗，退隐到什么安全的角落，固守着卑下的沉默，期待着另一位勇士挺身而出……回到宿舍里，我锁上门，为自己，也为许许多多像我一样的人，在一本日记的中页写下了这几行字，也写下了我对自己的认识和评判……

沃克回来了，一进门就气愤地大声对我说："怎么可以这样！他们怎么可以打她！"

我合上日记本，问："都是什么人打了她？"

沃克说："有男学生，也有女学生！你们专业的C带的头。他们将她拽到一张桌子上，那么多人围攻一个姑娘！却没有一个人站出来保护她！他们还摔掉了她刚买回来的饭！他们还不许她穿上自己的鞋！我喊了一句'不许打人'，就有许多人也围攻我！看，拽掉了我两颗衣扣！……"

我站了起来。我望着窗外。我流泪了。一个龟缩在安全角落的懦夫的眼泪，没有什么价值的眼泪。

小莫突然推开门闯进来，对沃克说："沃克，你快躲避起来，有几个男学生要来揍你！"

沃克说："他们敢！我要向'留学生办'去汇报的！"

小莫说："就是'留学生办'那个姓庄的工宣队员怂恿他们来教训教训你的！"

我说："沃克，你就先躲避一下吧！"

沃克坚决地摇头："不！"

小莫扯着沃克想往外走，晚了。走廊里传来了来势汹汹的脚步声。小莫刚放开沃克，门就被踢开了，闯进来四个男学生，也不开口说话，揪住沃克就打。沃克没有反抗，没有还手。我和小莫阻挡，被粗暴推开。小莫的头"咚"的一声撞在书架上，我的暖水瓶不知被哪个家伙踢碎了。

八

沃克毕竟是留学生，他们不敢过分放肆。所谓"教训教训"，不过是推过来搡过去，一拳一脚而已。其中一个极为可恨，打了沃克一记耳光。

他们离开我们的宿舍时，小莫大声谴责："你们怎么能殴打留学生？！"

为首的一个答道："叫他明白他是在中国。"

我说："你们踢碎了我的暖瓶，得赔我。"

那家伙冷笑道："就算你为我们的革命行动贡献了吧！"说罢扬长而去。

沃克捂着脸在自己床上坐下，许久才喃喃地说："真想不到，在中国，我被中国人打了。如果我的老母亲知道了这件事，不知会怎么想。"

小莫说："沃克，你应该通过瑞典使馆向那几个家伙提出严正抗议！"

沃克摇摇头，说："不，我不会那么做的。瑞典是第一个和中国建交的西方国家，在我记忆中，瑞典政府从来没有向中国政府提出过任何形式的抗议。我不愿因为我自己，使两个国家之间的友好关系受到丝毫影响。"

我说："沃克，你回国吧！目前你在中国能学到什么呢？世界这么大，你又何必到中国留学呢？"

沃克沉默许久，又摇头，低声说："不，我不回国。也许他们以为我会害怕了，回国去。可是只要我还没被宣布为'不受欢迎的人'，我就要在中国待下去，亲眼看到你们这一场'文化大革命'最终将导致中国发生什么局面！"

小莫揉着头，无比歉疚地说："沃克，真对不起你，我们没有能力保护你。"

沃克望着他，苦笑了一下，说："你们每一个中国人也没有能力保护你们自己呀，不是吗？"

小莫无言。

我说："是的。"

沃克说："这真可悲。"

我果然又遭到了"算计"。而事件凑成之情节，犹如小说家的巧妙构思。先是，半年前，弟弟给我汇来了二十元钱。隔日，我要到邮局取钱，却找不到汇款单了。我在宿舍楼各楼口贴了"寻物启事"，两日后也无人送回。我便到系里开了一张证明信，证明我汇单已丢，将二十元钱取了回来。

几天前，我又到杂技学馆去体验生活。一天傍晚，接到V从学校打来的电话，告知我弟弟又给我汇钱来了。我正缺钱花，便匆匆赶回学校，拿到了汇单。邮局已经下班，只好将汇单带回杂技学馆。

第二天，和我一同在杂技学馆体验生活的C，有事要回学校，我就将汇单交给她，委托她代取。她回到学馆，快晚上十一点了。我已躺下，在看书。她敲门，我给她开了门。她不进，站在门外对我说："明天上午，系工宣队庄师傅叫你回校一次。"

我问："什么事？"

她一笑："不知道。"

我觉出她那一笑颇不善，但又想不出自己近来有什么失谨的言行足可被人“整治”，也就随她笑得不善，又问：“我的汇款单替我取出来了吗？”

C 回答：“E 老师替你取。”

E 老师是我们专业上一届的留校生，我们的“教导员老师”，负责抓政治思想工作。

我因此而怪，不免再问：“怎么 E 老师替我去取？”

C 又那么令人莫测高深地一笑，其意味更加不善，慢悠悠地答：“我没工夫。”一双眼中，放射出两道冷光，逼得我从脸到心一阵发寒。

复躺下后，总觉 C 那笑，那话，那目光，包含着什么幸灾乐祸，不能再看下书去，冥思苦索，终不悟其所以然。辗转反侧，难以安睡。翌日，满腹狐疑回到学校，E 老师和工宣队庄师傅在工宣队办公室联袂“召见”了我。

E 老师随口问了几句在杂技学馆深入生活的情况后，话锋突然一转：“你最近丢什么东西了吗？”

我回答：“前几天将书包在四十八路公共汽车上丢了。”

又问：“除了书包，还丢什么了？”

我一贯地丢三忘四，想不明白为什么问我这个，还以为他们要发慈悲，补助我点钱呢！便答道：“除了书包再没丢什么。书包里有十几元钱，不过我弟弟又给我汇钱来了。”

“是这张汇款单吗？”E 老师拉开抽屉，将那张汇款单取出，朝桌子上一丢。

我说：“是啊，您没替我取出来啊？”

E 老师脸色顿变，厉色道：“你好好看看。”

我拿起那张汇款单“好好”看，写得一清二楚，是弟弟汇给我的没错，问：“怎么啦？”

“你看看邮戳！”

我就翻过来看邮戳，一时不免大为尴尬，讷讷地说：“这是我半年前丢的那张汇款单啊，从哪儿出来的呢？”

“这正是我们要向你提出的问题！”一直正襟危坐的庄师傅，朝我瞪起了眼睛。

我说：“这得去问 V 呀，是他打电话叫我回来取的，那么他一定知道这张汇单是谁从什么地方找到的。”

“V 在宿舍，”E 老师站起来说，“我这就去问。”

E 老师走出去后，那位工宣队领导一边吸烟，一边目不转睛地瞧着我。许多人在讯问别人时，都会自觉或不自觉地装出捷尔任斯基的样子。这位工宣队领导也不例外。他大概以为他那双肉眼泡投射出来的目光，也必定称得上"鹰一样的目光"。

一会儿E老师回来了，身后跟着V。不待E老师开口，V便冲我大声质问："我没有给你打过电话！你怎么无中生有呢？"

"你……没有给我打过电话？可我明明听出来是你的声音啊！"

"你胡说！岂有此理！"他仿佛被牵扯进了什么极不光彩的事件之中，作了"严正声明"后，愤愤离去。

见他那种仿佛受了奇耻大辱的样子，我真怀疑自己从电话里听错了声音，低声说："让我再想想，也可能是别人给我打的电话……"

E老师说："你不必想了。我问过咱们专业所有的同学，谁都没有给你打过电话。"

我意识到问题很严重了——我企图用一张作废的汇单，再从邮局骗取二十元钱，且让别人代取，嫁祸于人之心，昭然若揭也。

庄师傅说："坦白交代吧，这张汇单你为什么保留至今？"这句话的意思就等于是说——你半年前伪装丢失了汇单，从学校开出证明取了款，而将汇单保留至今——是有"蓄谋"的。

"我？！……我将汇单保留至今？！"我拍案而起。

"你坐下！难道是别人替你保留至今的吗？！"工宣队领导者也拍案而起。

E老师说："这件事明摆着，性质是严重的，证明你的品质、手段也是恶劣的。你要抵赖是不行的。只有端正态度，老老实实承认错误。否则，你是不能带着这样一个没有交代清楚的问题毕业的！"

我说："你们想一想，一个头脑正常的人，会办这种蠢事吗？二十元啊！不是二百元、二千元，值得我从半年前就处心积虑、制造假象吗？难道我不知有人正希望我毕不了业吗？"

E老师说："你不要将问题扯到别人身上去，这对你自己没什么好处！"

那位系工宣队副队长说："你的态度很坏，我们今天就谈到这吧！你回去想想，还是诚实点，别拖到毕业分配时处理！那样对你更不利！"

我简直发蒙了。弄不明白他为什么希望"莫须有"的事成为事实。更不明白他何以会因此而内心里产生了某种快感似的。

我说："我什么也不会交代的，随你们的便吧！"说罢，起身便走。

回到宿舍里，小莫见我脸色不对，问我发生了什么事。我将事情前后对小莫述说了一遍。

小莫追问："到底是不是V给你打的电话？"

我说："是。可他否认。"

沃克连声说："这太无耻了！这太无耻了！……"

小莫沉思了一会儿，说："我问你一句朋友之间的话，你可别多心。"

我说："问吧。"

小莫说："你真希望分配到北京去吗？"

我说："见鬼吧！我只希望能让我平平静静地度过这最后一个多学期！我家有老母病兄，我想回哈尔滨。回不了哈尔滨，能让我回兵团也罢！"

小莫说："那就好办了。我代你找V去谈判！告诉他，他可以想方设法进北京，但不要和你竞争，更不要陷害你达到目的！"

似乎也只有这条路可走。我点点头，表示同意。

沃克却说："这太软了，这太软弱了！我看让我找几个留学生狠狠揍他一顿才对！既然你们中国学生可以在工宣队的唆使下蛮不讲理地揍我，我也可以串联几个留学生揍他一顿！"

我说："沃克，你要敢这样，你就不是我的朋友！"……

小莫的"谈判"以失败告终。

V将此事亦向工宣队汇报了。

于是我"莫须有"的"错误"更加"属实"，情节更为"恶劣"。

小莫懊悔不已。

我婉言相劝。

我忽又想起，那一天除了V给我打电话，还有一个人也在电话中嘻嘻哈哈了一阵。这个人是谁呢？

我怎么也想不起来。

沃克仍想串联几个留学生揍V。我和小莫极为严厉地向他提出警告，他到底打消了念头。

好事无人知，丑事有人传，此话真不假。中文系许多学生，都渐知创作专业的梁晓声"出事"了。于是有人因此而莫名其妙地高兴。虽然我与他们并无利害冲突，亦无什么不快的瓜葛。自己没什么值得高兴的事的某些人，见别人"出事"了，可不是会觉得也够高兴的吗！实乃一些人的心理遗传。

我走在校园里，出现在图书馆或食堂里，便不免招致某些人看一个"出事"了的人的特殊目光。沃克和小莫怕我觉得不自在，常有意一左一右陪着我。我也确实觉得大不自在。C和V们，当然挺高兴的，因为这正是他们预期的"舆论效果"。

在给工宣队的"证言"中，C写道："某月某日，事发前，我与梁同返杂技学馆。途中我寄信，梁站在邮局内的‘汇款领款常识’前，看了许久——可见其犯错误前是有缜密准备的。”

确有其事。我承认了。她寄信，我没事，就看那东西。

“梁在将汇单交付我时，犹豫了一阵——这是其犯错误前矛盾心理的反应。”

我也承认了。确实犹豫一阵——因我本不愿劳她代办任何一件小事。

“当我对梁说‘E 老师替你取’时，梁的脸色顿时苍白，呆呆地半天说不出话来——这是他预感到事情将要败露时的紧张心理的反应……”

这就有点不实事求是了。但她觉得我当时就是那样的，我也无法。

V 的“证言”简单些，只有两条，但有分量：一、我根本没给梁打过电话，叫他回学校取汇单；二、莫替梁与我“谈判”，企图说服我承认给梁打过电话。

作废了的汇单压在工宣队那儿。人证物证俱全，只待我低头认罪了。

我离开学校，“逃亡”杂技学馆。

大学里有工宣队。杂技学馆也有工宣队，是上海某纺纱厂的几位女工。学员们尽是十几岁的男孩女孩，整日被关在曾是汪精卫的一个小老婆的独院别墅里练功，其实阶级斗争、路线斗争、思想斗争是与他们无关的。但几位纱厂女工却不这么认为。她们也时常造出什么“新动向”“新情况”，折磨孩子们，折磨杂技老师们，也折磨她们自己。仿佛不唯此不足以显示出她们存在的价值。孩子们在她们的授意下，也常常写几张“大人腔”的思考“路线斗争”或“思想斗争”的大字报，贴在练功房里。

我是北方人，爱吃辣酱。学馆的赵老师就经常从家中带点辣酱送给我。赵老师是学馆负责人，但受工宣队领导。被女工宣队员领导更是不幸。故而学馆内的“路线斗争”“思想斗争”便集中体现在她和几位女工宣队员之间。她年近五十，身材高大，像马玉涛。她也是北方人。我们便认了“老乡”。她为人坦诚，性格耿直，我觉得她比几位严肃的女工宣队员可亲，愿意接近她。她是中国的第一代芭蕾舞演员，而且是由苏联舞蹈家西诺夫培训过的。工宣队认为她是“文艺黑线”上的人物。我则觉得她不唯可亲，亦复可敬。我亲她近她，女工宣队员们大不高兴。她们认为：一名“工农兵学员”，理应对工宣队员们亲而敬之，才对头；否则，就不对头。她们经常对 C 叨叨咕咕，说我“屁股坐歪”了。C 是我在学馆体验生活时期的直接领导，非常乐于将学馆工宣队对我的这类意见反映给学校工宣队。其实我的屁股是常和她们坐在一条板凳上的。她们还是不高兴，认为我“屁股虽然和她们坐在一条板凳上了”，可“思想是与赵老师合拍”的——也即“与旧文艺思想合拍”。我无法讨她们欢心，只好随她们不高兴去。她们不免常以冷脸对我。

有一次我问赵老师：“她们怎么这样哪？”

赵老师说：“你别在意，只当她们是在更年期。”

我那时特傻，不知“更年期”为何意，因问：“更年期是怎么回事啊？”

赵老师想了想，回答：“女人到了不知把自己怎么办才好的年龄。”

我觉得身为女人真不幸，不但要和男人们一样受命运的摆布，还要受生育之苦，还要受“不知把自己怎么办才好的年龄”的捉弄。便对那几位女工宣队员格外同情起来。中文系图书馆有“文革”前的《妇女杂志》，我便特意回校一次，大量翻阅，选出几册载有“妇女到了更年期怎么办”一类文章的，借出来带到学馆，推荐给几位女工宣队员读。不料想她们甚为恼怒，以为我当面羞辱她们。其实我一向尊重妇女，而且确确实实一片好意。我尽办傻事。

著名戏剧家黄佐临先生的小女黄小芹，在杂技学馆做钢琴伴奏老师，与我是同龄人。我们之间亦颇有话说，心是相通的，常背人一起咒骂“老妖婆”，觉得彼此都一吐为快。我们唯独不避赵老师。小芹是赵老师调来的人。赵老师与我交谈时，常流露出对佐临先生的敬仰。她将小芹调到学馆，颇费了一番周折。几位“不知把自己怎么办才好”的女工宣队员，当然自以为她们有非常充分的理由推断，一个“文艺黑线”上的人物，一个被“打翻在地”的“资产阶级戏剧艺术家”的女儿，再加上一个爱吃“文艺黑线”上的人物的辣酱，“屁股坐歪了”的工农兵学员凑在一起，所谈所论肯定都非“革命言论”无疑。

我从学校逃到学馆，连我给他们做了半年之久辅导员的孩子们也知道“大梁老师出事了”。C已将“舆论工作”做到家了，我真佩服她。被自己喜爱的孩子们用种种猜疑的眼光看待和不敬的态度对待，令我尤其不堪忍受。连赵老师和小芹也不知我究竟出了什么事，欲问而不便问。

我也没心思向她们解释。只好再逃。

上海郊区有个小镇叫朱家角。据说电影《枯木逢春》中的一些镜头，就是在那里拍的。我的一位上海知青朋友的外婆家住在那小镇上。他回上海探家时，曾带我到他的外婆家住过几日。我很喜欢那小镇。那里似乎是一个宁静的世界。老阿婆非常真诚地欢迎我再去做客，视我为他的亲外孙一样。

我从大上海逃避到小小的朱家角，着实过了几天清静日子。老阿婆说我瘦得叫人可怜，顿顿给我做好吃的。

一天，沃克竟找到了我住的地方，令我大出所料。

我问："你怎么知道我住在这里？"

沃克回答："小莫告诉我的。"

我只告诉了小莫一个人我在什么地方，而且嘱咐他不要告诉别人。他告诉了沃克，我有些不悦。我不愿被任何人扰乱我在小小的朱家角所感受到的清静。这小镇上最主要的一条街，又深又窄。两旁尽是歪斜的木板阁楼。对门住着的女人们，常一边坐在自家门槛上择菜，一边隔街拉话。姑娘们结伴从街上走过，木底拖鞋在石路上发出"吧嗒吧嗒"的响声，其声如梆，远远地传过来，又远远地消失了，给这小镇增添了一种独特的韵味。而老人们在敞开的窗口隔街对饮，那真是一幅妙趣横生的画。镇外还有一条河。河上有古老的石桥，河中有木船驶来驶往。就这些，对我已足够了。我喜爱上了这小镇。而最主要的是，这小镇的政治氛围较淡薄，不那么压迫人。没有男性工宣队，也没有"不知将自己怎么办才好"的女工宣队员。也许只有镇"革命委员会"那幢不大的二层楼里的人们，才像别的地方的某些人一样，有兴趣去玩从中央到地方的那同一局政治桥牌。总之我是那么不愿离开朱家角，不愿回到上海，不愿回到杂技学馆，更不愿回到复旦去。我真希望就此在朱家角待到毕业，随便他们将我分配到什么地方。还有那张汇款单，也见鬼去吧！随便他们给我下个什么结论！

沃克看出我有些不高兴，说："小莫本不想告诉我你住在这里，是我逼问出来的。我不能不来见你一面。因为……我是来向你告别的。我……要回国了。以后，也许不会再到中国来了……"

我心中倏然对这位瑞典留学生产生了一种依依不舍的感情。同时也因为对他的冷淡而自责。

我问："你为什么突然要回国呢？"

他说："我把 V 揍了一顿。"

"你被宣布为'不受欢迎的人'了？"

"没那么严重。不过我对中国感到失望了。"

九

我不知再说什么好。

老阿婆见一位外国人来找我，显出极为忐忑不安的样子。在这个小镇上，谁家里来了一位外国人，可是件不寻常的事情。不寻常的事情往往也会被认为是不正常的事情。小镇上的人们肯定都忌讳这一点的。我很理解老阿婆，便告诉她，沃克是我的外国同学，不会给她带来任何麻烦，见我一面就走，叫她打消疑虑。

随后，我陪沃克来到一家小饭馆。落座后，我说："沃克，我请你吃顿便饭吧。"

沃克说："还是我请你，我比你有钱。"

拗他不过，让步。随便点几样菜，要了三瓶啤酒。

沃克先替我的杯里倒满了酒，接着往他自己的杯里也倒满了酒，之后盯着我，问："告诉我，我们是朋友吗？"

我也盯着他，庄重地回答："当然是朋友。"

沃克说："在中国，有一个中国人承认我是他的朋友，我觉得自己不算白来中国留学一次。"

我说："不，沃克，你不只有我一个中国朋友。除了我，还有小莫呢！除了我和小莫，复旦园里一定还有许多中国学生把你当作朋友的。不过他们没有机会向你表示罢了。"

沃克说："谢谢你的话。"

我举杯，说："让我们像朋友那样干一杯吧！"

沃克说："好，不但为了我们之间的友情，也让我们共同为一个中国姑娘少遭厄运而干杯！"

我问："哪一个中国姑娘？"

沃克说："就是你觉得你爱上了的那个中国姑娘。"

一阵忧郁笼罩在我心间。

沃克问："你现在还想着她吗？"

我说："几乎天天都在想着她。"

我们的塑料杯无声地碰到了一起。

沃克问："按照你们中国的习惯，这一杯得一饮而尽是不是？"

我说："是的。"

于是我们眼睛注视着眼睛，一口气喝光了那杯啤酒。

沃克用手背抹一下嘴，微微一笑，说："我曾经有一个愿望，想找一个中国姑娘做我的妻子。我们西方人都认为，东方女性温柔多情，而且对丈夫、对孩子、对家庭比西方女性有责任感……"他遗憾地摇摇头。

我说："中国的泼妇悍妇也是很可怕的。《聊斋》里将她们比作枕旁夜叉，将那些不幸的丈夫比作床头系羊。"

沃克说："我当然要找一个美好的中国姑娘做妻子啦！如果我再来中国，仍抱有这种愿望，你帮我寻找好吗？"

我说："你趁早打消这种愿望吧，难道你不明白一个外国人与一个中国人结成夫妻是多么困难吗？”

沃克说：“世上无难事，只要肯登攀。”他天真得可爱。我哑然一笑。

刚吃罢饭，他就要往回赶。他说他已买妥了明天的飞机票。我一直送他到公共汽车站。他从兜里掏出一叠人民币，说：“我来不及兑换了，带回国没用，你收下吧！不多，不到一百元。”

我说：“我们中国古人有句话——不轻受一文。”

他说：“你真怪。”

我说：“我们中国古人还有句话——不敢忘一餐。沃克，你跑到郊区来向我告别，你请我吃了一顿饱饱的饭菜，我不会忘记的。如果你真还会到中国来，如果那时我的处境好些，我一定请你在最高级的饭店吃一顿中国大菜。”

沃克十分认真地说：“别忘了你还要替我寻找一位愿做我妻子的美好的中国姑娘。”

我也十分认真地说：“只要那时我们的政策允许一个中国姑娘嫁给一位外国人，而且你保证不欺负她。”

公共汽车来了，我们匆匆握了一下手，他便跳上了汽车。

汽车开出很远，我还看到沃克一只长长的胳膊从车窗伸出，向我不停招着。

我惆怅地在原地站了很久很久……

我这“出事”了的工农兵学员，在朱家角生活了十来天后，心中渐感不安起来，总有种近乎“逃亡”的阴暗意识，时时摆布着我。

我便告别了阿婆，鼓起勇气，回学校了。

回到学校的第二天，E老师把我叫到一个学生宿舍里，讯问我对自己的错误反省得怎么样了，还暗示我，工宣队认为，人证物证俱全，我拒不承认，也是可以定“案”的。那就不是我将被分配到何处的问题了，而是我有没有资格毕业的问题了。

V就住在这个宿舍里。我不知E老师为什么偏偏将我叫到这个宿舍。桌上有瓜子、果脯、软糖，毫无疑问都是V买的。他是我们专业带工资学员中工资最高的一个，每月七十多元，比我们有些老师的工资还高。除了我和E老师在宿舍里，V也在。他不离开，使我愤怒。按理说他是无权听我与E老师这番特殊内容的“谈话”的。可他却躺在床上一边吸烟一边看书，一副优哉游哉的样子。E老师不让他出去，也使我大为不解。

我老老实实告诉E老师，我这些天来根本没有进行过什么反省，到一个去处躲清静。

“你当真不想要毕业证书啦？”E老师一边嗑瓜子，一边瞪着我问。

我说：“随你们的便！”

V腾地坐了起来质问我：“你骂老师？”

“滚！你有什么权力质问我！”我指着他大声说，真想和他打一架。

“你……”E老师脸气白了。

就在这时，门开了，进来的是专业的于老师。他到安徽去“开门办学”，昨天刚回来。他见我们三个虎视眈眈的样子，奇怪地问我们在争吵什么。E老师就把我“犯错误”的事对他讲了一遍，还说：“大梁的态度这么不好，是毕不了业的呀！”

于老师说：“这事啊！那张汇款单是我从阅览室一本《朝霞》中无意翻到的。我当时也没想到去细看邮戳，不知那是大梁半年前丢失的……”

V这时要往外走。

于老师叫住他说：“哎，小V，我不是亲手把汇单交给你，让你打电话告诉大梁回学校取的吗？”

V不免狼狈起来，支支吾吾说不成话。

E老师不禁转脸去看V。

V半天才憋出一句话：“可我也没叫你拿着作废的汇单再冒领啊！”

我气得浑身发抖。

这件事从此就算过去，不了了之。那位系工宣队副队长往后见了我，脸上也强作微笑了。

实事求是地说，V与C，在这件事上，并无“合谋”。他们各有各的想法，各干各的。千不该万不该，我不该让C代领汇款。如果换了别人，这事本不成其为事，最多埋怨我几句。C将这件事搞成一件事，当然没什么奇怪；对于某些人，能够有什么机会“整”别人一下，不“整”白不“整”。V不过是见C首先已将这事搞成了一件性质严重的事，顺水推舟，使其更为严重罢了。因为他做梦都想进北京啊！自从我们上一届的毕业生中，就是对同学突然“袭击”，贴出“某某反动言论百例”的那个，进京后据说可能当教育部副部长，多少人都认为进京简直就等于跃龙门。

不久，复旦园内暗传，“四人帮”在北京被逮起来了。接着，马天水、王秀珍在北京交代问题一说被证实。

复旦园内人心鼎沸。工宣队员们一个个如丧考妣。在发生于复旦园内的许多大大小小事件中“革命”得过分的某些人，像偷了汉子被揭发的女人似的，都变得有几分扭捏，有几分羞臊，有几分不自在，低眉顺眼起来；而做过恶的，受到的心理冲击是太突然也太大了，未免惶惶然不可终日。

复旦大学与上海交大的学生，领各大学之先，深夜冲出校园，会聚外滩。市革委楼前，万头攒动。

徐景贤肩披棉军大衣，出现在阳台上，朝下招手，高喊：“革命的同学们，感谢你们的政治热情……”

他以为两校学生，是在以游行的方式，为“四人帮”及马天水、王秀珍之流向北京施加压力呢！

一片怒吼骤起：“打倒徐景贤！”

上海市革命委员会副主任那潇洒的身姿明显地抖了一下，军大衣落在地上，像个皮影似的，晃进室内不复出现。两校学生的队伍，从市革委门前出发，几乎绕市游行十周。复旦学生归校，时间已过午夜。

我在游行队伍中发现了 C，其情绪之昂奋，令我惊诧。围攻物理系女学生时的表现，大概也不过尔尔。健忘若此，真奇人也！我暗想，像她，总该转个弯子吧？却顺溜笔直地就从一条路线冲刺到另一条路线了！

中文系学生首先贴出一批揭发“四人帮”在复旦罪行与阴谋的大字报。C 一手拎糨糊桶，一手持刷糨糊的笤帚，忙前忙后，颇不辞辛劳……又过不久，毕业分配工作开始了。E 老师动员我留校，我表示愿意服从分配。小莫暗中向我透露，动员我留校，是为了照顾 V，将他分到北京去。因为他最怕被重新分回新疆去。而他留校是没指望的，老师们十之八九坚决反对。我便找 E 老师，告诉他，我宁肯回北大荒，也不留校。E 老师问我何以变卦。我说：“你心里明白！”

那一天我卖了手表买的那件“三合一”的裤子晒在外边丢了。我只有两条裤子，丢的是体面的一条。V 就拿着一条新裤子来送给我。

我说：“我穿着短裤毕业，也不会接受你给我的裤子。”

他说：“我女朋友在北京，求求你。”我说，“把你的裤子拿走，否则我从窗口扔出去。”他不拿走。我便当着他的面从窗口扔出去了。那条裤子悠悠地飘过了院墙，飘落在马路中间。一辆卡车驶过，车轮又将它卷入了路旁的水沟。

V 尴尬地待了一会儿，又说：“我错了……”

我朝房门一指：“出去！”

V 不得不离开了。

小莫走进来，问：“那小子来干什么？”

我沉思许久，低声说：“小莫，要不我就成全了他吧？他女朋友在北京……得理让三分才对是不是。”

小莫说：“狗屁！他女朋友是北大哲学系的，与我们同届，半年前就与他彻底断绝关系了！全专业哪个同学不知道？E老师也是明明知道的！……”

我说：“就算这样吧！反正我也不是北京人，北京对我并没什么吸引力。他刚才对我承认他错了……”

小莫说：“好，好，好，你是君子，你多好啊！可生活中的坏人，就是让你们这些人给惯的！你成全他吧，也成全你那颗自以为善良的心吧！老子从此和你绝交！……”小莫摔门而去。

我又想了很久，决定报复一次。

那是我平生第一次报复人。

直到如今，我仍每每回想此事，不知自己当初对抑或错，得不出个结论。其实我并不算报复了V，我只不过是不肯原谅他对我的伤害，在完全可以成全他的情况下没有使他如愿以偿而已。这么想，似乎也就宽宥了自己。但进而一想，若我当初成全了他，说不定他分到北京之后，尚可能与其女友重归于好，结成伉俪，夫敬妇爱，一生幸福。爱是一种机缘，谁错过了则可能铸成千古恨。断送了别人爱的机缘，毕竟是有几分可恶的事。而且也太小人气。这么想，又觉得自己当初很不应该。

临毕业更近了。每晚，在校园里谈心的人大大多起来。分离使人与人之间都变得友善起来。

C抓紧在校的最后时间开始谈情说爱。没什么政治的事儿可做了，对一个二十七八岁的、其貌不扬的、毫无女性魅力的大姑娘来说，赶紧抓住一个可以做丈夫的男人，就“悠悠万事，唯此为大”了。

每晚有比我们低一届的一个部队学生陪着她，与比我们高一届的一个留校生在校园里兜圈子。据说那部队女学生是“红娘”。每逢熟人“红娘”便“此地无银三百两”地解释“我们谈工作”。

我在校园里碰见过他们几次。C总是将脸扭向别处，装未见我。

我知这不是害羞。害羞的本能使女性可爱，在这一点上C挺不幸的。她避我另有缘故。她曾向我们专业一个比她小两岁的同学求爱，而对方又爱着新闻系一位女同学。她明知却又“锲而不舍”。结果还是竹篮打水一场空。按理说作罢了算了，她不。她以创作专业支部副书记的名义，到新闻系去“调查”人家的“不正常关系”。从法律的角度讲，这属于“刺探”别人的隐私，属非法活动。假专业党支部名义而行之，更是做得过分了。她还不作罢。还要在专业的各种会上大讲特讲“上大学时期谈情说爱，对不起送我们上大学的人民”一类话……那位新闻系的女同学有次当众大骂了她一通，于是她的所作所为彻底败露。女人天生是女人的对手。那一次她真是大现其眼。有这个前因，她碰到我自然要将脸扭向别处。这绝不是害羞。套用句京剧道白，是——“叫奴的脸儿往哪搁？”不过我倒因此同情她则个了。那也算正经地谈恋爱吗？跟着个女“陪同”，像跟着个寸步不离的女保镖似的。碰上熟人还要来一句：“我们谈工作。”真真大煞风景！也太没诗意。没半点诗意，那爱还值得一谈吗？天可怜见的！

有人也邀我谈心，是专业的一个部队学员。我对他一向极好。除了小莫，我视他为第二知己。他年龄比我小三岁，我拿他当弟弟对待。

我们从宿舍楼走至校门口，在毛主席塑像背后站住了。他忽然说：“大梁，有件事我对你挺内疚。”

“你？……什么事？……”我诧然。

他说：“你肯定已知道，装不知道。”

我说：“真的什么也不知道。”

他说：“V给你打电话，我在场。我还接过电话与你开了几句玩笑，你怎么能没听出？……”原来如此！我始终想不起那个“第三者”，竟是我这位“第二知己”！我又怎么能想到是他？几次电话里那声音使我想到了是他，我都将他从苦苦的追忆中排除了。我连问都不曾问过他。

“那你当时为什么不作证？”我觉得他变得那样陌生。

在毛主席塑像的阴影里，他脸上浮现出一种令我感到吃惊的纯粹概念化的笑。

他说：“你了解的，我这个人，不愿与任何人发生矛盾。我的处世原则是，多一事不如少一事。我不愿卷到什么矛盾之中。所以……所以我要向你当面解释一下……”

我呆呆地看了他片刻，猛转身撇下他走了。直到毕业离校，我再没跟他说过一句话。

他给我留下的最后印象不是可恨，而是实实在在的可怕……

毕业证书领了。火车票也订了。再过三天，我就要离开上海了。却总觉得有什么萦绕着我的心。仿佛我人离开了，心也会留下一半似的。我竟弄不明白自己何以会产生这样失落魄魂般的情愫。不明白究竟是什么萦绕着我的心。第二天，有人喊我接电话。

我抓起话筒问：“谁？”暗想没什么人会给我打电话的。

“我……”一个姑娘的声音，低低的，语调柔婉。

那一时刻我觉得自己定住了。不能动，也不能发音。我听出她是谁了。我明白究竟是什么萦绕着我的心了。我明白我那种失魂落魄般的情愫究竟因何而产生了。我明白某种感情一旦作用于我的心灵，我会变成怎样的一个人了。

“你怎么不说话？……”那低低的、柔婉的声音又问。

“你在哪儿？”我用颤抖的语调反问。

“在校门口。”

“我去接你！”我一放下电话，就飞快地朝校门口跑去。跑到校门口，并未发现她。我旋转着身子寻找她。

“往哪儿看？”她却突然出现在我面前，笑吟吟地望着我。她穿一件白色短袖衫，一条浅咖啡色裙子，显得那么清秀淡雅。她心情分明很好，脸上光彩照人。难怪我看见了她，也未敢上前认她。我笑了。

她说：“我父亲病了，我陪父亲回上海来看病。”

我关心地问：“病得重吗？”

她说：“是大学里过去的一些老教授们想念他了，找借口把他接回来的。”

我说：“我见过你父亲了。”

她奇怪地眨着眼睛问：“在哪儿？”

我说：“在火车站，你们父女离开上海那一天。”

“你到底去火车站了？”她收敛了笑容。

我点了点头。

“那你为什么不露面？”

“怕你不高兴见到我。”

“你……”她注视着我，摇摇头，“真傻啊！”

有人注意我们。

我说：“走吧，到我们宿舍去坐一会儿。”

我带着她来到宿舍，将她介绍给小莫。

小莫打量了她一番，对我说：“是像橄榄。”

沃克将我对他说过的话告诉了小莫，小莫就常拿那句话开我的玩笑。小莫借故走出。我们面对面坐在桌子两旁。

她说：“你的同学为什么说我像橄榄？”

我脸红了，说：“是吗？我没听见啊！”

她沉默了一会儿，低下头去，说：“知道你快离校了，来看看你。”

我说：“我分到北京了。”

她抬起头来，深深地看了我一眼，复低下头去，又沉默起来。

我说：“我本是可以留校的。”

她渐渐抬起头，问：“你不愿留校？”

我说："谈不上愿意或不愿意。北京上海对我反正都一样。因为我将来总归是要回到哈尔滨去的。我有一个身体很不好的老母亲，有一个患精神病的哥哥，家庭需要我。"

她轻轻叹息了一声，再次低下头去。

她的双手像幼儿园里等待阿姨给剪指甲的小女孩那么规规矩矩地平放在桌上。而她低着的头却扭向一旁，似乎永不会再抬起，永不会再看我一眼。

我站起来，走到她身旁，握住了她的双手。她没有抽回她的手，有半分钟的时间，她保持着原来的姿势，一动未动。她坐在那里仿佛是一个石头人。她的双手在颤抖。也许是我的双手在颤抖。忽然她将她的脸贴在我的手背上。

我说："我爱你！"

她说："不……"

我不禁放开了她的双手，走到窗前去，背对她站着。

她问："你生气了？"声音低低的。

我转过身，盯着她的脸说："那么请原谅。"

她说："我有老父，你有老母。我有侍奉我父亲的义务。你有孝子之心。我们虽然是在马路上偶然相识的，但我永远不会忘记你。因为你是第一个对我说'我爱你'这句话的人。今后南北相离，何必钟情呢？这是缘分，你我命定如此。"

我怔怔地说不出话来。

她低下了头去，沉默着。

我也沉默着。

不知过了多久，她站起来说："我该走了。"朝我凄然一笑。见我还怔着，不说话，她转身向房门走去。

"等等！"我叫了一声。她在门前站住了。

我走到她跟前，将门锁落下了。

"你……"她吃惊地瞪着我。

我坚定地说："我要吻你一下。"

她凝视着我，低声问："你吻过几个姑娘了？"

我觉得，她的凝视是那么幽深。

我说："在你之前，我没吻过任何一个姑娘。"

她说："在你之前，我未被任何一个小伙子吻过。"

她闭上了眼睛。

我轻轻在她眉宇间吻了一下。

她睁开眼睛，问："你吻过了？"

我说："是的。"

她说："我什么也没觉得。"

我说："那我再来一遍……"

有人敲门……

第二天，我离开了上海。小莫去送我。还有三个同学：小杜、小刘、小周。我从车窗口探出身子，一边和他们说些告别的话，一边用目光在站台上的人群中寻找着。

小莫说："你寻找她？"

我突然发现了她，隐蔽在一根水泥柱后，呆呆地凝视着我。我要从窗口跳出来。列车开动了。小莫、小杜、小刘、小周对我喊了些什么，我一句也没听到。我的目光只望着那根水泥柱子，柱子后的她。

上海，别了！别了，你这在新华路扫马路的姑娘！我们在新华路的人行道上相识。那时你手中拿着扫帚，我是一个"工农兵学员"。我们却在上海火车站相别！你隐身在水泥柱子后，就像我送你去浙江农村时隐身在候车室的一个角落一样。你有老父。我有老母。我有孝子之心。你也有孝女之心。今后南北相离，我们命定如此。我们没有缘分。你像一颗橄榄，我用我的心含着你。今后我将成为别人的丈夫。但我不会忘记你。人人都有这点权利。

我又了解你多少呢？了解得那么少、那么少、那么少！我为什么竟爱你呢？我自己也不明白，永远也不想弄明白。列车向北、向北、向北……

我望着车窗外，思考我这三年的大学生活。学到了识人的一些经验和一些教训。如果这也是学问，三年还不算白过。

做过什么亏心事吗？做过的。"批邓"的时候贴过一张大字报。写过三篇"反小生产者"的短篇"小说"。没发表。写过一部"反文艺战线'走资派'"的长篇，没写完。如果不是粉碎了"四人帮"，短篇也发表了，长篇也写完了。为了什么呢？为了获得。为了获得什么呢？为了获得我所憎恶的那种政治势力的青睐。憎恶是真的。想讨好也是真的。产生过愤起疾呼果敢抗争的类乎勇士精神的冲动，更多的时候唯恐祸及自身，以懦夫的可鄙的沉默维护着一点点可怜的人格。如果讨好成功呢？如果想获得的获得了呢？我会不会加入"另一类勇士"的行列，顺着政治的竹竿往上爬，越爬越起劲呢？

而我的毕业鉴定上却写着"同'四人帮'作过斗争……"一条永恒的荣誉。

我忽然觉得，自己并不比 V、C 一类人正派多少。

我忽然觉得，自己仿佛和一个娼妓鬼混了三年。

真真假假，假假真真。真亦是假，假亦是真。只有对一位姑娘的爱，是不打什么折扣的。

也算是收获——我认识了我自己。

列车向北、向北、向北……

我忽而又想到了沃克。如果他还在中国，我真愿将自己内心里最真实的一切一切都坦率地告诉他，让他真正了解一个中国人。

列车向北、向北、向北……

我在心里对自己说："梁晓声，梁晓声，你今后得多少变得好一些才行啊！……"

京华闻见录

一

一九七七年九月我从复旦大学毕业，分配到北京。

报到前有半个月假。三年没探家，很想家，想母亲。但我打算分配单位确定了，工作几个月后再探家。我非常希望尽早知道我的工作单位将是何处，非常希望尽早对这个单位产生感情。

走出北京站，像三年前走出上海站一样，我有些茫然。“大串联”时期，我作为“红卫兵代表”，曾往返两次到过北京。我是全校一千二百多名学生，按每十五人一名代表选出的。我的中学母校在“文革”初期颇为“保守”，选“红卫兵代表”的条件还不是以“造反性”为原则，其实跟选“三好学生”的条件差不多。

到京后，据说大学、中学包括小学的“红卫兵”，已近百万名之多。我们先是在天坛公园内的临时席棚里冻了一夜，而后住到了地质博物馆。各地的“红卫兵”见我们胸前别着“代表”的红绸条，大加嘲讽。说“革命串联”，赴京接受毛主席的检阅，是每一个“红卫兵”、每一个革命学生的权利。你们有何资格以“代表”身份剥夺他人权利？我们无不大惭，纷纷将引以为荣的“代表”标志扯下扔掉了。

被检阅后，我孤身前往四川的乐山，去探望父亲。父亲的通信地址是代号信箱，问许多人全不知，到邮局问，答晓得这地方，但属军工单位，保密，不能告诉我。无奈按信箱地址给父亲拍了一封电报。

父亲的回电只有三个字“速返哈”。后来听父亲说，当时他们那里大乱，死人的事是经常发生的。他怕我去了，就永远“留”在那儿了。

我又回到了北京，又幸福地赶上了一次“检阅”。怎样的形式，回忆不起来了，只记得居住在东单外交部家属宿舍，一位什么参赞的家里。我与武汉某“长征队”的九名男学生同住。一间十二平方米左右的房间，薄薄的一层干草，上面铺着肮脏的被褥，有虱子。

“长征队”员们对住的条件很不满意，就用大毛笔饱蘸墨汁往洁白的墙壁上写各种标语口号。我离开那天，四堵墙壁仿佛挂了四张荷兰奶牛皮，黑一块白一块。其实，主人家的“外婆”对我们挺热情的。我虽然没往墙上涂过一笔，却替别人感到十分内疚……

我伫立在站前广场，想到今后将要在北京工作，成为一名首都公民，心中自是不免有些激动。

九月的阳光耀得我眯起了眼。柏油马路散发的热气在地表蒸腾，车辆行人和街边树木似乎全在微微抖动。

车站的大钟敲响了。我扭回头望着它，心中喃喃自语：“北京，北京，今后请多关照啊！……”

哈尔滨—北大荒—上海—北京，十年弹指间，我仿佛由十八岁开始，做了一个长长的梦。一觉醒来，二十八岁了。可小时候，我连做梦都不曾想到过，二十八岁后我会成为一个北京人。

“大串联”时期北京并没给我留下什么好印象。到处都油漆成红色，使人心里骚乱不安，而且秋季的风沙还那么大。到军事博物馆去参观，西风卷着巨尘在马路上奔嚣。使人联想到骠骑赳赳过长街，蹄下洪沙乱飞扬的“元大都”时期。

尽管北京并不使我觉得亲切，但我心中还是充满了幸运感。是幸运感，而不是幸福感。想想看，在我的同代人中，还有几十万人仍留在北大荒呢！

其中包括十余万北京知识青年。可我这个哈尔滨的小子，竟不知命运中有哪位神祇保佑，摇身一变成了北京人！

人的命运真是充满了机遇啊！一切人的一切成功，都有着某个时期的某种机遇在起重大作用。这乃是人和社会既矛盾又统一的关系。对每一个人来说，重要的是善于把握住机遇，因为机遇毕竟不可能属于那些毫无准备的人。

比起同时代人，我的命运这么好，无论我分配到哪个部门、哪个单位，我一定要好好工作，否则太对不起我家的祖坟。这就是我站在北京站广场上，头脑中所产生的最强烈的想法。

我问许多人文化部在什么地方，都说不知道。也难怪，我问的多半是外地人。在北京站，十个人中至少有六七个是外地人。而且我也根本看不出谁是北京人谁是外地人。

我问一个年轻的警察。他回答：“不知道。你要问我公安部在什么地方，还算问对了。文化部……我压根儿就没想到过有人会问我文化部在什么地方。”

到底是大学生了，我的头脑比三年前灵活多了。我到车站对面的邮电局去查电话簿子。查到号码，拨通了电话，问我们共和国的最高文化机关在什么地方。

接电话的，是传达室的人，反问我是什么人，要到文化部来干什么，口气带有很高的警惕性。我恭敬地说明我是去报到的大学毕业生。

“沙滩。”对方回答了两个字，就把电话挂了。我买了一张北京市内交通路线图，不再问任何人，按图换车。一个半小时后，终于站在了文化部大门外。

持枪站岗的士兵问我有何公干，我从书包里翻出学校发的介绍信给他看。他看了一下，还给我，说：“这不是文化部，这是《红旗》杂志社。”

《红旗》！难怪有士兵持枪保卫。积“文革”之成见，在我心目中，它是“文化司法部”的别称。

它是一个时期内代表“党中央”给文化艺术定罪的权威刊物。批《海瑞罢官》，批《燕山夜话》，批《上海的早晨》，批《红日》，它都发表过大块文章。一切文化艺术，一切文化艺术界的知名人物，经它一批，不是成了“反动”的，便是成了“封建主义”的，“修正主义”的。

我心想，我要找的是文化部，怎么来到了这个地方啊！虽然我不过是普通的十亿中之一蚁，即使在“文革”中犯了什么文化罪，也没有被《红旗》“坑”一下的资格。但我对这个地方还是有些诚惶诚恐。

我掉头便走。

走了两步，忍不住转身说：“可人家告诉我文化部就在这个院里啊！”

站岗的士兵说：“不错，就是在这个院里，就在那大楼里。这个门，是‘红旗’的门，绕到前面那条街的正门，才是文化部的门。”

我请求道：“那你就让我进去吧！”

士兵说：“不行！各走各的门。”

我说：“好，好，好。”就又绕了十分钟，找到了正门。看到文化部的牌子，犹如孩子看到了姥姥，心中涌起一番亲情。“姥姥”家大门口也有持枪的士兵站岗。被允许进入院内，我急急地就往大楼奔去。没想到在楼口又被一站岗的士兵横臂拦住，朝我要在大门外传达室填写的“来客登记单”。可我在院内急急走着时随手扔掉了。

士兵说：“你找回来。”

我见那士兵是个没法商量的人，无可奈何，只得返身慢慢地边走边找。院里有两个人站住，好奇地瞅着我，大概以为我丢了钱包或什么贵重的东西。还好找到了。我怕受到士兵的斥责，认认真真地用手抚平展了，才敢持着重新入楼。

终于进入楼内，先前那种孩子见到了姥姥般的亲情，一扫而光。院门楼口，双重警卫，不算“戒备森严”，也可谓“步步设防”了。我怀疑自己来到的不是文化部，而是什么兵种的司令部。

上楼时，就一级级走得很稳重，怕毫无精神准备之下，又从哪里冷不防闪出一个士兵，被拦住盘查。还好，也就两重岗而已。走上文化部那一层楼，碰到一位五十余岁的男同志，问他“毕业生分配办公室”在哪一房间。

他答曰：“还没成立啊！”

我着急了，一时怔怔地竟不知说什么好，汗也顿时淌了下来。

他见我急成那样，说：“有一个人可能将负责这方面的工作，我替你去问问。”

我便站在走廊等候。

一会儿，那男同志引来了一位年近四十岁的女同志。她问我：“你是来报到的？”

我说：“是。”

又问：“哪个大学毕业的？”

我说：“复旦。”再次翻出介绍信递给她。

她看了看，说：“你报到得太早了呀！还有半个多月呢！昨天才让我负责这项工作，我一点头绪都没有呢，你十天后再来吧！”

我急忙说：“那可不行，这十天我住哪儿呀？”

她问：“你家在哪儿呀？”

我说：“哈尔滨。”

她说：“那你就回哈尔滨嘛，晚来报到几天也没什么的。”

回哈尔滨——我衣兜里只剩下十来元钱了，不够买火车票的。

我不好意思言明，只说：“反正我是不能回哈尔滨的。要能，我就不在北京下车了。”

她听了我的话，以为我有什么特殊的隐衷，又问：“北京没有亲戚？”

我摇头道：“没有。”

再问：“也没有同学？”

我摇头道：“没有。”

她继续问：“一个熟悉的人也没有？”

我说：“有几个当年在北大荒同连队的北京知青。”

她似乎替我解了一大愁，说：“这就好啦！住他们家吧。三天后你来找我。不能再提前了。我这已经算照顾你了！……”

我还能说什么呢？不能再说什么了。我表示了十二分的谢意，心情沮丧地离开了文化部。四点多了，我不知该往哪里去。头脑里倏然想到一个人——黄宗江。便决定去找他。

那时我还不认识黄宗江老师，但已认识了黄宗英老师。在上海读书三年，我觉得最荣幸的事，便是认识了两个我极尊敬的人：一个是黄宗英老师，一个是茹志鹃老师。每每想到她们，心中便怀着感激。

我认识她们，说来也算"机遇"。

粉碎"四人帮"后，上海召开了一次全市文艺工作者大会，纪念《在延安文艺座谈会上的讲话》发表多少多少周年。

复旦大学中文系出席了一名教师、两名学生。我是其中之一，参加小说组讨论，担任记录员。如果我没记错，茹志鹃老师好像担任副组长。小说组还有巴金。

巴老那年身体尚健，行走时步子也很稳，给我的印象是不多言词，平易近人，说话很慢，仿佛句句都须经过思考。虽然"文革"中遭受摧残，名誉还未得到公开恢复和平反，但毫不自轻。从那张"思想者"型的脸上，不难看出其内心的刚强自尊。会议开了五天，我们常在一张桌上吃饭。我没与他交谈过，因为过于敬重这矮小而又难以压垮的老人。但吃饭时，我常替他盛饭，或主动将他夹不到的菜盘往他面前递一下。

茹志鹃老师发言不多。身为讨论主持者不得不"请求"别人发言，我看得出她把那"差事"当成一种罪受。读过《百合花》的人，都说茹志鹃老师该是个清秀女性。似乎不应像她本人那样身材那么高，手那么大，还吸烟。似乎她写《百合花》时，不是个百合花般的女性就不太对劲。而且还有的说她的名字也是那样文雅。

我没见到她之前，想象中这位使我崇敬的女作家，也不是她本人那个样子。但见到她之后，又觉得她就该是那个样子。觉得吸烟对她来说是一种特殊的风度。她那双男人般的大手，就是该写出《百合花》的手。如果她那双手小巧，倒是有点不像女作家茹志鹃的手了。

我基本上没发言。在座的都是长者，都是令我崇敬的人。我不愿说，只想听。

但是有一天开全会，《朝霞》编辑部的一位代表发言，竟说什么"像《百合花》这样的小说，思想情调毕竟是不健康的，毕竟属于小资产阶级情调，学习了《在延安文艺座谈会上的讲话》后，文学工作者们应自觉地努力地加以克服……"云云。

这使我很恼火。《百合花》是我在中学时代就非常喜爱的小说。对一个我喜爱的人或一篇我喜爱的作品，我容不得别人在大庭广众面前贬低。于是下午继续讨论时，我便措辞激烈地发了一次言。那只不过是一种感情式的发言，没有谈出什么有逻辑的理论。当时我也谈不出什么理论。那次发言之前，我与茹志鹃老师虽然一块儿开了几天会，同桌吃了几次饭，但也并未说过话。我对自己所尊敬的人，只愿将尊敬放在心里，不愿溢于言表。

我发言时，茹志鹃老师目不转睛地望着我。神态有些惊讶，有些意外，似乎还有几分担心。兴许怕我说得“走了火”，说出什么不妥的话来。

我没“走火”。记得我说：“我们无产阶级所谓的那种‘小资产阶级’的情调，我认为实实在在是人类非常富有诗意的情调。我们的生活中如果缺少了这种情调，那真不知道会变成什么样子。但愿我们的生活中多一些这样的情调。我们的文学中多一些这样的情调……”

迄今为止，我认为自己说过而且说得挺好的话，实在不多。这番话便算是，所以我未忘。我发言后，众人沉默良久。没人支持我，也没人反对我。大家继而发言，都与这话题无关。

接着又开了一天半会。茹志鹃老师仍未与我说话，我也仍未与她说话。直至散会，她交给我一页从日记本上撕下来的纸，上面写着她家的地址，真诚地对我说：“有空儿到我家来玩吧，我这人挺随便，决不会使你感到拘束的。而且我也喜欢接近年轻人。”

我共去过她家两次。第一次是毕业前，带了两位同学，与她交谈了近一个半小时。她对我们很坦率，谈了许多与当时仍很“革命”的文艺理论相左的文艺观。

交谈中间，她忽然说：“我把我女儿叫下来和你们认识一下吧，她也喜爱文学。”

就是在那一天，我认识了王安忆。当时安忆还在徐州地区文工团，个子起码比现在矮半头，皮肤晒得很黑，披散着并不浓密的头发，穿着上海人常在家中穿的睡裤跟拖鞋。

茹志鹃老师对安忆说：“他们称我老师，按理说你也该称他们老师，因为他们都是大学中文系的学生。”安忆并不称我们“老师”，也没打量我们，似乎是为了遵从母命，才不得不坐在我们对面，手中还拿着一本什么书。

茹志鹃老师又说：“你们都是年轻人，今后都有志于文学，你们之间应该有更多共同的话题。”

安忆仍不作声。

我记不得自己对她提了一个什么问题，她才显然是出于礼貌不得不回答。怎样回答的，也记不得了。只记得她说话极快，标点符号不分明。给我的印象是，她急于表达自己的思想，可她头脑中的思想又是多层次的、内涵广泛的，是只适于用笔而不适于用语言表达的。另一个印象是，她从内心里不大瞧得起我们这三个工农兵学员。她说完，也纯粹是出于礼貌，陪坐了几分钟，便起身上楼去了。

茹志鹃老师连忙对我们解释："安忆的性格就这样，你们别见怪。"我们起身告辞时，茹志鹃老师对我说："晓声你先留步，我还有话跟你讲。"

我便留了下来。

她说："《朝霞》就要取消了，《上海文学》就要恢复了。你毕业后，如果愿意留在上海，我可以替你向学校争取。"

我说："我是北方人，我还是想回哈尔滨。生活在上海人之间，我常常会感到孤独。"

她沉吟片刻，说："我能理解你。那么今后不管你分配到哪里，再来上海，我都欢迎你到我家里来。"

这话当时使我很受感动。她又说："你是一个好青年。你可别以为你替《百合花》说了些辩护之词，我才夸奖你呀！我是凭直感。你长得像上海人，性格却太是北方人的性格了。我喜欢北方人的性格。"

今年五月，我在上海为《上海文学》改稿，抽时间去茹志鹃老师家中看望她时，她向安忆的父亲介绍我，第一句话仍是："晓声是个好青年……"她说这话从来是很认真的。

也许她无法知道，这句话对我是多么重要。我从不认为自己是个好青年，但认为自己还不坏。

从复旦到北影，至今已经八年，在名利场上，在影视圈中，没有沾染什么很可恶的坏毛病，没有做什么见不得人的事，实在是因为经常情不自禁地想到：假如我变成了某一类人，茹志鹃老师将会如何看待我？假如我做了见不得人的事，将有何面目再见茹志鹃老师？

二

今年五月见到茹志鹃老师那一次，她还说："我向人探问过你的情况。让你当文学部副主任，你没当是不？没当对。你年轻，创作上刚刚取得一点成绩，不要就被官位所诱惑，那没出息。"

我想，她如果不真心关心我，是不会向人探问我在北影的工作情况的，也不会对我很坦率地说那番话的。

我真希望，受青年尊敬的、有威望的人们，能够很慷慨地对许多青年说："你是一个好青年……"即便这个青年本身并不怎么好，如我一样。

但那句话，具有某种使一个不怎么好的青年朝好的方面去努力，不朝坏的方面随意发展的约制力。当然，那句话也只有出自一个受这青年尊敬的人之口，才可能具有约制力。

为了这一点，和由这一点使我从生活中领悟的一个道理，我感激茹志鹃老师。

与黄宗英老师相识，比与茹志鹃老师相识晚两天，因为开会的前两日她未到。

我是在楼梯上见到她的。我上楼，她下楼。她怀中抱着一大摞红彤彤的塑料贴面的《毛泽东选集》第五卷，掉了几册，我替她捡了起来。

她道了谢，问："买一册吗？"

我说："不买。"

又问："为什么不买呀？"

我说："有了。"

她说："有了也肯定不是这样的。这可是第一批塑料贴面的呀！"

我想：这人可怪，我不愿买，干吗非动员我买呀！就答："那也不买。再伟大的著作保存一本也可以了！"

她笑了，说："回答得好。他们叫我帮忙卖，我只好尽这份义务。可是推销半天了，一本也推销不掉，岂不是令我感到有点扫兴吗？"

我说："谁尽这份义务，都会感到扫兴的。如今肯定人人都有了呀！"

她又笑了，说："看来我只好'完璧归赵'，给会务组送回去了！我就对他们说你刚才那句话吧——再伟大的著作保存一本也可以了。你不买非常对，一楼正在卖新书，莫如省下钱多买一本没买过的书是不是？你快去！"

我立刻转身下楼。听到背后有人叫了一句："黄宗英！"不禁站住，见一个人在同她说话。我恍然大悟——热情的《毛泽东选集》第五卷的"推销员"，竟是大名鼎鼎的黄宗英！

我至今仍不确知她的年龄。但当时肯定已五十多岁了，却一点也不像五十多岁的女性，比实际年龄要年轻十岁左右。她神采奕奕，焕发着一种似乎永不会被生活的砺石磨灭的热情、爽朗和乐观精神。

在大学里，我读过她的报告文学《小丫扛大旗》后，曾有意识地翻阅各种旧报刊，寻找她的作品当范文读。她讨论时发言很踊跃。我从她当时那些发言中得出结论，她是位非常重视深入生活的作家。

记得她当时曾这样说："只要有可能，我就一定争取深入到生活中去。要像一条蚯蚓钻入泥土中一样。在作家圈子以外的生活中，有许多人和许多事，实在是太令作家激动、太令作家感动了！我真想走遍全中国，深入到各种各样的生活中去！……”

于今重新思考她这番话，我仍认为很有道理。无论对于报告文学作家还是小说作家，熟悉各种各样的人和各种各样的生活，都是大有裨益的。

排除作家的文学功力和才情这两方面因素，一位作家究竟拥有多少生活底蕴，究竟拥有多么大的“创作园林”，决定作家将取得多大的成就。

会议结束后，我忽然产生了一个念头，想请她给我们复旦中文系的学生们讲讲报告文学写作中的种种问题。但又怕她会拒绝，使我“下不来台”。最终还是鼓起勇气，讷讷地向她提出了请求。

她说：“哎呀，这可不行！给你们复旦中文系的大学生们讲课，我真没那么高的水平！”

我说：“我的许多同学都很喜爱读您的报告文学，我是在代表他们请求您呀！”

她看了看我，说：“你好像还诚心诚意的？”

我说：“是诚心诚意的。”

她犹豫着。

我又说：“您放心好了，我们会组织得很有纪律，决不许任何一个同学跟您捣乱。”

她说：“我倒不怕这一点。大学生们和一位作家有什么过不去的呢？无非是提出几个使我为难的问题。那我就来一句‘无可奉告’，他们还能如何呢？”

我说：“您答应了？”

她说：“并没有啊。”

我说：“您真令我失望。”

她又犹豫了一会儿，说：“你这诚心诚意的样子也真叫我感动了，不是装的吧？”

我说：“不是装的。”

她终于说：“好吧，我答应了。不过得给我几天时间准备准备。给你们复旦中文系的大学生们讲课，可不是随随便便的事。”就给我留下了她家的地址。

到了讲课那一天，上午七点多钟，我与中文系的一位老师，坐上一辆吉普车去接她。走进院子，见她正坐在一个小板凳上，膝盖上放着一个小小的笔记本，聚精会神地思考什么。

她讲得很出色，许多外系的学生也去听了，总共三百余人。

我记得她讲到细节问题时说：“什么叫细节？细节就是你的‘珠子’。

你要穿一串项链，这串项链要与别人的不同，你起码得有几颗是你的‘珠子’。一颗珍贵的珠子能使一串项链熠熠生辉。一个好的细节能使一篇作品读后难忘。”

还记得她举了一个例子：日本占领中国时期，有一个日本军官，养了一条狼狗，每天早晨让狼狗叼一个篮子到集市去。狼狗往哪家铺子前一蹲，铺主就得立刻将最好的鸡鸭鱼肉放进篮子里，不敢怠慢丝毫，几年如一日。而那日本军官是从不在集市上露面的。狼狗驯顺得很，并不像有些电影里那样，见了中国人就龇牙咧嘴。但每一个中国人却避之如避猛虎……

举了这个例子后，她说：“这段生活提供给我们的细节的艺术魅力在于，那个日本军官一定不能露面。根本不必花费笔墨去写他作为一个侵略者的飞扬跋扈。那狼狗一定要写得非常驯顺。而中国人畏之如猛虎的心理，一定要写得淋漓尽致。数年如一日呀！这就是文学艺术的反效果……”我自己和我的同学们，听了她的讲课，都觉得受益很多。

其后，我又带着《北方文学》的一位青年编辑到她家中向她组稿。

黑龙江省是有对不起黄宗英老师之处的。某一年举行全省业余文艺宣传队大会演，我们兵团六师宣传队演了一个小戏。恰值黄宗英老师在哈尔滨，观看了，很高兴，就说了一些热情支持知识青年业余创作、肯定和称赞那个小戏的话。

后来有人指出那个小戏写的是“中间人物”，违反了“三突出”创作原则。宗英老师予以肯定和称赞，当然是“别有用心”。这成了一条“罪状”，搞起了一场不大不小的批判风波。

《北方文学》那位青年编辑，顾虑有这个前嫌，宗英老师会不待见。见面后，宗英老师只字未提当年无端受批判那件事，倒是那位青年编辑自己忍不住提起，代表黑龙江省文学艺术界表示歉意。

宗英老师说：“这件事我怎么会耿耿于怀呢？对于批判过我的青年人，我尤其应该原谅。青年人受当年极‘左’文艺理论的影响，做了一些错事，我相信他们今后自己会有所认识的。那次在哈尔滨批判我，是有背景的。许多人也是违心的。过去的事今后不要重提了。”

她和茹志鹃老师一样，对青年是爱护和宽容的，不记仇。我认为名人对青年都应取这种态度。这是一种人格方面的修养，是极可敬的品质。当然，对那类做了值得反省、值得内疚的事而不知忏悔的人，即使是青年，也当例外。

其实呢，普通人之间，也应善于原谅、善于宽容。记仇是非常不好的心理，意味着有机会必将实行报复。前一时期“清查三种人”，有些人就翻老账，谁谁谁“文革”中打了我一耳光，踢了我一脚，或者贴过我一张大字报，恨不得就将对方推入“三种人”的圈子里而后快。

干吗呀？“文革”都过去快十年了！要记一辈子呀？十七年前，某人十七八岁时，骂了你一句“狗东西”，往你头上戴过一次高帽，你便没完没了，为何报复之心若此呢？我们党的干部如果都这等小肚鸡肠的，我看民心就要失尽了！

幸亏我们的邓副主席是宽宏大量的，不曾下一道什么指示，“清查”一下在“批邓运动”中，十亿中国人个个表现如何。真若这样搞，岂不是举国上下又搞个“鸡鸣狗跳墙”吗？

简短地说，毕业时，我到宗英老师家告别。

宗英老师主动问我：“在北京有什么亲戚没有？”

我说：“没有。”

又问：“有什么熟人朋友吗？”

我说：“没有。”

宗英老师道：“那你去北京，人生地不熟，可是够孤单的。遇到什么困难，连个帮你解决难处的人都没有。这样吧，我告诉你我两位哥哥黄宗江和黄宗洛的住址，有了困难你就去找他们。”便写下了两个地址交给我。

我说：“不得有您一封信才妥啊？”

她正匆匆地欲出门，说：“有没有信都不妨。你就对他们说，是我的学生！”

我就是按照宗英老师写给我的地址，找到了黄宗江老师家。我的本意是，找个借宿之所，我想八一电影制片厂大编剧家，安排一位客人住一宿，大概总是不成问题的。

不料宗江老师家的居住条件实在出我意料。在杂院深处，好像只有两间屋。厨房是后接的，阳光也不充足。我便未谈“借宿”的话，只说是礼节性的拜访。

宗江老师听我自称是宗英老师的“学生”，放下了正在进行的写作，让我坐沙发上，他自己坐一把藤椅上，面对面与我交谈。

他问我何以成了宗英老师的“学生”，我实告之。

他说：“原来如此，这个黄宗英，好为人师！”他又问我可有宗英老师的信，我说没有。

他大摇其头，道：“你看她，你看她，既是自己的学生嘛，却又不让你带封信给我！我要怀疑你是一个小骗子，拒之门外，你今后成名了，岂不要对我耿耿于怀吗？”

我说："您不是已经将我当成客人了吗？"

他笑道："这是因为我相信我的眼光啊！你一身的学生味，毫无骗子行迹！"说完我也笑了起来。

我见阿姨摆好了桌子，便起身告辞。

他不放我走，说："你这小青年太岂有此理了！你是我妹妹的学生，第一次到我家里来，又赶上了吃饭的时候，不留下吃这顿饭，怎么讲也都是我的不是了！"我只得留下。

一会儿，阮若珊老师回来了，他们的小女儿也回来了。加上阿姨，我们五个人开始吃饭。宗江老师那天似乎特别高兴，为我开了一瓶什么名酒。我沾酒便醉，盛意难却，抿了小小两口，脸便通红。

他们的小女儿瞅着我直抿嘴笑，使我大大发窘。吃罢饭，天已黑。我要走，宗江老师怕我果真是醉了，让我吃一个梨，喝杯茶再走。喝茶时，他问我住什么地方。

我撒谎搪塞过去了。他又问我有什么困难没有。我衣兜里只剩十来元钱了，想向他借二十元钱，但羞于开口。他一直送我至锣鼓巷公共汽车站。

那一夜我是在火车站度过的。

至今我到北京已经整整八年了。我到北京去的第一家是宗江老师家，第一顿饭是在宗江老师家吃的，而且受到的是客人的款待。八年来，我再也没见过他。时时有人转话给我："黄宗江问你好，叫你到他家去玩。"

"黄宗江说，晓声是不是有了点名气，就忘了当年自称是黄宗英的学生，在我黄宗江家里吃过饭啊？"

写到这里，我不禁想，这篇文字完成之后，一定一定要去看望他，八年了，太说不过去了。

我不善与人交往，又唯恐打扰别人，就有点离群索居。然别人对自己的关怀、帮助、照顾，一次，一点儿，常系心头，不敢轻忘的。谁忘了，谁没人味。

我的不善交往，实实在在是不愿交往。我的不愿交往，实实在在是对目前社会上的一种交际之风的"消极抵御"。

如今的中国人，好像都成了"有闲阶级"，睁眼看看我们周围，多少人的精力和时间毫不吝惜地消耗在交际场上。又不像人家外国人，人家的交际，也就是纯粹的交际而已。眼睛再睁大点，看看我们周围，多少人在交际之下，掩盖着种种个人的企图，过去说某某是"交际花"，专指女性而言。于今吾国男性"交际花"，如雨后春笋，参差而出。真可以说是各条战线，百花齐放。

我们老祖宗主张的那种“淡如水”的“君子之交”似乎在本时代有点“迂腐”了，“小人之交”倒大大时髦起来。你交我，你得给予我这种好处；我交你，我将报答你那种好处。各种好处人人想占，十亿之众，哪来那么多好处得以平均分配?

不够分，又不能印发优待券，可不就谁有本事谁捞呗！靠真本事兴许还捞不着，靠交际却往往得来全不费工夫。文坛本应是块“净土”，但素来总与名利藕断丝连，斩不断的“情缘”，刨不折的“俗根”，难免也有拉拉扯扯、蝇营狗苟之事，我看目下也受交际之风的熏扰。

所以我常想，老老实实地写小说吧，能写出来便写，写不出来便罢。别今天“拜访”这个，明日“探望”那个的。成了习惯，堕入男性“交际花”之流，那可不怎么样了！

我在北京站度过一夜，第二天早晨在车站大厅二楼的洗漱室洗了脸，像个“文明盲流”似的晃出了北京站。

我想，我这个未来的北京公民，今天无论如何得在北京找到个住的地方。我不能接连三天都像个“盲流”似的在火车站栖身。那也太对不起我书包里面的复旦大学毕业证书了。我的北京知青朋友不算少，但与他们在北大荒相处时，从没想到过有一天我会成为北京公民，也就从来没有记过他们之中任何一个人的住址。

猛然间想起木材加工厂一个北京知青曾对我说起过，他的妹妹好像是在大栅栏的一个什么鞋帽商店当售货员，于是决定去碰碰运气。

大栅栏有好几家或大或小的鞋帽商店，我一一询问。不知道她的名字，只知道她哥哥的名字，这么找人真难找。天无绝人之路。我的运气不坏，还终于将她找到了。

她听我说与她的哥哥同在木材加工厂生活过，对我非常热情，就请了假，将我带回家中。她家住大栅栏茶儿胡同十一号。

两间小屋，她的父亲瘫痪在床住外间屋，她和她的母亲住里间屋，睡一张很窄的双人床。她猜到了我没吃早饭，匆匆忙忙地给我做饭，一会儿就将饭菜做好了。

我默默吃着，觉得胃肠饱胀，虽然昨天至今天，仅在宗江老师家吃过一顿饭，却吃不下什么，不忍辜负她的好意，强吃。她则静静地看着我。忽然起身去找出一本相册，重新在我对面坐下翻。翻出一张，递给我，微笑着问:“照片上就是你吧?”

我放下筷子，接过一看，果然是我，和她哥哥一块儿照的，两人各骑一匹高头大马，挺威风的。我很有感情地注视着那照片，说:“是我。”心中暗想，不知这顿饭吃完了，我还该到哪去。

她收回照片，问：“你为什么愁眉不展的呀？大学毕业了，又分到北京了，难道还有什么不顺心的事吗？”我想，朋友的妹妹，就是我的妹妹。实话实说了吧！兴许她真能帮我找个住处。就将自己这种暂时不太美好的处境告诉了她。

她思索了一会儿，说：“你看，我们家也没你住的地方。这样吧，你住我男朋友家！你吃完饭我就带你去！”也只好如此。

能暂时有个地方住，我一口饭也不想再吃。

三

她就将我带到了她男朋友家。离她家不远，在排子胡同。她和男朋友商量了几句，引我走进一间新接盖起来的砖房里，不大，十来平方米。新的双人床，新的被褥，一对绣花枕头，一张新做的还没上油漆的写字台。

她红着脸说：“这是我们未来的新房。”

我也红了脸，说：“这可不行，这可不行……”

她说：“有什么不行？你是我哥哥的朋友，就像是我的哥哥一样嘛！”

她的男朋友也说：“别见外，我两个姐姐也都在北大荒。她们每次探家，在哈尔滨转车，都要在你们哈尔滨知青家里住上一两天，都是哈尔滨知青接站送站。哈尔滨知青讲义气。我们北京人对哈尔滨知青也得够朋友！”

我就这样在人家未来的新房里住下了。有了住处，最需要的便是睡觉。从上海到北京坐的是硬座，昨天奔波了一天，又在火车站“夜游”，困乏之极，他们走后，我倒头便睡，一觉睡到下午三点多钟才醒。

醒来就去逛大栅栏，逛天安门广场。逛够了才回来吃晚饭。吃罢晚饭，我那“妹妹”来看我，和她的男朋友一块儿陪我聊天。她临走时问：“梁哥，你肯定缺钱用吧？”

我说：“不缺不缺。”

她说：“不管你缺不缺，给你留二十元钱。”将二十元钱压在枕下。

我说：“我第一个月开支就还你。”

她说：“你看，你没说实话吧！这就是你的家一样呀，还客气什么！”

三天后，我又到文化部去。

接待过我的那个女同志问我：“你是愿留在部里，还是愿到具体文艺单位？”

我反问：“留在部里将分配我做什么工作？”

她说："可惜你不是党员，否则可以分到组织部、干部局。不过你的毕业鉴定不错——同'四人帮'作过斗争，这一条很重要。凭这一条鉴定，你可以先到部'清查办公室'协助工作，他们的工作量很大，正缺人。"

我说："那还是分配我到某个具体的文艺单位吧。"

她说："这可关系到你今后的个人前途，你再慎重考虑考虑。留在部里有留在部里的好处，解决组织问题容易些，你档案中那条鉴定对你非常有利呀！"

我说："没什么可考虑的。"

她说："随你便！北京电影制片厂、电影学院、中央戏剧学院、中国青年艺术剧院，这四个文艺单位任你自己选择。"

我考虑了足有五分钟。我想，我到中央戏剧学院和电影学院去能干什么呢？当教师？我懂什么电影理论或戏剧理论？还不叫学生把我从讲台上轰下来？到青年艺术剧院？我对话剧又不甚感兴趣。到电影制片厂呢？我在电影制片厂又能担当起什么呢？那时，我才真正感到自己各方面的艺术知识、艺术修养太少了！

我讷讷地问："有没有什么地方需要文学编辑呀？比如《人民文学》《北京文学》这样的单位，我的最大愿望是今后能当一名好编辑。我相信我能。"

她说："那你就到北京电影制片厂去吧！制片厂也有编辑部，需要编辑。"我不再思考，说："行！"暗想：以前我看的电影太少了，今后可有电影看了。

她留下了复旦给我开的介绍信，重给我开了一张文化部的介绍信。然后，她又把我的档案交给我，让我自己带着到北影去。

我来到北影，见北影厂门旁也有士兵站岗，真是大惑不解。仿佛从文化部到北影，北京的文化艺术单位都在实行"军管"似的。

北影人事科的一位同志看过文化部的介绍信后，说："部里怎么事先不征得我们的同意就分配人来呀！我们的职工定额已经超编了。我们得向领导请示接受不接受你。你先回去，过几天来听信儿。"

我的心凉了半截，问："几天？"

他说："三四天后吧！"

我要把档案留下。

他说："你自己先带着吧。"

我沮丧地离开了北影。比三天前离开文化部时的心情还沮丧。我那"妹妹"见我情绪不佳，询问我结果如何。我将在北影碰了一个"软钉子"的情况毫不隐瞒地告诉了她。

她劝慰道："嗨，这也值得忧愁？北影不要你，不是还有好几个文艺单位可去吗？你是光明正大的大学毕业生，还怕在北京成了个无业游民不成？"

我说："这几天我给你们添了不少麻烦，再住下去，心中不安啊！"

我那"妹夫"说："别不安。我们又没敬着你供着你的！拿你当自家人看待，你有什么不安的？明天是星期天，我们陪你到北海划船去，或者到颐和园去，开开心心地玩上一天。"经他们劝慰，我的忧郁才稍释。

星期天他们陪我到北海划船。分配去向没有着落，玩得不开心。

晚上回来，躺在床上，无法入睡。忽然产生了一个念头，想拆开自己的档案袋，看看里边都装了梁某一些什么材料。

看吧，也算是鬼鬼祟祟的行为。放回去了。

重新躺在床上，心里还是不甘罢休。为什么不允许一个人知道自己的档案袋里装着一些有关自己、有关自己父母和亲属的什么材料呢？它像个影子似的，跟随着你一辈子。你觉得自己是个好人，你努力像个好人那么生活，但它却很可能向许多人证明你是个坏人。许多人相信它，远胜过相信你在生活中在工作中的实际行为和表现。"不得委以重任""有政治野心""思想意识不良""品行不端"等等，这样的一些评语曾写在多少人的各种鉴定上啊！而写鉴定的人却又不见得是个正人君子。你死了，被火化了，装进了骨灰盒。你的档案，又成了你儿子或你女儿的档案的一部分。这样一想都够令人七窍生烟的！

虽然我明知自己的档案里绝不会有什么黑材料，虽然文化部那位女同志的话也证实了这一点，但我对自己的档案袋所产生的那种好奇心，简直无法转移。就算写的全是优点，我也想知道我这个人具体都有哪些优点。有利于今后发扬光大嘛！谁叫他们让我的档案袋落在我自己手里呢？不看白不看！这样的机会很难得！

于是我又光着脚丫蹦到地上，第二次从书包里掏出了档案袋。拿在手里，就像拿着我自己的灵魂，别人为我制造的"第二灵魂"，掂了掂，很轻。一个二十八岁的人的"灵魂"，怎么才这么一丁点分量啊！

洗脚水没倒。就用洗脚水浸湿了封口，然后用大头针谨慎地挑开了，心情挺激动地从中抽出几页纸和表格来。

我的档案真是太简单了，简单得使我大为扫兴。小学的毕业鉴定，中学的毕业鉴定，都写得相当好。中学的毕业鉴定中，居然还有"责人宽，克己严"这样简直是赞美的话。

不由得想，但愿这一条我死后，悼词上也写着。在北大荒七年中的各种鉴定也相当好，不乏赞美之词。我忽然觉得奇怪，我既然这么好，怎么不发展我入党呢？逐页逐条细看，看出了点名堂。有两条是：不尊重领导；政治上不成熟。带着这样两条缺点可不是不太容易入党嘛！难怪！

不尊重领导这一条，是公正的。在老连队，和连长指导员吵过架。在木材加工厂，和连长指导员吵过架。在团机关时，顶撞过政治部主任、副政委、参谋长。我想这一条将来到了新的工作岗位后，真得努力改正掉。

政治上不成熟这一点，我有点不认可。政治上不成熟，能仅写过一张表态性的“批邓”大字报吗？政治上不成熟，能“同‘四人帮’作过斗争”吗？从书包里掏出钢笔，就要由着性子将那个“不”字改成“很”字。照量了几下，觉得笔画实在是不好改，悻悻作罢。

没有什么“黑材料”，“红”得还可以，令我不但觉得扫兴，甚至觉得有几分遗憾了。要是有点什么“黑材料”，不枉我做这番手脚。

拆开的档案袋撇在没油漆过的写字台上，索然地睡了。

从此我对装在自己档案袋里的“第二灵魂”不再产生任何好奇，也不再发生任何兴趣。让它在档案袋里安息吧！

倒是与我肉体同在的灵魂，因为自己的某些行为，某些没有变成行为的欲念，某些没有变成欲念的意识，某些连意识也没有变成的朦胧的不良的冲动，而时常感到羞愧。这个灵魂可是永不安息。

我第二次到北影。接待过我的那人不在，另一位我未见过的女同志说那人生病了，十几天内不会上班。我问我的工作定下来没有。她说不了解这件事。我又动肝火了，虎虎地问：“你们厂长在哪儿？我要见他！”

她淡淡地说：“你见不着他。在国外访问呢！”

问：“那你们党委书记在哪儿？”

说：“不能告诉你。在开会。”

我瞪起眼道：“你不告诉我，误了我的分配大事我跟你没完！”

她见我来者不善，改换了一种比较客气的口吻说：“我告诉你也没用。他在二楼会议室，正开会，能接待你吗？”

我也不跟她啰唆，转身就走。“蹬蹬蹬”下了一层楼，找到会议室，按捺住肝火敲门。一个人将门开条缝，探出头说了句：“开会呢！”又欲将门关上。我的肝火终于按捺不住，一脚踹开门，气势汹汹闯将进去。十几人都愣愣地瞧我。

我怒目环视他们，大吼：“哪个是党委书记？！”

一时无人作声，面面相觑。

我将嗓门提得更高：“哪个是党委书记？！”

一个黄瘦脸上布满皱纹的六十多岁的人，用沙哑的带有湖南口音的语调颇不安地问："你找他什么事？"

我从书包里掏出档案袋（来时封上的，胶水还没干），当着他们的面，像撕信封一样撕开了封口，抽出我那几页"灵魂"，往一张茶几上使劲一摔，厉声道："我是复旦大学中文系的毕业生，由文化部分到北影的，可是过了三天，来了两次，竟然连个具体的答复都得不到！我在北京举目无亲，身上的钱已花光，连个栖身之处都没有。你们如此对待一个与'四人帮'作过斗争的大学毕业生，如此对待大学生分配工作，太不像话了吧？你们心目中还有没有文化部？！难道你们北影不在中华人民共和国文化部的领导之下？！你们不想要我，就干脆说明，也算一种答复！偌大个北京，文化艺术单位多着呢！我不是到你们北影乞求临时工作的盲流！……"我这一番即兴演说，振振有词，效果颇佳。

就有一位五十多岁的女同志很客气地说："你先别生气，坐下谈，坐下谈。"说着从茶几上拿起我那份档案看起来。看了一会儿，望着其他人又说："是同'四人帮'作过斗争。"白纸黑字，那还有假！

入厂后我才知道，她是北影政治部主任，也是当时北影的"清查小组"负责人，文化部"清查办公室"成员之一。一个与她年龄不相上下、黑红脸微胖的男同志说："我看一下档案。"

她就将档案递给了他。

他看了一会儿，对那个黄瘦脸的人说："我们编辑部要他了。"他是我入厂后的第一任编辑部主任。

黄瘦脸连连点头："同意，同意。"他便是党委书记。过后我才知道，开的是敦促他"说清楚"的会。在座的都是党委委员，难怪他那么无精打采的。我主演的这出"春草闯堂"正赶在了锣鼓点上。我毕业鉴定中"与'四人帮'作过斗争"那一条，显然对他们每个人都起到了潜在的影响作用。

编辑部主任对我说："你去找人事科办关系吧。"真没想到奔波了数次，一个星期内忧愁得我吃不下睡不着的事，几分钟内就简简单单地解决了。

看来有些时候一味地温良恭俭让不行。该动肝火的事，还是得动动肝火。"与'四人帮'作过斗争"的"光荣"，虽然写在我的"第二灵魂"上，却常使我感到滑稽并羞臊。政治有时对人过分慷慨……

编辑部主任又问我："你的东西什么的都在哪呀？"

我说："都打在托运行李里了。"

他说："催领单到后，派车给你拉回来。"

我说："那得先给我解决个住处吧？"

他说："这事以后再谈。你先到厂招待所去吧，我这就打电话，给你安排一个床位。今天休息，在厂里参观参观，明天上午到编辑部找我。"

我就这样成了北京电影制片厂编辑部的编辑，分配在外稿组。

成了北影厂的编辑后，我对自己的"闯堂"行为竟感到后悔，感到羞愧，感到不安起来。回想自己当时的样子，总觉得有点"耍光棍"的性质。只怕给那些党委委员们留下的第一印象不佳。

编辑部的多数同志却对我格外好，从主任到我们的外稿组老组长。后者是"三人"式的延安老干部，"鲁艺"出身，《我的家在东北松花江上》的词作者之一，电影《画中人》的编辑，萧红的故乡人，当然与我也就沾着点老乡的关系。他个子矮矮的，形象似农民，穿着也似农民，尺半长的烟锅整日不离手。最初我还很奇怪，以为他是位老"农宣队"的遗留人员。了解后，便对他极生敬意。

他常于无事时同我聊几句。多次问："在复旦怎么同'四人帮'斗争过的呀？讲讲，讲讲。"每一次都令我大惭，做谦虚状云："没什么可讲的，没什么可讲的。"他对我愈增好感，视我为一谦虚青年。

后来主任告诉我，如果我的鉴定中没有那一条，就凭我当时"闯堂"那种"红卫兵"遗风，他是绝不要我的。其实我当"红卫兵"时，反倒"温良恭俭让"。"大串联"回到哈尔滨，见了我的语文老师，当时被打成了"历史反革命"，剃了鬼头，我仍在校门口对她行礼，问"老师好"。因为我是她喜爱的学生。我的坏脾气，是到了北大荒后，在"接受再教育"的过程中，不知不觉养成的。

母亲从小对我的一句教诲——"头三脚难踢"。意思是，到了一个新地方、新单位，在新同志中间，尤其要谨言慎行，给人留下最初的好印象。母亲虽然是普通家庭妇女，目不识丁，但很重视对我们的家教，希望我们几个子女长大成人后，都文质彬彬的，说话慢声细语的，办事稳稳重重的。她认为的好青年，是那种"像大姑娘"似的类型。我在十八岁前，身上这种家教的影响特别显著。不但文质彬彬，而且"羞羞答答"。十八岁后，这种家教的印痕开始模糊，开始退化。因为母亲已无暇再训导我，社会代替了母亲的角色。社会的教育内容与家庭与学校大不一样，也比家庭比学校的教育更具说服力。它采取的是另外一种方式，往往刺激起人的反抗心理。两种教育在我身上都有潜在影响。平素我要求自己尽量文质彬彬，以礼待人。一旦反抗起来，则"怒发冲冠"，恨不得"尸横二具，血溅数尺"，地地道道的"匹夫之怒"。幸亏我身材羸弱，毫无拳脚功夫。否则，大概早已闹出什么人命官司了。这些只能在看功夫片时体验一下"情绪打斗"。

然而我认为母亲那句教诲不失为至理名言。“头三脚难踢”，便得“踢”好。一般说来，我每到一新单位、新地方，“头三脚”总还是“踢”得可以的。一旦天长日久，免不了来次“头球”或者“倒钩”。那“球”多半都是朝领导们射去的，结果常常是好印象一脚“勾销”。谁有忒好耐性一年三百六十多天，天天“温良恭俭让”？偶尔露一下“峥嵘”也是要得的。

最初的日子，我在编辑部安分守己，每天早早地就从招待所来上班，拖地，擦桌子，打水，然后正襟危坐看外稿。穿得也很朴素，走在路上也不拿眼乱瞟姑娘们，不像某些年轻人见了有姿色的姑娘便“目灼灼似贼”，更不去搭搭讪讪、黏黏糊糊地结识年轻女演员或者“亚”女演员。下了班则关在招待所自己的房间里看书，从不在厂里东走西走。节假日一个人闷得慌，就出厂门搭上十六路公共汽车，直达动物园，去看犀牛。所有的动物中，我最看不够的是犀牛。因为它从不在乎别人怎么看它，也从不作态。

总之我那时给人的印象是规规矩矩、老老实实、本本分分的。对编辑部的同志一律称“老师”。有时佯装乳臭未干，不谙世故，装得挺像。

一天终于做了件不文明的事，打了全国男女老少都熟悉的一名电影童星两记耳光。

我住的房间，有四张床位，客满时一张床位也不空。那一时期时常客满。住客中有位锦州汉子。人倒不错，但我对他的存在感到非常头疼。他是位“睡仙”，和你说着说着话，眼皮就合上了。眼皮一合上，就徐徐然如巨石倾倒。人一倒下，鼾声顿起，如雷贯耳。夜深人静，那鼾声犹如一台推土机在发动。我差不多快得神经官能症了。

终于盼着他与我“后会有期”，九点多钟便早早躺下，希望十几天来受摧残的神经得到充分休息。

然而，根本无法入睡。隔壁房间有几个人在高声谈天说地，杂以嘻嘻哈哈的男欢女笑。两个房间不是完全隔死的，一面墙上还开着一扇门，被一张床横住。他们等于是在我的房间里谈天说地、嘻嘻哈哈一样。请求他们安静吧，我又不愿意，犯不着为这种事儿请求人。

就用被子蒙上头。无法睡，干眯着。眯到十点，招待所规定的作息时间，起身在那扇门上轻敲几下，以示提醒。安静片刻，嘻嘻复嘻嘻，哈哈复哈哈。而且那些话语，就有些俗。我们北方人称之为“逗闷子”。

看看手表，十点半了。再忍。

四

忍至十一点，“闷子”还未逗完。超过招待所规定的作息时间整整一个小时了，我认为我的涵养是够可以的。第二次起身下床，在那扇门上重重敲了几下，以示警告。

“敲什么敲！”那面咒骂了一句，听得出来是“童星”的声音。我按捺着性子，隔门道：“请你们小声一点行不行？我接连十几天没睡好觉了，照顾照顾。”

那里面静了一会儿，忽然竟齐声唱起“小小竹排”来，分明不予“照顾”。我披上大衣，走出自己的房间，推开隔壁房间的门，厉声质问：“太不自觉了吧？”

那“童星”说：“管得着吗？这又不是你家！”他看上去已有十四五岁了，个子已长得挺高，穿军装，“一颗红星头上戴，革命的红旗挂两边”。大眼睛，圆脸盘，有二男三女演员和几个孩子在那屋里。

我说：“不是管你们，是求你们。招待所有规定，超过十点不得喧哗，影响其他住客睡眠。”

其实我的话是说给那二三男女演员的。我想，“童星”们不懂事，你们也不懂事吗？

那“童星”说：“我们不知道有什么规定，没人告诉我们。”

我指着墙说：“每个房间里都贴着，你们自己好好看。”

他说：“眼睛不好，看不清。”

这孩子是在电影圈里被宠爱坏了，显然没受到多少好影响。那种自我感觉真是优越得很，俨然以为自己是天字第一号的“大明星”呢！我只好将贴在墙上的“住宿须知”念了一遍，转身离去。

我刚出门，就听他说：“唱！有什么了不起！”

我复走进房间，怒问：“你刚才说什么？”

他说：“你看你那德性！你当我怕你呀！”这孩子简直是在逼我动粗。

我挥手打了他一记耳光。

他叫起来：“你敢打解放军？”

我从他头上一把抓下军帽，扔在地上，又打了他一记耳光，说：“打的就是你这个解放军！再唱啊！”他捂着脸不作声了。

那几个小演员愣愣地瞪大了眼睛瞧着我。

那二三男女演员不尴不尬地开口了：“哎，你怎么动手打人啊？”“有理讲理嘛！”

我说：“刚才对你们还不够讲理吗？”哼了一声，走回自己的房间，躺下独自气得不行。

第二天，导演找到编辑部来了，向我们的一位副主任告了我一状。“童星”罢演了，“生病”了。

副主任让人把我叫到她的办公室，当着导演的面儿说：“这就是我们小梁。你一定弄错了，我们小梁怎么会动手打人呢？你看他这副文质彬彬的样儿，只有挨打的份儿！……”

我老老实实承认：“是我。”

副主任研究似地瞧了我半天，疑问：“你是跟他闹着玩吧？”

我脸红了，回答：“闹着玩。”

副主任说：“我猜想你也肯定是跟他闹着玩嘛！你这么老实的青年怎么会打人耳光呢！小演员也太娇气了！”接着当我的面，向导演夸奖我如何如何稳重老实。还让导演回去对“童星”严格要求，加强教育。又说：“小小一个孩子演员，竟敢装病罢演，太张狂了！”

“头三脚”给人的印象如此重要！母亲的教诲真是伟大！

从那以后，我就再没见过那“童星”。然而这件事，却经常回忆起。因为它使我想到，人是否都具有欺弱畏强的某种本性？那“童星”当时固然令人着实可恼，我打了他两记耳光也算不得就是怎样欺负了他。若他不是比我小近一半年龄呢？而是一个身魁力大的人呢？就是可着嗓子嚎个通宵达旦，我恐怕也是不敢先动手的。就是反过来他打我两记耳光，我恐怕也只有挨了的份儿。如此分析起来，我又似乎是有点“欺负小孩”了。而我若非我，是个满脸横肉的彪形大汉，吼一句：“别乱吵吵乱嚷嚷，惹急了老子扭断你们的脖子！”估计小小年龄的“少年”也断不敢对我那般无礼。看来“非礼勿动”，老祖宗的遗训只有成为全民族的德行，才会人人都不失“君子风范”！

某一年出差，在外地小报上看到一条消息——他因触犯法律，被判徒刑。看了挺难过。心想好端端一个孩子，尚未“童星”而“明星”，不是整个儿毁了吗？

前不久又从一份什么电影报上看到一条有关他的报道，说是到某学校学习了几年，拿到了毕业文凭，目前正参加一部影片的拍摄。还登有他的照片，仍穿军装。才知所谓“判刑”一说，纯属公开贩卖的谣言。某些小报也真正可恶，居然还在耸人听闻的谣言之下印上“本报记者”字样！获得了一次学习机会，拿到了毕业文凭，我挺为他高兴，希望他能成为一名真正的演员。

我在北影做了两年外稿编辑，每月看五十余个剧本，有时还多。大概总共看了一千五百多个外稿剧本，却一个也没有扶植成功过。从粉碎“四人帮”至今，寄到北影外稿组的剧本，绝不下六七万个之多。经过扶植最后拍摄或发表了的，不超过五个。所以我真希望许许多多在业余创作电影剧本的人，还是量力而行，莫如将创作电影剧本的兴趣转移到看电影方面去。

两年来我没有扶植成功一个外稿剧本，但我自以为曾是一个很负责任的外稿编辑。从一千五百多个外稿中，我“慧眼识珠”，发现了张辛欣的电影创作才华，这无论如何是值得骄傲一下的事儿。

那天没吃午饭，一觉醒来，睡迷糊了，还以为是个早晨呢。看看手表，才知是下午。懒得起来，想起书包里还带回个不知什么“剧本”，干脆躺着处理了吧！便掏出来侧头看。一看就没放下，一口气看完了。稿纸相当干净，字迹很是工整。看得出作者是个对待创作极认真严肃的人。这一点先博得了我三分好感。剧本的名字我已记不清楚。风格是属于较现代派的。明显看得出受苏联电影文学剧本《礼节性的访问》影响很大，过去时、现在时、未来时交叉闪现，剧中有剧，男女主人公是双重身份的剧中人。在一九七八年的北影，电影观念不像如今这么更新、这么解放。所以我断定这样的剧本，是既不能拍摄也不能发表的。但我又不能不承认，这是我所看过的一千多个外稿中最好的一个，一个真正的电影剧本。一千多个中发现了这么一个，我认为我那一千多个不算白看。剧本对于电影艺术的特点体现得颇有匠心。我再也躺不住，爬起来，匆匆穿上衣服，又去了办公室。剧本未写作者的姓名和通信地址，我迫不及待地想从信封上了解到。

老王问我：“怎么又来了？”

我说：“发现了一个好剧本！”

老王一笑：“好剧本会寄到外稿组？”

我也顾不上回答，找到信封一看——北医三院团委张辛欣。北医三院离北影很近，而且是北影的“合同医院”。我便决定给作者写封信，邀“他”星期天到北影来面谈，意在结识个文学朋友。我那时在北京一个文学朋友都不认识，常感到无人交谈的寂寞。写信前还研究了半天。张辛欣——怎么也没有女人味，字迹也颇似男人笔画，断它是“他”而非“她”。

二十九岁时的我，将自己束缚得多么禁锢啊！未经组长允许，倘若将一位女作者在整个主楼无人的情况之下邀到办公室交谈，又倘若不但是位女作者，还是个姑娘，那岂非会引起“瓜田李下”之嫌？谁知你们交谈的是剧本还是什么？外稿组当时有规定，不经组长同意，编辑是不得随意邀请作者面谈的。

星期天，我买了两盒带过滤嘴的“牡丹”，买了一包五香瓜子、一包茉莉花茶，比我信中约定的时间提前半小时来到办公室。可见我是多么心诚之至！

刚到约定时间，安安静静的走廊里便传来了脚步声。我暗想，这作者可真是个时间观念强的人。

我才站起，“他”已敲门。

开门，大诧——是一个“她”。个子不高，圆脸，戴着一副眼镜，短发。翻领银灰女青年衫，银灰裤子，接近银灰的蓝色刷得靠白了的胶鞋。一身银灰。若伸展双臂，如同降落在我的办公室门前一架微型“安二”。那张脸不太容易判断出实际年龄。说十八九不显大，说二十四五不显小。表情是矜持的，流露着不是我来求你，是你“请”我来我才来的意味。互通姓名，果然便是张辛欣。我没料到她是个女的，大概她也没料到我是个“初出茅庐”的小编辑。我讶然，她扫兴。我的讶然掩饰着，她的扫兴却当“见面礼”全盘“赠”给我。“请”得“神”临，就得敬着。

引进。矜持地进来。让座。矜持地坐下。

矜持得反倒令我十分拘束。

请茶。

说：“不渴。”

请嗑瓜子。

说：“牙疼。”

犹豫了一下，请吸烟。

说：“你殷勤过分了。”

我搓着手，像考生接受面试一样，有几分紧张地同她谈剧本。没谈几句，便被她打断，问：“要拍？”

我说：“不拍。”

问：“要发表？”

我说：“不发表。”

怫然站起，大声道：“也不拍摄，也不发表，邀我来干什么？”

我不知所措，交个文学朋友的目的，怎么能当她面说出口？

“我早就知道，没有名人推荐，没有后门方便，像我这样的，要在你们北影上一部电影，不过是痴心妄想！”她愤愤地说，从我手中夺去剧本，塞入自己的书包，也不告辞，拔脚便走。

我一时坐在那里发蒙。

忽而想起母亲的另一条教诲——凡事要善始善终，就追出去送行。她在前边走。我在后边跟。

她不回头，走得很快。我也不赶上，保持一段“送”的最佳距离。

相跟着走过走廊，走下楼梯，走出主楼，走到厂院内。她猝然回头瞪视我：“你跟着我干什么？！”

我讷讷回答：“礼节性的送行。”

她火了：“少来这一套！”转身加快脚步，扬长而去。

我呆立了一会儿，没趣地回到办公室，心里这个气呀！茶水，泼了。五香瓜子，扔进纸篓。想了想，又拣出来，自己花钱买的东西，犯不着为如此不识好歹的“小子”扔掉。留着自己嗑！

坐在椅子上，看着她寄剧本的大信封，越看越来气。忍不住从笔筒中抽出一管大毫毛笔，饱蘸了红墨水，就在“张辛欣”三字上恶狠狠地划了个“×”，判处了她的“死刑”。暗暗发誓：今后只要是这个“小子”寄来的剧本，落我手中，一个字也不看！来一个退一个！……后来，翻开《北京文学》，见有她的一篇小说发表其上，读了半页，一句：“平庸！”不再看，心中却未免有点嫉妒。那时我刚在《中国青年报》上发表了一篇不足千字的“豆腐块”，还不敢向往能在《北京文学》上发表小说。

再后来，北大荒知青朋友肖复兴、陆星儿、曹鸿翔，同榜考入中央戏剧学院，开始与我来往，每每谈及导演系有个张辛欣，这般那般的。

我问什么样的一个“张辛欣”。

他们就对我描绘。证实竟是与我打过交道的“那一个”。

心中不禁暗暗羡佩：“小子”果有真才实学！不简单！但又很希望“这一个”并非“那一个”。她考入中央戏剧学院也使我嫉妒，有点“工农兵学员”心理。再后来，《在同一地平线上》发表，文坛瞩目，“张辛欣”三字声誉鹊起。

找来那篇佳作拜读。读罢心怅怅然，嫉妒却消除了。对有才华的人，嫉妒是愚蠢的。所怅怅然者，自己尚无进取耳。那时安忆也已扬名。记不清是某月份内了，竟在各刊几乎同时有六篇小说发表！

现在回想起来，安忆、辛欣两位青年女作家当初“异军突起”的创作开端，对我促进很大。丫头们能是，男儿何不能是？！遂更少玩乐，发奋读书，勤勉写作。

《这是一片神奇的土地》获奖，听到些溢美之词，多少有些飘飘然起来。领奖期间，安忆对我说：“晓声，你那篇小说我认真看了。你是中篇结构，短篇写法。因此前半部从容，后半部拘谨。”我本期望也从她口中听到一些溢美之词，未想到她却兜头泼了我一盆冷水。

我便有些不悦，高傲地笑笑，不予回答。回到自己的房间，情不自禁地拿起刊物，重看自己的第一篇获奖小说，暗自承认，安忆对它的评价是公正的。

在文学朋友中，安忆从未对我说过言不由衷的话。一句也未说过。安忆是坦诚的，起码对我是这样。安忆，谢谢你。比起来，倒是茹志鹃老师比安忆对我更“扬长避短”一些。

在第四届作协代表大会上，茹志鹃老师一见我，第一句话便是：“《父亲》我看了，写得很质朴，很好。”还颇严肃地指责我，“它是为我们写的，怎么后来你又给了《人民文学》？”

《父亲》原本确是为《上海文学》写的，因“债台高筑”，不得不“拆东墙补西墙”。今年五月去上海，到茹志鹃老师家去看望她，她又对我说，《父亲》是篇成功之作。

安忆在旁听了，淡淡地道：“妈妈，你别总说他爱听的话。我看父亲责备儿子为什么不要求入党那一段，就直露了些。”

茹志鹃老师说：“你总挑别人作品的毛病，就不怕别人认为你骄傲？”

安忆说：“晓声是自己人啊！我也希望他经常从我的作品中挑毛病。”又问我，“我挑的毛病，你承认吗？”

我说：“承认。”

她笑了。茹志鹃老师也笑了……

《今夜有暴风雪》发表后，中央戏剧学院的三位北大荒知青朋友都与我交谈过它的得失。我对每一位都这样问：“张辛欣看过没有？”他们都说看过。我又问：“她怎么评价？”他们都说：“辛欣挺喜欢这一篇的。”还问：“真的？”答：“当然。”相信了，也增加了一点写作的自信。我对自己的作品，常常像一只母鸡孵出了一只小鸭子，怀疑是“怪物”。听到我所敬重的文学朋友们的评价，是我求之不得的。

“清除精神污染”阶段，《青春》丛刊副主编李纪同志来京组稿，找到我，要求我带他去找辛欣。我问：“辛欣眼下日子不好过，几家刊物将要发表的稿子都被抽下来了，你敢发她的作品？”

老李说：“怕什么？对张辛欣今天批得有没有道理，公正不公正，还需明天作结论呢！”我说：“你有这种气魄就好！我带你去！”已经晚上八点多了，天很冷，我们到了中央戏剧学院，九点多了。

辛欣不在，她同宿舍的一位同学告诉我们，她看什么戏去了。

五

中央戏剧学院的女大学生宿舍，简直就像东北的“跑腿子老客”们住的下等的小客栈。似乎根本没有暖气，或者有暖气但坏了，不比外边的温度高多少。四张床，两张空着，光床板上堆满杂七杂八的东西。还好，辛欣的被子是卷起来的，像花卷那种省事的卷法。我和老李就坐在她的床上。床头一张小桌，可桌面铺排着稿纸，纸篓里开满“雪莲花”。看来这宿舍中缺少位“撒花仙子”。一个墙角堆了一堆垃圾。碗啦、盘啦、饭盒啦，工艺品似的在窗台上摆了一溜。格外引起我注意的是，辛欣的桌上还有一个破损了的烟灰缸，里面大有“内容”。

辛欣那位同学，煞费苦心地在调一台九英寸的“牡丹”牌黑白电视机，却怎么也调不出图像来。

我和老李干坐无聊，搭讪着问：“是坏了吧？”

她说：“没坏啊，从家里搬来前我还看的。”又问，“你们是哪儿的？”

我说：“我是北影的，他是《青春》的。”

问：“北影的梁晓声你认识吧？”

我说：“那小子是我。”

她仔细地打量着我：“是你？”

我说：“没错。”

“天哪！”她说，“我都认不出你来了。”

我问：“你是谁？”

她说：“我是李小龙啊！我和我们老师到你家去过好几次，你记不起来了？”

我终于记起来了，说：“你也变化很大。”

“胖了。”她说，“我结婚了。”

由女大学生而少妇，质的变化。我当然难以认出她。她复打量着我，感慨系之地说：“真没想到三年未见，你就变成这样子了！第一次见面时，觉得你还可以呀！”

我说：“我当爸爸了。”

她非常同情地“哦”了一声。

我九月份剃的光头，那时十一月份，头发长出不足一寸，胡子却经久未刮，荒芜了满脸。而且大病初愈，神情倦怠，面如涂铅。穿着一件破“棉猴”，旧皮鞋不系鞋带，整个一副俗装恹态的恶和尚形象，变得不如以前

“可以”了。倒也不仅仅是由于当了爸爸，由于剃了光头，由于病，还由于当了作家。当了演员们的女人，是越变越好看，越“摩登”，以“摩登”而维持着好看。当了作家们的男人，则注定越变越不“可以”了。工夫会花在“打扮”稿纸上，自己是什么模样倒大抵不在乎了。

老李说：“我们多等会儿不打扰吧？”

她说：“没事，没事。”

我问：“辛欣情绪如何？”

她说：“辛欣挨批的次数多了，好像也不太在乎了。”又是一种“不在乎”。

我说：“不在乎，这是境界。中国的作家，要习惯挨批，泰然处之才好。”

她说：“没批到你头上，你才泰然。”

我说：“是啊。别人的孩子被掐死了，总不像自己的孩子被掐死了那么痛不欲生。”

正说着，辛欣回来了。我将老李介绍给她，替老李向她表明诚意。她坐下去，默然无声。

我说：“老李是我朋友，诚心诚意来向你组稿的，不看僧面看佛面。”

辛欣沉吟良久，方开口道：“晓声，不是我不讲交情，我近来差不多发一篇，挨批一篇。寄出去的，各编辑部都不敢发，你说我还写个什么劲？还写得下去吗？”翻弄着桌上的稿纸给我看，又说，“其实倒也不是不想写了。还想写，但实在写不下去啊！一个星期了，写了还不到六千字。我想冷却一个阶段，思考一些问题，我希望能不受任何干扰地进行思考。”说完，她将桌上的稿纸全部收拢，放入抽屉，锁上，仿佛今生今世不再拿出。

老李说：“我不逼你为《青春》写稿。我来的目的更主要是看看你，代表本刊向你表示关注之情。留得青山在，不怕没柴烧，咱们来日方长。作为刊物负责人，不能作家有难则疏之，作家扬名则近之，那就太势利了！”

老李真是好编辑，不愧是我朋友。

我们聊了近一个小时，十点后方告辞。夜风瑟瑟中，我们缓缓地走着，心中都有说不出的惆怅。当时《青春》也因为一篇什么小说，“散布了污染”，上了简报。我理解他的心情。自己顶着压力来京专程找辛欣组稿，作为一个刊物的负责人，这“侠肝义胆”使我敬佩。

至于我自己，用一九四九年前上海滩小报记者评论三四流这个“星”那个“星”的语言说——正很“走红”。然而我也忧郁，我也压抑，大有“兔死狐悲”的凄凉。因为我不可能终生扮演这个时代、这个社会的“歌手”或“鼓手”的角色。我一旦也对这个时代、这个社会皱皱眉、摇摇头，或者瞪瞪眼睛，说几句冷的、酸的、尖刻的话，哪怕这话是真的，也便会与辛欣“站在同一地平线上”了。而一个作家，不，一个人，某些时对某些事，大抵总难免要皱皱眉、摇摇头，或者瞪瞪眼睛的。也总难免要说些什么使某些人不大受用的话的。达到了“采菊东篱下，悠然见南山”的境界，超脱则超脱矣，悠然则悠然矣，而作家也便在这种“超脱”和“悠然”中，不复是作家了！

文坛从来不是佛殿。要想“超脱”倒莫如抛弃纸笔去数念珠，遁入空门为好。后来有某报的编者来访，说是要写篇文章，举两位青年作家为例，梁晓声代表“正确的”创造道路，张辛欣代表“错误的”创作道路。逼我谈点“正确代表”的体会，始大厌，进而大怒，不客气地“送”出门去。我并不老谋深算，也不愿在文坛沉浮中捞取什么“政治稻草”。需要你做某种“政治道具”时，便将你高高举起；紧锣密鼓一停，便甩手将你扔在台上，摔你个“四仰八叉”。积成人后之政治常识而非经验，这一点儿“悟性”还是有的。而某些编者记者，明明心中瞧不大起你，为了职业的缘故也许还为其他的什么缘故，却偏要将你涂了某种颜料，高高地插在什么幌子上，也忒不仗义了！

再后来，某刊约我写篇“我与文学”之类的文章。当时心中觉得有那么多话，似乎不吐不快，便写了。八千余字，其中有两千余字谈到辛欣及她的作品。记述了我与李纪同志深夜访她归来时那种心境、那种感受、那些思想。记得其中写到这样的话：“辛欣正在思考。我认为思考对任何一个人来说，都是严肃的时刻，神圣的时刻，是应当受到尊重的。而干扰别人的思考，无论以什么方式，出于什么动机，良好的也罢，善意的也罢，其实都是讨嫌的。在提倡精神文明的今天，起码是不文明的行为。奉劝他们学得懂点礼貌……”

一吐为快的文章必然失之含蓄。这篇文章当时被退回也是情理之中的事。本欲寄给辛欣看看，一想有讨好卖乖之嫌，便放置起来了。至今仍保存着。

第四届“作代会”期间，一位评论家问我：“读了张辛欣发表在《人民文学》上的长篇散文《回老家》吗？”答未读。

说：“一定要读，写得极好。”

后两天离开会议，带着那期《人民文学》到石家庄去。在招待所里看完了，果然好。那期《人民文学》上，刊有“推荐‘读者最喜欢的作品’启事”。便连夜写了一篇很严肃很认真的推荐信，约千余字，寄给了《人民文学》。

《回老家》竟未评上“读者最喜欢的作品”，据说是仅有我那一份选票。唉，好作品常有被埋没之时！难怪王蒙同志主张编辑出版“落选作品选”，以补“遗珠之憾”。

至今我仍认为，辛欣有创作电影剧本的才华。在她的分配去向拖了半年多尚未落实前，曾托人达意她，愿“保举”她到北影来。读了《回老家》，不免后悔。暗想：梁晓声，梁晓声，你才是个大傻瓜！没谁会像你似的，拉来个强者“盖”自己！张辛欣进了北影，你自己就干脆“回老家”吧！心中产生了这想法，就好像一个人照镜子照出了一张狰狞的鬼脸，灵魂不由出汗。承认别人的某一篇作品比自己的作品好，还写封“推荐信”什么的，这类小小“高尚”，有利而无害，不过是“高尚”的自我表现。而要将别人拉到自己身旁，让别人的光彩照出自己的平庸来，心中那鬼就会啃你的灵魂了！

人啊，人！为什么都免不了有那么点嫉妒心理呢？回厂后我还是向领导“保举”了她，领导也表示可考虑。她自己又犹豫，我只好作罢……张辛欣，听着！你这辈子不写几个好电影剧本，你才对不起你自己呢！写吧，必要时我愿像当年那样，极负责任地为你当一次编辑。我如今已是编剧，不是哪个编剧都乐于给别人当编辑。而且有一条你是可以放心的，无论你写出多么好的剧本，我都不会在你的名字之后挂上我自己的名字。我这人从不沾别人的光。到时候你拿你的编剧费，我拿我的责编费。即使你写出的剧本可能得“奥斯卡”奖，我也不动心。这点职业道德我还是有的，更何况你也不是个“善茬子”。

写到这里，我不能不替电影编辑们辩白几句。因为我又想起了数年前你第一次与我见面时说过的话：“我知道，一无名人推荐，二无后门方便，像我这样的，在北影上一部影片是痴心妄想……”

当时你我还都不是青年作家，都不屑“文学青年”一类。我“迂”得可怜，你“狂”得非凡。但我和你一样，都急切地要早日显示自己的能量，都不免感受到某种压制。

其实呢，我做了几年电影编辑，倒认为靠名人推荐，或走个什么“后门”，达到在北影上一部影片的目的，并不那么容易。编辑之上有编辑组长，编辑组长之上有编辑部主任们。主任们也说了不算，还得经过编辑部定稿小组讨论。讨论之后也还无效，得经党委通过，有时甚至还惊动电影局、文化部、中宣部。升到更高级的“阶段”，则非党中央的某某领导同志出面说一句话不可。

一部电影的拍摄，真是层层把关，难乎其难。如今“拍摄自主权”下放各厂，情况是略有好转，但那“犯错误”的可能也便同时下放到了各厂。把关者们还是比刊物的负责人们更顾虑重重。一篇稿子发排了又抽下来，也不过就损失个几千元，至多上万元。而一部影片若投入拍摄又中途“下马”，那损失则可能是十几万、几十万。如今讲究“经济效益”，损失中包括了全厂职工的奖金，是“怨声载道”的。电影编辑们，除个别人热衷于假什么名人或首长之名，推平庸之作欲获责编费外，多数还是有艺术良心的。我觉得我自己在这一点上就无懈可击。谦虚过分实乃虚伪。

在我们北影的《电影创作》即将复刊时，一天主任把我叫到办公室，交给我一个剧本说：“别拖，早看完。看完写一份书面意见给我。”

我接过剧本，回到自己的办公室，坐下便看。

内中用大头针别着几份“批示”。

第一页，是当时的一位领导同志写给自己秘书的，只称作者名字，可见关系非同一般。大意是剧本看过了，很电影化，主题思想很有意义。人物形象突出，情节曲折生动云云。要秘书告诉作者，已代转电影局某负责同志。

第二页，是这位电影局某负责同志的“意见”，当然是“完全同意”上述的“意见”。大概是为了表示虔诚和态度认真，还提了几条无伤大雅的“似可修改”之处。一个“似”字，道出许多谨慎。

第三页，是我们北影厂当时厂长的批条——立转编辑部主任一阅。

主任积稿太多，很信任我，便由我“一阅”了。我看罢这些“官批”，对同室的一位老编辑笑道：“这位作者，不是大干部的儿子，也一定是侄子女婿之类。”

老编辑揶揄道：“你的美差来了呀。”

我答：“看看再说吧。”

这个剧本是根据北影已故著名编剧海默同志的遗作《战马》改编的。

看过后，竟没看出什么“匠心”之处。凝思良久，又去资料室翻出原作细读。读罢，大不以为然了。海默同志的原作，写的是新疆剿匪时期，一名解放军排长的战马，在战斗中牺牲，战马是骑兵的“第二战友”，思念之情深切。后来在战斗中击毙一匪首，获得一匹与自己的“战友”一模一样的雪白马，遂结“生死之交”，屡立战功。小说原作，确不失为一篇较好的作品。

我一向以为，从小说到电影，所谓改编应是“再创作”，要体现出改编者自己的艺术处理和艺术构思。“再创作”意味着艺术性的“再升华”，思想性的“再开掘”，情节细节方面的“再组合”。不见这些，那改编便是平庸的改编，否则当一名编剧也就太省事了。而且一篇短篇小说改编为电影，该补充多少改编者自己的生活和艺术方面的积累，是不言自明的。

基于这种艺术观点，我认为那剧本的改编是平庸的，这就与那些负责人的意见大相径庭了。

我又了解到，海默同志生前曾亲自改编过自己这篇小说，北影还曾打印，“文革”中“一扫而光”了。我便感到左右为难起来，不知该怎样写“书面意见”，索性拿着它找主任当面说。

主任问：“改编得如何？”

我说：“将小说‘断行’，不等于就算改编。”

主任明白了我的意思，沉吟起来。

我又说：“题材也有些陈旧。刚刚粉碎‘四人帮’，人民希望看到正面或侧面反映‘十年动乱’的电影。再者，即使拍，也应拍海默同志自己改编的剧本，亦算对我厂著名编剧的一种追忆和纪念。”

看得出，主任也颇感为难，默默吸了一会儿烟，终于说：“这样吧，再给副主任看看。刊物即将恢复，修改后发一下，也算了结了此事。”

副主任，一位德高望重、很有艺术判断水平的老同志，看后对我说：“即使发表，也需让作者再认真修改几遍。”

我就打电话与作者联系，约他到厂里来听取我和副主任的意见。他嫌路远，希望到他家谈。

我想到副主任家离他家较近，为了老同志少走许多路，应诺了。那时我们的副主任正在家中休病假。从北影厂到火车站，路是够远的。倒了三次车到了火车站，还要倒一次车，下了车还要走十分钟。那一带我到北京后没去过，道路不熟，约定的时间又早——八点半。六点半便离厂，吃不上早饭，在北京站附近买了一个面包，边走边吃。到了作者家中，我理所当然要请副主任先谈意见。老头看得很认真，用铅笔在稿纸格边做了许多记号，写了不少句“评语”，一边翻阅，一边谈。

老头谈一条，作者“解释”一条，或曰“这里你没看明白”，或曰“这里不能照你的建议改”，或曰“我自己认为这里改得很好”。

我便有些看不下眼去，打断他说：“我们尊重改编者本人的艺术见地，我们的意见也仅供你参考，要求你修改一稿不算过分。你修改后再寄我吧！”说罢起身，也不告辞，便往外走。

副主任也只好跟我走掉。走到街上，副主任批评我：“干吗那么没耐心呢？”

我说：“他干吗那么不虚心呢？”

副主任说："他认为自己非一般作者可比嘛，这一点你还没看出来？"

我说："看出来了，因此我这一般编辑不愿给他这非一般作者当责编，另请高明吧！"

副主任笑道："我们研究后，还非你当这责编不可呢！没吃早饭吧？到我家去吃，要不我们找个地方，我请你吃一顿。"

数日后，剧本寄回。

我翻看一遍，除了我和老头勾出的几个错别字，毫无变动。再一项作者的"劳动"，便是用橡皮将老头在格边作的记号或评语擦掉了。

我心想也忒吝惜自己的脑细胞了！搁置抽屉，看他怎样？仅仅隔了一天，他就打来电话，质问："你们到底作出决定没有？"

我反问："什么决定？"

作者说："有关领导同志都很认真对待这个剧本，给予了充分的肯定，北影厂长也无反对态度，你们为什么鸡蛋里挑骨头呢？"

我说："那你就让他们直接下道生产令拍摄嘛！还给我这个责编打电话干什么？"说罢挂了电话。

六

十分钟后，他第二次打来电话，说："既然你似乎有很多意见，那一天你未开口，我想当面听你谈谈。"

我说："我的意见，和我们副主任那天谈的意见是一致的。"

他沉默了一会儿，说："我还是想同你谈谈。"

我说："我不到你家去谈了，路远，要谈你就到北影来谈吧！"

他又沉默了一会儿，说："我明天就去。"

我说："请上午来。"因下午厂内放"观摩影片"，属于艺术学习，我不愿错过机会。

他说："上午不行。我上午有事。"

我说："那你就改天来。下星期内哪一天都可以，上下午也请便。"

他说："除了明天下午，我哪一天也没有时间。"

我火了，答："哪一天都行，就是明天下午不行！"我啪地挂上了电话，真够矫情的！第二天下午，我便去看电影。原以为只放一部影片，却放了两部。

五天后，政治部主任拿着厚厚一封挂号信，找到我的办公室，说："小梁，有人写信告你。"我吃一惊，暗想我没做什么违法犯科的事呀，也没搞过什么不正当的男女关系，谁告我什么呢？因问："张冠李戴了吧？"

政治部主任说："没错，告的就是你梁晓声，你看看这封信。"我接过信一看，是那位非同一般的青年改编者写来的，历数我的罪状。不算洋洋万言的一封信，起码也有八九千字。

我真有些"怒发冲冠"了，就要将那封信撕个粉碎。政治部主任眼疾手快，夺过信去，说："别发火，讲讲，怎么回事？"

我强按怒火，将事情来龙去脉一五一十地述说一遍。正述说时，当时的一位厂党委负责人也找到了编辑部，由主任陪着，将编辑们召集一起，询问近期处理稿件中，谁可有什么渎职行为。众编辑回答：绝无。

这位厂党委负责人说：肯定有。

原来，他刚参加过一个会。一位负责同志在会上点了北影，说："你们北影要热情对待业余作者嘛，不要将业余作者拒之门外嘛，不要像'四人帮'时期一样，搞得像个独立王国，针插不入，水泼不进嘛！"

众编辑听了，面面相觑，不知这话从何说起。

只有我心中明白。因为在告我的那封信中写道："我一无靠山，二无'后门'（噫！与辛欣语同出一辙），全凭一片关心中国电影事业的热忱，写了这个电影剧本，竟受到种种刁难，被拒于北影大门之外。你们对一位业余作者是什么态度？！你们这种冷漠无情的态度，又如何能使中国的电影事业得以繁荣？！……"他的话同那位负责同志的话何其相似？

"拒之门外"——确属事实。

他下午来时，门卫没放他进厂，告诉他下午编导部门正进行艺术观摩研讨，请他改日再来。

故他信中还写道："我在凄风苦雨中徘徊于北影门外近一小时才离去。回家后感冒了，发烧三十九度。我的父亲和母亲，不得不放弃非常重要的革命工作，精心照料我……"是否真实，不得而知。

我对大家说："负责同志对北影的批评，并非'莫须有'，肯定是因我而发的。"

政治部主任也说："肯定是。"

于是，我、政治部主任、编辑部主任和副主任，那位厂党委领导，当即一齐走到二楼小会议室，研究如何妥善对待来自上面的尖锐批评。厂长同志很重视这件事，也参加研究。

那位厂党委领导说："我看就让小梁写份检讨，由厂党委转给上级。"

我不禁拍案而起，吼道："刀搁在脖子上，我也不检讨！我没什么可检讨的，要检讨你们自己检讨！"

编辑部主任说："让小梁检讨，莫如让我检讨。"

副主任问："检讨什么？我作为编辑部副主任，亲自到一个并不成熟的剧本的改编者家中，认认真真地谈过意见，还要我们怎么样？"

政治部主任说："我认为有的同志因为这件事而对北影作的批评，是言过其实的。"

厂长最后说："不必检讨，谁也不必检讨。要是这也值得检讨的话，莫如我检讨了！因为我是厂长嘛！"转脸看着我，又说，"小梁，我要求你给领导同志写封信解释一下，你不觉得过分吧？解释，而不是检讨。"

我说："这可以。"

回到办公室，铺开信纸，就欲写。忽而想到，并没指名道姓地批评我，我对他解释得着吗？决定不给那位负责人写信，而给他的儿子写信。

握着笔，我想到了两件事。

一件事是：曾有一位山西农村的二十一岁的青年，某日来到编辑部，由我接待。他解释随身带来三个电影剧本，请求我在两天内看完，并当面向他谈意见。我问他为何给我的时间这样短，他说他是自费来京的，专程送稿，舍不得花钱住宿，在火车站过夜。我问何以不寄来，他说希望当面听到意见。我问年终"分红"多少，他说一百余元。我问岂不是路费就用去了一半吗，他说值得。我大受感动，留他在我宿舍同住了一夜（那时我已分到一间十平方米左右的小房间）。第二天，我就集中时间和精力将三个剧本全部看完。那三个剧本实在不值得谈什么意见，但唯恐刺伤那农村青年的自尊心，与之委婉地谈了一个上午……

另一件事是：某日有一精神病患者在传达室纠缠，要求与编辑当面谈构思。传达室师傅为难，组长也为难。传达室师傅说，编辑部若无人出面，便只好找保卫科了。我便自告奋勇，前去进行安抚。我的哥哥也患精神病，我自信颇善安抚精神病人。

走入传达室，但见一个四十岁左右男子，像待审的犯人似的，双腿紧紧并拢，双手放在膝盖上，坐得那么规矩，规矩得可怜。他留中分头，一张瘦脸刮得干净。穿件新蓝干部服，连领钩也扣着，虽旧却熨出裤线的灰裤子。一双黄色塑料凉鞋，赤脚。表情安静。

瞧他那样，并不像精神病人。可传达室内除了他再无别人。

我问传达室师傅："精神病人在哪儿？"传达师傅朝那人努嘴。

我不禁转身诧异地再次打量那人。他缓缓站起，文质彬彬地说："我不是精神病，我是来送剧本的。"表情依然如故。

我说："我找的不是你呀。你误会了。我是编辑室的编辑，你带来的剧本可以交给我呀。"

他打量着我说："我看你不是编辑。"

我问："那你看我像干什么的？"

他一字一句地说："我看你像保卫股的。"

我说："你错了。"掏出工作证递给他看。

他看了，似乎信了，还给我。从一个黄色的学生书包中掏出剧本，双手捧着，郑重其事地交给我。那表情，仿佛将千金至诚相托。我接过剧本，问："你的姓名？"

他从传达室的长椅下拖出一个口大底小的白铁桶，自内取出一卷红绸，默默展开来——红绸止，梅花篆体赫然醒目地写着四个毛笔字——"齐天大圣"。我惑然。

他说："这就是我的名字。"

我问："你住哪儿啊？"

他指桶——桶内一条毯子，说："盖天铺地。"那时他脸上才显出一种怪异的笑。

我说："外边在下雨啊，盖天铺地哪成？"

他说："行者苦中求乐。"

我便断定，他是属于那类主观狂想型精神病患者，一忽儿明白，一忽儿糊涂。这会儿是糊涂了。

传达室师傅便上前替我"解围"道："你是'齐天大圣'，这里可不是花果山，也不是天宫，剧本留下，你快走，快走。"

他瞪目道："你把我当成疯子？"

我赶紧说："你若是精神病人，我便也是精神病人了！"又转身对传达室师傅说，"让我带他入厂，我要和他谈谈。"

传达室师傅愕然地问我："带他到办公室？"

我说："带他到我宿舍。"

传达室师傅不放心地看着我，低声说："小梁，你何必？"

我说："不会发生什么事的。"见他还不放心，又说，"我哥哥也是精神病。"

我带"齐天大圣"到我宿舍，待之为客，与之攀谈。他糊涂劲过了，又明白起来，谈吐很是文雅。

攀谈中，我知他是北大毕业生，一九五七年被打成"右派"，劳改六年。现虽已平反，重新分配了工作，单位却不要求他上班。他无所事事，便写电影剧本。我心中对他充满了同情。

当晚，他留宿我处。第二天，我送他至火车站，替他买了回河北的火车票。送入站内，又送至车上，与乘务员特别交代了一番，望着火车开走才返……

想起这两件事，我觉得，自己算得上一个有责任感的编辑。尤其对业余作者，从未劣待过，即使对方是一个精神病患者。

于是倍感大有回一封信的必要。

我在信中写道："你的父亲是高级干部，你的靠山可谓固矣。你的剧本由各级负责人推荐，你的'后门'可谓大矣。像大作这种水平的剧本，北影厂每年收到数千份。我厂委派了一位编辑副主任和我这位编辑加以扶植，对你可谓另眼看待矣！你乃三十多岁人，感冒发烧，区区小病，你的父母便'放弃非常重要的革命工作，精心照料'，也忒娇贵、忒宝贝你了吧？老实讲，按一般稿件处理，你只能得到一张退稿笺罢了，而且将在三个月后……"

写完，装入信封，填了地址，怕自己忽然产生什么顾虑，立刻寄走。

之后，静坐片刻，想到文化部成立了一个什么"剧本委员会"，在部长同志直接领导之下，遂生一智，便又给"剧本委员会"写了一封信。

大意是：该剧本系某负责人之子改编，且有文化部及电影局领导同志肯定之评语。我厂拍摄任务已满，现寄你们，你们指示其他兄弟厂拍摄，似更加顺理成章，成人之美……附在剧本之内，一并寄走。

仅仅五六日后，"完璧归赵"。剧本被"剧本委员会"退回，附函曰："该剧本既然已经你们扶植，你们还是扶植到底吧！恕不提意见。"

碰上了和我一样不具慧眼，也无伯乐精神的编辑！走投无路，不再犹豫，不再顾虑，草草填了信封，便退。我想，主任要我来当这个剧本的责编，还真是选对了人。我自以为"不辱使命"。

我想，权力之与文学艺术，恰如铁树之与菊花，本非同科木，"嫁接"也难活。偏若移花接木，何类"狗扯羊皮"？

现今有种说法：一等智商者经商，二等智商者从政，三等智商者才从文。"文"的经济基础，在"倒爷"们之下；"文"的社会地位，在"政府官员"之下。因此某些干部子女，便经商，便从政。"三等智商"的，便往什么电影制片厂啦、电视台啦，以及其他与"文学艺术"有关的单位或部门挤。果有"文学艺术"才华的，自当别论；并无"文学艺术"细胞的，岂非授柄于人，传诟于世吗？且"文"假以权，权佐以"文"，结果必然是"文"腐蚀了权，权亵渎了"文"。那才是悲夫哉！

我顶讨厌文学艺术领域内现今种种假权势而压"文"、而欺"文"的风气。

动辄：“这个电影剧本某某领导同志看过，给予肯定了！”“这个电视剧本某某领导同志非常欣赏。”“这篇小说某某领导希望发表并配合评论。”

文学艺术的圈子里，也真真有些俗不可耐之人。某某领导“看过了”，“给予肯定”了又怎样？某某领导“非常欣赏”又怎样？某某领导的“希望”便一定要“照办”吗？某某领导究竟是“领导”，还是文学艺术工作者？

你是市长，我是公民，公民该尽哪些公民义务，我听你的。我是编辑，你是市长，市长写电影剧本，或写小说、写诗、写话剧什么的，对不起，你听我的。

这才对劲。否则，大不对劲。

这叫“社会分工不同”，应该彼此尊重彼此的分工。也是马克思的共产主义的社会原则之一。

一九七九年春，全国第四次高等教育会议在北京西苑召开。各新闻和文艺单位派代表列席参加。

我作为北影厂代表，参加了华南大组学习讨论。

会议最初几天，讨论内容是肃清“四人帮”极“左”教育路线的流毒，发言踊跃热烈。

“工农兵学员”——这中华人民共和国成立三十年来“高教”大树上结下的“异果”，令每一位代表当时都难以为它说半句好话。而每一位发言者，无论从什么角度什么命题开始，最终都归结到对“工农兵学员”的评价方面。不，似乎不存在评价问题——它处于被缺席审判的地位。如果当时有另外一个“工农兵学员”在场的话，他或她也许会逃走，再没有勇气进入会议室。

我有意在每次开会前先于别人进入会议室，坐在了更准确说是隐蔽在一排长沙发后不易被人发现的角落。我负有向编辑部传达会议情况和信息的使命。我必须记录代表们的发言。

我是多么后悔我接受了这样一个使命啊！然而我没有充分的理由，要求领导改换他人参加会议。

第三天下午，还有半个钟点散会，讨论气氛沉闷了。几乎每个人都至少发过两次言了。主持讨论者时间观念很强，不想提前宣布散会，也不想让半个钟点在沉闷中流逝。他用目光扫视着大家，企图鼓励什么人作短暂发言。

他的目光扫视到了我。我偏偏在那时偶然抬起了头。于是我品质中卑俗的部分一瞬间笼罩了我的心灵，促使我扮演了一次可鄙而可怜的角色。

“你怎么不发言啊？也谈谈嘛！”主持者的目光牢牢盯住我。

多数人仿佛此刻才注意到我的存在，纷纷向我投来猜测的目光。大家的目光使我感到很尴尬。

坐在我前面的人，都转过身瞧着我，分明都没想到沙发后还隐藏着我这么个人。

我讷讷地说："我……我不是工农兵学员……"几乎是不由自主地这么说了。

这是我以列席代表身份参加讨论三天来说的第一句话，当着许多白发苍苍的老教授们说的第一句话，当着华南大组全体代表说的第一句话。

谎话，是语言的恶性裂变现象。说一颗纽扣是一颗钻石，并欲使众人相信，就得编出一个专门经营此种"钻石"的珠宝店的牌号，就得进一步编出珠宝店所在的街道和老板或经理的姓名……

我说，我是电影学院导演系"文革"前的毕业生。我说，某某著名电影导演曾是我的老师。

我说，如果不发生"十年动乱"，我也许拍出至少两部影片了……

为了使代表们不怀疑，我给自己长了五岁。

散会后，许多人对我点头微笑。"文革"前的毕业生，无论毕业于文、理、工学院，还是毕业于什么艺术院校，代表们都认为是他们的学生。

七

会议主持者在会议室门外等我，和我并肩走入餐厅。边走边说，希望我明天谈谈"四人帮"所推行的极"左"教育路线，对艺术院校教育方针教育方向的干扰破坏。我只好"极其谦虚"地拒绝。

我不是一个没有说过谎的人。但是，跨出复旦校门那一天，我在日记上曾写下过这样的话："这些年，我认清了那么多虚伪的人，见过那么多虚伪的事，听过那么多谎话，自己也违心地说过那么多谎话，从此我要做一个诚实的人……"

我这"要做一个诚实的人"的人，在许多高等教育者面前，撒了一次弥天大谎！那的确是我离开大学后第一次说谎，不，第二次。第一次是——我打了"电影童星"一记耳光而说是跟他"闹着玩"。

我第二次说谎，像一个谎话连篇的人一样，说得那么逼真、那么周正。

我内心感到羞耻到了极点。

一个毕业于名牌大学的青年，仅仅由于在某一个不正常的时期迈入了这所大学的校门，便如同私生子隐瞒自己的身世，在许多高等教育者面前隐瞒自己的"庐山真面目"，真是历史的悲哀！

就个人心理来说，这是十分可鄙的。

但这绝非我自己一个“工农兵学员”的心理。这种心理，像不可见的溃疡，在我自己心中，也在不少“工农兵学员”心中繁殖着有害的菌类。对于一个国家的高等教育，又多么可悲！宛如太上老君的“炼丹炉”中倒出了“山楂丸”。

我的谎话，当晚就被戳穿——我们编辑部的某位领导来西苑看望在华南组的一位老同事……我不晓得。

第二天，我迟到了十分钟。在二楼楼梯口，被一位老者拦住。

他对我说：“你先不要进会议室。”

我迷惑地望着他。

他又说：“大家已经知道了。”

我问：“知道什么了？”

“知道你是一个‘工农兵学员’。”他那深沉的目光，严肃地注视着我。我呆住了。他低声说：“大家很气愤，正在议论你。你为什么要扯谎呢？为什么要欺骗大家呢？”他摇摇头，声音更低地说，“这多不好，这真不好！有的代表要求向大会简报组汇报这件事啊！……”不但不好，而且很糟！在全国“高教”会上，在粉碎“四人帮”后，谎言和虚伪正开始从崇高的教育法典中被肃清，一位列席代表，一位“工农兵学员”，却大言不惭地自称是“文革”前电影学院导演系的毕业生，这的确是太令人生气了。

我垂下了头，脸红得发烧。我羞惭地对那老者说：“您替我讲几句好话吧，千万别使我的名字上简报啊！”他说：“我已经这样做了。”他的目光那么平和。平和的目光，在某些时刻，也是最使人难以承受的目光。我觉得他那目光是穿透到我心里了。他说：“我们到楼外走走好吗？”我默默地点了一下头。我们在楼外走着，他向我讲了许多应该怎样看待自己是一个“工农兵学员”的道理。当他陪着我走回到会议室门前，我还是缺乏足够的勇气进入。他说：“世上没有一个人敢声明自己从未说过谎。进去吧！”挽着我的手臂，和我一齐进入了会议室。那一天我才知道，这位令我感激不尽的老者，原来是老教育家吴伯箫。吴老是我到北京后，第一个引起我发自内心无比尊敬的人。

“高教”会结束后，他给我留下了他家的地址，表示欢迎我到他家中玩。那时他家住沙滩。我到他家去过两次。第一次他赠我散文集《北极星》。第二次他赠我散文集《布衣集》，并赠一枚石印，上刻“布衣可钦”四字。他亲自替我刻的。两次去，都逢他正伏案写作。一见我，他立刻放下笔，沏茶，找烟，对面与我相坐，与我交谈。他是那么平易近人，简直使我怀疑他是个丝毫没有脾气的人。他脸上的表情总是那么安详。与我说话时，眼睛注视着我。听我说话时，微微向我俯着身子。他听力不佳。我最难忘的是他那种目光，那么坦诚，那么亲切，那么真挚。注视着我时，我便觉心中的烦愁减少了许多许多。

那时他家的居住条件很不好。因附近正在施工，院落已不存在。他家仅有两间厢房。每次接待我的那一间，有十三四平方米左右，中间以木条为骨，裱着大白纸，作为间壁。里边一半可能是他的卧室，外边一半是他的写作间。一张桌子，就占去了外间的大部分面积。我们两人落座，第三个人就几乎无处安身了。房檐下，生着小煤炉，两次去他家都见房檐下炊烟袅袅，地上贴着几排新做的煤饼子。

我问他为什么居住条件这样差。他笑笑，说："这不是蛮好吗？有睡觉的地方，有写作的地方，可以了。"告辞时，他都一直将我送到公共汽车站。我向他倾诉了许多做人和处世的烦恼。他循循善诱地开导了我许多做人和处事的道理。

他这样对我说过：多一分真诚，多一个朋友；少一分真诚，少一个朋友。没有朋友的人，是真正的赤贫者。谁想寻找到完全没有缺点的朋友，那么就连他自己都不可能成为他的朋友。一个人有许多长处，却不正直，这样的人不能引为朋友；一个人有许多缺点，但是正直，这样的人应该与之交往。正直与否，这是一个人品质中最重要的一点。你的朋友们是你的镜子。你交往一些什么样的朋友，能衡量出你自己的品质来。我们常常是通过与朋友的品质的对比，认清了我们自己实际上是一个怎样的人……我们北影的一位同志，从前曾在吴老领导下工作过。他敬称吴老为自己的"老师"——他已经四十五六岁了。我常于晚上看见他在厂院内散步，却从未说过话。

有次我们又相遇，他主动说："吴老要我代问你好。"我们便交谈起来，主要话题谈的是吴老。

他告诉我这样一件事：当年他与六个年轻人在吴老直接领导之下工作，某天其中一人丢了二百元钱，向吴老汇报了。吴老嘱他不要声张，说一定能找到。过了几天，六个年轻人都在场的情况下，吴老将二百元钱交给失主，说："你的钱找到了。不知是哪位同志找到后放到我抽屉里了。"失主自然非常高兴。当天，又有二百元钱出现在吴老抽屉里。原来他交给失主的那二百元钱，是他自己的。但对这件事，他再也没追究过。六个年轻人先后离开他时，都恋恋不舍，有的甚至哭了……

"因为吴老当时很信任我，只对我一个人讲过这件事。"我那位北影的同事说，"吴老认为，究竟谁偷了那二百元钱，并不重要。重要的是，六个年轻人中，有一个犯了一次错误，但自己纠正了。这使我感到高兴啊！”

听了这件事以后，我心中对吴老愈加尊敬。他使我联想到了苏联教育家马卡连柯。

对年轻人宽宏若此，真不愧老教育家风范。

因吴老身体不好，业余时间又在写作，我怕去看望他的次数多了，反而打扰他，就再未去过他家。

我最初几篇稚嫩的小说发表后，将刊物寄给他。

他回信大大鼓励了我一番，而且称我“晓声文弟”，希望我也对他的作品提出艺术意见，使我愧怍之极。信是用毛笔写的，至今我仍保存。

半年后，我出差在外地，偶从报纸上看到吴老去世的消息，悲痛万分。将自己关在招待所房间里，失声恸哭一场……《北极星》和《布衣集》，我都非常喜爱。我们中学时期语文课本中的一篇《延安的纺车》，便收在《北极星》中。但相比之下，我更喜爱《布衣集》。

我将《布衣集》放在我书架的最上一档，与许多我喜爱的书并列。

吴老，吴老，您生前，我未当面对您说过这句话，如今您已身在九泉之下，我要对您说——您是我在北京最尊敬的人。不仅仅因为当年您使我的姓名免于羞耻地出现在全国第四次“高教”会的简报上，不仅仅因为您后来对我的引导和教诲，还因为您的《布衣集》，即使它是那么薄的一本小集子，远不能与那些大部头的长篇小说或什么全集、选集之类相比，即使它没有获得过什么文学奖。您真挚地召唤并在思想上、情操上实践着“布衣精神”。这种精神目前似乎被某些人认为已经过时了，似乎已经不那么光荣了，似乎已经是知识分子的“迂腐”之论了。您在给我的信中却这样写道：“我所谓的‘布衣精神’，便是不为权、不为钱、不为利、不为名，不为图个人一切好处而思想、而行为、而努力工作的精神。知识分子有了这种精神，才会有知识方面的贡献。共产党人有了这种精神，才会有实现共产主义理想方面的贡献。因而‘布衣精神’不但应是中国知识分子的精神，尤其应是中国共产党人的精神……”

吴老，您是老知识分子，您亦是老共产党员。从这两方面，我都敬您。您是将“布衣精神”作为一个知识分子的品格原则的，也是作为一个共产党人的品格原则的。您对这种精神，怀着一种儿童般的执着锲而不舍地践行着。但愿我到了您那样的年纪，能有资格毫不惭愧地对自己说：“我不为权，不为钱，不为利，不为名，清清白白地写作，清清白白地做了一辈子人，没损害过、侵占过或变相侵占过老百姓一丁点利益！……”

如今穿布衣的知识分子少了，穿布衣的共产党人少了，穿布衣的共产党的领导干部少了。因为有了的确良、的卡、混纺和其他什么什么的。共产党如果成了布衣党，在二十世纪八十年代的今天，未免滑稽可笑。但共产党如果成了失掉“布衣精神”的党，那则不滑稽也不可笑了，而令人心中产生别的一番滋味了！

您正是在身后留下“布衣精神”的一息微叹，召唤着一种党风，召唤着一种党的干部之风啊！

现实真真有愧于您生前那儿童般执着的信念和寓言般朴素的思想啊！我们这个国家，我们这个民族，因民族心理的积淀和种种历史渊源所至，一向是崇尚权力的。而封建王权便是以这种崇尚为其社会基础的。这是我们民族愚昧的一面。人类不应受王权的统治，而只应受知识的统治。这叫人类文明，或曰“精神文明”。有一个时期我们的社会似乎有一种崇尚知识的良好风气开始发端，但很快又被对金钱的崇拜所掩盖了。

金钱，这个讨人喜爱的怪物，吞噬着某些中国人的灵魂，吞噬着某些共产党员的灵魂。

前一时期，省委书记有兼某某公司经理者，市委书记有兼某某公司经理者，地县委书记们更趋之若鹜，甚至连军区司令员、副司令员，也成了买卖人。是为老百姓赚钱吗？还是赚老百姓的钱？更有他们的妻子儿女，假经商之名，堂而皇之地行走私之实。不走私，何以能够在国外银行立几万十几万元的户头？

连《参考消息》上都登了，大概总不至于是无中生有，阶级敌人对共产党的诬蔑吧！不是说“先使一部分人富起来”吗？应该是先使人民中的一部分人富起来才对啊！倘我们共产党的干部们，都利用职权，着急忙慌地、争先恐后地先使自己富起来，还算什么“全心全意为人民服务”？

中国是中国人民的中国。中国的一切财富，巨细无遗，都是中国人民创造的。任何侵吞、挥霍、浪费人民财产的行为，都不应是中国共产党的干部们的行为，都是丑行，都应受到法律的制裁。人民希望是这样。希望“对外开放，对内搞活经济”的政策不变；希望党风彻底好转；希望党内有几位“包龙图”，铲除邪恶，辅佐“朝纲”；希望改革之举成绩更大，弯路更少。而最大的希望则是——党内损公肥私、以权谋私者们不再继续下去。人民是既痛恨他们，又拿他们没办法。因为人民已将权力交给了他们，就像李尔王将王杖交给了对自己始而恭顺继而飞扬跋扈的女儿女婿们一样。

老百姓有句话——“再一再二不可再三”。这也是希望。中国的老百姓是全世界最仁义、最厚道的老百姓。他们很通情达理。江山是老共产党人打下的，打下了江山的人们有资格伸手向人民要好处。人民给，而且人民已经给了。包括他们的子孙辈们伸手向人民要或者就是像拿自己家里的东西一样去拿，去捞种种特殊的好处，人民也能宽宏地沉默着。中国的老百姓真是太仁义、太厚道了。但是中国很穷啊！中国老百姓的生活普遍还很穷啊！要达到小康，还得努力奋斗到本世纪末呢！人民给不了那么多，人民负担不起。什么事情都得慢慢儿来，也得容人民慢慢儿给。别捞得太急了。即便是再一再二又再三，老百姓也还是只有希望而已。哪个国家的老百姓比中国的老百姓更仁义、更厚道呢？哪个国家的老百姓比中国的老百姓更善于忍耐，更善于在忍耐之中仍怀抱着不泯的希望呢？以权谋私者，一心只想自己先富起来，全不将人民利益放在心上者，是应该感到羞愧的。

就在几天前，哈尔滨市一家制本厂厂长来找我，还讲到这样一件事：他们厂要买一台某种型号的印刷机，难以买到，就有人好心地为他介绍了一位经商的干部子弟。

对方说："你们要买的印刷机我有，可以卖给你们，但你们得给我百分之十的'个人劳务费'。给，明天就可提货。"一台印刷机十七万元。百分之十——一万七千元。

问："给开发票吗？"

答："'个人劳务费'，开什么发票？"

拿国家生产的机器转手倒卖，一张口就敢一万两万地要"小费"，还美其名曰"个人劳务"，这是干什么？！而且让人百思不得其解：持介绍信为扩大再生产买不到，怎的竟会在某些人手中囤积居奇？他们靠的是哪方面的权力？

一天，我正在办公室写作，父亲来叫我，说家中来了一位个子高高的外国人。我到北京后，素少交际，更从未结识过外国人，心中不免十分疑惑。回到家中，果见一外国人静坐以待——申・沃克！自从他离开复旦后，我从未见过他，以为他再也不会到中国来了。想不到他竟从天而降，我们彼此的高兴心情，不必赘述。我向父亲介绍道："这是我的朋友，瑞典人。"沃克站起身，头触到了吊灯罩子，噼里啪啦掉下无数塑料饰穗。他脸倏地红了，立刻弯腰去捡。他那高个子，弯下去就很困难，只好曲一膝，跪一膝，像一个高高挑挑的外国小姐，正行着屈膝礼时一条腿抽筋了。我忍笑帮他捡。

父亲则冷冷地瞧着他，又冷冷地瞧着我，不知我什么时候，在什么情况之下认识了这个外国人，而且称他为"朋友"。父亲是怕我出了点名，忘乎所以，犯什么"国际错误"。父亲习惯于将"里通外国"说成"国际错误"。对与外国人交往这种事，父亲的思想认识仍停滞在"文革"时期，半点也没“开放”。他常说：“别看那些与外国人交往的中国人今天洋洋得意的样，保不准哪一天又会倒霉，到时候哭都来不及。”

沃克将那些被碰掉的塑料饰穗全部接过去，从容不迫地往吊灯罩上安装。我见父亲那种表情，怕沃克敏感到什么，又补充介绍道：“在复旦时，我们俩一个宿舍住过呢！”沃克安装完毕，对父亲笑笑，落座，也说：“我和晓声是非常好的朋友，我在中国交往的第一个朋友。那时还是‘四人帮’时期呢，我们的友谊是经过了一些考验的。”说着转脸瞧我，意思是问我——对吗？“正是这样。”我对他说，也是对父亲说。父亲“哦，哦”应着，退出屋去，再未进来。

如今，一个中国人能称一位外国人为自己的朋友，倘若这外国人又是来自所谓西方世界，诸如瑞典这样一个“富庶国家”，并且还是一位年轻的博士，那么仿佛便是某些中国人不寻常的荣耀了。

我称沃克为自己的朋友，不觉得在名分上沾了他什么光。他视我为朋友，也肯定不会自认为是对我的一种抬举。他的博士头衔，在我看来也并不光芒四射。他获得学位的论文——《中国古代民歌研究》，还是在大学时我帮他搜集资料、抄写卡片，互相探讨之下完成的。

他这次是到驻中国的一个办事机构工作的。他从《青年报》上看到介绍我的小文章，才询问到我的住址的。

以后，他几乎每星期六晚上都到我家中做客。他喜欢喝大米枣粥，喜欢吃炸糕、黄瓜罐头，还喜欢吃饺子。我们就每个月让他吃上两顿饺子，更多的日子只以粥相待。

沃克常到我家来，而且次次开着小汽车来，就引起一些人对我的格外注意。

于是就有人问我：“能不能帮忙换点外汇券？”

我总是干干脆脆地回答两个字：“不能。”便被某些人认为太“独”，连点“方便”也不给予则个。我自己也不走这个“方便”之门。

那时我的家里还没有录音机，没有电冰箱，没有彩电，只有十二英寸的黑白电视机。比较而言，电冰箱对我们的生活，比录音机重要得多。北京夏季太热了，剩饭剩菜，孩子的牛奶，隔日必坏。电冰箱简直成了我们梦寐以求的东西。而电冰箱又脱销，实在不易买到。但“友谊商店”却是有卖的，可我无一张外汇券。

妻不免经常对我说：“你就开口求沃克一次吧！咱们就求他一次还不行吗？凭你和沃克的友谊，求他用外汇券替咱们买一台电冰箱，难道他还会拒绝呀？咱们给他人民币……”连老父亲也说：“我看沃克会帮这个忙的，你开一次口，求求看。”

我想，只要我开口请求，沃克肯定会答应的。

我向自己发誓，决不对沃克提出这样的请求，以及类似的请求。

因为有一天，晚饭后，喝茶时，沃克望着我在地板上搭积木的儿子，忽然说：“我第一次到你们家，小梁爽还不会单独玩耍，如今小梁爽已经会叫我‘沃克叔叔’了，可我连一具玩具还没送给他过。”他面有愧色。

妻说：“他的玩具可不少啦！”

沃克说：“我下次来，一定送给他一件玩具。”

我说：“你何必这么认真呢。”

沃克看我一眼，说：“晓声，你是我结识的中国人中，唯一没向我提出过任何请求的。”

我说：“我们中国有句话——‘君子之交淡如水’，我不愿在你我的友谊之中，掺入任何一点杂质。”

从那天以后，我牢牢记住了沃克的话——“你是我结识的中国人中，唯一没向我提出过任何请求的”。

我不甚知道沃克——一位年轻的瑞典博士——在中国结识了多少中国人，也不甚知道这些中国人曾向他提出过怎样的请求。但有一点我是知道的，在他结识的那些中国人中，“政府官员”是不少的。而我，北京电影制片厂的一名编辑，在全部他结识的那些中国人中，是社会地位最低的一个。

“如果你我不是复旦同窗，你我根本就不会结识。因为以你的性格，你不太可能进入我所结识的那些中国人的社会圈子。”这是他对我说的话。

我相信他的话。

“我很尊敬你们中国的学者、专家和知识分子们，他们谦虚，普遍事业心强，在外国人面前不卑不亢。对于他们提出的请求，我从来都尽力而为。他们提出的请求，很少涉及个人物质方面，都仅限于事业方面。我能帮助他们做某些事，心里常常感到很高兴。他们的事业，代表着中国的某些事业。事业与个人利益，文化科学知识与物质，这两类截然不同的请求，区别了我所结识的两类截然不同的中国人的素质。”这是他对我说过的另一番话。

他的这些话，使我为某些中国人自豪，亦为某些中国人悲哀。

有一次我故意问他：“在你结识的中国人中，有请求你帮助他们买电冰箱的吗？”

他说：“岂止是买电冰箱啊！”

他告诉我，有一位什么局局长，通过什么什么关系认识了他，然后多次主动请他到家中做客，并把自己的两位女儿介绍给他。再后来通过第三者向他暗示，希望他这位年轻的瑞典博士成为那局长的大女婿或者二女婿。“无论我爱上哪一个都可以。‘两个之中任你挑’——他们就是这么对我说的！”沃克那张英俊的、王子气质的脸上，呈现出极其鄙夷的表情。

我说：“那你就挑一个呗！你不是希望寻找一个中国姑娘做你的妻子吗？”

沃克愤愤地说：“可我是要在中国自己寻找，而不是要别人向我兜售！”

我说：“你应该理解他们的心情！”

沃克说：“我当然理解，简直太理解了！我直言不讳地告诉他们，在那两个姑娘之中，我一个也爱不上！并劝他们死了这条心！我觉得他们是在侮辱我。可你猜他们继而又向我提出什么样的请求？”

我说：“猜不到。”

沃克说：“你认真猜猜。”

我想了一会儿，摇头。

沃克说：“他们请求我，将别的外国人介绍给那位局长的两个女儿！我问他们，中国男人那么多，为什么非要替自己的女儿找一个外国人做丈夫？他们回答得很坦率：‘在北京，局长一级的干部多得是。而且我这位局长快退休了，女儿们没什么大本事，找个外国人做丈夫，将来可以到国外去，幸福有个依靠。’你们某些中国人替自己女儿考虑的所谓的幸福，竟是找一个外国人做丈夫！”他感到又失口了，连忙看着我说，“请原谅。”

我说：“你的话有道理。”也许我的表情过于严肃，沃克的表情也郑重起来。

他思考片刻，低声道：“我今后再遇到这类事情，当面轻蔑他们不过分吧？”

我说：“随你。”

妻接着我的话说：“沃克，别听他的！他是存心想当现行反革命，我今年才三十二岁，对这类事连听也不听。我可不想当现行反革命家属！”

我说：“如果我说这番话便被打成现行反革命，那中国算是没救了！”

妻用恳求的目光瞪着我，我不忍再增加她心中的不安，便换了个话题。

但接下来的交谈却显得非常勉强。

八

那天，沃克分明也是怀着一种不佳的心情告辞的。

我没料到父亲在门外偷听到了我与沃克的那番谈话。沃克走后，父亲进屋来，指着我狠狠地大声训斥："你小子别烧包！你从北大荒到了上海去念大学，又从上海分配到北京，每个月六十多元的工资拿着，连奖金算上起码七十元，比我当四级泥水工时的工资少不了几元，老婆也有了，儿子也有了，你还对这不满那不满，你还怂恿一个外国人去骂共产党的干部！我要是共产党，我要有权，也坐地打你一个现行反革命！再把你发配到北大荒去劳改一辈子！看你还烧包不烧包！……"

对于父亲的怒斥，我只有低头默默而已。

父亲还说："我告诉你，以后你写文章，只许说共产党好，不许说共产党不好，一句不好都不许说！一篇文章一百多元的稿费，再好的党也不肯花钱雇你骂它的！"

我依旧默然而已。

有这样一位老父亲，我常感到在家中的言论颇不自由。别说我脑后并无"反骨"，即便生着块所谓"反骨"，有老父亲天天对我"警钟长鸣"，"反骨"也会渐渐变成软骨的。何况我对我们的党，不过是希望它更伟大、更纯洁、更光明、更正确罢了。

但为了向父亲表示我铭记了他的话，我就将儿子从地板上抱起，亲了一下，说："爸爸是绝不会被打成现行反革命的，今天的共产党已经不是过去的共产党了！爷爷的担心是不必要的。"

儿子却从我怀中挣向妻，奶声奶气地说："妈妈抱，摸咂咂！……"

下一个星期六，沃克又来时，果然给儿子带来一个玩具，是一只黄色的、毛茸茸的、会叫的小狗。说是在友谊商店买的。

妻问："那里有电冰箱吗？"

沃克回答："有啊。有双开门的日立牌电冰箱，你们要买？"

我瞪了妻一眼，妻立刻回答："不，我们已经托别人买了。"

沃克说："要是买不到，我给你们买。"

我说："能买得到。"

儿子从床底下拖出一个纸板箱，把里面的玩具一样样摆在地板上：飞机、火车、大炮、坦克、小狗、小猫等，摆了一长溜。儿子不知从哪儿翻出一个小盘大的毛主席像章，还挺新的。沃克用一串钥匙从儿子手中哄过毛主席像章，一边欣赏一边说："只听说中国'文革'中有这么大的毛主席像章，今天头一次见了！"欣赏一会儿，拿着问儿子，"知道这是谁吗？"

两岁半的儿子回答："不知道！"从沃克手中夺过像章，就在地板上滚着玩。

我非常生气，从地上捡起像章，举手就欲打儿子。妻赶快将儿子抱走，说："你打孩子干什么？他出生的时候，毛主席已经逝世五年了，他不知道毛主席是什么人就成过错了？"

我举起的手，缓缓地放下了。

我暗想：一代人有一代人的崇拜。这就是历史。历史有它自己的法则，不以人的意志为转移。将来儿子长大了，当然会知道毛泽东是一位什么样的历史人物的。但是会不会崇拜毛主席，那就很难说了。也许他会崇拜一位足球名将、电影明星、哲学家、艺术家、作家、歌星、音乐家，或者一位时装模特，或者一位改革者，或者一位非常非常有钱的什么什么人……

让他自己去选择吧！他那一代的精神和思想，应比我们这一代有更大的自由。而精神和思想，它所代表的全部人类社会的文明，其实只用两个字就可以概括——自由。没有精神的自由和思想的自由，所谓社会文明，不过是写在布满灰尘的桌面上的词句，在擦桌子的时候便被抹布一块儿擦掉了。

儿子受到我一句喝骂，又见我欲打他，吓哭了，哭得十分委屈。妻便将他抱往邻居家去。

沃克见我沉思，问："你想什么呢？"

我说："我在想崇拜这个问题。"

沃克又问："你至今仍崇拜毛主席？"

我沉思良久，说："崇拜是人类的童年心理，我们这一代人的崇拜季节已经过去了。"

于是我们的话题很自然地谈到了毛主席的功过方面。我说："我依然认为毛主席是中国历史上从古至今十分伟大的人物，也是世界历史上十分伟大的人物。"

"可你刚才还说你们这一代人的崇拜季节已经过去了……"沃克表示不解。我一时不知如何才能向他解释清楚。我又陷入了沉思，在沉思之中回顾我们这一代人的心路历程和思想历程。我耳畔仿佛有千百万童声在齐唱着这样一首歌：

我们新中国的儿童，
我们新少年的先锋，
团结起来，
继承我们的父兄，
不怕艰难不怕担子重，
为了新中国的建设而奋斗，

学习伟大的领袖毛泽东。

……

我们这一代人，就是唱着这首歌长大的。红领巾是我们的骄傲。少先队队礼表达着我们对美好事物的崇高敬意。少先队队鼓使我们的童心激动无比。我们这一代中的大多数幼年、童年乃至青少年时期不知巧克力为何物。五十个人的玩具加在一起也没有儿子的玩具多。一件新衣服会使我们欢欣雀跃。新衣服是爸爸或者妈妈买的，可我们都普遍地认为最应该感激的是毛主席和共产党。没有毛主席，就没有共产党。没有共产党，就没有新衣服。我们的父辈虔诚地在我们的头脑中打上这种“胎记”。全社会唯恐我们忘却了我们来到这个世界上并且生存下去的意义只有一个——知恩图报。后来我们长大了。我们就开始唱另外一首歌：

我们年轻人，
有颗火热的心，
革命时代当尖兵。
哪里有困难，
哪里有我们。
赤胆忠心为人民，
不怕千难万险，
不怕山高海深，
高举革命的大旗，
巨浪滚滚永不停，
永不停！
……

我们唱着这首歌经历了三年困难时期。我们这一代大多数人的胃，消化过野菜、草籽、树叶。而人造肉、豆饼、糠皮在我们看来是好东西。可我们唱这首“青年进行曲”时声音嘹亮，并不气短。

我们这一代人当时的悲剧在于我们追求一种“革命思想”的热情，超过我们追求文化知识的热情，我们所接受的文化教育，是在“革命思想”的灰锰氧中浸泡过的。而我们所受到的一切“革命思想”教育的全部内涵，其实只用两句词儿就足以概括——热爱吧！感激吧！在中学政治课堂上，我们的头脑中渐渐形成了这样一条结论——领袖即党。

于是，我们的热爱之情，感激之情，集于一人一身，明白而又明确。

于是，在“文化大革命”中，我们这一代人的热爱、敬仰、崇拜、服从便达到了“无限”的“光辉顶点”。这是整整一代人的狂热、整整一代人的迷乱。而整整一代青年的迷乱与狂热对于社会来说，是飓风，是火，是大潮，是一泻千里的狂澜，是冲决一切的力量！当这一切都过去之后我们累了。当我们感到累了的时候，我们才开始严峻地思考。当我们思考的时候，我们才开始真正长大成人。当我们长大成人了，我们才感到失落。当我们失落了，我们才感到愤怒。当我们愤怒了，我们才感到失望。当我们感到失望了，我们才觉醒。当我们觉醒了，我们才认为有权谴责！试问，有谁比这一代人精神上所造成的失落更空洞？有谁比这一代人所感到的失望更巨大？有谁比这一代人的谴责更激烈？

然而今天，当中国的历史又翻到崭新一页的时候，我与我的同龄人谈到毛主席的时候，几乎所有的人都说过这样的话：“毛主席毕竟是一个伟大的人物。”

历史的评价是那么公正地体现在我们这一代人身上。我们不再是历史的奴仆。我们拿历史来作我们的眼睛。我们用我们的思想来作中国这一段历史的终结。它将不仅仅是用文字写在种种历史的或政治的教科书上，它是用我们昨天的和明天的社会行为写在我们的心路历程和思想历程上。

我对沃克讲到这样一件事：不久前我到河南某市某工厂去体验生活，见一车床前竖立一木牌，上写“光荣车”三个红字。我以为操作这台车床的青年工人是劳模，一问却不是。原来某某中央领导同志到这个工厂来视察过，同这个工人握过手，说过几句话。

因问：“谁让竖这块牌子？”

答曰：“厂党委决定的。”

又问：“不影响视线吗？”

答曰：“当然影响。”

再问：“出了事故怎么办？”

那青年工人默然。

问：“你并不喜欢在自己车床前竖这块牌子吧？”

说：“叫我如何回答你呢？”

我对他讲，他应该向领导阐明利害，建议领导去掉这块牌子。

他说：“这样的建议怎么能向领导去提呢？”

我说：“那我替你去向领导提。”

他慌了：“千万别，领导会以为我对你说了什么不该说的话。”

我说："你放心好了，我只字不提你。"我便去找这个厂的领导们，希望他们去掉那块木牌。他们大不以为然，都用不乐意接受的目光瞧我。

我说："这不仅是我的希望，也是我的批评。每一个中国人在今天都有权对这一类事情提出批评。第一，那块牌子竖在车床前，一天不擦，就会积满灰尘，有碍观瞻。天天都擦，使工人增加了一件小小的麻烦事。他们嘴上不说，心里并不高兴。崇敬若非出于自愿，定然适得其反。第二，它挡住光线，也挡住工人的视线，违反安全生产条例，也许会成为什么不幸事故的隐患。第三，中央领导同志肯定不知道你们这种做法，知道了也会批评你们。第四，它早早晚晚都是要被去掉的。早去掉，主动。晚去掉，被动。晚去掉莫如早去掉好。第五，它竖立在那里，没有任何实际意义。"

他们面面相觑了一阵，其中一个说："我们将那块牌子竖在那儿还没多久。竖在那儿的时候，无须解释什么，人人明白。再由我们决定去掉，就总得解释几句吧？不解释不太像话吧？可又叫我们如何向工人们解释呢？"

传统是一种无形的力量。照"传统"去做什么事，人们大抵心安理得。但某些"传统"也往往是一种腐朽的力量。正是借助了这种力量，封建帝王的黄绫圣旨演变成为"最高指示"。

我想，他们在车床旁竖起那块木牌时，内心里的虔诚无疑是要比迷信的老太婆拜菩萨少得多的，否则他们绝不会对我说出那么一番左右为难的话。他们不过是习惯地按照"文革"中的一种"传统"行事罢了。没竖起之前是木头，竖起之后就成了"圣物"。若再去掉则有亵渎之嫌。我想了一会儿，便对他们说："不必为难，小事一桩。我有三全其美之策，保证做得使你们满意。"

几日后我离开那工厂时，他们主动问我，那"三全其美"之策落实没有？

我回答落实了。

他们继而追问何策？

我告诉他们，我已给中央办公厅写了一封信，请他们转中央领导，由领导批示，他们照办就得了。

他们尽数哑然、怔然、愕然。

我笑盈盈道："由中央领导同志亲自批示去掉'光荣'牌，显示了中央领导同志以身作则地反对个人迷信，反对个人崇拜的共产党人风范，此谓一美。你们坚决照办，坚决执行，只需向工人传达此示即可，不必作任何解释，此谓一美。工人们受一次反对个人迷信、反对个人崇拜的现场教育，此又谓一美。故谓'三全其美'。难道你们还有什么不满意吗？"沃克听我讲到这里，忍俊不禁，大笑起来。

一个月后，我陪沃克到八达岭游玩。正值京郊万山红遍季节，风和日丽，天高云淡，站在万里长城之上，俯瞰四野，极目远眺，心旷神怡，不禁叹人间沧桑，发思古之幽情。我斜倚长城堞口，吸着烟，向沃克讲了“孟姜女”万里寻夫哭倒长城的故事。

“太美了，太悲了，爱得太伟大了！孟姜女的爱情，是应该与长城共存于后世的！”年轻的瑞典文学博士竟大受感动，泪水旋旋欲坠。

沃克要为我拍一张照片，忽然有一人鬼鬼祟祟地凑到我们跟前，低声问沃克：“买毛主席像章吗？要外汇。”

“你卖毛主席像章？”沃克惊讶地反问。

那是一个年轻人，身材很高，穿一件驼色毛料西服，皮鞋闪闪发光，几乎一尘不染。发式也很潇洒，架宽边珐琅框眼镜。样子颇有几分书卷气。我早已见他在游览长城的外国人中周旋，以为他是陪同翻译，未格外加以注意。我问：“你是干什么的？”

他乜斜了我一眼，说：“你刨根问底干吗？我是在和这位外国先生做买卖，又不是和你！”转身对沃克说，“先让您见识见识货色！”便解开西服扣子，将衣襟对迈克一敞——在他的西服里子上，在他的毛衣上，缀挂了大大小小、各式各样的毛主席像章，向我们展示了个“琳琅满目”。“一手交钱，一手交货，人民币一分不要！”对方说着，关上了他的“商品橱窗”。

斯文的瑞典文学博士，突然用极其粗野的中国话骂了一句：“滚蛋！”

“不买拉倒，你怎么骂人？！”对方慌乱地扣着衣兜。

我说：“你真是生财有道啊！快滚，要不对你可没好处！”

“我滚，我滚，何必呢？买卖不成仁义在嘛……”那人嘟哝着转身怏怏地溜掉了。

我和沃克互相望着，游兴一扫而光。

沃克低声说：“我想回去了。”

我说：“那我们走吧。”

我们默默走下长城，乘沃克的小汽车离开了长城。

作为一个中国人，我在自己的外国朋友面前，心中已不复是感到羞耻，更加感到悲哀。

与沃克分手时，他说：“当着你的面骂中国人，我总感到对你是一种严重的伤害。”

我说：“别介意。”

他笑了。我却笑不起来。他告诉我，他要到重庆去一次。我问他公事私事，多长时间。他说一切待他回来后向我“汇报”。

半个月后，沃克又出现在我家里，我用枣粥、炸年糕款待他。我不主动问他到重庆干什么去了，虽然我那么想知道。不探问别人的私事——我尊重这种西方的礼貌。不知为什么，我断定他到重庆去是为了某件私事。他脸上洋溢着发自内心的快乐，似乎更年轻了，也似乎更潇洒了。

吃过晚饭，我吸烟，他喝茶。他不吸烟，正如我对再好的茶也不感兴趣。他跟我谈最近的几场足球赛。我在电视里看足球赛时，无论如何激动不起来。我坦率地告诉他，能够使我激动起来的只有两件事——看书和打斗片，再谈一次恋爱都白搭。

他表示大为怀疑地问："你也看打斗片？"

我说："太爱看了！不知为什么，我走在马路上的时候，经常产生一些极其古怪的念头，比如一掌击断一根水泥电线杆，运用气功使一辆疾驶的大卡车骤然停住什么的……"

他就开心地笑。笑罢，瞧着我的脸，忽然问："你为什么不问我？"

我佯装莫名其妙，反问："问你什么？"

他说："问我到重庆干什么去了呀。"

我说："你说过回来后向我'汇报'的。"

他说："我不'汇报'，你便不问？"

我说："是的。"

他说："我现在希望你问我。"

我说："如果是这样，那么我问——你到重庆干什么去了？"

他说："为了爱情。"

"爱情？"这我可万万没想到。

"我爱上了一个重庆姑娘。"他庄严地说。

我这才看出，洋溢在他脸上的，不仅是快乐，而且是由衷的幸福。

他问："你还记得我们当年离别时，在上海朱家角小饭馆的谈话吗？"

我回答："记得。"

是的，我记得。他曾说他如再到中国来，希望寻找到一个配作他妻子的中国姑娘，而且希望我帮他寻找。我认为爱情靠的是机遇，靠的是缘份。所以我从未履行自己当年承诺的义务。沃克毕竟是个外国人，将一个优秀的中国姑娘介绍给一个外国人做老婆，总有点那个。

九

据我所知，目前凡做了外国人老婆或者差不多做了外国人老婆的中国姑娘，大抵凭的是脸蛋和身材。外国人可不会因为一个中国姑娘“心灵美”而爱她。

选择带有物质属性的东西便要讲求质量。只有漂亮的脸蛋和美好的身材那不过是“包装美”，算不上十分优秀。拿这样的标准来衡量，就我所知的几例，不过是“输出”的“花瓶”而已，属于物质属性为主的东西。

我无法猜测沃克爱上了一位什么样的重庆姑娘，希望他爱上一个优秀的，他到底还是我的朋友。

沃克见我一言不发，忍不住又说：“你为什么不问我爱上了一位什么样的姑娘？”

我说：“我想她一定很漂亮。”

沃克说：“比你们的刘晓庆还漂亮。”

我说：“我认为刘晓庆是位出色的电影演员，可从来没认为她是个漂亮女人。”

沃克说：“影迷们不是都认为刘晓庆很漂亮吗？”

我说：“道理很简单，刘晓庆如果不是电影演员，就不会有那么多影迷认为她漂亮了。”

沃克大为扫兴，情绪有些低落。我其实并不愿扫他的兴，便问他怎么与那姑娘认识的。

他含糊地告诉我，是在一位什么干部家中认识的。“她报考电影学院表演系，没考上，被那位干部的儿子看上了。我就与她的情人展开了一场争夺，结果我大获全胜。”我一声不吭。

我知道，电影学院或戏剧学院或其他什么剧团歌舞团招考时期，正是纨绔子弟们“采花逐蝶”的季节。文明点的就“凤求凰”“蝶恋花”，肆无忌惮的就“王老虎抢亲”。考场上被淘汰的姑娘们，就转向情场去碰碰运气。当不成演员，能做某某大人物的儿媳妇、孙媳妇或类似的什么角色，虚荣心理也获得了些许满足。世界从来分为两大阵营——男人和女人。某些姑娘的美貌在她们自己看来不过是“通货”，是“股票”。可悲的是不能存入什么银行，吃点“利息”。岁月无情，时间总使美貌贬值。不趁行情看涨换点什么是最大的浪费，而有时间有精力有不泯的兴趣在她们之中“采购”的非纨绔子弟们莫属，所以她们的归宿也就大抵只能有一个，成了他们的配偶。这个词比老婆、爱人或妻子更准确。“自古红颜多薄命”，一点不假。穷小子买不起，买得起的也便换得起。“红颜”们也忒命苦！

沃克见我半天不语，低声问：“你是不是认为我……不道德？”

我说：“争夺者的胜利从来都是被争夺者的最终选择。我不过是在考虑你碰到的究竟是不是一个好的。”

他说：“小雯当然非常好！不但漂亮，还很……”嗫嚅着不说下去。

“还很性感？”我替他说完。

“是的。”他脸微微一红，又说，“就是文化太低，才小学水平。字也写得太糟糕。不过这不要紧，我会帮助她提高文化水平的，还要教她学外语。我想在我的帮助下，她以后至少能掌握两门外语——英语和瑞典语。”他有些兴奋起来，接着便对他的小雯大加赞美。

我的外国朋友对我赞美一个中国姑娘，而且这姑娘又将成为他的妻子，我心中自是很高兴的，这总比他当着我的面骂中国人好，但他的许多赞美之词却使我心中产生忧郁。一个才小学文化水平，字也写得太糟糕，还想当电影演员，当不上了还成为一个素昧平生的纨绔子弟家中的寄宿客，最终又倒入一个外国人怀抱的中国姑娘，总有令人感到不那么可爱的地方。

于是我就说：“沃克，百闻不如一见啊，哪天你带她来玩吧！”

沃克说：“我怎么能不带她来呢？下个星期六我们来，一定！”

沃克告辞后，我的情绪一直低落。

妻问：“你又怎么了？”

我反问：“你觉得沃克与小雯的结合会美满吗？”

妻说：“你脸上的皱纹够多了，省点心吧！”

我想可也是，就开始跟儿子疯一阵。我一边给儿子当马骑，在地板上奔跃驰骋，一边不可摆脱地继续想：将来我的儿子长大了，我是无论如何决不允许他给我带回来一个才小学文化水平、字也写得太糟糕、一心想当电影演员的儿媳妇的。这种姑娘怎么也不能引起我的好感，当客人对待也觉得别扭，别说当儿媳妇了！

星期六，妻提前半天下班，从三点多钟就开始忙忙碌碌地做饭炒菜，预备款待沃克和他的小雯。我拿本书，带着儿子在厂院玩。

忽然一辆小汽车在我身旁停住，我认出是沃克那辆乳白色的旅游小汽车。车门开处，沃克春风满面地钻出，打开后车门，牵着手引下一位姑娘来，向我介绍她便是小雯。

她身材窈窕，穿件样式美观大方的藕荷色连衣裙，一双咖啡色高跟皮鞋，长发披肩，化了妆，不算过分。颈上挂着一串金项链。对我笑笑，脸腮上梨窝浅现。我暗想：还可以。没看出多少明显的俗来，但也说不上如何漂亮。北影厂漂亮姑娘每天出出入入的，我见得多了，对美貌的评价就有点苛刻。

她可不像二十四岁的姑娘，倒像一位颇有风韵的少妇，也许正因为如此，在沃克眼中，才很性感，这是女人们对付男人的强大武器。我想沃克肯定已受“内伤”。还有她那笑，也说不上妩媚，也说不上妖娆，更说不上天真烂漫。怎么说呢？总之令我觉得放射出一种独特的魅力，也显示出性感的成分。

这可真是挺要命的！笑非表情，而属武器，女人身上可怕的意味就大大超过可爱的意味了。

我已在电影制片厂工作多年，对这类女人和她们的笑颇有研究，这是一门学问。掌握了这门学问，就不太容易被她们所迷惑了。她们尽是一元一次方程，你不必列式便能解出“根”。

虽然表面看不太俗，但分明不属优秀。我心中暗暗替沃克悲哀，我深知我这位外国朋友并非到中国来寻花问柳的，他是要找一个妻子。可他对所谓“东方女性美”，却有点书呆子的盲目崇拜。殊不知这玩意目前已成了“大熊猫”。我抱起儿子，陪他们回家。

儿子却要叫“阿姨”抱。她便将儿子抱了过去。儿子不回家，要进小汽车里玩。她说：“那我就陪孩子先在车里玩会儿吧。”

沃克见我的儿子很喜欢他未来的妻子，特别高兴，同意了。我们上楼时，沃克问：“你看她怎么样？”

我说：“挺好，挺好。用你们西方人的话讲，挺性感的。”心里却暗想：沃克，沃克，你是求妻太心切了些呵！

沃克说：“你一定没看出来吧？她非常爱生气呢！前天我陪她逛友谊商店，她看到一件貂皮大衣，要我买下来，我没买。她就生气了，晚上不理我。今天我把钱都带出来了，是她先陪我到你这里，还是我先陪她去友谊商店，我和她争论了半天，最后我大获全胜！”他脸上洋溢出一种快乐，仿佛女人的脾气，对他是特殊的受用。

我说：“博士先生，女人的脾气永远和男人对她们的爱成正比，这一点你都不懂吗？我看她是个很聪明的女人，会掌握分寸，不超过极限的。”

沃克笑了，说：“想不到你对女人很有见解。”

我说：“别忘了我是作家，研究女人是我的职业本能。”

上了楼，见在走廊里做饭的妻子，正在紧张地忙碌。

妻急切地要见小雯是个什么样的姑娘。关了煤气，停止了操作。我和沃克连屋也没进，又陪同妻走下楼来。这两个女人的见面，好像两位外交官夫人的初次结识。妻腰里还扎着围裙，将小雯当成老朋友似的，拉着手亲亲热热地说话。小雯则显得那么矜持，矜持中流露出几分高傲。那种对于男人是武器的微笑，在妻面前又变为盾牌，遮掩着只有女人们之间才能敏感地觉察出的什么。

她的高傲在我内心里引起了一种潜在的厌恶。虽然什么也没交谈，我却觉得已经将她看透了。我心中忽然产生一个念头，趁她还没与沃克结婚，我应该坦率对沃克讲出我的直觉印象，否则对不起朋友。如果沃克仅只是一时迷乱爱上了一个女人而不打算与之结婚，我的话未必起什么作用，但他是要娶一个女人做自己的妻子，我的话对他肯定会发生重大影响。我知道这一点。

妻和沃克却分明什么也没看出来。既没看出小雯那种令我厌恶的高傲，也没看出我内心有所活动。他们都高兴得太早了。沃克的高兴，无疑是因为感到幸福。妻是因为沃克高兴才高兴。

儿子不肯从小汽车上下来。

小雯提议，让沃克带着她和我的儿子去兜兜风。沃克征询地看着我。我点头表示同意。儿子早已与“沃克叔叔”厮熟，会乖乖地听他的话。

他们开车走后，我和妻回到家中，首先交换印象。

妻说：“挺漂亮的。”

我说：“包装如此。”将心中的念头告诉了妻子。

妻说：“你可千万别作孽啊！”

我就有些犹豫起来，不知对沃克讲算作孽，还是不讲算作孽。我帮妻将饭菜做好，沃克“伉俪”还不回来。我一次次蹬着自行车到厂门口去迎，终不见他那辆小汽车的影子，心中不悦。

妻一遍遍嘱咐我：“他们回来后，你可千万别给人家冷脸看啊！”两个半小时后，他们才回来。沃克抱着儿子，儿子抱着一个电动火车，小雯拎着一个纸板衣箱。

儿子一被放到地上，就将全副注意力集中在那辆电动火车上。它呜呜鸣叫，在地板上跑来跑去，儿子在它后面爬来爬去。我相信那时对儿子说电动火车要用爸爸换，他也会舍得我的。

妻问小雯：“买了件什么衣服？”

小雯回答：“貂皮大衣。”

“貂皮？那得多少钱呀？”妻不胜惊羡。

小雯淡淡一笑：“才三千九百多元。”

“天！……”妻瞪大了眼睛，就请求小雯打开衣箱让她欣赏欣赏。

我瞪了妻一眼说：“吃饭吧！”

这顿饭吃得并不怎么欢快。刚刚吃完，小雯便看手表。

妻问：“你们今晚还有别的事？”

小雯说："去海员俱乐部参加舞会，瑞典使馆举办的。"

我说："那我就不留你们了。"

沃克看着小雯说："再坐会儿吧？"

小雯不语，他只好站起。妻送小雯下楼，沃克有意缓步，对我说："三天后我们将在海员俱乐部举行婚礼。我希望你们夫妻能抽出时间去参加。你知道，我的中国朋友不多。你是我在中国留学时期的同学，是我最好的中国朋友，又是一位年轻的中国作家，你能参加我会感到特别高兴的。"

我说："到那天再说吧！有没有时间参加，我会提前打电话告诉你的。"他从皮包里拿出一份打印着中英文的精美请柬，郑重地交给我。

那时刻我真想将一直盘绕在头脑中的念头说出来，但努力克制了。沃克又说："你了解的，我们瑞典人，对性的观念是很解放的。我之所以要在中国与小雯举行婚礼，而不在瑞典，为的是让人们知道，我是按照中国的观念娶妻的。将来我也要尊重中国这一观念。你相信吗？"

我说："相信。"是的，我完全相信。沃克是位对待爱情和婚姻比较严肃的外国人。正因为我完全相信，心中才忧郁。

我没去参加他们的婚礼。几天后收到沃克一封短信，知他与小雯完婚后第三天，便双双回瑞典探望他的父母双亲去了。信中说他们要在瑞典住一个月。

但是三个半月后他才又出现在我家里，内心里似乎藏着许多难言之隐。我问他为什么不带小雯一块儿来。他说："小雯今晚跳舞去了。"我便不再问什么。

以后他又恢复了单身时的习惯，每个星期六晚上必开着车到我家来吃晚饭，却再也没有带小雯来过一次。他的快乐消失了。他内心的烦恼似乎愈来愈重了。

十

一九八五年的除夕之夜，沃克也是在我家中度过的，仿佛他仍是单身汉。那一天我们喝酒了。他带来一瓶外国酒，我拿出的是中国红葡萄酒。他喝得有些醉了。

我忍不住开诚布公地说："沃克，你再也不能对我隐瞒什么！你和小雯之间究竟发生了什么事？我要求你告诉我！因为我是你在中国最好的朋友，我有责任了解！"

"我真没想到，她会是那样的女人！"沃克盯着酒瓶说，"她严重地践踏了我的自尊和人格，我恨她！她什么都不肯学。她自私。她认为有了美貌就有了一切！她以我的妻子的身份，整天出入各种社交场合，认识的外国人比我认识的还多！她居然背着我接受其他外国人送给她的贵重首饰！这是我无法忍受的！她还与人约会，情书往来。"

"什么人？"我简直不能相信。

"美国人。"

"什么身份？"

"记者。"

"哪家记者？"

沃克说出了美国一家大报。

"你胡说！"我吼道，"你在用谎话欺骗我！……"

"我？……胡说？……"沃克的眼睛定定地瞧着我。

"对！就是这样！"我站了起来，在房间里来回走动，最后站在沃克面前，大声说，"你在中国耐不住单身汉的寂寞了，你希望有一个中国姑娘能在中国合法地陪你睡觉，在你感到无聊的时候为你解闷儿！如今你对她腻烦了，就编造出这些谎话，为你抛弃她在我面前制造口实！如果你拿不出充分的证据证实你的话，你就不再是我的朋友！你在我心目中就与那些欺骗和玩弄我们中国姑娘的外国佬没什么两样！……"

在地板上搭积木的儿子抬起头，不安地瞧着我，不理解我何以突然对"沃克叔叔"大发其火。

"你这是干什么？！你怎么能这样对沃克说话？！"妻严厉地制止我。沃克呆望着我。

"对不起，我有些醉了。"我因自己的失礼感到羞愧，重新在沃克对面坐下。

"你没醉。"沃克低声说，从衣兜里掏出一封信递给我，"你看吧！既然你把我想象得那么坏，你看吧！如果你刚才不对我说那样一番话，我决不会将这样一封信给你看的。我的自尊心不允许我这样做。"

我犹豫了一下，接过来看。那是一封情书，是小雯的字。在沃克送给我的他们的八寸结婚彩照背后，有沃克的签名，也有她的签名。

我认出了信上确是她的字迹。笔画歪歪扭扭、紧紧巴巴的，像蜷缩在母腹中的婴儿。满纸难看的中国字，写的尽是不知羞耻的词句。确是写给美国人的。不，一个美国人。

看完后，我半天不知对沃克说什么好，也找不到能够安慰他的话。妻从我手中拿过那封信去看。看完后，愤愤地说："沃克，离婚！你和她离婚！这样的女人，怎么还配做你的妻子？你不肯离的话，我们可就太瞧不起你了！……”

沃克说：“不，我不能。这正是她巴不得我作出的决定。只要我一与她离婚，那个美国人就会想方设法将她带到美国去的。我就会遭到耻笑！那个美国人比我有钱，有地位！这件事会使我的父母感到难堪，也会影响到我回国后谋求职业的问题！……”他拍了一下桌子，显得那么冲动。我和妻都同情地望着他。一阵长久的沉默之后，沃克又低声说：“也许我不该对她讲实话。”

我问：“什么意思？”

他说：“我告诉她，也许在中国的这两年，是我以后十几年内经济情况最好的两年。因为我在中国享受的是专家待遇。我虽然获得了博士学位，但回国后得自谋职业。如果没有地方聘用我，我就会成为一个失业者。所以我劝她，为了我们今后的生活，不应要求我给她买那么多奢侈而无用的东西。在我同她进行了这样一场严肃的谈话后，她才结识了那个美国人。就是这样，我什么都如实地告诉你们了……”

我说：“你能不能将她带来一次，让我同她谈一谈？”

他说：“这我办不到。这根本不可能。虽然你是一位作家，但在她心目中毫无地位。她瞧不起你，正如你瞧不起她这一类中国姑娘一样。她对文学不感兴趣，她对一切艺术都不感兴趣。她崇拜的只是金钱。她感兴趣的只是社交、舞会、服装首饰和吃喝玩乐……”

妻忍不住打断他的话说：“那么对她就毫无办法了吗？”

他又沉默了一会，喃喃自语地说：“只有一个办法，我在中国的合同一到期，就带她立刻回瑞典。摆脱了那个美国人的纠缠，她也许会变好……”

一九八五年的除夕，我们度过得一点也不愉快。沃克十一点之后才忧虑地告辞。我和妻躺在床上，熄了灯，还一直在谈论他和小雯的事。

妻后悔地说：“当初我真不该反对你阻止沃克与小雯结婚。”

我什么都没说。

我在想：金钱、金钱、金钱，它使多少中国姑娘，包括少女，将自己的青春和美貌，廉价地奉献给了某些外国人啊！或者一次性“拍卖”，或者“零售”。她们在这种交易中显得那么匆匆忙忙，那么迫不及待，仿佛“机不可失，时不再来”。她们简直有点“不惜血本大牺牲”。在这种交易中，她们的青春和美貌是秤砣，爱情，如果有的话，不过是秤星。为了金钱，电影明星甘做外国佬的“厨房夫人”。也许是一百比一，出了个小雯。像外国人玩弄中国姑娘一样，玩弄了一个外国人！是一报还一报吗？不过它落在我的外国朋友申·沃克头上，有欠公允，也不仁义。

小雯使我联想到了巴尔扎克笔下的“贝姨”“搅水女人”，左拉笔下的“娜娜”。外国人在中国廉价地得到了多少，总有一天他们也将为此付出多少！就好比火药从中国传到外国，八国联军的洋枪队再利用它入侵中国一样！这是观念对观念实行的报复，生活方式对生活方式实行的报复。金钱——美貌能够兑换金钱，不妨也可视为金钱——对金钱实行的报复。小雯她以多么特殊的方式向到中国来寻花问柳的外国人警告：小心报复！

只是我又多么为沃克悲伤！

枯干的树枝被月辉投映在窗帘上，像动脉、静脉、毛细血管。野猫在天棚乱窜，发出一阵阵令人惊悸的叫声……

整整两个月，沃克没有再来我家。

他最后一次来时，车内放着一台二十英寸“日立”牌彩色电视机。

他告诉我，他在中国工作的合同已经期满。办事机构对他的工作很满意，希望他延长合同，他没有答应。他要回瑞典，机票已订好了，第二天。

“我唯一感到欣慰的是，一直到我离开中国，你都是我的朋友。两年多来，你们夫妻一直视我为最受欢迎的客人。每次到你家，我都体会了这一点。十年内，也许我不会再到中国来了，这辆小汽车，这台电视机，送给你们作纪念吧！……”他真挚地对我说。

我表示接受他的好意，却不能接受他的小汽车和电视机。

我拿出储蓄存折给他看——我的存款当时已足够买三台彩色电视机，不过有黑白的看着，不急于买。

至于小汽车，我不会开，没处存放，更弄不到汽油，它只能给我带来许多麻烦。

“我真傻，”沃克说，“明知你不会接受，可我还是……”

我说：“沃克，记住两句话，‘君子之交淡如水’‘不轻受一文，不敢忘一粥’。这是我们更多的中国人做人的原则。我们要努力保持我们中国人的民族自尊。我们不但靠发展经济，也靠保持民族自尊，才能自立于世界民族之林。接受了你的小汽车和电视机，我作为一个中国人的心理，将会感到永远失去了平衡。希望你能谅解我……”

我将预先买下的一对景泰蓝花瓶送给了他……

沃克回国一个半月后，我才收到他的信。

信中说：“我在中国，按照中国的观念，与小雯结婚。我在瑞典，按照瑞典的法律，已与小雯结婚。她将在瑞典居住半年以上，获得瑞典国籍。请你不必为她的处境担忧，按照我们瑞典的离婚法，半年内我将担负她起码的生活费用。她很善于交际，周围已经开始有了一些新的朋友。她还有‘本钱’。我倒有点佩服她了，一个重庆街道小工厂每月三十多元工资的保育员能到瑞典；继而将去美国，不靠权势，不靠关系，她不是很有点了不起吗？我已不再恨她。我重新评价她，认识她。我觉得她身上有一种西方女性的冒险精神。上个世纪是不少西方人到中国冒险，如今某些中国姑娘到西方冒险的世纪似乎开始了，用你们中国的话说，她算不算一个‘女强人’呢？但愿她在美国交好运……”

我回信说：“目前的中国，政策对外开放，几乎使每一个中国人都渴望扩展自己精神的、思想的、观念的、经历的和生活的天地。更多的中国人凭的是天才、学问、知识、勤奋，在国外获得荣誉和学位，使全世界相信中国人的普遍智商一点也不比西方人低。他们是真‘强人’。而小雯，不过是一个商品化了的女人。因而她的冒险精神，不过是‘通货膨胀’现象。这种女人，中国有，瑞典有，美国也有。过去有，现在有，将来还有。”

半年后，沃克从英国给我来信，告知他经朋友推荐，在英国某大学任教。附带一笔，小雯已获瑞典国籍，到美国去找那个美国人了……

我就想到了《娜娜》结尾的两句话：“打到巴黎！打到巴黎！……”

算来她已经二十五岁了。小学文化水平，字写得很糟糕，没有任何才情，只有一张漂亮的脸，只有一具女人的身体，再从纽约“打”到巴黎，她又能混得怎样呢？作为一个将自身当成征服世界的武器的女人，她永远达不到“娜娜”那么“辉煌”的顶点。

我将沃克与她那张彩色结婚照翻了出来，一剪刀从中间剪下了她，撕碎后扔进了纸篓。

她已不再是中国人，也不再是我的外国朋友的妻子，我没理由在我的影集中保存这一“商品”的“广告”。

除了沃克，我还与几位外国人有过友好交往：三位日本人，一位美国人。三位日本人是：北京大学中文系留学生佐藤素子，外语学院留学生原田秀美，日本综研化学株式会社工程设计事业部中国室室长味方重雄。那位美国人是美国加州大学圣地亚哥分校中国研究课程主任毕克伟教授。

改革开放，身在文学艺术界，谁没几个外国朋友呢？我引以为荣引以为傲的，从来都不是我的作品。我深知它们在中国当代文学中应摆列哪一档级。我值得自傲的是，在我与外国朋友的交往中，我遵循着老祖宗们的一句古训——“不轻受一文”。我从来没有向外国朋友提过任何请求，诸如出国啦，从国外带什么东西啦，兑换外汇券啦……对于为了得到某些洋货，为了出国，为了其他种种个人好处和欲望，而忘记自己应该怎样做一个中国人者，我——一个共和国的同龄人，大声对你们说——我一概瞧不起你们！

我这人今后可能会犯三类错误：因为写了一篇什么不合时宜的作品而受批判；违反交通规则而被罚款；有朝一日失去理智堕入情网而播“轶事”于文坛，传垢柄于世人。

即使在我犯了这三类错误以后，我也还要对你们说——我瞧不起你们！

噫！不好了！

打住！打住！我这篇笔记是该就此打住了！言多必失！而且我已“失”过几次了！就在前不久，有同志要求我去给中央党校研究生班讲点有关文学的什么。我本不愿去。到中央党校，我算个人物吗？配去讲吗？但那诚意实很难却。断然拒绝，又未免显得过于“高傲”。拖了几次，终拖不过，便去了，便讲了。结果就生出是非来，有人写信给某中央领导同志，说梁晓声大谈自己不是一个共产党员，并且永远不想加入中国共产党！于是中央领导同志指示：查查这个梁晓声平时表现如何。查查是谁“请”他到党校去。果有其事，要严肃处理。于是就有调查人员到中央党校去调查。

安有其事？

我们的党毕竟正在恢复实事求是的作风。调查结果——“梁晓声的讲话基本上还是进步的”。一个非党员作家在中央党校的讲话，“基本上”是“进步”的，也就可以了吧？如今谁敢说自己的话句句都正确无比？

党的实事求是的作风保护了我。

人生易老天难老。

屈指算来，我成为北京居民已经九个年头了。九年内，我们的共和国热热闹闹地发生了许多重大变革。我们北影厂的大门，架上了民族风格的牌楼。我由二十八岁而三十六岁，跻身于热热闹闹的文坛，离群索居，苦心经营地“爬格子”，同时往自己的瘦脸上刻皱纹。

今天，我在离首都四十多公里的昌平县境内一座园林招待所里写下这篇散记的最后文字，这地方叫“红泥沟”，附近有个小村叫“虎峪村”。时已入冬。西北风从大山深处窜出来，猛烈地呼啸着，嘶嚎着，从树枝上往下掠着枯叶。整个招待所大院里，算服务员在内，只五六人，几排空房，门扉作响，仿佛闹鬼。还没来暖气，我的房间冻手冻脚，呼气可见。桌上，几枝月季，插于瓶内，蓓蕾维持着最后的生命力。是我白天剪下来的，不忍它们于寒冷过后，落红满地。

稿纸旁放着一封无落款地址的匿名信——编辑部转来的，刚刚读詈。信中说：“梁晓声，你小心点！像《溃疡》那类狗屁小说，奉劝你今后少写！用小说和我们对着干，没你什么好结果！有朝一日看我们如何整治你！……”

这么充满威胁的一封信，我倒不怕，就是有点冷。

冷也还是要写下去。我们毕竟是社会主义国家。他——他们，是否也沿用一颗子弹夹在信中，向一个作家挑战？

好吧，我就应战！手在抖，心在寒。不是因为冷，是因为愤怒……

北京，北京，我在心中呼唤着你，像呼唤母亲一样。我多想依偎在你的怀中，暖暖我的身子，暖暖我的心！同时，让我倾听母亲的心脏——是在怎样有力而安稳地跳动着。母亲心脏的动音，对我——是一支摇篮曲，也是我们时代的沉重的鼓音。我仿佛倾听到了，沉重，然而多么有力！

母亲，母亲，我爱你！

我们爱你……

我当分房委员

这真是意想不到又无可奈何的事——我当上了我们中国儿童电影制片厂的分房委员会委员！

自一九八一年六月一日童影创建以来，整十五年内，仅进行过一次公房分配。当时在职人员少，房源相对宽余，分配也相对简单和容易。几乎凡提出申请要求的人，都分配到了大体上符合愿望的住房。不能说百分之百满意，但可以说不满意者百分之一二而已。不满意的程度也绝不是怎样激烈的。令其他兄弟单位眼羡心慕。分配之后，竟有余房。

后来童影陆续调入了一批青年，于是只能以余下的公房分配给他们。调入者多了，余房少了，出现了两家合居一个单元的情况。结了婚总是会有小孩儿的，合居的不方便是不难想象的。我于一九八四年从北影调入童影时，厂里已无余房，只保留着两套招待所了。由于我的调入，厂里从此没了招待所。我实实在在地是一个受惠者。几乎所有两家合居一个单元的青年职工，都集中住在我的楼上。在他们的居住情况的比照之下，我这个实实在在的受惠者，内心里常感到惭愧和愧惶，住得一点儿也不心安理得。

望着一幢十八层的高楼日渐拔地而起。我盼着分房工作早日进行、早日完毕的又喜悦又急迫的心情，是一点儿也不亚于别人的。别人将要解决的是实际的居住困难，我将要获得的是一种心理的解脱。别人的居住条件得以改善了，我不是从此便可以住得心安理得些了吗？并非所有的受惠者都能心安理得，我便是不能的一个。

十八层的高楼只有一半归属童影，另一半归属出资单位。建起它用了一年多的时间。分配它也快用了一年的时间了。一半以上的申请者，已经分定了房号，按了指印，经过了公证。由于某些特殊的情况，分配中断。没有分定房号，没按指印的人们，凝聚起一种较强烈的愿望——颠覆分配方案。因为只有这样，他们的要求才有可能获得满足。而分定了房号按了指印的人们，则本能地形成竭力维护原定方案的意志。因为只有这样，他们指日可待的切身利益，才不至于受到严重的影响。

我就是在这一种态势之下成为新增补的分房委员会委员的。因为我已经是一个受惠者了，此次未再提出任何要求。两方面的人们都寄希望于我能以较公正的态度参与新房分配。而我则诚惶诚恐再三推却。但有些时候，有些事，往往于人是完全身不由己的。结果最终我还是参与了。

我被通知开会的前一天彻夜难眠。第二天早晨我对妻说：“看来，我们得预备往新楼搬家呀！”妻不禁“友邦惊诧”，说：“那不太好吧？别人会怎么看待你呀？你刚进分房委员会，还是得注意点儿影响吧？”我说：“我的职称是二级，应住三间。而我们现在事实上多住一间，超出标准。我又成了分房委员，不调到新楼的三间去，我在分房会议上就没有发言的资格嘛！”妻怔了片刻说：“你不能坚决不当吗？”我说：“的确不能啊。群众推选了，领导那么恳切地找我谈过话了，我坚决不起来呀！”妻又怔了片刻，说：“我没意见。你觉得怎么着自己不别扭，就怎么决定吧！”

于是我参加第一次分房会时，首先表态，说如果房源仍然太紧张，我可以腾出现住房，调到适合二级专业职称的标准住房去。到会的全体分房委员们面面相觑。于是有人困惑地说：“晓声啊，这次分房不涉及你调不调的问题嘛，你此话从何说起呢？”又有人说：“新楼没建起来时，你都住了六七年了，现在新楼建起来了，人人都会得到改善，怎么能反而缩小你一个人的居住面积呢？”还有人说：“按照二级职称的住房标准，你无疑是超了十平方米。但若按照一级职称的住房标准，你就一平方米也不超了。大家也都知道不是在童影，在哪儿你都会是一级嘛。再说，多你调出的十平方米，少你调出的十平方米，是与大局无害也无益之事嘛。你就别作姿态了。”真的，我看得出来，大家分明以为我在作姿态。其实我不是作姿态。我是在无奈的情况之下，为使自己少一份儿尴尬。会后，有的委员扯住我悄问：“哎，你是不是打算先正了自身，然后来个六亲不认，扮演什么监察委员的角色呀？”其实，我也根本没这想法。只不过觉得，若谁要参与对某一利益的公平分配，若某一利益对人们意味着是“最后的一块蛋糕”，谁自身首先必得经得起议论。否则，评说别人的时候，态度和话语，总是难免暧昧的。

几次会开过，我便时常在想我们的江总书记最近说过的一句话——“领导干部要懂一点儿政治。”我非干部，更非领导，也从没产生过想当干部当领导的念头。但我以为，当一个国家由政治时期向经济时期过渡乃至进入经济时期以后，国内“政治”一词的内涵，是否也包容着分配的原则和分配的艺术呢？“要懂一点儿政治”，是否也意味着要懂一点儿分配的规律，以及由这一些规律所引发的个别的或普遍的社会心理现象呢？

分配似乎越来越意味着“最后的一块蛋糕”是相当棘手的。社会情绪的大浮躁和社会心理的大动荡，相当程度上盖源于此。于是政治家们所面临的一个当代的政治命题乃是——分配的政治。而在这种分配的政治之过程中，农民的利益，工人的利益，普通社会职员和中小知识分子的利益，是国家这一最具权威的分配主脑必须给以极大关注的，因为他们是组成社会基础公众的绝大多数。正如我们中国儿童电影制片厂的基本群众，是组成儿童电影制片厂这一单位实体的绝大多数。他们的利益考虑不周、关怀不够，一次分房就不能继续下去。农民的、工人的、普通社会职员和中小知识分子的利益考虑不周、关怀不够，一个国家的改革也就难以顺利进行下去。而这时，分配的政治，便很有可能由分配的矛盾升级为政治性质的矛盾。

我的头脑中，由于时代的教化，共产主义的思想信仰，原是较根深蒂固的。据我想来，共产主义的分配原则，似乎是最简单可行的，最容易体现公正的。我为国家尽职尽责，国家对我的个人利益进行一揽子的“包干”，似乎也不失为一种社会模式。当了一次分房委员，我感慨多多。终于彻底悟到——一个村可以实行共产主义的分配原则，一个乡也可以。一个县，如果经济空前发达，物质极大丰富，同样可以的。但一个省还可以吗？一个有近十三亿人口的大国，那就根本休想了。因为由于人口众多，一揽子的“包干”便完全丧失了可操作性。正如在我们童影的公房分配过程中——同样的四口之家，一家有一位八十多岁的老人，但户口不在北京；一家有一位六十多岁的母亲，但患心脏病；这一家的在厂职工是复转军干，国家有照顾性政策，那一家的父亲是已故老职工，需不需要对其家属给予相应的体恤和关怀？而一层单元只有一套，分给谁就公正？分给谁又不公正？由此推广而论，一九四九年以来，我国实行的是长江以北有取暖费，长江以南则没有。仅仅以一条江为界，又有几分公正可言？寒流大雪，又什么时候也以一条长江为界呢？地区工资津贴，某省三级，某省二级，往往是以一条公路一个火车站为界。我当年下乡的黑河地区，每月享受九元寒带地区津贴。但是三百里以外，则就一分全无。一进入冬季，两地却是同样千里冰封，万里雪飘。足见即使在公有制下所体现的分配，也并非绝对合理。如今各种电暖设备进入长江以南千家万户，你有钱，买了用，你家里就暖和，倒也简单。而物价上涨的幅度，早已使区区九元的寒带工资津贴失去了实际意义。每月多那九元又怎样？少那九元又怎样？……

如此一想，剩下的问题似乎是，当原有的分配这“一块蛋糕”的传统的“生日”之间的年限越来越长，当企望着获得到这种分配的人由一代变成了几代，将靠什么把人们从这个盘子周边吸引开去，而不是挥斥开去？

二者之间的区别是不言而喻的，将引发的不同的故事情节也是不言而喻的，前途更是不言而喻的……

十六路公共汽车咏叹调

一九七七年我从上海复旦大学中文系分配到北京电影制片厂，于是和十六路公共汽车结下了不解之缘。

同今天一样，它的起点和终点，自然都是在北太平庄。

当年北太平庄一带，远没有今天这么热闹。没有远望楼饭店，没有专利局大厦，没有它旁边的电影学院新址，没有电影学院旁边的中国儿童电影制片厂。北影门前的马路，也没有今天这么宽，而且主行线两侧路面是沙土的。春季秋季，大风一起，沙土飞扬，天地玄黄。当年春秋两季里，骑自行车从北影门前驶过的女士，脸面常罩纱巾。望着她们，你竟会觉得自己仿佛是在神秘而落后的异国。左方，自然没有什么立交桥。右方，不消说也没有。不进市区，北太平庄一带，一点儿也不能使你感到，生活在北京与生活在一个荒蛮的小县城究竟有什么区别。北太平庄的"庄"字，最意味着它当年的情景。在我的印象中，伫立北影门前，放眼向右眺去，燕山起伏的脉脊依稀可见。虽身在京都一隅，却能使人不禁地联想到鲍照的诗句"疾风冲塞起，沙砾自飘扬"，或联想到于鹄的诗"碛冷唯逢雁，天春不见花"。

我在复旦大学读书时的外国留学生朋友一次到北影访我，见面时他浑身灰土，仿佛刚从水泥搬运工地赶来。他是个大胡子，灰土似乎使他的每一根胡子都变粗了。我给他换了两盆水他才洗净他的脸和胡子。我问他对北京有何印象？他委婉地回答："我已经去过长安街和东单西单了……"又问："如果尚未去呢？"他坦言道："那就太像一个大农村了！而且是你们黑龙江那'嘎塔'的。"我曾不免地有些后悔过——毕业时没听从老师的劝说留在上海，义无反顾地到北京来了是否很理智？如果不是后来我爱上了北影的一位姑娘的话……

她是道具车间的服装员。

当年主动而又热情地关心我之婚姻大事的"老师"们"阿姨"们真不少。我想我活到二十八岁还没自己做主过什么事。我总得试试自己替自己做主的能力，于是我就爱上了她。

某一天晚上，她终于接受了我的虔诚来晤我。月光下的男人还不及月光下的女人一半动人。我当时觉得我是一个丑陋又真挚的朝圣者，而她是一位女神。在那一个晚上在月光下我觉得她那么地动人。她并非通常所说的什么“佳丽”。我也并不专爱漂亮的脸庞。“动人”是另一个层面的对女性的修饰词，也许还更是男人的主观心态的写照。

可是，她很歉意地低垂着头轻声说：“可是……我已经有朋友了……”我注视着她一时呆住了。不知过了多久，我也轻声说：“对不起……”之后我便再也找不到适当的话说。不知又过了多久我抬起手腕看了看表。她说：“我们走吧？……”我说：“是啊，你走吧……”当时二十八岁的我只想哭。二十八岁的我这一个男人当年不啻是一个大男孩儿，书生气十足且单纯得要命。在恋爱方面几乎还是白纸一张，没有预习过。也没有谁告诉过我“谁按规定去爱，谁就得不到爱”或“爱情和战争都需要有必胜的信心”之类格言。我在北大荒的初恋没给我留下什么经验，留下的不过是长久氤氲内心的忧伤……

我想她是领悟了我的暗示才离去的。望着她的背影我忽然意识到自己太迂腐。我想追上她。我想我当时是在发呆之后又寻找到了一些可对她说的话的。并且我确实已在快步赶上她。然而迟了——返程的十六路公共汽车在马路对面停了片刻又开走。

它开走后我已不见她的身影。

当年十六路公共汽车站的行车路线是从北太平庄到动物园。往返途中在北影门前都有站。她是乘往北太平庄方向，我骑上自行车追至北太平庄，追至二十二路的起点站。末班车刚刚开走，站上已无一人。

几天后她随摄制组出外拍景。半年内我再没见过她。又过了半年我还没见过她——据说她接着又上了一部戏。如今北影周围已经楼群林立了。如今北影门前的马路又宽又直，路上已架起了几座立交桥。如今一条人工环城河漾澜而来漾澜而去。河上的小桥两岸的草地园圃，为京都的这一带增添了许多风景。春季里路两旁的桃花和秋季里的菊花开得烂漫一片。到我家做过客的“老外”们，再也没谁说北京像一个大农村了。倒是几乎都说过——“你住的这一带环境真美啊！”

当然，如今十六路的行车路线也改变了，往返途中不再各站交错了。立交桥使它的运行路线更通畅自由了。有时我乘十六路公共汽车，不禁地想——如果当年的那个夜晚是今天的某一个夜晚，我怎么竟会追不上她？……妻早已了解了我的十六路公共汽车情结。每每调侃我——“当年的十六路是你‘心口永远的痛’吧？……”如今，当年的她已不再变化发型。奥斯汀说过：“假如哪个女人不再变化发式，证明她已迈入了人生的安稳阶段。”我衷心祝福她。如今妻也不再变化发型了，任劳任怨地做着贤妻良母。我，也不经常刮胡子。男人不经常刮胡子证明些什么，似乎还没有哪一位名人说过一句格言。而我要说的是——“在城市里恋爱的青年男女，掌握附近公共汽车运行时刻的规律，是不无必要的呀！……”

在西线的列车上

二〇〇五年十一月，我应邀与中国作家协会的几位领导，前往甘肃天水参加一次民间举办的文化活动。但我和他们乘的不是同一车次——我家附近就有代理售票处，购票方便。于是我单独踏上了由北京西站始发的、晚上八点多开往西部的列车……

我已经很少乘长途列车了。

二十世纪八十年代初，我曾是前北京电影制片厂组稿组的一名编辑。陕西、甘肃、新疆都在我的组稿范围。所以那两三年内，我每年都是要乘坐几次西线的列车的；那时中国西部的农村人口，乘坐过列车的人还是很少的。成千上万西部农村人口向中国其他省份流动的现象还没出现。那时的中国，还是一个按地理区域相对凝固的中国。西部的农民如果要到外省去“讨生活”，大抵靠的还是他们的双脚。正如西部的一种民歌——“走西口”。

八十年代初曾有一篇口碑极佳的短篇小说《麦客》：描写当年因天灾收获自家土地上的劳动成果的希望已成泡影的西部农民们，为了挣点儿钱将日子继续过下去，成群结队越省跨界，去往中原和南方帮别的省份的农民收割庄稼的经历。在西部蛮荒的山岭之间，在原本没有路而后来被一代一代走西口的中国农民们的脚踩出的蜿蜒的野路上，他们的身影连绵不绝，越聚越多，终于形成一支浩荡的不见首尾的队伍。他们甚至连行李也不带，很可能有的人的家里根本就没有什么可供他带走的行李。除了别在腰间的镰刀和挎在肩上的干粮袋，他们身上再就一无所有。那是中国农民的“长征”，不是为了革命，而是为了糊口。隔年似乎是由兰州电视台将《麦客》拍成了两集的电视剧。在北京，在我的家里，我看得热泪盈眶。记得当年我抑制不住自己的激动，还给电视台写去了一封信，祝贺他们拍出了那么优秀的现实主义风格的电视剧。

当年一个三十岁左右的青年出现在列车的卧铺车厢里，那是会引起一些好奇的目光的。因为当年并不是一切长途列车上都有软卧车厢，硬卧已是某种身份的证明。购票前要经领导批准，购票时要出示单位介绍信。故当年的我，从没觉得从北京到西部是怎样难耐的旅程。恰恰相反，在好奇的目光的注视之下，我常会感到优越。自然，想到西部的“麦客”们，心里边也往往会颇觉不安地暗问自己凭什么。当年我们许多中国人的意识方式真是朴实得可爱啊！

两三年后我调到了编剧组，以后竟再没踏上过西线的列车。屈指算来，已然二十余年了。

天水市委对文化活动极为重视，预先在电话里嘱咐："我们知道您身体不好，请您一定要乘软卧。"我想到我是去西部，买了一张硬卧。

严重的颈椎病使我的睡眠的适应性极差。夜里不停地辗转反侧，令下两层铺和对面三层铺的乘客深受其扰。他们抗议的方式是擂铺板、大声咳嗽或小声嘟囔些不中听的话。我猛记起旅行袋里似乎带了一贴膏药，爬起一找，果然。反手歪歪扭扭地贴到后背上，用自己的手无法贴在准确的位置，但那也总算起到了一点儿心理作用，于是不再折腾……

整个车厢我起得最早，盼着到天水。然而中午一点多钟才到。望着车窗外西部铁路沿线的风光从黎明前的黑暗逐渐显现得分明了，我似乎觉得那是我所乘过的车速最慢的一次列车，似乎觉得从北京到西部的途程比二十几年前远多了。列车晚点了一个半小时。然而我知道那不是使我觉得途程变远了的真正原因。真正原因是我自己变了。我早已由当年那个坐硬卧很觉得优越并且心生不安的青年，变成了一个不经常乘坐列车的人了。而中国，也变了。习惯于乘飞机的中国人与乘列车的中国人相比，尤其是与乘西线列车的中国人相比，在许多方面都发生了大的差别。每一座城市都尽量将机场建得更气派、更现代，因为它是一座城市面向国际的窗口。而每一座城市的列车站，则空前地人群云集了。特殊的月份，往往满目皆是背井离乡的中国农民的身影。在大都市的机场候机厅里，一些人感受到的是一种关于中国的概念；而在某些时候，在某些城市包括大都市的列车站里，另一些人将感受到关于中国的另一些概念……

沿线西部的乡村，它们为什么一处处那么小？黄土抹墙的房舍，灰黑的鱼鳞瓦，家门前没有栅栏的平场，房舍后为数不多的苹果树或柿树；坎坡上放着几只羊的老人，在一小块一小块地里干着农活的老妪和孩子……一切仍在诉说着西部的贫困。

八月是萧瑟的季节。西部的景象裸露在萧瑟之中，如同干墨笔触勾勒在生宣纸上的绘画草图。偶见红的瓦和刷了白灰或贴了白瓷砖的墙，竟使我有眼前一亮的感觉。尽管白瓷砖贴在农家房舍的外墙体上是那么不伦不类，然而一想到有西部的农家肯花那一份钱，还是不禁有些感动。西部农民希望过上好日子的那种世代不泯的追求，像杨白劳给喜儿买了并亲手扎在女儿辫上的红头绳——父女俩自是喜悦着；看着那情形的人，倘对人世间的贫富差距还保留着点儿忧患，则就会难免心生愀然……

从西部返回时，我登上了一次特别的列车。因为还要中途到广州去，故我得在咸阳下车，再去机场。

我持的是一张无座号的票，原以为注定得在列车上站五六个小时了，却幸运得很，偏巧登上了一节空着几排座位的车厢。刚刚落座，列车已经开动。定睛扫视，发现自己置身在民工之间。手往小桌板上一放，觉得黏。细看桌板，遍布油污，显然很久没被人擦过了。于是顾惜起衣袖来，往起抬胳膊时，衣袖和桌板，业已由于油污的缘故，难舍难分了。于是进而顾惜衣服和裤子，往起站时，衣服和裤子也不那么情愿与座椅分开了，那座椅也显然早该有人擦拭却很久没被人擦过了。好在布袋里是有些纸的，于是取出来细细地擦。最后一张纸也用了，擦过后却依然是污黑的。这时我注意到对面有好奇的目光在默默打量我，便有几分不自然了——一个人和某些跟自己有些不一样的人置身在同一环境，他对那环境的敏感，是会令那某些人大不以为然的。这一点，我这个写小说的人是心中有数的。当年我是连队生产一线的知青时，甚至以同样冷的目光，默默打量过陪着首长对连队进行视察的团部或师部的机关知青。那一种冷的目光中，具有知青与知青之间的嫌恶意味。何况，在那一节车厢里，我和我周围的人们之间的关系，连大命运相同的知青们之间的关系都不是。我将一堆污黑的纸团用手绢兜着，走过车厢扔入垃圾桶，回来垂着目光又坐下了。原来这一节车厢的绝大部分座位也都有人坐着，只我坐的那地方空着两三排座位而已。座位、桌板、窗子、地面、四壁、厕所、洗漱池——那列车的一切都肮脏极了。

我将手绢铺在桌板上，取出一册杂志来看。偶一抬头，见一个站在过道里的中等身材的青年还在打量我。他脸颊消瘦，十一月份了穿得还那么少。一件T恤衫，外加一件地摊上买的迷彩服而已。T恤衫的领子和迷彩服的领子，都已被汗渍镶上了黑边。我并没太在意他对我的打量，垂下目光接着看手中的杂志。倏忽我抬起头来，冲那年轻的民工微微一笑。因为我第一次抬起头时，觉得他的目光并不多么冷。我想，我对一个看我时目光并不多么冷的人，理应作出友好的反应——尤其在这一节车厢里，尤其我以显然的另类的外形存在于某些同类之间的时候。是的，他们当然是我的同类，或者反过来说也是一样。而且，还是我的同胞。而我对于他们，却分明地是一个另类。我所体会的中国，那是一个概念，一个与从前的中国不能同日而语的概念；他们所体会的中国，乃是另一个概念，一个与从前的中国没什么两样的概念。

我笑后，那年轻的民工也微微一笑。果然，他的眼的深处，非但不怎么冷，还竟有几分柔情。但是，它们太忧郁了。所以，给予我无底之井一样的印象。倘他好好洗个澡，再穿上我的一身衣服，再将他蓬乱的头发剪剪、吹吹，那么，我敢肯定他是一个帅小伙子。尽管我的一身衣服实在是一身普通得很的衣服。

他说："你坐过来吧。"我回头看，身后无人，断定了他是在跟我说话。我犹豫。"你还是坐过来吧！列车从新疆开入甘肃的时候，有一个人喝醉了酒，把那几排座位吐得哪儿都是……"他始终微微地笑着，目光也始终望着我。

我早已嗅到了一股难闻的气味儿，只是不清楚发自何处罢了。他既给了我个明白，我当然不愿继续在那儿坐下去了。我起身向他走过去时，他用手指着我说："你的手绢！"而我说："不要了。"我本打算像他一样站在过道里，但是他请我坐在他的座位上。他一路从新疆坐过来；他说他腿坐肿了，宁肯多站会儿。那儿的人们都在打扑克，没谁注意我们。他又说："我知道你是谁。我上初中的时候作文挺好的，经常受到老师的称赞。那时候我以为我将来也能……"我小声请求说："那就当你不知道我是谁，好吗？"他点了点头，又问："你看的是什么？"我说："《读者》。"我看《读者》历来被不少知识分子耻笑。他们认为真正的知识分子是不应看《读者》这么"低"层次的刊物的。但我以我的眼，在中国知识分子们认为是"高"层次的刊物上，越来越看不到对另一半中国的感受了。那另一半，才是中国的大半！并且，每每因而联想到杜甫《茅屋为秋风所破歌》中的诗句——"茅飞渡江洒江郊，高者挂罥长林梢，低者飘转沉塘坳"。挂罥长林梢，虽高，不也还是茅吗？我倒宁愿入塘坳。毕竟和泥和水在一起，可以早点儿沤烂，做大地的肥料。

年轻的民工听了我的话，点了点头。于是我们一个坐着，一个站着，聊了起来。

他说这一车次是"民工车"，也可以说是西北农民工们乘的"专列"，票价极便宜。在高峰运载季节，有时超载百分之一百几十。因为它实际上已经等于是一次民工专列了，不是民工的人们，是不太愿意乘坐这一车次的……

他说这一节车厢有人吐过，有一股难闻的气味，所以才有几排空座。说别的车厢里，没票站着的人照例很多……

忽然一阵煤灰飘飞过来，我赶紧闭上眼睛低下头去；抬起头时，身上落了一层。年轻的民工身上也落了一层黑白混杂的煤灰，他却懒得抚一下；笑笑，说车上烧水的不是电炉，仍是大煤炉，显然又有乘务员在捅火了……

他说，他心情很不好——他本在新疆打工来着，同村的人给他传了个信儿，有一个省的煤矿急需采煤工，于是他匆匆前往，去晚了怕就没有缺额了。说一个多小时以前，他透过车厢望见了他的家园——西线铁路旁的一个小小的自然村……

他说，他的父亲几年前死于矿难；几年前死一个采煤的农民工，矿主才补偿给一万多元钱。他说他没下车回家去看一看，也是因为怕见了母亲不知该怎么说；他说家里只有母亲、妹妹和爷爷。爷爷已经老得快干不动地里的活儿了；而妹妹，患着精神病……

我，竟寻找不到一句适当的话可以对这个年轻的农民工说，连一句安慰他的话也寻找不到……

"现在，死一个矿工，真的补偿给二十万元吗？农民采煤工和正式的矿工，都能一律平等地补偿给二十万元吗？……"

我从他的话中，听出了他对平等的极强烈的要求，以及对二十万元人民币的极强烈的渴望。

"这……我不是太清楚……也许……是的吧……可是现在，矿难发生的次数太频繁了，你最好还是不要去……非去……没有比当采煤工挣钱更多的活了吗？……"我语无伦次，反问着不是人话的话。

"还用问吗？对我们，那是肯定没有的喽！"不知何时，玩扑克的都不玩了，都在注意听我和那年轻的农民工的谈话了。"我记得有一份报上登过赔偿的数额……""一条农民采煤工的命是赔偿二十万元的，这肯定没错！""你怎么能那么肯定？是法律条文了吗？什么时候公布过了？""不会二十万元那么高吧？现如今车祸撞死一个农民，法院一般不是才判赔偿几万元吗？""那是车祸，和采煤不同的。目前正是国家发展需要煤的时候，所以咱们的命也就比以往值钱多了！……""会不会一个省一个价呢？"年轻的农民工说，他和他们是一起的，都是要去同一个省的矿区的。有的是打工时认识的工友，有的是在这一次列车上认识的。他毫不客气地将别人拽了起来，自己坐在腾出的座位上了。接着又说："但愿我们去的地方，一条命也值二十万元……"被他拽起来的民工说："有人倒下去，那就得有人补上去，好比冲锋陷阵，得有下定决心不怕牺牲的精神！"那样子，那语气，很是光荣，还有点儿悲壮。

我听着，心里不禁联想到了两句诗——"风萧萧兮易水寒，壮士一去兮不复还！"我问："你们要去的是哪个省？"他们相互望着，交换着耐人寻味的眼色，就都不说话了。分明地，他们不愿让我知道，仿佛那是一个他们共同的福音，也是一个需要他们共同保守的大秘密，一旦被旁人所知，尤其是被我这样的旁人所知，大好的机会就会遭到破坏似的。

为了取悦于他们，我说："啊，我想起来了，有一份文件，规定了哪儿都是二十万元，一律平等。"他们都很信我的话，脸上的疑虑一扫而光，就都高兴起来。这个说有文件就好，那个说平等才对。他们一高兴，对我的态度也亲近了，请我嗑瓜子，吃花生、枣子，还向我敬烟。我没吃什么，却极想吸烟，又没有烟了，便很高兴地接过了烟。一只按着打火机的手及时向我伸过来，我刚吸了一口，劣质的烟呛得我几乎咳嗽……

后来玩扑克的人接着玩扑克，那眼神忧郁的年轻的农民工也不再开口了，呆呆地望着窗外想他的心事。

没人理睬我了，我低下头仍看我的《读者》。

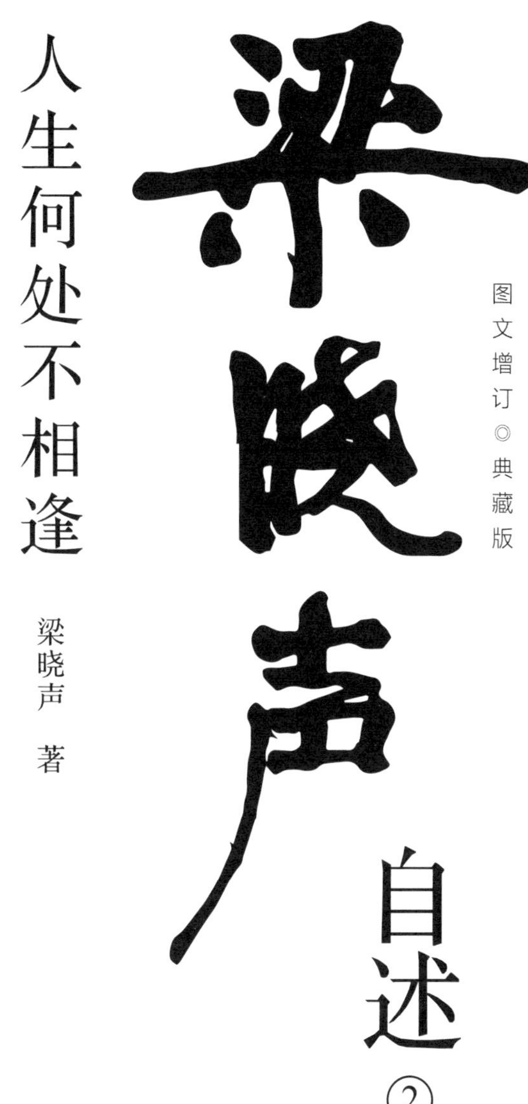

梁晓声自述②

图文增订◎典藏版

人生何处不相逢

梁晓声 著

人民日报出版社
北京

图书在版编目（CIP）数据

梁晓声自述. 2 / 梁晓声著. —北京：人民日报出版社，2023.11
ISBN 978-7-5115-8086-3

Ⅰ. ①梁… Ⅱ. ①梁… Ⅲ. ①散文集-中国-当代 Ⅳ. ①I267

中国国家版本馆CIP数据核字（2023）第218722号

书　　名：梁晓声自述
Liangxiaosheng Zishu
著　　者：梁晓声

出 版 人：刘华新
责任编辑：万方正
特约策划：创意百人汇
装帧设计：仙境

出版发行：人民日报出版社
社　　址：北京金台西路2号
邮政编码：100733
发行热线：（010）65369527　65369846　65369509　65369510
邮购热线：（010）65369530　65363527
编辑热线：（010）65369521
网　　址：www.peopledailypress.com
经　　销：新华书店
印　　刷：大厂回族自治县彩虹印刷有限公司

开　　本：710mm×1000mm　1/16
字　　数：700千字
印　　张：38.75
版次印次：2024年6月第1版　2024年6月第1次印刷

书　　号：ISBN 978-7-5115-8086-3
定　　价：118.00元（全二册）

在本命年拍的一张照片

我年轻时候的小全家福，和妻子、儿子在一起

和我的中学同桌合影

和中学时代的好友合影

和中学同学合影

多年之后，与兵团的女知青战友相聚合影

多年之后，与兵团的男知青战友相聚合影

和当年在北大荒一起度过青春岁月的知青战友们合影

大约一九八五年，我与一批作家应《上海文学》之邀去上海交流，这是去巴金老人家中拜访时，我们与巴金老人在一起

和第十届全国人大常委会副委员长、民盟中央名誉主席丁石孙先生合影

与英国一家电视台记者在一起

与来访的香港记者在一起，中间是犬子

与我的四弟梁绍文在一起

和我的哥哥合影

在第十届百花奖颁奖典礼上和毕淑敏等人合影

目录

第一辑

世界微尘里，
吾独爱吾家

第二辑

一叶浮萍归大海，人生何处不相逢

第一辑

世界微尘里，吾独爱吾家

人生有太多的无奈，如果一切都完美，那就没有什么乐趣了。我们会遇见一个个鲜明的人，但有些人走着走着就散了，有些事看着看着就淡了。一辈子很短，唯有家伴一生。世界微尘里，吾独爱吾家。家是最初的生命记忆，也是最终的人生归宿。

关于“家”的絮语

即使旧巢倾毁了，燕子也要在那地方盘旋几圈才飞向别处——这是本能。即使家庭就要分化解体了，儿女也要回到家里看看再考虑自己去向何方——这是人性。恰恰相反的是，动物和禽类几乎从不在毁坏了巢穴的地方又筑新窝。而人几乎一定要在那样的地方重建家园……

“家”对人来说，是和“家乡”这个词连在一起的。

贺知章的名诗《回乡偶书》中有一句是“少小离家老大回”。遣词固然平实，吟读却令人回肠百结。当人的老家不复存在了，“家”便与“家乡”融为一体了。

在山林中与野兽历久周旋的猎人，疲惫地回到他所栖身的那个山洞，往草堆上一倒，许是要说一句——“总算到家了”吧？云游天下的旅者，某夜投宿于陋栈野店，头往枕上一挨，许是要说一句——“总算到家了”吧？即便不说，我想，他内心里也是定会有那份儿感觉吧？一位当总经理的友人，有次邀我到乡下小住，一踏入农户的小院，竟情不自禁地说：“总算到家了”……他的话使我愕然良久。切莫猜疑他们夫妻关系不佳，其实很好。为什么，人会将一个山洞、一处野店，乃至别人的家，当成自己的“家”呢？

我思索了数日，终于恍然大悟——原来人除了自己的躯壳需要一个家而外，心里也需要一个“家”的。至于那究竟是一个怎样的所在，却因人而异了……

“家”的古字，是屋顶之下，有一口猪。猪是我们的祖先最早饲养的畜类，是针对最早的“家”而言，是最早的财富的象征。足见在古人的观念中，财富之对于家，乃是相当重要的含意。

在当代，一个相当有趣的发现是——西方的某些富豪或高薪阶层，总是以和家人待在一起的时间的长短作为衡量幸福与否的标准。而我们中国的某些富豪和高薪阶层，总是把时间大量地耗费在家以外，寻求在家以外的娱乐。仿佛不如此，就白作富豪了，白有挥霍不完的钱财了。

这都是灵魂无处安置的结果。心灵的“家”乃是心灵得以休憩的地方。那个地方不需要格外多的财富，渴望的境界是“请勿打扰”。是的，任何人的心灵都同样是需要休憩的。所以心灵有时不得不从人的“家”中出走，去寻找属于它的“家”……建筑业使我们的躯壳有了安居之所，而我们的心灵却在寻找，在渴求……

遗憾的是——几乎我们每一个人都有家，而我们的心灵却似无家可归的流浪儿。朋友，你倘以这一种体会聆听潘美辰的歌《我想有个家》，则难免泪如泉涌……

姻缘备忘录

屈指算来，为人夫十三载矣。

人生真是匆匆得令人恐慌。

十七年前，我从上海复旦大学毕业，成为北京电影制片厂文学部最年轻的编辑之后，曾受到过许多关注的目光。十年“文革”在我的同代人中遗留下了一大批老姑娘，每几个家庭中便有一个。一名二十八岁的电影制片厂的编辑，还有“复旦”这样的名牌大学的文凭（尽管不是正宗的），看上去还斯斯文文，书卷气浓。了解一下品德——不奸不诈，不纨绔不孟浪，行为检束，于是同事中热心的师长们和“阿姨”们，都觉得把我“推荐”给自己周围的某一位老姑娘简直就是一件义不容辞的责任……

然而当年我并不急着结婚。

我想将来成为我妻子的那个姑娘，必定是我自己在某种“缘”中结识的。

我期待着那奇迹，我想它总该多多少少有点儿浪漫色彩的吧？……

也觉得组建一个小家庭对我而言条件很不成熟。我毫无积蓄，基本上是一个穷光蛋。每月四十九元工资，寄给老父老母二十元，所剩也只够维持一个单身汉的最低生活水平，平均一天还不到一元钱。

结婚之前总得“进行”恋爱，恋爱就需要一些额外的消费。但我如果请女朋友或曰“对象”吃一顿饭，那一个月肯定就得借钱度日。而我自己穷得连一块手表都没有。兵团时期的手表大学毕业前卖了，分配到北影一年后还买不起一块新表。

当然，我不给老父老母寄钱，他们也能吃得上穿得上。他们也一而再、再而三地叮嘱我，为自己结婚积蓄点儿钱吧！但我每月照寄不误。我自幼家贫，二十八岁时家里仍很穷，还有一个生病的哥哥常年住在医院里。我觉得我可以三十八岁时再结婚，却不能不在二十八岁时以自己的方式报答父母的养育之恩。对老父亲老母亲我总有一种深深的负疚感——总认为二十八了才开始报答他们（也不过就是每月寄给他们二十元钱）已实在是太晚了，方式也太简单了……

在期待中我由二十八岁而三十二岁。奇迹并没有发生，“缘”也并没到来。我依然行为检束，单身汉生活中没半点儿浪漫色彩。

四年中我难却师长们和“阿姨”们的好意，见过两三个姑娘，她们的家境都不错，有的甚至很好。但我那时忽然生出想调回哈尔滨市，能近在老父母身旁尽孝的念头，结果当然是没“进行”恋也没“进行”爱……

念头终于打消，我自己为自己“相中”了一个姑娘，缺乏“自由恋爱”的实践经验，开始和结束前后不到半个小时。人家考验我而我不能理解，为什么对我还需要考验（又不是入党）。误会在半小时内打了一个结，后来我知道是误会，却已由痛苦而渐渐索然。这也足见“自由”是有代价的这话有理。

于是我现在的妻子某一天走入了我的生活。她单纯得很有点儿发傻。二十六岁了决然地不谙世故。说她是大姑娘未免“抬举”她，充其量只能说她是一个大女孩儿。也许与她在农村长到十四五岁不无关系……她是我们文学部当年的一位党支部副书记“推荐”给我的。那时我正写一部儿童电影剧本。我说悠悠万事唯此为大，待我写完了剧本再考虑。

一个月后我把这件事都淡忘了。可是“党”没有忘记，毅然关心着我呢。

某天“党”郑重地对我说：“晓声啊，你剧本写完了，也决定发表了，那件事儿，该提到日程上来了吧？”

倏忽地我觉得我以前真傻。“恋爱”不一定非要结婚嘛！既然我的单身汉生活里需要一些柔情和女性带给我的温馨，何必非拒绝“恋爱”的机会呢！……

这一闪念其实很自私，甚至也可以说挺坏。

于是我的单身汉宿舍里，隔三日岔五日的，便有一个剪短发的、大眼睛的大女孩儿“轰轰烈烈”而至，“轰轰烈烈”而辞。我的意思是——当年她生气勃勃，走起路来快得我都跟不上。我的单身宿舍在筒子楼，家家户户在走廊里做饭。她来来往往于晚上——下班回家绕个弯儿路过。一听那上楼的很响的脚步声，我在宿舍里就知道是她来了。没多久，左邻右舍也熟悉了她的脚步声，往往就向我通报——哎，你的那位来啦！……

我想，“你的那位”不就是人们所谓之“对象”的另一种说法吗？我还不打算承认这个事实呢！

于是我向人们解释——那是我“表妹”，亲戚。人们觉得不像是“表妹”，不信。我又说是我一位兵团战友的妹妹，只不过到我这儿来玩的。人们说凡是“搞对象”的，最初都强调对方不过是来自己这儿玩玩的……

而她自己却俨然以我的“对象”自居了。邻居跟她聊天儿，说以后木材要涨价了，家具该贵了。她听了真往心里去，当着邻居的面儿对我说——那咱们凑钱先买一个大衣柜吧！

搞得我这位“表哥”没法儿再窘。于是，似乎从第一面之后，她已是我的“对象”了。非但已是我的“对象”了，简直就是我的未婚妻了。有次她又来，我去食堂打饭的一会儿工夫，回到宿舍发现，我压在桌玻璃板下的几位女知青战友、大学女同学的照片，竟一张都不见了。我问那些照片呢？她说她替我“处理”了。说下次她会替我带几张她自己的照片来……而纸篓里多了些“处理”的碎片……她吃着我买回的饺子，坦然又天真。显然，她丝毫也没有恶意，仿佛只不过认为，一个未来家庭的未来的女主人，已到了该在玻璃板下预告她的理所当然的地位的时候了。

我想我得跟她好好地谈一谈了。于是我向她讲我小时候是一个怎样的穷孩子，如今仍是一个怎样的穷光蛋，以及身体多么不好，有胃病，肝病，早期心脏病，等等。并且，我的家庭包袱实在是重啊！而以为这样的一个男人也是将就着可以做丈夫的，那是在犯一种多么糟糕多么严重的大错误啊！一个女孩子在这种事上是绝对将就不得、凑合不得、马虎不得的。但是嘛，如果做一个一般意义上的好朋友，我还是很有情义的。当时的情形恰如一首歌里唱的——我向她讲起了我的童年/她瞪着大而黑的眼睛痴痴地呆呆地望着我……

我曾以这种颇虚伪也颇狡猾的方式成功地吓退过几个我认为与我没“缘”的姑娘。

然而事与愿违。她被深深地感动了，哭了。仿佛一个善良的姑娘被一个穷牧羊人的命运感动了——就像童话里所常常描写的那样……

她说：“那你就更需要一个人爱护你了呀！……”

于是我明白——她正是从那一时刻开始真正爱上了我。

我一向期待的所谓“缘”，也正是从那一时刻显现了面目，促狭地向我眨眼的……

三个月后到了年底。

某天晚上她问我：“你的棉花票呢？”

我反问：“怎么，你家需要？”

翻出来全给了她。

而她说：“得买新被子啦。”

我说：“我的被子还能盖几年。”

她说：“结婚后就盖你那床旧被子呀？再怎么不讲究，也该做两床新被吧？”

我瞪着她一时发愣。

我暗想——梁晓声你还有什么好说的？看来这个大女孩儿，似乎注定了就是那个叫上帝的古怪老头赐给你的妻子。在她该出现于你生活中的时候，她最适时地出现了……

十个月后我们结婚了。我陪我的新娘拎着大包小包乘公共汽车光临我们的家。那年在下三十二岁，没请她下过一次“馆子”。

她在我十一平方米的单身宿舍里生下了我们的儿子。三年后我们的居住条件有所改善，转移到了同一幢筒子楼的一间十三平方米的住室里……

妻子曾如实对我说——当年完全是在一种人道主义精神的感召下才决定了爱我。当年她想——我若不嫁给这个忧郁的男人还有哪一个傻女孩儿肯嫁给他呢？如果他一辈子讨不上老婆，不成了社会问题？

我相信她的话，相信她当年肯定是这么想的。细思忖之，完全可能像她说的那样。当年肯真心爱我这样的一个穷光蛋，并且准备同时能做到真心地视我的老父老母弟弟妹妹为自己亲人的，除了她，我还没碰着。

她是唯一没被我的“自白”吓退的姑娘……十三年间我的工资由四十九元而五十几元而七十几元而八十几元、九十几元……

一九九二年底，我的基本工资升至一百二十五元至今……

十三年间她的工资由五十几元而六十几元、七十几元、八十几元渐次升至一百多元……

一九九二年以前她的工资始终高于我的工资十几元。

一九九二年我们的工资一度接近，但她有奖金，我没有奖金，实际工资仍比我高。

现在，她的单位经济效益不错，实际工资则比我高得多了。

我有稿费贴补，生活还算小康。而我们的起点，却是从一穷二白开始的。着实过了五六年拮据日子呢！

十三年内，我几乎整个儿影响了她——我不喜欢娱乐，尤其不喜欢户外娱乐，故我们这三口之家，是从来也不曾出现在娱乐场所的。最传统的消遣方式，也不过就是于周末晚上，借一盘或租一盘大人孩子都适合看的录像带，聚一处看个小半通宵。我对豪奢有本能的反感——所以我的家是一个俭约的家，从大到小，没一样东西是所谓名牌。我们结婚时的一张木床，当年五十七元凭结婚证买的，直至去年才送给了乡下来的传达室师傅。我不能容忍一日三餐浪费太多的时间精细操作，一向强调快、简、淡的原则。而她是喜欢烹饪的，为我放弃爱好，练就了一种能在十几分钟内做成一顿饭的本事。她常抱怨自己变成了急行军中的炊事员。我还不许她给我买衣服，买了也不穿。我的衣服鞋子，大抵是散步时自己从早市上买的。看着自己能穿，绝不砍价，一手钱，一手货，买了就走。仿佛自己买的，穿起来才舒适。上当的时候，也无悔，不在乎。有时她见我穿得不土不洋，不伦不类，枉自叹息，却无可奈何。而在这一点上至今我决不让步。我偏执地认为，一个男人为买一件自己穿的衣服而逛商场是荒诞不经的。他的老婆为他穿的衣服逛商场也是不可原谅的毛病。因为那时间从某种意义讲已不完全属于她，而属于他们。现代人的闲暇已极有限，为一件衣服值得吗！她当然也因她当妻子的这一种“特权”被粗暴取消与我争执过，但最终还是屈从于我，彻底放弃了“特权”，不得不对我这个偏执的丈夫实行“无为而治”……

儿子一天天长大了，渐渐地我觉得自己老之将至了，精力早已大不如前。每每看妻子，似乎才于不经意间发现似的——她也早已不是十三年前的大女孩儿，脸上有了些许女人岁月沧桑的痕迹……

我最感激的，是我老父亲老母亲住在北京的日子里，她对他们的孝心。我老父亲生病时期，我买了一辆三轮车，专为带老父亲去医院。但实际上，因为我那时在厂里挂着行政职务，倒是她经常蹬着三轮车带我老父亲去医院。不知道老人家是我父亲的，还以为是她父亲呢。知道了原来是我的父亲，无不感慨多多。如今，将公公当自己的父亲一样孝顺的儿媳，尤其年轻的儿媳们，不是很多的……

我最感到安慰的，是我打算周济弟弟妹妹们的生活时，她一向是理解的，支持的。我的稿费的一半左右有计划地用于周济弟弟妹妹们的生活。我总执拗地认为我有这一义务，能尽好这一义务便感到高兴。在各种社会捐助中，尤其对穷人，对穷人孩子的捐助，倘我哪一次错过，下一次定加倍补上。不这么做，我就良心不安。贫困在我身上留下的印痕太深，使我成为一个本能的毫无怨言的低消费者。旧的家具、旧的电视机，不一定非要换成新的，换成名牌。几千元我拿得出来的情况下，倘我无动于衷，我便会觉得自己未免“为富不仁”了，尽管我不是“大款”，几千元不知凝聚着我多少“爬格子”的心血。没有一个在此方面充分理解我对穷人的思想感情并支持我的妻子，那么家里肯定经常吵闹无疑……

好丈夫是各式各样的。除了吸烟我没有别的坏毛病。我非是“登徒子”式的男人，也从不“拈花惹草”“招蜂引蝶”。事实上，在男女情感关系中我很虚伪。如果我不想，即或与女性经年相处，同行十万八千里，她们也是难以判断我究竟喜爱不喜爱她们的。我自认为，我在这一方面常显得冷漠无情。并且，我不认为这多么好。虚伪怎么会反而好呢？其实我内心里对女性是充满温爱的。一个女性如果认为我的友爱对她在某一时期某种情况之下极为重要，我今后将不再自私。

最重要的，我的妻子赞同我对友爱与情爱的理解。在这一前提下，我才能学做一个坦荡男人。我不认为婚外恋是可耻之事，但我也不喜欢总在婚外恋情中游戏的一切男人和女人。爱过我的都是好女孩儿和好女人，我对她们的感激是永远的。真的，我永远在内心里为她们的幸福祈祝着……

我对妻子坦坦荡荡毫无隐私。我想这正是她爱我的主要之点。她对我“无为而治”，而我从她的“家庭政策”中领悟到了一个已婚男人该怎样自重和自爱……

好妻子也是各式各样的。十三年前的那个大女孩儿，用十三年的时间充分证明了她是一个好妻子——最适合我的“那一个”。

我给未婚男人们的忠告是——如果你选择妻子，最适合你的那一个，才是和你最有“缘”的那一个。好的并不都适合。适合的大抵便是对你最好的了……

信不信由你！

我与儿子

我曾以为自己是缺少父爱情感的男人。

结婚后，我很怕过早负起父亲的责任，因为我太爱安静了。一想到我那十二平方米的家中，响起孩子的哭声，有个三四岁的男孩儿或女孩儿满地爬，我就觉得简直等于受折磨，有点儿毛骨悚然。

妻子初孕，我坚决主张“人流”。为此她倍感委屈，大哭一场——那时我刚开始热衷于写作。哭归哭，她妥协了。妻子第二次怀孕，我郑重地声明：三十五岁之前决不做父亲，她不但委屈而且愤怒了，我们大吵一架——结果是我妥协了。

儿子还没出生，我早说了无穷无尽的抱怨话。倘他在母腹中就知道，说不定会不想出生了。妻临产的那些日子，我们都惴惴不安，日夜紧张。

那时，妻总在半夜三更觉得要生了。已记不清我们度过了几个不眠之夜，也记不清半夜三更，我搀扶着她去了几次医院。马路上不见人影，从北影到积水潭医院，一往一返慢慢地小心地走，大约三小时。

每次医生都说：“来早了，回家等着吧！”妻子哭，我急，一块儿哀求。哀求也没用。始终是那么一句话——“回家等着，没床位。”有一夜，妻看上去很痛苦。但她咬紧牙关，一声不吭。她大概因为自己老没个准儿，觉得一次次折腾我，有点儿对不住我。可我看出的确是“刻不容缓”了——妻已不能走。我用自行车将她推到医院。医生又训斥我：“怎么这时候才来？你以为这是出门旅行，提前五分钟登上火车就行啊！”反正我要当父亲了，当然是没理可讲的事了。总算妻子生产顺利，一个胖墩墩的儿子出世了。而我半点喜悦也没有，只感到舒了口气，卸下了一种重负。好比一个人被按在水盆里的头，连呛几口之后，终于抬了起来……

儿子出生后一回到家，便被移交给一位老阿姨了。我和妻住办公室。一转眼就是两年。两年中我没怎么照看过儿子。待他会叫“爸爸”后，我也发自内心地喜爱过他，时时逗他玩一阵。但那从所谓潜意识来讲是很自私的——为着解闷儿。但心里总是有种积怨，因为他的出生，使我有家不能归，不得不栖息在办公室。

夏天，我们住的那幢筒子楼周围环境肮脏。一到晚上，蚊子多得不得了。点蚊香，喷药，也是起不了多大作用的。蚊子似乎对蚊香和蚊药有了很强的抵抗力。

有一天早晨我回家吃早饭，老阿姨说："几次叫你买蚊帐，你总拖，你看孩子被叮成什么样了？你真就那么忙？"

我俯身看儿子，见儿子遍身被叮起至少三四十个包，脸肿着。可他还冲我笑，叫："爸……"我正赶写一篇小说，突然我认识到自己太自私了。我抱起儿子落泪了……

当天我去买了一顶五十多元的尼龙蚊帐。上海文艺出版社的编辑修晓林初次到我家，没找到我。又到了办公室，才见着我。我挺兴奋地和他谈起我正在构思的一篇小说，他打断我说："你放下笔，先回家看看你儿子吧，他发高烧呢！"

我一愣，这才想起——我已在办公室废寝忘食地写了两天。两天内吃妻子送来的饭，没回过家门。

从这些方面讲，我真不是一位好父亲。人们都说儿子是个好儿子，许多人非常喜欢他。在我的生活中，已不能没有他了。我欠儿子的责任和义务太多，至今我觉得对儿子很内疚。我觉得我太自私。但正是在那一二年内，我艰难地一步步地向文坛迈进。对儿子的责任和自己的责任，于我，当年确是难以两全之事。

儿子爱画画，我从未指导过他。尽管我也曾爱画画，指导一个十几岁的孩子，那点儿基础还是够用的。

儿子爱下象棋。我给他买了一副象棋，却难得认真陪他"杀一盘"。他常常哀求："爸爸，和我杀一盘行不行啊？"结果他养成了自己和自己下象棋的习惯。

记得我有一次到幼儿园去接儿子，老师对我说："你还是作家呢，你儿子连'一'都写不直，回家好好儿下功夫辅导他吧！"

从那以后，我总算对儿子的作业较为上心。但要辅导他每天写完幼儿园的两页作业，差不多也得占去晚上的两个小时。而我尤其视晚上的时间更为宝贵——白天难得安静，读书写作，全指望晚上的时间。

儿子曾有段时间不愿去幼儿园。每天早晨撒娇耍赖，哭哭啼啼，想留在家里。我终于弄明白，原来他不敢在幼儿园做早操。他太自卑，太难为情，以为他的动作，定是极古怪的，定会引起哄笑。

我便答应他，做早操时到幼儿园去看他。我说话算话。他在院内做操，我在院外做操。有了我的奉陪，他的胆量壮了。

事后我问他："如果你连当众伸伸胳膊踢踢腿都不敢，将来你还敢干什么？比如看见一个小偷在公共汽车上扒人家腰包，你敢抓住他的手腕吗？”

他沉吟许久，很严肃地回答：“要是小偷没带刀，我就敢。”

我笑了，先有这点胆量也行。

我又对他说：“只要你认为你是对的，谁也别怕。什么也别怕！”

我希望我的儿子在这一点上将来像我一样。谁知道呢？

总而言之，我不是位尽职的父亲。儿子天天在长大，我深知我对他的责任将更大了。我要学会做一位好父亲，去掉些自私，少写几篇作品，多在他身上花些精力。归根到底，我的作品也许都微不足道，但我教育出怎样一个人交给社会，那不仅是我对儿子的责任，也是我对社会的责任。

我不希望他多么有出息——这超出我的努力及我的愿望。

我开始告诉儿子

儿子九岁，明年上四年级。

我想，我有责任告诉他一些事情。

其实我早已这样做了。

儿子爱画。于是有朋友送来各种纸。儿子若自认为画得不好，哪怕仅仅画一笔，一张纸便作废了。这使我想起童年时的许多往事。有一天我命他坐在对面，郑重地严肃地告诉他——爸爸读小学三年级的时候，从来没见过一张这么好的纸。爸爸小时候也爱画，但所用的纸是从商店捡回来的，包装过东西的、皱巴巴的纸，裁了，自己订了。便是那样的纸，也舍不得画一笔就作废的，因为并不容易捡到。那一种纸是很黑很粗糙的，铅笔道画上看不清，因为那叫“马粪纸”……

“怎么叫‘马粪纸’呢？”

于是我给他讲那是一个怎样的年代。在那样的一个年代，几乎整整一代共和国的孩子们都用“马粪纸”。一流大学里的教授们的讲义，也是印在“马粪纸”上的。还有书包，还有文具盒，还有彩色笔……哪一位像我这种年龄的父母，当年不得书包补了又补，文具盒一用几年乃至十几年呢？

……

“爸爸，我拿几毛钱好吗？”

“干什么？”

“想买一支雪糕吃。”

我同意了。几毛钱就是七毛钱，因为一支雪糕七毛钱。

于是儿子接连每天吃一支雪糕。

有一天我又命他坐在对面，郑重地严肃地告诉他——七毛钱等于爸爸或妈妈每天工资的一半。爸爸从小学一年级到六年级，总共吃了还不到三四十支——当然并非雪糕，而是“冰棍”，且是三分钱一支的。舍不得吃五分一支的，更不敢奢望一毛一支的。只能在春游或开运动会时，才认为自己有理由向妈妈要三分钱或六分钱……

我对儿子进行类似的教育，被友人们碰到过几次。当着我儿子的面，友人们自然是不好说什么的。但背过儿子，皆对我大不以为然。觉得我这样做父亲，未免煞有介事，甚至挖苦我是借用“忆苦思甜”的方法。

友人们的“批判”，我是极认真地想过的。然而那很过时的，可能被认为相当迂腐的方法，却至今仍在我家里沿用着，也许要一直沿用到儿子长大成人，打算在他将我的话当耳旁风的时候打住。

所幸现今我告诉了他的，竟对他起到了一定的影响。一次，儿子把作业本拿给我看，虔诚地问：“爸爸，这一页我没撕掉。我贴得好吗？”那是跟我学的方法——从旧作业本上剪下一条格子，贴在写错字的一页上。我是从来舍不得浪费一页稿纸的，尽管是从公家领的。那一刻我内心里竟十分激动，情不自禁地抱住他亲了一下。

“爸爸，你为什么哭哇？”儿子困惑了。

我说：“儿子啊，你学会这样，你不知爸爸多高兴呢！”

我常常想，我们这一代人中的绝大多数，都是拉扯着我们父母的破衣襟，跟着共和国趔趄的步子走过来的。怎么，我们的下一代消费起任何东西时的那种似乎理所当然和毫不吝惜的作风，竟比西方富有之国富有之家的孩子们还要厉害呢？仿佛我们是他们的富有得不得了的爸爸妈妈似的。难道我们自己也荒诞到这么认为了吗？如果不，我们为什么不告诉他们一些他们应该知道的事呢？

我的儿子当然可以用上等的复印纸习画，可以有许多彩色笔，可以不必背补过的书包，可以想吃“紫雪糕”时就吃一支……但他必须明白，这一切的确便是所谓“幸福”之一种了！我可不希望培养出一个从小似乎什么也不缺少，长大了却认为这世界什么都没为他准备齐全，因而只会抱怨乃至憎恶的人。无忧无虑和基本上无所不缺，既可向将来的社会提供一个起码身心健康的人，也可“造就”一批少爷。而这个国家这个民族，是再也养不起那么多少爷的。现有的已经够多的了！难道不是吗？少爷小姐型的一代，是对任何一个国家一个民族最大的报应。而对一个穷国一个正在觉醒的民族，则简直无异于报复。

体恤儿子

现在，儿子是一点儿良好的自我感觉也没有了。起码我这个父亲是这么看他的。

由小学生到中学生，他已算颇经历了一些事，或直白说是一些挫折。在学业竞争中呛了几次水，品咂了几次苦涩。

儿子自小就受到邻居的喜爱，“干妈”不少。“干妈”们认他这个“干儿子”，绝非冲着我认的。一个写作者的儿子没有什么稀罕的。在人际关系中对谁都不可能有实际的帮助，犯不着走“干儿子”路线，迂回巴结。当然也绝非冲着他亲妈认的。他亲妈我的“内人”乃工人阶级之一员，更是谁都犯不着讨好的。别人们喜爱他，纯粹是因为他自己有招人喜爱之处。长得虎头虎脑，一副憨样儿。性情招人喜爱，不顽不闹，循规蹈矩，胆子还有些小，内向又文静。

在小学六年里，他由“一道杠”而“两道杠”，由小组长而班委，连续三年是“三好学生”。这方面那方面，奖状获了不少。而优于我的一点是，“群众关系”极佳。同学们都乐于跟他交朋友。小学中的儿子，是班里的一个小“首领”，不是靠了争强好胜，而是靠了随和亲善。

六年级下学期，他非常在乎的一件事，便是能否评上“三好学生”了。评上了，据他自己讲，就可以被“保送”了。然而儿子小学的最后一次考试，亦即毕业考试，却并没有考好。在我印象中，似乎数学九十六分，语文八十五分，平均九十点五分。结果可想而知，他在全班的名次排到了第二十几名。儿子终于意识到，“保送”是绝无希望了！

“但是我们老师说，一百二十三中也不错！以后可能升格为区重点中学呢！”

他这么安慰他自己，也希望他的父亲能从这番话中获得安慰。

我当然有些沮丧，但主要是替他感到的。

我说：“儿子，好学生不只出在重点中学里。你能自己往开了想，这一点爸爸赞成。”

在我印象中，一百二十三中是我们那一市区普通得不能再普通的一所中学。然而儿子连这一所中学也没去成。两天后他回到家里，表情从来没有过地抑郁。他说："爸，老师说去一百二十三中的同学，名次必须在二十名以前。"

我说："那，你如果连一百二十三中也去不成的话，能去哪一所中学呢？"

"老师悄悄告诉我，推荐我去北医大附中。"听来倒好像老师们格外照顾他似的。而北医大附中，据我想来，已属"最后的退却"了。

我问："你们老师不是说，考卷要发给家长们看看的吗？"——我这么问，是因为我凭着大人的社会经验，开始起了些疑心的。

"又不发了。"

"为什么？"

"不知道。"

"你自己怎么想？"

"我……怎么想也没用了……"

我说："儿子，听着。如果你希望进一所较好的中学，爸爸是可以试着办一办的，只不过太违反爸爸的性格。但爸爸从来没给你开过一次家长会，觉得很愧疚，也是肯在你感到需要时……"

"爸你别说了！我不怪你。我去北医大附中就是了。"看得出，儿子是不愿使我这个"老爸"做什么违心求人之事的。然而儿子连北医大附中也没去成。第二天他接到同学打来的一个电话后，伤心地哭了。他被分到了一所仿佛是全市最差的中学。

我说："别哭，也许是不一定的事儿呢！"发榜那一天，结果却正是那么一回事儿。只不过他拿回了小学的最后一份"三好学生"证书。于是该轮到我安慰他了。

我说："哪怕最差的中学，只要学生自己努力，也是有可能考上最好的高中的。你难道没有信心做一名这样的中学生？"

他流着泪说："有的……"

于是开学那一天，我亲自送他去报到……

但是他的"干妈"们，和一直关心着他升学去向的我的朋友们，获知消息后，一个个都感到十分意外了，纷纷登门了——有的严厉地批评我对子女之不负责任，有的"见义勇为"地向儿子保证着什么……

在正式开学的第三天，儿子转入了一所重点中学——这是我根本没有能力扭转，也不知究竟该怎么去办的事。

如今，上了重点中学的儿子，仅仅一年，性情彻底变了，也成了家中最没有"业余时间"的成员——早晨我还在梦乡之中，他就已经离开家骑着自行车去上学了。晚上，妻子都已经下班了，儿子往往还没回到家里。一回到家里，就一头扎入他自己的小房间，将门关起来。吃过晚饭，搁下饭碗就又回到他的小房间……

有次我问他："在同学中有新朋友了吗？"

他摇头。摇过头说："都只顾学习。谁跟谁都没时间建立友谊。"

倒是他小学的同学们，星期天还常一伙一伙地来找他玩儿。瞧着些小学的学友们在一起那股子亲密劲儿，我真从内心里替孩子们感到忧伤——缺乏友谊，缺少愉悦的时光，整天满脑子是分数、名次和来自家长及学校双方的压力。这样的少年阶段，将来怕是连点儿值得回忆的内容都没了吧？几分之差，往往便意味着名次排列上前后的悬殊。所以为了几分乃至一分半分，他们彼此间的竞争态势，绝不比商人们在商场上的竞争缓和……

由我的儿子，我也很是体恤中国当代所有上了中学的孩子们。他们小小年纪，也许是活得最累的一部分中国人了……

当爸的感觉

尽管我的儿子早已不是儿童，而是初二的学生了。尽管我已经纯粹为了自己得以从稿债中解脱，根本不睬他的抗议，拿他作过两次文章了。我常想我若有五个六个儿子就好了，便可轮番写来。甚至可以在几个儿子之间采取小小的“重点政策”，使儿子们相互嫉妒，认为当老子的写了谁，乃是谁的殊荣。那我不就变被动为主动了吗？无奈我只有这么一个儿子。无奈他对我的容忍度，已然放宽到连我自己都十分难为情的地步了……

儿子刚刚背着行李，参加军训去了，临走前见我铺开稿纸，煞有介事地思考，犹犹豫豫地写下题目，凑过来瞟了一眼，嘲讽地说：“爸，你真天才。从我这么一个平庸的儿子身上，你竟能发现那么多可写的素材！”

我说：“儿子，向你保证，这是最后一次！”

儿子说：“别保证。用不着保证。你发誓我都不会相信！说相声的常拿自己的‘二大爷’逗哏儿，你跟相声演员们犯的是同一种职业病。我充分理解！”

我说：“好儿子，谢谢。”

他说：“不用谢。因为我也开始写你了，而且已经公开发表了一篇。”

我一惊，忙问：“发在哪儿了？”

儿子说发在班级的墙报上了。

我这才稍稍心定，又严肃地问：“都写了我些什么？为什么不先让我过过目？”

儿子说：“你写我，也没先征得我的同意啊！咱俩彼此彼此。”

我一时很窘，无话可说……

半夜解题

儿子中考前的一天，刚吃过晚饭就写作业。写到十点半，还有一道几何题没解出来。我几次主动“请缨”，说儿子你要不要我和你一块儿攻下这道难题呀？几次都遭到儿子颇不耐烦的拒绝。最后我不顾他的拒绝，粗暴参与。结果正如他所料，既干扰了他的思路，也浪费了他的时间，以已昏昏，使儿子昏昏。那时快十二点了。妻说你还让不让儿子睡觉了？他明天还得上一天课呀！不像你，可以在家里睡懒觉！于是我强行收起他的作业卷，以不容争辩的命令的口吻，催促他洗漱了躺到床上去。儿子也真是困到了极点，头一挨枕便酣然入眠。而我却不能睡得着。用冷水冲了头，强打精神，继续替儿子钻研那道几何难题。半个小时后，我对陪在一旁织毛衣的妻说——老爸出马，一个顶俩，我解出来了！

博得妻对我羡佩的一笑。

第二天儿子刚起床，我便从自己枕下摸出作业卷，大言不惭地对儿子说："这么简单的题你都不开窍？这有何难的？站到床边儿来，听老爸给你讲讲——这两个直角三角形，有两个角相等，还都有一个角是直角。三角相等，故两个三角形全等。而三角形 A 又等于三角形 B，而三角形 B 又等于……"

儿子脸上便呈现出冷笑。

我生气了，说："儿子你冷笑什么？你的态度怎么这样不谦虚？"

儿子说："两个锐角相等的直角三角形就全等啊！直角三角形哪儿有这么一条定理？"——于是画图使我明白，它们也有可能仅仅是相似……

我愣了半天，讷讷地说："难道……是我想象出了这么一条定理？"

儿子说："反正书上没有，老师也没教过这么一条全等直角三角形的定理。"

我羞惭难当，无地自容，躺在床上挥挥手，大赦了儿子……

我明白——我再也辅导不了儿子数理化了。从那一天起，直至永远。当年我初三下乡。当年的初三数理化教材，比如今的初二教材只低不高。我太不自量力太无自知之明了……

自己承认了这一点，使我内心里涌起一种难言的悲哀。以后，不管他写作业到多么晚，不管他看上去多么需要一个头脑聪明的人的指点和帮助，我是再也不往他跟前凑了……

给儿子写信

按照学校的要求，我得给儿子写一封信，而且此事不让学生知道，更不能让学生看到信。在某次活动中，信将由老师分发给每一名学生，希望以这种方式，在他们普遍十四周岁以后，带给他们每个人一份儿意外的欣喜。

于是我生平第一次给我的儿子写信。

我竟不知在这一封信里该写些什么。我不愿在信中流露出我对他的体恤。因为几乎每一个城市里的初二的学生都如他一样似箭在弦，他不应格外地得到体恤。我也不愿用信的方式鞭策他。因为他自己早已深知每次在分数竞争中失利，对自己都意味着一种严峻。我不愿在信中写入对他所寄的希望。我不望子成龙。事实上只祈祝他能有幸受到高等教育，而仅仅这一点已使他过早地成熟了。他的日渐成熟正是我倍感欣慰的，同时又是倍感悲哀的。刚刚十四岁就开始思考人生和忧患自己未来的命运，这太令我这个当父亲的替他感到沮丧了。我自己的少年时代就是从忧患之中度过来的。我真不愿他和当年的我一样。

“爸爸，你怎么想了这么久还不写？”

儿子忽然在我背后发问。显然，他站在我背后多时了。我赶紧用一只手捂住稿纸上端——捂住“给儿子的信”一行字。

良久，我听到坐在沙发上的他说：“爸，对不起，给你添麻烦了……”顿时，我眼眶有些潮了……

儿子“采访”我

儿子上个星期的一项作业是——采访父母。妻上个星期几乎每天加班，不加班便上夜校，只得由我来接受“采访”，否则儿子就完不成作业。于是我和儿子之间，有了如下一次较为特别的谈话：

“你是哪一年下乡的？”

“这还用问？”

“不问我怎么清楚？”

“一九六八年。”

“哪一年上大学的？”

“一九七四年。”

“哪一年毕业的？”

“一九七七年。”

“你经历过坎坷吗？”

“经历过。”

“说说。”

“这还用说？”

“你不说我怎么会知道？”

……

我凝视着儿子，觉得他是那样陌生。或者反过来说，他怎么对我一无所知似的？他要了解他问的那一切，是多么简单！书架上陈列的，几乎每一部书脊上印着我名字的书，都有我的简历。从我的许多篇小说中，都能看到他老爸的身世。而他从来没有触摸过我的任何一部书一下。那些书对他仿佛根本就不存在。他从来也不曾扫视过那一格书架一眼。他甚至远不及别人家的，比如朋友或邻人的初二的儿女们对我的大致经历有所了解。

有一次我无意中偷听到他和他的几名男同学背地里如此谈论我的书：

“你爸爸可真写了不少书。”

“你别翻他的书！”

“你自己喜欢看吗？”

“我为什么要喜欢看他写的书？”

“借我一本看行吗？”

“不行！”

听来他似乎生起气来了。

“你干吗这样牛气呀？他这些书迟早会过时的！”

“他这些书已经过时了！以后我也不看他的书。世界上那么多经典还看不过来呢！”

没想到，我以近二十年的精力和心血所获得的创作成果，在他眼里似乎皆是些没有什么意义的，仿佛一文不值的东西。

“你对你至今的人生满意吗？”——儿子继续“采访”我。

我回答：“谈不上满意不满意。我的人生已经这样了。我习惯了。”

“假如有一件最使你高兴的事，目前而言那可能是一件什么事？”

我几乎是恶狠狠地回答：“你的学习成绩又前进了五名！”

儿子目不转睛地看了我一阵，淡淡地说：“我的采访结束了，就到这儿吧！”

我意识到，我深深刺伤了儿子的自尊心。正如儿子也深深刺伤过我的自尊心一样。于是我联想到了王朔的小说《我是你爸爸》。进而又想，有一个多少具有点儿精神叛逆色彩的儿子，也好。这样的一个儿子，时刻提醒我明白，我只不过是一个初二男生的父亲。除此之外，也许什么都不是，更没有任何可得意的资本。儿子在家里教我夹起尾巴做人。

读者，如果你的儿子已经初二了，如果你是一位父亲，我想你一定会同意我的看法——和你初二的儿子交朋友并非一件容易的事。有时他似乎将你当作朋友了，其实在他内心里，你仍然只不过是他的父亲。

当爸的感觉在现代是越来越变得粗糙而暧昧了呀！

给儿子的留言

儿子：

你今天放学，爸爸已回哈市了。在你期末考试前，不知能否回来。因为四叔昨天夜里突然从哈市打电话告诉奶奶病了，正于医院抢救中……当时你睡了，爸爸没告诉你。

你无法完全理解爸爸对奶奶的亲情。这亲情中包含着太多太多儿子对母亲的内疚。等我从哈市回来再讲给你听——爸爸有一种极不祥的预感，可能爸爸此一去，将永远失去爸爸的妈妈了。写到这儿，眼泪在爸爸眼里转……

但爸爸给你留言，主要是关于你对考试的态度嘱咐你几句——当了爸爸妈妈的中年男人女人几乎都这样，一颗心分几瓣儿。主要的两瓣儿给儿女，给自己的爸妈，所谓“上有老，下有小”。你将来也会人到中年，那时你也会有深切的体会……

我认为——你已经努力学习了。这爸爸看到了，妈妈也看到了。所以，无论你此次考得多么差，爸爸妈妈都不会埋怨你的。因为你已经尽到了自己是学生的义务，已经表现出了自己对自己的责任心。爸爸妈妈因某一次考试的失利而埋怨你这样一个儿子是错误的，对儿子也是极不公平的。

考试——能否正常发挥自己的学习水平很重要。所谓正常，其实就是尽量做到凡自己会的，能答对的，不丢太多的分，甚至不丢分。

当然，要做到这一点也不容易。因为考场是一种氛围特殊的“场”。在规定时间内，面对那么多考卷，难免心里紧张。一紧张，每每会的，也似乎不会了。一道难题卡住，纠缠过久，时间不允许；干脆放弃，丢分又太多。以为对于别的同学根本不算难题，自己觉得难，乃因自己太笨。于考场的氛围中这么一想，先自气馁，于是自信崩溃……

以上种种，皆考场紧张的心理原因。一半源自外界，比如以前没考好，爸爸妈妈曾给脸色看。一半源自内心，怕在同学中太失面子。

爸爸妈妈以前确因你没考好曾给你脸色看过。但那时的你太贪玩，学习缺乏上进心。现在你不是改变了吗？你既改变了，爸爸妈妈对你考试成绩的态度，不是也改变了吗？

好固可喜，差亦欣然——这就是爸爸妈妈的态度。我保证，首先绝对是爸爸对你考试成绩的真实不相欺的态度。

丘吉尔也曾是中学的成绩差生。

巴尔扎克还是中学的厌学生。

中国的教育体制有问题，这是你们这几代学生所面对的现实；你们必须顺应这有问题的教育体制，这是你们这几代学生所面对的另一现实。

两种现实加起来，严重影响你们的人生。但再严重，也仅仅是影响而已，断不会是裁定。目前中国求知识的途径正多起来。别的途径也是可以成才并进而推动人生的。

这么一想，一次考试成绩不理想又怎么样？高考落榜又怎么样？——是遗憾，但绝非人生的深渊。

总之我是在指出——爸爸妈妈能正确对待，你自己反而不太能正确对待了似的。否则你为什么临考前总失眠呢？为什么仅仅一科失利，就阴云满面呢？

想想那些参加奥运会的各国运动员们吧！四年一赛，有人苦练四年，只为一搏。也有人一搏失利，由于年龄原因，以后再无搏的时机。那他们不活了吗？

要学他们面对挫折的心理承受力。

除了心理要调整，“战术”上也要调整。

爸爸给你的建议是——不在难题上纠缠太久。看了两遍还没找到解题的方法，干脆绕过。将会的题易的题全解完，回过头来再“攻克”。倘已没时间，拉倒。总之，一味只管做下去，遇难题就绕行。先将有把握的分数拿下再说。

高考前的一切考试，不过是“热身”式的考试。意义在于经验的积累和教训的总结。

考数学前一天，不必再苦苦钻研。干脆放松，连书也不翻。倒是应该静下心来，回想一下——自己以往所遇难题，有几种类型？解题和思路有什么规律性？其题可变异为另外的哪几种类型？如何看出特征，识别其变异？

考语文前一天仍需看看书，还有外语。这两门是须强记的学科。多记一点儿，便有多获几分的可能。作文勿跑题。不求事例新，但求事例准，较严格地符合题意。

倘或“出师不利”——第一天没考好，哪怕两门都没考好，也不要沮丧。只不过是高二第一学期，说明不了什么根本问题。

临行匆匆，留言仓促，倘不认为是多此一举，则父望记。

儿子，请在内心里替奶奶祈祷几次！

爸爸

"过年"的断想

我曾问儿子："是不是经常盼着自己快快长大？"

他摇头断然地回答："不！"

我也曾郑重地问过他的小朋友们同样的话，他们都摇头断然地回答并不盼着自己快快长大，说长大了多没意思啊。现在才是小学生，每天上学就够累了。长大了每天上班岂不更累了？连过年过节都会变成一件累事儿。多没劲啊！瞧你们大人，年节前忙忙碌碌的。年节还没过完就开始抱怨——仿佛是为别人忙碌为别人过的……

是的，生活在无忧无虑环境之中的孩子是不会盼着自己快快长大的。他们本能地推迟对任何一种责任感的承担。而一个穷人家庭里的孩子，却会像盼着穿上一件新衣服似的，盼着自己早一天长大。他们或她们，本能地企望能早一天为家庭承担起某种责任。《红灯记》里的李玉和，不是曾这么夸奖过女儿吗——提篮小卖拾煤渣，担水劈柴也靠她，里里外外一把手，穷人的孩子早当家。

我从童年起，就是一个早当家的穷人的孩子。

有时我瞧着自己的儿子，在心里默默地问我自己——我十二岁的时候，真的每天要和比我小两岁的弟弟到很远的地方去抬水吗？真的每天要做两顿饭吗？真的每个月要拉着小板车买一次煤和烧柴吗？那加在一起可是五六百斤啊！在做饭时，真的能将北方熬粥的直径两尺的大铁锅端起来吗？在买了粮后，真的能扛着二三十斤重的粮袋子，走一站多路回到家里吗？……

连我自己也不敢相信，残存在记忆之中的童年和少年时期的生活情形都是真的。而又当然是真的，不是梦……

由于家里穷，我小时候顶不愿过年过节。因为年节一定要过，总得有过年过节的一份儿钱。不管多少，不比平时的月份多点儿钱，那年那节可怎么个过法呢？但远在千里之外的四川工作的父亲，每个月寄回家里的钱，仅够维持最贫寒的生活。我从很小的时候就懂得体恤父亲。他是一名建筑工人。他这位父亲活得太累太累，一个人挣钱，要养活包括他自己在内一大家子七口人。他何尝不愿每年都让我们——他的子女，过年过节时都穿上新衣裳，吃上年节的饭菜呢？我们的身体年年长，他的工资却并不年年涨。他总不能将自己的肉割下来，血灌起来，逢年过节寄回家啊。如果他是可以那样的，我想他一定会那样。而实际上，我们也等于是靠他的血汗哺养着……

穷孩子们的母亲，逢年过节时是尤其令人怜悯的。这时候，人与鸟兽相比，便显出了人的无奈。鸟兽的生活是无年节之分的，故它们的母亲也就无须在某些日子将来临时，惶惶不安地日夜想着自己格外应尽什么义务。

我讨厌过年过节完全是因为看不得母亲不得不向邻居借钱时必须鼓起勇气又实在鼓不起多大勇气的样子。那时母亲的样子最使我难过，我们的邻居也都是些穷人家。穷人家向穷人家借钱，尤其逢年过节，大概是最不情愿的事之一。但年节客观地横现在日子里，不借钱则打发不过去。当然，不将年节当成年节，也是可以的。但那样一来，母亲又会觉得太对不起她的儿女们。借钱之前也是愁，借钱之后仍是愁，借了总得还的。总不能等我们都长大了，都挣钱了再还。母亲不敢多借。即或是过春节，一般总借二十元。有时邻居们会善良地问够不够，母亲总说："够！够……"许多年的春节，我们家都是靠母亲借的二十元过的。二十元过春节，在今天看来仿佛是不可思议之事。当年也真难为了母亲……

记得有一年过春节，大约是我上初中一年级十四岁那一年，我坚决地对母亲说："妈，今年春节，你不要再向邻居们借钱了！"

母亲叹口气说："不借可怎么过呢？"

我说："像平常日子一样过呗！"

母亲说："那怎么行？你想得开，还有你弟弟妹妹们呢！"

我将家中环视一遍，又说："那就把咱家这对破箱子卖了吧！"

那是母亲和父亲结婚时买的一对箱子。

见母亲犹豫，我又补充了一句："等我长大了，能挣钱了，买更新的，更好的！"

母亲同意了。

第二天，母亲帮我将那一对破箱子捆在一只小爬犁上，拉到街市去卖。

从下午等到天黑，没人买。

我浑身冻透了，双脚冻僵了。后来终于冻哭了，哭着喊："谁买这一对儿箱子啊……"

我将两只没人买的破箱子又拖回了家。一进家门，我扑入母亲怀中，失声大哭……

母亲也落泪了。母亲安慰我："没人买更好，妈还舍不得卖呢……"

母亲告诉我——她估计我卖不掉，已借了十元钱。不过不是向同院的邻居借的。而是从城市这一端走到那一端，向从前的老邻居借的，向我出生以前的一家老邻居借的……

如今，我真想哪一年的春节，和父母弟弟妹妹聚在一起，过一次春节，而父亲已经去世了。母亲牙全掉光了，什么好吃的东西也嚼不动了，只有看着的份儿。弟弟妹妹们已都成家了，做了父母了。往往针对我的想法说——“哥，你又何必分什么年节呢！你什么时候高兴团聚，什么时候便当是咱们的年节呗！”

是啊，毕竟，生活都好过些，年节的意义，对大人也就不那么重要了。

所以，我现在也就不太把年当年，把节当节了，正如从来不为自己过生日。便是有所准备地过年过节，多半也是为了儿女高兴……

中年感怀

我越来越意识到，自己几乎每一天都在失去着一些东西。而所失去的东西，对任何人都是至可宝贵的。

首先是健康。

如果有人看到我如今写作时的样子，定会觉得古怪且滑稽——由于颈椎病，脖子上套着半尺宽的硬海绵颈圈，像一条挣断了链子的狗。由于腰椎病，后背扎着一尺宽的牛皮护腰带。由于颈和腰都不能弯曲，一弯曲头便晕，写作时必得保持从腰到颈的挺直姿势。仅仅靠了颈圈和护腰带，还是挺直不到头不晕的姿势，就得有夹得住稿纸的竖架相配合。小稿纸有小的竖架，大稿纸有大的竖架。大的竖架一立在桌上，占去半个桌面。不像是在写作，像是在制图。大小两个竖架，都是中国人民大学一位退了休的老师让人替她送给我的，可以调换两个倾斜度。我已经使用一年多了，却还没和她见过面。颈圈、护腰带、竖架，开始写作时依赖于这三样东西。写作之前，所做的预备，就如工厂里的技工临上车床似的。有几次那样子去为客人开门，着实将客人吓了一跳……

于是从此失去了以前写作时的良好状态。每每回想以前，常不由得心生惆怅。看见别人不必“武装”一番再写作，不由得心生羡慕。

朋友们都劝——快用电脑哇！

是啊，迟早有一天，我也会迫不得已地用起电脑来的。我说“迫不得已”，乃因对“笔耕”这一种似乎已经很原始的写作方式实在情有独钟，舍不得告别呢！吸足一笔墨水儿，摆正一沓稿纸，用早已定型了的字体，工工整整地写下题目，标下页码“1”，想着要从这个“1”开始，一页页标下去，一直标到“100”“500”，乃至“1000”，那一份儿从容，那一份儿自信，那一份儿骑手跨上骏马时的感受，大概不是面对显示屏，手敲按键所能体验到的呀！

想想连这一份儿写作者的特殊的体验也终将失去了，尽管早已将买电脑的钱存着了，还是一味儿地惆怅。

健康其实是人人都在失去着的。一年年的岁数增加着，反而一年比一年活得硬朗的人，毕竟是极少数。人也是一台车床，运转便磨损。不运转着生产什么，便似废物。宁磨损着而生产什么，也不似废物般还天天进行保养，这乃是绝大多数人的活法。人到四十多岁以后，感觉到自我磨损的严重程度了，感觉到自我运转的状况大不如前了，肯定都要心生惆怅的。

也许惆怅乃是中年人的一种特权吧？这一特权常使中年人目光忧郁。既没了青年人的朝气蓬勃，也达不到老者们活得泰然自若那一种睿智的境界。于是中年人体会到了中年的尴尬。体会到了这一种无奈的尴尬的中年人，目光又怎么能不是忧郁的呢？心情又怎么能不常常陷入惆怅呢？

我和我的中年朋友们相处时，无论他们是我的作家同行抑或不是我的作家同行，每每极其敏感地觉察到他们的忧郁和他们的惆怅。也无论他们被认为是乐观的人抑或自认为是乐观的人，他们的忧郁和惆怅都是掩盖不了的。好比窗上的霜花，无论多么迷人毕竟是结在玻璃上的。太阳一出，霜花即化，玻璃就显露出来了。而那定是一块被风沙扑打得毛糙了的玻璃。他们开怀大笑时眸子深处隐藏着忧郁和惆怅；他们踌躇满志时眸子深处隐藏着忧郁和惆怅；他们作小青年状时，眸子深处隐藏着忧郁和惆怅；他们装得什么都不在乎时，眸子深处尤其隐藏着忧郁和惆怅。他们的眸子是我的心境。两个中年男人开怀大笑一阵之后，或两个中年女人正亲亲热热地交谈着的时候，忽然的目光彼此凝视住，忽然都从对方眼里看到了那一种企图隐藏到自己眸子后面而又没有办法做到的忧郁和惆怅，我觉得那一刻是生活中很感伤的情境之一种，比从对方头发中发现了一缕苍发更令中年人感伤的。

全世界的中年人本质上都是忧郁和惆怅的。成功者也罢，落魄者也罢，在这一点上所感受到的人生况味儿，其实是大体相同的。于是中年人几乎整代整代地被吸入了一个人类思想的永恒的黑洞——人生的意义究竟何在？

中年人比青年人更勤奋地工作，更忙碌地活着，大抵因为这乃是拒绝回答甚至回避思考的唯一选择。而比青年人疏懒了，比青年人活得散漫了，又大抵是因为开始怀疑着什么了。

中年人的忧郁和惆怅，对这世界是无害的，只不过构成着人类社会一道特殊的风景线罢了。而人类社会好比是一幅大油画，是不可以没有几笔忧郁的色彩惆怅的色彩的。没有，人类社会就是一个大幼儿园了。

中年人的忧郁和惆怅，衬托着少女们更加显得纯洁烂漫，衬托着少年们更加显得努力向上，衬托着青年男女们更加生动多情，衬托着老人们更加显得清心寡欲，悠然淡泊。少女们和少年们，青年们和老者们的自得其乐，归根结底是中年人们用忧郁和惆怅换来的呀！中年人为了他们，将人生况味儿的种种苦涩，都默默地吞咽了，并且尽量关严“心灵的窗户”，不愿被他们窥视到。

中年人的忧郁和惆怅，归根结底也体现着社会的某种焦虑和不安。中年人替少男少女们，替青年们，替老者们，也将社会的某种焦虑和不安，最大剂量地默默地吞咽到肚子里去了。因为中年人大抵是做了父母的人，是身为长兄长姐的人，是仍身为长子长女的人，这是中年人们的一种本能，也是人类的一种本能。

中年人成熟了，又成熟又疲惫。咬紧牙关扛着社会的焦虑和不安，再吃力也只不过就是眸子里隐藏着忧郁和惆怅。

他们的忧郁和惆怅，一向都是社会的一道凝重的风景线。

谁叫他们，不，谁叫我们是中年人了呢！……

本命年杂感

今年是我本命年。

最切身的体会，是意识到自己开始和许多中年人经常迷惘地诉说，或嘴上自我限制得很紧，但内心里却免不了经常联想到的一个字。

这个字便是那令人多愁善感的“老”。

“老”也是一个令人沮丧恓惶的字。它带给人一种通身被什么毛茸茸的东西粘住，扯不开甩不掉的感觉。它的征兆，首先总是表现在记忆的衰退方面。

我锁上家门却忘带钥匙的时候越来越多了。仅去年一年内，已有七八次了。以前发生这样的事儿，便往妻的单位打电话。妻单位的电话号码我是永远也记不清的。把它抄在小本儿上，而那小本儿自然不可能带在身上。每次得拨“114”询问。于是妻接到电话后，骑自行车匆匆往家赶。送交了钥匙，还要再赶回单位上班。再一再二又再三再四，妻的抱怨一次比一次多，我的惭愧也就一次比一次大。

于是再发生忘带钥匙的事，就采取较为勇敢的举动，不劳驾妻骑自行车匆匆地赶回来替我开门了。而冒险从邻家厨房的窗口攀住雨水管道，上爬或下坠到自己家厨房的窗口，捅破纱窗，开了窗子钻入室内。去年一年内，进行了七八次这样的攀爬锻炼。有一次四楼五楼和一楼二楼的邻家也皆无人，是从六楼攀住雨水管道下坠至三楼的，破了我自己的纪录。前年大前年每年也总是要进行几次这样的攀爬锻炼的。那时身手还算矫健敏捷，轻舒猿臂，探扭狼腰，上爬下坠，头不晕，心不慌。正所谓“艺高人胆大”。自去年起就不行了，就觉身手吃力了。上爬手臂发颤了，不大攀得住雨水管道了。下坠双腿发抖了，双脚也蹬不大稳了。人贵有自知之明，于是必得在腰间牢系一条长长的绳索保份儿险了。仅仅一年之差，“老”便由记忆扩散到体魄了，心内的悲凉也便多了几重。

也不只是出家门经常忘带钥匙，办公室的钥匙，也是丢了配，配了丢的，现有的一把，已是第五代“翻版”了。一个时期内再丢也无妨了，最后一次我配了十把。

信箱的钥匙也丢，丢了便得换一次锁。不好意思再求别人换锁，自己懒得换，干脆不上锁了。童影厂一排信箱柜中，唯一没锁的，小门儿上一个圆锁洞的，便是梁晓声的信箱无疑了。

春节前给《中篇小说选刊》的一位女同志回信，不知怎么，寄去的又是空信封。也不知写给她的信，塞往寄给另外什么人的信封邮走了。所幸不是情书，所幸没有情人。否则，非落得个自行将绯闻传播的下场不可。

最使自己陷入难堪的，乃是其后的一件事儿——因替友人讨公道，致信某官员，历数其官僚主义作风一二三四诸条。同时给那受委屈的人去信，告知我已替他"讨公道"了。且言，倘无答复，定代其向更上一级申诉。结果，两封信相互塞错了信封。

于是数日后友人来长途电话，说晓声坏了坏了，你怎么把写给某某官员的信寄给了我？我说别慌别慌，我再给他写一封信寄给他就是了嘛！友人说：我能不慌吗？你应该寄给我的信中，都写了人家些什么话呀？人家肯定也收到了，不七窍生烟才怪呢！你给他本人写的信措辞都那么不客气，该寄给我的信里，还不尽是骂人家的话呀？我完了，以后没好果子吃了。你这不是替我"讨公道"，你这等于是害我呀！……

所幸那官员的秘书同日也来了电话询问怎么回事儿。我急反问："那信给领导看了吗？"她说："你又不是写给领导的，我怎么能给领导看呢？"我说："撕掉撕掉！塞错信封了。我近日再给领导写一封……"她说："我关心的是，你把本该寄给领导的信寄哪儿去了？如果让不该收到的人收到了，影响多不好啊？"我说："放心放心。那是绝不会的。本该寄给领导的那封信其实没寄出……我……我已经销毁了……"

而此事之后，与几位文学师长同住某招待所观看某电视剧——结束前两日往家中打电话，嘱妻将钥匙留在传达室（不敢随身带着住在招待所，怕丢了）。

有人见我不停地拨，就说兴许你家没人吧？我说不是家里没人，是电话中说——无此号码！这不是咄咄怪事嘛！对方说："是够怪的。晓声你不至于连你自己家的电话号码都记不清吧？"我不太有把握地说："我想，也不至于的吧？"最终还是不得不往厂里打电话，请总机值班员查查电话表上我家的电话号码告诉我……总机值班员连说好好好——我听出她在那一端强忍着笑。从始至终恰在一旁的林斤澜老，一本正经地说："晓声你以后不要再叫我老师了。咱俩就算平辈儿，论哥们儿得了。不过我还能记住我家的电话号码，冲这一点，我称你晓声老哥，似乎也称得的。"想想，不知将记错了的家中的电话号码，虔虔诚诚地抄给过多少人呢！天地良心，绝非成心的。三十儿晚上，给朋友们打电话——拨通了冯亦岱老师家的电话，却开口给袁鹰老师拜年……

而拨通了邵燕祥老师家电话，耳听燕祥老师在那一端问找谁——竟一时头脑空白，愣愣地说不出自己找谁。我想燕祥老师在那一端，必定以为是滋扰电话，静候数秒，也就挂断了。自己赶快看一眼小本儿，心中默念着“邵燕祥、邵燕祥”，继续重拨……

初二去看北影厂的老同事，下楼时一手拎垃圾袋儿，一手拎水果袋儿，在楼外抛掉一袋儿，只拎了一袋儿悠悠地往前走。途遇熟人，自然是互道一通儿拜年话儿。

对方就盯着我手中的塑料袋儿，嗫嚅地问：“晓声你这是……”我说：“去看某某同志。没什么带的，带点儿水果……”见对方眼神儿不对，低头自看——哪里是一塑料袋儿水果！分明是一塑料袋儿垃圾！幸亏遇见了熟人，否则真拎将去，被热情地迎入门，大初二的，成什么事了呢！……初三几位当年要好的知青战友相聚，瞧着其中一位，怎么也想不起人家姓名。人家却握住我手，笑问：“叫不出我姓名了吧？咱们可两个月前还聚过的呀！”我却嘴硬：“怎么会忘了你叫什么呢！”“那你说我是谁？”“你不是——那个谁么？你还在……那个单位吗？”“我是那个谁？我在哪个单位？”“放开我手！你先放开我手嘛！再过十年八年我也能叫出你是谁呀！”“不用过十年八年，现在就叫！叫不出来，我今天就不放开你手！”“战友们战友们，你们看这小子认真劲儿的！你们说我能把他的名字都忘了吗？！”众战友相觑而笑，谁都不打算替我解围。那一顿饭，从始至终没心思吃什么。一直在心里暗想——这小子叫什么来着呢？猛地想起来了，举杯猝起，大叫——“×××我和你干这一杯！”众战友面面相觑。心中好生快活，得意扬扬地说：“×××，刚才是成心和你别劲儿呢！你说我怎么能把你的姓名都忘了呢？那也太可笑了吧！”果然可笑。众战友也果然一个个笑得前仰后合——我猛想起的是别人的姓名，张冠李戴了……

记忆力的减退，使自己对自己的记忆首先丧失信心。同事向我借过几盘录像带，我觉得没还我。人家说还了。心想——肯定是自己记错了，那么录像带哪儿去了呢？我也是借的呀！不久同事不好意思地说：“晓声，我发现录像带还在我那儿呢！”——敢情别人也有记忆力欠佳的时候。厂里交我看的一部剧本，记得又转给另一位同事看了，可他说：“没在我这儿呀！”心想——肯定是自己记错了，那么剧本哪去了呢？下午作者要来当面听意见呀！片刻，同事不好意思地说：“晓声对不起，那剧本儿是在我这儿，刚才找得太粗心……”

夜里失眠，冷不丁地想起——几个月前似乎向传达室的朱师傅借过几十元钱不曾归还。第二天带在身上，一边还钱一边不安地解释："朱师傅，我最近记忆不好，几个月前借您的钱，昨天才想起来……"不料朱师傅说："晓声你早还了！"厂里发了一张春节购物券——同事一再清清楚楚地告诉我，只能在哪家商场用，那商场在什么什么方位……妻去买时，自信地说："我知道！不就是在哪儿哪儿吗？"觉得妻说的方位和同事清清楚楚地告诉我的方位，相距实在太远了！有心纠正于妻，可一想——万一自己又记错了呢？于是将一份儿责任感闷在了心里。妻自然是兜了极大极大的一个圈子，跑了很多冤枉路，回到家里，发牢骚说为一张百十来元的购物券，太得不偿失了，搭上了两个半小时！我说："其实，你出门前，我就觉得你说的那地方不对。"妻生气地问："那你怎么不告诉我对的地方？"我苦笑了一下，倍感罪过地回答："事实证明你错了，我才有把握肯定自己当时是对的呀！在没证明你错了之前，我哪儿敢有那么大的把握呢？……"

我是我们这一代人中，属于年龄不算最大也不算最小的一个。我们这一代，普遍都开始记忆力明显减退了。尽管我们正处在所谓"年富力强"的年龄，我们过早地被"老"字粘上了。我们自己有时不愿承认，但个个心里都明白。我们宁愿这"老"首先是从体魄上开始的，但它却偏偏首先从心智上向我们发起了频频的攻击。是三年困难时期营养不良造成的？还是十年"上山下乡"耗损太大造成的？抑或是目前上有老下有小自己责任多多因而都过早地患了"中年综合疲劳征"的结果？

我们这一代聚在一起，比前十年前几年聚在一起时话都明显地少了，都大有一种欲说还休的意味儿了呢！我是早就欲说还休了。非说不可，三言两语，简明扼要地表达种意思罢了。

却还在孜孜不倦地写作着。有时宁愿自己变成哑巴，只写不说算了。岂非少了项活着的内容吗？似乎所剩精力体能，仅够支配极少的甚至是最单纯的生命活动了。

真是欲休还写、欲休还写……

不定哪一天，便由欲休还写而欲写还休了。

于是常常徒自感伤起来……

本命年联想红腰带

牛年是我本命年。

屈指一算，我已与牛年重逢四次了。于是联想到了孔乙己数茴香豆的情形，就有一个惆怅迷惘的声音在耳边喃喃道："多乎哉？不多也。"自然是孔乙己的传世名言，却也像一位老朋友为难之际大窘的暗示——其实是打算多分你几颗的。可是你瞧，不多也。真的不多也！

于是自己也不免大窘，窘而且恓惶。前边曾有过的已经被消化在碌碌无为的日子里了，希望后边儿再得到起码"四颗"，而又明知着实太贪心了。只那意味着十二年的"一颗"，老朋友孔乙己似乎都不太舍得超前"预支"给我。

人在第四次本命年中，皆有嗒然若失之感。元旦前的某一天，妻下班回来，颇神秘地对我说："猜猜我给你带回了什么？"猜了几猜，没猜到。妻从挎包掏出一条红腰带塞在我手心。我问："买的？"妻说："我单位一位女同事不是向你要过一本签名的书吗？人家特意为你做的。她大你两岁。送你红腰带，是祈祝你牛年万事遂心如意，一切烦恼忧愁统统'姐'开的意思……"听了妻的话，瞧着手里做得针脚儿很细的红腰带，不禁忆起二十四岁那一年：另一位女性送给我的另一条红腰带……

小时候，家里孩子多，又穷，母亲终日为生计操劳，没心思想到哪一年是自己哪一个儿女的本命年，我头脑中也就根本没有什么本命年的意识，更没系过什么红腰带。

二十四岁的我当然已经下乡了，是黑龙江生产建设兵团一师一团七连的小学教师。七连原属二团，在我记忆中，那一年是合并到一团的第二年，原先的二团团部变成了营部。小学校放寒假了，全营的小学教师集中在营部举办教学提高班。

几天后的一个傍晚，我去水房打水，有位女教师也跟在我身后进入水房。

她在一旁望着我接水，忽然低声问："梁老师，你今年二十四岁对不对？"

我说："对。"

她紧接着又问："那么你属牛啰？"

我说：“不错。”

她说：“那么我送你一条红腰带吧！”——说着，已将一个手绢儿包塞入我兜里。

我和她以前不认识，只知她是一名上海知青。一时有点儿疑惑，水瓶满了也未关龙头，怔怔地望着她。

她一笑，替我关了龙头，虔诚地解释：“去年是我的本命年。这条红腰带是去年别人送给我的。送我的人嘱咐我，来年要送给比我年龄小的人，使接受它的人能‘姐’开一切烦恼忧愁。这都一月份了，提高班就你一个人比我年龄小，所以我只能送给你。再不从我手中送出，我就太辜负去年把它送给我那个人的一片真心了呀！”

见我仍愣怔着，她又嘱咐我：“希望你来年把它转送给一个女的。让‘姐’开这一种善良的祈祝，也能带给别人好运。这事儿可千万别传啊！传开了，一旦有人汇报，领导当成回事儿，非进行批判不可……”

又有人打水。我只得信赖地朝她点点头，心怀着种温馨离开了水房。

那条红腰带不一般。一手掌宽，四尺余长，两面儿补了许多块补丁，当然都是红补丁。有的补丁新，有的补丁旧。有的大点儿，有的小点儿。最小的一块补丁，才衣扣儿似的。但不论新旧大小，都补得那么认真仔细，那么结实。我偷偷数了一次，竟有二十几块之多。与所有的补丁相比，它显露不多的本色是太旧了。那已经不能被算作红色了。客观地说，接近着茄色了。并且，有些油亮了。分明地，在我之前，不知多少人系过它了。但我心里却一点儿也未嫌弃它。从那一天起，我便将它当皮带用了……

它上边的二十几块补丁，引起了我越来越大的好奇心。我一直想向那一名上海女知青问个明白，可是她却不再主动和我接触了。在提高班的后几天我见不着她了。别人告诉我她请假回上海探家了。

一个月后我收到了她从上海川沙县寄给我的一封信。信中说她不再回兵团了，已经转到川沙县农村插队了，也不再当小学老师了。

“我想，”她在信中写道，“你一定对那条红腰带产生了许多困惑。去年别人将它送给我时，我心中产生的困惑绝不比你少。于是我就问送给我的人。可是她什么也不知道，说不清。于是我又问送给她的人。那人也不知道，也说不清。我一个人接一个人地追问下去，终于有一个人告诉了我一些关于它的情况。现在，我把我所知道的告诉你——一九四八年，在东北解放战场上，有一名部队的女卫生员，将它送给了一名伤员。那一年是他的本命年。后来女卫生员牺牲了。他在第二年将它送给了他的新婚妻子，一九四九年是她的本命年。以后她又将它送给了她的弟弟。他隔年将它送给了他大学里的年轻的女教师。到了一九五九年，它便在一位中年母亲手里了。她的女儿赴新疆支边，那一年是女儿的本命年。女儿临行前，当母亲的，亲自将它系在女儿腰间了。一九六八年，它不知怎么一来，就从新疆到了北大荒。据说是一位姐姐从新疆寄给亲弟弟的，也有人说不是姐姐寄给亲弟弟的，而是一位姑娘寄给自己第一个恋人的……关于它，我就追问到了这么多。我给你写此信，主要是怕你忘了我把它送给你时嘱咐你的话——来年你一定要转送给一位女性。还要告诉她，她结束了她的本命年后，一定要送给比她年龄小的男性。只有这样，才能使'姐'开人烦恼忧愁的祈祝一直延续下去……"

她的信，使二十四岁的我，更加珍视系在我腰间的红腰带了。

我回信向她保证，我一定遵照她的嘱咐做。我甚至开始暗中调查，在我们连的女知青中，来年是谁的本命年……

但是不久我调到了团里。

第二年元旦后，我将它送给了团组织股的一名女干事。她是天津知青。

当天晚上她约我谈心。

她非常严肃地问我："你送我一条红腰带是什么意思呢？你应该明白，你是初中知青，我是高中知青。咱俩谈恋爱年龄不合适。而且，我已经有男朋友了！"

我说："你误解了。这事儿没那么复杂。今年是你本命年，所以我才送给你。按年龄我该叫你姐，我送给你，是'弟'给你好运的意思啊！"

她说："那这也是一种迷信哪！"我说："就算是迷信吧。可迷信和迷信有所不同，不能一概而论的。""迷信和迷信会有什么不同？"她又严肃地板起了脸。我思想上早有准备，便取出特意带在身上的那封信给她看。待她看完，我问："现在你如果还不愿接受，就还给我吧！"她默默地还给了我——还的当然不是红腰带，而是那封信。我见她眼里汪着泪了……在我二十四岁那一年，心中的烦恼和忧愁，并不比二十二岁二十三岁时少，可以说还多起来了。我却总是这么安慰自己——也许我本该遭遇的烦恼和忧愁更多更多。幸运的红腰带肯定替我"姐"开了不少啊！……二十五岁那一年我离开兵团上大学去了。我曾在自己的一个本命年里，系过一条独一无二的红腰带。在我人生的这第四个本命年，妻的一位女同事，一位我没见过面的"姐"送给我的红腰带，使我忆起了几乎被彻底忘却的一桩往事。

不知当年那一条补着二十几块补丁的红腰带，是否由一位姐，又送给了某一个男人？是否又多了二十几块补丁？也许，它早就破旧得没法儿再补了，被扔掉了吧？

但我却宁肯相信，它仍系在某一个男人腰间。

想想吧，一条红布，一条补了许多许多补丁的红布，一条已很难再看到最初的红颜色的红布，由一些又一些在年龄上是“姐”的女人，虔诚地送给一些又一些男人，祈祝他们在自己的本命年里“姐”开一些烦恼忧愁，这份儿愿望有多么美好啊！它某几年在亲人和亲爱者间转送着，某几年又超出了亲情和友情的范围，被转送到了一些素无交往的人手里。如当年那位也当过小学教师的上海女知青在水房将它送给我一样。而再过几年，它可能又在亲人和亲爱者间转送着了。它的轮回，毫无功利色彩，仅只为了将“姐”开这一好意，一年年地延续下去。除了这一目的，再无任何别的目的了……

让“姐”开烦恼忧愁和“弟”给好运的善良祈祝，在更多男人和女人的本命年里带来温馨吧！

兄　长

如果，谁面对自己的哥哥，心底油然冒出“兄长”二字的话，那么大抵，谁已老了。并且，谁的“兄长”肯定更老了。

这个“谁”，倘是女性，那时刻她眼里，几乎会漫出泪来；而若是男人，表面即使不动声色，内心里也往往百感交集。男人也罢，女人也罢，这种情况之下的他或她以及兄长，又往往早已是没了父母的人了。即使这个人曾有多位兄长，那时大概也只剩对面或身旁那唯一的一位了。于是同时觉得变成了老孤儿，便更加互生怜悯了。老人而有老孤儿的感觉，这一种忧伤最是别人难以理解和无法安慰的，儿女的孝心只能减轻它，冲淡它，却不能完全抵消它。

有哥的人的一生里，心底是不大会经常冒出“兄长”二字的。“兄长”二字太过文化了，它一旦从人的心底冒了出来，会使人觉得，所谓手足之情类似一种宗教情愫，于是几乎想要告解一番，仿佛只有那样才能驱散忧伤……

几天前，在精神病院的院子里，我面对我唯一的哥哥，心底便忽然冒出了“兄长”二字。那时我忧伤无比，如果附近有教堂，我将哥哥送回病房之后，肯定会前去祈祷一番的。我的祷词将会很简单，也很直接：“主啊，请保佑我，也保佑我的兄长……”我一点儿也不会因为这样的祈求而感到羞耻。

我的兄长大我六岁，今年已经六十八周岁了。从二十岁起，他一大半的岁月是在精神病院里度过的。他是那么渴望精神病院以外的自由，而只有当我是一个退休之人了，他才会有自由。我祈祷他起码再活十年，不病不瘫地再活十年。我不奢望上苍赐他更长久的生命。因为照他现在的健康情况看来，那分明是不实际的乞求。我也祈祷上苍眷顾于我，使我再有十年的无病岁月。只有在这两个前提之下，他才能过上十年左右精神病院以外的较自由的生活。对于一个四十八年中大部分岁月是在精神病院中度过的，并且至今还被软禁在精神病院里的人，我认为我的乞求毫不过分。如果有上帝、佛祖或其他神明，我愿与诸神达成约定：假使我的乞求被恩准了，哪怕在我的兄长离开人世的第二天，我的生命也必结束的话，那我也宁愿，绝不后悔！

在我头脑中，我与兄长之间的亲情记忆就一件事：大约是我三四岁时，我大病了一场，高烧，母亲后来是这么说的。我却只记得这样的情形——某天傍晚我躺在床上，对坐在床边心疼地看着我的母亲说我想吃蛋糕。之前我在过春节时吃到过一块，觉得那是世上最好吃的东西。外边下着瓢泼大雨，母亲保证说雨一停，就让我哥去为我买两块。当年，在街头的小铺子里，点心乃至糖果也是可以论块买的。我却哭了起来，闹着说立刻就要吃。于是当年十来岁的哥哥脱了鞋、上衣和裤子，只穿裤衩，戴上一顶破草帽，自告奋勇，表示愿意冒雨去为我买回来。母亲被我哭闹得无奈，给了哥哥一角几分钱，于心不忍地看着哥哥冒雨冲出了家门。外边又是闪电又是惊雷的，母亲表现得很不安，不时起身走到窗前往外望。我觉得似乎过了挺长的钟点哥哥才回来，他进家门时的样子特滑稽，一手将破草帽紧拢胸前，一手拽着裤衩的上边。母亲问他买到没有，他哭了，说第一家铺子没有蛋糕，只有长白糕，第二家铺子也是，跑到了第三家铺子才买到的。说着，哭着，弯了腰，使草帽与胸口分开，原来两块用纸包着的蛋糕在帽兜里。那时刻他不是像什么落汤鸡，而是像一条刚脱离了河水的娃娃鱼；那时刻他也有点儿像在变戏法，是被强迫着变出蛋糕来的。变是终归变出来了两块，却委实变得太不容易了，所以哭，大约因为觉得自己笨。

母亲说："你可真死心眼儿，有长白糕就买长白糕嘛，何必多跑两家铺子非买到蛋糕不可呢？"

他说："我弟要吃的是蛋糕，不是长白糕嘛！"

还说，母亲给他的钱，买三块蛋糕是不够的，买两块还剩下几分钱，他自作主张，还为我买了两块酥糖……

"妈，你别批评我没经过你同意啊，我往家跑时都摔倒了。"

其实对于我，长白糕和蛋糕是一样好吃的东西。我已几顿没吃饭了，转眼就将蛋糕狼吞虎咽地吃了下去。

而母亲却发现，哥哥的胳膊肘、膝盖破皮了，正滴着血。当母亲替哥哥用盐水擦过了伤口，对我说"也给你哥吃一块糖"时，我连最后一块糖也嚼在嘴里了……

是的，我头脑中只不过就保留了对这么一件事的记忆。某些时候我试图回忆起更多几件类似的事，却从没回忆起过第二件。每每我恨他时，当年他那种像娃娃鱼又像变戏法的少年的样子，就会逐渐清晰地浮现在我眼前。于是我内心里的恨意也就会逐渐地软化了，像北方人家从前的冻干粮，上锅一蒸，就暄腾了。只不过在我心里，热气是回忆产生的。

是的——此前我许多次地恨过哥哥。那一种恨，可以说是到了憎恨的程度。也有不少次，我曾这么祈祷：上帝呵，让他死吧！并且，毫无罪过感。

我虽非教徒，但由于青少年时读过较多的外国小说，大受书中人物影响，倍感郁闷、压抑了，往往也会像那些人物似的对所谓上帝发出求助的祈祷。

千真万确，我是多次憎恨过我的哥哥的。

我上小学三年级时，哥哥已经在读初三了，而我从小学四年级到六年级的三年里，正是哥哥从高一到高三的阶段。那时，我又有了两个弟弟一个妹妹。而实际上，家中似乎只有我和两个弟弟一个妹妹四个孩子。除了过年过节和星期日，我们四个平时白天是不太见得到哥哥的。即使星期日，他也不常在家里。我们能见到母亲的时候，并不比能见到哥哥的时候多一些。而是建筑工人的父亲，则远在大西南。某几年这一省，某几年那一省。从我小学一年级的时候起，父亲就援建“大三线”去了——每隔两三年才得以与全家团圆一次，每次十二天的假期。那对父亲如同独自一人的万里长征，尽管一路有长途汽车和列车可乘坐，但中途多次转车，从大西南的深山里回到哈尔滨的家里，每次都要经历五六天的疲惫途程。父亲的工资当年只有六十四元，他每月寄回家四十元，自己花用十余元，每月再攒十余元。如果不攒，他探家时就得借路费了，而且也不能多少带些钱回到家里了。到过我家里的父亲的工友曾同情地对母亲说：“梁师傅太仔细了，舍不得买食堂的菜吃，自己买点儿酱买几块豆腐乳下饭，二分钱一块豆腐乳，他往往就能吃三天！”

那话，我是亲耳听到了的。

父亲寄回家的钱，十之八九是我去邮局取的。从那以后，每次看着邮局的人点钱给我，我的心情不是高兴，而竟特别地难受。正是由于那种难受使我暗下决心，初中毕业后，但凡能找到份工作，我一定不读书了，早日为家里挣钱才更要紧！

那话，哥哥也是当面听到了的。

父亲的工友一走，哥哥哭了。

母亲已经当着来人的面落过泪了，见哥哥一哭，便这么劝：“儿子别哭。你可一定要考上大学对不对？家里的日子再难，妈也要想方设法供你到大学毕业！等你大学毕业了，家里的日子不就有缓了吗？爸妈不就会得你的济了吗？弟弟妹妹不就会沾你的光了吗……”

从那以后，我们见到哥哥的时候就更少了，学校几乎成了他的家了。从初中起，他就是全校的学习尖子生，也是学生会和团的干部，他属于那种多项荣誉加于一身的学生。这样的学生，在当年，少接受一种荣誉也不可能，那是自己做不了主的事。将学校当成家，一半是出于无奈，一半也是根本由不得他自己做主。我们的家太小太破烂不堪，如同城市里的土坯窝棚。在那样的家里学习，要想始终保持全校尖子生的成绩是不太可能的，所以他整天在学校里，为那些给予他的荣誉尽着尽不完的义务，也为考上大学刻苦学习。

每月四十元的生活费，是不够母亲和我们五个儿女度日的。母亲四处央求人为自己找工作。谢天谢地，那几年临时工作还比较好找。母亲最常干的是连男人们也会叫苦不迭的累活儿脏活儿。然而母亲是吃得了苦的。只要能挣到份儿钱，再苦再累再脏的活儿，她也会高高兴兴地去干。每月只不过能挣二十来元吧，那二十来元，对我家的日子作用重大。

一年四季，我和弟弟妹妹们的每一天差不多总是这样开始的：当我们醒来，母亲已不在家里，不知何时上班去了。哥哥也不在家里了，不知何时上学去了。倘是冬季，那时北方的天还没亮。或者，炉火不知何时已生着了，锅里已煮熟一锅粥了，不是玉米粥，便是高粱米粥。或者，只不过半熟，得待我起床了捅旺火接着煮。也或者，锅火并没生，屋里冷森森的，锅里是空的，须我来为弟弟妹妹们弄顿早饭吃。煮玉米粥或高粱米粥是来不及了的，只有现生火，煮锅玉米面粥……

我从小学二三年级起就开始做饭、担水、收拾屋子，做几乎一切的家务了。在当年的哈尔滨，挑回家一担水是不容易的。我家离自来水站较远，不挑水也要走十来分钟。对于才小学二三年级的孩子，挑水得走二十来分钟了，因为中途还要歇两三歇。我是决然挑不起两满桶水的，一次只能挑半桶。如果我早上起来，发现水缸里居然已快没水了，我对哥哥是很恼火的。我认为挑水这一项家务，不管怎么说也应该是哥哥的事。但哥哥的心思几乎全扑在学习上了，只有星期日他才会想到自己也该挑水的，一想到就会连挑两担，那便足以使水满缸了。而我呢，其实内心里也挺期待他大学毕业以后，能分配到较令别人羡慕的工作，挣较多的钱，使全家人过上较幸福的生活。这种期待，往往很有效地消解了我对他的恼火。

然而我开始逃学了。

因为头一天晚上没写完作业或根本就没顾得上写，第二天上午忙得顾此失彼，终究还是没得空写——我逃学。

因为端起锅时，衣服被锅底灰弄黑了一大片，洗了干不了，不洗再没别的衣服可换（上学穿的一身衣服当然是我最体面的一身衣服了）——我逃学。

因为一早上虽然诸事忙碌得还挺顺利，但是背上书包将要出门时，弟弟妹妹眼巴巴地望着我，都显出我一走他们会害怕的表情时——我逃学。

因为外边大雪纷飞，天寒地冻，而家里若炉火旺着，我转身一走不放心；若将炉火压住，家里必也会冷得冻手冻脚——我逃学。

因为外边在下雨，由于房顶处处破损，屋里也下小雨，我走了弟弟妹妹们不知如何是好——我逃学……

我对每一次逃学几乎都有自认为正当的理由。而逃学这一种事，是要付出一而再、再而三的代价的。我头一天若逃学了，晚上会睡不着觉的，唯恐面对老师当着全班同学面的训问不知如何回答才好。结果第二天又逃学，第三天还逃学。最多时，我连续逃学过一个星期，并且教弟弟妹妹怎样帮我圆谎。纸里包不住火，谎言终究是要被戳穿的。有时是同学受了老师的指派到家里来告知母亲，有时是老师亲自到家里来了。往往的，母亲明白了真相后，会沉默良久。那时我看出，母亲内心里是极其自责的，母亲分明感觉到对不住我这个二儿子。

而哥哥却生气极了，他往往这么谴责我：你为什么要逃学呢？为什么不爱学习呢？上学对于你就是那么不喜欢的事吗？你看你使妈妈多难堪，多难过！你是不对的！还说谎，会给弟弟妹妹们什么影响？！明天我请假，陪你去上学！

却往往的，陪我去上学的是母亲。母亲不愿哥哥因为陪我去上学而耽误他的课。

哥哥谴责我时，我并不分辩。我内心里有多种理由，但那不是几句话就自我辩护得明白的。那会儿，我是恨过我的哥哥的。他一贯以学校为家，以学习为“唯此为大”之事。对于家事，却所知甚少。以他那样一名诸荣加身的优秀学生看来，我这样一个弟弟简直是不可理喻的，也是一个令他蒙羞的弟弟。在我的整个小学时期，我是同学们经常羞辱的“逃学鬼”，在哥哥眼中是一个令他失望的、想喜欢也喜欢不起来的弟弟。

一九六二年，我家搬了一次家。饥饿的年头还没过去，我们竟一个也没饿死，几乎算是奇迹。而哥哥对于我和弟弟妹妹，只不过意味着有一个哥哥。他在家也只不过就是我们学习的榜样。

那一年我该考中学了，哥哥将要考大学了。

六月，父亲回来探家了。那一年父亲明显地老了，而且特别瘦，两腮都塌陷了。他快五十岁了，为了这个家，每天仍要挑挑抬抬的。他竟没在饥饿的年代饿倒累垮，想来也算是我家的幸事了。

一天，屋里只有父亲、母亲和哥哥在的时候，父亲忧郁地说：我快干不动了，孩子们一个个全都上学了，花销比以前大多了，我的工资却十几年来一分钱没涨，往后怎么办呢？

母亲说：你也别太犯愁，那么多年苦日子都熬过来了，再熬几年就熬出头了。

父亲说：你这么说是怪容易的，实际上你不是也熬得太难了吗？我看，千万别鼓励老大考大学了，让他高中一毕业就找工作吧！

母亲说：也不是我非鼓励他考大学，他的老师、同学和校领导都来家里做过我的工作，希望我支持他考大学……

父亲又对哥哥说：老大，你要为家庭也为弟弟妹妹们做出牺牲！

哥哥却说：爸，我想过了，将来上大学的几年，争取做到不必您给我寄钱。

父亲火了，大声嚷嚷：你究竟还是不是我儿子？！难道我在这件事上就一点儿也做不了主了吗？！他们都以为我不在家，其实我只不过趴在外屋小炕上看小说呢。那一时刻，我的同情是倾向于父亲一边的。

在父亲的压力之下，哥哥被迫停止了高考复习，托邻居的关系，到菜市场去帮着卖菜。

又有一天，哥哥傍晚时回到家里，将他一整天卖菜挣到的两角几分钱交给母亲后，哭了。那一时刻，我的同情又倾向于哥哥了。

他的同学和老师都认为，他天生似乎是可以考上北大或清华的学生。我也特别地怜悯母亲，要求她在父亲和哥哥之间立场坚定地反对哪一方，对于她都未免太难了。是我和哥哥一道将父亲送上返回四川的列车的。父亲从车窗探出头对哥哥说：老大，我该说的都说了，你自己再三考虑吧！父亲流泪了，哥哥也流泪了，列车就在那时开动了。等列车开远，我对哥哥说："哥，我恨你！"依我想来，哥哥即使非要考大学不可，那也应该暂且对父亲说句谎话，以使父亲能心情舒畅一点儿地离家上路，可他居然不。

多年以后，我理解哥哥了。母亲是将他作为一个"理想之子"来终日教诲的，说谎骗人在他看来是极为可耻的，那怎么还能用谎话骗自己的父亲呢？

哥哥没再去卖菜，也没重新开始备考。他病了，嗓子肿得说不出话，躺了三天。同学来了，老师来了，邻居来了，甚至街道干部也来了，所有的人都认为父亲目光短浅，不要听父亲的。连他的中学老师也来了，还带来了退烧和消炎的药。居然有那么多的人关心我的哥哥，以至于当年使我心生出了几分嫉妒。直至那时，我在街坊四邻和老师同学眼中，仍是一个太不让家长省心的孩子。

哥哥考上了唐山铁道学院——他是为母亲考那所学院的。哈尔滨当年有不少俄国时期留下的漂亮的铁路员工房。母亲认为，只要哥哥以后成了铁道工程师，我家也会住上那种漂亮的铁路房。

父亲给家里写了一封有一半错字的亲笔信，以严厉到不能再严厉的词句责骂哥哥。哥哥带着对父亲对家庭对弟弟妹妹的深深的内疚踏上了开往唐山的列车。

我上的中学，恰是哥哥的母校。不久全校的老师几乎都认得我了。有的老师甚至在课堂上问："谁是梁绍先的弟弟？"——哥哥虽然考上的不是清华、北大，但他是在发着烧的情况之下去考的呀！而且他放弃了几所保送大学，而且他是为了遵从母命才考唐山铁道学院的！一九六二年，在哈尔滨市，底层人家出一名大学生，是具有童话色彩的事情。这样的一个家庭，全家人都是受尊敬的。

我这名初中生的虚荣心在当年获得了巨大的满足，我开始以哥哥为荣，暗自发誓要好好学习了。第一个学期几科全考下来，平均成绩九十几分，我对自己满怀信心。

饥饿像一只大手，依然攥紧着大多数中国人的胃，从草根草籽到树皮树叶，底层中国人几乎将一切能吃的东西都吃遍了，吃光了，并尝试吃许多自认为可以吃的，以前没吃过不敢吃的东西。父亲在大西北挨饿，哥哥在大学里挨饿，母亲和我们在家里挨饿。哥哥居然还不算学校里家庭生活最困难的学生，他每月仅领到九元钱的助学金。他又成了大学里的学生会干部，故须带头减少口粮定量，据说是为了支援亚非拉人民闹革命。父亲不与哥哥通信，不给他寄钱，也挤不出钱来寄给他。哥哥终于也开始撒谎了——他写信告诉家里，不必为他担什么心，说父亲每月寄给他十元钱。那么，他岂不是每月就有十九元的生活费了吗？这在当年是挺高的生活费标准了，于是母亲真的放心了，并因父亲终于肯宽恕哥哥上大学的"罪过"而感动。哥哥还在信中说他投稿也能挣到稿费。其实他投稿无数，只不过挣到了一次稿费，后来听哥哥亲口说才三元……

哥哥第一个假期没探家，来信说是要带头留在学校勤工俭学。第二个假期也没探家，说是为了等到父亲也有了假期，与父亲同时探家。而实际上，他是因为没钱买车票才探不成家。

哥哥上大学的第二个学年开始不久，家里收到了一封学校发来的电报——"梁绍先患精神病，近日将由老师护送回家"。电文是我念给母亲听的。

母亲呆了，我也呆了。

邻居家的叔叔婶婶们都到我家来了，传看着电报，陪母亲研究着，讨论着——精神病与疯了是一个意思，抑或不是？好心的邻居们都说肯定还是有些区别的。我从旁听着，看出邻居们是出于安慰。我的常识告诉我，那完全是一个意思，但是我不忍对母亲说。

母亲一直手拿着电报发呆，一会儿看一眼，一直坐到了天明。

而我虽然躺下了，却也彻夜未眠。

第二天我正上最后一堂课时，班主任老师将我叫出了教室——在一间教研室里，我见到了分别一年的哥哥，还有护送他的两名男老师。那时天已黑了，北方迎来了第一场雪。护送哥哥的老师说哥哥不记得往家走的路了，但对母校路熟如家。

我领着哥哥他们往家走时，哥哥不停地问我：家里还有人吗？父亲是不是已经饿死在大西北了？母亲是不是疯了？弟弟妹妹们是不是成了街头孤儿……

我告诉他母亲并没疯时，不禁泪如泉涌。

那时我最大的悲伤是——母亲将如何面对她已经疯了的“理想之子”？

哥哥回来了，全家人都变得神经衰弱了。因为哥哥不分白天黑夜，几乎终日喃喃自语。仅仅十五平方米的一个破家，想要不听他那种自语声，除非躲到外边去。母亲便增加哥哥的安眠药量，结果情况变得更糟，因为那会使哥哥白天睡得多，夜里更无法入睡，但母亲宁肯那样。那样哥哥白天就不太出家门了，而这不至于使邻居们特别是邻家的孩子们因为突然碰到了他而受惊。如此考虑当然是道德的，但我家的日子从此过得黑白颠倒了。白天哥哥在安眠药的作用下酣睡时，母亲和弟弟妹妹们也尽量补觉。夜晚哥哥喃喃自语开始折磨我们的神经时，我们都凭意志力忍着不烦躁。六口人挤着躺在同一铺炕上，希望听不到是不可能的。当年城市僻街的居民社区，到了夜晚寂静极了。哥哥那种喃喃自语对于家人不啻是一种刑罚。一旦超过两个小时，人的脑仁儿都会剧痛如灼的。而哥哥却似乎一点儿不累，能够整夜自语。他的生物钟也黑白颠倒了。母亲夜里再让他服安眠药，他倒是极听话的，乖乖地接过就服下去。哥哥即使疯了，也还是最听母亲话的儿子。除了喃喃自语是他无法自我控制的，在别的方面，母亲要求他应该怎样不应该怎样，他都表现得很顺从。弟弟妹妹们临睡前都互相教着用棉团堵耳朵了。母亲睡前也开始服安眠药了。不久我睡前也开始服安眠药了……

两个月后，精神病院通知家里有床位了。

于是一辆精神病院的专车开来，哥哥被几名穿白大褂的男人强制性地推上了车。当时他害怕极了，不知要将他送到哪里去，对他怎么样。母亲为了使他不怕，也上了车。

家人的精神终于得以松弛。而我的学习成绩一败涂地。

我又旷了两天课。也不用服安眠药，在家里睡起了连环觉。

哥哥住了三个月的院，在家中休养了一年。他的精神似乎基本恢复正常了。一年后，他的高中老师将他推荐到一所中学去代课，每月能开三十五元的代课工资了。据说，那所中学的老师们对他上课的水平评价挺高，学生们也挺喜欢上他的课。

那时母亲已没工作可干了，家里的生活仅靠父亲每月寄回的四十元勉强维持。忽一日一下子每月多了三十五元，生活改善的程度简直接近着幸福了。

那是我家生活的黄金时期。

家里还买了鱼缸，养了金鱼。也买了网球拍、象棋、军棋、扑克。在母亲，是为了使哥哥愉快。我和弟弟妹妹们都知道这一点的至关重要，都愿意陪哥哥玩玩。

如今想来，那也是哥哥人生中的黄金时期。

他指导我和弟弟妹妹们的学习十分得法，我们的学习成绩都快速地进步了。我和弟弟妹妹们都特别尊敬他了，他也经常表现出对我们每个弟弟妹妹的关心了。母亲脸上又开始有笑容了。甚至，有媒人到家里来，希望能为哥哥做成大媒了。

又半年后，哥哥的代课经历结束了。

他想他的大学了。

精神病院开出了“完全恢复正常”的诊断书，于是他又接着去圆他的大学梦了。那一年哥哥读的桥梁设计专业迁到四川去了，而父亲也仍在四川。父亲的工资涨了几元，他也转变态度，开始支持哥哥上大学了。父亲请假到哥哥的大学里去看望了哥哥一次，还与专业领导们合影了。哥哥居然又当上了学生会干部，他的老师称赞他跟上学习并不成问题，同意他从大三第一学期开始续读。因为他在家里自学得不错，大二补考的成绩还是中上。

一切似乎都朝良好的方面进展。

那一年已经是一九六五年了。

然而哥哥的大三却没读完——转年“文革”开始，各大学尤其乱得迅猛，乱得彻底。有人“大串联”去了，有人赴京请愿告状了，有人留在学校打“派仗”。

哥哥又被送回了家里。

这一次他成了“政治型”的疯子。

他见到母亲说的第一句话居然是：“妈，我不是‘反革命’！”

哈尔滨也成了一座骚乱之城，几乎每天都有令人震动的事发生，也时有悲惨恐怖之事发生。全家人都看管不住哥哥了，经常是，一没留意，哥哥又失踪了。也经常是，三天五天找不到。找到后，每见他是挨过打了。谁打的他，在什么情况下挨的打，我和母亲都不得而知。母亲东借西借，为哥哥再次住院凑钱。钱终于凑够了，却住不进精神病院去。精神病人像急性传染病患者一样一天比一天多，床位极度紧张。盼福音似的盼到了入院通知书，准备下的住院费又快花光了。半年后才住上院。那半年里，我和母亲经常在深夜冒着凛冽严寒跟随哥哥满城四处去“侦察”他幻觉中的“美蒋特务”的活动地点。他说只有他亲自发现了，才能证明自己并非“反革命”。他又整夜整夜地喃喃自语了。他很可怜地对母亲解释，他不是自己非要那样折磨亲人，而是被特务们用仪器操控的结果，还说他的头也被折磨得整天在疼。母亲则只有泪流不止。

在那样的一些日子里，我曾暗自祈祷：上帝呀，让我尽快没了这样的一个哥哥吧！

即使那时我也并没恨过哥哥，只不过太可怜母亲。我怕哪一天母亲也精神崩溃了，那可怎么办呢？对于我和弟弟妹妹们，母亲才是无比重要的。我们都怕因为哥哥这样了，哪一天再失去母亲，怕极了。

哥哥住了三个月的院，花去了不少的钱，都是母亲借的钱。报销单据寄往大学，杳无回音，大学已经彻底瘫痪了。而续不上住院费，哥哥被母亲接回家了，他的病情一点儿也没减轻。

在接下来的一年里，全家人的精神又备受折磨，整天提心吊胆。哥哥接连失踪过几次，有次被关在某中学的地下室，好心人来报信，我和母亲才找到了他，他的眼眶被打青了。还有一次他几乎被当街打死，据说是因为他当众呼喊了句什么反动口号。也有一次是被公安局的“造反派”关押了起来，因为他不知从哪儿搞到了笔和纸，写了一张反动的大字报贴到了公安局门口……

“上山下乡”运动开始了。

我毫不犹豫地第一批就报了名。

每月能挣四十多元钱啊！我要无怨无悔地去挣！那么，家里就交得起住院费了，母亲和弟弟妹妹们就获拯救了。

我下乡的第二年，三弟也下乡了。我和三弟省吃俭用寄回家的钱，几乎全都用以支付哥哥的住院费了。后来四弟工作了，再后来小妹也工作了。他俩的学徒工资头三年每月十八元。尽管如此，还是支付不起哥哥的常年住院费，因为那每月要八十几元。但毕竟的，我们四个弟弟妹妹都能挣钱了。幸而街道挺体恤我家的，经常给开半费住院的证明。而半费的住院者，院方是比较排斥的。故每年还有半年的时间，哥哥是住在家里的。

有一年我回家探亲，家里的窗上安装了铁条，钉了木板，玻璃所剩无几；镜子、相框，甚至暖壶，一概易碎的东西一件没有了，菜刀、碗和盘子都锁在箱子里。

我发现，母亲额上有了一处可怕的疤，很深。那肯定是皮开肉绽所造成的。我还在家里发现了自制的手铐、脚镣、铁链，四弟的工友帮着做的。四弟和小妹谈起哥哥简直都谈虎色变了。四弟说哥哥的病不是从前那种“文疯”的情况了。而母亲含着泪说，她额上的伤疤是被门框撞的。那时刻，我内心里产生了憎恨。我认为哥哥已经注定不是哥哥了，而是魔鬼的化身了。那时刻，我暗自祈祷：上帝呀，为了我的母亲、四弟和小妹的安全，我乞求你，让他早点儿死吧！以往我回家，倘哥哥在住院，我必定是要去看望他两次的。第二天一次，临行一次。那次探亲假期里，我一次也没去看他。临行我对四弟留下了斩钉截铁的嘱咐：能不让他回家就不让他回家！我的一名知青朋友的父亲是民政部的领导，住院费你们别操心，我要让他永远住在精神病院里！我托了那种关系。哥哥便成了精神病院的半费常住患者……而我回到兵团的次年，成了复旦大学的“工农兵学员”。这件事，我是颇犯过犹豫的。因为我一旦离开兵团，意味着每月不能再往家里寄钱了，并且，还需家里定期接济我一笔生活费。我将这顾虑写信告诉了三弟，三弟回信支持我去读书，保证每月可由他给我寄钱。这样的表示，已使我欣然。何况当时，我自觉身体情况不佳，有些撑不住抬大木那么沉重的劳动了，于是下了离开兵团的决心。

在复旦的三年，我只探过一次家，为了省钱。分配到北京电影制片厂后，我又将替哥哥付医药费的义务承担了。为了可持续地承担下去，我曾打算将独身主义实行到底。两个弟弟和小妹先后成家，在父母的一再劝说和催促之下，我也只有成家了。接着自己也有了儿子，将父母接到北京来住，埋头于创作，在北京“送走了”父亲，又将母亲接来北京，攒钱帮助弟弟妹妹改善住房问题……各种责任纷至沓来，使我除了支付住院费一事，简直忘记了还有一个哥哥。哥哥对于我，似乎只成了“一笔支出”的符号。

一九九七年母亲去世时，我坐在病床边，握着母亲的手，问母亲还有什么要嘱咐我的。

母亲望着我，眼角淌下泪来。

母亲说：“我真希望你哥跟我一块儿死，那他就不会拖累你了……”

我心大恸，内疚极了，俯身对母亲耳语：“妈妈放心，我一定照顾好哥哥，绝不会让他永远在精神病院里……”

当天午夜，母亲也“走了”……

办完母亲丧事的第二天，我住进一家宾馆，命四弟将哥哥从精神病院接回来。

哥哥一见我，高兴得像小孩似的笑了，他说：“二弟，我好想你。”

算来，我竟二十余年没见过哥哥了，而他却一眼就认出了我！

我不禁拥抱住他，一时泪如泉涌，心里连说：哥哥，哥哥，实在是对不起！对不起……

我帮哥哥洗了澡，陪他吃了饭，与他在宾馆住了一夜。哥哥以为他从此自由了。而我只能实话实说：现在还不行，但我一定尽快将你接到北京去！

一返回北京，我动用轻易不敢用的存款，在北京郊区买了房子。简易装修，添置家具。半年后，我将哥哥接到了北京，并动员邻家的一个弟弟“二小”一块儿来了。“二小”也是返城知青，常年无稳定工作、稳定住处。我给他开一份工资，由他来照顾哥哥，可谓一举两得。他对哥哥很有感情，由他来替我照顾哥哥，我放心。

于是哥哥的人生，终于接近是一种人生了。

那三年里，哥哥生活得挺幸福，“二小”也挺知足，他们居然都渐胖了。我每星期去看他们，一块儿做饭、吃饭、散步、下棋，有时还一块儿唱歌……

却好景不长，“二小”回哈尔滨探望他自己的哥哥及妹妹时，某日不慎从高处跌下，不幸身亡。这噩耗使我伤心了好多天，我只好向单位请了假，亲自照看哥哥。

我对哥哥说：“哥，二小不能回来照顾你了，他成家了……”

哥哥愣怔良久，竟说：“好事。他也该成家了，咱们应该祝贺他，你寄一份礼给他吧。”

我说：“照办。但是，看来你又得住院了。”

哥哥说：“我明白。”

那年，哥哥快六十岁了。他除了头脑、话语和行动都变得迟钝了，其实没有任何可能具有暴力倾向的表现。相反，倒是每每流露出次等人的自卑来。

我说：“哥，你放心，等我退休了，咱俩一块儿生活。”

哥哥说：“我听你的。”

哥哥在北京先后住过几家精神病院，有私立的，也有公立的。现在住的这一所医院，据说是北京市各方面条件最好的。每月费用四千元左右。幸而我还有稿费收入，否则，即或身为教授，只怕也还是难以承担。

前几天，我又去医院看他。天气晴好，我俩坐在院子里的长椅上，我看着他喝酸奶，一边和他聊天。在我们眼前，几只野猫慵懒大方地横倒竖卧。而在我们对面，另一张长椅上坐着一对老伴儿，他们中间是一名五十来岁的健壮患者，专心致志、大快朵颐地吃烧鸡。那一对老伴儿，看去是从农村赶来的，都七十五六岁了。二老腿旁，也都斜立着树杈削成的拐棍。他们身上落了一些尘土，一脸疲惫。

我问哥："你当年为什么非上大学不可？"

哥哥说："那是一个童话。"

我又问："为什么是童话？"

哥哥说："妈妈认为只有那样，才能更好地改变咱们家的穷日子。妈妈编那个童话，我努力实现那个童话。当年我曾下过一种决心，不看着你们几个弟弟妹妹都成家立业了，我自己是绝不会结婚的……"他看着我苦笑。原来哥哥也有过和我一样的想法！我心一疼，黯然无语，呆望着他，像呆望着另一个自己的化身。

哥哥起身将塑料盒扔入垃圾桶，复坐下后，看着一只猫反问："你跟我说的那件事，也是童话吧？""什么事？"我的心还在疼着。"就是，你保证过的，退休了要把我接出去，和我一起生活……"想来，那一种保证，已是六七年前的事了，不料哥哥始终记着。他显然也一直在盼着。

哥哥已老得很丑了。头发几乎掉光了，牙也不剩几颗了，背驼了，走路极慢了，比许多六十八九岁的人老多了。而他当年，可是一个一身书卷气、儒雅清秀的青年，从高中到大学，追求他的女生多多。

我心又是一疼。

我早已能淡定地正视自己的老了，对哥哥的迅速老去，却是不怎么容易接受的，甚至有几分慌恐、恓惶，正如当年从心理上排斥父亲和母亲无可奈何地老去一样。

"你忘了吗？"哥哥又问，目光迟滞地望着我。我赶紧说："没忘，哥，你还要再耐心等上两三年……""我有耐心。"他信赖地笑了，话说得极自信。随后，眼望向了远处。

其实，我晚年的打算从不曾改变——更老的我，与老态龙钟的哥哥相伴着走向人生的终点，在我看来，倒也别有一种圆满滋味在心头。对于绝大多数的人，人生本就是一堆责任而已。参透此谛，爱情是缘，友情是缘，亲情尤其是缘，不论怎样，皆当润砾成珠。

对面的大娘问："是你什么人哪？"我回答："兄长。"话一出口，自窘起来。现实生活中，谁还说"兄长"二字啊！大娘耳背，转脸问大爷："是他什么人？"大爷大声冲她说："是他老哥！"我问大娘："你们看望的是什么人哪？"

她说："我儿子。"看儿子一眼，她又说，"儿子，慢点儿吃，别噎着。"

大爷说："为了给他续上住院费，我们把房子卖了。没家了，住女婿家去了……"

他们的儿子津津有味地吃着，似乎老父亲老母亲的话，他一句也没听到。

我心接着一疼。这一次，疼得格外锐利。

我联想到了电视新闻报道的那件事——一位崩溃了的母亲，绝望之下毒死了两个一出生便患有严重智障的女儿；也联想到了电影前辈秦怡在接受采访时讲述的实情——她的患精神病的儿子一犯病便劈头盖脸地打她……

在中国境内，不是所有精神病患者的家里，都有一个有稿费收入的小说家，或一位著名的电影演员啊！

我又暗自祈祷了：上帝呀，人间有些责任，哪怕是最理所当然之亲情责任，亦绝非每一个家庭只靠伦理情怀便承担得了的！您眷顾他们吧，您拯救他们吧……

这一次，在我意识中，上帝不是任何神明，而是——我们的国……

在那里

慈爱

高墙内，集中错乱的意识形态；高墙外，是正常的，普识如是。

三排旧红砖房，分隔成若干房间。一对扇铁门，仿佛从没开过。上有小门，一天也开不了几次。院中央有一棵树，塔松，栽不久。铁门左右的墙根，喇叭花在夏季里散紫翻红，是美的看点……

父母去世后，我将二十一岁就患了精神病的哥哥，从哈尔滨市的一所精神病院接到北京，他起初两年就在那里住院。

哥的病房，算上他共五名病人。二人与哥友好。一是丘师傅，比哥的年龄还大，七十几岁了；一是最年轻的病人邹良，绰号“周郎”。丘师傅曾是某饭店大厨，据老哥讲，他患病是儿女气得，而“周郎”原是汽车修配工，因失恋而精神受伤。他整天闹着要出院，像小孩盼父母接自己回家。

某日傍晚，大雨滂沱。坐在窗前发呆的丘师傅，忽然站起，神情焦虑，显然有不安的发现。于是引起其他病友注意，都向那窗口聚集过去。斯时雨水夹杂冰雹，积满院子的雨水已深可没踝。指甲大的冰雹，砸得水面如同沸鼎。而一只小野猫，无处可躲，境况可怜。它四爪分开，紧紧挠住塔松树干，膏药似的贴着，雷电间歇，一声比一声凄厉地叫。是一只不大点儿的小猫，估计也就出生两个多月。它那种恐惧而绝望的叫声，带足了求救意味。塔松叶密，它已无法爬得再高；全身的毛被淋透，分明是坚持不了多久了……

丘师傅毫无征兆地胃疼起来，扑在床上翻滚。病友们就拉开窗，齐声叫喊医护人员。一名穿水靴的护士撑伞而至，刚将门打开，丘师傅一跃而起，冲出门外——他从树上解救下了那只小野猫，抱在怀里跑回病房。待护士恍然大悟，小野猫已在丘师傅被里，而他成了落汤鸡。护士训斥他不该那么做，命立刻将小野猫丢出去。丘师傅反斥道：“这是你天使该说的话吗？”护士很无奈，嘟哝而去。

从此，那一只小野猫成了那一病房里五名精神病患者集体的宠物。每当医护人员干涉，必遭一致而又强烈的抗议。女院长倒是颇以病人为本，认为有利于他们的康复，破例允许。丘师傅贡献洗脚盆当小猫沙盆，于是以后洗脸盆一盆二用。而“周郎”，则主动承担起了清理沙盆的任务。院长怕院子里有难闻气味，要求必须将猫沙深埋。都是来自底层人家的病人，谁又出得起钱为小猫买什么真正的猫沙呢？每日在院子里做过集体操后，同病房的五人，这里那里铲起土，用扇破纱窗筛细，再用塑料袋带回病房。他们并没给小野猫起名，都叫它“咪咪”而已。当明白了它是一只瞎眼的小野猫，更怜爱之。

“咪咪”肯定是一只长毛野猫和短毛野猫的后代，一身金黄色长毛，背有松鼠那种漂亮的黑色条纹。而脸，却是短毛猫的脸，秀气，极有立体感。倘蹲踞着，令人联想到刚走下T台的模特，裹裘皮大衣小憩，准备随时起身再次亮相。“咪咪”特文静，丘师傅枕旁的一角，是它最常卧着的地方。而且，一向紧靠床边。似乎它能意识到，一只侥幸被人收养的流浪猫，有一处安全的地方卧着，已是福分。它很快就对病房里五个人的声音都熟悉了，不管谁唤它，便循声过去，伏在那人旁边，且“喵喵”叫几声，表达娇怯的取悦和感恩。它极胆小，一听到医护人员开门锁的声音，就迅速溜回丘师傅的床，穿山甲似的，拱起褥子，钻入褥子底下。有次中午，另一病房的一名病人闯来，一见“咪咪”，大呼小叫，扑之逮之，使“咪咪”受到空前惊吓。“周郎”生气，厉色宣布对方为“不受欢迎的人”。“咪咪”的惊恐却未随之消除，还是经常往褥子底下钻。五名精神病人困惑，留意观察，终于晓得了原因——是由于他们在病房走动时，脚下塑料拖鞋发出的“咯吱”声。拖鞋是医院统一发的，“咪咪”难以从声音判断是不是那个“不受欢迎的人”又来了。他们便将五双拖鞋退了，凑钱让护士给买了五双胶底的软拖鞋。此事，在医护人员中传为精神病患者们的逸事……

那是一家民办的康复型精神病院，享受政府优惠政策，住院费较低，每月一千余元。亲人拿患者实在没办法了，只得送到这里接受一时的“托管”。病情稍一好转，便接回家去。每月一千余元，对普通人家那也是不小的经济负担啊！所以，病员流动性大。两个月后，同病房的病友已换二人；两名新病人不喜欢猫……

丘师傅对“周郎”比以往更友好了，有时甚至显出巴结的意思。他将自己的东西，一次一两件慷慨地给予“周郎”。当他连挺高级的电动剃须刀也给予时，他最年轻的病友惴惴不安了。当着我老哥的面，“周郎”问：“你对我也太好了吧？”

丘师傅却说：“近来，我夜里总喘不上气儿。”

“我觉得，我活不长了。”

“我的东西，有你看得上眼的吗？”

“你说，我要是死了，‘咪咪’怎么办？”

“还有我和老梁爱护它呀。”

“老梁是指望不上的。他弟弟不是每次来都说，正替他联系别的医院吗？”

“就是老梁转院了，那还剩我呢！”

“你要是出院了呢？”

“那我就不出院。不行，我家穷，我也不能总住院啊！”

“我要是真死了，会留给医院一笔钱，作为你的住院费。为了‘咪咪’，你可要能住多久住多久，行不？”

“这行，哎，你还有什么东西给我？”

“我死了，我的一切东西，凡你想要的都归你……”

我去探视哥哥时，哥哥将他的两名病友的话讲给我听，显出嫉妒友情的样子。我笑笑，当耳旁风。翌年中秋节前，我买了几箱水果又去，听一名护士告诉我，丘师傅死了。患者来去，物是人非。认得我并且我也认得的，寥寥无几了。在探视室，我意外地见到了“周郎”，他膝上安静地卧着“咪咪”。

那猫长大了，出落得越发漂亮。他老父母坐他对面。“儿呀，你就跟我们回家吧！”他老母亲劝他。看来，已劝很久。“周郎”说：“爸，妈，我的病还没轻，我不回家。”他老父亲急了，训道：“你就是因为这只猫！”“还因为丘师傅，他活着的时候对我那么好。”“我们对你就不好了吗？”“爸，妈，我不是这个意思，可……我得说话算话呀！”

那个精神病青年，轻抚了几下“咪咪”，突然长啸：“啊哈！我乃周瑜是也……”接着，东一句西一句，乱七八糟地唱京剧。而“咪咪”动一动，更加舒服地卧他膝上，习以为常。两位老人，眼中就都流泪。我的哥哥患病四十余年中，我无数次出入各类精神病院，见过有各种表现的许许多多的精神病人，却第一次听到精神病人不肯出院的话，只为一只瞎猫，一份承诺和对友情的感激……我心怦然。我心愀然。“周郎”终于不唱，指着我对老父母说：“你们问问这个是作家的人，我一走了之，那对吗？”两位老人也都泪眼模糊地看我，意思是——我们的儿子，他究竟说的是明白话还是糊涂话呀？我将两位老人请到探视室外，安慰他们：既然你们的儿子不肯出院，又何必非接他出院不可呢？随他，不是少操心吗？两位老人说，一想到住院费是别人预付的，过意不去。这时院长走来，说丘师傅根本没留下什么钱。说丘师傅自己的住院费还欠着一个多月的，儿女们拖赖着不肯来交。又说小周是几进几出的老患者了，医院也需要有一定比例的轻患者、老患者，利于带动其他患者配合治疗。民政部门对院方有要求，照顾某些贫困家庭是要求之一。并大大夸奖了“周郎”一番，说他守纪律，爱劳动，善于团结病友。

我扭头向病室看时，见“周郎”在室内侧耳聆听……

如今，六七年过去了，我的哥哥早就转到现在这一所医院了。几天前我去探视他，陪他坐在院子里的长椅上吃水果，聊天。

老哥忽然问我：“你还记得小周吗？就是我在前一所医院的病友……”

我说记得。

哥哥又说：“他总算熬到出院的一天了。”

我惊讶：“他刚出院？你怎么知道？”

“我们一直通信来着。”

“你和他……一直通信……”

“‘咪咪’病死了。小周把它埋在了那一棵松树下。他在写给我的信中说，做了一回说话算数的人，感觉极好……”

“怎么好法？”

“那他没说。”

六月的夕阳，将温暖的阳光无偿地照在我和我的老哥哥的身上。

四周静谧，有丁香的香气。我说：“把小周写给你的信，给我看看。”哥说：“不给你看。小周嘱咐，不给任何人看。”老哥哥缓缓地享受地吸烟，微蹙眉头，想着一个老精神病患者头脑中的某些错乱的问题。四十余年来，他居然从不觉得思想着是累的。我默默地看他，想着我们精神正常的人的问题。有些问题，已使我们思想得厌倦。忽然他问：“哪天接我出院？”那是世上一切精神病人的经典话语。他眼中闪耀渴望的光……

分裂

那里，我所见到的最斯文的人，莫过于第六病房的二十八床。哥哥也在第六病房，哥哥的床位是二十七。有次我进入第六病房为哥哥换被罩、换褥单，并要将他的脏衣服带走，于是看到了哥哥那名最斯文的病友。我说他最斯文，乃与别的患者相对而言，也是指他给我留下的第一印象。

当时他的床上放着笔记本电脑，看起来那电脑还是新的。他正背对着哥哥的二十七床打字。我是一个超笨的人，至今不会操作电脑，故对能熟练操作电脑的人，每心生大的羡慕。他背对着哥哥的床，便是面对着病房的门。患者们都在院子里自由活动，我没让哥哥陪我进病房，而是自己进入的。我以为六病房那会儿没人呢，一脚门里，一脚门外，猛地见一个人在精神病院的病房里用笔记本电脑打字，别提令我多惊讶了。

他四十几岁的样子，脸形瘦削，白皙，颜面保养得很好。显然是个无须男子，脸上未有接触过剃须刀的迹象。那么一种脸的男子，年轻时定是奶油小生无疑。连他的脸，也给我斯文的印象。那时已是初秋月份，他上穿一件灰色西服，西服内是白色衬衣。衬衣的领子很挺，尚未洗过。而且系着领带，暗红色的，有黑条纹。他理过发没几天，对于中年男子，那是发型最精神的时候。他的头发挺黑，分明经常焗染；右分式，梳得极贴顺，梳齿痕明显，固定，因为喷了发胶的缘故。有些男子对自己的发型是特别在乎的，喜欢要那么一种刻意为之的效果。看来他属于那一类男子。

我以为自己进错了地方，撤回已经进入病房的那一只脚，抬头看门上方的号牌——没错，这才步子轻轻地走入。

他抬头看我一眼，目光随即又落在电脑屏幕上。我经过他身旁时，瞥见一双比他的脸更白皙的手。那是一双指甲修剪得很仔细的手，数指并用，在键盘上飞快地敲点，如同钢琴家在微型钢琴上弹奏一支胸有成竹的曲子。

我走到哥的病床旁，于是也就站在了他背后。他立刻将电脑合上，却没合严，用几根手指卡着。分明地，防止我偷看。

这使我觉得不自在。

我低声地，也是很礼貌地问："我想为我哥哥换被罩和床单，可以吗？"

"请便。"

他的语调听来蛮客气的，并无拒人千里的意味儿。但是，一动未动。

我开始做我要做的事，他站起来，捧起电脑。我发现他下身穿的只不过是病服裤子，脚上是医院发的那种廉价的硬塑料鞋。袜子却肯定是他自己的，一双雪白的布袜。

我于是断定，这个起初使我另眼相看的男子，终究也是一名精神病患者。

在我看着他的背发愣之际，他转过了身，彬彬有礼地说："让您见笑了！"

之后，捧着电脑绕到他病床的另一侧，再将小凳也拎过去，款款坐下，又打起字来。那么，我就是有一米长的脖子，也难以偷看到他在打些什么内容了。

再之后，彼此无语，我默默做我的事，偶尔瞥他一眼，见他嘴角浮现笑意，是冷笑，一丝。

冷笑……

还是冷笑……

我于是感觉周身发寒。

在一阵阵或急促或徐缓的敲键声中，我终于做完了我的事。

当我离开病房时，他头也不抬地说："再见。"

连他的语调也变得冷冰冰的了……

来到院子里，我问哥哥："你病房那名新病友起先是什么人？"

老哥说："二十八床是外地来的，在一座小城里当过科长，至于哪方面的科长，老哥也不清楚。"

我说："在小城，科长是挺有权的人了。精神病，那也不一定非要到北京才能治啊。"

老哥说："那小城没精神病院。二十八床已在省城精神病院住过两次院了，未见好转……"

我和院长熟了，遂怀着困惑去问院长。

院长告诉我："二十八床原本当科长当得挺舒服的。那是小城里的闲职，属于权虚事少却又非有不可的位置。在从前，那类科长的上班情形，被形容为吸着烟，饮着茶，看着报，接电话，发文件。现而今，办公现代化了，配电脑了，于是连报也不看了，变成拿公务员工资的网虫了。起初还只不过在办公室里玩玩网上麻将或电脑游戏，后来腻歪了，兴趣转向热衷于参与网上话题了。一坐办公椅上，第一件事便是开电脑，接着一通点击搜索。有讨论可参与，便激动，便亢奋。倘无，一天都没精神，缺氧似的。偏偏那一时期，要提拔一位副处长。他已做了八九年科长，自认为早该轮到提拔他了。属下们也有这种看法，甚至预先对他说恭喜的话了。他呢，半情愿不情愿的，已宴请过两次了。不料竟是雾里看花水中捞月一场空，他是多么郁闷和失落不言而喻。大约从那时起，他开始在网上骂人了。他骂人并非由于观点对立，仅仅是需要骂人。用日语说，是无差别之骂，随意性极大。闯入一个网站，只要有话题，上来就是一通乱骂。也许在这个网站支持甲方，大骂乙方。到了下一网站，同一话题，挨他骂的却是甲方了。日复一日，越骂越花花，越骂越来劲儿。最后，也在各机关网站开骂了，而且专骂熟人，朋友也不例外，骂得最具快感。骂过之后，见了面照旧握手、拍肩、称兄道弟，亲热有加，快感也有加。却又心里犯嘀咕，怕熟人和朋友们有朝一日识破他的两面性，于是加倍地对熟人和朋友主动示好。那么做了，心理不平衡，背地里又在网上骂，于是活得心里超累。某日，同事们在办公室谈网络之事，讲到了与他类似之人的类似之事，他就以为是含沙射影，针对他，遂大打出手，接着歇斯底里大发作。其实同事们根本不是在说他，是他自我暴露了。若不然，挨过他骂的人谁都不会想到骂自己的是他。北京的精神病院，经过会诊，宣布他为最严重精神分裂型患者。也就是说，基本没治了。他的家人听说这里是托管型的精神病医院，通过关系将他送来，但求眼不见心不烦……”

“那，还让他接触电脑？”“不让不行啊，戒毒还得有个过程嘛，再说那电脑是台废的，外壳新。除了打字的功能，其他功能一概不具备。”“他不知道？”“他也和那台电脑一样，其他认知能力迅速退化了。只要还能通过电脑这一载体敲出一行行骂人的字来，他的病情暂时就不会朝更严重的方向发展。唉，原来不错的一个人，可惜了！”我亦叹道：“都是网络惹的祸。”院长立刻反驳：“你这种说法我绝不苟同。不是网络使他成了精神病人，而是网络使他的精神分裂潜伏期延长了。没有网络，他早该疯了，还不知会以多么暴烈的方式发作呢！”我说：“难道他的亲人们还得替他感谢网络？”不料院长说出一句话竟是：“连我们中国都得感谢网络！”我一怔，表示愿听端详。院长接着说：“你想过没有，中国有十三亿多人口啊！这一点决定了中国的任何一类群体，都将是世界上最多的。各种各样的压力，使人浮躁，使人倦怠，使人郁闷，使人怨毒，使人心理紧张，使人生理紊乱，使人人格分裂，使人找不到北，使人想骂人，使人产生攻击的冲动。如果能够统计，为数肯定不少。幸亏有网络，使这样的人们有减压的途径。当然网络带给人类的其他好处很多，很巨大。比如推动民主，促进法治，监督腐败。但我指出的，也是一大好处。当然减压的方式很多，许多方式更健康、优雅。但没有经济条件去优雅，感觉压力重重，也希望减压的人们，他们选择成本最低的方式减压，同志，可以理解了吧？”

我一时不知说什么好。离开精神病院，我的心情特复杂。觉得受益匪浅，亦觉得被歪理邪说所蛊，认识混乱，也有点找不到北了。过马路时，一个骑自行车的人险些撞着我。我心头倏恼，正想骂他一句，却被对方抢先了。“你他妈瞎呀？”对方扬长而去。回到家里，我命儿子替我开了电脑，打算在我的博客上大骂那骑自行车的人，一想，自己不会打字，身为父亲口言骂人话，命儿子敲在电脑上，这等事我还是做不出来。于是只在心里骂了一句：“你他妈才瞎了呢！”快感，小的，却毕竟是快感……

斯文

还是那里。

我又去探视哥哥时，恰逢全体病人（男子病人区）刚在院子里做完操。他们还有半点钟的自由活动时间。在这半点钟里，想吸烟的可以吸。而烟，是他们集合在院子里了才发给的。不吸烟的，也不愿提前回病房。在这儿或那儿，蹲在一起发呆。有的，无缘由地笑。还有的，双手抱头，陷于正常人不解的苦恼。

那会儿，他们与高墙外的人们的不同，是一眼就看得出来的。那会儿，看到他们的人会不由得庆幸，自己不是他们中的一个。那会儿，我陪我的哥哥在探视室聊天。我忽然觉得院子里骚乱了，起身走到窗前朝院子里望，见一名歇斯底里发作的患者在抢别人正吸着的烟。有人将烟背到身后，佯装并没吸烟的样子。有人躲远偷偷吸。有一个人反应慢了点，结果叼在嘴上的烟被抢去。然而抢烟的患者并没吸成，烟烫了他的手，掉地上了。

“看你，不好言好语地要，偏要抢，烫手了吧？”身体高大强壮的患者，语调温良地说着，将很短的一截烟蒂踩灭。

瘦小的患者，于是低声下气地乞求：“给我一支烟！”

高大强壮的患者却说：“我不能给你烟，医生护士都不允许。你因为吸烟，夜里咳嗽成什么样你自己忘了吗？再吸，又得为你输液了。输一次液得花不少钱，你家里那么困难，你怎么就不为你家里人想一想……”

“啪——”他的话还没说完，挨了一记耳光。

我觉得问题严峻了，跨出探视室，打算以正常人的角色制止难以想象的事态。

但出乎我的预料的是，高大强壮的患者，却并未立即向瘦小的患者发威。他摸了一下脸颊，竟笑了，依然用温良的语调说：“好心好意劝你，你反而打我，你对呀？”

那时，在我看来，高大强壮的患者，简直绅士极了，斯文极了。“你他妈给我一支烟！”瘦小的患者还要打，高大强壮的患者没有躲。瘦小的患者讨不到烟，也打不到人，于是辱骂。其言污秽，不堪入耳。“那么脏的话，你怎么骂得出口啊！”高大强壮的患者，脸红到了脖子，他一转身提前回病房去了……

瘦小的患者达不到目的，四下睃寻，又抢别人的烟，向别人讨；抢不到也讨不到，打别人，骂别人……被打者，竟无一人还手。被骂者，也都像那高大强壮的患者一样，默默躲入病房。“别跟他一般见识！”“都让着他点儿！”“他属于重病号！”“他初来乍到，带进来了外边……”我听到有的患者在互相告诫。那一时刻，在我看来，满院的精神病患者，除了瘦小的歇斯底里大发作的那一个，皆绅士极了，斯文极了，有涵养极了；与我在高墙外的世界所见所闻的情形完全相反……

我愕然。我困惑。一位医生两名护士出现了。“三床的，你又胡闹！丢不丢人啊？”瘦小的患者，顿时变乖了……

我忍不住与医生交谈，虔诚地向他请教，为什么那些个精神病患者，在刚才那么一种情况之下，表现居然都那么良好？是不是给他们服用了某种进口的、特效的新药？医生笑了，说世界上根本没有那么一种高级的药研制出来。他耐心向我解释，其实是精神病院这一种特殊的环境，对精神病患者起到了心理暗示的作用。而这也就是为什么许多种病，只要患者在家里服药就足以使病情稳定，减轻，却需一再接受住院治疗的原因……

见我还是不明所以，他又说，凡精神病人，在家里时，大抵都是不肯承认自己患了精神病的。因为家庭的环境，难以使患者接受这样一个事实，即他与他的亲人们显然不同。精神病患于脑内，没有任何体表症状，亦无脏器痛苦，亲人要使患者懂得自己患了精神病，绝非易事。但精神病患者一住进精神病院，环境的方方面面都在潜移默化地向他传达一种信息——他患精神病了。渐渐地，他们也就能够接受这一现实，面对这一现实了。而这是精神病学的心理学前提。一个人，当他承认自己患了精神病，那么也就等于他同时明白了——如果他想离开医院，他就一定要使自己的表现不异于精神正常的人。他也明白，只有当他变得那样以后，他才被认为病情治愈了，起码是减轻了。怎样的人才是一个精神正常的人呢？对于男人而言，正如你刚才所见，在某种情况之下，要尽量表现得有绅士风度中，斯文，有涵养。一句话，轻型精神病人，或由重转轻的精神病人，他们做人是很有目标的……

医生问我："毛主席在《纪念白求恩》那一篇文章中，怎么评价白求恩来着的？"我回答："一个高尚的人，一个纯粹的人，一个有道德的人，一个脱离了低级趣味的人，一个有益于人民的人。"医生说："一个纯粹的人，一个有道德的人，一个脱离了低级趣味的人，以这三条来形容某些精神病人的做人目标，那也是比较恰当的……只不过……"他沉吟片刻，也向我请教，"什么样的人，才算一个纯粹的人？"我老老实实地回答："我不知道。当年曾希望搞明白，至今还是不明白。""也许，指表里如一吧？"我说："那么纯粹的人，岂非太少了？"他说："所以毛主席才称颂白求恩啊。"

当我离开精神病院，一路走，不禁地一路想——外边的世界很精彩，差不多人人皆有目标，某些人还有诸种目标。但在做人方面有目标的，多乎哉？寡乎哉？这是精神正常的人们的无奈吧？

里边的世界很无奈，但精神病患者们，他们居然有做人的目标——如果那位精神病医生的话是值得相信的，那么可不可以说，里边的世界不无精彩呢？

我于是驻足，转身，回望那高墙，那铁门。倏忽间我心生恐慌——自己如此胡思乱想，难道也有点儿精神不正常了？……

给哥哥的信

亲爱的哥哥：

提笔给你写此信，真是百感交集。亦羞愧难当，无地自容！

屈指算来，弟弟妹妹们各自成家，哥哥入院，十五六年矣！这十五六年间，我竟一次也没探望过哥哥，甚至也没给哥哥写过一封信，我可算是个什么样的弟弟啊！

回想从前的日子，哥哥没生病时，曾给予过我多少手足关怀和爱护啊！记得有次我感冒发烧，数日不退，哥哥请了假不上学，终日与母亲长守床边，服侍我吃药，用凉毛巾为我退烧。而那正是哥哥小学升中学的考试前夕呀！那一种手足亲情，绵绵温馨，历历在目。

我别的什么都不想吃，只想吃“带馅儿的点心”，哥哥就接了母亲给的两角多钱，二话不说，冒雨跑出家门。那一天的雨多大呀！家中连件雨衣连把雨伞都没有，天又快黑了，哥哥出家门时只头戴了一顶破草帽。哥哥跑遍了家附近的小店，都没有“带馅儿的点心”卖。哥哥为了我这个弟弟能在病中吃上“带馅儿的点心”，却不死心，冒大雨跑往市里去了。手中只攥着两角多钱，自然舍不得花掉一角多钱来回乘车。那样，剩下的钱恐怕连买一块“带馅儿的点心”也不够了。一个多小时后哥哥才回到家里，像落汤鸡，衣服裤子湿得能拧出半盆水！草帽被风刮去了，路上摔了几跤，膝盖也破了，淌着血。可哥哥终于为我买回了两块“带馅儿的点心”。点心因哥哥摔跤掉在雨水里，泡湿了。放在小盘里端在我面前时，已快拿不起来了。哥哥见点心成了那样子，一下就哭了……哥哥反觉太对不起我这个偏想吃“带馅儿的点心”的弟弟！唉，唉，我这个不懂事的弟弟呀，明知天在下雨，明知天快黑了，干吗非想吃“带馅儿的点心”呢？不是借着点儿病由闹娇情吗？

还记得我上小学六年级，哥哥刚上高中时，我将家中的一把玻璃刀借给同学家用，被弄丢了。当时父亲已来过家信，说是就要回哈市探家了。父亲是工人，他爱工具，玻璃刀尤其是他认为宝贵的工具。的确啊，在当年，不是哪一个工人想有一把玻璃刀就可以有的。我怕受父亲的责骂，那些日子忐忑不安。而哥哥安慰我，一再说会替我担过。果然，父亲回到家里以后，有天要为家里的破窗换块玻璃，发现玻璃刀不见了，严厉询问，我吓得不敢吱声儿。哥哥鼓起勇气说，是被他借给人了。父亲要哥哥第二天讨回来，哥哥第二天当然是无法将一把玻璃刀交给父亲的。推说忘了。第三天，哥哥不得不“承认”是被自己弄丢了——结果哥哥挨了父亲一耳光。那一耳光是哥哥替我挨的呀……

哥哥的病，完完全全是被一个“穷”字愁苦出来的。哥哥考大学没错，上大学也没错。因为那也是除了父亲以外，母亲及弟弟妹妹们非常支持的呀！父亲自然也有父亲的难处。他当年已五十多岁了，自觉力气大不如前了。对于一名靠力气挣钱的建筑工人，每望着眼前一个个未成年的儿女，他深受着父亲抚养责任的压力呀！哥哥上大学并非出于一己抱负的自私，父亲反对哥哥上大学，主张哥哥早日工作，也是迫于家境的无奈啊！一句话，一个穷字，当年毁了一考入大学就被选为全校学生会主席的哥哥……

我下乡以后，我们还经常通信是不哥哥？别人每将哥哥的信转给我，都会不禁地问：“谁给你写的信，字迹真好，是位练过书法的人吧？”

我将自己写的几首小诗寄给哥哥看，哥哥立刻明白——弟弟心里产生爱了！我也很快地收到了哥哥的回信——一首词体的回信。太久了，我只能记住其中两句了——“遥遥相望锁唇舌，却将心相印，此情最可珍。”

即使在我下乡那些年，哥哥对我的关怀也依然是那么的温馨，信中每嘱我万勿酣睡于荒野之地，怕我被毒虫和毒蛇咬；嘱我万勿乱吃野果野蘑，怕我中毒；嘱我万勿擅动农机具，怕我出事故；嘱我万勿到河中戏水，怕下乡前还不会游泳的我被溺……

哥哥，自我大学毕业分配在北京以后，和哥哥的通信就中断了。其间回过哈市五六次，每次都来去匆匆，竟每次都没去医院探望过哥哥！这是我最自责，最内疚，最难以原谅自己的！

哥哥，亲爱的哥哥，但是我请求你的原谅和宽恕。家中的居住情况，因弟弟妹妹们各自结婚，二十八平方米的破陋住房，前盖后接，不得不被分隔为四个“单元”。几乎每一尺空间都堆满了东西——这我看在眼里，怎么能不忧愁在心中呢？怎么能让父亲母亲在那样不堪的居住条件之下度过晚年呢？怎么能让弟弟妹妹们在那样不堪的居住条件之下生儿育女呢？连过年过节也不能接哥哥回家团圆，其实，乃因家中已没了哥哥的床位呀！是将哥哥在精神病院那一张床位，当成了哥哥在什么旅馆的永久“包床”啊！细想想，于父母亲和弟弟妹妹，是多么的万般无奈！于哥哥，又是多么的残酷！哥哥的病本没那么严重啊！如果家境不劣，哥哥的病早就好了！哥哥在病中，不是还曾在几所中学代过课吗？从数理化到文史地，不是都讲得很不错吗……

我十余年中，每次回哈，都是身负着特殊使命一样，为家中解决住房问题，为弟弟妹妹解决工作问题呀！是心中想念，却顾不上去医院探望哥哥呀！当年我其实也是心有余而力不足，豁出自尊四处求助，往往的事倍功半罢了……

如今，我可以欣慰地告诉哥哥了——我多年的稿费加上幸逢拆迁，弟弟妹妹的住房都已解决；弟弟妹妹们的工作都较安稳，虽收入低，但过百姓日子总还可以过得下去；弟弟妹妹们的三个女儿，也都上了高中或中专……

如今，我可以欣慰地告诉哥哥了——父母二老还都健在，早已接来北京与我住在一起……

望哥哥接此信后，一切都不必挂念。

春节快到了——春节前，我将雷打不动地回哈市，将哥哥从医院接出，与哥哥共度春节……

今年五月，我将再次回哈市，再次将哥哥从医院接出，陪哥哥旅游半个月……

如哥哥同意，我愿那之后，与哥哥同回北京——哥哥的晚年，可与我生活在一起……

如哥哥心恋哈市亲情旧友多，那么，我将为哥哥在哈市郊区买一套房，装修妥善，布置周全——那里将是哥哥的家。

总之，我不要亲爱的哥哥再住在精神病院里！

总之，我要竭尽全力为哥哥组建一个家庭，为哥哥积攒一笔钱，以保证哥哥晚年能过无忧无虑的正常的家庭生活！

哥哥本来早就可以像正常人一样过家庭生活的呀！这一点是连医生们心中都清楚的！只不过从前弟弟顾不上哥哥，只不过从前弟弟没有那份儿经济能力……

哥哥，亲爱的哥哥——你实实在在是受了天大委屈！哥哥，亲爱的哥哥——耐心等我，我们不久就要在一起过春节了！哥哥，亲爱的哥哥——紧紧地拥抱你！

你亲爱的弟弟　绍生

一九九九年一月二十日于北京

（注：十年前失去了老父亲，去年又失去了老母亲，我乃天下一孤儿了！没有老父亲老母亲的感觉，一点儿也不好。特别的不好！我宁愿要那种

“上有老，下有小”的沉重，而不愿以永失父子母子的天伦亲情，去换一份卸却沉重的轻松。于我，其实从未觉得真的是什么沉重，而觉得是人生的一种福分，现在，没法再享那一种福分了！我真羡慕父母健康长寿的儿女！现在，对哥哥的义务和责任，乃我最大的义务和责任之一了。对哥哥的亲情，因十五六年间的顾不上的失落，现在对我尤其显得宝贵了。我要赶快为哥哥做。倘在将做未做之际而痛失哥哥，我想，我心中的亲情伤口怕就难以愈合了。故有此信。）

给妹妹的信

妹妹：

见字如面。知大伟学习成绩一向优异，我很高兴。在孙女外孙女中，母亲最喜欢大伟。每每说起大伟如何如何疼姥姥，善解人意。我也认为她是个非常懂事的孩子。她学习努力，并且爱学习，不以为苦，善于从学习中体会到乐趣，这一点实在是难能可贵的。因而要由做父母的克服一切生活困难，成全孩子的学志。否则，便是家长的失责。前几次电话中，我也忘了问你自己的身体情况了。两年前动那次手术，愈后如何？该经常到医院去进行复查才是。

我知道，你一向希望我调动调动在哈市的战友关系、同学关系，替你们几个弟弟妹妹，转一个经济效益较好的单位，谋一份较稳定的工薪，以免你们的后顾之忧，也免我自己的后顾之忧。不错，我当年的某些知青战友、中学同学，如今已有几位当了处长、局长，甚而职位更高的官员，掌握了更大的权力。但我不经常回哈市，与他们的关系都有点儿疏淡了。倘为了一种目的，一次次地回哈重新联络感情，铺垫友谊，实在是太违我的性情。他们当然对我都是很好的。我一向将我和他们之间的感情、友情，视为“不动产”，唯恐一运用，就贬值了。所以，你们几个弟弟妹妹的某些困难，还是由我个人来和你们分担吧！何况，如今之事，县官不如现管。便是我吞吞吐吐地开口了，他们也往往会为难。有一点是必须明白的——我这样的一个写小说的人，与某些政府官员之间，倘论友谊，那友谊也更是从前的某种特殊感情的延续。能延续到如今，已太具有例外性。这一种友谊在现实之中的基础，其实是较为薄脆的，因而尤需珍视。好比捏的江米人儿，存在着便是美好的。但若以为在腹空时可以充饥，则大错特错了。既不能抵一块巧克力什么的，也毁了那美好。更何况，如说友谊应具有相互帮助的意义，那么也只有我求人家帮我之时，而几乎没有我能助人家之日。我一个写小说的，能指望自己在哪一方面帮助别人呢？帮助既已注定了不能互相，我也就很有自知之明，封唇锁舌，不吐求字了。

除了以上原因，大约还有天性上的原因吧？那一种觉得“上山擒虎易，开口告人难”的天性，我想一定是咱们的父亲传给我的。我从北影调至童影，搬家我也没求过任何一个人。是靠了自行车、平板车，老鼠搬家似的搬了一个多星期。有天我一个人往三楼用背驮一只沙发，被清洁工赵大爷撞见了，甚为愕异。后来别人告诉我，他以为我人际关系太恶，连个肯帮我搬家的人都找不到。当然，像我这样个性极端了，也不好。我讲起这件事，是想指出——哈尔滨人有一种太不可取的“长”处，那就是几乎将开口求人根本不当成一回事儿。本能自己想办法解决之事，也不论值不值得求人，哪怕刚刚认识，第二天就好意思相求，使对方犯难自己也不在乎，遭到当面回绝还不在乎。总之仿佛是习惯，是传统。好比一边走路一边踢石头，碰巧踢着的不是石头，是一把打开什么锁的钥匙，则兴高采烈。一路踢不着一把钥匙，却也不懊恼，继续一路走一路踢将下去，石头碰疼了脚，皱皱眉而已。今天你求我，明天我求你，非但不能活得轻松，我以为反而会活得很累。

我主张首先设想我们在生活中所遇到的困难，是没有任何人可求任何人也帮不上忙的，主张首先自己将自己置在孤立无援的境地。而这么一来，结果却很可能是——我们发现，某些困难，并非我们预想的那么不可克服。某些办成什么事的目的，即使没有达到，也并非我们估计的那么损失严重。我们会发现，有些目的，放弃了也就放弃了。企望怎样而最终没有怎样，人不是照活吗？我常想，我们的父亲，一个闯关东闯到东北的父亲，一个身无分文只有力气可出卖的山东汉子，当年遇到了困难又去求谁呀！我以为，有些时候，有些情况下，对于小百姓而言，求人简直意味着高息贷款。我此话非是指求人要给人好处，而是指付出的利息往往是人的志气。没了这志气，人活着的状态，往往便自行地瘫软了。

妹妹，为了过好一种小百姓的生活而永远地打起精神来！小百姓的生活是近在眼前伸手就够得到的生活。正是这一种生活才是属于我们的。牢牢抓住这一种生活，便不必再去幻想别的某种生活。最近我常想，这地球上的绝大多数人，其实都在各个不同的国家，各种不同的生活水平线上，过着小百姓的生活。生活中最不可或缺的，我以为乃是温馨二字。没了温馨的生活，那还叫生活吗？温馨是某种舒适，但又不仅仅是舒适。许多种生活很舒适，但是并不温馨。温馨是一种远离大与奢的生活情境。一幢豪宅往往只能与富贵有关。富贵不是温馨，温馨是那豪宅中的小卧室，或者小客厅。温馨往往是属于一种小的生活情境。富人们其实并不能享受到多少温馨。他们因其富，注定要追求大追求奢追求华靡。而温馨甚至是可以在穷人的小破房里呈现着的生活情境。温馨乃是小百姓的体会和享受。我说这些，意思是想强调——房子小一点儿没关系，只要小百姓主人勤快，收拾得干干净净就好。工资收入低一点儿没关系，只要小百姓自己善于节俭持家就好。只要小百姓善于为了贴补生活再靠诚实的劳动挣点儿钱就好，哪怕是双休日在家里揽点儿计件的活儿。在小的住房里，靠低的工资，勤勤快快、节节俭俭、和和睦睦地生活，即为小百姓差不多都能把握得住的温馨日子，小百姓的幸福生活。这样的生活，绝对是我们想过上便能过上的生活。还记得我们小时候，我们将一个破家粉刷得多亮堂，收拾得多干净哪！每次查卫生，几乎总得红旗。我们小时候，家里的日子又是多么的困难哪！但不也有许多温馨的时候吗？

在物质生活方面，我是一个绝对胸无大志之人，但愿你们也是。不要说小百姓只配过小日子的沮丧话，而要换一种想法，多体会小百姓的小日子的某些温馨。并且要像编织鸟一样，织一个小小的温馨的家，将小百姓的每一个日子，从容不迫地细细地品过。你千万不要笑我阿Q精神大发扬。这不是在用阿Q精神麻痹你，而是在教你这样一个道理——任何情况之下，只要不是苦役式的命运，完全没有自由的生活，那么人至少可取两种不同的生活态度，至少可实际地选择两种不同的生活——积极的态度和消极的态度，较乐观的生活和非常沮丧的生活。而这也就意味着获得同一情况之下两种不同的生活质量……

哈市国有企业的现状是严峻的，堪忧的。东三省大多数国有企业的现状都是严峻的。这是一个艰难时代。对普遍的国有企业的工人尤其艰难。据我看来，绝非短时期内能全面改观的。国家有国家的难处，这难处不是一位英明人物的英明头脑，或一项英明决策所能一朝解决的。这个体制的负载早已太沉重了。从前中国工人的活法是七分靠国家，三分靠自己，现在看必得反过来了，必得七分靠自己，三分靠国家了。那三分，便是国家对国有企业的工人阶级的责任。它大约也只能负起这么多责任了，这责任具有历史性。

既然必得七分靠自己了，你打算怎样，该认真想想。你来信说打算提前退休或干脆辞职。我支持，这就等于与自己所依赖惯了的体制彻底解除“婚约”了。这需要很大的勇气，因为你毕竟有别于年轻人。而且得清楚，那体制不会像一个富有的丈夫似的，补偿你什么。届时你的心态应该平衡，不能被某种“吃了大亏”的想法长久纠缠住。而最主要的，是你做出决定前必得有自知之明，反复问自己什么是自己想干的？什么是自己能干的？在想干的和能干的之间，一定要做出客观实际的选择。

总之，你一旦决定了，你的困难，二哥会尽全力周济帮助的。过些日子，我会嘱出版社寄一笔稿费去的。抽时间去医院看望大哥。今天，我集中精力写信。除了给你们三个弟弟妹妹写信，还要抓紧时间再写几封。告诉大伟，说二舅问她好。也替我问春雨好，嘱他干活注意安全。余言后叙。

兄　晓声

一九九六年五月三日于北京

给三弟的信

三弟：

来信收到，内情尽知。

哈市工人“下岗”待业乃至二度失业的状况，我是很了解的。尽管我已经又两年多没回哈市了，但我一向在关心着这一状况。我关心这一状况，实际上便是在关心着你及四弟及妹妹的命运。我们的父亲是工人，我们都是工人家庭的儿子。三十年前的一个工人家庭，除了你们的二哥这一个家庭而外，又派生出了三个工人家庭。中国改革的痉挛，或者直接说是阵痛，正由数以千万计的中国工人阶级俯腰承受着。这是改革所不希望的，又是改革所必须经历的一步。在数以千万计的承受着中国改革阵痛的工人阶级中，父亲身后的我们这个家庭，摊上了两个半，也只能说是难以幸免之事。而三弟你又是这两个半中最经常处于半失业状态的一个，你的难处自然便是我心头所忧。

我已嘱一家出版社，将一部书的稿酬，全部转寄给你。你看，以乐观的态度想一想，倘有“上帝”的话，这个“上帝”还算是公正的。因为“他”在我们的家庭之中，弄出了一个写小说的我，使我竟能靠了一支笔，在某种程度上，参与中国的扶贫救困的大“工程”的小环节。假如我也是工人，并且也“下岗”了，也待业了，我给你写这封信的心情，恐怕你就可想而知了，更不知该怎么劝你了。

有些话，或者说有些思想问题的观点和方法，我一直打算等回了哈市以后，和你面对面地细谈。但母亲目前住在我这儿，无奈我一时也回不去，莫如先在此信中写入几句，也许正是别人劝你而又劝不“到位”的话。

首先我以为，作为国家，是一定要尽最大的能力关怀和体恤它的普通子民的。国家不这样，掌握国家大命运的人们，便严重地失职了。而我们的国家，其实正是在尽最大的能力这样做着。中国的人口太多，接近于世界人口的五分之一。从一种体制向另一种体制的转化中，艰巨多多，顾此失彼，实非国家所愿。这一点是毫无疑问的。相信了这一点，明白了国家的这一大背景，作为具体的个人，若与时代赌气，像长工向东家讨公道似的，振振有词地向国家要个说法，其实等于首先和自己过不去。我最近开了一个会，会上有当工会领导的说——失业的人，不要找厂长，更不要找市长，而要去找市场。这话听起来似乎有理。但由国家的干部，尤其是工会的干部口中说出，未免太官话了，也未免太不像话了。如果事情这么简单，岂非等于在说，数以千万计的失业工人阶级，是眼前摆着许许多多的再就业机会可选择而自己不愿选择吗？那个能解决半亿失业工人再就业的市场在哪呢？它真的有那么无限大吗？这一种说法，等于看待半亿中国失业工人是“娇情”的，仿佛甘愿“坐以待毙”似的。这是太推卸责任的一种说法。也是太不实事求是的一种说法。尽管听来像顺口溜一样押韵。中国的某些当官之人，一旦太会当官了，也就太会编这类顺口溜了。所以我当即予以反驳。但是，作为兄长，对于你，我的亲弟弟，在这一封信中，我却更愿强调——你但凡有一步路可以自己去走，哪怕那对你来说是倍感屈辱的一步，便尽量不要去找厂长，尤其不要产生去找市长的念头。有某些话，经由官员们之口说出来是不对的，是听了很逆耳的。而经由自己的头脑产生出来，变为自己的主动性选择，却又是明智可取的。因为我们必须得承认，今日之中国，只要一个人吃得了苦，还是能够挣到一笔起码可以养家糊口的钱的。何况，咱们兄弟姐妹之间，也是能互相周济的。在此二点上，你们的二嫂很开通，从不计较。这是我的幸运，也是你们的幸运。

一个处在大转折关头的时代，无论是进步式的转折，还是后退式的转折，总是要付出代价的。这代价有时所以惨重，乃因付出的往往是一代人甚至几代人的命运。哪一代人哪几代人的命运被作为代价付出了，也只有俯腰承受，别无他法。

比较而言，我们兄弟姐妹中的两个半待业者、“下岗”者，并不能说是落入了最惨的地步。还没有天灾人祸同时殃及身上，此幸运之一；都先后解决了住房问题，此幸运之二。我在其他城市，深入过一些困难典型的失业工人的家——住得是低棚陋室，床上躺着病人，几个月领不到工资，那才叫悲惨哪！

总之我希望，我们兄弟兄妹中的待业者、“下岗”者，万不可自行地想象自己是当代中国最不幸的人，最被国家亏待了的人，最被时代彻底抛弃了的人。这起码并不符合事实。而且，一旦耽于这样的想象，愤怨积心，自哀自怜，便再也打不起生活的精神了。倘还原本有七分自救的能力和信心，往往会自行地销蚀了三分。一个时代的发展，体现于一座城市，往往是明显的。五六年内，多了几片楼区，几座立交桥，几幢摩天大厦，人们就会承认，发展了，变化了。但体现于小百姓的实际生活方面，则往往就不那么明显了。非与自己十年二十年前乃至父辈的生活状况相比，是不大容易被自己承认的。想想我们的父亲，当年一人凭力气汗水，拼死拼活养着五个儿女，大哥还有病，那是多么地不容易！那些年我们住的什么？吃的什么？穿的什么？父亲又何曾向生活低过头呢？真的，只有将我们目前的实际生活，与父亲当年所力撑着的生活境况相比，才能看出时代的确悄悄进步了。也只有将我们的儿女与我们自己的童年和少年相比，才能比出生活毕竟还是朝好的方面变化着。不错，除了我这个当哥哥的，父亲身后派生出来的，由你们所实际挑起在肩的，乃是三个城市平民家庭的担子，但绝不是已经陷入了贫困难以度日。相对贫困往往是横向的，而且往往是与其他阶层相比的结果。其结果令人沮丧，更往往带有心理的因素色彩。可话又说回来，既已生为工人的后代，既已命中注定又成为工人，何必非要与其他阶层去相比？这就好像食草动物不必去羡看去妒想食肉动物的活法一样，各有各的活着的快乐。面临困难尤要保持乐观。重要的是，将我们的生活追求标准，定位在小百姓这一广大的阶级层面上，即或眼前面临失业的窘状，也要较乐观较有信心地去为实现自己小百姓的小康日子孜孜奋斗。有一点是人必须明白的——四十五岁的时候被胶着在哪个阶层，大抵也就一辈子隶属于哪一个阶层了。例外是有的，但很少。我认为这乃是人对生活所取的很现实也很明智的一种态度。这种态度并不消极，恰恰相反，本质上反而是积极的……

三弟，这封信写得太长了。一边写，我一边想，这哪里像一个哥哥给一个“下岗”的工人弟弟的信呢？

兄　晓声

给四弟的信

四弟：

寄来的剪报一一收到。电话里谈不明白，今天挤出一段时间，给你写一封信，也许对你目前的烦恼，能多少起点儿消解的作用。

首先告诉你放心，母亲在我这里生活得很好。只是开春以来，气管炎又犯了些日子，现已轻微了。妹妹给母亲买的强力镇咳药，这几天就会收到的。与健康相比，母亲最主要的问题是寂寞。家中每日来客颇多，但都是找我的，不是找她老人家的。我陪客人谈话之时，母亲坐在一旁插不上嘴，于是倍感失落和无聊。无人来时，我便写作，她尤其觉得寂寞了。我已为她买了四只鹦鹉。今天还会有朋友送两只金黄色小玉鸟来。母亲很喜欢鸟，看不够。我也为她买了一个小半导体。这些日子，在收听田连元播讲的《水浒》。我又为她装订了几册白纸本儿，有时也剪剪贴贴，涂涂画画，自找乐趣。我看老人家是完全可以学会自己排遣寂寞的。

关于《哈尔滨影视周报》上那篇文章，已有人剪下寄给了我。我为赵忠祥的《岁月随想》所作之序，态度是很认真的。水平再怎么低，也不至于是“一盆糨糊”，“假冒伪劣”。那文章显然不是一位与人为善的，文字水平远远高于我的人在指导我应该怎样写作，只不过是攻击罢了。我的笔，常触怒某些人，遭到几次攻击，也是意料之中的事儿。甚至可以说是情理之中的事儿，极其正常的事儿。否则倒不那么正常了。我不那么娇气，不那么容不得攻击。一笑而已。你也不必大惊小怪。更不必替你的哥哥感到愤愤不平。相反，你们作为我的弟弟妹妹，都要习惯于此。可视为与你们的哥哥相关的，一些“好玩儿”之事而已。

你所写的几篇杂文——四篇发表了的，一篇手稿。我都认真看了，并都替你保留着。我觉得写的还不错。工人而拿起笔，以杂文的形式，论底层工人的所见所闻，便自有了其不同于文人杂文的特质。

但是，记得你初动此念之时，我就曾有言在先——一个月一篇，一年写十一二篇即可。要抑制写的冲动。甚至要学会转移写的冲动。万不可写上了瘾。因为一旦上瘾，就容易被写的冲动所诱惑而不能自拔。写又非是你的专职，你又没有谋向这一专职的奢望和野心，只不过是想以写来充实业余时间，倘孜孜以求起来，便是何苦的呢？却果然被我言中，你竟写到了一发而不可收的地步。几十篇压在自己手里，不知该投寄向何处，搞得自己由愉悦而始，反变沮丧，难终难了的，岂非自寻烦恼了吗？

我这个哥哥，其实是难以替你“批发积货”的。固然全国向我约短稿的报刊甚多，但我的身体已大不如前，精力也有限得很了。有限的精力，唯愿用以写小说。十之八九的约稿，只能取一种婉言推搪、敬请谅解的态度。我推搪了人家，又怎么好意思将自己弟弟的稿件荐给人家？设身处地，倘我们是编辑，内心该作何种想法，是不难预料的啊，不投入纸篓才怪呢。

但我会通过新闻出版署的朋友，为你讨要一份全国的报址汇编。你不妨自己按址投寄，自己投石问路。但一定要留有底稿。否则，人家不退稿，希望不但落空，连原稿也赔上了。我看，某些辟有文化版的报，你不妨订一份。常看，才能了解人家需要哪类短文，做到心中有数。

记得我也曾有言在先——发过几篇杂文之后，要转而习写散文、随笔。我认为今天原本应该是一个杂文活跃的时代。而明摆着的道理，今天又根本不可能是一个杂文活跃的时代。一言以蔽之，杂文首先是写它的人，用它对社会各方面现象发表的一种“意见”。在诸文体中，杂文最像公开的“意见书”。而且往往是尖锐，甚至尖刻的那一类“意见书”。即或幽默，那幽默也常属黑的、冷的、辣的。所以在“原本应该”和“根本不可能”之间，原因是不言自明的。我收到的报挺多。我发现许多报上的杂文越来越少，杂文显然是越来越不讨人喜欢了。先是不讨眼睛长了钩子似的监察报纸的某些人的喜欢，自然的也就不讨编报的人们喜欢了。或者他们只能心里暗暗喜欢，原则上却要敬而远之的。偶见的杂文，那“意见”的锋芒所向，早已悄悄地由针对大社会的现象，而明智地收敛了，专指向文坛或文艺界这“茶杯里的风波”了。细想想，杂文的“种”的渐渐消踪匿迹，或许并没什么不好。各级“人大”“政协”、新闻媒介、不同名目的座谈会，几乎天天都在对社会对时代的各方各面发表着林林总总的“意见”，其间少了文人用杂文制造出的锐利的声响，既不见得影响进步，也不见得导致倒退。所以今后的杂文，若要维护“种”的延续，大概是要和散文“远亲通婚”，生出某种有杂文血统的新散文来。不过四弟你大可不必急着便做“创新”者。你对杂文和散文都读得太少，是做不成“创新”者的。还是老老实实地改弦易辙，从习写最传统的散文、随笔开始吧。尤其传统的散文文体中，常能使人读出一种近乎唐诗宋词的格律化了的美韵。哪怕仅仅是初步领略到这一美韵，对习写者都是大有裨益的。

四弟，我主张你放弃杂文的习写，而开始习写散文，其实还有以下的考虑——杂文的作者，由于所观察的往往是社会的丑陋现象，由于常将杂文当了“匕首”和“投枪”，便又往往的会变成所谓愤世嫉俗之人。这样的人，现在是越来越“不合时宜”了。“不合时宜”便孤独。孤独而仍要取一种“斗士”的姿态，便不免的常会心生出诸多悲慨来。而悲慨久之，是伤思智的。每每被讥为当代“堂·吉诃德”时，那悲慨便尤甚，会直蚀进灵魂里去的。我有些体会。我的几位写杂文的师长，简直可以说是些深受其害之人。我不愿你也这样了。

散文则不同。读或习写，都足以修身养性，滋润襟怀。好比赏习书法，赏习国画。散文乃是与美互为关系的。连散文中的感伤、忧郁、凄苦和烦愁，也首先都是美的。以写作为职业的人，据我想来，可能最以散文家为幸运。我这么说，并非褒散文而贬杂文，只不过希望使你明白——杂文好比是文人自己选择了并且穿上的一件斗牛士才穿的服装，而散文却好比永不过时的休闲装。我愿你将习写散文当成你的休闲内容。这么说似乎又有点儿轻薄散文了似的。比喻只是针对你的。

好了。几分钟后要有人来，就此止笔。我知你最牵挂母亲。老人家住我这儿，你是尽可放心的。你和绍连和妹妹，但凡有空儿，各家里多走动，多关心。不论哪一家有了什么困难，要及时写信告诉我。有时不告诉我，我也会在不知中惦念着，还是让我经常了解你们的生活境况为好……

祝全家好!

兄　晓声

回首忆年

常想——盼年，也许历来是孩子们的心情或老人们的心情吧？中年人，尤其中年了的男人，小时候那种盼年的心情，究竟是怎样渐渐淡漠了的呢？每每自问而又说不清楚。

写此小文的头一天晚上，呆望挂历出神良久，不禁自言自语：“又快过年了。”织毛衣的妻没抬头，仿佛没听到我的话。

“又快过年了！”

“过一年你会年轻一岁？”

“怎么会呢！”

“那你唠叨什么？”

是我妻子的女人仍未抬头，仿佛应答一位除了盼年，再就没什么可盼的老人。几分心不在焉，还有几分对老人心情似的体恤。

其实我自己倒并不怎么盼年。但是却也愿在新年和春节临近的日子里，和家人一块儿聊聊关于过新年过春节的话题。

于是轻轻走到儿子身边，犹犹豫豫地说：“儿子，快过年了。”写作业的儿子也不抬头，仿佛没听到我的话。

“儿子……”

“爸！你没见我在写作业嘛！……”儿子的头倒是抬起了，然而脸上的表情很烦。

“哎，你别打扰儿子行不行？”妻子进行干涉了。

“行，行……”

口中诺诺，退回原处坐下，复呆望着挂历出神。

“快过年了！”——这一句话，是自我上初中以后，弟弟妹妹乃至母亲常对我说的。这一句话中包含着对我的提醒，也包含着对我的指望。

于是我开始为家庭尽职——首先要带着镐，到有黄土的地方，刨开冰冻层，刨出些黄土块儿背回家。冻黄土块儿在冬季的凉水里很难化开，要放在锅里熬化。再将积攒起的炉灰，细细地一遍遍筛过，搅拌在锅里。于是可以抹墙了。熬过的灰泥干得快。破屋子的四壁，在一年里又裂了许多缝。不抹上粉刷了之后更明显。好在我是瓦匠的儿子，干那些活儿很内行。一年里火炕面儿也透烟了，锅台砖也松了，炉膛也该加厚了……所有这些活儿，都需在年前做完。每每要接连干三四天，熬五六锅泥。新年一过，四处寻找白灰。能要到要点儿，要不到买点儿。买不到，就深更半夜从建筑工地上偷点儿。新年一过，便开始刷墙。刷完居室刷厨房。弟弟妹妹帮不上忙，母亲上班，几乎只我一个人忙。从小做什么事总希望尽自己所能做得好些。往往刷三遍。白灰干了以后，还喷花。喷花图案是我自己画在硬纸板上，自己剪刻的。一个星期后，邻居家的叔叔伯伯婶婶大娘到我家串门，没有不"友邦惊诧"的："哇！老梁家，这可真像要过年哪！""老梁家，你们家小二，简直太能了！"……

听到诸如此类的夸赞，母亲总是显得很欣慰，很矜持。我自己心里当然也很受用。实事求是地说，不但在我家那个大院里，即使在我家那条街上，每到春节，我家是最有温馨祥乐气氛的。尽管我家在那条街上比较穷。我下乡后，如果春节前探家，仍会大忙一通，将个破家的四壁一遍遍刷得白白的……

成了北京的居民以后，我就再没刷过墙。

儿子上初二以后，新年和春节，在我们这个三口之家，似乎可过可不过的了。并且，真的似乎过与不过，也没什么区别了。

我呆望着挂历，心里暗想——一九九八年的元旦和春节，我们全家一定要当回事儿地过。人若连过年过春节的心情都淡漠了，那生活还有什么欢乐可言呢？至于怎么过才算当回事儿地过，却没想好……

关于月饼

由中秋佳节，自然联想到月饼。

过去，百姓人家过中秋也就买两包月饼而已。我记得十分清楚，当年哈尔滨的月饼一包二斤，八块。八角六分一斤。沙糖五仁馅的。除了这种，别无其他。

我头脑的“底片”，已然开始老化。孩提时的许多事，渐在记忆中模糊了，却保留下一些准确的数字。比如两角四，当年一块肥皂的价格；七角八，当年一种叫“江米条”的杂点的价格；四角六,一个灯泡的价格；等等。

当年我家生活贫困。五个孩子。母亲却一向舍不得多花八角六分钱买一包月饼。每至中秋，半包月饼，通常总是这样分的——妹妹一块；我和哥及两个弟弟，每人半块；留下一块，照例要供爷爷。供两天后，再掰碎了分给我们。

母亲从来都是一口不吃的。

她总说：“太甜。不爱吃。”

前几年，月饼价格不知怎么突然贵得荒唐。最贵有千元几千元一盒的。馅里包名表，包钻戒，包纪念金币。我曾写过一篇短文，指斥为不折不扣的暴利现象。

一九九三年的一天，我收到一封从美国加州寄来的信。写信人当年也是北大荒知青，一九八五年去了美国。现在已经是一位机电工程师，月薪颇丰。买了房子、汽车，娇妻爱子三位一体，生活很是幸福。他在信中向我讲述了这样一件往事——一九七二年中秋节前，他和几名男知青在球场上打篮球，几名女知青坐在球场四周，边洗衣服边观看。突然。一辆失控的拖斗车冲向篮球场，冲向正带球准备跃起投篮的他。待他听到身后有异响，转身已见拖斗车近在咫尺了。他愣住了。千钧一发之际，有人将他猛地推开。拖斗车呼啸而过，救他的人被碾于车下——是女排的一名班长，天津知青。

她被送往团卫生院时，已因伤势过重，失血过多，无法挽救生命了。医生说她至多再能挺着活半天。他当时也跟往团部去了。可她一路昏迷不醒，他根本没机会对她说一句话。医生只许连长一人入抢救室。连长出来时，说她喃喃地重复两个字——“月饼……”

再过两天就是中秋。

于是电话打回连里，问哪个知青收到了家里寄来的月饼。结果令他们失望。当年知青相比着看谁最“革命”，认为月饼是替迷信人物嫦娥树碑立传的“反动糕点”，皆以不吃为荣。电话又打到其他连队，结果也令他们失望了。最后经团领导批准，允许他们去邮局翻当天收到、尚未被各连取走的包裹。只要觉得内中可能有月饼，拆包无妨。因为这一点已同时获得了所有连队知青们的理解……

仍一无所获。

奄奄一息的女知青班长口中弱声重复着的，却始终是“月饼”二字……

于是有人提议——为她做月饼。哪怕仅仅做一块。

连长没阻止。他也想将一块月饼送到女知青手中……

护送她到团部医院的知青们说做便做了。有的到大草甸子上去采㭴柹。那是一种比山丁子大不了多少的草本野果，蓝色的，像葡萄，但比葡萄酸。除了“㭴柹”，他们再想不到任何可做月饼馅的东西了。

天已经黑了。他们打着手电散布在大草甸子里采。而大草甸子中的㭴柹秧，却早已被团部附近的知青们“扫荡”过多遍。终于采满了半小碗。他们考虑到用“㭴柹”做月饼焰会很酸，所以又选了最好的萝卜，切了点儿萝卜丁，用开水焯过，与㭴柹掺在一起。拌了许多蜂蜜。再搅入一些油炒面。有一名知青用两块砖刻出了月饼模子。甚至细心地刻出了“中秋”二字。

最后一道“工序”，便是将两块砖用油浸了，将那馅儿用精面包了，用砖合扣住，用铁丝拧紧，放在灶火中烧烤。一边烧烤，一边往砖上浇油……

当连长拿着一块滚热的“月饼”，两手掂换着冲入急救室时，女知青班长已咽气了。连长哭了。知青们都哭了。哭得最悲痛的，当然是给我写信的他……

他在信中说——他一直暗暗爱恋着她。并且敏感地觉察到她也在暗暗恋爱着自己，只不过都没机会互诉恋情……

他在信中说——连里收到了她父母寄给她的一个包裹，内有两块月饼。没谁能有充分的根据判断她于昏迷之中弱声重复“月饼”二字，是意识里盼望着吃到，还是唯恐父母不听她的劝告执意寄来，会影响她在知青中思想“革命”的形象……

他在信中说——他们当年“土法”制作的那块月饼，和她家里寄来的两块月饼，曾一起放在她坟上供了几天，后来被一头牛吃了……

他给我写信的目的，是请求我按照他提供的地址，每年中秋节前，替他买一包月饼，寄回北大荒去，请人供在她坟上……

我对这件事是非常认真的。按他信中提供的地址，先寄了封信投石问路，却泥牛入海，杳无回音。又询问过回北大荒的知青，得知当年那连队，早迁移了，现已是一片荒无人烟之地……

我只得回信据实以告。

后来，我曾往北大荒寄过一个包裹，内装几种月饼。是寄给我当年教过的学生们。他们已长大成人，为人父母了。我想，他们的孩子吃我寄去的月饼时，当会觉得格外好吃吧？毕竟不是所有的孩子，都能吃到他们父母的小学老师寄给他们的月饼啊！……

关于“罐头”的记忆

我永远忘不了十三四岁时，滴到我嘴里的那一滴罐头汁……

不知“罐头”一词究竟是外语的直译，或中国百姓的惯说。每每视其而想，“罐”字似乎有些道理，后边连着“头”字却又是何意呢？百思不得其解。

我大约已有十年没吃过罐头了。确切地说，是没吃过自己花钱买的罐头。当然不是舍不得自己花钱买了吃。如今罐头实在是很便宜，瓶装的才四五元，和一个半大不小的西瓜等价。生活不是特别困难的人家，买几听罐头吃绝对不算奢侈。当然也不是吃够了，事实上我活到如今没吃过几次罐头。

有时开什么会或参加什么活动吃公饭，饭桌上往往有一盘罐头水果。或梨，或桃，或荔枝，或菠萝什么的。众人离开餐桌时，那一盘罐头水果，又往往并没明显地减少。有人可能吃了一口，有人可能都懒得向那盘中伸筷子或勺子。我属于后一种人。正是在那样的时候，便不禁浮想联翩起来了。

逢年过节，客人登门，配衬着些小礼物，总有一两听罐头。客人一走，则就放入冰箱保存。而这一放，也许一两个月甚至更长的时间忘了打开吃。终于某一天清理冰箱取出来，于是免不了大发指责。指责当然首先是冲妻子的。

“怎么回事？为什么到现在还没吃？以为放在冰箱里就不会坏吗？在冰箱里放久了照样会坏的！这么点起码的常识都不懂吗？放坏了不是一种浪费吗？”

妻子则就会说：“那你吃啊！快打开吃！吃了就不必再往冰箱里放啦！还省得占地方呢！”

“我吃就我吃！”

话一出口，自己听着也觉得不太对味儿，仿佛体现着种“见危险就上”的大无畏精神似的。

家庭中出现了危险，勇于舍己的当然应是丈夫应是父亲。可这不是危险啊！这是吃罐头啊！

怎么地，吃罐头之对于中国人，竟成了这样的事了呢？仿佛还需要“战前动员”似的。

心里这么想着，就打开了。倒在碗里，自己先吃。有那么点儿以身作则的意味儿。

吃了几片，喝了一口汁，觉得和记忆中的罐头的好吃简直没法比。明知自己一个人无论如何是吃不完的，于是分在三碗里。

“哎，你也得吃！”

这话是对妻子说的。

“还有你，别以为没你的事儿！”

这话是对儿子说的。

嘴上这么说着，自己听着，越发觉得不像话了，好像在分派给妻儿极不情愿的“任务”。

妻子说：“先放那儿吧！没见我这会儿正忙着清理冰箱吗？”

“一会儿别忘了吃啊！”

与其说是叮嘱，莫如说是威告。

儿子说：“我不吃。”

态度是那么干脆。

“你不吃？凭什么你不吃？”

“爸，你这是什么话啊！什么叫凭什么啊！”

“好，算我表达有误。那就不问你凭什么，问你为什么？为什么不吃！”

“不为什么。不想吃而已。”

“不想吃？还……还而已？！难道罐头不好吃吗？”

“我也没说不好吃啊！”

“没说不好吃，那就等于承认，罐头其实是一种好吃的东西！好吃的东西而不想吃，就得说出理由来！”

“说理由就说理由，我胃疼。”

“胃疼？撒谎！早不胃疼晚不胃疼，让你吃一小碗罐头就开始胃疼了？胃疼也得吃！吃罐头治胃疼！”

妻子从旁听不下去了，帮儿子解围：“你也太专制了吧！儿子已经说了他胃疼，你干吗还非逼他吃凉罐头？你也甭逼他，我替儿子吃！真是的，不就是一小碗罐头吗？”

听那口吻，大有舍身代罚的意味儿。

不愿惹得妻儿都不愉快，于是不再说什么，默默吃自己那一小碗。

心中不禁又浮想联翩……

待吃光了自己那一小碗，妻子也关上了清理后的冰箱。

搭讪着说："我已经吃完了，你也得吃完啊！包括儿子的一份儿！"

"去去去，别啰唆！我什么时候吃，是我的事儿，不必你管。"

妻子洗了手，径自看电视去了。

可自己的心思，还在那两小碗罐头上。见妻子看电视看得那么专注，一副根本没有"使命感"的模样，于是端了一小碗，凑将过去，尽量以亲爱的口吻说："我替你端来了，一边看一边吃，怎么样？啊？"

妻子吃了两口，起身离开。我随在妻身后"监视"着，见她将两碗罐头并为一碗，又放进了冰箱。

于是好言批评："你看你，都打开了，倒出来了，不吃完，仍往冰箱里放，你不是成心要放坏吗？……"

"那，我现在吃不下去怎么办？是罪？该杀？……"

于是自己一赌气，从冰箱捧出，捧着闷坐一旁，暗暗发誓非吃个一干二净不可。

的确吃了个一干二净。

但是第二天自己的肠胃就闹起病来……

妻子非是富家女。全世界的富有人家并不整天吃水果罐头，这是谁都知道的。因而妻子不存在是否吃伤的问题。自从她成为我的妻子后，似乎只买过几次水果罐头。儿子小时候，我是为他买过几次罐头的，有数的几次，最多不超过五次。他一上到小学，就再也不爱吃水果罐头了。

一切的罐头都是西方人发明的。最先是军用食品的一种，后来才普及于市民。水果罐头又只不过是水果保存的方式。在西方，富人当然不吃水果罐头，而吃应季鲜果。水果罐头是大众食品，是专供百姓吃的。

近年来，中国人的生活水平提高得较快。显著的提高体现在吃一方面。市场规律刺激了果农的积极性，所以近年来中国市场上瓜果梨桃供应极为丰富，有时甚至呈现过剩趋势，而且价格一年比一年便宜。即使按照低工资的消费水平比照，中国也几乎是寻常果类售价最便宜的国家。以北京为例，除了荔枝、桂圆、杧果、猕猴桃等南方果类的售价平民百姓轻易不敢问津，苹果、梨、桃、杏、菠萝、葡萄等，通常几乎与菜蔬相等。自然地，水果耀头便不怎么受待见了。如今，连城里人送礼，也不再考虑水果罐头了。水果罐头的身价一贬再贬，只农村和小乡镇还沿袭着以水果罐头作为礼品相送的人情遗风。据我所知，全国的水果罐头厂，经济效益皆不景气。

在我小的时候，水果罐头却是平民百姓家的孩子稀见之物。

小学六年级，我才知道世界上有水果罐头这一种东西。

当年一名同学正与另几名同学大谈水果罐头如何好吃，我走过去听了一耳朵，只听清了“罐头”二字，便从旁插言道：“那谁没吃过？也不像你说的那么好吃呀！”

那同学相讥道：“就你们家那么穷，你会吃过罐头？鬼才信哪！”

我比画着说：“我当然吃过一次的！不就比月饼大一圈儿吗？很硬很暄的。白面烙的，细嚼怪香的！”

他说：“哈哈！你吹牛吧？那叫罐头吗？那叫‘杠头’！‘杠头’不过是一种干粮！水果罐头，那是把水果削了皮，剔了核切成块儿，放进一个铁罐子里，再加上糖水，然后把铁罐子封上。你吃过的吗？你吃过的吗？……”

我说：“你才吹牛呢！把水果削了皮，剔了核，切成了块儿，却不吃，反而要装进铁罐儿里，还要封上盖儿，那是干什么嘛！那不是精神病吗？”

于是我们彼此攻击。

另外的同学们，只有一两个见过罐头的，便都站在事实一边儿，竭力支持他说世上有罐头这一种东西。其余的同学和我一样，不但从未见过，而且从未听说过，就像从未听说过巧克力、麦乳精、乐口福、冰激凌一样，当然盲目而又自信地站在我一边儿，异口同声地冲着那个吃过罐头的同学嚷：“精神病！精神病！”

几天后，在校门外，刚刚放学的时候，那名吃过罐头的同学和几天前支持过他的同学拦住了我。

他说：“你不是不相信世界上有罐头吗？来，让你见识见识什么是罐头！”

他将我引到一处僻静的地方，从书包里掏出了一听罐头——后来我知道，因他父亲是飞行员，所以他才有幸能吃上罐头。那是一种筒装啤酒一样的铁皮罐头。盖儿上有环，一拉，盖儿便彻底翻开……

于是他和那几个支持过他的同学当着我的面儿轮番喝罐头汁。接着又轮番用手指夹出果块津津有味地吃……

后来他说：“还有呢！”——示意他们中个子最高的同学，将罐头放在了人家院门的柱顶上。

望着他们走远，我扬头看那“高高在上”的罐头。我心里对自己说，你可要有点儿志气，脚步却不由自主地走了过去。我踮起脚跟，伸长一只手臂，却怎么也够不到柱子顶上那听罐头。但同学们吃罐头时故意做出的夸张表情，惹得我真馋哪！我四下里找了几块碎砖头，摞起来，一只脚站上去才将那罐头够在手里。偏巧那人家里有人出屋，在院里大喝一声：“干什么？！”我一慌，摔了个屁蹲儿。手里仍拿着那听罐头……

院子里的人并没出院子，又回到屋里去了。

站起来，低头看罐头，见里面其实空空如也。

当然很沮丧，但也非常不甘心，举起空罐头筒子仰起头张大嘴耐心地承接着。许久，终于有一滴特别甜特别甜的汁滴落口中。

那是我长到十三四岁从未品味过的一种甜。它仿佛将我的嘴都甜得“麻木”了。仿佛在我胃里顿时溶解为一片，并经由胃渐渐渗入我周身的血管。好比世界上一块含糖量最高的冰糖渐渐溶解在一杯凉水里一样……

如今回想起来，用“天上甘露”来形容绝不算夸张。

忽然我听到一阵大笑。一转身，见一堵墙后，闪现出那几个同学的身影。

我羞愧难当，丢了空罐头筒，拔腿便跑……

从那以后，“罐头”两个字，便深深地印在了我脑海里。

我开始常在梦中梦见罐头，如常在梦中梦见新书包……

老百姓家的孩子，只有在生病时，才可能吃到自己很馋，而平时又吃不到的东西。比如煎鸡蛋、面条、一个苹果、一只梨什么的……

我因馋罐头而巴望自己生一场大病。

不久我真的病了。不过非是什么大病，是由于中耳炎引起的高烧。

老百姓家的母亲们，在这种时候问病了的小儿女们的话照例是——“孩子，想吃点儿什么呀？”

我鼓足勇气，犹犹豫豫地说：“妈，我想吃罐头。”

母亲愣了愣，问站在一旁的哥哥：“他说他想吃什么？”

哥哥替我回答了一遍：“妈，二弟说他想吃罐头。”

母亲又是一阵发愣，之后将哥哥扯到外间屋去。

我听到母亲在外间屋悄悄声说：“这老二，想吃什么不好，怎么偏偏想起吃罐头来了呢？他从哪儿听说罐头好吃的呢？以为咱们是什么人家啊！”

而哥哥悄声说：“妈，就给我二弟买听罐头吃吧。吃罐头有利于降烧呢！”

母亲低声训斥：“住嘴，别胡说！”——片刻后又问，“一听罐头得多少钱？”

哥哥说一听罐头九角多。

“九角多？那么贵？够三四天的菜钱了！你就说哪哪儿都没买到罐头，给你二弟买两支冰棍儿就行了。冰棍儿更有利于降烧……”

接着，母亲回到里间屋，俯下身，充满爱意地注视着我说：“我让你哥给你买罐头去了！”

我羞愧地说："妈，其实我也不怎么想吃罐头，随口说说的，你别那么当真。"

母亲却说："一听罐头，妈还是舍得买给你吃的……"

母亲离开后，弟弟妹妹们围了过来，一个个咽着口水问我，罐头究竟是种什么东西？怎么个好吃法儿？……

而我，不禁地，就流泪了——因自己过分高的要求，也因母亲那份儿兑现不起的母爱……

第二年，父亲从大西北回来探家了。我从他的背包翻出了两个没有任何商标纸包装的铁皮罐儿。眼睛一亮，心想那必是罐头无疑了。一问父亲，果然是。父亲说，那是他用一双劳保鞋和几双劳保手套在列车上与人换的。说为的是春节饭桌上能多道稀罕的菜。我问里边是什么。父亲说他也不知道。我说你与人交换时怎么不问问啊。父亲说，列车上许多人都争着用不能吃的东西换能吃的东西，自己挤上前换到手就谢天谢地了，哪儿还顾得上问啊！……

"三十儿"晚上，父亲亲自开罐头。父亲不慎将手指划了个大口子，流血不止。母亲替父亲包扎手指之际，我将两听罐头分别倒在两个盘子里……

第一个盘子里出现的是没削皮的大红萝卜块儿；第二个盘子里出现的也是同样的东西。由于做罐头的铁皮质量不过关，倒出的汁水浮着一层铁锈，变质的红萝卜块儿发出一股怪味儿。

它们根本就不能吃了……

我下乡后，连队的小卖部就有罐头卖。但我哪里舍得买了吃呢？"够三四天的菜钱了！"看见罐头，母亲当年的话便在我耳边响起。我宁愿自己永远也不吃罐头，为在城市里过贫穷日子的母亲和弟弟妹妹省下三四天菜钱……

但是我当班长时，班里的战士病了，我每每为他们买罐头。连队小卖部里除了罐头，也再无别的什么好吃的东西可买……

当小学教员时，学生病了，我也为学生们买过罐头……

每次探家，我去精神病院探视考上了大学而又因家境贫困读不起大学所以精神失常的哥哥，总要拎上几听罐头……

怀着感激去到那些帮助过我家以及帮助过我的好心人家里作礼节性的走动时，罐头往往也是必买的东西之一种……

一九七四年我接到大学录取通知书后，回老连队去向知青战友们告别。他们在大宿舍里为我"饯行"。几只饭盒摆在一起时，有一个战友看一看说："怎么觉得少点儿什么呢？哎，你们看还少点儿什么？"

我一言不发，默默起身去了小卖部，将每种罐头都买了一听。

那一年我二十四岁。第一次吃罐头，而且是吃自己买的罐头。我只象征性地吃了几口，不知为什么，竟没感到特别好吃……

大学毕业五年后，我成家了。我的工资五十元多一点点。妻的工资高我几元。有了儿子后，开销增加了，我们必得“勤俭持家”。

于是我在夏季西红柿便宜时，向邻居们学做西红柿“罐头”。那是“土法上马”的“制作”。做法说麻烦也麻烦，说简单也简单——将些葡萄糖瓶子水煮消毒，将西红柿洗净，切成条，由瓶口塞入瓶中，再加入糖醋，然后放在蒸锅里蒸。最后塞严橡皮瓶塞，再用塑料薄膜扎紧瓶口，摆放在阴凉处即可……

有一年夏季我做了二十几瓶。冬季吃不了，送给别人家。甚至也送给岳父母家。接受的人享用后，都说很好吃……

然而我却极少吃自己亲手做的罐头。天生吃不来一切罐头化了的水果或其他食品。在这一点上，我这个贫穷之家出身的人，又似乎显得太矫情了。

可当年落入口中那一滴罐头汁，为什么就特别特别甘甜呢？个中缘由，我没细想过，自己也说不太清。

如今，在任何一家副食商店，罐头的专柜，大抵琳琅满目。品种之多，包装之美，非常吸引人的目光。

我喜欢站在罐头专柜前欣赏地看，但绝不会买。

有时，竟会由欣赏而陷入浪漫的遐想，希望自己是一位神仙，口中暗念咒语，轻轻一挥手，将全中国大小商店里的，仓库里的，以及大小罐头厂里正在生产着的各种各样的罐头，全靠意念搬运到许多偏远农村的贫穷农家里去……

五角场·阳春面·蜡像馆

五角场

上海使我产生之联想，自然首先是复旦。而由复旦，于是联想到五角场。

联想吗？竟也不是的。事实上，在我记忆的絮中，复旦和五角场是一种整体的印象。我明知那是不对的——复旦是复旦，五角场是五角场，它们并非不可分割的两部分。然而，男人的记忆是很奇怪的，有时会将爱过的女孩和她家所在的一条街组合成一种整体……

一九七四年至一九七七年，我是复旦大学中文系学生时，五角场乃我常去的地方。到现在我也不明白，五角场何以叫五角场。当年的五角场，是城乡接合部。路况不怎么好。马路和人行道之间的道沿破损不堪，某一段人行道根本不见了道沿。路面处处坑洼，柏油层下，是沙土路。雨天积水，若刮风则扬尘。

但我对五角场却保留着和对复旦一样的绵长情愫。那儿有一家杂货店，无门无窗。早上卸下栅板便是开门，晚八点以后，将栅板一块块安装起来，等于关门。店旁有一家小小的理发铺。我并不常去买东西，当年我每月的生活费基本上便是十七元五角的助学金，仅够吃饭而已，舍不得乱花钱的，哪怕是一角钱。但头发每月总是要理一次的。那儿的路边，经常坐着期待活计的修鞋师傅和守着一台旧缝纫机补衣服的乡下女人。我的一双猪皮皮鞋三年里多次在五角场轧过裂口换过后跟；几件衬衣、外衣和两条裤子，也都在五角场缝补过。

更多的时候，是在傍晚和同学散步才去往五角场的。出了复旦校门，若往另一边走，一片稻田，夏季多蚊。而五角场方向，较热闹，人气聚拢。我们都习惯于往那边走。杂货店是人行道那一侧的尽头，拐过去，兜一个大圈，便可再贴着复旦的外墙绕回到校门。往回绕的途中，实际上是顺着一条小河边走。当年，那河水绝不清澈。却终究是一条河，会使散步增添些许野趣。起码，自我安慰地想，是可以那么认为一下的。

河之某段，有小石桥。石桥那边，离河十余米远，有几幢低矮又老旧的房子；然皆周正，虽矮虽旧，客观地说，是不破的。每幢房子门前，都用水泥抹出了十几平方米的地方。或光滑或粗糙，在雨季里，门前毕竟不至于泥泞了。这人家的水泥地前生着老树，那人家的水泥地前栽着花。我喜欢花。凡有花的人家，便断定他们是眷爱生活的；哪怕他们的家安在蛮荒之地。倒似乎，越是那样的人家，我越会被他们的生活态度所感动。

某次散步，我和二三同学意犹未尽，踏过小石桥有几个女人在某户人家的门前坐着聊天，我忍不住上前，搭讪着问东问西。于是知道，她们的丈夫，都是上海某工厂的工人，当年叫作“长期临时工”的那一类工人。因为没有市区户口，所以临时。因为他们颇肯干一些很脏很累没有市里人愿意干但又必须有人干的活，所以有幸“长期”。而那几个女人，皆菜农。她们挺乐于回答我的话，脸上呈现着对生活相当知足的表情。

往回走时，我问同学：“你们也看出了她们对生活的知足吗？”皆回：“当然。”又问：“何以知足若彼？”

一位上海同学回答：“她们的丈夫是挣工资的农民，此知足之一；五角场毕竟也划在市区里，她们的家离市区这么近，市声旦夕可闻，市街片刻可至，此知足之二……”

我不禁转身指着说：“倘晓声安家那里，心欲亦大足矣！”

同学们诧问：“对生活的要求就这么低吗？”

我指着河说：“愿此水稍清。”

“还有呢？”

“愿有面容姣好女子相伴。”

“哪一个挣钱养家糊口呢？”

“就你这单薄身体，能长期干得了那很脏很累的活吗？”

“这家伙想的是，自己终日在家里写作，让那面容姣好的妻子去当‘长期临时工’！”

“岂不苦了那面容姣好的人儿？”

于是遭到每一位同学的批判和挖苦。当夜，我梦中吟诗——“罗汉松掩花里路，美人蕉映雨中棂……”

此后，竟生出一种想法——要写一篇小说，反映户口问题对中国人命运的左右。毕业后，写成，便是发表在一九八一年某期《雨花》杂志的《西郊一条街》。当年《雨花》很厚爱它，登在头条，配了很好的插图。一九八二年全国短篇小说评选前，《雨花》也推荐了它。当年有评委告诉我——那一年若没有我的《这是一片神奇的土地》，《西郊一条街》当榜上有名。去年，北京某影视单位拍的一部电视剧《城里城外》，便是他们根据《西郊一条街》改编的。

而据说，现在的五角场，早已是上海的一片繁华新区了……

阳春面

早年的五角场杂货店旁，还有一家小饭馆，确切地说，是一家小面馆，卖面条、馄饨、包子。

顾客用餐之地，不足四十平方米。“馆”这个字，据说起源于南方。又据说，北方也用，是从南方学来的——如照相馆、武馆。但于吃、住两方面而言，似乎北方反而用得比南方更多些。在早年的北方，什么饭馆什么旅馆这样的招牌比比皆是。意味着比店是小一些，比“铺”却还是大一些的所在。我谓其“饭馆”，是按北方人的习惯说法。在记忆中，它的牌匾上似乎写的是“五角场面食店”。那里九点钟以前也卖豆浆和油条，然复旦的学子们，大约很少有谁九点钟以前踏入过它的门槛。因为有门有窗，它反而不如杂货店里敞亮。栅板一下，那是多么豁然！而它的门没玻璃。故门一关，只有半堵墙上的两扇窗还能透入些阳光，也只不过接近中午的时候。两点以后，店里便又幽暗下来。是以，它的门经常敞开……

它的服务对象显然是底层大众。可当年的底层大众，几乎每一分钱都算计着花。但凡能赶回家去吃饭，便不太肯将钱花在饭店里，不管那店所挣的利润其实有多么薄。店里一向冷冷清清。

我进去过两次。第一次，吃了两碗面；第二次，吃了一碗面。

第一次是因为我一大早空腹赶往第二军医大学的医院去验血。按要求，前一天晚上吃得少又清淡。没耐心等公共汽车，便往回走。至五角场，简直可以说饥肠辘辘了，然而才十点来钟。回到学校，仍要挨过一个多小时方能吃上顿饭，身不由己地进入了店里。我是那时候出现在店里的唯一顾客。

服务员是一位我应该叫大嫂的女子，她很诧异于我的出现。我言明原因，她说也只能为我做一碗“阳春面”。

我说就来一碗“阳春面”。她说有两种价格的——一种八分一碗，只放雪菜；另一种一角二分一碗，加肉末儿。

我毫不犹豫地说就来八分一碗的吧。依我想来，仅因一点儿肉末的有无，多花半碗面的钱，太奢侈。

她又说，雪菜也有两种。一种是熟雪菜，以叶为主；一种是盐拌的生雪菜，以茎为主。前者有腌制的滋味，后者脆口，问我喜欢吃哪种。

我口重，要了前者。我并没坐下，而是站在灶间的窗口旁，看着她为我做一碗“阳春面”。

我成了复旦学子以后，才知道上海人将一种面条叫“阳春面”。为什么叫“阳春面”，至今也不清楚，却欣赏那一种叫法。正如我并不嗜酒，却欣赏某些酒名。最欣赏的酒名是“竹叶青”，尽管它算不上高级的酒。“阳春面”和“竹叶青”一样不乏诗意呢。一比，我们北方人爱吃的炸酱面，岂不太过直白了？

那我该叫大嫂的女子，片刻为我煮熟一碗面，再在另一锅清水里焯一遍。这样，捞在碗里的面条看去格外诱人。另一锅的清水，也是专为我那一碗面烧开的。之后，才往碗里兑了汤，加了雪菜。那汤，也很清。

当年，面粉在全国的价格几乎一致。一斤普通面粉一角八分钱；一斤精白面粉两角四分钱；一斤上好挂面也不过四角几分钱。而一碗“阳春面”，只一两，却八分。而八分钱，在上海的早市上，当年能买两斤鸡毛菜……

也许我记得不准确，那毕竟是一个不少人辛辛苦苦上一个月的班才挣二十几元的年代。这是许多底层的人们往往舍不得花八分钱进入一个不起眼的小面食店吃一碗“阳春面”的原因。我是一名拮据学子，花起钱来，也不得不分分盘算。

在她为我煮面时，我问了她几句，她告诉我，她每月工资二十四元，她每天自己带糙米饭和下饭菜。她如果吃店里的一碗面条，也是要付钱的。倘偷偷摸摸，将被视为和贪污行为一样可耻。

转眼间我已将面条吃得精光，汤也喝得精光，连道好吃。她伏在窗口，看着我笑笑，竟说：“是吗？我在店里工作几年了，还没吃过一碗店里的面。”我也不禁注目着她，腹空依旧，脱口说出一句话是：“再来一碗……”她的身影就从窗口消失了。我立刻又说：“不了，太给你添麻烦。”“不麻烦，一会儿就好。”——窗口里传出她温软的话语。那第二碗面，我吃得从容了些，越发觉出面条的筋道和汤味的鲜淳。我那么说，她就又笑，说那汤，只不过是少许的鸡汤加入大量的水，再放几只海蛤煮煮……

回到复旦我没吃午饭，尽管还是吃得下的。一顿午饭竟花两份钱，自忖未免大手大脚。我的大学生活是寒酸的。

毕业前，我最后一次去五角场，又在那面食店吃了一碗“阳春面”。已不复由于饿，而是特意与上海作别。那时我已知晓，五角场当年其实是一个镇，名分上隶属于上海罢了。那碗“阳春面”，便吃出依依不舍来。毕竟，五角场是我在复旦时最常去的地方。那汤，也觉其更鲜淳了。

那大嫂居然认出了我。她说，她长了四元工资，每月挣二十八元了。她脸上那知足的笑，给我留下极深极深的记忆……

面食店的大嫂也罢，那几位丈夫在城里做“长期临时工”的农家女子也罢；我从她们身上，看到了上海底层人的一种“任凭的本分”。即无论时代这样或那样，他们和她们，都肯定能淡定地守望着自己的生活。那是一种生活态度，也是某种生活哲学。

也许，以今人的眼光看来，会称之为“愚”。而我，内心里却保持着长久的敬意；依我想来，民间之原则有无、怎样，亦决定，甚而更决定一个国家的性情。是的，我认为国家也是有性情的……

蜡像馆

全中国唯上海有蜡像馆，在上海电视台的地下层。几年前我途经上海，滞留一日；朋友带我去参观了，印象颇深。三十几年前告别复旦后我再没专程去过上海，途经二三次，也只那次参观过一个地方。

我自然知道，某些省市的某些展馆也是有蜡像的，但蜡像只是展馆的一部分，所以大抵不能直接命名为蜡像馆。而上海的蜡像馆，是旧上海社会面貌的塑形反映，可以说是一部关于上海的塑式的简史，内容相当丰富。仅就此点而言，与别国的人物蜡像馆区别也是很大的……

当时我伫立一组蜡像前，睇视良久，不言离去。那是较大的一组蜡像，约半人高——而立之年的男子，推独轮车，车上坐二十余岁女子，着晚清民女装，面有戚色。然不露悲。庄庄地，恬静。而那男子，步态匆匆，表情茫然，明显地担忧着命运。

朋友问我在想什么。我言在猜他们的关系。朋友说是夫妻。我说：“但愿是兄妹。”朋友问为什么。

我说：“便有故事了。”又言，“此组蜡像最好。为生活而背井离乡之良民的良，全在人物脸上了，看着让人心疼。”朋友戏曰：“主要是心疼小女子吧？”我说：“也心疼她的哥哥。倘他们前往虎狼隐形于市的旧上海，那哥哥的责任大焉。”确乎，小女子是蜡像馆中最俊秀的人儿。朋友便拍我肩，笑道：“勿为伊神驰心往，走，走。”也确乎地，我当时浮想联翩……

回到宾馆，我向朋友讲了一种电视剧构思——每至午夜，外滩的大钟响过十二记，整个今日上海进入梦乡，蜡像馆的一概人物，便渐活转，一组组老上海故事于是展开。而那最俊秀的小女子，成为诸故事间的串联人物，也成为大故事的主角。她被追逮吗？自然地，原因是现成任选的。她的哥哥，自然也会竭力保护她，那却实在超出了他的能力……

朋友困惑：“倘要编创老上海背景的电视剧，何必非从蜡像馆起始？”

我说："老上海背景的电视剧已经不少。而我希望此剧风格创新——倘那小女子一逃，逃出了蜡像馆，逃到了'东方明珠'，逃在了今日之上海的市街间，结果会如何？六十年的沧桑巨变，几集从前，几集现在，人物命运梭行于往今，不是挺好看吗？"

同类型的电影太多了。

但此种类型的电视剧，尤其国产的，目前还没有。奉献一种新风格，也是有意义的。历史现实主义与当代现实主义相呼应，那会是什么艺术效果？从前的故事紧张，今天的故事浪漫。今天的故事要有爱情发生，所以那男子应是她的哥哥。是她的哥哥，浪漫的爱情才单纯。浪漫一向是和单纯连在一起的。他若是她丈夫，爱就复杂了。而复杂杀灭浪漫……

在今天，她爱上了我们上海的一位男作家？

噢不，我希望她爱上一名复旦的研究生，学中文的。他的家在上海郊区农村，他是她在今日之上海碰到的第一个人，那当然应该是在午夜以后，她懵懂于街头之际……

我甚至向朋友讲到了其他一些细节——如她须省下在餐馆打工挣的钱买蜡；每到凌晨四点以后她会变回蜡人。当她变回蜡人时，另一个她就可以回到蜡像馆去。而在回去之前，她必须用蜡修复她碰伤的身体。否则，回到老上海的她，身上呈现的将是真正的流血伤口……

蜡像人的世界怎么会变成活人的世界？

塑那小女子的老雕塑家是雕塑工作的领导者。他当时已身患绝症，为她倾注了最后心血，希望她活转来看看今日之上海是他的祈祝。而整个蜡人世界变成活人世界是由于她的活转。兄妹二人欠钱庄的债，人为财死，人也能因讨债而活。毕竟是荒诞现实主义的风格，荒诞那么一点点，当能被接受……

怎么结束？

她在爱人的拥抱和亲吻之下，渐变为蜡人，又渐变为那复旦中文学子手中的一支蜡。于是她再也不能回到当今。于是，蜡像馆中的她，脸颊上便有了去之复现的一滴蜡泪。并且，她已不在独轮车上斜坐着，而移身于别一组情境中了……

朋友听了我的娓娓讲述，同情地说："所幸我不是作家，动辄胡思乱想，就不怕把脑子累坏了呀？"

而我，直至今日，仍每每牵挂旧上海蜡像馆里那兄妹二人的命运。我真希望由上海的影视界人士编创出那么一部电视剧来。当然，也只不过是特儿童心理的一种希望而已，当不得真的……

咪妮与巴特

我家所住的院子，临街有一处很大的门洞，终年被两扇对开的铁栅栏门封着。左边那一扇大门上，另有小门供人出入。但不论出者入者，须上下十来级台阶。小门旁，从早到晚有一名保安值勤，看上去还是个半大孩子，一脸稚气未褪。

我第一次见到咪妮，是在去年夏天的一个中午。它“岿然不动”地蹲在小保安脚边，沐浴着阳光，漂亮得如同工艺品。它的脸是白色的；自额、眼以上，黄白相间的条纹布满全身。尾巴从后向前盘着，环住爪。看上去只有两三个月大。一点儿也不怕人，显得挺孤傲的，大睁着一双仿佛永远宠辱不惊的眼，居高临下地、平静地望着街景。猫的平静，那才叫平静呢。

我问小保安：“你养的？”他说：“我哪儿有心思养啊，是只小野猫。”从楼里出来了一个背书包的女孩儿，她高兴地叫了声“咪妮！”——旋即俯身爱抚，边说：“咪妮呀，好几天没见到你了。昨天夜里下那么大雨，你躲在哪儿呀？没挨淋吧？”小野猫仍一动不动，只眯了眯眼，表示它对人的爱抚其实蛮享受的。那女孩儿我熟识，她家和我家住同一楼层，上五年级了。我问：“你给它起的名字？”她“嗯”一声，从书包里取出小塑料袋，内装着些猫粮；接着将猫粮倒在咪妮跟前，看它斯文地吃。我又问：“既然这么喜欢，干吗不抱回家养着啊？”她的表情顿时变得失意了，小声说：“妈妈不许，怕影响我学习。”“多漂亮的小猫呀，模样太可爱了！”——不经意间，有位女士也站在台阶前了。我和她也是认识的，她是某出版社的一位退休编辑，家住另一条街，常到这条街来买东西。女孩儿立刻说：“阿姨，那您把它抱回家养着吧！”

连小保安也忍不住说：“您要是把它抱回家养着，我替它给您鞠一躬！这小猫可有良心了，谁喂过它一次，一叫，它就会过去。”

退休的女编辑为难地说：“可我家已经有一只了呀，而且也是捡的小野猫。”

于是他们三个的目光一齐望向我，我亦为难地说：“几个月前，我家也收养了一只小野猫。”

于是我们四个的目光一齐望向咪妮，它吃饱了，又蹲在小保安脚边，不动声色，神态超然地继续望街景。给我的感觉是，作为一只猫，它似乎懂得自己应该是有尊严的。只要自己时时刻刻不失尊严，那么它和人的关系就接近平等了。确乎地，它一点儿都不自卑，因为它没被抛弃过……

而和它相比，巴特分明是极其自卑的。

巴特是一条流浪街头的小狐犬，大概一岁多一点儿。小狐犬是长不了太大的，它的体重估计也就七八斤，一只大公鸡也能长到那么重。它的双耳其实比狐耳大，却不如狐耳那么尖那么秀气；全身都是白色的，只有鼻子是褐色的。小狐犬的样子介于狐和犬之间，说不上是一种漂亮的狗。它招人喜欢的方面是它的聪明，它的善解人意。

我第一次见到它，是在离我们这个社区不太远的一条马路的天桥上。我过天桥时，它在天桥上蹿来蹿去，一忽儿从这一端奔下去，一忽儿从那一端奔上来，眼中充满慌恐，偶尔发出令人心疼的哀鸣。奔得精疲力竭了，才终于在天桥上卧下，浑身发抖地望着我和另一个男人；我俩已驻足看它多时了。那男人告诉我——他亲眼所见，一个女人也就是它的主人，趁它在前边撒欢儿，坐入一辆小汽车溜了……

尽管我对它心生怜悯，但一想到家里已经养着一只小野猫了，遂打消了要将它抱回家去的闪念。我试图抚摸抚摸它，那起码足以平复一下它的惶恐心理，不料刚接近一步，它迅速站起，跑下了天桥……

从那一天起，它成了附近街上的流浪狗。有一个雨天，我撑伞去邮局寄信，又见到了它。它当时的情况太糟了，瘦得皮包骨，腹部完全凹下去，分明多日没吃过什么了。白色的毛快变成灰色的毛了，左肩胛还粘着一片泥巴，我猜或是被自行车轮撞了一下，或是被什么人踢了一脚。它摇摇晃晃地过街，不顾泥不顾水的。邮局对面有家包子铺，几名民工在塑料棚下吃包子，它分明想到棚下去寻找点儿吃的。如果不是饿极了，小狐犬断不会向陌生人聚拢的地方凑去的。然而它连走到那里的气力也没有了，四肢一软，倒在水洼中。我赶紧上前将它抱起，否则它会被过往车辆轧死。在我怀里，那小狗的身子抖个不停，比我在天桥上见到它那次抖得还剧烈。但凡有一点儿挣扎之力，它是绝不会允许我抱它的。它眼中满是绝望。我去棚下买了一屉小包子给它吃——有我在眼前看着，它竟不敢吃。我将它放在一处安全的、不湿的地方，将装包子的塑料袋摊开在它嘴边，它却将头一偏。一名民工朝我喊："嗨，你守在那儿，它是不会吃的！"我起身离开数步，回头再看，它才狼吞虎咽地吃起来……

以后，只要我在街上看见它，总是要买点儿什么东西喂它。渐渐地，它对我比较信任了。有次吃完，跟着我走。一直将我送到我们那个院子的台阶前。“巴特”是我对它的叫法，我小时候养过一只狗就叫“巴特”。

某日，我在台阶上喂咪妮，巴特出现了。它蹿上台阶，与咪妮争食猫粮，咪妮吓得躲开。我说：“巴特，不许抢，一块儿吃。你看，有很多。够你吃的！”我的声音严厉了点儿，它居然退开，尽管很不情愿。并发出极低微的喉音，像小孩子委屈时的呢哝，扭头看我，眼神很困惑。当我将咪妮抱过来放在猫粮旁，巴特的头转向了一旁。那一时刻，这无家可归的可怜的流浪狗，表现出了一种令我肃然起敬的良好的教养，一种对于一条饥饿的小狗来说实在难能可贵的绅士风度。多好的小狗啊！我不禁想，这么听话这么乖的一条小狗，它的主人怎么就忍心将它抛弃了呢？我抚摸了它一下，用温柔的语调说：“不是不允许你吃，是希望你谦让点儿。吃吧吃吧，你也吃吧！”它这才又将嘴巴伸向了猫粮。两个小家伙吃饱以后，并没马上分开，而是互相端详，试探着接近对方。当彼此都接受了，咪妮卧在小保安脚边，一下一下舔自己的毛。巴特却不安分，绕着咪妮转，不停地嗅它，还不时用头拱它一下。而咪妮并不想和巴特闹，不理睬巴特的挑逗，闭上了眼睛。巴特倒也识趣，停止骚扰，也在咪妮身旁卧下。不一会儿，两个小家伙都睡着了，咪妮将下颏搁在巴特背上，睡相尤其可爱。

小保安苦笑道：“看，我好像成了专在这儿保护它俩的人了！”

傍晚，我碰到了那个经常喂咪妮的女孩儿，她在门洞里玩滑板。她停住滑板，问我：“伯伯，你猜它俩躲到哪儿去了？”我反问：“谁俩呀？”她说：“咪妮和巴特呀，保安叔叔告诉我，你叫那条小流浪狗巴特，我喜欢你给它起的名字。”我说：“我也喜欢你给那只小野猫起的名字。”“你猜它俩躲哪儿去了？”我摇头。“我知道，您想不想去看？”我犹豫一下，点了点头。在我们那个院子最里边，有一处休闲之地。草坪上，曲折地架起尺许高的木板踏道。在两段木板的转角，女孩儿蹲了下去。她说：“它俩在木板底下呢。”仅仅蹲着并不能看到木板底下。女孩儿又说：“您得学我这样。”我便学她那样，将头偏向一旁，并低垂下去，于是看到——咪妮和巴特，正在一块纸板上嬉闹。女孩儿说：“纸板是我为它俩放在那儿的。”两个小家伙发现我和女孩儿在看它们，停止嬉闹，先后钻出，跟我和女孩儿亲热了一阵，复钻入木板底下，继续佯斗。

看着一条被抛弃的、心理创伤很深的流浪小狗与一只孤独然而高傲的小野猫成了一对好朋友，我心温暖。比之于人的社会，那一时刻，我忽然觉得，小猫小狗之间建立友爱，则要容易多了。我从那尺许高的木板之下，看到了令我感动并感慨的图景。

自那一天起，两个小家伙形影不离。它们有了一个共同的家，便是那木板踏道的底下。看着它们在一起高兴的人多了，喂它们东西吃的人也多了。小保安不知从哪儿捡了两个旧沙发垫塞到了木板下，还有人将一大块旧地板革铺在踏道上，防止雨漏下去。两个小家伙喜欢相依相偎地睡在“家”里了。据女孩儿说，咪妮睡时，仍将头枕在巴特背上，似乎那样它才睡得舒服，睡得安全……

偶尔，它俩也会跑下台阶，穿过街道，在对面的小铺子间闲逛。大概它们以为，人都是善良的。而街对面那些开小铺面的外地人，以及他们的孩子，确实都挺善待它们。看到家养的小猫小狗在一起是一回事，看到一条小流浪狗和一只小野猫形影不离是另外一回事：咪妮和巴特，使那一条街上的许多大人和孩子的心，都因它们而变得柔软了。

我出差了数日，返京第二天中午，艳阳高照，然而暑热已过，天气好得令人心旷神怡。吃罢午饭。我带足猫粮狗粮，去到了门洞那儿。

却不见咪妮和巴特。

小保安说：“都死了……”

我一愣。

他告诉我——一天下午，咪妮和巴特又跑到街对面去了；偏巧街对面停着一辆“宝马”，车窗摇下一边，内坐一妖艳女郎，怀抱一狮子狗。那狗一发现咪妮和巴特，狂吠不止。咪妮和巴特便迅速跑回台阶上，蹲在小保安脚边。那女郎没抱紧狮子狗，狮子狗从车窗蹿了出去，追到了台阶上。咪妮野性一发，挠了狮子狗一爪子；女郎赶到，见她的狮子狗鼻梁上有了道血痕，说是破了她那高贵的狗的狗相，非要打死咪妮不可。小保安及时抱起咪妮，说咪妮不过是一只小野猫，有身份的人何必跟一只小野猫计较？而这时，巴特和那狮子狗，已扑咬作一团。女郎尖叫锐喊，从花店中闯出一彪形大汉，奔上台阶，看准了，狠狠一脚，将小巴特踢得凌空飞起，重重地摔在水泥街面上。咪妮挣脱小保安的怀抱，转身逃入院中。那女郎踏下台阶，又对奄奄一息的巴特狠踢几脚。一切发生在不到一分钟内，等人们围向巴特，“宝马”已开走了……

我听得目瞪口呆，良久才问了一句话是：“那，那咪妮呢？……”

“也死了……躲在木板底下，三天不出来，三天不吃东西……怎么叫它也不出来，喂它什么都不吃……活活渴饿死的……我和几个小朋友把它和巴特埋在一块儿了……”

我一转身，见说完话的女孩儿，无声地哭。

我，将手伸入了衣兜。

无话可说之时，我便只有吸烟。

我三口五口就吸完了一支烟。

何以解恨？唯有香烟。

唯有香烟……

翌日，我终于想好了我要说些什么——在课堂上，在讨论一部爱情电影时，我对我的学生们说：“那种对猫狗也要分出高低贵贱的女人，万勿娶其为妻！那种对小猫小狗心狠意歹的男人，你们女同学记住，不要嫁给他们！……”其实我还想说：这处处呈现出冰冷的、病态的、麻木的、凶暴的现实啊，还有救吗？然我自知，这么悲观的话，是不该对学生们说的……

"十姐妹"出走

且说那一天我在家对面的小树林散步，遇见了几个年轻的民工。其中一个拎着纸盒箱，箱四周扎了许多透气孔。见到我，拎纸盒箱的自言自语："这么大一个北京，竟没识货的人！"仿佛自言自语，其实说给我听。那模样，那口吻，使我联想到受高衙内指使，诱林冲中计的那个卖刀人……

我问："什么？"

他们中有人答："鸟儿……"

"什么鸟儿？"

"十姐妹……"

好悦心的鸟名——我不禁掀开纸箱盖儿一角往里瞅，但见十位"小姐"挤缩一处，十双黑晶晶的小眼睛瞪着我，胆怯而又乞怜。黄嘴边儿还没褪哪，羽毛还没长全哪，毛根间暴露着粉红的肉色，如同一群只扎肚兜儿的光身子小孩儿……

并不雅的些个小东西！

"卖？"

"卖！"

"多少钱？"

"二十元！"

"太小哇。"

"这您就外行啦，养鸟儿都得从小养起。"

"不好看哪，跟麻雀似的！"

"毛长全就好看了，不好看能叫'十姐妹'吗？"

于是我一念顿生，成了"十姐妹"的"家长"。

最初养在一个极小的笼子里，用两个瓶盖儿喂它们水和小米。后来妻买回了一个漂亮的够大的笼子，于是它们"迁"入了新居，好比住在小破房里的中国老百姓，一步登天搬进了花园洋房。那一天"她们"显得好高兴噢，叽叽喳喳叫个不停。我们一家三口看着"她们"高兴，各自心里也高兴……

自从阳台上有了"十姐妹"便热闹起来。"小姐"们一会儿"说"一会儿"唱"。"说"时其音细碎一片，吴侬软语似的，使我联想到一群上海姑娘聚在一起聊悄悄话儿。“唱”时反倒不那么动听了，类乎“喳”的一个单音，此长彼短，自我陶醉。没一个嗓子强点儿或可出息为歌唱家的。于“她们”正应了那句话——“说的比唱的好听”。

那时我正写作，便不免会有些烦，常到阳台上冲“她们”喝唬一句。喝唬一句大概能消停五分钟。于是最后只有关上几扇门，隔断“她们”的噪音，将自己关在最里边的小屋。

安定且无忧无虑的生活，使“她们”长大得明显，羽毛日渐丰满了，一个个都出落得非麻雀可比了。秀小的头，鱼形的身，颔下和喙根两侧，以及翅膀和尾翼之间，是洁白的绒羽和翅子。若补充些想象看它们，也还算漂亮。

有一天我发现“她们”争争吵吵拥拥挤挤地围住饮水罐儿，衔了水梳理羽毛。我想——哦，“小姐”们是该洗次澡了，便将一个饼干盒盖注满清水，将笼底抽下，将笼子置于盒盖上，伫立一旁静观。“她们”不争不吵不拥不挤了，一只只侧着头，矜持地瞪我。我刚一转身离去，阳台上便溅水声大作。水珠竟透过纱门溅入室内。偷窥之，见“她们”洗得那个欢呢！而且相互梳洗……

于是便宠出了“她们”的娇惯毛病。每至中午，倘不为“她们”提供此项服务，阳台上一片抗议之声，不予理睬简直就不可能。“她们”是很讲纪律的，或者可以说很培养我的文明意识——只要我在旁看着，决不下水。其实我也不稀罕看。偷窥的行为就那么一次。女人们洗澡的美妙情形我早已司空见惯了，在电影里……

原先，鸟笼是放在一把椅子上的。阳台下半部是砌严的，小时候它们只能看到一片天空，倒也都甘于做井底之蛙。有一天“她们”就以“她们”的噪音，提出了开阔视野高瞻远瞩的要求。于是中午洗过澡后，我将鸟笼挂在晾衣竿上。第一次透过阳台窗望到外面的广大世界，“她们”真是显得惊奇极了。“说”了一中午，“唱”了一中午。反反复复“唱”的，在我听来，仿佛始终是那么一句——“外面的世界很精彩……”

我听不得“她们”向我传达的那份儿幽怨，干脆启开笼门，将“她们”放飞在阳台上。不消说，从此我更得勤于打扫阳台了……

我常想起买下“她们”时的情形。不知命运如何，“她们”的那份儿胆怯好可怜的。不愁冷暖不愁饥渴了，就产生了对“居住”条件的高要求。“居住”条件大大改善了，就渐渐滋长了“贵族”习惯，每天还得洗次澡。一旦“贵族”起来了，则又开始向往自由了。给予了“她们”一个阳台的自由范围，最初的喜悦和兴奋过后，又分明向往起“外面的世界”来……有天它们一溜儿蹲栖在窗格上，静悄悄的，都很忧伤的样子，仿佛些个囚徒似的。我几经犹豫，开了一扇阳台窗。清风和爽气扑人，“她们”都扇动起翅膀来……我说：“小姐们，请吧，我还你们自由……”“她们”一只只从敞开的窗子跳进跃出着，不停地扇翅，一会儿侧头看我，一会儿仰望天空，似有依恋之意……我又说：“想回来时就回来，这扇窗将随时为你们打开……”我也满怀着对“她们”的依恋，离开了阳台。半小时后，十只鸟儿剩下五只了。一个小时后，阳台上一只鸟儿都不见了，顿时寂静得使人郁悒……有几只鸟儿飞回来过——吃点儿食，饮点儿水，洗次澡，又飞走……从此，我在早晚散步时，总能听到“她们”的声音，传出自小树林里。我的“丫头”们的声音，我是听得出来的……

有天我发现一只鹞鹰，在附近的树林上空盘旋。我想——说不定它是被我的“丫头”们的叫声引来的，伺机加害于“她们”。于是我赶快回到家里，找了一根长长的竹竿，挂上彩布，在树林中奔来奔去，挥舞着，大叫着，直至将那残食弱小的枭禽驱逐遁去……

有天我发现别人家养着两只鹦鹉的笼子里，也有一只“十姐妹”。两只鹦鹉都啄“她”，啄得“她”没处藏没处躲，紧缩一隅，尾巴挤出在笼外。见了我，便在笼子里“炸”飞起来，叫个不停，其音哀婉。我想，那一定是我的“丫头”中的一只，想吃食，想饮水，或想洗澡，误入了别人家的阳台……

于是我将“她”讨回，养了几日，又放飞了……有天早晨，在公园里，我见到一个张网人，一次用粘网粘住了三只“十姐妹”。我想那也肯定是我放飞的鸟儿。我将“她们”再次买下，养了几日，也又放飞……“外面的世界很精彩，外面的世界很无奈”——在人的城市里，对鸟儿们也是这样的……

自由，在本质上，其实也是人对他人的责任感最完善的摆脱。正如我不可能也不打算每见到别人笼子里的一只“十姐妹”都买下放飞一样。在这么一种社会形态下，若同时没有法的威慑，没有宗教对心灵的影响，大多数人，就只有像我养过的“十姐妹”一样，提高防范的能力，并靠运气活着了……

有天夜里我做了一个梦——梦见老了的自己，被十个女儿围绕着，还有十个女婿侍守一旁——尽管这有悖计划生育法，而且“十姐妹”也并非就全是“丫头”，但仍没妨碍我做了那么一个很幸福的梦……

访法散记

缓缓睁开双眼，半清醒半困盹地向机窗外望去，蓦地惊呆了！

怎样的一幅景象呀！

广阔的苍灰的云层，如毡如絮，一马平川地铺向极遥远处，在被形容为天之尽头的地方，划出了一道笔直的云际线。

一抹血红色正渲染着它。那般的苍灰中仿佛孕育着什么。那般的血红中仿佛将诞生出什么。神秘的苍灰的云层啊，你孕育着什么呢？美丽奇妙的那一抹苍灰边缘的血红啊，你莫非是天的动脉或静脉吗？我忽然产生了一个想法——天空也许是有生命的吧？

这时，我所乘的北京飞往巴黎的国际客机，中途加油后，已远离了加莎。第一次乘国际客机，航行十七小时。第一次在空中观望到我们通常谓之“黎明”的那种景象。

虽然，飞机马达声阵阵入耳，但我透过机窗，整个身心溶化般地领略了天空的静谧。机窗如同一个房间的窗口。只要我愿意，似乎就可以推开这扇窗，从容不迫地走在那如毡如絮的一马平川的云层上，一直走到那极遥远的云际线，走到那正在渐渐渲染开来的血红色之中。我完全被这样一种想象迷醉了，完全被眼前的景象迷醉了。我是真愿走到那血红色之中去啊！它又使我联想到了将我孕育成为一个人的母腹中的温馨。那时那刻，天空使我感受到了犹如母爱般的、宽广得无边无际的亲情。

人在地上更觉得作为一个人的重要。一旦升入万米以上的高空，升入云层，当地上的一切在你眼前不复存在了，你不禁会意识到自己的渺小。渺小得如同宇宙的一粒尘埃。于是，倘若你曾以为自己是一个掌握权势者，一个具有某方面才华者，一个奠定了某种社会地位者而亦骄亦矜过的话，那么你就不但会感到自己的渺小，甚至会感到自己的卑俗。

所以，我真希望每一个人都有机会像我一样，乘坐一次十七小时左右的国际航班，在天空中领略一次昼夜交替时的那种似乎永恒的景象。那么，许多人降落地面之后，都会对“人”这个字，以及目前很时髦的关于人的价值的种种讨论，获得一些更朴素的，与其说是观念毋宁说是悟性的思考了。

我之所以在这篇散记的开始写下我在飞机上的这种联想，感觉，乃是因为这一切联想，这一切感觉，对我太重要了！我不必说明，相信你已完全理解。

法国无疑是一个美丽的国家，巴黎无疑是一座美丽的城市。美丽和繁华是两个截然不同的概念。前者陶冶性情，后者骚扰灵魂。当代人日渐地区分为两种类型：一种满世界寻找美丽，一种满世界建筑繁华。恰如植物的叶子具有向光性，根须具有向水性一样。我想，中国要成为像法国一样美丽的国家，中国的许多城市要成为像巴黎一样美丽的城市，可能要比成为一个经济发达国家和市街车水马龙需要更长久的时间。而中国普遍的人们，要成为向往美丽而不仅仅是向往繁华的人们，也需要长久的时间。世界上每一座城市都是一部分人类的历史。人类的普遍心理恰恰是在满足了对繁华的向往之后才开始寻求和建设美丽的。美丽和繁华同样也是需要建设的。但绝非同一含义上的建设。

巴黎的美丽，正在于它并不见得多么繁华。在巴黎的几天中，法国大使馆的翻译朋友几乎天天驱车陪同我们观赏市容。我没有发现巴黎的某一条街，如同我在电影或电视中所看到的香港、东京或纽约的某些街道那么繁华。

巴黎更是一座到处使人感受到艺术氛围的城市。举世闻名的凡尔赛宫、卢浮宫、蓬皮杜艺术中心、埃菲尔铁塔，和许多街道、公园中的许多雕塑，的确使人对法兰西文化和文明产生眷恋之情。当然，这些又只不过是法兰西文化和文明对巴黎这座城市的点缀而已，绝非它的本性。

就说皇家宫闱吧，我们的故宫不也称得上世界之最吗？游览故宫，更使人感到的是王权的威仪。参观巴黎的皇家宫闱，给人留下难忘印象的，却是艺术的光辉。中国的历史，是王权的历史。法兰西的历史上，曾有过极辉煌的举鼎艺术的世纪。

当代法国人对艺术的热衷，似乎有些近于荒唐。在蓬皮杜艺术中心，我欣赏到按照我们习惯了的审美观念判断是真正的艺术的同时，也在一些展厅看到了排列在地毯上的图案并不复杂的铁钉，用油彩抹得甚至可以用“肮脏”二字形容的整幢小破烂房屋，还有好像是直接从建筑工地上搬来的水泥凝固着残砖的“建筑垃圾”，还有一些在我这个中国人看来是根本没有什么艺术价值的、有碍观瞻的、莫名其妙的东西。

我指着那些崭新的铁钉，对法国使馆的陪同翻译小柯说：“这我四岁半的儿子也能行！？”

他回答：“也许吧。但这不是挺好玩的吗？再过一百年，一千年，那时的人们不是会绞尽脑汁，煞费苦心地研究，为什么他们的祖先把它当作艺术保存下来呢？”

我便笑了。

我相信他的话。

法国人在艺术方面是太尊重个性太崇拜“异想天开”的精神了！他们对于未来世纪的人们，似乎存心要开些“挺好玩”的狡黠的但绝无恶意的玩笑。他们在对待艺术和艺术史方面，也是不乏幽默感的。这是西方人的共性。一切在中国人看来十分严肃过于严肃的事情，西方人也许更乐于用幽默的方式去理解、认识、接受。所以他们普遍生活得比我们轻松、愉快。从人类心理学的角度上更多地保留一些人类的童心和稚气。我认为人类能够如此，是有益而美好的。

“挺好玩的”——这是柯的口头语。他的中国名字叫柯乃博。曾在中国留学六年，且善中国书法，求教过几位有名气的中国书法家。

我们在咖啡厅里曾见到几个少女——大概是些女中学生，因为都背着书包。她们一边喝咖啡，一边喁喁地说悄悄话，每人指间夹着一支细长的香烟。

我问：“她们这么小年龄就开始吸烟，不会遭到家长的训斥吗？”

他说：“当然会的。她们在淘气，挺好玩的不是吗？”

我便觉得她们那样子“挺好玩的”了，不再用看到了几个法国“坏”女孩子那种目光去注意她们。

那几天恐怖分子到处在巴黎放定时炸弹，又正是艺术节开幕的日子，白天夜里，巴黎街头常见全副武装的警察，还有便衣，一派戒备森严的景象。

我们第一次到卢浮宫参观，就因卢浮宫收到恐怖分子的信，扬言在那一天要炸毁卢浮宫，工作人员个个忐忑不安，警惕异常，那一天只好宣布闭宫。

我们转而去蓬皮杜艺术中心，门口也有警察搜身。

排在我们前边的两个法国少年，衣衫褴褛，头发剃得奇形怪状，染得五颜六色，鞋底儿快掉了，用绳绑在脚上，俨然活济公。

我以为是两个穷苦的少年流浪汉。

小柯告诉我不是，是两“朋客”。

关于“朋客”，国内有些报刊介绍过，此不赘述。

但小柯讲给我听的一件事——不是故事，而是一件真事，却“挺好玩的”。概记如下：

有一个法国家庭，为父母者都是有身份的，唯一的儿子却成了“朋客”。父母苦口婆心，想尽一切方式，无法教育过来。最后父母有一天对儿子说：

"既然你认为当'朋客'那么好，爸爸妈妈也陪你当'朋客'！"于是双双辞退了工作，也改装成儿子那种衣不遮体的样子，也剃了奇形怪状的发式，跟随儿子到处流浪、乞讨。久而久之，儿子终于忍受不了，哀求父母："爸爸妈妈你们别这样了嘛！"父母问："做'朋客'不是很好吗？我们已习惯了这样生活，要和你共同这样生活下去！"儿子说："你们这样失去了一个人应有的自尊，太令我伤心难过了！"父母说："我们就你一个孩子，你怎么没想到我们是多么替你感到伤心难过啊？一荣俱荣，一损俱损。你要是继续做'朋客'，我们一家三口永远都做'朋客'好啦！"久而久之，儿子终于回心转意。

真堪称西方为父母者之"黑色幽默"一例也！

我暗暗猜测警察们准不放两个"朋客"进入艺术中心。没想到警察们对他们毫无歧视之意。搜查他们身上时，并不比搜查那些衣冠楚楚的人更严格。

小柯又对我说："他们思想太简单，稍微遇到点不顺心的事，就作践自己，向社会抗议。挺好玩的是不是？他们也绝不会做一辈子'朋客'的，早晚有一天会回心转意的。"

"挺好玩的"这句话，也许不只是小柯，而可能是许多法国人看待某些社会现象，包括他们看不惯的社会现象的一种态度。这种态度，在我们，是会被斥为"缺乏社会责任感"的。

法国人有法国人的处世态度。法国人的处世态度适应于法国的社会。他们不是眼睛长了钩子似的，按照自己的好恶标准去严肃而严格地检验社会，这也看不惯那也看不惯，哇啦哇啦地大发议论。他们本能地要求自己，要看惯一切"惊世骇俗"的现象。见怪不怪。实在看不惯的，便持一种"挺好玩的"态度，一笑了之。当然，对这种恐怖活动是例外的。

我想，这也该算人类心态所达到的一种境界吧，而这种境界，是以社会的普遍的起码的文明礼貌为前提的。我不仅在巴黎，在法国的三分之二土地上，就没发现什么牌子上写着"不许随地吐痰"。也没有在任何一家餐馆、饭店、酒家、咖啡厅见过汗渍满面，撸胳膊挽袖子，喝五吆六地大吼大叫划拳行令的现象。我们中国人看惯了的某些现象，法国人肯定也是看不惯的。而巴黎红灯区妓女伫立街头，光天化日之下拉客的情形，法国人是司空见惯了，我这个中国人却看不惯。妓女无论如何总是病态的社会现象。不知中国人不随地吐痰，不在饭店餐馆肆无忌惮地划拳行令那一天，法国和整个西方的嫖妓现象还存在不存在？

西方的公开的妓女和东方的不公开的妓女，在一点上是同样的——其实都并非是“饥寒交迫”所致。法国的，也许也是西方许多国家的人际关系，我以为是可以当作经验引入，推广开来，让我们中国人好好学习的。

那就是——礼貌的距离。因为是礼貌的，所以并不导致人人都失去了朋友。因为是有距离的，所以“反友为敌”的现象不多。“反友为敌”，进而“誓不两立”的人际现象，在中国真是不乏实例。

礼貌的距离——在这样一种交友之道中，包含着一句无须时时提醒对方的潜台词——请尊重我，请勿犯我。

人的心灵之扉看来在相对敞开的同时也应该是相对关闭的。许多法国人是懂得这个道理的。大多数人努力而严肃地维护着自己心灵的独立性。人人如此，形成社会公德，形成交友准则，不但维护了自己心灵的独立性，同时也维护了他人心灵的独立性。因而无须在社交中时时亮出“黄牌”，警告对方已经“犯规”——“无礼侵入”。他们承认这样一个事实：人人的心灵深处都有隐私或隐情。人人的心灵深处都必然需要珍藏某种隐私或隐情。珍藏而不示人，表明着一种自重。以诚相待而不长驱直入，亦表明着一种修养。

我们大多数中国人好像不懂得这一点。既有着过分浓厚的刺探别人隐私或隐情的兴趣（甚至乐此不疲，以此为癖），也有着过分轻信地对别人透露隐私或隐情的毛病。有人将自己的心灵当成“公共场所”，也希望他人将自己的心灵当成“公共场所”。这之间就派生出第三种心态的人——一方面将自己的心灵严密封闭起来，另一方面像贼似的时时企图溜入别人的心灵，要发现点什么。中国有句话——“以心换心”，体现在一般人际交往之中，则被曲解为以自己的隐私换他人的隐私，以自己的隐情换他人的隐情。而中国又有句话——“花无百日红，人无千日好”，不好了的时候，换了出去换了进来的，便成了肆意作践或者被肆意践踏的双方的“抵押品”。而我们普遍的中国人又并不以此为耻，故而常常将别人的心灵践踏出血来，自己的心灵亦被践踏出血来。我常常怀疑，有几多中国人临死的时候，心灵中仍为自己保存着一点什么并且不曾被践踏过？

我的社交圈子极其狭小。在这极其狭小的圈子里，也常碰到这样的现象——一个朋友谈论起另一个朋友的时候，嗤之以鼻，接着以大不恭大不敬的语言攻击一番。而作为攻击武器的，又恰恰是人家将他视为知己才透露给他的属于“心灵世界”中的“珍品”。

这种现象碰到的次数多了，使我感到可怕。它无疑对于普遍的人们的心灵危害是严重的。可普遍的我们的同胞假装习以为常了，不在乎。但我确信，许多我们的同胞的心灵，其实都留下了这种恶果造成的疤痕，是残损的。

而当我目睹朋友们再次聚到一起，又表现出极其令人感到可信任的模样，相互宣告隐私或隐情时，我不唯感到可怕简直感到可悲复可卑了，难怪中国“长舌妇”“伪丈夫”代代相袭层出不穷！

扪心自问，我又何尝不是这样活过的呢？而我的社交圈子原先还自认为是不俗的！“你说我来我说他，谁人背后不说人”，站在这样的两句“醒世恒言”的踏脚石上，行为丑恶而便觉其丑了似的。

我从法国带回两件不虚此行的东西——一套全本水印版《金瓶梅》，可谓“出口转内销”吧——还有便是——礼貌的距离，可谓接受了一种西方教育吧！它符合我们目前大力宣传和提倡的“精神文明”。起码符合人类的“心理卫生”。也许它并非最佳方式，但在目前还没有更好方式被我寻找到时，我是要认认真真严严肃肃地开始实行的。

在法国仅仅访问了十四天，一半时间在巴黎，一半时间天天坐小汽车沿高速公路疾驶，周游法国南部。时间之短促，行程之紧张，是我的生活节奏中前所未有的。法国外交部十分热情，希望我们多到一些地方，对法国多一些了解。

我看到的法国，是比一般人们从各种报刊上、电影电视上看到的更具体不到哪去的。所不同的是，身临其境，和一些法国朋友直接来往，进入过一些法国朋友家中做客，便自然而然地产生一些对比和思想。思想到的比我看到的对我来说更有意义。

如果有人问我中国好还是法国好，我直率地回答：法国好。

法国的的确确是比中国好啊！它美丽。整个国家都是美丽的。其实巴黎给我留下的印象虽然很深，但并不能使我忘记自己是在哪一片土地上诞生和成长的。倒是从巴黎至戛纳的途中所经过的那些中小城市，那些乡镇，那些农村，使我至今回忆起来犹如在眼前一样。它们美丽，恬静，如诗如画。法国人是爱花的。法国到处可以见到鲜花。还有那些像童话中描写的绘画一样美丽的小房屋，以及每一幢小房屋前绿草茵茵，鲜花盛开的花园，以及爬在那些小房屋的墙上和花园篱笆上的蔷薇、常青藤，涂了釉般的叶子在夕阳下闪耀着紫红色的光泽……这一切都是很迷人的！

小国有小国的优势。像法国这样一个只有五千万人口（包括大约一千万移民）、地理和气候良好，又有着深远的尊重艺术崇尚艺术的民族传统的国家，在几个世纪的发展和进步中，将整个国家建设得如同花园一样，是可敬的也是完全可能的。

而我们的国家，地域广大，有沙漠，有荒山，在戈壁，有秃岭，有不毛之地，近几年经济才开始起步发展，我们的人民付出的劳动将注定要比法国人民付出的劳动更艰巨，而获得成果也注定将比法国迟缓很多。

拿城市建设来说吧，小柯告诉我们，巴黎实行了一条法律，每建筑一幢高层楼房，必须拨出总投资的百分之二十，用以美化建筑外表，或者在建筑前立一艺术雕塑，达到美化城市的目的。并且绝不允许样式相同的建筑物施工。这不是我们目前在城市建设方面能达到的。心有余而力不足。

但是如果有谁问我愿不愿意留在法国，我的回答是肯定的：不愿意。

这同爱国主义关系不大。老住中国的人未必很爱国。居国外的人未必不爱国。

首先是，我觉得中国人在法国人心目中形象并不那么可爱。有一次我坦率地问小柯：“法国人对生活在法国的中国人普遍有什么看法？”他认真思考了一会儿，这样回答：“还好。中国人挺老实，在法国不生是非，一门心思赚钱，攒钱，没给我们法国人带来过什么麻烦。”

这种评价不算低，可也不算高。

再加上近年来所谓自费留学成风，其实际情况并非如国内某些报刊报道的那么光彩，所以中国人在法国的形象其实不是正在日益高大和可爱起来。

而且我毕竟算是一个作家。长居法国我根本不可能再是作家。我相信，在全世界比较起来，中国作家在中国的社会地位也是高的。法国可养不起像中国这么多的专业半专业作家。在中国成为一个作家，进而一辈子成为一个作家，似乎不是太难的事儿。

法国有法国的社会优越性，中国也有中国的社会优越性。我看中国的大学毕业生，普遍就比法国的大学毕业生幸运。毕业后，起码有个较好的工作。我们在马赛大学访问时，据中文系一位教师告诉我们，他的全部学生中，百分之二十的人在不长的时间内能找到相对满意的工作就不错了。一位女学生用中国话同我交谈了近一个小时，言语之中流露出想在中国找工作的渴望。

她说：“你们中国大学生毕业后都能由国家分配工作，我真羡慕。我学中文，自修英文和西班牙文，毕业后能否很快找到工作，还毫无把握呢！”

她显出一种前途渺茫，对未来感到惆怅的样子。

访法的另一个重要收获，是我自认为多少理解了某些法国当代文学——也自认为多少理解了某些西方当代文学为什么是那样的而不是像我们这样的。原因在于他们的社会结构社会生活是那样的而不是像我们这样的。他们当代人的心理状态和伦理道德观念是那样的而不是像我们这样的。

一种历史造成一种文化。一种文化造就一种文明。一种文明孕育一个民族。一个民族总要寻找到更能表现他们自己安慰他们自己的艺术，包括文学。

而中国的文化和文明，直到目前，也许仍是世界上最具政治性的文化和最具政治性的文明。

深圳随想

有野心的深圳人

我虽没有长住过深圳，却也接触了不少深圳人，感觉他们大多都是有点“野心”的。

我将“野心”这个词用引号括上，意在强调含有赞赏，不带贬斥的。

野心这个词，按照《现代汉语词典》的权威性解释，指——对领土、权力或名利的巨大而非分的欲望。

但是，细细一想，不会有哪个人是为了占有一片领土而成为深圳人的。中华人民共和国的土地法早已宣告得清清楚楚，九百六十万平方公里的每一平方米土地，都是归国家和集体所有的。即便你是亿万富翁，你也只能在二三十年内，最长六七十年内，用金钱买下一小片土地的使用权。所以，可以肯定地说，怀着占有领土的“巨大而非分的欲望”成为深圳人的人，不是疯子，也是傻瓜。“炒土地”者们本质的动机和最终目的，并非是企图占有它，而只不过是企图在“炒”它的过程中赚取金钱。

为了权力成为深圳人的人，我想也不是太多。因为仅就权力舞台而言，深圳毕竟太小了。太小的深圳的权力舞台，怎能满足对它怀有“巨大而非分的欲望”之人的心理呢？除非是在别的权力大舞台上失意又落魄，才会转移向一个权力小舞台寻求安慰。何况，深圳从一开始便确定了向商业城市（包括高科技与市场经济接轨的战略方针）发展的蓝图。而商业城市的特征之一，便是政治权力保障并服务于商业。在一个商业时代典型的商业城市，第一位的骄子是成功的经商者，第二位才是从政者。一个对于政治权力怀有“巨大而非分的欲望”之人，在深圳怕是找不到什么良好感觉的了！

为了名到深圳去的人大概也是不多的。想来想去，除了歌星们，还会有谁呢？他或她，也不过是将深圳当成较理想的演习场或集训营。积累了经验，提高了素质，便会从深圳这块跳板纵身一跳，跳往北京的……

更多更多的人，之所以从全国各地奔赴深圳，主要是为了一个“利”字吧？

古人云："天下熙熙，皆为利来；天下攘攘，皆为利往。"

这个"利"字，我强调的，并非它的商业内涵的一面，而是它社会学内涵的一面。

人既然生活在社会中，那么谁都是一个社会人。一个社会人，不可能不考虑自身利益。它包括——保障一种相对体面的物质生活的收入，选择能发挥自己某项专长或才智的职业的充分自由，参与公平竞争的激情和冲动，便于实现自我价值的社会环境……

我想，肯定地，更多更多的人，是被这样的一个社会学内涵方面的"利"字而驱动而吸引，才由别处的人毅然决然地"变"成为深圳人的吧？

如果，这样的一个社会学内涵方面的"利"字，是可以不太确切地用"野心"这个词来谈论的话，那么具有这一种"野心"，对当代中国人而言，实在是值得欣喜的事呢。尤其是对于当代青年人而言，倘连这么一点儿起码的"野心"都没有，那又实在不是一个国家、一个民族、一个时代的幸事。

对一个国家、一个民族、一个时代而言，如果它的大多数人，尤其它的大多数青年人，皆能相对实现以上那么一种"野心"，它将必是安定昌盛、高速发展的，前途也将是美好光明的。

在我看来，深圳是中国的第一座典型的"移民城"。也许，它还是全国青年人最多的城市和知识结构最高的城市吧？尤其后两点，和深圳的年轻，和深圳的以现代观念为主体观念，是很匹配的，可以说相得益彰。无论认为他们选择了深圳，还是深圳选择了他们。

八十年代初，我的一位大学同学，在宁夏颇有名气的一位作家，曾打算调往深圳。后来由于种种因素，至今没有去成，什么时候谈起来还遗憾得不行……

我的另一位大学同学，贵州人民出版社的编辑部副主任，也曾因打算调往深圳，来寻求我帮助，后来也是由于种种因素没去成，却至今"贼心不死"……

而我自己，一九八八年底从北影调到童影后，住房窘况大大改观，才最终灭了由北京人变成深圳人的念头。否则，尽管我觉得我与深圳缺少缘分，但也可以划归为"贼心不死"者中去。可见，曾想要去深圳成为深圳人的人，比已经去了深圳成为深圳人的人，少不了许多吧？

我曾应邀到渤海油田讲过文学创作课，结识了那个地方的一批男女青年文学爱好者。某天我收到一封从深圳寄来的信，困惑地打开一看，是其中一位女孩写来的，告诉我她已经调往深圳了。而且，是因为陪她父亲旅游到深圳，一下子就被深圳吸引住了。用她的话说，是"我找到了某种感觉，某种缘分”。于是坐地就成了深圳人。去时是父女俩，回渤海是她父亲一个人。她老父亲也特理解她、支持她，“自告奋勇”承担了回原单位替她办理辞职手续的义务。她那封信，字里行间，充满了洋洋自得的人生信心，仿佛待嫁闺中的女孩，忽一日红鸾星惊，相中了一位“白马王子”或被“白马王子”相中似的……

一位包头的文学青年，某天也出我意外地从深圳打来电话，说已受聘于深圳某一公司矣，也说找到了“某种感觉”“某种缘分”。先是，他的一位同学去了深圳，受公司委派，回包头办子公司。将他从单位硬“挖”了出来。后来深圳方面派员去包头考察，发现他那位同学志大才疏，不善经营管理，将他那位同学“炒”了鱿鱼，宣布解体了子公司。同时在与他的几次接触中，发现他倒挺有能力，问他愿不愿到深圳谋求自身“发展”。他自是喜出望外，于是跟随到了深圳……

我问：“干得顺心吗？”

答曰：“我已经从那一家公司‘跳槽’，换了一家公司干了。”

我替他忧心地说：“那么，是在第一家公司干得并不太顺心了？”

他在电话里笑了，说：“你别替我操心。我在第一家公司干得也很不错，但第二家公司的待遇更高些。人往高处走嘛！在深圳工作变动是寻常事儿！”

去年十月，我在南京签名售书，遇到了我的一位“兵团战友”。他竟也装模作样排队买我的书。

他说他已不是哈尔滨人了。

我问：“调到南京了？”

他说：“调到深圳了。”我一怔，忙问他“感觉”如何？他莫测高深地一笑，说：“人挪活，树挪死嘛。起码感觉到——我挪活了！”

签名售书活动的第二站是西安，又遇到了我的一位中学老师排队买我的书。二十多年不见，她白了头发。我毕恭毕敬地站起，问老师近况怎样。老师说，她已退休了，已调到深圳了，受聘于女儿和女婿的单位，当一名老业务员。我奇怪，问老师：“深圳也欢迎您这般年纪的人吗？”老师一笑，说：“深圳那地方，不以年龄和资格论人，看重的是实际工作能力。我也没承想我自己教了一辈子书，一朝下海，居然还能扑腾几下子！”

一不留神，你生活的周围，就会有一两个你熟悉的人，说变就变成深圳人了。一旦他们变成了深圳人，给我的印象是，仿佛都年轻了几岁，都对人生增添了几分自信和乐观，都自我感觉好起来了似的……

许多中国人碰到一起，总不免首先抱怨一通自己的工作单位，接着抱怨自己生活的那座城市、那个省，进而抱怨整个中国。那么多人倍感自己怀才不遇，倍感自己的才智和能力受到压抑，倍感活得窝囊活得委屈……

据我想来，他们的抱怨，也许不无各自的理由和根据。

然而，深圳人一般却不这样。他们很少抱怨深圳。也许是因为他们自己当初乐于去的吧？可又分明不完全是，分明还是一种“深圳人”共有的大家都恪守的什么原则似的……

我不信去了深圳的人，没有人仍觉得怀才不遇，没有人仍觉得才智和能力受到了限制和压抑，没有人仍觉得与他人比起来，自己仍活得窝囊活得委屈活得累……但真的，我所接触的深圳人，一般都不抱怨。

在今天，这一点尤其显得难能可贵。他们的不抱怨，似乎都向人表明他们自己的另一种自尊和自信……仿佛，深圳像一种学校，它教育出着另一种当代中国人……

很远的深圳

有些朋友知道，我曾去过深圳一次。目前为止，仅仅一次。

这些朋友却不知道，我曾很想调往深圳。最终彻底打消念头，原因之一是——深圳对我这个北方人来说，似乎太远了，远到不只是南方，简直就像是香港或澳门；原因之二——恰恰是，由于我到过深圳一次。

先说第一个原因：我出生在哈尔滨。直至下乡前，没离开过它。如今，我的老母亲和两个弟弟一个妹妹，都在哈尔滨。弟弟妹妹都已成家，老母亲轮流和他们生活在一起。哈尔滨还有我诸多的同学和兵团战友。亲情加上友情，据我想来，便该是所谓家乡观念或曰家乡情结的最主要的内涵了吧。无论世人对此如何评说，我这一代人的特征，正是家乡观念或曰家乡情结难以解脱。我甚至进一步认为，这是贫穷在我和我的大多数同代人心理上和情感中投下的阴影。父母辈在贫穷年代为我们付出的太多太多，可谓含辛茹苦。我们总希望生活在他们周围，起码是生活在离他们不算太远的地方，以便能够更经常地尽我们做儿女的义务和拳拳孝心。

一九七七年，我从复旦大学毕业之际，有三个分配选择——哈尔滨、北京、上海。我毫不犹豫地填了去哈尔滨的志愿。我坚决不同意留在上海。一些阴错阳差的因素，使我成了北京人。这在当时而言，是离家乡离父母和弟弟妹妹，离亲情和友情最近的选择了。说来人们也许不信，尽管北京到哈尔滨，只需坐十七八个小时火车，可十四五年内，我不过只回去了七八次，几乎两年才回去一次。足见对一个太依重家乡观念的人，远或近，有时似乎更是一种心理距离……

我是在一九八六年去深圳的。当时到广州花城出版社改稿。改毕，编辑部主任陈大姐和我的责编，一位典型的广州姑娘陪我去深圳。到时已是下午，在市内转了转，第二天去了沙头角，天黑才回到深圳。第三天一早便离开了。所以在我的印象中，仿佛去的更是沙头角，只不过途经了深圳似的。

我只用了一个小时就在沙头角走了个来回，与陈大姐她们走散了。在沙头角买了三个杧果吃，其余什么也没买。我既不觉得那条小街的东西真的有多么便宜，也不觉得有什么东西格外吸引我，能勾起我买的冲动，甚至竟有点儿后悔。对于一个极其缺乏购买热忱和欲望的人，要在那么一条小街上消磨掉整整一个下午的时间，仅仅靠闲适的心情是不够的。于是我在那条小街中方这一侧的一个电影院，唯一的一个电影院，看了两场电影。第一场是《金镖黄天霸》，第二场还是《金镖黄天霸》，都是我们北京电影制片厂拍的（当时我仍在北影）……

在深圳短短的时间里，我抽空儿拜访了一位从家乡调到深圳美术馆的画家。在哈尔滨，他一家四口住两间阁楼。而在深圳，他住四室一厅。住址环境相当优美。附近有集市，买什么相当方便。尤其海味和副食、蔬菜，在我看来，丰富极了，价格也并不比北京贵多少。当然，最令我心向往之的，是友人的居住面积，大约近一百平方米。对他而言，在哈尔滨是不可企及的，恐怕只能是幻想。对我而言，在北京也是不可企及的，恐怕也只能是幻想。当时我在北影，只住十三平方米的一间筒子楼。

我非常坦率地承认，我几次萌发调往深圳的念头，主要是幻想能住上宽敞的房子。我是一个从小在低矮的泥土房中长大的人。宽敞的房子对我来说，直至一九八六年，一直是个美丽的梦。

深圳给我留下的印象很新，很现代，也很深刻。它新得好像没有一条老街陋巷，没有像门牙缺洞一样的胡同，没有南方所谓“棚户区”或北京所谓“危房区”。这大概也是令许许多多人心向往之的吧？对我而言，它现代，是指在那么有限的，还不如北京半个区大的范围内，耸立着那么多高楼大厦，而且外观又都那么新颖。北京当年可能也还没有盖起那么多，盖起了的也很分散……

但是，我觉得，深圳当年还谈不上有任何意义的历史，也还没有形成起码的文化氛围。即使单讲文娱吧，仿佛除了电影、刚刚出现的录像厅，就再谈不上其他了……

我竟没找到一家书店，只偶然见到了一个书摊。书摊上只有花花绿绿的刊物，而没有一册文学刊物，没有一本文学书……哦，对了，也不能说没有一本文学书，有本香港版的《金瓶梅》。还有几种字典，包括英汉字典……

我当时想，看来深圳不适于我。尽管我丝毫也不怀疑，如果我投入它的怀抱，它肯定也会回赠我较好的居住条件。

我常反省，作家是些古怪的人，或曰是些很有毛病的人。所选择的生存地，历史太悠久了，不见得是好事。悠久的历史会将作家的思想压扁，使之变形。完全没有历史似乎也不行，会使作家感到，思想和观念仿佛一只无锚的船，轻飘飘无所定位。文化氛围太浓厚了不好，那样子文学就将被大文化淹没了。完全没有文化氛围似乎也不行，因为那样子作家会感到寂寞，感到窒息。作家的创作激情，有时是要靠文学的氛围去激励和鞭策的……

当年我主要患得患失的思想，便是这些。

我离开深圳时，心里默默对自己，也是对它说——别了深圳，看来我们没有缘……

我内心里竟不免有几分感伤——好比离开的是一位姑娘，她有令我动心之处，但是，她似乎不适合做我的终身伴侣。我们结不成婚。一往情深，凭着一股冲动结婚，我看不到我人生乐观的前景……

有文化的深圳人

令我惊讶的是——深圳的文化和深圳的经济，几乎是以同一种速度同步发展的。如果说它十几年前是一个海边小村，并没有什么所谓文化环境可言，那么伴随着它的经济发展，它的文化的骨骼也已经开始形成，这与许多经济高速发展的地区和国家的情况恰恰相反。几乎可以认为这一事实带有某种奇迹性。我想，这可能主要是因为——深圳拥有相当一大批有文化的深圳人吧？

真的，我所结识的深圳人中，十之八九是受过高等教育的，有些甚至是毕业于名牌大学的硕士或博士。

一九八六年我到深圳之前，那时全国掀起了一股仅次于“出国热”的“闯深圳热”。那时对于一批中青年知识分子而言，深圳还是一个令他们望而却步的地方。尽管它已经变得相当“热闹”，但那一种“热闹”，似乎更是另外一批人营造的。

哪些人呢？——雄心勃勃的个体户，“打一枪换一个地方”的时代淘金者，在社会竞争中被挤没了位置的落魄者，生活遭际中的受挫者、失意者……

“在深圳开饭馆，比在全国任何一座城市开饭馆的税收都低！只有白痴在那儿开饭馆才会赔……”

“在深圳，连农村女孩儿找到一份工作，每月也至少能挣五六百元，何况我们，膀大力不亏的！……”

“是我妻子的女人我不爱她，我爱的女人又和我结不成婚，感情疲软了，只图远远地离开我生活的那座城市……”

“孩子没考上大学，沮丧得要命。一时心血来潮，非要到深圳去撞撞运气。去就去吧，也许有什么好运气正在那儿向他招手哪……”

有许多人曾到我家里跟我商议过，希望倾听我的坦率的看法，希望我支持他们的决定和选择。驱使他们作出决定的动机往往那么简单，简单得常常令我为难，不知究竟是该支持他们还是该劝阻他们……

不管我支持或劝阻，他们当年都去了。但有的人很快又回来了，既没在深圳实现什么个人愿望，也没在深圳获得什么心理安慰。有的后来在深圳奇迹般地发了大财，摇身一变成了大款。有的后来在深圳亏了血本，前功尽弃，从此变成一蹶不振的人……

而最近几年，情形则大不相同了。到我家来跟我商议他们的决定的人，更多的是大学毕业生，或者大学毕业已经工作了多年的人。他们不再是一些落魄者和失意者。他们中相当大一部分人，甚至有着令别人羡慕的事业成就或职业。他们宁愿放弃已经谋取到的人生利益而义无反顾地去深圳……

这是一批有文化有更高层次的人生追求的人。我想说，正是他们，使深圳这一座城市，在短短的十年内，形成了它的文化的骨骼。

有知识分子的地方，便有知识的需求，便有文化的需求。世人往往将“文化”和“娱乐”这两个概念根本不同甚至可以说截然相反的词，连在一起说成“文化娱乐”。此中其实包含着一种荒唐。须知没有知识分子的地方，便可能只有娱乐，没有文化。知识分子极少的地方，极有限的文化需求，便可能被大面积的娱乐需求所覆盖、所吞没。只有在知识分子从数量上占据了不可忽视的优势的时候，文化才会同时有了立足之地。

一九八六年我去深圳那一次以后，凡有深圳人到我家，我总是问：“深圳现在有了书店没有？”

如今，深圳电视台已经推出了几部在全国反映较好的电视剧或专题片……

如今，深圳影业公司，已被列为全国十六家有独立拍片资格的电影厂家之一……

如今，深圳有了它的刊物和报纸，它们正在进一步向全国报刊业证明着它们的存在……

至于书店，据深圳的朋友们告诉我，不但已经有了，而且售书环境还不错，书的品种还不少。又据说——在内地某些城市行情不那么看好的科技书、纯业务性质的书，在深圳似乎尤受欢迎……

我想说，深圳的文化骨骼的形成，将在以后的若干年中，更加验证这样一个事实，那就是——深圳正处在它的主人们的更替阶段，并将以很“现代”的时间概念，加速这一过渡阶段的完成。

我不知道前几批来到深圳的人们，他们中因某些文化素质先天不足，仅仅靠当初的冒险的勇气，或者靠金钱投机的运气和手段发了横财，成了“大款”的人们，是否开始意识到这样一种威胁？——深圳未来的主人，将最终不可能是他们中的大多数，而是后来者中的大多数。深圳未来的主人，将最终从总体上属于有文化的深圳人，属于在不断扩大的深圳知识分子队伍。原始积累的时期，在短短的十年内，已经宣告差不多该结束了。它以后的历史，该由科学加文化的大笔来书写了。单有文化的历史，而没有经济发展的腾飞伴舞，无论对一个国家、一个民族乃至一座城市而言，其实是可悲的。单有经济发展的腾飞，而没有文化的陪衬，无论对一个国家、一个民族乃至一座城市而言，也同样是可悲的。“大款”们的钱不能自行地变成文化，这是他们自身的悲哀。如果金钱使当代人的生活变成了极其简单的两种内容——占有它和消费它，尤其是，以贪婪的方式占有它并以穷奢极欲的方式挥霍它的时候，连“大款”们自己都会对现实生活产生沮丧和厌倦的。有文化的深圳人接下来对深圳的历史使命，毫无疑问地，也包括将“大款”们从他们迟早会感到厌倦的生活态势中拖出来，并肯定地，将影响他们、教会他们，如何更文明地支配他们的金钱，做对深圳的将来有益也对改变他们自身生活态势有益的事。如果他们拒绝，那么，他们只不过会变成深圳原始积累时期遗存下来的一小批活化石而已。等待他们的只有一个结局——在消费他们金钱的日子里自生自灭……

时至今日，到我家里来的形形色色的人们，仍常常和我谈他们的念头——“我想到深圳去！……”对于他们，支持抑或劝阻，我比以前明确多了。文化层次较高，有专业专长者，我往往热忱地支持他们去，甚至为他们尽一些联系和介绍的义务……文化层次较低，又没有什么专长者，我往往劝阻他们去，甚至不惜时间讲清我的道理……因为，深圳已经不再是十年前的深圳，已不再是某些人想象的那样——是一个经济原始积累时期的大市场……

它仿佛已在向世人发出它的忠告——文化和才能，你拥有什么？请思考好了再来。如果你二者一无所有，那么你将难以长久成为一个有为的深圳人……

进一步深化改革，人们眼盯着深圳，期待深圳拿出什么称得上是“新思路大手笔”的举措……反腐败，人们眼盯着深圳，期待深圳给中国人一个无话可说的说法……

整顿金融秩序，整顿房地产市场，整顿开发区投资环境，人们眼盯着深圳，有人巴望从深圳曝光什么大丑闻或大黑幕，没有发生便怀疑这世界太不真实；有人暗暗担忧深圳能不能经受得住一次又一次“洗礼”，担忧这面世人瞩目的改革开放的南方旗帜，还能不能继续飘扬招展下去？还能举多久？举多高？……

打开电视，几乎每一天都有为深圳各行各业制作的广告和关于深圳的新闻或专题报道……翻开报纸，几乎每一天都有关于深圳的内容……深圳，在它形成一座城市不久，便似乎命中注定她是一座大有争议的城市了。现在依然是。将来一个时期内，我看也必然是。争议已从官方蔓延至老百姓的心里了。我经常听到类似这样的对话——“为什么不能像深圳那样……”“像深圳那样？！……”即使我自己，观念也因深圳的影响变得相当矛盾、相当分裂。有时我主张或赞同什么，往往会说：“深圳便是那样的！”有时我抵触或反对什么，也往往会说：“能像深圳那样吗？！”

深圳的种种信息、种种举措、种种现象使许多国人忧患，也使许多国人鼓舞；使许多国人迷惘困惑，也使许多国人心潮亢奋；使许多国人仿佛看到了中国沮丧的明天，也使许多国人仿佛看到了中国乐观的前景……

深圳，这座有争议的城市，就是这样子，耸立在普遍的中国人的视野内了。它传播着种种关于它的信息。这些信息经常地，有时甚至是很猛烈地影响着许多国人的观念，冲击着许多国人的观念，改变着许多国人的观念，更新着许多国人的观念。深圳似乎毫不在乎国人对它的争议，似乎还因此而自豪。如同一首流行歌曲所唱——“不管别人怎么说，我要作出自己的选择”。

非但如此，并且它依然故我，经常制造出某些别出心裁的、惹得传媒界追踪报道的“热门话题”。比如在一九九三年十月很是热了一阵的“文稿竞价”活动。

说来最初我还是这次活动的“监事”哪！我允诺作“监事”，是很虔诚的。我想，这是一次典型的“深圳式”的做法。这做法未必不值得尝试。成功了，也给书刊市场提供了一条有益的经验，而中国各方面的事情，需要的便是可贵的经验，缺少的便是可贵的经验。

后来我和几位作家又辞去了“监事”的角色。决定辞去之前我也很认真地想了一下的。这次活动是可以那样“操作”的吗？我困惑了，觉得它和我预先想象的初衷变了……

其实呢，也许并没变。也许一开始举办者们的初衷便是那样的。也许一开始我预先想象的初衷，便是太典型、太传统的“北京文人”的思维方式的产物……

典型的“北京文人”的思维，与典型的“深圳式”的活动合不上拍了。

我很“传统”吗？古今中外，许多文人活着时拍卖过自己的文稿。要不怎么叫文人是“卖文为生”之人呢？证明我并不代表着“传统”。

典型的“深圳式”的活动太“现代”了吗？精神产品之版权的拍卖，似乎也不是一件谈得上“现代”到哪儿去的事啊……

这是我个人之观念和所谓“深圳”观念的第一次直接碰撞，也导致了我自己已然变化了的那一部分观念和仍固守着的那一部分观念的碰撞……

是的，正是观念这种东西，它跨越了空间，使我觉得深圳变得离我由远而近了。观念，这是最能够在同一空间里并置的东西，也是最足以消弭所谓“历史感”的东西。在今后的时代里，它的存在方式，可能也是最“后现代主义”的存在方式吧？

而深圳的今天已然有了自己的历史。如果不算它的“史前史”，它已然有了十年多一点儿的历史。正是从这十年多一点儿的历史中，派生出种种典型的“深圳观念”。这有时是意会胜于言传的。好比我们说一个上海人“太上海人”了，就能领悟许多言语之外的含意一样。当然，这里我绝没有暗讽“深圳观念”的意思，也没有对上海人不敬的意思，仅只是举个例子罢了……

对于一座城市，十年多一点儿的时间，就可称为“历史”了吗？

又使我想起了毛泽东的著名诗句——“多少事，从来急；天地转，光阴迫。一万年太久，只争朝夕！”

是的，也许“历史”这个词，对我们的后代人而言，将是一个大大压缩了的时间概念吧？细想想，我们每个人只能活上七八十年，我们干吗要臣服于悠久的历史呢？日新月异，十年一史，这对我们现代人分明只有好处，绝无坏处。

深圳又以它大大压缩了的历史，使它离我和许多世人变得近了，更近了，近得仿佛它是一个人，我们感觉到它的呼吸，嗅到它的体味儿，不管你是否像我一样，只去过一次，抑或根本还没有去过……

香港，中国的香港

我可以比较有把握地说——我们普遍的中国人，无论对于英国政府还是英国人，近二十年间所持的乃是一种相当友好、相当尊重的态度。

不错，英法联军当年攻占过北京，火烧过圆明园，屠杀过中国的黎民百姓。圆明园的废墟向一代又一代中国人诉说着这一耻辱。它是中国近代史上的一道伤痕。

中国人也从来没有忘记过——香港是中国的。这一点老幼皆知。

但历史对于一个民族的心理的深刻影响，是完全可以随着现实的改变而改变的。关键在于现实究竟改变了没有？改变了多少？以及朝怎样的方面改变了？

我认为二战前和二战后的英国，无论在国家本质还是在国际形象两方面，都是值得全世界各个国家和各国人民刮目相看的。这一历史性的变化，甚至可以说一次大战后在英国内部就开始发生了。君主立宪制的确立是它为世人目睹的转折点。此前它是一个推行殖民扩张主义的老牌帝国，是世界列强之一。

它的最伟大也最光辉的转折始于二战。二战时期的英国在反法西斯阵营中起到过举足轻重的作用。它的老丘吉尔首相成为近年来中国知识者尤其中青年知识者非常敬爱的政治家和外交家。关于他的逸事我们能如数家珍地侃侃道来。如果让我们举出十名二战中杰出的反法西斯战将，我们也一定会将蒙哥马利将军列在前几名……

英国在二战之后还了它的殖民国家印度以独立自主。这一点意味着它与领土扩张主义的“决裂”。

这“决裂”当然并不情愿，所以我才打上引号。然而又毕竟意味着是一种理性的表现，所以不应不予以肯定。说“还”，其实不恰当。因为更是印度人民在甘地领导下的，长期的，坚持不懈的非武力方式争取的结果。其间是流过印度人民的血的。英国应对此有所反思和反省。

在以前的世纪中，国与国之间，尤其大国与小国、强国与弱国、殖民国与曾被殖民国之间的殖民领土的遗留问题，今天都应以和平的、不流血的方式解决。只有这样，世界才体现出它的进步性。

我认为二战以后的英国，毕竟还是一个愿意顺应世界进步潮流的国家。起码，它的大多数人民和政治家肯定是愿意的。

就我个人而言，对英国的渐生好感除了以上原因，还由于我对英国文学的热爱。我从我们中国人还将英国视为“帝国主义国家”的时期就在想，一个产生过乔叟、莎士比亚、笛福、济慈、华兹华斯、司各特、拜伦、雪莱、狄更斯、勃朗特三姐妹、史蒂文生、哈代和萧伯纳等一大批文学巨匠及戏剧大师的民族，是一定会在历史的演进过程脱胎换骨，为人类的文明及世界和平做出积极的贡献的……

英国这个国家回答了这一点。

在香港回归中国进入“倒计时”的日子里，一位英国议员曾在电视中说：“香港的回归，不应是中英关系的结束，而应是中英关系在本世纪的新的开始。”

作为中国作家，我完全同意他的观点。

我相信绝大多数中国人和绝大多数英国人，都是愿意持此观点的。

中国知识者尊敬被世界政坛称作“铁娘子”的撒切尔夫人，高度评价现在的伊丽莎白女王为人类慈善事业所作的突出贡献。从丘吉尔到撒切尔夫人到伊丽莎白女王，英国近当代的杰出人物，都对世界上许多重大的事件产生过积极的良好的影响。

中国其实并非一个很容易被煽起偏激的民族情绪的国家。

改革开放后的中国人普遍理性多了。尤其中国当代知识分子，已经善于冷静地看待历史和客观地对待现实。偏激的民族主义分子，在中国其实并没有市场。

绝大多数中国知识者也都清醒地明白着——民族主义并不就是爱国主义。在人类即将告别二十世纪的时候，任何一个国家的人民的爱国主义，都应伫立于二十一世纪的高度。而这一思维的原则将是——谁也无法改变历史，但我们都拥有改变今天和明天的机会。它要求政治和外交的高度的智慧性和艺术性。

邓小平最强调这一点。所以他关于中国内地和香港实行“一国两制”的构想才英明。

就在我写这一篇短文时，香港《开放》杂志的一位女记者，打长途电话采访我，问我对香港回归的看法。

我说——中国人包括世界各地的华人必将很激动。这乃是一种代代承袭，盼望了几代的心情，也是一种权利，应被世界各国充分理解。

我说——香港这个一百年前的“被拐儿童”，如今以一种长大成人的姿态重新回到了祖国母亲的怀抱，这个结果是中国人满意的。满意就能使人平和。平和就能使人宽厚。宽厚就能使一个民族懂得在国际关系中分寸的必要性。

我说——我们普遍的中国人，对于香港的回归从未持怀疑态度。这基于中国人对于改革开放后的中国的无比自信。也基于对二战后的英国政府的莫大信赖。

归根结底，香港的回归，乃是近年来世界重大事件之一。当年枪炮遗留下来的历史问题，如今通过两国政治家和外交家们的谈判予以平稳解决，标志着人类在处理国际关系中的成熟。不但值得中国人欣慰，也值得英国人欣慰。

我不认为民众以过分高涨的热情参与国家的外交事务是多么好的事。否则还要外交家干什么呢？普遍的中国人，以平和又亲切的心情关注着香港的回归，证明我们对自己的外交家的充分信赖和极大的尊重。

至于两国外交家在香港回归问题上的分歧，我以为是正常的。毫无分歧的期望，倒是太幼稚太理想化了。

中国人丝毫不怀疑我们自己的外交家在化解国际谈判中的分歧的能力，也并不低估英国的外交家在这方面的水平。英国的外交家理应更多地通过这一次谈判，进一步了解中国和中国人的思想方法，而不是反过来。因为是英国将属于中国的香港归还中国，不是中国接受什么恩赐。

我在许许多多的情况之下，听到过形形色色的中国人几乎异口同声的关于“雪耻”的发言。

中英和平解决香港问题乃是世界同类外交问题中一次极成功的示范。其意义远非“雪耻”二字所能概括。如果中国人不多思考“雪耻”以外的重大意义，其实有负于邓小平老人家“一国两制”的智慧和苦心。

一百五十年前的英国不是现在的英国。

一百五十年后的中国不是从前的中国。

所以一百五十年前发生的必然发生。所以一百五十年后终结的必然终结。站在两种“必然”之间的中国人应该明白——“弱国无外交”这一句名言至今仍有警醒意味。站在两种“必然”性之间的英国外交家政治家，又明白了些什么呢？但有一个事实是——中国人、英国人、香港同胞，都参与了一件对全世界堪称示范的改变今天和明天的大事件！它意味着是全人类的理性的自白——在即将跨入二十一世纪之际……

我与我们的共和国

我是我们共和国的同龄人。

我是有过“知青”经历的那一代人中的一个。

我对我们这一代人的一种了解就是——普遍而言，都具有十分强烈的爱国心。我不认为我这么说是大言不惭的自诩。“国”者，大“家”也。在一个家庭中，普遍的现象是，长子长女对家的感情总是会更深一些。因为他们和她们，是第一批和家发生唇齿关系的子女，也是第一批与父母亲历家庭发展过程的人。每一个家庭的长子或长女，对于那个家庭的以往今昔，几乎都能说出和父母相差无几的深切感受。如果一个家庭是从一穷二白的起点好不容易奔上富裕之路的，那么长子长女的记忆之中，无疑会烙下那艰难过程的不可磨灭的印象。正是那一印象，决定了他们和她们在思想、感情两方面，对家庭命运的尤其关注、尤其在乎、尤其重视，也决定了他们和她们，尤其愿意多承担一些责任和义务。这也就是为什么，长子和长女们谈到自己家庭的以往今昔时，每每大动感情甚至唏嘘起来的缘故。

在我们的共和国隆重庆祝她成立六十周年的今天，我想说——我们这一代，是曾为她流过不少泪，哭过不少次的。当年作为知青的我们，在多少少眠之夜，想的不仅仅是以后个人的命运。特别是在我们知青岁月的后期，对国家命运的焦虑，超过了我们对自己命运的迷惘。我想说，在当年，但凡是一个思想并未麻木，并不浑浑噩噩混日子的知青，谁没和知己经常讨论国家的命运呢？我参加过的一次黑龙江生产建设兵团的知青文艺骨干创作学习班，正是由于成为国家命运之自发的也是人人情怀难抑的秘密讨论会，而被勒令解散了。随后，我们许多人成了被调查对象。在当年，必然会是那样的。

我想说，我成为复旦大学工农兵学员以后，有次在宿舍里当着几名同学的面高歌电影《洪湖赤卫队》插曲，唱至“砍头只当风吹帽”一句，哽咽不能唱下去，几名同学皆泪盈满眶。我们忧国爱国的心是相通的。当年的我们，确乎都没有足够的勇气为国家命运公开大声疾呼过什么，但与那样一些敢于舍身为国的人，心也是相通的。粉碎“四人帮”后，几乎我们整整一代人空前感奋，真的可以用手舞足蹈来形容啊！

大约是新中国成立三十五周年前夕，我写过一篇短文——《让我们用热血浇灌祖国》，似乎是发表在《读书》上。那时我也年轻，文章的题目和行文，难免像激情诗。但那一种情怀，却是真诚的、发自内心的。

在后来的某次文艺研讨会上，我曾说——爱国之对于我们这一代人，总体而言，不是一种什么“主义”，首先是我们的情感必然……

现在，二十五年又过去了，我见证了中国改革开放所取得的巨大成就，也极为关注成就的背后及细节所呈现的种种问题、弊端。我也由作家而多了另一种身份——政协委员。

我不认为政协委员对于我是荣誉。论到荣誉，我更希望是由我的创作和我的教师职业所获得的。我认为政协委员是一种国家要求、人民要求，同时应成为自己对自己的要求。我认为对于我们这个国家而言，改革尚未成功，开放也并未足够。故我最后要说——祖国，继续努力呀！年轻着的人们，在提高从业能力的同时，也要提高为国家排忧解难的能力呀！后浪应推前浪哪！

倘我为马

马的一生像人的一生，也有着命运的区别。

军马的一生豪迈荣誉，赛马的一生争强好胜，野马的一生自由奔放，而役马一生如牛，注定了辛劳到死。

法国启蒙运动时期的卓越作家布封，写过大量动物素描的散文，其中著名的一篇就是《马》。

布封这篇散文简直可以说精美得空前绝后，因为对于马，我想，不可能有第二个人比布封写得更好。

布封认为，“在所有动物中，马是身材高大而身体各部分又都配合得最匀称、最优美的。”

我也这么认为。

我觉得马堪称一切动物中的模特。

布封是那么热情地赞美野马。

他写道：“它们行走着，它们奔驰着，它们腾跃着，既不受拘束，又没有节制；它们因不受羁勒而感觉自豪，它们避免和人打照面；它们不屑于受人照料，在无垠的草原上自由地生存……所以它们远比大多数家马强壮、轻捷和有劲；它们有大自然赋予的美质，也就是说，有充沛的精力和高贵的精神……”

是的，如果在对生命形式进行选择时，我竟不幸没了做人的资格，那么我将恳求造物主赐我为一匹野马。

成了作家，我在自己智力所及的前提之下，多少领略到了一些自由想象的快乐。

但我对于自由思想的权利的渴望，尤其是对公开表达我的思想的权利的渴望，也是何等之强烈呀！

想象的自由和思想的自由是不一样的。

美国电影《侏罗纪公园》是自由想象的成果，苏联小说《日瓦戈医生》是自由思想的作品，前者赚取着金钱，后者付出了代价。

如果我的渴望真的是奢侈的，那么——就让我变成一匹野马，在行动上去追求更大的自由吧！

我知道是野马就难免会被狮子捕食了。

在我享受了野马那一种自由之后，我认野马不幸落入狮口那一种命。

做不成野马，做战马也行。

因为在战场上，战马和战士的关系，使人和动物的关系上升到了一种几乎完全平等的程度。一切动物中，只有战马能做到这一点。它和人一样出生入死，表现出丝毫也不逊于人的勇敢无畏的牺牲精神。“不会说话的战友”——除了战马，没有另外的任何动物，能使人以“战友”相视。人对动物，再也没有如此之高的评价。当然，军犬也被人视为“战友”。猎人对猎犬也很依赖。但军犬何曾经历过战马所经历的那一种枪林弹雨炮火硝烟？再大的狩猎场面，又岂能与大战役那一种排山倒海般的悲壮相提并论？

不能如野马般自由地生，何妨像战马似的豪迈地死！

大战前，几乎每一名战士都会情不自禁地对他的战马喃喃自语，述说些彼此肝胆相照的话。战马那时昂头而立的姿态是那么高贵，它和人面对面地注视着，眼睛闪烁，目光激动又坦率。

它仿佛在用它的目光说：人，你完全可以信任我，并应该像信任你自己一样。

在古今中外的战场上，战马舍生救战士的事多多。战士落难，往往还要杀了战马，饮它的血，食它的肉。

人善于分析人的心理，但目前还没有一篇文字，记录过战马将要被无奈的战士所杀前的心理。

连布封也没写到过。

倘我为战马，倘我也落此下场，倘我后来又有幸轮回为人，我一定将这一点当成我的文学使命写出来……

我相信战马那时是无怨无悔的。虽然，我同时相信，战马也会像人一样感到命运安排的无限悲怆。

倘我为战马，我也会凝视着战士向我举起的枪口，或刺向我颈脉的尖刀，宽宏又镇定。

因为战斗或战役的胜利，最后要靠战士，而不能指望战马。因为那胜利，乃战士和战马共同的任务。因为既是战马，它的眼一定见惯了战士的前仆后继，肝脑涂地，惨伤壮死。

战士已然如此，战马何惧死哉？

在内蒙古电影制片厂优秀导演赛夫的一部电影中，有一段三四分钟之久的长镜头，将几名骑者策马驰骋在草原上的身姿拍摄得令人赞叹不已——

残阳如血，草原广袤而静谧。斯时人马浑然一体。马在草原上鹰似的飞翔，人在鞍上蝶似的翻转。人仿佛是马的一部分；马也仿佛是人的一部分。人马合二为一，协调着无比优美的律动，仿佛天生便是两种搭配在一起的生命。

我觉得那堪称中国电影史上关于人和马的最经典的镜头。

战马的生命与战士的生命，既达到过那么密不可分的境界，既相互地完全属于过，战马倘为战士而死，死得其所也！死无憾也！

车辚辚，马萧萧，行人弓箭各在腰。

耶娘妻子走相送，尘埃不见咸阳桥……

无论何时，吟杜工部的《兵车行》，常不禁悲泪潸潸。既为男儿，亦为战马。

战斗结束，若战士荣归，战马生还，战士总会对战马表示一番友爱。

战马此时的神态是相当矜持的。它不会因而得意忘形，不会犬似的摇尾巴。它对夸奖历来能保持高贵的淡然。

这是我尤敬战马的一点。

倘做不成战马，做役马也行。

布封对役马颇多同情的贬义。

他在文中写道："它的教育以丧失自由而开始，以接受束缚告终；它被奴役和驯养得已太普遍、太悠久，以至于我们看见它们时，很少是处在自由状态中；它们在劳动中经常是披着鞍辔的；它们总是带着奴役的标志，并且还带着劳动与痛苦所给予的残酷痕迹——嘴巴被衔铁勒出的皱纹使嘴变了形，腹部留下着被马腹带磨光了毛的深痕，蹄子也都被铁钉洞穿了……"

但某些人身上，不是也曾留下了劳动者的标志吗？手上的老茧，肩上的死肉疙瘩，等等。

只要那劳动对世界是有益无害的，我不拒绝劳动；只要我力所能及，我愿承担起繁重的劳动；只要我劳动时人不在我头顶上挥鞭子，我不会觉得劳动对一匹役马来说是什么惩罚……

正如我不情愿做宠犬，我绝不做那样的一类马——"就是那些在奴役状况之下看似自我感觉最良好的马，那些只为着人摆阔绰，壮观瞻而喂着的马，供奉着的马，那些为着满足主人的虚荣而戴上金银饰物的马。它们额上覆着妍丽的一撮毛，颈鬃编成了细辫，满身盖着丝绸和锦毡。这一切之侮辱马性，较之它们脚下的铁蹄还有过之而无不及。"

是的，纵然我为马，我也还是要求一些马性的尊严的。故我宁肯充当役马，也绝不做以上那一种似乎很神气的马。因为我知道，役马还起码可以部分地保留自己的一点儿脾气。以上那一种马，却连一点儿脾气都不敢有。人宠它，是以它应绝对地没有脾气为前提的……

我也不做赛马。

我不喜欢参与竞争，不喜欢对抗式的活动，这也许正是我几乎不看任何体育赛事的主要原因……

马是从不互相攻击互相伤害的动物，它们从来不发生追踏一只小兽或向同类劫夺一点儿东西的事件。

马群是最和平相处的动物群体。即使在发情期，两匹公马之间，也不至于为争夺配偶而势不两立你死我活。我们都知道的，那样的恶斗，甚至在似乎气质高贵的公鹿之间和似乎温良恭让的公野羊之间，也是司空见惯的。

倘我为马，我愿模范地遵守马作为马的种种原则。

我将恪守马性的尊严。

而我最不愿变成的，是希腊神话传说中的人马——要么是人；要么是马；要么什么也不是，请上帝干脆没收了我轮回的资格！……

我的一天

友人代《今天》向我约稿。

我还没见过这刊物。但我挺喜欢它的刊名。《今天》——似乎一切事情都可以重新开始。似乎一切愿望、信心、决心、目标，都可以重新确定和树立起来。似乎……总之我们常常寄托于“今天”许多许多。

一日之计在于晨。

早晨是最好的时光。

难道我们不是常常在早晨想到“今天”吗?

今天我一定要这样……

今天我一定要那样……

今天我如果还不能这样或那样，我便一定将自己怎样怎样……

难道我们不是常借着“今天”发誓吗?

有时我们以誓言作为自己明天和后天严格的规范。有时我们公开对别人发誓并希望获得监督。许多事情正是这样做成功了的。许多心灵正是这样变美好了的。许多愿望正是这样实现了的。今天——几乎是每一个人最普遍的机会。因为每一个人都拥有许多许多今天。在许多个早晨，我常想的是——今天我一定要休息一天。也就是说，不写作，不接待客人，不必尽什么义务。然而这样的一天对我来说太少太少了。许多昨天甚至前天大前天应该做完的事，往往拖延至今天。许多今天应该做完的事，拖延至后天或大后天。我常苦涩地嘲笑自己是没有“今天”的人。那么我就为《今天》写写我的昨天吧！昨天是五月二十日，星期日。

昨天我是这样度过的——

八点钟起床。由于神经衰弱，失眠，早五点至八点，往往是刚进入睡眠良好状态的时刻。比起工人和绝大多数机关单位的工作人员，作家真是幸运啊！即或神经衰弱，即或失眠，他们能不早早起来，匆匆走出家门，挤上公共汽车去上班吗?一个月，他们最多也就只能这么放纵自己一次吧?也许仅仅因为这一次，出勤奖就少了好几元。尤其是中国的许许多多的女工。尤其是那些工厂离家很远的女工，一想到她们，自己是毫无权利对生活犯什么矫情的了。有一首歌叫作《三百六十五里路》，可以认为那也是唱的三百六十五个“今天”。想想看，三百六十五个“今天”，风里往，雨里归，有时还要带着孩子捎着买菜，日复一日，年复一年，就这么没了青春，就这么人到中年，就这么老之将至，就这么……后来退休了。月月岁岁的三百六十五个“今天”，三百六十五里路，骑自行车的，眼见得漆光闪耀的新车渐成寄卖店也不收的旧车。眼见多少年纪轻轻的公共汽车售票员，和自己一样，由小什么而被呼为老什么……

人需要有时想想别人。

执笔之时，我本想面对稿纸，着实地倾吐一番当作家的苦衷的。却由“今天”二字想到了我们的女同胞，于是呢，又觉得自己简直是身在福中不知福了……

我最想说的其实是——或曰我最羡慕他人的其实是——我没有八小时之外，真的没有八小时之外。而别人也许会比我少却许多义务，少却许多放下自己的事情去为他人奔走的紧迫……

比如我的昨天——起床后，去散步。练半小时气功。因为身体不好，朋友们一劝再劝，学起气功来。是个很没常性的学生，三天打鱼，两天晒网。

八点四十回到家里。

九点钟洗漱完毕。

开始吃早饭。刚端起饭碗，来了电话——同学的同学出差到北京，请求帮个忙，买三张回上海的卧铺票。在北京，买火车票，是一大难事。难，就可以回绝了吗？多年不见的大学同学，求这么一桩事，都回绝？没勇气，爽口答应下来再说吧。

放下电话，愣了一会儿。不知自己再该去求谁。每年从五月至“十一”前，总要迎来送往那么十余次。当然，也总要东求西求代买火车票。而求到我名下的人们，要的总那么急，比预定的时间要急得多。可不是嘛，不急，人家也犯不上求我一次……

九点半左右，北影厂传达室又来了电话，通知来了位家乡人。

匆匆吃罢饭，蹬上车去接。不认识。怎么会认识呢？出生在哈尔滨，一次也没回过老家——山东省莱城县泊于乡温泉寨村——一个近海的小小的村子。我的父亲当年离开它闯关东，才十四五岁。直到去年七十七岁病故，只回去过一次。家乡只有乡亲，没有亲人了。

接至家中的是一位“婶”。她讲出一番事，听得我惊心动魄。家乡人因一桩小事，闹出一场人命案来。她的儿子被判了死罪，下在大牢里，已经两级法院审判，定了死罪。她此来就是要上诉，为独生子争取个“死缓”。听来也有令人同情之处。于是安慰：事到临头，急也无用，明天我陪你去上诉就是了……忽然有人敲门——当年的北大荒知青战友们，要出一册《北大荒人名录》和一册《北大荒风云录》。这是有意义的事，应当支持，于是我成了编委。忘了今天开编委会……每一次编委会，大家都希望我出席。这一次也不例外，于是动身去参加，中午集体吃便饭。直开到下午三时结束。忽然又想到，有三位中央美术学院毕业的青年，正开画展。其中一位，是朋友。早就寄来了请柬，希望包涵观看。今天是最后一天……青年人的事业，总是也希望获得中年人的理解和支持。很累，想想，还是去吧。于是绕路前往观看画展。少不得要当面谈谈感受。于是就到了五点。

昨天北京刮大风，五级。

回到家中，已六点半，一身的尘土。匆匆吃罢饭，再听那位家乡的“婶”讲些细枝末节。陪着难过，叹息。七点钟，来了两位电影学院的学生。没什么事儿，只是来聊聊。八点半送走客人。之后接两次电话——外地刊物进京约稿的编辑打来的。九点钟，童影厂厂长，来研究开一次座谈会的事儿……九点四十，陪厂长去看一位外地导演……回到家里，十一点。也不洗了，也不漱了。人困马乏地，便睡了。这就是我的“昨天”——许许多多同样内容同样节奏的“昨天”中的一天。

今天呢？——今天上午八点半，陪同“婶”离家，去高级人民法院、高级人民检察院接待站。居京十年，这些个地方，我也不知大门朝哪儿开。鼻子底下一张嘴——问。

最后到接待站时，已下午一点。停止接待了。“婶”心情沉重，不吃不喝，我也不想吃不想喝。下午两点，开始发表，领表，填表，递表，排队，等待叫号接待……

结果还是没被接待上。明天再来，路很远。我不陪着，那位“婶”也找不到这个地方。于是安排她在附近的一家小旅店住下，一一交代清楚，方告别回家。回到家里，已是七点。吃罢晚饭，躺了一个小时，朦朦胧胧的，似睡非睡。算是休息吧！桌上有一个条——妻子记下了几次电话的内容，决定了我明天又要做些什么尽些什么义务……厂长又来电话，要求我明天参加一个“首映式”。这是公务，另外一些方面，则是义务。总之似乎都是我应尽之务。包括这一篇稿子。答应了的，总要做到，是不是？而我自己按计划的写作，已“搁浅”十余日，难有时间和精力续笔。没有“八小时之外”的生活，也非正常的生活。

我的生活，常常将“我”淹没了。我的“今天”，常常是他人的“今天”。我相信一个生活原则：如果你有可能帮助别人，哪怕是极小的帮助，而你不去实践，是不道德的。

生活中的温馨已然流失。像自然界的水土流失一样令人忧虑。如果我们本身从来不曾向生活之中投入温馨，那我们有什么权利抱怨生活太冷漠了呢？

这么一想，我也就不把我的生活现状看得很糟糕了，也就少了许多烦恼，多了许多自慰。我的每一个“今天”，其实都做了一些必要的事情。为自己和为他人而做，同样有意义。总之我的“今天”，烦恼和愉悦是一样的多。而生活本身，也许就该是这样的？……

我的梦想

当然，我和别人一样，从小到大，是有过多种梦想的。

童年时的梦想是关于“家”，具体说是关于房子的。自幼生活在很小，又很低矮，半截窗子陷于地下，窗玻璃破碎得没法儿擦，又穷得连块玻璃都舍不得花钱换的家里，梦想有一天住上好房子是多么地符合一个孩子的心思啊！那家冬天透风，夏天漏雨，没有一面墙是白色的。因为那墙是酥得根本无法粉刷的，就像最酥的点心似的，微小的震动都会从墙上落土纷纷。也没有地板，甚至不是砖地，不是水泥地。几乎和外面一样的土地。下雨天，自家人和别人将外边的泥泞随脚带入屋里，屋里也就泥泞一片了。自幼爱清洁的我看不过眼去，便用铲煤灰的小铲子铲。而母亲却总是从旁训我：“别铲啦！再铲屋里就成井了！”——确实，年复一年，屋地被我铲得比外面低了一尺多。以至于有生人来家里，母亲总要迎在门口提醒：“当心，慢落脚，别摔着！”

哈尔滨当年有不少独门独院的苏式房屋，院子一般都被整齐的栅栏围着。小时候的我，常伏在栅栏上，透过别人家的窗子，望着别人家的大人孩子活动来活动去的身影，每每望得发呆，心驰神往，仿佛别人家里的某一个孩子便是自己……

因为父亲是中华人民共和国成立后的第一代建筑工人，所以我常做这样的梦——忽一日父亲率领他的工友们，一支庞大的建筑队，从大西北浩浩荡荡地回来了。父亲们以只争朝夕的精神，开推土机推平了我们那一条脏街，接着盖起了一片新房，我家和脏街上别人的家，都兴高采烈地搬入新房住了。小时候的梦想是比较现实的，绝不敢企盼父亲们为脏街上的人家盖起独门独院的苏式房。梦境中所呈现的也不过就是一排排简易平房而已。八十年代初，六十多岁胡子花白了的父亲，从四川退休回到了家乡。已届不惑之年的我才终于大梦初醒，意识到凡三十年间寄托于父亲身上的梦想是多么孩子气。并且着实地困惑——一种分明孩子气的梦想，怎么竟可能纠缠了我三十几年。这一种长久的梦想，曾屡屡地出现在我的小说中。以至于有评论家和我的同行曾发表文章对我大加嘲讽：

“房子问题居然也进入了文学，真是中国文学的悲哀和堕落！”

我也平庸，本没梦想过成为作家的。也没经可敬的作家耳提面命地教导过我，究竟什么内容配进入文学而什么内容不配。已经被我很罪过地搞进文学去了，弄得文学二字低俗了，我也只有向文学谢罪了！

但，一个人童年时的梦想，被他写进了小说，即使是梦，毕竟也不属于大罪吧？

现在，哈尔滨市的几条脏街已被铲平。我家和许多别人家的子女一代，都住进了楼房。遗憾的是我的父亲没活到这一天。那几条脏街上的老父亲老母亲们也都没活到这一天。父亲这位新中国第一代建筑工人，凡三十年间，其实内心里也有一个梦想，那就是——动迁。我童年时的梦想寄托在他身上，而他的梦想寄托于国家的发展进步的速度。

有些梦想，是靠人自己的努力完全可以实现的，而有些则完全不能实现，只能寄托于国家发展进步的速度。对于大多数人，尤其是这样。比如家电工业发展的速度加快了，大多数中国人拥有电视机和冰箱的愿望，就不再是什么梦想。比如中国目前商品房的价格居高不下，对于大多数中国工薪阶层，买商品房依然属于梦想。

少年时，有另一种梦想楔入了我的头脑——那就是当兵。而且是当骑兵。为什么偏偏是当骑兵呢？因为喜欢战马。也因为在电影里，骑兵的作战场面是最雄武的，动感最强的。一名骑在战马上，挥舞战刀，呐喊着冲锋陷阵的骑兵，是最能体现出兵的英姿的。

头脑中一旦楔入了当兵的梦想，自然而然地，也便常常联想到了牺牲。似乎不畏牺牲，但是很怕牺牲得不够英勇。牺牲得很英勇又如何呢？——那就可以葬在一棵大松树下。战友们会在埋自己的深坑前肃立，脱帽，悲痛落泪。甚至，会对空放排枪……

进而联想——多少年后，有当年最亲密的战友前来自己墓前凭吊，一往情深地说："班长，我看你来了！……"

显然，是因受当年革命电影中英雄主义片段的影响才会产生这种梦想。

由少年而青年，这种梦想的内容随之丰富。还没爱过呢，千万别一上战场就牺牲了！于是关于自己是一名兵的梦想中，穿插进了和一位爱兵的姑娘的恋情。她的模样，始终像电影中的刘三姐。也像茹志鹃精美的短篇小说中那个小媳妇。我——她的兵哥哥，胸前渗出一片鲜血，将死未死，奄奄一息，上身倒在她温软的怀抱中。而她的泪，顺腮淌下，滴在我脸上。她还要悲声为我唱歌儿。都快死了，自然不想听什么英雄的歌儿。要听忧伤的民间小调儿，一吟三叹的那一种。还有，最后的，深深的一吻也是绝不可以取消的。既是诀别之吻，也当是初吻。牺牲前央求了多少次也不肯给予的一吻。二口久吻之际，头一歪，就那么死了——不幸中掺点儿浪漫掺点儿幸福……

当兵的梦想其实在头脑中并没保持太久。因为经历的几次入伍体检，都因不合格而被取消了资格。还因后来从书籍中接受了和平主义的思想，于是祈祷世界上最好再也不发生战争。祈祷全人类涌现的战斗英雄越少越好。当然，如果未来世界上又发生了法西斯战争，如果兵源需要，我还是很愿意穿上军装当一次为反法西斯而战的老兵的……

在北影住筒子楼内的一间房时，梦想早一天搬入单元楼。

如今这梦想实现了，头脑中不再有关于房子的任何梦想。真的，我怎么就从来也没梦想过住一幢别墅呢？因为从小在很差的房子里住过，思想方法又实际惯了，所以对一切物质条件的要求起点就都不太高了。我家至今没装修过，两个房间还是水泥地。想想小时候家里的土地，让我受了多少累啊！再望望眼前脚下光光滑滑的水泥地，就觉得也挺好……

现在，经常交替产生于头脑中的，只有两种梦想了。

这第一种梦想是，希望能在儿子上大学后，搬到郊区农村去住。可少许多滋扰，免许多应酬，集中更多的时间和精力读书与写作。最想系统读的是史，中国的和西方的，从文学发展史到社会发展史。还想写荒诞的长篇小说。还想写很优美的童话给孩子们看。还想练书法。梦想某一天我的书法也能在字画店里标价出售。不一定非是“荣宝斋”那么显赫的字画店。能在北京官园的字画摊儿上出售就满足了。只要有人肯买，三百元二百元一幅，一手钱一手货，拿去就是。五十元一幅，也行，给点儿就行。当然得雇个人替我守摊儿。卖的钱结算下来，每月够给人家发工资就行。生意若好，我会经常给人家涨工资的。自己有空儿，也愿去守守摊儿，侃侃价。甚而，“老王卖瓜，自卖自夸”几句也无妨。比如，长叹一声，自言自语道：“偌大北京，竟无一人识梁晓声的字吗？”——逗别人开心的同时，自己也开心，岂非一小快活？

住到郊区去，有三四间房，小小一个规整的院落就是可以的。但周围的自然环境却要好。应是那种抬头可望山，出门即临河的环境。山当然不能是人见了人愁的秃山，须有林覆之。河呢，当然不能是一条污染了的河。至于河里有没有鱼虾，倒是不怎么考虑的。因为院门前，一口水塘是不能没有的。塘里自己养着鱼虾呢！游着的几十只鸭鹅，当然都该姓梁。此外还要养些鸡，炒着吃的还是以鸡蛋为佳。还要养一对兔，兔养了是不能杀的。允许它们在院子的一个角落刨洞，自由自在地生儿育女。纯粹为看着喜欢，养着玩儿。还得养一条大狗，不要狼狗，而要那种傻头傻脑的大个儿柴狗。

只要见了形迹可疑的生人知道吠两声向主人报个讯儿就行。还得养一头驴，配一架刷了油的木结构的胶轮驴车。县集八成便在十里以外。心血来潮，阳光明媚的好日子，亲自赶了驴车去集上买东西。驴子当然是去过几次就识路了的，以后再去也就不必管它了。自己尽可以躺在驴车上两眼半睁半闭地哼歌儿，任由它蹄儿嘚嘚地沿路自己前行就是……当然并不每天都去赶集，那驴子不是闲着的时候多吗？养它可不是为了看着喜欢养着玩儿，它不是兔儿，是牲口。不能让它变得太懒了。一早一晚也可骑着它四处逛逛。不是驴是匹马，骑着逛就不好了。那样子多脱离农民群众呢？

倘农民见了，定会笑话于我："瞧这城里搬来的作家，骑驴兜风儿，真逗！"——能博农民们一笑，挺好。农民们的孩子自然是会好奇地围上来的，当然也允许孩子们骑。听我话的孩子，奖励多骑几圈儿。我是知青时当过小学老师，喜欢和孩子们打成一片……

还要养一只奶羊。身体一直不好，需要滋补。妻子、儿子、母亲，都不习惯喝奶。一只奶羊产的奶，我一个人喝，足够了。羊可由村里的孩子们代为饲养，而我的小笔稿费，经常不断的，应用以资助他们好好读书。此种资助方式的可取之处是——他们幼小的心灵中，完全不必念我的什么恩德，能认为是自己的劳动所得，谁也不欠谁什么，最好。

倘那时，记者们还有不辞路远辛苦而前来采访的，尽管驱车前来。同行中还有看得起，愿保持交往的，我也欢迎。不论刮风下雨下雪，自当骑驴于三五里外恭候路边，敬导之……

"老婆，杀鸡！"

"儿子，拿抄子，去水塘网几条鱼！"

如此这般地大声吩咐时，那多来派！

至于我自己，陪客人们山上眺眺，河边坐坐，陪客人们踏野趣，为客人们拍照留念。

将此梦想变为现实，经济方面还是不乏能力的。自觉思考成熟了，某日晚饭后，遂向妻子、儿子、老母亲和盘托出。却不料首先遭到老母亲的反对。

"我不去。要去你自己去！"老母亲的态度异常坚决。

我说："妈，去吧去吧，农村空气多好哇！"

老母亲说："我一个八十多岁的老太太，需要多少好空气？我看，只要你戒了烟，前后窗开着对流，家里的空气就挺好。"

我说："跟我去吧！咱们还要养头驴，还要配套车呢！我一有空儿就赶驴车拉您四处兜风儿！"

老母亲一撇嘴："我从小儿在农村长大，马车都坐得够够的了，才不稀罕坐你的驴车呢！人家的儿女，买汽车让老爸老妈坐着过瘾，你倒好，打算弄辆驴车对付我！这算什么出息？再者，你们这叫什么地方，叫太平庄不是吗？哈尔滨虽够不上大城市的等级，但那叫市！你把我从一个市接来住一个庄，现在又要把我从一个庄弄到一个村去，你这儿子安的什么心？"

我说："妈呀！那您老认为住哪儿才算住在北京了呢？你总不至于想住到天安门城楼上去吧？"

老母亲说："我是孩子吗？会那么不懂事儿吗？除了天安门，就没更代表北京的地方了吗？比如'燕莎'，那儿吧！要是能住在那儿的哪一幢高楼里，到了晚上，趴窗看红红绿绿的灯，不好吗？"

我说："好，当然是好的。您怎么知道北京有个'燕莎'呢？"

老母亲说："从电视里呗！"

我说："妈，您知道'燕莎'那儿的房价多贵吗？一平方米就得一万多！"

她说："明知道你在那儿是买不起一套房子的，所以我也就是梦想梦想呗！怎么，不许？"

我说："妈，不是许不许的问题，而是……实事求是地说……您的思想怎么变得很资产阶级了呀？"

老母亲生气了，瞪着我道："我资产阶级？我看你才满脑袋资产阶级呢！现在，资产阶级已经变成你这样式儿的了！现在的资产阶级，开始从城市占领到农村去了！你仗着自己有点儿稿费收入，还要雇人家农民的孩子替你放奶羊，你不是资产阶级是什么？那头驴你自己有常性饲养吗？肯定没有吧？新鲜劲儿一过也得雇人饲养吧？还要有私家的水塘养鱼！我问你，你一个人一年吃得了几条鱼？吃几条买几条不就行了吗？烧包！我看你是资产阶级加地主！……"

我的梦想受到老母亲严厉的批判，一时有点儿懵懂。愣了片刻，望着儿子说："那么，儿子你的意见呢？"

儿子干干脆脆地回答了两个字是——"休想。"

我板起脸训道："你不去不行！因为我是你爸爸。就算我向你提出要求，你也得服从！"

儿子说："你不能干涉我的居住权。这是违犯的。法律面前，父子平等。何况，我目前还是学生。一年后就该高考了！"

我说："那就等你大学毕业后去！"

他说："大学毕业后，我不工作了？工作单位在城市，我住农村怎么去上班？”

智者千虑，必有一失，这个问题我还真没考虑。儿子不去农村，分明有正当的理由。

我又愣片刻，期期艾艾地说：“那……你可要保证常到农村去看老爸！我就你这么一个儿子，你有关心我的责任和义务！其实，对你也不算什么负担。将来你结婚了，小两口儿一块儿去！”

儿子淡淡地说：“那就要具体情况具体分析，看我们有没有那份儿时间和精力了！”

我说：“去了对你们有好处！等于周末郊游了嘛！回来时，老爸还要给你们带上些新鲜的蔬菜瓜果。当然都是自家种的绿色植物！……”

妻子这时插言了：“哎等等，等等，梁晓声同志，先把话说清楚，自家种的，究竟是谁种的？你自己亲手种的吗？……”

老母亲又一撇嘴：“他？……有那闲心？还不是又得雇人种！富农思想！地主思想！比资产阶级思想还不如！……”

我不理她们，继续说服儿子：“儿子，亲爱的儿子呀，你们小两口每次去，老爸还要给你准备一些新下的鸡蛋，刚腌好的鸭蛋、鹅蛋！还有鱼，都给你们剖了膛，刮了鳞，收拾得干干净净的……”

妻子插言道：“真贱！”

我吼她：“你别挑拨离间！我现在要的是儿子的一种态度！”

儿子终于放下晚报，语气郑重地说：“我们带回那么些杂七杂八干什么？你收拾得再干净，我们不也得做熟了吃吗？我们将来吃，相中一个小饭店，去了就吃，吃了就走，那多省事儿！”

儿子一说完，看也不看我，起身回他的房间写作业去了……

妻子幸灾乐祸地一拍手：“嘿，白贱。儿子根本没领情儿。”

我大为扫兴，长叹一声，沮丧地说：“那么，只有我们上了！”

妻说：“哎哎哎，说清楚说清楚——你那‘我们’，除了你自己，还有谁？”

我说：“你呀。你是我妻子呀！你也不去，咱俩分居呀？”

妻说：“你去了，整天看书、写作，再不就骑驴玩儿，我陪你去了干什么？替你洗衣服、做饭？”

我说：“那么点儿活还能累着你？”

妻说：“累倒是累不着。但我其余的时间干什么？”

我再次发愣——这个问题，也忽略了没考虑。我吭哧了半天，嗫嗫嚅嚅地说：“那你就找农民的妻子们聊天嘛！”

妻说："你当农民们的妻子都闲着没事儿啊？人家什么什么都承包了，才没精力陪城里的女人聊大天呢！只有老太太们才是农村的闲人！"

"那你就和她们聊……"

"呸！……"

"你们都不去，我也还是要去的！我请个人照顾我！"

"可以！我帮你物色个半老不老的女人，要四川的？还是河南的？安徽的？你去农村，我和儿子，包括咱妈，心理上还获得解放了呢！是不是妈？"

老母亲连连点头，"那是，那是……"

我抗议地说："我在家又妨碍你们什么了？"

老母亲说："你一开始写东西，我们就大声儿不敢出。你压迫了我们很久，自己不明白吗？还问！"

我的脾气终于大发作，冲妻嚷："我才用不着你物色呢！我才不找半老不老的呢！我要自己物色，我要找年轻的，模样儿讨人喜欢的，性子温顺的，善解人意的！……"

妻也嚷："妈，你听，你听！他要找那样儿的！……"

老母亲威严地说，"他敢！"——手指一戳我额心："生花花肠子了，啊？！还反了你了呢！要去农村，你就自己去！半老不老的也不许找了！有志气，你就一切自力更生！"

哦，哦，我的美好的梦想啊，就这样，被妻子、儿子、老母亲，联合起来彻底捣碎了！

此后我再也没在家里重提过那梦想。

一次，当着一位朋友又说——朋友耐心听罢，慢条斯理地开口道："你老母亲批判你，没批判错。你那梦想，骨子里是很资产阶级！那是时髦哇！你要真当北京人当腻歪了，好办！我替你联系一个农村人和你换户口，还保证你得一笔钱，干不？"

我脸红了，声明我没打算连北京户口也不要了……

朋友冷笑道："猜你也是这样！北京人的身份，那是要永远保留着的，却装出讨厌大都市，向往农村的姿态。说你时髦，就时髦在这儿……"

我说："我不是装出……"

朋友说："那就干脆连户口也换了！"

我张张嘴，一时不知再说什么好。

此后，我对任何人都不敢再提我那自觉美好的梦想了。

但——几间红砖房，一个不大不小的农家院落，院门前的水塘、驴、刷了油漆的木结构的胶轮车等梦想中的实景实物，常入我梦——要不怎么叫梦想呢……

现在，我就剩下一个梦想了。那是——在一处不太热闹也不太冷清的街角，开一间小饭店。面积不必太大，一百多平方米足矣。装修不必太高档，过得去就行。不为赚钱，只为写作之余，能伏在柜台上，近距离地观察形形色色的人，倾听他们彼此的交谈。也不是为了收集什么写作的素材，我写作不靠这么收集素材。根本就与写作无关的一个梦想。

究竟图什么？

也许，仅仅企图变成一个毫无动机的听客和看客吧！既毫无动机，也对别人无害。

为什么自己变得喜欢这样了呢？

连自己也不清楚。

任何两个人的交谈或几个人的交叉交谈，依我想来，只要其内容属于闲谈的性质——本身都是一部部书，一部部意识流风格的书。

觉得自己融在这样一部部书里，觉得自己的存在毫无意义地消解在那样的、也毫无意义的意识流里，有时是极好的感觉。我的第二种梦想，与我对那一种感觉的渴望有关，经常希望在某一时间和某一空间内，变成一棵植物似的一个人——

听到了，看见了，但是绝不走脑子，也不产生什么想法。只为自己有能听到和能看见的本能而愉悦。好比一棵植物，在阳光下懒洋洋地垂卷它的叶子，而在雨季里舒展叶子的本能一样。倘叶子那一时也是愉快的，我的第二种梦想，与拥抱住类似的愉快有关……

第二辑

一叶浮萍归大海，人生何处不相逢

人生如逆旅，谁会记得一程相伴生命情，谁又能预知下一个路口会与谁重逢。寂寥的日子，正因有朋友，内心不再寒冷。人生若浮萍，终要归入大海，那些人生路上离别的朋友，还有再重逢的一天吗？会有的，山长水阔终有时，人生何处不相逢！

感　激

有一种情愫叫作感激。

有一句话是“谢谢”。

在临近年尾的日子里，最是人忙于做事的时候。仿佛有些事不加紧做完，便是一年的遗憾似的。

而在如此这般的日子里，我却往往心思难定，什么事也做不下去。什么事也做不下去我就索性什么事也不做。唯有一件事是不由自主的，那就是回忆。朋友们都说这可不好，这就是怀旧啊，怀旧是老年人的心态啊！

我却总觉得自己的回忆与怀旧是不太一样的。总觉得自己的回忆中有某种重要的东西。它们影响着我的人生，决定着我人生的方方面面是现在的形状，而不是另外的形状。

有一天我忽然明白了，我之所以频频回忆实在是因为我内心里渐渐充满了感激。这感激是人间的温情从前播在一个少年心田的种子。我由少年而青年而中年，那些种子就悄悄地如春草般在我心田上生长……

我感激父母给我以生命。在我将孝而未来得及更周到地尽孝的年龄，他们先后故去，在我内心里造成很大的两片空白。这是任什么别的事物都无法填补的空白，这使我感到忧伤。

我感激我少年记忆中的陈大娘。她常使我觉得自己的少年曾有两位母亲。在我们那个大院里我们两家住在最里边，是隔壁邻居。她年轻时就守寡，靠卖冰棍拉扯两个女儿一个儿子长大成人。童年的我甚至没有陈大娘家和我家是两户人家的意识区别。经常的，我闯入她家进门便说：“大娘，我妈不在家，家里也没吃的，快，我还要去上学呢！”

于是大娘一声不响放下手里的活，掀开锅盖说：“喏，就有俩窝窝头，你吃一个，给正子留一个。”——正子是他的儿子，比我大四五岁，饭量也比我大得多。那正是饥饿的年代，而我却每每吃得心安理得。

后来我们那个大院被动迁，我们两家分开了。那时我已是中学生，下午课，每提前上学，去大娘家。大娘一看我脸色，便主动说：“又跟你妈赌气了是不是？准没在家吃饭！稍等会儿，我给你弄口吃的。”

仍是饥饿的年代。

我照例吃得心安理得。

少不更事，从不曾对大娘说过一个谢字。甚至，心中也从未生出过感激。

有次，在路口看见卖冰棍的陈大娘受恶青年欺负，我像一条凶猛的狼狗似的扑上去和他们打，咬他们的手。我心中当时愤怒到极点，仿佛看见自己的母亲受到欺辱……

那便算是感激的另一种方式，也仅那么一次。

我下乡后再未见到过陈大娘。

我落户北京后她已去世。

我写过一篇小说《长相忆》——可我多愿我表达感激的方式不是小说，不是曾为她和力不能抵的恶青年打架，而是执手当面地告诉她——大娘……

由陈大娘于是自然而然地忆起淑琴姐。她是大娘的二女儿，是我们那条街上顶漂亮的姑娘，起码在我眼里是这样。我没姐姐，视她为姐姐。她关爱我，也像关爱一个弟弟。甚至，她谈恋爱，去公园幽会，最初几次也带上我，充当她的小伴郎。淑琴姐之于我的人生的意义，在于使我对于女性从小培养起了自认为良好的心理。我一向怀疑“男人越坏，女人越爱”这种男人的逻辑有什么道理。淑琴姐每对少年的我说：“不许学那些专爱在大姑娘面前说下流话的坏小子啊！你要变那样，我就不喜欢你了！”——男人对女人的终生的态度，据我想来，取决于他有没有幸运地在少年时代就获得到种种非血缘甚至也非亲缘的女人那一种长姐般的有益于感情质地形成的呵护和关爱，以及从她们那儿获得的潜移默化的教育。我这个希望自己有姐姐而并没有的少年，从陈大娘漂亮的二女儿那儿幸运地都获得到过。似姐非姐的淑琴姐当年使我明白——男人对于女人，有时仅仅心怀爱意是不够的，而加入几分敬意是必要的。淑琴姐令我对女性的情感和心理从小是比较自然的，也几乎是完全自由的。这不仅是幸运，何尝不是幸福?

细细想来，我怎能不感激淑琴姐?

她使当年是少年的我对于女性情感呵护和关爱的需要，得到了温馨、饱满又健康的满足。

一九六二年我的家搬入另一个区另一条街上的另一个大院。一个在一九五八年由女工们草草建成的大院，房屋的质量极其简陋。九户人家中七户是新邻居。

那是那一条街上邻里关系非常和睦的大院。

这一点不唯是少年的我的又一种幸运，也是我家的又一种幸运。邻里关系的和睦，即或在后来的“文革”时期，也丝毫不曾受外界骚乱的滋扰和破坏。我的家受众邻居们帮助多多，尤其在我的哥哥患精神分裂症以后，倘我的家不是处在那一种和睦的互帮互助的邻里关系中，日子就不堪设想了。

我永远感激我家当年的众邻居们！

后来，我下乡了。

我感激我的同班同学杨志松，他现在是《大众健康》的主编。在班里他不是和我关系最好的同学，只不过是关系比较好的同学。我们是全班下乡的第一批。而且这第一批只我二人。我没带褥子，与他合铺一条褥子半年之久。亲密的关系是在北大荒建立的。有他和我在一个连队，使我有了最能交心最可信赖的知青伙伴。当人明白自己有一个在任何情况下都绝不会出卖自己的朋友的时候，便会觉得自己有了一份特殊的财富。实际上他年龄比我小几个月。我那时是班长，我不习惯更不喜欢管理别人，小小的权力和职责反而使我变得软弱可欺。因为我必须学会容忍制怒。故每当我受到挑衅，他便会挺身上前，厉喝一声——“干什么？想打架吗？！”

我也感激我另外的三名同班同学王嵩山、王志刚、张云河。他们是“文革”中的“散兵游勇”，半点儿也不关心当年的“国家大事”。下乡前我为全班同学做政治鉴定，我力陈他们其实都是政治上“关心国家大事”的同学，唯恐一句半句不利于肯定他们“政治表现”的评语影响他们今后的人生。为此我和原则性极强的年轻的军宣队班长争执得面红耳赤。他们下乡时本可选择去离哈尔滨近些的师团。但他们专执一念，愿望只有一个——我和杨志松在哪儿，他们去哪。结果被卡车在深夜载到了兵团最偏远的山沟里。见了我和杨志松的面，还都欢天喜地得忘乎所以。

他们的到来，使我在知青的大群体中，拥有了感情的保险箱，而且，是绝对保险的。在我们之间，友情高于一切。时常，我脚上穿的是杨志松的鞋；头上戴的是王嵩山的帽子；棉袄可能是王志刚的；而裤子，真的，我曾将张云河的一条新棉裤和一条新单裤穿成旧的了。当年我知道，在某些知青眼里，我也许是个喜欢占便宜的家伙。但我的好同学们明白，我根本不是那样的人。他们格外体恤我舍不得花钱买衣服的真正原因——为了治好哥哥的病，我每月尽量往家里多寄点儿钱……

后来杨志松调到团部去了。分别那一天他郑重嘱咐另外三名同学：“多提醒晓声，不许他写日记，开会你们坐一块儿，限制他发言的冲动。”

再后来王嵩山和王志刚调到别的师去了。张云河调到别的连当卫生员去了。

一年后杨志松上大学去了……

我陷入空前的孤独……

此时我有三个可以过心的朋友——一个叫吴志忠，是二班长；一个叫李鸿元，是司务长；还有一个叫王振东，是木匠，都是哈尔滨知青。

他们对我的友情，及时填补了由于同班同学先后离开我而对我的情感世界造成的严重塌方……

对于我，仅仅有友情是不够的。我是那类非常渴望思想交流的知青。思想交流在当年是很冒险的事。我要感激我们连队的某些高中知青，和他们的思想交流使我明白——我头脑中对当年现实的某些质疑，并不证明我思想反动，或疯了。如果他们中仅仅有一人出卖了我，我的人生将肯定是另外的样子，然而我不曾被出卖过。这是很特殊的一种人际关系。因为我与他们，并不像与我的四名同班同学一样，彼此有着极深的感情作为关系的前提和基础。在我，近乎人性的分裂——感情给我的同班同学，思想却大胆地仅向高中知青们坦言。他们起初都有些吃惊，也很谨慎。但是渐渐的，都不对我设防了。“九一三”事件以后，我和他们交流过许多对国家，当然也是对我们自身命运的看法。

真的，我很感激他们——他们使我在思想上不陷于封闭的苦闷……

我还感激我的另外两名好同学——一个叫刘树起，一个叫徐彦。刘树起在我下乡后去了黑龙江省的饶河县插队；徐彦因母亲去世，妹妹有病，受照顾留城。一般而言，再好的中学同学，一旦天南地北，城里农村，感情也就渐渐淡了。即或夫妻，两地分居久了，还会发生感情变异呢！

但我和他们二人之间的感情，却相当不可思议地，因分离而感情越深。凡三十余年间，仿佛在感情上根本就不曾被分开过。故我每每形容，这是我人生的一份永不贬值的“不动产”。

我感激我们连队小学校的魏老师夫妻。魏老师是一九六六年转业北大荒的老战士，吉林人，他妻子也是吉林人。当年他们夫妻像兄嫂一样待我。说对我关怀备至丝毫不是夸大其词。离开北大荒后我再未见到过他们，魏老师一九九五年已经病故，我每年春节与嫂子通长途电话问安……

一九七二年我调到了团部。

我感激宣传股的股长王喜楼。他是现役军人，十年前病故。他使宣传股像一个家，使我们一些知青报道员和干事如兄弟姐妹。在宣传股的一年半对我而言几乎每天都是愉快的。如果不是每每忧虑家事，简直可以说很幸福。宣传股的姑娘们个个都是品貌俱佳的好姑娘，对我也格外友好，友好中包含几分真挚的友爱。不知为什么，股里的同志都拿我当大孩子。仿佛我年龄最小，仿佛我感情最脆弱，仿佛我最需要时时予以安慰。这可能由于我天性里的忧伤；还可能由于我在个人生活方面一向瞎凑合。实事求是地说，我受到几位姑娘更多的友爱。友爱不是爱，友爱是亲情之一种。当年，那亲情滋养过我的心灵，教会我怎样善待他人……

我感激当年兵团宣传部的崔干事。他培养我成为兵团的文学创作员，他对于改变我的人生轨迹起到重要的作用，他就是我的小说《又是中秋》中的“老隋”。

他现因经济案被关押在哈尔滨市的监狱中。

虽然他是犯人，我是作家——但我对他的感激此生难忘。如果他的案件所涉及的仅是几万，或十几万，我一定替他还上。但据说是二三百万，也许还要多，超出了我的能力。每忆起他，心为之怆然。

我感激木材加工厂的知青们——当我被惩处性地“精简”到那里，他们以友爱容纳了我，在劳动中尽可能地照顾我。仅半年内，就推荐我上大学。一年后，第二次推荐我。而且，两次推荐，选票居前。对于从团机关被“精简”到一个几乎陌生的知青群体的知青，在一般情况下是根本没指望的。若非他们对我如此关照，我后来上大学就没了前提。那时我已患了肝炎，自己不知道，只觉身体虚弱，但仍每天坚持在劳动最辛苦的出料流水线上。若非上大学及时解脱了我，我的身体某一天肯定会被超体能的强劳动压垮……

我感激复旦大学的陈老师，这位生物系抑或物理系的老师的名字我至今不知。实际上我只见过他两面。第一次在团招待所他住的房间，我们进行了一个多小时的谈话，算是“面试”。第二次在复旦大学，我一入学就住进了复旦医务室的临时肝炎病房。我站在二楼平台上，他站在楼下，仰脸安慰我……

任何一位招生老师，当年都有最简单干脆的原则和理由，取消一名公然嘲笑当年文艺现状知青入学的资格，但陈老师没那么做。正因为他没那么做，我才有幸终于成为复旦大学的“工农兵学员”——而这个机会，对我的人生，对我的人生和文学的关系，几乎是决定性的。

如果说，我的母亲用讲故事的古老方式无意中影响了我对故事的爱好，那么——崔干事，木材加工厂的知青们，复旦大学的陈老师，这三方面的综合因素，将我直接送到了与文学最近的人生路口。他们都是那么理解我爱文学的心，他们都是那么无私地成全我。如果说，在所谓人生的紧要处其实只有几步路这句话是正确的，那么他们是推我走过那几步路的恩人。

我感激当年复旦大学创作专业的全体老师。一九七四年至一九七七年，是中国政治风云变幻莫测的三年。我在这样的三年里读大学，自然会觉压抑。但于今回想，创作专业的任何一位老师其实都是爱护我的。翁世荣老师，秦耕老师，袁越老师又简直可以说对我关怀备至。教导员徐天德老师在具体一二件事上对我曾有误解，但误解一经澄清，他对我一如既往地友爱诚恳。这也是很令我感激的……

我感激我的大学同学杜静安、刘金鸣、周进祥。因为思想上的压抑，因为在某些事上受了点儿委屈，我竟产生过打起行李一走了之的念头。他们当年都曾那么善意又那么耐心地劝慰我。所谓“良言一句三冬暖”。他们对我的友爱，当年确实使我倍感温暖。我和小周，又同时是入党的培养对象。而且，据说二取一。这样的两个人，往往容易离心离德，终成对头。但幸亏他是那么明事明理的人，从未视我为妨碍他重要利益的人。记得有一天傍晚，我们相约了在校园外散步，走了很久，谈了很多。从父母谈到兄弟姐妹谈到我们自己。最后我们达成了这样的共识——我们天南地北走到一起，实在是一种人生的缘分，我们都要珍惜这缘分。至于其他，那非是我们自己探臂以求的，我们才不在乎！从那以后到毕业，我们彼此真诚，友情倍深……

我感激北影。我在北影的十年，北影文学部对我任职于电影厂而埋头于文学创作，一向理解和支持，从未有过异议。

我感激北影十九号楼的众邻居。那是一幢走廊肮脏的筒子楼，我在那楼里只有十四平方米的一间背阴住房。但邻居们的关系和睦又热闹，给我留下许多温馨的记忆……

我也感激童影。童影分配给了我宽敞的住房，这使我总觉为它做的工作太少太少……

我感激王姨——她是母亲的干姊妹。在我家生活最艰难的时日，她以女人对女人的同情和善良，给予过母亲许多世间温情。也给予过我家许多帮助……

我感激北影卫生所的张姐——在父亲患癌症的半年里，她每次亲自到我家为父亲打针，并细心嘱我怎样照料父亲……

我感激北影工会的鲍婶，老放映员金师傅，文学部的老主任高振河——父亲逝世后，我已调至童影，但他们仍为父亲的丧事操了许多心……

我甚至要感激我所住的四号楼的几位老阿姨们。母亲在北京时，她们和母亲之间建立了很深的感情，给了母亲许多愉快的时光……

我还要感激我母亲的干儿女单雁文、迟淑珍、王辰锋、小李、秉坤等等。他们带给母亲的愉快，细细想来，只怕比我带给母亲的还多……

我还要感激我哥哥的初中班主任王鸣歧老师。她对哥哥像母亲对儿子一样。哥哥患精神病后，其母爱般的老师感情依然，凡三十余年间不变。每与人谈及我的哥哥，必大动容。王老师已于去年病逝……

我还要感激我的班主任孙茬珍老师，以及她的丈夫赵老师——当年她作我们的老师时才二十二三岁。她对我曾寄予厚望，但哥哥生病后，我开始厌学，总想为家庭早日工作。这使她一度对我特别失望。然恰恰是在“文革”中，她开始认识到我是她最有独立思想的学生，因而我又成了她最为关心的几个学生之一……

我还要感激我哥哥的高中同学杨文超大哥，他现在是哈尔滨一所大学的教授。我给弟弟的一封信，家乡的报转载了。文超大哥看后说——“这肯定无疑是我最好的高中同学的弟弟！”于是主动四处探问我三弟的住址，亲自登门，为我三弟解决了工作问题——事实上，杨文超、张万林、滕宾生，加上我的哥哥，当年也确是最要好的四同学，曾使他们的学校和老师引以为荣。同学情深若此，不枉同学二字矣！

我甚至还要感激我家当年社区所属派出所的两名年轻警员——一姓龚，一姓童。说不清究竟由于什么原因，他们做片警时，一直对母亲操劳支撑的一个破家，给予着温暖的关怀……

还有许许多多我应该感激的人，真是不能细想，越忆越多。比如哈尔滨市委前宣传部部长陈风珲，比如已故东北作家林予，都既不但有恩德于我，也有恩德于我的家。

在一九九八年年底，我回头向自己的人生望过去，不禁讶然，继而肃然，继而内心里充满一大片感动！——怎么，原来在我的人生中，竟有那么多善良的好人帮助过我，关怀过我，给予过我持久的或终生难忘的世间友爱和温情？

我此前怎么竟没意识到？

这一点怎么能被我漠视？

没有那些好人，我将是谁？我的人生将会怎样？我的家当年又会怎样？我个人的一生，实际上是被众多的好人，被种种的世间温情簇拥着走到今天的呀！我凭什么获得如此大幸运而长久以来麻木地似乎浑然不觉呢？亏我今天还能顿悟到这一点！这顿悟使我心田生长出一派感激的茵绿草地！生活，我感激你赐我如此这般的人生大幸运！我向我人生中的一切好人深鞠躬！让我借歌中唱的一句话，在一九九八年底祝好人一生平安！我想——心有感激，心有感动，多好！因为这样一来，人生中的另外一面，比如嫌恶、憎怨、敌意，就显得非常小器、浅薄和庸人自扰了……再祝好人一生平安！

一个有恩于我的人

虽然，我已经六十余岁了，但对于黄宗英，我还是得称前辈。因为她今年已经八十八岁，长我二十四五岁呢。事实上，前辈这一种称谓相当中国化。即使在我们中国，也相当的古代，还多少具有点儿江湖意味。在当下生活中，我们已不太听得到“前辈”这一称谓了，似乎只有在武侠片中还听得到。据说网上挺流行，也同样只不过出现在网络上的后武侠小说中。并且，网络本就是很江湖气的地方，十之七八的网主们的名字，不论男女，也都挺江湖气的。

我和黄宗英都是中国文坛上的人。以我的个人感觉而论，亦觉中国之文坛，往往也江湖气弥漫。倒不是由于文坛上一向的是是非非给我以江湖气浓的感觉，实际上外国文坛，比如西方吧，也每是风生水起、是非频发的，但却并不给我以江湖气浓的印象。为什么我们中国文坛，给我以江湖气浓的感觉呢？大约是由于我们中国的文坛拉帮结派，形成团伙的风气较盛的缘故吧？除了这一缘故，还有另外的因素吗？肯定是有的。那又是些什么因素呢？我还没想清楚，此不赘述。

但我犹豫再三，决定在此文中及文内称黄宗英为前辈，并不意味着我对具有中国古代特色的称谓情有独钟，更不意味着我对中国文坛之江湖很认同。恰恰相反，我嫌厌任何所在的江湖气，也从未属于过任何或大或小的“圈子”。

我称黄宗英为前辈，只因一点，她年长于我不是几岁、十几岁，而是二十四五岁。如果她是男性，我当按中国习惯称她为“黄老”，或“宗英老”。但她是女性，并且我了解，她有一颗永远年轻的心。那样一颗心即使某一天停止了跳动，前一分钟也必定还是年轻着的；所以我不愿在对她的称谓之中加入“老”字。事实上，此前不论当面或背后，我一向是称她“宗英老师”的。那么，在这一篇短文的题目中和文内，一如既往地称她为“宗英老师”，岂不是更亲近吗？那是的。但我内心里，对她始终怀有很深厚的感恩情结的，而我写此文所要表达的，正是那种随着时间的推移竟变得越来越难以忘却的感恩情结。我怕亲切抵消了感恩。即使仅仅抵消了一部分，那也是违背我写此文之初衷的。我读某些具有感恩色彩的文章，包括那些和我这篇文章的初衷一样的文章，每使我产生一种变味的印象，就是由于称呼似乎太亲近了，写到后来，感恩的元素少了，亲近的成分多了，结果感恩被亲近所稀释，仿佛便更是一篇记录友情的文章了。何况，尽管黄宗英前辈每次见到我，对我的态度无疑是亲近的，见面也无疑令她感到高兴，但若论到友情的话，其实我们之间反而并没什么值得书写的内容。

真的是这样。

前辈黄宗英，她是一个有恩于我的人。

我写此文之目的，也完全是为了以记录性文章的方式来公开表达我对她的感恩。

我在“文革”前就知道黄宗英的大名了。她的报告文学《小丫扛大旗》，当年在收音机里广播过。我家没有收音机，我是从中学同学家的收音机里听到的，当时给我以特别满足的语言享受。是一位女朗读员朗读的，她的声音圆润而豁亮，仿佛唱着歌的泉水从山涧流淌而过，携带着悠扬的回声。以现在的美文标准来看，《小丫扛大旗》的文学并不能算极好。但在当年，女报告文学作家凤毛麟角，黄宗英又是演员出身的报告文学作家，长期浸淫于电影界，置身于上影厂这一特殊的文艺单位，经常接触皆有丰富经验的导演、演员们；再加上她善于观察生活的一双慧眼，几乎可以说天生有从生活中捕捉细节的能力；她自己坦率、快乐的性格，发自内心的以赞颂时代先进人物和先进事迹为己任的使命感，使她极善于将笔下人物写得“活起来”的同时，也极善于营造弥漫在字里行间的生活气息。她写一篇报告文学如同导演执导一部电影。她笔下的人物，不分主次，一概都能恰到好处地在她的报告文学作品中凸显角色的作用和魅力。当年，中国的收音机里，最经常播出的是根据革命题材的长篇小说改编的评书。那些评书更偏重故事，对文字之感染力是不太在意的。

总而言之，《小丫扛大旗》使我这一名中学生第一次领略了生动活泼的文字被女性好听的声音所朗读带来的美感。

我便记住了“黄宗英”这个名字。

但是我后来成为“上山下乡”运动中的一名知识青年，与《小丫扛大旗》这一篇赞颂中国最早的一批下乡知识青年的报告文学没一点儿关系。

后来我初中毕业了。

后来“文革”开始了。

在一九六七年的冬季，哈尔滨市的某电影院，连续几天放映“反动电影”，曰“批判观看”。是由哈市几所大学的“造反派”们发起组织的放映，某几所重点中学的“革命师生”也得到了一些票。我所在的第二十九中学是一所普通中学，但那一年我与一名三中的高三男生成了朋友。三中是重点中学，他是“红五类”，由他给过我几次票，于是我得以看到了几部以前不曾看过的电影，包括赵丹主演的《十字街头》《武训传》《林则徐》《李时珍》。

我至今认为赵丹主演的《林则徐》《李时珍》，演技炉火纯青。这两部电影中，他主演的林则徐尤见功力。并且一直认为，以后不论再拍多少次《林则徐》，赵丹演的林则徐恐怕无人可以企及了。我至今特别喜欢《十字街头》，觉得那一部电影中的赵丹，大演员的天赋已被他充分证明。那时的他，其实身上已兼具卓别林式的黑色又温暖的幽默和金·凯利式的即兴表演的机智。可我当年并不喜欢《武训传》，至今也还是喜欢不起来。武训这个真实的历史人物办义学的极虔诚、极执着的愿望自然是无私的、可敬的、令人感动的。但他所实行的向富人“集资”和募捐的方式，就是不惜以自身为“靶”供人羞辱，“打一拳三个钱，踢一脚五个钱”的方式，对于受西方文学影响特深、人格尊严意识特强的我，是实难认同的。

那一年我已知道黄宗英是赵丹的夫人。

三中的朋友问我愿不愿写一篇批判赵丹主演的电影的文章，写了就能收在几所大学联合主办的大批判文集中。但我印象中的赵丹，用《列宁在十月》中高尔基对列宁说的话来说，是“一个好人”。这是我对赵丹所演角色的印象。

我反问：“你怎么不写？”

他说：“我是理科生啊，不感兴趣。”

我说：“那么优秀的几部电影，有什么可批判的呢？”

他也反问：“你不是不怎么喜欢《武训传》吗？”

我说：“一个人不喜欢的文艺作品，评论是一种权利。但动辄乱扣‘反动’大帽子进行批判，并且剥夺被批判者的辩论权利，这样的批判不就等于是迫害吗？”

他说：“你又何必太认真呢。多你一个人的批判文章，少你一个人的批判文章，其实对于赵丹的命运都没什么影响了。但是对我们俩却有一点好处，我们就有资格再多看几部电影了，许多电影我们以后也许永远都看不到了！”

他的话代表了当年之中国一些确实挺好的人的想法——多我一个人参与少我一个人参与，多我一句口号少我一句口号，多我一张大字报少我一张大字报，反正对已被划入“另册”的人的命运不起任何作用了，于是对自己的参与首先自行地宽恕了。倘还有一点点个人好处，则更是“盲从无罪”

了。在“文革”初期，我也是这么想的。不久，我所读过的那些书便提醒我——好人被利用了参与迫害别人，既是被迫害者的大悲哀，也是好人们的大悲哀。

故我对我的好人朋友说：你我互为朋友，是因为我们都认为对方是好人，对吧？那就让我们把好人做得再好一点点，而别在乎以后看不到某些电影了吧！……

一年后，我下乡了。

黄宗英也罢，赵丹也罢，在我的头脑中，渐渐的不留任何记忆痕迹了。

大约是一九七三年，我到佳木斯去参加兵团总司令部文艺处举办的文学创作学习班，听说黄宗英由周总理亲自点名予以“解放”，并在哈尔滨观看“全省青年诗歌朗诵会”。我们文学创作学习班的几名知青，发起了对学习班组织者的建议——将黄宗英请到佳木斯来，与我们文学创作学习班的知青们交流交流创作体会和经验。这自然也是我所希望的事，所以我对那建议表现得格外支持。学习班的组织者崔干事是我们共同的“好大哥”，我们的建议正中他下怀。但那也得向上级请示啊！政治部的批复很快，大意是——黄宗英既然是周总理亲自点名予以“解放”的，但请无妨。“好大哥”特高兴，欲亲自到哈尔滨去请黄宗英。却随之传来了令我们震惊的消息——她被省革委会的干部从哈尔滨驱逐走了，并且还被扣上了一项新的罪名——企图靠昔日名气用资产阶级文艺思想影响文艺青年，实行反革命串联……

革命热情澎湃洋溢的《小丫扛大旗》的作者，头脑中会有什么“资产阶级文艺思想”呢？

我们不禁都愤愤不平起来。

“好大哥”居然信誓旦旦地表示——早晚有一天，会想办法将赵桔（赵丹、黄宗英的女儿）调到兵团来，并且要尽早满足其入团愿望。但他这种决定直至“文革”结束也没实现，而赵桔在东北下乡九年也终究还是没入得了团。此是后话。

以上听来的情况，促使我做出过一件既郑重又特不“明智”的事。

一九七四年我入复旦大学前两天，仍在木材加工厂做出料工，那是比抬木头更累的活儿。我可以不干活儿了，录取通知书已发给我了，按规定我享有几天准备行程的时间。我却觉得自己是个幸运者，一心想用坚持劳动到最后一天来抵消一些别的知青对我的羡慕。两天后就将离开北大荒了，我决定为某些知青作最后一次代言。于是前两天的晚上，我独自坐在食堂里，给连队团支部、党支部写了一封信，并要求将信转送团里。那是一封谈我对发展知青入团入党的组织路线之意见的信。我的信指出——在有些人的头脑中，“重在表现”四个字，几乎不起作用，他们对于那些家庭出身“有问题”或父母在历次政治运动中被打入“另册”的知青，其实实行的是发展践线上的“关门主义”。还举了赵桔的例子，写下了这样一句话：“难道用多年的艰苦劳动和青春岁月，还换不来一枚团徽吗？”而实际上，所谓“关门主义”并不表现在我们木材加工厂，因为在木材加工厂，担任团支部组织委员和宣传委员的，恰恰便是两名家庭出身属于“剥削阶级”的天津知识青年。在我曾经当过班长和小学教师的老连队，实行的也是“重在表现”。进言之，在能入团或不能入团这件事上，赵桔的例子具有较多特殊性。我明知此点而举她这名并不属于兵团的知青为例，委实是有些蛇口蜂针的。我的动念，确乎也主要是为像她那样的知青们鸣不平而已。（三十几年后，木材厂的两名天津知青非将我请到天津去做客不可。我去了，他俩在招待我的饭桌上对我说：你幸亏走得及时，晚一天你就去不成复旦了。当年我们觉得你那封信的思想老反动了。你虽然走了，我们还是将信的反动思想批判了一通，并且要求团里严肃处理。你居然顺利地成为复旦的学生，证明当年团里有人暗保了你一下啊！我于是明白，他俩非把我请到天津不可，是要当面道歉。而我却早已将那事忘了。我在木材厂时与他二人关系良好，我的信肯定使他俩当年大为其难了，他们除了那么做显然也没有另外更“正确”的做法，于是互相举杯一撞，皆释怀而笑。再后来我在创作电视剧《知青》时，自己当年写的那一封信，成了剧本中的情节。）

我在复旦的三年，自然是思想孤独而苦闷的三年。那三年里，所知“四人帮”迫害知识分子和文艺界人士之事更多，反而将黄宗英、赵丹、赵桔这一家三口人的名字忘了。

一九七六年，“四人帮”被粉碎了，“文革”结束了。

一九七七年五月，上海以极大的规模召开纪念毛泽东《在延安文艺座谈会上的讲话》发表三十五周年。如今想来，那般隆重地予以纪念，用心可谓良苦。那应该说是一次被打入“另册”的上海文艺界人士的集体大亮相。也许是由于应该参加的人数太多，复旦大学仅获得三个名额。名额自然给在了中文系，中文系出席了一名教师，两名学生，我是其中之一。由此可见，当年大学母校的老师们是多么地厚爱我！

纪念会共开三天，我所分在的一个组，组长是茹志鹃老师（当年我才三十余岁，自然称她老师。现在我六十余岁了，她已驾鹤西去，那么我就同样在此文中称她前辈吧。她也是有恩于我的人。此不赘述，当另记之），副组长是黄宗英，而我是召集人兼书记员，即负责记录整理发言的人。至于组员，不得了——巴金、黄佐临、吴强、师陀、施蛰存……共十一二人，每一个名字都令我肃然起敬。

那时我一再想到“缘”这个字。黄宗英这个数次在我头脑中留下深刻印象，又一次次被我忘记的名字，忽一日与我自己的名字印在同一页纸上，而且都成了对一次大会负有小组责任的人！不是“缘”的话，我这个东北知青，又怎么能在上海与黄宗英并肩而坐呢？真的，三天的小组讨论中，只要她到了，必定与我并肩而坐——因为我和她和茹志鹃老师三个人的座位是不变的。

第一天上午黄宗英没到，下午才出现在组里，看了组员名单才知道自己是副组长。她在外地深入生活，接到通知赶回来的。她说自己回到家里换了一身衣裳就来了，穿的是一身旧衣裤，脚上也是一双旧的、许久没打过油的平底皮鞋。她衣着朴素得令我暗暗讶异。虽然茹志鹃的衣着也是极朴素的，但并未使我讶异，反而觉得她就该是那样的。一想到赵丹此时还没被公开“平反”，我的讶异也就转瞬即消了。她和茹志鹃坐在一起——都像五十年代初期的女工会干部，将工会工作当成全心全意为工人阶级服务之使命的女工会干部，不善于搞阶级斗争并且还希望能搞好阶级调和的两位女工会干部。我有这么一种印象乃是因为，她们的面相都是那么善良，而我相信“相由心生”。

当年的黄宗英挺“壮实”，我知道她以前的身材是很苗条的，我猜得到黄宗英变得“壮实”肯定与多年参加体力劳动有关。

然而她的面容依然漂亮，依然具有曾被称为“甜姐”的俊美线条。她发过几次言。显然，每次发言前都有满腹想说的话。但真开口了，似乎又不想多说什么了。所以她每次的发言其实又很短，并且每次都出人意料地戛然而止。我注意到，她每次发言时，总有人向她传递暗示的目光——说几句就行了。一接触到那种友善的目光，她就很懂事地赶紧再说三言两语就结束了发言。

是的，那时的她极像一个童言无忌又特别喜欢表达内心思想感情的孩子。因为懂事，所以在被对她友爱的大人们以目光制止时，便立刻装成沉默寡言的样子。

我想那时的她内心里一定是感觉委屈的。

看着我所崇拜的人那样子我的心情也颇觉压抑。

她每次发言的内容，也只不过是在一次次强调，自己是多么愿意用文艺为工农兵服务而已。那显然是她真诚的想法，但又显然不是她唯一真诚的想法。她分明很想说出另外某些同样真诚的想法，特别是在那么一次纪念会上，当着那么多老朋友的面，而且是在粉碎了“四人帮”以后。

也分明地——老朋友们认为那是不明智的，甚至还是冒失的。

第一天的讨论气氛特沉闷。主持会议的茹志鹃肯定不是善于启发别人发言的人，并且我看出，她也不打算那么做。和黄宗英一样，她也是前一天从深入生活的外地赶回上海的。正因为气氛沉闷，黄宗英发了一次言又发一次言，我看得出她很希望自己能使气氛活跃起来。

作为书记员的我几乎无可记录，只得一段段读《讲话》原文以及文件材料。我内心里对那种沉闷反而挺欣赏。人们只是在中午吃饭时，晚上分别时，话才多起来。嘘寒问暖，互道珍重，情形动人。吃饭时，黄宗英很主动地替这位盛汤，为那位添饭。在众人中，除了我，按年龄论她是小字辈，年长于她的那些男士们，对她的服务都很受用。那时的黄宗英显得很快乐，并且希望以自己的快乐使大家也快乐起来。她的快乐也只不过是一种表面现象。没人开玩笑，她也不。人们的话也只不过局限于互相询问亲人及儿女的情况。没人问黄宗英赵丹的情况，显然都不愿影响她的快乐。

第二天上午是大会发言——有人在发言中又批判了《百合花》，认为不管到任何时候，《百合花》的创作倾向都是不符合《讲话》精神的。也有人批判了《小丫扛大旗》，认为所谓“生活气息”抵消了“突出政治思想”……

下午的讨论就更沉闷了。作为组长的茹志鹃和副组长的黄宗英，都不知自己该说什么好了。

我按捺不住发了一次言。我的发言自然是对大会发言中的批判所进行的批判，冷嘲热讽，出言极不客气。前辈们起初皆惊愕，继而望着我的目光里都流露着赞许了。

第三天的中午饭是会议期间的最后一次饭，我与黄宗英前辈配合着替大家加饭、添汤。巴金老居然询问我的经历，茹志鹃替我回答了几句。巴金老没听清，黄佐临替茹志鹃重复了一遍。我说在上海杂技学馆，与黄小芹成为朋友，黄佐临听了很高兴。

黄宗英问我：“从农场往兵团调有可能吗？”

我明白她那时想到了女儿赵桔。

我将当年“好大哥”崔干事信誓旦旦的话转述给她听，她极欣慰，说希望女儿赵桔成为兵团战士，是因为兵团比农场更重视培养知青的文艺爱好，而赵桔也自幼热爱文艺。

一九七七年的五月，谁都不敢梦想，中国还有知识青年返城那一天!

散会前我向茹志鹃和黄宗英两位组长、副组长要联络方式，她俩都高兴地亲笔给我写下了，并都说欢迎我去她们的家。

回到复旦，同学们听说我与那么多文艺大家分在一个组开了三天会，无不羡慕至极。

有同学说，七月份就要毕业了，既然你认为他们对你都很友好，干吗不请一位到复旦来与咱们中文系创作专业的同学座谈一次，介绍介绍创作经验啊？

我想，可也是，为什么不呢？

我说巴金老是沉默寡言的人，我们不为难他。茹志鹃老师又回深入生活的地方了，一时联系不上……

大家立刻明白了我的意思，异口同声地主张：请黄宗英！请黄宗英！

于是就有了黄宗英一九七七年六月在复旦大学的一次文学创作讲座。我在《从复旦到北影》中有所记录，此不赘述。

我要补充的是——大约两三年后，她与赵丹二人应北影厂厂长汪洋之约住入北影招待所，准备主演电影《周恩来》。我自然要去看望她的。他们的房间访客不断，无不是文化界名人。我虽年轻，当年却矜持得很，故也只去看望过一次。他们夫妇二人都对当年黑龙江生产建设兵团知青们的情况有了解的意愿，我正向他们讲述着，厂长汪洋来了，说要请他们去参观摄影棚。汪洋看着我，颇觉奇怪，问他们我是谁。那时我虽已分配到北影编导室了，却还没与汪洋近距离对望过。

赵丹说："他是宗英的学生。"

汪洋更加奇怪，又问黄宗英："你什么时候收起表演弟子了？"

黄宗英笑道："我又不是只会演戏！他是我文学创作方面的学生不行吗？你太官僚了吧，他早已是你们北影的人了呀！"

我将自己怎么认识黄宗英的过程用简短的话告诉了汪洋。黄宗英接着说："听过我的讲座，当然算是我的学生了！"

汪洋问我："有收获吗？"

我肯定地回答："有。"

汪洋也笑道："那就算是了吧。"

黄宗英又表扬地说："他可是好青年，有独立思想，十年中没跟着闹过。"

于是汪洋说："那你就一块儿陪着参观摄影棚吧。"

当年的北影，虽然是电影界名人经常出入之地，但只要黄宗英、赵丹夫妇的身影一出现，必定是更吸引人们眼球的一道风景。

参观摄影棚的黄宗英和赵丹，有以汪洋为首的北影的一干人等，包括北影的导演大师们和著名演员们相陪。但紧随他们夫妇左右的却只有一男一女。女的是一位穿军装的、身材高挑窈窕的美女顾永菲，男的便是我。顾永菲的伯父是上海电影当然便也是中国电影的先驱人物顾尔已，在汪洋们那一代电影人中老友多多，与赵丹汪洋更是交情深厚，非同一般。她当年是新疆军区文工团的话剧演员，她父亲顾尔谭是南京文学界的名人。所以对于她紧随在黄宗英、赵丹夫妇一侧，没有谁好奇。不知她是谁的，或许起初也是有几分奇怪的。但悄悄一问，知道了，就不奇怪了。

我却引起了几乎每个人的好奇。

知道我是分到编导室的"工农兵学员"的好奇，不知道的更好奇。我并不习惯被奇怪的目光投注到身上，一有机会就自我边缘化。偏偏，汪洋却比黄宗英更关注我的存在与否，隔会儿就四顾着大声说："小梁哪儿去了，过来过来，学生不是白当的，前边来前边来！陪就得有个陪的样子，得形影不离！……"

他那天很高兴，所以总开我玩笑。

而这便引起更多人的奇怪了——人们一时搞不清楚我究竟是赵丹的学生还是黄宗英的学生，以及究竟是何种关系的一个"学生"。

结果在参观的全过程中，我也很吸引眼球。

那一天以后，我在北影有了不小的知名度，许多人都知道编导室有一个叫梁晓声的最年轻的剧本编辑是黄宗英和赵丹的学生了。

我显得挺神秘起来，正所谓大沾名人之光。

有一天我在厂内的路上遇见了汪洋，他主动驻足，对我说看了我的档案，我档案中有"保持独立思想，与'四人帮'作过斗争"一条鉴定语。那是我自己也知道的，是我在大学毕业前，老师和同学们共同为我做出的一条鉴定，并且当我的面读给我听过——那实在是一条过誉性的表扬语罢了。

然而汪洋看得很重要。

他赏识地说："很好，很好。你配是黄宗英的学生，我也完全相信她的话了。努力工作，遇到了什么不开心的事别写信向她求助，直接找我。"

他们那一代电影人，对"四人帮"痛恨极深。"文革"中眼见自己的知交良友一个个受尽迫害，内心里是很疼的。故"好青年"在他们那儿是另有所指的。

后来我成了获奖作家。

后来汪洋接待外宾时，每吩咐厂办的人：将编导室的小梁找来陪外宾。

若有外宾是知道赵丹的，向他问起他与赵丹的关系，他每每指着我说：他是赵丹的夫人黄宗英的学生，著名作家！

后来我到江苏去组稿，竟可直接找到顾尔谭先辈相助。因为我是黄宗英的“学生”，自然也就有资格称顾永菲“永菲姐”了。都可以称她姐了，上门去求她的父亲，便似乎是不必见外之事了。顾尔谭先辈也确实没拿我当外人，有次还邀了陆文夫、高晓声两位先辈与我长谈北京文坛的风云变幻，并在一家雅静的小酒店设宴款待我。他们当年可都是长我二十多岁的人，实在是分外抬举我。

后来黄宗英每出新书必邮寄给我一本，扉页写着“晓声弟子存念”。

而我，收到也就收到了，却从不曾回一封短信相告。那还不是家家都有电话的时代，更不是如今这种几乎人人有手机、有邮箱的时代。若是，我肯定也会相告的。但即使有以上理由，连一封短信都不曾复过，情理上是怎么也说不过去的。

赵丹逝世了，我居然没写过一篇悼念他的文章。当年好几次，我陪他和黄宗英在北影大食堂的一张饭桌上吃过早餐。要写，是有些内容可写的。当然没写也能找到理由——因为赵丹临终前对文艺领导者们提了点儿中肯的意见，怀念他的文章是无处可发的。但我起码可以给黄宗英写一封信以表达哀思，居然也没有，理由我至今也没有找到。其实最根本的原因是，那时我觉得自己也是个人物了，唯恐有攀名流之嫌。为避小嫌而失大义，这真是有点儿俗啊！

赵丹画展举办的时间、地点我是预先就知道了的，也没去表达支持。而且当年的我还挺郁闷，觉得黄宗英这位老师居然没寄给我这名“弟子”一份请柬，实在是她太不应该。而实际情况是，她顶着极大的压力才办成了画展。极度悲痛而又缺乏经验的她，为了不使北影的老友们陷入去也不便不去不好的两难之境，根本就没向几个北影人发出通知。

黄宗江也去世了。他的遗嘱是不开追悼会，我过后才知道。悲痛是悲痛的。哀思是有的。也曾想以文悼念，但拖延数日后，哀与思便淡去了。

直至去年在中国散文年会见到了八一厂的翟俊杰兄，几句交谈后，不约而同地都回忆起了黄宗江，关心起了黄宗英。

他听我说我已近二十年不知黄宗英的情况了，大为诧异，连呼：“不应该不应该，你可太不应该了！在你一代人中，黄宗英以弟子相称的，据我所知，唯你梁晓声一人啊！”

我顿时无言以对，继而无颜以对。

他告诉我黄宗英生病了，身体情况大为不好。

我心一怆。

那日回到家中，翟俊杰兄的责备之语不绝于耳。

我默问自己：梁晓声，你何时变得如此人情淡薄了？又为什么会变成了这样？

为什么呢？

我不能不严肃地剖析我自己，所得结论便是——当我在文坛这个江湖上的浮名渐大后，开始认为，三十多年前的那些细琐之事，其实没有特别值得铭记不忘的意义了。

但为什么三十多年前，我会在《从复旦到北影》一文中满怀真情地予以记录呢？

因为那时我刚刚大学毕业；因为那时我只身来到完全陌生的北京无亲无友倍觉孤独；因为那时的我默默无闻像植物需要阳光和水分一样，需要被关注、被关怀。每一句良好的评价，对我都是人世间的一份温暖。所以我珍惜。所以我认为有铭记不忘的意义。

而说到意义，难道人世间的温暖，比如可敬长者与年轻人之间的忘年友谊；比如他们对年轻人的一句良好评价；比如他们靠他们的正面影响力为年轻人的工作、事业之顺利所尽的善意促进，难道这一切仅在一个年轻人默默无闻且特别需要时才有意义吗？难道当这个年轻人后来有了名气了，不需要被关注，也不在乎被不被别人关怀了，一切就变得没有什么意义了、不值得铭记不忘了吗？

我对自己的剖析使我羞愧难当，也万分内疚。

几天后我给黄海涛也就是黄宗洛之子发了一条短信，表达了我想去上海探望黄宗英前辈的意愿。我们是偶尔还见得着的，他知道我与黄家当年的亲近关系，一向称我为兄。

他回短信说：我小姨会非常高兴的，并给了我他唯一在上海的表弟赵劲的手机号。

赵劲我也是认识的。但最后一次见面也是十几年前的事了。

我竟没有勇气与他通话，也发短信表达意愿。

他隔日回短信说：晓声哥，我妈妈会特别高兴的，快来吧。

一称我“兄”，一称我“哥”，一言“非常高兴”，一言“特别高兴”，这才使我终于打消了种种顾虑。

八月，我应邀参加上海书展，于是提前一天前往。预先向接待方声明，第二天上午的时间绝对是属于我个人的，无须任何人相陪，也不许任何事侵占时间。

十点左右，我提着一个果篮，准时站在了称我“弟子”三十多年的黄宗英的病房门外。小弟赵劲说他十一点到，为的是给我这个他妈妈的“弟子”和他妈妈一小时单独交谈的时间。恰巧受雇照顾她的阿姨走出，我问方便进入探望吗？阿姨说她已在等我了。

八十八岁了的、我三十多年前称为“老师”的黄宗英，端坐在一把椅子上，面前是一张桌面两平方尺左右的小餐桌，旁边是一张空椅子，那显然是留给我坐的。亮堂堂的阳光洒满病房，照耀在她身上。那一间病房不是她一个人住的单间，还有一张病床，其上卧着一位七十来岁的阿婆。两张病床之间有帘子，半拉开着，将病房一分为二。椅子很小，类似小学校教室里的那一种。供大人坐，实在是不能再小了。而那小餐桌，若摆上两只盘子、一只碗后，就再摆不下别的什么了。病房的空间有限，两张病床是必不可少的，在剩余的空间里，便几乎只能摆下那种小椅子和小餐桌了。却有电视，开着，肯定是为了照顾我和她的交谈，在看电视的阿婆将电视调到了静音状态。

我说：“宗英老师，您气色很好。”

她笑了。

我放下果篮，坐在了她旁边。

她说：“何必还带水果呢？”

她气色确实很好，也许因为住院久了，面容特别白皙，然而嘴唇却极红润，如婴儿唇。她的头发已经全白了，在阳光下白得圣洁。我曾听翟俊杰说，每次接待客人之前，她必定是要化一番淡妆的。这符合她的待人原则，体现着待人细节和对人的尊敬。然而我看出那日她并没化妆，以素面见我，证明她并没将我视为访客。她穿的并非病服，而是一身完全可以在面对公众的场合出现的正式装。

我说不好意思空手来，也不知她爱吃哪种水果，就随意选了几种。

她说她几乎仍喜欢吃一切水果。

见我放在果篮旁的纸袋里有几本厚厚的书，她问：“是你的书吗？”

我说：“是。已经签上了名，要送给赵劲。”

她说：“为什么是送给赵劲的，不是送给我的呢？我比他爱看书。”

我说：“您应该少看书，看书久了也会伤神，不利于养病。”

她说：“我们这种人几天不看书，会活得找不着北的，是不？”

我不禁笑了。

她居然向我伸出一只手，我明白是在要袋里的书，遂劝道：“这几本书都太厚，还是不留下吧。”

她却认真地说：“你的作品，并且都带来了，怎么可以不留下给我看？我先看，赵劲后看。我从不嫌书厚。”

我只得将书取出递给她，而她一一接过，摞在床头。我觉得，我一走，她就会拿起一本看的。几本书中有上下集的《知青》，我向她讲起了关于《知青》之创作、播出的一波三折以及引起的讨论、争议。

我问：“文学是人学，您怎么理解呢？”

她不假思索地说：“人性之学。”

于是我们讨论起文学、文化与人与社会之关系来。两张病床之间的布帘被一只手一挑，另一张床上的阿婆欠身向我们望过来。

黄宗英扭头笑问：“没影响您吧？”

阿婆笑道：“你们文化人脑壳里装的事体可真多。”

一句话使我和宗英老师都笑了。

我认为，归根结底，文学及文化应引领人性向善，再向善，永远向善，这种文学对于缺乏宗教信仰的国人尤其重要。

她点头同意我的看法，随即说：“我正是这么一路写过来的。现在也仍每天写几页。”

这使我惊讶，问：“这里怎么写呢？”

她说：“将那块硬板垫在膝上写。”——她的枕下，露出半块薄薄的合成板。

我说：“会得颈椎病的。”

她说：“反正已经得了，我前不久在《新民晚报》开了专栏。”

我问有没有报，想看。

她说没保留报，因为已经出书了。

我说：“那您可得记着让赵劲给我一本。”

她说：“这就有。”——让阿姨从小柜里给我找出了一本。

这时赵劲提前来了，递给她一支笔，替我说：“那得给晓声哥签上您的名。”

她说：“不用这支笔。”

于是阿姨递给她一支便携毛笔。

她出版的新书的书名是《百衲衣》，她用便携毛笔为我签下了一行字是“晓声贤弟存念”。我接过一看，笑道：“怎么弟子又变成了贤弟呢，我和赵劲他们是平辈呀，今后赵劲岂不是不能叫我晓声哥了？”

她一时孩子般无措起来，默默地不知如何是好地笑。

赵劲问：“妈，你还有手稿没有？”

她指指窗台。

赵劲便从厚厚一摞报刊中翻找出了几份手稿，比来比去，最后选中了一份，扭头对我说：“哥，你就要这份吧！你看这份品相多好，你当然得保存一份我妈的手稿！”

他的话令我心一揪。

当着八十八岁的前辈的面我觉得是不可以那么说的，即使是儿子。我暗暗捅了他一下，转身看我的“老师”，她却仍平静地笑，伸手要那份手稿。接过后，将我的一本书垫在膝上，又写下了一行字是——“晓声小友留念”。

落款“宗英阿姨”。

我从没那么称呼过她。在她八十八岁、我六十三岁的那一天，在一家普通医院的一间普通病房里，她将“宗英阿姨”四个字连同自己的一份手稿送给了我。

为的是“留念”。

而那一刻我心亦揪亦暖。

她那篇手稿的题目是《快乐的我》。

抄如下：

我每天早起，刷牙，洗脸，然后对着大镜子微笑，露齿大笑。以笑开始新的一天。

我有四乐。

第一乐：自得其乐。我一九二五年生，好容易活到快八十八岁了。可以读书、看报，也可以写写。最近刚写完一万八千字的简略自传，还可以勉强自理生活，不简单啊！我怎么能不乐呢？

第二乐：相比着乐。我不跟比我强的比，单跟比我差的比，我还没痴呆。还能自己在室内走走，还能看懂不知说什么的电视连续剧。还有朋友来和我谈五湖四海六大洲的事。我怎能不快乐呢？

第三乐：助人为乐。这道理再明白不过。且从略。

第四乐：超然的快乐。每个人都知道自己呱呱坠地的生日；每个人都算不出自己离开世界的日子。算不出，就不算。超然地活着，快快乐乐地活着。若临终尚有意识，我要笑着告别人间。

手稿仅一页半字迹，一字一格，除第二页有两处因添句而作了勾线外，无涂改。赵劲小弟说它品相好，果然是的。我一接在手中，立刻看了起来。而“宗英阿姨”也拿起我的一本书翻看。

那时病房里是极安静的了。

我看罢，感慨多多。已近中午，洒入病房的阳光更耀眼了。我抬头望她，见她置身于阳光中，低头看着我的书，满头白发熠熠生辉，仿佛她本身也在发光。我觉那时的她，美丽极了。

在一家普通医院的普通双人病房里，在连一张小小的足以铺开稿纸的写字桌都没有的环境中，在经常面对陌生住院人的情况下，她居然能保持良好的心态读书、写作，以八十八岁的年龄而言，我觉得她活出了格外令我大起敬意的诗性。

我说："宗英老师……"

她抬头看我，笑道："不打算改叫阿姨吗？"

我也笑了，表示应该告辞了。

她说："快开饭了，你俩不走，护士会往外请你俩的。"

赵劲看一眼手表，惊呼："哎呀，怎么十一点半多了！"

我便起身，对她点一下头。

她也微笑着对我点一下头。

当我和赵劲走到病房门口，我站住了，不由得回头望她。

她也正望着我，依然微笑，举起一只手，摆了摆。

我说："以后我会每年都来上海看您。"

她说："文学是人性之学，好的文学是好的人性之学，这更是文学的永恒主题，我希望你坚持这样的创作道路。"

我心中一暖，眼中一热。

老师也罢，前辈也罢，阿姨也罢；弟子也罢，贤弟也罢，小友也罢；总之那一个上午我寻找回了一种人世间的真情，并领悟了它的意义。而且，从八十八岁了的黄宗英身上，学到了宝贵的"知""识"。

在马路上，赵劲小弟对我说："晓声哥你知道不，我和妈妈对你的名字可是一直感到亲近的。"

我说："我现在知道了。"

停顿一下，又说："小弟，今后你遇到了什么困难，不要忘了你还有一个晓声哥。可以告诉我的，千万告诉我，不许自己默默承担。"

我这么说是因为我了解——在上海，黄宗英身边的依靠便是赵劲。

我和他，两个老大不小的男人，不由得当街拥抱了一下。

那时我对人世间满怀温情……

地质局长和一顶帐篷

十五六年前，我曾改写过一部上下两集的电视剧本《荒原》，内容反映两名年轻的地质工作者艰苦的野外工作——它由中央电视台影视部直接组稿，形成初稿以后，请我再给“影视化”一下。导演叫黄群学，我的一位后来在广告拍摄业很有成就的朋友。而女主角，则是当年因主演了电视连续剧《外来妹》而深受电视观众喜爱的陈小艺。

《荒原》是在甘肃省境内拍摄的。

剧名既然叫《荒原》，所选当然是很荒凉的外景地。它的拍摄，受到了从地质部到甘肃省地质局的热情支持。

地质局长专程从某驻扎野外的地质队赶回兰州接见了摄制组的主创人员，亲切地对他们说：“你们就把地质局当成自己的家吧！遇到什么困难，只管开口。地质局能直接帮助你们解决的，我们义不容辞。不能直接帮助你们解决的，我们一定替你们尽力协调，争取顺利和方便。”

这一位地质局的局长，给摄制组的主创人员留下了很深的印象。

导演黄群学在长途电话里向我大谈他们的好印象，而我忍不住问：“简短点儿，概括一下，那局长究竟是一个怎样的人？”

导演说：“真诚。一个真诚的人！特别注意细节的人。”

我在电话这一端笑了，说你的话像剧本台词啊！一个人真诚不真诚，不能仅凭初步印象得出结论；一个人是否特别注意细节，那也要由具体的例子来证明。

导演在电话那一端说，他们将需要向地质局租借的东西列了一份清单。那位局长当着他们的面让秘书立刻找出来，亲自过目。清单上所列的东西中，包括一台发报机、一套野外饮具、几身地质工作服、一盏马灯、地质劳动工具和一顶帐篷等。

局长边看边说：“这些东西，都是我们地质局有的，完全可以无偿提供给同志们。省下点儿钱用在保证艺术质量方面，不是更好吗？为什么只列了一盏马灯呢？玻璃罩子的东西，一不小心就容易碰坏。一旦坏了，那不就得派人驱车赶回兰州再取一盏吗？耽误时间，分散精力，浪费汽油，还会影响你们的拍摄情绪，是不是呢，同志们？有备无患，我们为你们提供两盏马灯吧。再为你们无偿提供柴油。你们只不过是拍电影，不是真正的野外驻扎，无须多少柴油燃料，对吧？至于发报机，就不必借用一台真正能用的了吧？我们为你们提供一台报废的行不行？反正你们也不是真的用来发报，是吧，同志们？能用的万一搞得不能用了，不是就造成不必要的损失了吗？现在已经是十一月份了，西部地区的野外很寒冷了。你们还要在野外的夜间拍摄，一顶单帐篷不行。帐篷也可以无偿借给你们，但应该改为一顶棉帐篷。你们在野外拍摄时冷了，可以在棉帐篷里暖和暖和嘛……”

于是那位地质局的局长，亲自动笔，将他认为应该无偿提供的东西，都一概批为无偿提供了。

一位在场的处长低声对局长说：“后勤仓库里只剩一顶帐篷了，而且是崭新的，还没用过的。”那样子，分明是有点儿舍不得。

局长沉吟片刻，以决定的口吻说：“崭新的帐篷那也要有人来开始用它，就让摄制组的同志们成为开始用它的人们吧！”

听了导演在电话那一端告诉的情况，我对甘肃省地质局的局长，也顿时心生出一片感激了。

之后，在整个野外拍摄过程中，那一顶由地质局长特批的崭新的棉帐篷，在西部地区的野外，确确实实起到了为摄制组遮挡寒冷保障温暖的不可替代的作用。

但也正是因为那一顶崭新的棉帐篷，导演黄群学受到了甘肃省地质局长的批评。而我，是间接受教育的人——剧中有一段很重要的情节，就是帐篷失火了，在夜里被烧成了一堆灰烬。制片人员的拍摄计划表考虑得很合理，安排那一场戏在最后一天夜里拍摄。拍毕，全组当夜返回兰州。

拍摄顺利，导演兴奋，全组愉快。

导演忍不住给局长拨通了电话，预报讯息。

不料局长一听就急了，在电话里断然地说：“那一顶帐篷绝对不允许烧掉！我想一定还有另外的办法可以避免一顶只不过才用了半个多月的帐篷被一把火烧掉。”

导演说那是根本没有别的办法可想的事。因为帐篷失火那一场戏，如果不拍，全剧在情节上就没法成立了。导演还说：“我们已经预留了一笔资金，足够补偿地质局一顶棉帐篷的损失。”局长却说：“不是钱不钱的问题，是另外的办法究竟想过没想过的问题。”最后，局长紧急约见导演。

导演赶回兰州前，又与在北京的我通了一次电话，发愁地说：“如果就是不允许烧帐篷，那可怎么办？那可怎么办？”我说：“我也没办法呀！那么现在你对他这个人有何感想了呀？”导演说：“难以理解。说不定我此一去，就会因一顶帐篷和他闹僵了。反正帐篷是必须烧的，这一点我是没法不坚持到底的。”然而导演并没有和局长闹僵，他反而又一次被局长感动了。局长对导演的态度依然真诚又亲切。在局长简陋的办公室里，局长说出了如下一番话：“我相信你们已经预留了一笔资金，足够补偿地质局的一顶新帐篷被一把火烧掉的损失。此前我没看过剧本，替剧组预先考虑得不周到，使你们的拍摄遇到难题了，我向你们道歉。但是和你通话以后，我将剧本读了一遍。烧帐篷的情节不是发生在夜晚吗？既然是在夜晚，那么烧掉的究竟是一顶什么样的帐篷，其实从电视里是看不出来的。为什么不可以用一顶旧帐篷代替一顶新帐篷呢？”

导演嘟哝：“看不出来是看不出来，用一顶旧帐篷代替一顶新帐篷当然可以。但，临时上哪儿去找到一顶烧了也不至于令您心疼的旧帐篷呢？找到它需要多少天呢？我们剧组不能在野外干等着啊！……”

局长说：“放下你们的剧本，我就开始打电话联系。现在，一顶一把火烧了也不至于让人心疼的帐篷已经找到了，就在离你们的外景地不远的一支地质队的仓库里。我嘱咐他们：将破了的地方尽快修补好，及时给你们摄制组送过去，保证不会耽误你们拍摄今天夜里的戏……”

这是导演没有料到的，他怔怔地望着地质局长，一时不知说什么好。局长又说出一番话是：“我们地质工作者的职业性质决定了我们不是物质产品的直接生产者。我们在野外工作时，所用一切东西，无一不是别人生产出来的。他们保障了我们从事野外工作的必备条件，直接改善了我们所经常面临的艰苦环境，这就使我们对于一切物质产品养成了特别珍惜的习惯。你们也可以想象，在野外，有时一根火柴，一节电池，一双鞋垫都是宝贵的。何况，我们是身在西部的地质工作者，西部的老百姓，太穷，太苦了呀！你们若烧掉一顶好端端的帐篷，跟直接烧钱有什么两样呢？那笔钱，等于是一户贫穷的西部人家一年的生活费还绰绰有余。这一笔钱由你们节省下来了，不是可以在别的方面的社会经济活动中，起到更有意义和价值的作用吗？我们中国目前还是一个经济欠发达的国家。我们中国人应该长期树立这样的一种意识——物质之物一旦成为生产品，那就一定要物尽其用。不要轻易一把火把它烧掉了。而我们中国人做事情，尤其是做文化之事的时候，能省一笔钱那就一定要省一笔钱。中国的文化之事，理应启示我们中国人——对于中国，物质的浪费现象那无疑是罪过的……”

当导演后来在电话里将地质局长的话复述给我听时，远在北京的我，握着话筒，心生出种种感慨。

感慨之一那就是——中国委实需要一大批像那一位地质局长一样的人民公仆。

而那一位当年的地质局长，便是我们中国后来任过国家总理的温家宝……

龙！龙！龙！

某些人一见我这篇散文的题目，必然地并且立刻地就会联想到日本电影《虎！虎！虎！》。他们中有人还会太自以为是地下结论——看，为了吸引眼睛，连文题都进行如此相似的拷贝了！足见中国作家们已浮躁到何种地步！没什么可写的就不写算了嘛，何必硬写？

见他们的鬼去！

我之写作，非是他们的心所能理解的。

我笔写我心，与他们的心无关；与《虎！虎！虎！》更是无关。

几天前我做了一个梦。

二十几年来，由于严重的颈椎病，入睡成为一件极困难的事。终于成眠，到底也只不过是浅觉，一向辗转反侧，想做梦也是做不成的。

然而几天前真的做了一梦——梦见自己站在半空，仿佛是我家可以隔窗望到的盘古大厦的厦顶。在更高的半空，在抓一把似能有实物在手，并能像湿透了的棉絮般拧出不洁的水滴的霾层间，有龙首俯视我，龙身在霾中一段隐一段现的，其长难断，然可谓巨。

我却未觉惊恐。是的，毫无惊恐。反觉我与那龙之间，有着某种亲缘存在，故它定不会伤我。龙身青虾色，鳞有光，虽霾重亦不能尽蔽。

我正疑惑，龙叫我：“二哥……”

其声如槌轻击大鼓，半空起回音，听来稔熟，并且，分明是小心翼翼的叫法；又分明，它怕猝然地大声叫我，使我如雷贯耳，惧逃之。

我不惧，问：“你是玉龙？”

龙三点首。

又问：“玉龙，你怎么变成了一条真龙？”

龙说：“二哥，我也不明白。”

再问：“你这一变成真龙，萌萌和她妈往后的日子谁陪伴？你们家失去了你的支撑怎么行呢？还有你姐和两个妹妹，没有你的接济，她们的生活也更困难了呀！”

龙说：“是啊！”

随之，龙长叹一声。

我生平第一次听到一条龙的叹息——如同一万支箫齐吹出“咪、发”二音；在我听来，像是“没法”。

我顿时满心怆然，为玉龙的妻和女儿，为他的姐姐和两个妹妹；也为他自己，尽管他变成的是一条龙，而非其他。在人和龙之间，我愿他仍是一个人，即使是中国草根阶层中的一个人。他仍是一个人，对他的亲人们终究是有些益处的。我想，这肯定也是他的愿望。

我见龙的双眼模糊了，不再投射出如剑锋的冷光。它双眼一闭，清清楚楚的，我又见有两颗乒乓球般大的泪滴从半空落下。一颗落在我肩头，碎了，仿佛有大雨点溅我颊上，冰凉冰凉；另一颗落在离我的脚半米远处，也碎了，溅湿了我的鞋和裤脚。

我又听到了一声龙的叹息，如同一万支箫包围着我齐吹“咪、发”。

“没法……没法……”龙的叹息在霾空长久回响。

我的双眼，便也湿了。

斯时我心如海，怆然似波涛，一波压一波，一涛高过一涛，却无声。

我觉喘不上气来，心脏像是就要被胀破了。

龙叫我脱下上衣，接住它给我的东西。

我照做。

龙以爪挠身，鳞片从霾空纷纷而落。我喊起来：“玉龙，不要那样！”然而，又不能不慌忙地接。

龙说：“我的鳞，都是玉鳞，上好的和田玉。每片值数万元！请二哥分给我的姐姐和两个妹妹，从此我对她们的亲情责任一劳永逸了……”

鳞落甚多，我衣仅接多半，少数不知飘坠何处了。也有的落在盘古大厦之顶，发出清脆铿锵的响声，如磬音。

“玉龙，不要再给啦！”

我眼里禁不住地淌下泪来。抬头望龙，大吃一惊，见龙抓出了自己的一只眼睛！

龙说：“二哥，我的一只眼睛，值几千万元。你替我创办一个救助穷人的基金吧。百分之五，作为你的操心费……”

分分明明地，一颗龙眼自空而落。龙投得很准，使其准确地被我接住了——与那些鳞片一样，带着如人血一般殷红的血迹。大约中碗，透明似水晶，眸子尚在内中眨动，如在传达眼语。

我再次抬头望它，见它已掉头而去。我又喊：“玉龙，别走！我还有话对你说！”

“二哥放心，我会做一条对人间有益的好龙的！空中霾气太重，我肺难受，得赶紧去往空气质量好的地方将养鳞伤眼伤。这是你我最后一面，从此难见了……”霾空传下那龙最后的言语，如阵阵闷雷。

我大叫：“玉龙！玉龙！玉龙你回来……”

龙转瞬不见。

我将自己叫喊醒了。

玉龙是我家五十年前的近邻卢叔、卢婶家的长子。当年我刚入中学，他才上小学。我们那一条小街，是哈尔滨市极破烂不堪的一条小街，土路，一年几乎有一半的时间是泥泞的。当年我们那个同样破烂不堪的院子九户人家，共享一百多平方米的院子，而我家和卢家，是隔壁邻居，我家二十八平方米，他家约二十平方米。我曾在我的小说《泯灭》中，将那条小街写成“脏街”。我也曾在我的小说《一个红卫兵的自白》中，写到“卢叔”这样一个不幸的人物。那是一部真实与虚构相交织的小说。这样的小说，按普遍经验而言，其中具有了虚构成分的人物本是不该写出真实之姓的。然而，我却据真所写了——当年的我，哪里有什么写作经验呢？

真实的卢叔，亦即《一个红卫兵的自白》中的“卢叔”的原型，可以说是一个美男子。我家成为卢家的近邻那一年，卢叔三十六七岁。当年我还没看过一部法国电影，现在自然是看过多部了。那么现在我要说——当年的卢叔，像极了法国电影明星阿兰·德龙。

卢叔参加过抗美援朝，这是真实的。

卢叔复员后曾在铁路局任科级干部也是真实的。

不久，卢叔被开除了公职，没有了收入，成了一个靠收废品维持生计的人，这也是真实的。如今看来，那肯定是一桩受人诬陷的冤假错案。年轻的科长，有抗美援朝之资本，还居然有张欧化的脸，是美男子，肯定有飘飘然的时候。那么，被嫉妒也就不足为怪了。

卢婶当年似乎大卢叔两岁，这是我当年从大人们和他们夫妻俩开的玩笑中得知的。她年轻时肯定也是个窈窕好看的女子，身材比卢叔还略高。我们两家成邻居那一年，她已发胖，却依然有风韵。但，那显然是种根本不被她自己珍惜的风韵。底层的，丈夫有工作的人家，日子尚且都过得拮据，何况她的丈夫是个体收废品的。想来，她又哪里有心思重视自己的风韵呢？

好在卢婶是个极达观的女子、妻子和母亲。她一向乐盈盈地过他们一家的穷日子，仿佛穷根本就不是件值得多么发愁的事。用今天的说法，全院的大人当年都觉得她的幸福指数最高。那一种幸福感，是当年的我根本无法理解的。

现在的我，当然已能完全理解——与卢叔那样一个美男子成为夫妻，在底层的物质生活极其匮乏的年代，在对物质生活的憧憬若有若无的她那一类女人心里，大约等于实现了第一愿望吧？何况，卢叔是个有生活情趣的男人，还是个懂得心疼自己妻子的丈夫，同院的大人们常拿这样一句话调侃他——“这是留给你妈的，谁偷吃我打谁！”而所留好吃的，往往是难得一见的一点儿肉类食品罢了。

玉龙是卢家长子。他的姐姐叫玉梅，弟弟叫玉荣。玉荣之下，还有两个妹妹。他最小的妹妹，是我们两家成为近邻之后出生的。有一点是过来人对从前年代有时难免怀旧一下的理由，那就是比之于如今的孩子们，从前的孩子们真的格外有礼貌。这不仅体现于他们对于大人的称呼，更体现于他们对于邻家子女的称呼。即使年长半岁，甚或一两个月，他们也惯于在名字后边加上“哥”或“姐”的。我家兄弟四个依次都比卢家的子女年长，故依次被卢家的孩子叫作“大哥”“二哥”“三哥”“四哥”。我的哥哥精神失常以后，卢家的孩子照样见着了就叫“大哥”的。卢家的子女都很老实，从不惹是生非。我只记得玉龙与另一条街上的孩子打过一次架，原因是“他们当街耍笑我大哥”！

卢家孩子称呼我家兄弟四人，“哥”前既不加“梁家”，也不带出名字。玉龙和玉荣兄弟两个，从小又是极善良、极有正义感的孩子。我从未听卢叔或卢婶教育过他们应该怎样做人。进言之，他们在这方面是缺乏教育的。我想，他们的善良与正义，几乎只能以“天性”来解释。当年，我每天起码要听到十几次出自卢家孩子之口的“二哥”。卢家五个孩子啊，往往一出家门就碰到了一个，听到了一句啊！

如今想来，当年的我，每天听到那么多句“二哥”，对我是一件重要之事。那使我本能地远避羞耻的行为。被邻家的孩子特亲近地叫“二哥”，与被自己的亲弟弟亲妹妹所叫是很不同的。被邻家的孩子特亲近地叫“二哥”，使当年的我不可能不在乎配不配的问题。

大约是一九八四年或一九八五年春节前，我第二次从北京回哈尔滨探家。我已是年轻的一夜成名的作家，到家的当天晚上，便迫不及待地挨家看望是邻居的叔叔婶婶们，自然先从卢叔家开始。

而卢家人正吃晚饭，除了卢婶，我见到了卢家全家人。卢叔瘦多了，我问他是不是病过，他说确实大病了一场。玉龙的姐姐玉梅弟弟玉荣，还有玉龙的大妹妹，全都从兵团、农场返城了，全都还没有正式工作。除了卢叔，卢家儿女们，皆以崇拜的目光看我，使我颇不自在。我六十多岁的老父亲，虽已劳累了一辈子，从四川退休回到哈尔滨后，为了使家里的生活过得宽裕点，在一个建筑队继续上班。经我父亲介绍，玉龙也在那个建筑队上班。

我问玉荣为什么不像他哥哥一样也找份临时的工作。玉荣被问得有些难为情，玉龙则替弟弟说："弟弟是兵团知青时患了肺结核，从此干不了体力活了。而要找到一份不累的工作，像玉荣那么一个毫无家庭背景的返城知青，等于异想天开。"

气氛一时就很愁闷。

我心愀然。事实上，连我返城的三弟，当时也只能托我那当了一辈子建筑工人的老父亲的"福"，也与我父亲在同一个建筑队干活。

我又问："卢婶怎么不在家？"

卢叔反问我："你家没谁告诉你？"

我闻言困惑。

而玉龙忧伤地说："二哥，我妈秋天里病故了。"

玉龙实际上只有小学文化，从他口中说出"病故"二字而非"死"字，使我感觉到了他心口那一种疼的深重——不知他要对自己进行多少次提醒，才能从头脑中将"死"字抠出去，并且铆入他不习惯说的"病故"二字，吸收足了他对他母亲的怀念之情。

我的心口也不禁疼了一下。那样一家，没有了卢婶，好比一棵树在不该落叶的季节，掉光了它的叶子。

我又没话找话地说了几句什么，逃脱似的起身告退。

"二哥……"我已站在门口时，玉龙叫了我一声。

我扭回头，见卢家人全都望着我。

卢叔凄笑着说："大老远的，你还想着给叔带几盒好烟回来，叔多谢了。"

我说："院里每位叔都有的。"

卢叔说："那你给我的也肯定比给他们的多。"

而玉龙说："二哥，我们全家都祝贺你是名人了。"

我又不知说什么好。

卢家的儿女们，一个个虔诚地点头。

因为我哥哥几天前又犯病了，我的家也笼罩在愁云忧雾之中；家人竟都没顾得上告诉我卢婶病故了……

第二年春季，父亲到北京来看孙子。

父亲告诉我，卢叔也病故了。

父亲夸玉龙是个好儿子，为了给卢叔治病，将他家在后院盖的一间小砖房卖了。

父亲惋惜地说："因为急，卖得也太便宜了，少卖了五六百元。如果不卖，等到动迁的时候，玉龙和玉荣兄弟俩就会都有房子结婚了。"

父亲最后说："但玉龙是为了使你卢叔走前能用上些好药，少受些罪。他做得对，所以全院都夸他是个好儿子。"

夏季，玉龙忽一日成为我在"北影"的家的不速之客——将近一米八的个子，一身崭新的铁路制服，一表人才。

他说他父亲当年的"问题"得到了纠正，所以他才能有幸成为一名铁路员工。

我问他具体的工作是什么。他说在货场管仓库，说得很满意。

他反问我："二哥，我文化也太低呀！所以应该很满意啊，对不对？"

我和我的父亲连说："对、对。"

我和父亲特为他高兴。

他怕误了返回哈市的列车，连午饭也不一块吃，说走就走。

我和父亲将他送出"北影"大门外。

他说："真想和大爷和二哥合一张影。"可临时去哪儿借照相机啊！当年连我这种人还没见过手机呢！

父亲保证地说："下次吧！下次你来之前怎么也得先通个气儿，好让你二哥预先借台照相机预备着。"

玉龙说："大爷，我爸妈都不在了，有时我觉得活得好孤单，我以后可不可以把您当成老父亲啊？"

父亲连说："怎么不可以！怎么不可以！"

玉龙看着我又说："那二哥，以后你就好比是我的亲二哥了吧。"

我说："玉龙，我们的关系不是早就那样了吗？"

望着玉龙走远的背影，父亲喃喃自语："好孩子啊！也算熬到了出头之日了，他弟弟妹妹们有指望了……"

两年后，我有了正式工作不久的三弟"下岗"了。

那一年的冬季，玉龙又出现在我面前，穿一件旧而且破了两处、露出棉花的蓝布面大衣，看去像个到北京上访的人。他很疲惫的样子，不再一表人才。我讶异于他为什么穿那么一件大衣，以为大衣里边肯定还穿着铁路员工的蓝制服。但他脱下大衣后，上身穿的却是一件洗褪了色的紫色秋衣，显然又该洗澡了。

玉龙说："二哥，我下岗了。"

我一时陷于无语之境。

他买了我写的十几本书，说是希望通过送书的方式结识什么人，帮自己找到份能多挣几十元钱的活干，说再苦再累他都干，只要能多挣几十元钱。

我一边签自己的名，一边问他弟弟妹妹们的情况如何。

他说，他弟玉荣的病还是时好时犯，好时就找临时的工作，一向只能找到又累又挣钱少的活儿，干到再次病倒了算。他姐有小孩了，也“下岗”了。他两个妹妹同样没有正式工作。

我听着，机械地写着自己的名字，不忍抬头看他，宁愿一直写下去。

书中有一本是《一个红卫兵的自白》。

我正要签上名，玉龙小声说：“二哥，这本不签了吧。”

我头也不抬地问：“为什么？”

他说：“你就听你弟的吧。”

我固执地说：“这一本书我写得不那么差。”

他沉默片刻，以更小的声音说：“二哥，不瞒你，有看了这一本书的人，撺掇我告你。”

我这才想到，在《一个红卫兵的自白》中，我写到的一个人物用了卢叔的真姓，但却加在了书中那个“卢叔”身上一些虚构的成分，还是那种有理由使卢家人提出抗议的虚构成分。我终于放下笔，缓缓抬起头，以内疚极了也怜悯极了的目光看定他说：“玉龙，你起诉二哥吧。你有权利也有理由起诉我，那样你会获得一笔名誉补偿金，而那也正是二哥愿意的。”

我说的是真诚的话。

事实上每次见到玉龙，我必问他缺不缺钱。而他总是说不缺，说真到了缺的时候，肯定会向我开口的。然而，我觉得他肯定永远不会主动向我开口的。据我所知，卢叔卢婶在世时，生活最困难的卢家，不曾向院里的任何一户邻居开口借过钱。在这一点上，卢家儿女有着他们父母的基因。

听了我的话，玉龙的脸顿时红到了脖子，当面受了侮辱般地说：“二哥，你这不是骂我吗？哪儿有弟弟告哥哥的呢？我那么做我还是人啊！”

我说：“兄弟互相告，姐妹互相告，甚至父母和子女互相告，这类事全国到处发生。你放心，二哥保证，绝不生你的气。”

他说：“那我自己也会一辈子生自己的气。我姐我弟我妹他们也会生我的气！二哥你要是不欢迎我了，我立刻就走好啦！”

我只得笑着说：“那再版时，二哥一定作一番认真修改。”

后来，玉龙又出现在我家时，我送给他一本签了我的名也写上了他名字的《一个红卫兵的自白》，告诉他，是一本修改过的书。

他又红了脸，笑道：“二哥你看你，还认真了，这你让我多不好意思！”

该脸红、该不好意思的是我，却反倒成了他。我情不自禁地拥抱了他一下。

他找着拎着的，带来了两大旅行兜五六十本书。他累得不断地出汗，说经人介绍，帮一位是东北老乡的生意人在北京跑批发，联系业务得自己出钱送礼，而送我的签名书，对他是花钱不多却又比较送得出手的礼物。

我不许他以后再买我的书，要求他提前告诉我，我会为他备好签名书，他来取就是。他说："那不行。这已经够麻烦二哥的了，怎么能还让二哥送给我书呢！何况我每次需要的又多，二哥写一本书很辛苦，绝对不行！"

到现在为止，他一次也没向我要过书。

后来，我的人生中发生了两件毫无思想准备的伤心事，先是父亲去世了，几年后母亲又去世了——这两件事对我的打击极为沉重。

再后来，我将哥哥接到北京，也将玉荣请到北京帮我照顾哥哥，同时算我这个"二哥"替玉龙暂时解决了一件操心事，等于给他的弟弟安排了一份力所能及的"工作"。

但玉荣在回哈尔滨看望哥哥姐姐妹妹的日子里，不幸身亡。而我四弟的妻子不久患了尿毒症，一家人的生活顿时乱了套。

那一个时期，在我的头脑之中玉龙这个弟弟像不存在了似的。两年后，等我将我哥哥的种种责任又落实有序了，才关心起久已没出现在我面前的玉龙来。

那是北京寒冷的冬季。我给四弟寄回了两万元钱，嘱他必须尽早联系上玉龙，不管玉龙需不需要，必须让玉龙收下那两万元钱。

不久，四弟回我电话说，交代给他的任务他完成了。

第二年春季里的一天，下午我从外开罢一次会回到家里，见玉龙坐在我家门旁的台阶上，双眼有些肿胀，上唇起了一排火泡——他一副心力交瘁的样子，却没带书，只背一只绿书包。

进屋后，他刚一坐下，我便问他遭遇什么难事了。

他说他最小的妹妹也大病一场，险些抢救不回生命来。

我问他为什么不告诉我。

他说："我知道四嫂那时候也生命危险啊，我什么忙都帮不上，怎么还能告诉二哥我自己着急上火的事呢？"

"二哥，你的心意我领了，但这两万元钱我不能收。二哥的负担也很重，我怎么能收呢？"他从书包里掏出了两万元钱，放在我面前。他说等了我将近三个小时，他这次来我家就是为了送钱。两万元钱带在身上他怕丢，所以一直耐心地等我回来。

我生气了，与他撕撕扯扯地，终于又将两万元钱塞入了他的书包。

这时响起了敲门声，我开了门见是某出版社的编辑，我忘了人家约见的事了。

玉龙起身说他去洗把脸。他洗罢脸就告辞了。

编辑同志问他是我什么人。我如实说是老邻居家的一个弟弟，关系很亲。

编辑同志说他见过玉龙。

我心中暗惊一下，猜测或许是给对方留下了某种不良印象的“见过”。

编辑同志却说，前几天她出差从外地回到北京，目睹了这么一种情形——有一精神不正常的中年女子，赤裸着上身在广场上边走边喊，人们皆视而不见，忽有一男人上前，脱下自己的大衣，替那疯女子穿上了。

我说：“你认错人了吧？”

她说：“不会的。当时我也正想脱下上衣那么做，但他已那么做了。我站在旁边，看着一个非亲非故的男人为一个疯女人一颗一颗扣上大衣扣子，心里很受感动。他给我留下的印象极深，所以不会认错人。”

编辑走后，我见里屋的床上有玉龙留下的两万元钱。

那一年，玉龙出现在我面前的次数多了，隔两三个月我就会见到他一次。虽然用手机的人已经不少了，但他还没有手机，我也没有。他或者在前一天晚上往我家里打电话，那么第二天我就会在家里等他；或者贸然地就来了，便坐在我家门旁台阶上等，有时等很久。

“二哥，你瘦了。”

“二哥，你显老了。”

“二哥，你脸色不好。”

“二哥，你可得注意身体。”

以上是他一见到我常说的话，也是我一见到他想说的话。每次都是他抢先说了，我想说的话也就咽回去不说了。

那一年，我身体很差，确如他说的那样。

那一年，他的身体看去也很差，白发明显地多了，脸还似乎有点肿胀。

我暗暗心疼他，正如他发乎真情地心疼我。

他带来的书也多了。书是沉东西！

——想想吧，一个人带五六十本书，不打的，没车送，乘公交，转地铁，是一件多累的事啊！以至于我往往想给他几本我新出的书，由于心疼他，犹犹豫豫地最终也就作罢了。

他来的次数多，我于是猜到他换挣钱的地方也换得频了。

赠某某局长、处长、主任、经理……我按名单签着诸如此类的上款，而他常提醒我不要写“副”字，“赠”字前边加上“敬”字。我根本不认识那些人，他显然也一个都不认识。他只不过是在落实他“老板”交给的任务。

有次签罢书，他起身急着要走。

我说：“别急着走，坐下陪二哥说会儿话。”

他立刻顺从地坐下了。

我为他换了茶水，以闲聊似的口吻说：“怎么，不愿让二哥多知道一些你的情况吗？”

他说：“我有啥情况值得非让你知道的呢？”

我说：“比如，做了什么好事、坏事……”

他立刻严肃地说：“二哥，我绝没做过什么坏事。如果做了，我还有脸来见你吗？”

我说：“二哥的意思表达不当，我指的是好事。”

他的表情放松了，不无自卑地说：“你弟这种小民，哪儿有机会做好事啊！”

我就将编辑朋友在火车站见到的事说了一遍，问那个好人是不是他。他侧转脸，低声说：“因为大哥也是得的精神病，我不是从小就同情精神病人嘛，那事儿更不值得说了。”

我一时语塞，良久，才说：“玉龙，我是这么想的——二哥帮你在哈尔滨租个小门面，你做点儿小本生意，别再到北京四处打工了吧，太辛苦啦！”

他低下头去，也沉默良久才又说：“二哥，那不行啊。在咱们哈尔滨，租一个最便宜的而且保证能赚到钱的门面，起码一年五六万元，还得先付一年的租金。二哥你负担也重，我不能花你的钱。再说，我也没有生意头脑，一旦血本无归，将二哥帮我的钱亏光了，那我半辈子添了块心病了。我打工还行，力气就是成本。趁现在还有这种不是钱的成本，挣多少是多少吧！二哥你家让你操心的事就够多的了，别为我操心了吧……”

我又语塞，沉默了良久才问出一句废话：“打工不容易是吧？”

玉龙忽地就低声哭了。

我竟乱了方寸，一时不知该怎么劝他。

他边哭边说：“二哥，有些人太贪了，太黑了，太霸道了，太欺负人了。只要有点儿权有点儿钱，就不将心比心地考虑考虑我这种人的感受了……”

我已经记不清我是怎么将他送出门的了。

我独坐家里，大口大口地深吸着烟，集中精力回忆玉龙说过的话。

我能回忆起来的是如下一些话：

“二哥，我受欺负的时候，被欺负急了就说，别以为我好欺负，我是不跟你一般见识！我二哥是作家梁晓声！多数时刻不起作用，但也有少数起作用的时候。二哥，你是玉龙的精神支柱啊！别说三哥四哥秀兰姐家的生活没有了你的帮助不行，我玉龙在精神上没有你这个支柱也撑不下去啊……

“二哥，我希望雇我的人多少看得起我点，有时忍不住就会说出我有一个是作家的二哥。他们听了，就要求我找你，帮他们疏通这种关系、那种关系。我知道你也没那么大神通，只能实话实说。结果他们就会认为我不识抬举，恼羞成怒让我滚蛋……

“二哥，有时我真希望你不是作家，是个在北京有实权的大官，也不必太大，局一级就行，那我在人前提起你来，底气也足多了……

“二哥，有时候我真想自己能变成一条龙，把咱们中国的贪官、黑官、腐败的官全都一口一个吞吃了！但是对老百姓却是一条好龙，逢旱降雨，逢涝驱云。而且，一片鳞一块玉，专给那些穷苦人家，给多少生多少，鳞不光，给不完……”

那一天，我吸了太多的烟，以至于放学回来的儿子，在门外站了半天才进屋。

那次见面后的一个晚上，玉龙给我打来一次电话。

他说：“二哥，我真有事求你了。”

我说：“讲。”仿佛我真的已不是作家，而是权力极大的官了。

玉龙说的事是——东北农场要加盖一批粮库，希望我能给农场领导写封信，使他所在的工程队承包盖几个粮库。

我想这样的事我的信也许能起点儿担保作用，爽快地答应了。

我用特快专递寄出了一封长信，信中很动感情地写了我家与卢家非同一般的近邻关系，以及我与玉龙的感情深度，我对他人品的了解、信任。我保存了邮寄单，再见到玉龙时郑重其事地给他看——为了证明我的信真寄了。

玉龙顿时高兴得像个小孩子，也将我像搂抱小孩子似的搂抱住，连连说：“哎呀二哥，你亲口答应的事我还会心里不落实吗？还让我看邮寄单，你叫我多不好意思呀二哥……”

但那封信如泥牛入海，杳无回音。

而那一次，是我那一年最后一次见到玉龙。

他并没来我家找我问过，也没再打电话时问过。

我想，他是怕我在他面前觉得没面子。大概，也由于觉得我是为他才失了面子的，没勇气面对我了。

之后两年多，我没再见到过玉龙。

今年五月的一天，我应邀参加一次活动，接我的车竟是一辆车体宽大的奔驰。行至豁口，遇红灯。车停后，我发现从一条小胡同里走出了玉龙。他缓慢地走着，分明地，有点儿驼背了。剃成平头的头发，白多黑少了。穿一件褪了色的蓝上衣，这儿那儿附着黄色的粉末。脚上旧的平底布鞋也几乎变成黄色的了。

他一脸茫然，目光惘滞，显然满腹心事。他走到斑马线前，想要过马路的样子，可却呆望着绿灯，似乎还没拿定主意究竟要不要过。

他就那么一脸茫然，目光惘滞地站在斑马线前，呆望着马路这一端的绿灯，像在呆望着红灯。

我想叫他。可是如果要使他听到我的声音，我必须要求司机降下车窗；必须将上身俯向司机那边的窗口；还必须喊。因为，奔驰车停在马路这一边，不大声喊他是听不到的。

我话到嘴边，却终究没要求司机降下车窗。

然而，玉龙到底是踏上了斑马线。

当他从车头前缓慢地走过时，坐在车内的我不由得低下了头。我怕他一转脸看到了我。那一时刻，某些与感情不相干的杂七杂八的想法在我头脑中产生了。那一时刻，我最不愿他看到他的"精神支柱"。被人当成"精神支柱"而实际上又不能在精神上给予人哪怕一点点支撑力的人，实际上也挺可怜的。

那一刻，我对自己鄙薄极了。

玉龙终于踏上了马路这一边的人行道，站在离奔驰四五步远处；似乎，还没想清楚应去往何方，去干什么。

我停止胡思乱想，立即降下车窗叫了他一声。

然而，红灯变绿灯了。

奔驰开走了。

玉龙似乎听到了我的叫声——他左顾右盼。左顾右盼的他，瞬间从我眼前消失……

几天后，传达室的朱师傅通知我："那个叫你二哥的姓卢的人，在传达室给你留下了一个纸箱子。"

纸箱子很沉。我想，必定又是书。

我将纸箱子扛回家，拆开一看——不仅有二三十本我的书，还有两大瓶蜂蜜。

一张纸上写着这样一行字："二哥，蜜是我从林区给你买的，野生的，肯定没受污染，也没有加什么添加剂。”

下边，是密密麻麻的一片需要我写在书上的名字。

所有的书我早已签写过了，然而现在已是两个多月以后了，玉龙却没来取走。他也没打过我的手机，没给我发过短信。他是有我的手机号的。

以前，他也有过将书留在传达室，过些日子再来取的时候。但隔了两个多月还不来取，这是头一次。

我也有他的手机号。

我拨过几次，每次的结果都是——该手机已停用。

他在哪里？在干什么？难道忘了书的事了吗？

我不由得不安了。

后来，我就做了那场玉龙他变成了一条龙的梦。

我与四弟通了一次电话，“指示”他必须替我联系上玉龙。

四弟第二天就回电话了，说他到玉龙家去过，而玉龙家动迁后获得的小小两居室又卖了，已成了别人的家。四弟也只有玉龙的一个手机号，就是那个已停用的手机号。看来，我只有等了。不是等他来将我签了名的书取走，那一点儿都不重要了。

我盼望他再一次出现在我面前，使我知道他平安无事。

有些人的生活，做梦似的变好着。好得以至于使我们一般人觉得，作为人，而不是神，生活其实完全没必要好到那么一种程度。即使真有神，大多数神们的生活，想来也并不是多么奢华的。

有些人挣钱，姑且就说是挣钱吧，几百万几千万几亿的，几通电话，几次秘晤，轻轻松松地就挣到了。这里说的还不是贪污，受贿，是“挣”。

而有些人的生活，像垃圾片似的，要出现一个小小的好的情节，那几乎就非从头改写不可。而他们的草根之命是注定了的，靠他们自己来改写，除非重投一次胎，生到前一种人的家中去，否则，“难于上青天”。

而有些人挣钱，仍会使人联想到旧社会——受尽了屈辱、剥削和压迫。

最不幸的姑且不论，中国又该有多少玉龙，其实艰难地生活在无望与渺茫的希望之间呢？

而卢家的这一个玉龙，他有许多种借口坑、蒙、拐、骗，却在人品上竭尽全力地活得干干净净——我认为他的基因比某些达官贵人高贵得多！

我祈祷中国的人间，善待他这一个野草根阶层的精神贵族。

凡欺辱他者，我咒他们八辈祖宗！

玉龙，玉龙，快来找我……

关于大小

大小是二小的哥哥。

一月底的一天上午，大约九点钟左右，我正打算伏案写作，听到了轻轻的敲门声。其实我已听到它响过两遍了。二十分钟前我正吃饭时听到了一遍。半小时前我正洗脸时听到了一遍。也许，在我还没起床时，门外来客也敲过门，只是我没听见罢了。由于去年厂里分房子，上下左右的楼层，都有调换住房新搬来的人家，且都进行装修。起初我将听到的两遍敲门声，当成那些人家装修时的凿砸声了……

我不记得我约了什么人上午光临。

也不到收煤气费的日子。

我满腹狐疑地起身去开了门，见门外站着一位穿旧皮夹克的“老小伙子”。说他是“老小伙子”，乃因他面无胡须，发色挺黑，脸上仍遗留着某种少壮时期的青春残痕。但是额头、眼角、嘴巴的几条深深的皱纹，告诉我他的实际年龄必已在四十岁开外无疑。

他开口便叫我“二哥”，叫得我不禁一怔。

“你是……”

“我是大小啊。老卢家的大小！”

我依稀地认出了他是谁。立刻联想到他的弟弟二小半年多以前也到过我家的情形——大小看去反倒比二小年轻些。身材看去比他的弟弟高大些。精神面貌似乎也不像二小那么颓丧。他左手拎一只皮箱，右手拎布兜。

在我的小说《一个红卫兵的自白》中，开篇第一段就提到我家的老邻居卢叔。大小和二小，都是卢叔的儿子。卢叔还有两个女儿。一个是二小的姐，一个是二小的妹。大小是卢家四子女中的老大。如今老街早已拆除。老邻居们早已分散搬迁。除了我在半年前见过二小，已十来年没见过大小和卢家的两个女儿了。只知二小和卢家的两个女儿也下过乡，卢叔和卢婶已去世……

我将大小请进门，待他坐定，问他是不是已敲过两遍门了。

他有些拘谨地笑笑，说他已敲过三遍门了。

我埋怨他说，怎么不敲重点啊？

他又笑笑，说怕我还没醒，搅了我的觉。

二小在我家里也是很拘谨的。尽管我的家简陋得和一般工人的家没什么两样。他们的拘谨使我内心里多少有点儿难受。并联想到鲁迅先生在他的小说《闰土》中，描写自己多年以后回家乡见到闰土时那种复杂的心情。对鲁迅而言，当年他是少爷，闰土是佃户的穷孩子。他们自小的关系，在友好之中，也是介入了难以达到平等的或尊或卑的因素的。可是我家和卢家的关系不是那样的呀！我们两家当年都是喘息在城市最底层的穷百姓啊！是仅仅一墙之隔的近邻啊！现在我的弟弟妹妹们的家也都是下岗工人之家呀！我不过是写小说的，不是当官的。我们梁家，并没因出了我一个写小说的而改换门庭啊！想当年，在一个大杂院里住着的时候，他们“二哥二哥”地叫我，又是叫得多么亲啊！当年我下乡之前，经常躲在他们的父亲堆破烂儿的小棚子里翻看收来的旧报刊。而我下乡以后，每次探家，进家门一小时以后，转身就必去卢家看望卢叔卢婶。记得有一年我探家，适逢母亲和卢叔卢婶刚刚闹过矛盾，关系僵得甚至要由派出所来出面调解。起因是由于大小结婚，在他家窗前接出了一间房子，挡得我家的煤棚开不了门。我首先批评了母亲，说大小结婚，当然必得接出一间房子。事出无奈，实属可谅。接着去到卢家，替母亲主动说些和好的话。感动得卢叔卢婶一人拉住我一只手，不停地抖动着，连说：“也不能责怪你母亲，也不能责怪你母亲！……”感动得大小哭了，穿上鞋便冲出家门，闯入我家，向我母亲承认他和我母亲争吵是没大没小，是很不对的……

中国底层百姓之间，当年那一种互谅互恕是多么可贵呢！

但这一种关系，似乎已由于他们当年的“二哥”成了一个写小说的人，而在质量上有所嬗变了。我猜测大小的到来，一定又是像二小的到来一样有难事相求，并且估计到了可能是哪几方面的事。也许，正因为有难事相求，大小二小在我面前才一样拘谨吧？同时想到，我除了说些体恤的话，肯定还是帮助不了什么的。而这，才正是我内心里多少有点儿难受的原因。

我问：“玉龙，你住下了吗？”

他连说：“二哥，我住下了住下了。”

我又问：“住哪了，看你这样子像刚下火车似的呀！”

他说：“住在我弟上次来住的那个地方。我弟给我画了图。我昨天一下火车就去那儿了。”

在以上问答过程中，我的心里是很掺伪的。其实是挺怕他没住处，挺怕他要求住在我家的。倘他真的住在我家，我的写作计划肯定就被打乱了。而我正惜时如金地为某刊赶稿。这使我难免地先替自己考虑，像许多人一样，亲情正从我心中一部分一部分地流失。

我常对自己说，比之其他，亲情才是最可宝贵的，可当亲情妨碍其他之时，又往往无可救药地将其他看得比亲情主要。仿佛亲情是核桃，是可以长久地放置的东西。而其他是葡萄，摆在面前，必须及时吃光，否则隔夜便会烂了。而烂了又会使自己十分惋惜。当代人的所重所要，往往是最实利的东西。

不知从哪一天起，我这个自认为也被认为珍视亲情的人，似乎已经变成了一个实利第一、亲情不知第几的人了。似乎已经变成了一个凡事当前、先替自己着想的人了。似乎已经变成一个在时间和精力方面，只够做与自己的实利相关的事的人了。

当然，大小不过是老邻居的儿子。我和他之间的关系，不过是亲情中俯仰皆是的一种关系。但谁又能说这一种关系就不值得敞开襟怀真诚地予以拥抱呢？我通过一篇稿子与某刊的关系，又何尝不是写作之人寻常日子里俯仰皆是的一种关系呢？为什么两种关系并列之时，在我这儿，在我的意识里，总是后一种关系“克”前一种关系呢？我分析自己，对自己的变，每每产生厌恶。

我又说：“玉龙，其实你也可以住在家里的，何必住在外边呢？”

大小说：“还是住在外边好。住在家里，太给二哥添乱了！”

我的话很虚伪。

他的话很真诚。

他又说：“二哥，没想到，你还能记住我大名！”

我说：“若忘了你的大名，那还是你的二哥吗？”

其实，是由于二小半年前来过，他的大名才在我头脑中又成为一种较新的记忆。

他看了看我家的钟，不安地说：“二哥，我走了。再待下去就影响你写作了！”说着站起，往外便走。

我一把扯住他：“没关系没关系！再坐会儿。怎么能说走就走呢！”

他看了一眼我铺排在桌上的稿纸，执意要走。

“差点儿忘了。十多年没见了，也没什么好带的，只给二哥带了几只飞龙！”

他说着打开皮箱，竟是一皮箱叫飞龙的死禽。

我诧异地问：“你从哪儿搞的？”

他说：“我知道二哥身体不好，特意去小兴安岭找猎户给二哥买的！”

他仅饮了几口茶，留下十只飞龙，匆匆告辞而去。

我一上午没再动笔，不得不收拾那十只飞龙。怕发出腐味儿，不能吃了，糟蹋了他千里迢迢一片心意。我想，那是珍贵野味儿，每只怎么也得二十元。去了一趟小兴安岭，再带到北京来，还要住旅店，尽管那是一家每张床仅二十元的街道小旅店，他此行怎么也得花费五六百元。五六百元起码是哈尔滨市下岗工人三个月至四个月的工资啊！而我，他的“二哥”，又将注定什么也帮助不了他……

隔日是公休日，我去那街道小旅店将大小接到家中，陪他看录像，陪他叙谈。妻在厨房里忙忙碌碌地做菜做饭。依妻之见，莫如陪大小到街角的小酒店吃一顿。可我想，还是在家里招待他会使他感到亲切……

我陪了他整整一下午。没料到他既不吸烟，也不喝酒。看得出是真的烟酒不沾，不是故意在我面前装的。在他这种年龄的男人中，委实是不多的。

他仅小我六岁，四十二了。除了没下乡，和我一样，中国的其他什么灾难都经历过了。经历是时代的标志。许许多多贫穷百姓家长大的人，在中国的一场又一场天灾人祸中，除了学会忍耐，还往往同时学会了吸烟喝酒。大小的烟酒不沾，可以说是一个例外。这不禁使我从内心里非常地赞赏他。

吃罢饭，照了几张合影，他高高兴兴地离去了。

星期一，上午我正欲出门去厂里开会，大小来电话了。

他吞吞吐吐地问：“二哥，我……这会儿可以来和你谈谈吗？……我打算明天回去。”

我犹豫了一下，回答他当然可以。于是诚心诚意在家里等他。

……

“二哥，我……是为我弟弟的工作才来麻烦你的……”

我说二哥心里明白。说我答应过的事，总是认真办的。说我特意为二小将来存身立命的问题，调动起了一些社会关系，到北京郊区几个经济发展较好的农村联系过，可都遭到了婉言的拒绝。我说的是实话。

“二小现在干什么呢？”

“今天这儿，明天那儿，打短工呢！可他也快四十岁了，连个家还没成呢，这也不是常事儿啊！”

“是啊，这不是常事儿。他从北京回去时，我不是给他带上了几封信吗？”

“那些信都没起作用。没谁愿真帮咱们忙啊！……”

这，也是我当时就估计到了的。下岗失业的工人一天比一天多的情况下，我一个写小说的人，再恳切的一封信，又能指望真起什么作用呢？当时不过是自欺欺人地给二小带走了一些“泡沫希望”。好比给赶集的人带了一沓假钞。

“玉龙，你可能也知道的，你三哥夫妇，还有你秀兰姐夫妇，都处在下岗半下岗之境啊！不是二哥不尽力……”

“二哥，你别说了。这件事，我也不难为你了。那么你就再写几封信，帮二小把住房问题解决了吧！四十出头的人了，他不能再没个自己的住处了呀！……”

“这……给哪方面的人写信呢？”

“随你便二哥！”

“怎么写呢？”

“让批给我弟一处住房。有一室就行啊！”

“可……”

“二哥，我弟那个人，自小的性格你也是知道的。他最不愿开口求人了！可他是我弟呀！所以我豁出自己的脸面，不怕你烦，亲自到北京来求你了！二哥，你可不能让我失望啊！……”

这是我这个写小说的人常遭遇的情况，也是我这个写小说的人常面临的尴尬。这种时候，只有这种时候，我每每幻想自己是大富翁、大官吏，一句话，几行字，就足以超度人于苦海。可我不是啊！再幻想也没意义啊！

“玉龙，你应该明白，我的信是不会起什么作用的。要不是赶上了动迁，你大娘和你三哥四哥秀兰姐他们，不是都还得挤住在耗子窝似的破房子里混日子吗？……”

“二哥，现在不同了！”

“怎么不同了？”

“现在你出名了呀！见了你的信，有些人是肯给个面子的！”二小来北京找我时，也是这么认为的。只不过没明说罢了。

大小和二小，这些老百姓子弟呀！现实生活，使他们确信不疑着一个颠扑不破的逻辑：那就是——只要某些官吏肯给个面子，小百姓的一切困难便会迎刃而解。他们直接求不到官吏名下，所以间接地一个继一个之后来求他们的“二哥”。仿佛“二哥”的面子，是任谁都不好意思驳的一种贵重面子似的。而他们所确信不疑的逻辑，又的的确确是生活中的一个普遍的逻辑。这逻辑是连我这个整天排列组合语言的“熟练工”，也用语言推不倒的。

我简直没法儿使他们明白，对于能一句话几行字就解决了他们天大困难的某些官吏，我这个写小说的“二哥”的面子，其实是一文不值的。因为在社会上，在他们心目中，我的的确确已经算是个名人了。但那是浪得虚名啊！他们不明白，所谓名人，也是分类的。有的在官吏面前很有面子；有的毫无面子，甚至恰恰是官吏们疏远和反感的。而他们的“二哥”，其实不幸正属于后者。

“玉龙，这不好，即使二哥写了，你拿着谁也见不到的……”

“二哥这你别管！写吧写吧！只要你写了，其他是我的事儿！……”

我万般无奈，只有写。写了一封，不待他请求，又写第二封，第三封……

那些方面的官吏我一个也不认识，概以“尊敬的”某某局、某某处、某某办公室领导统称。

写罢，又一一郑重其事地盖上我的印章。同时暗想——这是何等荒唐啊！商品时代，最便宜的一套住房也要十多万元啊！无家安身之人不止二小一个，我一个写小说的人的一封信，凭什么就值十多万呢？我又是在扮演一个多么滑稽可笑多么不识相的角色啊！

望着大小如获至宝地将那些信一一收入皮箱，我心中的难受顿增。替大小二小，也替自己。我分明地又像是在送给他们假钞以博济穷的好名声一样。我觉得自己类乎骗子。我暗想，大小啊，二小啊，你们怎么还都像孩子似的呢！如果二哥体力精力充沛，其实是更愿多写一部书，用那稿费去替你们租房子的呀！小说家靠稿费是买不起商品房的。替自己也罢，替别人也罢，只能租。又暗想，这也是多么不切实际的念头啊！在我的人际关系中，应该获得我帮助的，又岂止二小一人！一个写小说的人，妄图靠自己的一支笔充当济世救穷、遍播慈善的人物，又是多么想入非非不自量力啊！

“二哥，多谢你了！这我就不算白来求你一次了！”

大小感动得不知怎么表达才好。

我说：“玉龙，但愿如此吧！”

接着他就向我聊起他的工作情况，他夫妻的同舟共济的感情，他女儿的学习等等。

大小当年是卢家唯一没下乡的子女，分配在铁路上当卸货工。那是很累的重体力活儿。前几年机械化了，他被调到办公大楼当警卫。倒是不必再受累了，但是工资几乎少了一半儿，每月全加上三四百元。他说为了多挣点儿钱，他其实希望再干几年重体力活儿。他不但烟酒不沾，也不爱玩儿。在家里，他是一位典型的好丈夫、好父亲。在单位是那类从不惹是生非的好职工。在社区是安分守己的好居民。他妻子是小商店的店员。他很爱她，也很忠实于她。

“二哥，不瞒你，见过我那口子的，都对我说——你当初怎么不找个漂亮的呀？我心说，当初我家那么穷，漂亮的肯嫁给我吗？她当初不嫌我家穷，我就够感激她的了。她就够值得我一辈子恩爱的了！就凭咱这形象，逢年过节，穿上西服，系上领带，也还是有几分帅气的是吧二哥？……”

我说：“是的。”

实事求是地讲，他的相貌是会讨女性喜欢的那一种。

“有些认识我的大姑娘小媳妇，对我挺有好感。这个约咱晚上看电影，那个情人节偷偷送咱个小礼物。晚上看电影的好意咱是从来不敢奉陪的。送咱小礼物的，咱也诚心诚意谢谢人家。但咱是有老婆有女儿的男人，才不扯别的呢！咱如今能有个家，二哥你清楚的，那多不容易呀！一天天往好了奔，太难了！可若连这个好不容易才过成现在这样儿的一个家也毁了，那还不比摔碎一只碗还简单呀？她们能真瞧得上咱吗？不过一时心血来潮，想跟咱两相情愿地玩玩罢了！咱一个过日子的人，能拿家不当一回事儿，凭着自己的长相儿就陪人家玩玩感情吗？那也太对不起我那口子了吧？那我还怎么教育女儿将来有出息呢？有个开了几家饭馆儿的女人，寡妇，五十来岁了，听说钱可多了。几百万也不止！非让我去给她当二掌柜的。我明白她的意思，说什么也不去。朋友们知道了这件事，就嘲笑我傻。二哥你说我傻吗？我想我不傻。人家钱再多，那也是人家的。咱能冲着钱，就撇妻弃女儿，图沾人家点儿钱的光，就去做她名不正言不顺关系不清不白的个男人吗？那将来会有什么好下场呢？我就是要一心一意地顾我那个只有三十几平方米的小家，永远做好丈夫、好父亲。我那口子身体不好，家务活几乎都让我抢着做了。我女儿很争气，学习一直挺好的。我辅导不了她，但可以督促她别松懈了学习的劲头呀！二哥，女儿是我将来的希望啊！现在，有些能耐的人，转眼几年就变成富人了。咱不眼红人家。各人有各人的命。咱没能耐，但咱用三代四代的时间争取过上更好的日子还不行吗？我已经比我父母那一代过的日子好了。我相信将来我女儿那一代也会比我如今的日子过得再好点儿。我才小学文化，她将来的文化程度一定比我高，怎么会过得反而不如我呢？二哥，我常对我女儿讲这些道理。让她明白，将来要找一个像我这样对家对下一代负责任的丈夫，她也应该像我关心她的前途一样关心自己儿女的前途，为了自己儿女的前途，也应该像她的父母一样任劳任怨，一心一意地做奉献。国家说二〇〇〇年，咱们大部分中国人都能达到小康生活水平。大部分，那就不是全部呗。我常想，我得做好思想准备，到了二〇〇〇年，我一家不在大部分之中，而属于还达不到小康生活水平的一些人家，那我也不怨天怨地。怨又有什么用呢？就让我的女儿去努力争取达到吗！别人在二〇〇〇年达到了，咱家在二〇二〇年达到还不行吗？二〇二〇年，我才六十多岁嘛！还能看见我女儿赶上了好日子，还能自己赶上过几天好日子。二哥，你说我经常这么想，这么劝自己，这么给自己吃宽心丸儿，对不对？……”

我说：“对……”

他又问：“是不是，太没志气了？……”

我说：“不是……”

“可别人总嘲笑我的想法迂腐……”

“玉龙，你的想法一点儿也不迂腐……”

我早已深深地被大小的话感动了。

大小和二小，从小便是穷困老百姓家的孩子。长大，四十来岁四十出头了，一个已有了自己的小家，但那小家的生活质量，几乎每一天都在中国水准的贫困线上浮动着，几乎每一天都有沉沦在那贫困线以下的巨大可能。心理和思想意识，几乎每一天都承受着那巨大可能的压迫。一个至今还没有一个自己的小家。甚至连一个起码的栖身之所、一张属于自己的床也没有。而且没有稳定的工作，没有稳定的收入。而且从自己命运的明天，暂时还看不到什么希望的曙光。像这城市里的一个人人视而不见的孤魂似的。

而城市本身，却在日新月异着。另外的一些人，却在灯红酒绿着，追奢逐靡着，一掷千金地消费着。你难以否定他们也会受到强烈的诱惑。但他们不偷、不抢、不肯索性变成酒鬼和赌徒，不肯堕落为歹人恶人。对社会和时代也不像心怀着深仇大恨似的。他们的灵魂里，似乎有一种天生的，到任何时候，在任何情况之下也不会丧失的，对堕落和犯罪的抵抗。在这一种抵抗过程中，他们有时真是表现得像战士一样顽强啊！他们的希望，正体现在他们抵抗堕落和犯罪的顽强之中。

在中国的许多城市中，都有许多大小和二小这样的中国人。他们的数量，起码是比“先富起来的一部分”中国人多的。他们和她们，我们的许多大小和二小一样的同胞兄弟和姐妹们所朝朝日日进行的，顽强抵抗堕落和犯罪的“持久战”，谁说仅仅是他们个人的“战争”呢？起码，应算是中华民族战胜贫穷落后的“战争”的一役吧？这也是中国安定的前提之一呀！

我的感动正在于此……

第二天，大小走了。我要给他带上几百元钱，他却说什么也不肯接受。

一想到我为他而写的那几封信的毫无意义，我心里不仅难受，而且感到些罪过了。

在大小和二小需要帮助，一个继一个来到北京请求于我的情况下，我竟什么也帮不上他们，再也没有比这种时候，尤其使我倍感一个写小说的人的微不足道，无能为力，和……对他人的多余了！

大小，如果二哥的那几封煞有介事地盖了印章的信，非但无助于你和你的弟弟，反而使你受辱受奚落的话，千万要原谅二哥的并没什么面子可言啊！

相信你和二小，即使真的受辱受奚落了，也会以你们那仿佛天生的，顽强抵抗堕落和犯罪的胸怀，将世上的一切不公平包容的。

穷也不堕落！穷也不犯罪！——大小二小，你们也是在为一部分中国人做榜样啊！不能给予你们任何实际帮助的二哥由衷地替你们感到骄傲！

许多像你们一样的咱们中国人，也许都正看着你们哪！

关于二小

我的长篇自白体小说《一个红卫兵的自白》开篇第一章的第一段话是这样的："我们那个大杂院，共七户。卢家是'坐地户'。我家和其余五家，都是因动迁从四面八方搬来的。一九六六年元旦前，凑齐在那个院里了。春节，互相拜年，和睦友好的关系从此奠定基础。那一年我十七岁，初三。卢叔是'院长'，以'坐地户'的积极性和热情，义不容辞地担负起了管理我们这个大杂院的责任……"

如今，已经过了整整三十年。我的自白，出版也整整十年了。哈尔滨市，度过我少年时期的那个大杂院，已经不复存在。邻居们都不知分散到何处居住去了。

不久前的一天，下午三点多钟，我正昏睡着，有人敲门。开了门，见一个满面流汗、身材瘦小的男人神情不安地站在门外。他穿一件短袖花格子衫，拎一个旧的、黑色的皮革包。因热，花格子衫仅扣最下边两颗扣子，半露着晒红的胸膛。他留的是平头，看去至少一个半月没理过发了。半长不长的灰褐色的头发中，夹杂着五分之一还要多些的白发。很白很白的白发，像化工厂里洁白的化纤丝似的。

我以为是一名"上访者"或中年民工。不料他开口叫我"二哥"。

叫后，神情更加局促不安。分明地，觉得自己没资格，甚至不配叫我"二哥"似的。

我以为他是投亲的，找错了门，认错了人。正沉吟着打算问他些什么，不料他又口吃地说："二哥，我……我是……是二小哇！……"

"二小？……"

"就是……咱，咱们光仁街大杂院……老卢家的二……二小哇……"

"你是……卢叔家的二小！……"

"对对！"

他出了口长气，神情略显松弛地笑了。

我立刻将他让入室内。

我先吩咐他脱去格子衫，冲头、洗脸、擦身，彻底凉爽一下。

当他重新穿上花格子衫，仍摆脱不了局促地坐在我对面时，我端详着他，一时感慨万千。

当年我十七岁，他六七岁，叫我“二哥”像叫亲哥。

但这个身材瘦小的，脸上沉淀着太多的命运沧桑，样子极为落魄的小老头儿，真的便是二小吗？我明明已认出他真的便是，却还是不免有几分怀疑似的。

于是二小断断续续、结结巴巴地向我讲起他的一番经历，听得我心情越来越沉重。

一九七四年我从黑龙江生产建设兵团上大学，二小恰在那一年下乡了，去的也是黑龙江生产建设兵团。那么，应该说他还是我的“兵团战友”了。

大返城那一年，他是不打算离开兵团的。因为他怕给家人造成负担。姐姐出嫁了，哥哥结婚了，妹妹没有工作，父亲生病。出嫁了的姐姐和结了婚的哥哥，没房子，在小屋的前后，搭起了更小更小的两处所谓“偏房”。而原先的小屋早已破败不堪，沉入地下一米多深了。与其说是家，莫如说是“洞穴”，由没有长久工作的妹妹和生病的父亲同住。连里替他办理了返城手续，督促他返城……

二小返城后一直没有正式单位接收。因为卢叔是收破烂儿的，他当然不愿继承卢叔的衣钵。好在他肯干，前几年还是能够挣些钱的。尽管不多，将够养活自己。

他只能和卢叔住在一起。

卢叔得的是不治之症，为了让卢叔住院，他们几个子女，不得不将原先那小屋的居住权卖了。其实买的人并不为住，图的是动迁后的“房号”。孝心总算尽了，也盼到了动迁成为事实。

但二小失去了最后的栖身之处。起初他轮番住在哥哥家、两个姐妹家。但哥哥妹妹，居住条件也很差。一个三十六七岁的大男子，给嫂子和妹夫带来多少不便是可想而知的。起码的自尊心，使二小成了地地道道的城市街头流浪汉……

“二哥，”他低头瞧着他的双手，自言自语似的说，“近两三年里，我什么活儿都干过，还卖过血。什么地方都住过，火车站、医院候诊处、工厂锅炉房的炉渣堆。冬天，新出的炉渣热乎乎的。还被当成流窜犯收审过……”

那显然是一双会干活儿的手。他的话语也丝毫没有自哀自怜的意味儿，仿佛在背简历。而且尽量说得轻描淡写又使人明白。

“你哥哥姐姐妹妹们，就不帮帮你？”

“他们的日子也很难。各家都有各家的愁事。近两三年哈尔滨下岗失业的人太多太多了。他们想帮也帮不了我。”

“平时很少见面？”

他点点头：“过春节的时候总是要团聚的。我找个地方洗净脸，刮刮胡子，换套像样点儿的衣服去见他们。对他们撒谎，说我混得不错，只不过忙，让他们别替我瞎操心。团聚几个小时后，趁着酒热，我便到马路上逛，找熬夜的地方……”

“那你……到北京来干什么？……”

“二哥，我走投无路了。想来想去，只有来求二哥你给指条生路了……”

我沉默良久，低声说：“二小，二哥为你高兴。”

他不解地抬头望我。

我又说：“你没变成盗贼，没变成抢劫犯，没做任何违法之事，我真的有几分替你高兴啊！”

他说：“二哥，那些事，咱就是饿死冻死，也不会做的呀！”

我的眼睛顿时湿了。

二小是很不错的瓦匠。木工活儿也拿得起来。还懂些水暖，会修各种管道。

但我留他住了几日，还是打发他回哈尔滨了。靠他那些技能，在北京找到长久的工作，完全超出我的能力。不长久，岂非等于由哈尔滨的街头流浪汉，变成为北京的街头流浪汉了吗？

他走时，我让他带上了我的几封亲笔信。

我郑重地对他说：“二小，别怨二哥没帮上你。这几封信，保你在哈尔滨能找到些临时的活干，能挣点儿钱养活自己到年底。”

他迷惘地问：“年底以后呢？”

我说：“二小，二哥始终有一个愿望，以后离开北京，到京郊农村落户。不过，原先是几年后的打算，起码等梁爽上大学后。现在，二哥愿为你提前这一打算。我到哪儿，带你到哪儿。咱们两家从前是近邻，以后你和二哥也将是近邻。目前有些农村搞得不错，你会的那些技能在农村才可能大有用武之地。二哥会帮你盖两间小房。还有，你应该结婚了。哪怕是个寡妇，只要肯嫁你，你也不要嫌弃人家。那么，当丈夫、父亲，还来得及。否则，这一辈子，真的毁了！”

他点头。

“最重要的是——我与你联系时，你可一定得和现在一样，归根到底，是一个守法的良民。否则，你就没法儿和二哥作邻居了！”

他说：“二哥，你放心。”

我知道这一点，我是完全应该放心的。

从此我又多了一桩心事——已寄出几封信四处联系，试探京郊哪一处农村肯收我和二小为村民。

对我，与那些在大都市住腻歪了到农村去买别墅住的人是不同的。

我当然买不起别墅。

对二小，更是不同的……

野草根祭

“二……二……二小……走……了……”

电话里，从哈尔滨那端，传来二小的哥哥大小口吃的声音。很轻，但清楚，似乎就在我家楼外给我打电话。

那是春节长假结束不久的一天。夜里我被颈椎病折磨得翻来覆去，天亮后头昏沉沉的。十点多钟，又平躺在硬板床上。电话铃响了几下，我懒得接，它也就不再吵我。不料我将要睡去，又响了……

头还在晕。

我微闭着双眼问：“走了？哪去了？……”

北方民间有句俗话是：“破车子，好揽载。”

指的便是我这一种人。

我常想，自己真的仿佛是一辆破车子，明明载不了世上许多愁，许多忧，些个有愁的人，有忧的人，却偏将他们的愁和他们的忧，一桩桩一件件放在我这辆破车子上，巴望我替他们化之解之。

而我，只不过是个写小说的，哪里能改善“草根族”们的生存难题呢？

但我又清楚，除了我，他们也没谁可求了。

我同时清楚，他们开口求我之前，内心里其实是惴惴不安的。他们也明白我其实并没多大的能力。他们往往是在山穷水尽的情况下，向我发出最后的求援吁呼。好比溺水之人，向岸上的人们伸最后一次手。而我，乃是岸上的人们中，和他们有种种撕扯不开的故旧关系的一个。倘我不相应地也伸出手去，他们就会放弃挣扎。我伸出我的手，他们便会再扑腾一会儿。我虽多次伸出过自己的手，却没有一次真正握住过他们的手，一下子将他们从生存的灭顶之灾拉上岸过。他们的命况出了转机，主要还是靠自己的不甘沉没救了自己。

“别急，让我们一块儿来想想办法！”

“天无绝人之路，我尽力而为！”

这是我每每说的话。

这就意味着我作了承诺。于是便揽了一件难事。于是自己便有了种烦和忧。于是，也便似乎有责任和义务。

我第一次听到“草根族”这一种说法，是十几年前的事。一位从国外进修电影回来的朋友说的。他对我的一篇小说发生兴趣，改编成了电影剧本，并且决心一试牛耳，亲自执导。那剧本就起了个名叫《野草根》。

我问：“为什么起这么一个名字？”

他说：“你小说写的是底层民生形态啊。”

我说：“那就叫《底层》不好吗？”

他认为太直白了，没意味。

我说：“高尔基曾写过一部话剧剧本，便是以《底层》这一剧名公演的。”

他说：“国外目前将底层民众叫草根族，你的小说反映的是底层的底层的民生，自然是生活于社会关怀半径以外的群体，所以该叫《野草根》，我挺欣赏我起的名字的，你依我吧！”

我见他那么坚持，依了他。

但他没拍成，剧本审查时被“枪毙”了。在我预料之中，在他预料之外。

后来，中国对于底层的底层之民众，有了比较富于人情味的一种说法，叫“弱势群体”。这说法中包含着关注与体恤的意思。然而依我的眼看来，中国之“弱势群体”，或曰“野草根”族，似乎不是在减少着，而是在增多着。有时，则减与增的现象并存，这一行业在减着，那一行业在增着，此地减，彼地增。而谁一旦被列入增数里，谁的命况也就比底层更低了一层。谁也就由“草根族”而“野草根”了……

二小是“野草根”二十余年了。死前无栖身之所，自然也就没家。还往往没工作。其实只有小学文化的二小，除了摆摊，要在当今职业竞争严酷的社会找到一份能相对干得长久的工作，几乎是不可能的。

我的父母去世以后，我将我的哥哥从哈尔滨的一所精神病院接到北京。我不想哥哥在精神病院度过一生，所以在西三旗买了房子，决心给哥哥一个属于他自己的家。我在那样打算时，心中便想到了二小。我的哥哥是由我的四弟和二小护送至北京的。

我当时对二小说：“这儿既是大哥的家，也是你的家。你和大哥，以后相依为命吧！我把大哥托付给你照顾最放心。”

三室一厅敞敞亮亮的房子，一切家具皆新。电视机、影碟机、冰箱、洗衣机，应有尽有。还有电子琴，还有空调，还有摆满了书的书橱，还有文房四宝，还有象棋、围棋和扑克……

我的哥哥和二小喜出望外，高兴得合不拢嘴。

我给二小每月的工资是七百元。

生活费由我来负担。哥哥吸烟很凶，二小也是烟民，且有那么点儿酒瘾。

我说："二小，这都没关系的。只要适量，不危害身体。烟酒你千万不要花自己的钱买，二哥会经常给你们送来，断不了你们的就是。你的工资基本不必动，存着，一年就是八千多。几年后，二哥再支援你一笔钱，你也算有点儿小小的本钱可以去扑奔你的人生了！"

二小诺诺连声。

从此我觉少了两桩心事。一份是牵挂于我的哥哥；一份是牵挂于二小。两份心事，都曾使我彻夜难眠过。

二小把我的哥哥照顾得很好。凭良心讲，比我这个亲弟弟做得还好。我对二小的感激也常溢于言表。那小区有人曾私下向我告二小的状，说哪天哪天，二小将我的哥哥锁在家，自己去小饭店里喝酒；哪天哪天，二小才从外边回小区。言下之意，是二小不定往什么不干净的地方鬼混去了。

而我总是笑笑。

终日与我的哥哥相厮守，我理解二小那一份大寂寞。尽管我常去陪他们住。

我便每每提醒二小：北京和别的城市一样，也有进行非法勾当和肮脏交易的场所，也有专布泥潭设陷阱诱别人入彀的阴险邪狞之徒，要善于识别，避免沾染其污秽。

二小便也对天发誓般地回答："二哥，我能做让你失望的事吗？"

二小确实没做过那样的事。起码在北京没做过。起码，没使我起过疑心。

有人又背地里向我告他的状，说他剪一次发花了八十多元。

我便问他："二小，你的头发，是花八十多元剪的吗？"

二小说："是啊，二哥。"

我又问："头发不过就是一个人的头发。咱们男人，花那么多钱剪一次发干什么呢？"

二小说："二哥，我才四十多岁，头发就快白一半了。不染，我自己照镜子的时候都觉得伤心。用好点儿的染发剂，就那个价。"

我想了想，掏出一百元钱给二小。

我说："二哥是舍不得你花自己的钱。你以后剪发的钱，二哥补贴给你就是了。"

二小哪里肯接呢！

我逼他收下，并说："就这么定了。"

半年后，二小带我的哥哥回了一次哈尔滨，我给他带上了两千元钱。十天后，二小和我的哥哥回北京，两千元全花光了。

我的弟弟妹妹因而对我有看法，抱怨二小花钱太大手大脚了。

我说："我们的哥哥三十余年在精神病院，几乎没快乐过。二小二十余年人生无着落，受了不少苦。哥哥是我们的手足，二小是老邻居的孩子，我和你们都因有家庭有工作而不能全身心照顾哥哥，二小替我们照顾着了。我认为他照顾得很好，我们应该永远感激二小。平均下来，他和大哥，也不过每人每天才花一百多元。不算多。不能以平常过生活的标准要求他们这一次的花费。"

二小回到北京，内疚地对我说："二哥，我花钱花得太冒了，连车票都是借钱买的，你扣我一月工资吧！"

我说："别胡思乱想。车票钱，二哥还。但你以后应该明白，二哥虽有些稿费收入，却来之不易啊！何况我也不是为了稿费才写作。总之我认为，节俭是美德。你不是靠技能挣钱的人，花钱大手大脚，会给别人不好的印象。"

二小脸红了。

我若批评二小，一向点到为止。

二小对我的话，也从不当耳旁风，一向铭记于心。

这使我欣慰。

一年多以后，二小有日忽然对我说："二哥，你救人就救到底吧？"

我不禁一怔。

二小紧接着说："二哥，给我找个老婆，替我成个家吧！"

我沉吟起来。

"二哥，求求你了！我都四十多岁了，还不知道女人的滋味啊！我有时喝酒，那是借酒浇愁呀！"

我心一阵难过。

我说："那你们住哪儿呢？"

二小说："这不三个房间吗？我们两口子一间卧室；大哥一间；空一间你来时住，我们永不侵占。"

我说："二小，像你目前这种情况，哪个能自食其力的女人肯嫁给你呢？如果你们以后有了孩子，如果以后你们一家三口再陷入生活的困境，我除了赡养大哥，除了周济弟弟妹妹，再负担起对你们一家三口的责任来，二哥还有一天安心的日子过吗？别忘了，二哥也五十多了。你断不可以有一生依赖于我的念头！二哥请你来照料大哥，不过是权宜之计。对你是，对大哥也是。大哥今后还是要由我来陪过一生的。而你，要在五年内攒下笔钱，也要养好身体。五年后，你才四十七八，身体健康，到时二哥再帮你一笔钱。那时，你考虑成家才现实啊！……”

二小于是默然，也有几分怅怅然怏怏然。

……

我这辆“破车子”，已越来越感超载的滞重，实在不敢再让二小拖家带口地坐在我这辆“破车子”上了。那么一种情形，我连想一想都慌恐。

那一年的春节刚过，大小突然来到北京，预先也没打个招呼。

两天后，我被大小找去，说有急事。

见了面，兄弟俩坐我对面，大小给了我一张诊断，郁郁地说：“二哥你看咋办？”

那诊断上写着——二小的肺结核又复发了，且正有传染性。

大小将二小接回了哈尔滨。

我给他们带上了一万元钱。

几天后，我说服哥哥，住进了朝阳区的一家精神病托管医院。

半个月后，惦着二小，又托人捎回了五千元钱。

一个月后，二小从哈市郊县的一所医院来电话，说住院费每天就得三百多元。

我明白他的意思，再次电汇五千元……

又住院了的哥哥，我每去看他，他总说：“二小怎么还没从哈尔滨回来？写信告诉他，我想他了，让他快回北京来接我出院。”

我说：“哥呀，二小的病还没养好啊！他怕传染给你啊！”

哥哥说：“我不怕。写信太慢了，打电话催他回来！我不怕传染上肺结核。”

我暗想，我的老哥哥呀，你不怕，我怕呀！你精神不好，再患上肺结核，连住院都没医院收了，我可该怎么办！

再后来好长时间没有了二小的音讯。

再再后来，听说他在这儿或那儿干点儿活。

别人曾替我分析，说二小兄弟俩的话未必可信。暗示我那也许是他们兄弟俩做的一个圈套，多骗我些钱去先花着……

我不信。

我始终觉得二小他本质上是我家老邻居的一个好孩子。始终认为他的心地是善良的。

我相信我的感觉。

即使他们真的骗了我，我也宁愿原谅他们。因为那肯定的是由于他们面临难言的困境。

终于有一天我接到了二小的电话，他说他找到了一份工作，挣钱很少。

我问："多少钱？"

他说："才三百多元。"

我问："累不累？"

他说："倒不累，替人看一个摊子。"

我问："住哪儿？"

他说："还能住哪儿呢？又厚着脸皮住妹妹家了呗！"又说，"二哥，我想回北京，还照顾大哥。"

我说："二小啊，大哥刚刚适应了医院，出出入入，一反一复的，对大哥的病情不好啊！"

电话那一端，二小沉默良久后，低声问："二哥，你是不是不想管我了！"

这一问，也将我问得不禁沉默了片刻。

"二哥，你要不管我，我活着就没什么指望了。"

二小的声音，悲悲切切。

我反问："二小，缺不缺钱？"

二小说："二哥，我给你打电话不是要钱的意思。你寄来的钱，我还有两千多元没花。"

我说："二小，听着。一名下岗工人的最高抚恤金，也不过三百多元。而且他们有子女，要供子女上学。你挣的确实少，但你毕竟已开始自食其力。这是你在社会上的起点，你应该坚持一个时期。如果你确实缺钱了，就打电话告诉二哥，但别一开口五万十万地要，那二哥给不起。二哥出一本内容全新的书，也不过才三万左右的稿费。但五千六千，二哥是舍得寄给你的。而且，依二哥算来，当可使你过上半年。市郊租一间有家具的小房，不过二百元；一个人每月四百元生活费，也算可以了。所以，我再给你寄钱，半年内如果没有特殊情况，你就不应该再开口向我言钱。相当长一段时间内，二小你一定要学会节俭地活着。你照顾大哥的一年多，二哥曾给你开的工资，你是怎么都花掉的呢？……"

那一天，我在电话里批评了二小。

最后我说："我不愿你流落街头。但哪一天你真的陷入绝境，那也不要怕，有你二哥呢！"

二小在电话那端情绪乐观了。

他说："二哥，这我就放心地活着了。"

后来大小来电话，我关心地问起二小，他说二小在烧锅炉，一个月挣四五百元了。

我说："那不是很累的活吗？他是肺结核病人，怎么干得了呢？"

大小说："现在取暖都改烧油了，不烧煤了，不累。但是责任大，要留心看仪器……"

我心遂安。

……

又很久没有二小的消息了。

我想，他在社会上四处乞讨似的讨的只不过是一种能够生存下去的最低等的机会而已。最终恐怕还是觉得，陪伴一个老邻居家的患了三十余年精神病的大哥，依赖一个写小说的二哥提供住处和饭食，并每月给开七百元"工资"，对于他更是一种较好的活法。即使一辈子。即使我这位"二哥"曾明确告诉他，指望我给他娶个老婆成个家，是多么不现实的念头。

但我却不像他那么想。我一直很理性地认为，陪伴我的哥哥无论对于二小还是对于我的哥哥，都只能是一个时期内的事。当时二小瘦得可怜，身体状况看去比我的哥哥还差。倘我不作出那一种安排，他是活不了多久的。事实上他当时正处于人生的绝境。

我希望他早日有人生的另外一种出路，而我的哥哥的余生由我来负责。

我觉得他总算是找到了出路。

所以当大小在电话的那一端告诉我"二小走了"，我一时不能明白大小的话，以为二小不干那份烧锅炉的活，离开哈尔滨到外地谋另一种人生去了。

我竟有些生气，又说："那活不是不累吗？不是工资也不算低吗？不是还有住处吗？他跟你商议了吗？你也同意他走了吗？……"

我接连问过之后，大小在电话那端沉默。

"你怎么不说话？"

我断定大小也是同意了的，直想在电话里冲大小发火。

不料大小想快而快不了地回答："二……二小……死……死了……我……我们刚……刚把他……火化……"

我一时握着话筒呆住。头也突然不晕沉了。如同被医术很高的中医师，将一枚银针深深地捻入我足以使头脑清醒的穴位。它仿佛扎在我一根极敏感又脆弱的神经上了。而那一根神经每使我对生死之真相陷于宿命的悲观。

大小的声音，听来平静。似乎在通知我一件纠缠了他很久也使他很累很无奈而原本不过是"死马当作活马医"之事终于彻底结束了，一了百了。

"野草根"们的亲情，并不像我从前想象的那样反而更加温爱更加密切。

事实上好比干旱来临时非洲原野上的野生动物，各顾各成了一种不二法则。

我低声问："怎么才告诉我？"

连自己都听出了只不过是自言自语。

大小反问："二哥，早两天告诉你，你能为二小回哈尔滨吗？"

声音仍那么平静。

奇怪，这话，大小倒说得一点儿都不口吃了，仿佛是背了一百遍的一句台词。

我，只有缄默。

大小告诉我，二小是这么死的——端着他的一大瓶茶水，下什么跳板，一失足，从高处摔下，头脑撞磕于水泥台的尖角，在医院里躺了三天，头肿大得不成样子，三天后就死了。

死前，嘴里还念叨着："北京，大哥，二哥……"

我心一阵酸楚。

……

现在，二小已经死了两个多月了。

我去医院探视我的哥哥，他必问："给二小打电话了吗？他什么时候来北京？不是让你告诉他我不怕传染上肺结核吗？……"

我只有支吾搪塞而已。

野草根，野草根，野草根啊，人命一旦若此，那是如我这样的一个写小说的"二哥"，既陪伴不起，也实际上安慰不了的。

有时我放眼望我们这个有着十三亿之众的国家，"草根族"竟比比皆是起来；似乎，还在一茬一茬地增多着。

而我，由于来自他们，便从根上连着他们的根。斩不断，理还乱。优越于他们，却也只有徒自地优越于他们，并一再地辜负于他们。

我这辆"破车子"，怎载得了人世间许多困苦艰难？

也只有写下些劳什子文字，祭我和他们曾经同根的那一种破絮般的人生之缘，并安慰一下自己的无能为力……

关于小芳

我家的小保姆叫小芳，四川妹。

母亲到北京的前年春，经朋友介绍，小芳也便成了我家的一员。更准确地说，介绍人应是朋友家的小保姆。那时小芳刚到北京不久，先在一户人家看小孩儿，因为带孩子到外面玩儿，孩子丢了玩具枪，主人不但严厉地训责她，还要她照价赔。她赔了，但觉得非常委屈，便离开了那一家。也许玩具枪是主人刚给孩子买的，也许还挺贵，也许丢了确实怪小芳，总之，在这件事上，我没法儿说究竟是小芳不对，还是主人家不对。雇小芳的第二户人家房间小，没她睡的地方。她的一个同村姐妹在某大学的招待所做服务员，她每晚便到那儿去借宿。半月后，带回一条床单要用主人家的洗衣机洗，主人坚决不许。小芳说——你家没地方住，我才不得不借宿。我睡脏了人家的床单，不给人家洗，像话吗？主人说——偏要洗你就用手洗！小芳用手洗净了那床单，第二天又离开了那户人家。在这件事上，我的公正态度是给予小芳的。当然，这都是以后熟了，小芳讲给我听的。尽管我信，读者们却是可信可不信的……

迄今为止，我家雇过三次人。第一次是儿子梁爽刚出生时，雇的是位安徽老保姆，非常好的一位乡下老人。我和妻子至今常共同忆起她。梁爽满周岁后，她回安徽去了。回去时我们和她互相都有些依依不舍。接着到我家的也是一位安徽乡下女孩，叫小华。那时我和妻子工资都很低，加起来不足二百元。我也没多少稿费收入，每月只能给小华一百元。小华不嫌少，很肯干活儿，实心实意地干活儿。那时家里连洗衣机也没有。冬天为儿子洗衣洗尿片儿，小华的手常被冷水浸得通红。儿子入托后，小华走了。我和妻至今忆起小华，心里总牵牵挂挂的。想必小华早已做妻子做母亲了。我们对她的命运和生活的牵挂，还包含有一份儿亏心。觉得当年给她的工钱实在是太少了。屈指算来，已是十多年前的事了。当年有当年的情况啊！

小芳才到我家时很瘦。眼睛大大的，看人愣愣的，显出几分惊诧的模样儿。最初的日子里，我总叫她小华。我母亲也叫她小华。因为小华在时，我老母亲也住在北京，跟小华处得很亲。妻也每每错将小芳叫小华，小芳说了，脸上就不免怏怏的。而老母亲，还要常对小芳夸小华，我从旁边看出，小芳听了心里其实很不受用。有次小芳问我：“叔叔，你家有小华的照片吗？”我说：“有啊！”她便说：“找出来让我看看！”我奇怪地反问：“你看小华的照片干吗？”她说：“你别管，就是想看呗！”我拗不过她，只得找出一张小华抱儿子照的黑白照片给她看。十多年间中国发生的变化太巨大了！小华在我家时，即或北京，照彩色照片的人也太少太少……

小芳将小华的照片端详了半天，往桌上一甩，以相当不服气的口吻说：“我以为啥样的人儿呢，还不是和我一样儿！”

我和妻和老母亲都被逗乐了。

一天，我吩咐小芳：“你和叔叔一道擦窗子吧！”——我指的是，让她擦内窗，我自己擦阳台窗。我家住三楼，阳台下有带尖儿的铁栅，失足掉下去非出人命不可，我每次擦，腰间也必系上安全带。

小芳愣愣地望着我，当时脸都白了。直至我向她解释清楚，她的脸才缓过血色。经那一吓，她第二天竟牙疼了。

不久我出差回来，她问我：“叔叔，没发现家里变样了吗？”

我四面望望，摇头。

妻便替她说：“小芳能耐，将阳台窗也擦了！”

她却没获得我的夸奖，反而挨了我一顿训。因为那实在太危险了。妻自然护着她，说已经责备过她了……

天长日久地，小芳就真变成了我家的一员。雇佣关系，仅仅体现在每月的十八日那一天了。那一天我们要付给小芳工钱。每到妻给小芳工钱时，我不禁总忆起小华，心中戚戚的。熟了，小芳就常闹点儿小女孩儿家的脾气了。她闹脾气，我们都让着她。她也日渐胖了。胖得带来的衣服都穿不下了。于是她就减肥。减肥的方式是不吃晚饭。我和妻关心她，逼她吃晚饭，她就说胃疼。唬得我和妻以为她生了胃病，竟打算带她去医院看病……

小芳的眼睛虽大，却高度近视。一只一千八，一只一千四。有次我说：“小芳，要早知道你近视的程度如此深，叔叔是不会雇你的。”她就笑，笑够了说：“活该！谁叫你们当时不问问清楚！”

后来妻陪她到医院去配了一副眼镜。瓶底儿般厚，戴上了模样十分可笑。她只在家看书看电视洗菜切菜时戴，出门绝不戴。有客来了立刻摘下。刚满二十岁，正是女孩儿家爱美的年龄。镜片儿厚，觉着戴上丑，自然不怎么爱护，结果摔碎了一只镜片儿。戴不成了，才觉得眼睛离不开眼镜了。于是央我找关系，给她配副美观的。又配了副超薄型的，相当美观的，觉得戴上美了，才高兴了。

小芳是某电台音乐频道的发烧友。还给电台的《友谊桥》投过稿，结果，引得一些“兵哥哥”来信频频，于是家里常常出现这样的情形——我在一个房间里写作，小芳在另一个房间里给“兵哥哥”们回信，老母亲独自在一个房间看电视。老母亲感到被冷落了，一个人孤独了，就对小芳有意见了。我劝母亲：“她还是个孩子。她也需要扩大情感交流范围。妈，理解万岁吧！”

有时我让小芳替我寄稿，她则噘起嘴说：“外边正热呢，天黑我再去！”

我说：“不行，得赶上下午开箱的邮车！”

她说：“那你逼我去呀！”

我想，她不愿立刻去，也别逼她去啦！

便自己去寄。出门前少不得问一句：“小芳，你有信要发没有？”

她笑起来说：“有！叔叔劳您驾了！”

母亲便嘟哝：“瞧瞧，这成什么事儿了？你们家把个小保姆惯得没样儿了！”

寄罢信，我回来还要劝母亲。我常对母亲说——妈，小芳事实上虽是佣人，但您的儿子您还不了解吗？我是个最板不出主人面孔的人啊！归根结底，小芳是来帮我们做事的呀！咱们不能因为给了她工钱，就不拿她当自家人一样看待啊！……

老母亲通情达理，我这么一说，也就释然了。

的确，在某种程度上，小芳是我家很重要的一员呢。由于她到了我家，我出差，再也不掂家了。妻下班晚，或加班，心里也不急了。

有次看电视——屏幕上有一个村妇，抱着孩子，坐在村口树下，望着远景……

小芳忽说：“没意思！”——将电视关了。之后，自己也痴痴地呆呆地想起心事来。

我问：“小芳，想什么呢？”

她说：“将来我也一样！”

我一时不知该再说什么。

我知道，和小芳一起到北京来的那些同村的小姐妹们，没有一个还甘心情愿地再回家乡去。她们的家乡很闭塞。她们都希望她们在北京时命运发生奇迹般的转变。然而我又知道，她们总归还是要回到家乡去的……

她的小姐妹们都很羡慕她。不是羡慕她别的，仅仅羡慕我们视她为一个孩子，拿她当自家人看待。

她也渐渐地对我们依赖起来。竟至于很怕离开我们家了——怕再换个人家，对她不好……

但，她不久必得离开我们家了。因为我的老母亲要回哈尔滨了。白天，我一个人在家，是不需要保姆的……

我和妻商议，由妻先给她下点儿“毛毛雨”。

于是妻有天晚上对她说：“芳啊，以后，你如果离开了阿姨家，不管是回家乡了，还是受雇于别的人家了，只要想回咱家，随时都可以回来的！这家里永远为你保留着一张床……”

小芳大约听出了什么意思，那天夜里失眠了，第二天早晨眼睛红红的……

妻就再也不忍心对她下“毛毛雨”了。

但母亲是肯定要回哈尔滨的。

我们都不知该怎么对小芳摊牌。

最后我们决定——如果她愿意的话，由她陪母亲回哈尔滨。我们只怕她不愿意。一个四川妹，远去东北，冬天那冷就够她受的！

没想到一说，她高兴极了。

归根结底，小芳是个勤快的，懂事的，有规矩的，知情知义的四川妹。看来，她和我家，有着一种缘分。

我和妻都达成了共识——乡下女孩儿进城当小保姆，可能是她们一生中最值得回忆的事呢！我们一定要使我家的小芳将来回忆时，心中充满温爱，充满美好！充满对我们的思念！如有可能改变我家小芳的命运，我们当然也要竭尽全力为她考虑……

落叶赋

我曾写过些短文，或记某事，或忆某人，大抵并非虚构。好比拾一片叶子夹在书中，目的不在于作书笺，而在于长久保存它。我皆可讲出在什么地方，什么时候，为什么在一片落叶之中偏偏拾起某一片。它们常使我感到，生活原本处处有温馨。哪怕仅仅为了回报生活对我的这一种慷慨赠予，我也应将邪恶剔出灵魂以外。如剔出扎在手指上的刺，或抖落爬到身上的毛虫。

一九七七年我刚大学毕业分配到北影时，体质很弱，又瘦又憔悴。肝脏病、胃溃疡、心动过速和严重的神经衰弱，使我终日无精打采。我心情沮丧之极，仿佛患了忧郁症似的。每每顾影自怜。

友人们劝我必须加强身体锻炼，我自己也这么认为。于是每天清晨跑步。先在厂内跑一圈，后来跑出厂去，跑至“北航”校门前绕回来。祛病心切，结果适得其反。

又有友人建议我学太极拳。

我问跟谁学。

他说：“这还用专门拜师吗？咱们北影院墙外的小树林里，不是有许多天天在那儿打太极拳的老人？”

于是我每天清晨再跑步时，开始光顾那一片小树林。那里，柿树的叶子很美的，正值夏末秋初季节，它们的主体依然是绿色的，但分明地，已由翠绿变成墨绿了。那一种墨绿，绿得庄重，绿得深沉。它们的边缘，却已变黄了。黄得鲜艳，黄得烂漫，宛若镀金。墨绿金黄的一枚叶子，简直就像一件小工艺品。如此这般的蔽空一片，令人赏心悦目，胸襟为之大开，为之清爽。

在那林中徐旋缓转，轻舒猿臂，稳移鹤步的，全是老人。几乎没有一个四十岁以下的人，使二十七八岁的我觉得自卑，觉得窘迫，觉得手足无措，怕笨拙生硬的举动，会使自己显得滑稽可笑。

我躲在林子的最边儿，占据了几棵树之间的狭小空地，顾左右而暗效之。我觉得一个瘦小的老头儿最该是我的楷模。他的套数很娴熟，动作姿态极为优美。一举手一投足，好比是在舞蹈，我却很难跟上他的套路。多日后，连“抱球”“摸鱼”这样的基本动作，还模仿得不成样子。

一天，那老头儿走向我的“绿地”。瘦小的老头儿一副形销骨立的样子，仿佛衣裤内已没有什么很实在的内容。仿佛一阵旋风，足以将他裹卷上天空，起码刮到新街口去似的。但他两眼炯炯有神，目光矍铄，而且透露出近乎冷峻的镇定。他仿佛功夫片中的老侠士，面临决死的挑战，毫无惧色，执念一搏。

他本已做完了一套，走到离我四五步远处，站定，转身，重做。

前推后抱，左五右六，很慢很慢，慢得似电影的慢镜头。我不失时机跟着学做了一遍。之后他回身笑问：“刚开始学？”

我不好意思地说：“是的。看别人做得挺容易，自己真学起来却怪难的，都不想学了。”

他说：“别不想学了呀，今后就跟我学吧！我天天来这儿。”

“那太好了！”——我喜出望外。

他上下打量我片刻，又问：“你有病？”

我已将他视为师傅，如实告诉他我有些什么病。

他说：“人往往有病之后，才开始珍惜身体，锻炼身体。年轻的，年老的，大多数人都这样，我自己也是。不过你那几种病，不是什么难治的病。生活要有规律，饮食也要有规律。要遵照医嘱服药，再加上坚持锻炼，我保你半年之后就会健康起来的。你年纪轻轻的，身体这么弱，将来怎么成？一个身体不好的人，会觉得连生活也没意思的。”

他说的这些话，别人也对我说过。我常认为是些廉价的安慰之言。但经由这位“师傅”口中说出，似别有一番说服力，另有一番真诚在内。

我诺诺连声，从内心里对他产生了恭敬。

他说：“初学乍练的人，都有些不好意思。尤其你们年轻人，好像一比画起太极拳来，就自己将自己归入老人之列了似的。你跟我学，首先要克服这种心理。太极拳有好几套，不同套路对不同的病有间接的疗效作用。从明天起，我要教你一种适合于你的套路。”

我非常感激这一位素昧平生的老人对我的一份儿真诚和良苦用心。同是体弱人，同病相怜之情油然而生。

我犹豫一阵，还是忍不住问：“老人家，那您有什么病呢？”

“我嘛”，他又微笑了，以一种又淡泊又诙谐的口吻说，“我的病，和你的病比起来，就大不一样了！甚至可以被医生，被别人，也被我自己认为根本就没有病了。我之所以还天天来这里，是因为除了你，还有不少人希望跟我学，希望得到我的指导啊。”

他颇得意。那是一种什么怪病？大概也就是神经失调之类的病吧？难怪他对自己的病并不太以为然，挺乐观的了。初识，我未再冒昧问什么。

第二天我醒晚了。睁开眼看表，已七点半多。慵慵懒懒地不起床，心想那老头儿，未必会在小树林里等我。不过几句话的交谈，谁那么认真地当“师傅”？可心里总归有些不安定，万一人家真在等着呢？终于还是起了床，去到了小树林。

小树林里已经只有一个人。那位老人，他居然真的在等我。这老头儿！也未免太认真了！我很羞愧，欲编个理由，解释几句！不待我开口，他便说：“跟我学吧！”于是他在前，我在后，做了一套与昨天完全不同的太极拳。之后，我做，他从旁观看，指点，口述套路，不厌其烦地一遍一遍示范，甚至摆布我的腿臂，以达到他所要求的准确性，做得好还不时鼓励几句。好像我将代表中国去参加亚运会或奥运会，而他是我的教练，希望我一举夺魁，获冠军得金牌。

分手时，他说：“练太极拳，讲究呼吸吐纳之功，清晨空气清新，有益于净化脏腑。又讲究心静、眼静、神静，到了现在这时候，满街车水马龙的，噪音大，空气污浊了，练也无益，反而对身体有害，对不对？”

他一点儿也没有批评我的意思，只不过认为，向我讲明白这些，乃是他的责任。我羞愧难当，连说：“对，对。”

他又说：“我这个人哪，有三种事最容易使我伤感：一是我养的花儿死了；二是我养的鱼死了；三是看到年轻人病病恹恹的，却还不注意锻炼，增强体质，也不善于锻炼，不知道如何增强体质。你们年轻人将来是咱们中国的主人啊！这不是空洞的大道理。身体不好，于自己，于家庭，于工作和事业，于民族和国家，都无利。明天见。”

他说完，就头也不回地匆匆走了。以后我特意买了个小闹钟。以后我再也没让他等过我。一个多月后，我已动作很娴熟，姿势很准确了。有些初学者，也开始以羡慕的眼光望着我了。每每这时，我便会发现，身后有些人在跟着我学。而那老人，到树林深处，去带去教另一批“学生”了。那时气功还没“热”，也没像现在这般普及，健身的人们，都热衷于太极拳。

柿树的叶子，那一抹金边儿，黄得更深、更烂漫了。实际上，每一片叶子，其主体基本已是金黄色了。仅剩与叶柄相近的那一部分还是墨绿的。倘形容一个月前的叶子，如碧玉，被精工巧匠镶了色彩对比赏心悦目的金黄，那么此时的叶子，仿佛每一片都是用金铂百砸千锤而成，并且嵌上了一个颗墨绿的珠宝。这样万千美丽的叶子，无风时刻，在晴朗天空的衬托下，在阳光的照耀下，如一幅足以使人凝住目光的油画，一幅出自大师之手的点彩派油画。有风抚过，万千叶子抖瑟不止，金黄闪耀生辉，涌动成一片奇妙的半空彩波，令人产生诗意遐想。而雨天里，乳雾笼罩之中，则更是另一番幽寂清郁景象了……

不久我感到小树林中缺少了什么，缺少了一身褪色的紫红运动衣，那老人每天穿的正是那样一套运动衣。美好的小树林中缺少了那老人的身姿，于我，似乎缺少了美好的一部分，缺少了对美好的体会。一天，两天，三天，接连许多天，他一直没再来到小树林里。我向别人询问，都说认识他，甚至说太熟悉他了。只是没一个人说得出他的名字，家住哪里。人们对于他又几乎一无所知。我也是。然而我想他必定还会来，也不过只是向人们问问而已。

大约又过了半个月，树叶全黄了，由金黄而橘黄。那一种泛红的橘黄，证明秋之魅力足以与夏媲美。每一个领略到这种美的人，骑车的也罢，步行的也罢，常会边望边走；或不禁驻足观赏，鹄立冥思。年轻人，尤其年轻的情侣们，开始出现在小树林里，摆出各种美的或自以为美的姿态照相了。

树上，泛红的橘黄的叶隙间，隐约可见一个个绿果——虽长得够大了还没经霜的柿子。一场秋雨后，大部分树叶落了。我仍每天到小树林去习太极拳。我的坚持不懈，也是为着希望再见到那老人一面。

又一天，小树林里出现了一位姑娘。她不像是来锻炼的，分明是来寻找人的。我的年龄最轻，她一发现我，就朝我走来。

“请问，您认识一位穿紫红色运动衣，身材瘦小，以前每天来这里打太极拳的老人吗？”待我做完全套动作，收稳脚步，她这么问。

我说：“认识呀！我就是跟他学的。他该算我师傅呢。”

“我是他女儿。他嘱咐我，一定要将这个亲手交给你。这是他在床上写的画的，希望你今后也能带别人教别人。”那是一套自己装订的太极拳图。图旁，细小而工整的毛笔字，注了行行说明。那当然并非什么秘籍，不过是供人初学的自编“教材”。

“您父亲他怎么这么多天没来？这儿除了我，还有许多认识他的人。我们常在一起谈到他，都挺想他的。”

“他去世了，前天去世的。他患的是骨癌，检查出来已经是晚期了，扩散了。”

“什么……什么时候？”

“半年前。我父亲让我嘱咐你，千万不要告诉认识他的其他人。他知道有些人也患着同样的病，对那些人来说精神乐观很重要。他希望你转告其他人，就说他病彻底好了，身体很健朗，回老家住去了。”

望着她离去的背影，我一时呆住了。

我照那姑娘的话，照她父亲的嘱咐和希望做了。凡说认识他熟悉他的人，皆从他“康复”的“事实”获得了极大的鼓舞、极大的信念。

如今，在各个地方，练气功的人多了，打太极拳的人少了，每当望见他们，我便想起了那一位瘦小的穿一身褪了色的紫红运动衣的老人。我的记忆中，便又多了一片“叶子”。我写此事时，内心里油然充满了对人对生活的温馨。正是这一点，使我的心灵获得有益滋补，使我的心灵比身体健康得多。

关于马刚

马刚也是我的“知青战友”，年长我两岁，“老高二”。

从地理关系上说，我和马刚之间，似乎不会有多么亲密的交往。因为我是哈尔滨知青，而他是齐齐哈尔知青。虽然两座城市同在一省，但迄今为止，我只去过一次齐齐哈尔。在“文革”期间，待了三天。名曰“串联”，实际是为了亲眼看看家乡省份的第二大城市什么样。这一念头原来是没有的，在“大串联”时期产生和强烈起来的。既然可以不买票就乘列车，于是便去了……

但我和马刚并非那时认识的，是“上山下乡”使我们认识了。

当年我在黑龙江生产建设兵团一师一团，马刚在五师十五团。冬天，两个师两个团之间相距十一二小时的汽车路程；夏天路面无雪，车速会快些，所用时间也会短些。当年，从哈尔滨开出的列车，到了北安，前边就没铁轨了。北安是马刚所在的五师师部，而我所在的一师一团的团部，正在北安的前边。到了师部或团部，并不等于我俩就能见着面了。我的连队离团部还有七十多里；十五团的团部，离五师师部也有几十里……

虽然“上山下乡”这场运动使我和马刚都成了黑龙江生产建设兵团的知青，但是如果没有老崔，在四十几万当年的知青中，我和马刚认识的几率无疑很小。

老崔叫崔长勇，当年是兵团总司令部宣传部主抓文艺创作的干事，毕业于牡丹江师范大学中文系，当年二十八九，风华正茂的年龄。他就是我在《又是中秋》中写到的“老隋”。他当年是我们兵团文艺知青的“主帅”。如今一些在文艺方面出了名的人士，当年皆以是他麾下“一兵一卒”而骄傲，对文学和艺术怀有圣洁的追求之心。在那个年代，那一种追求是我们内心里不灭的灯盏。有那一种追求在，当年我们才不至于颓废。当年老崔也是因我们而骄傲的，常自谓：“弟子三千，贤者七十。”不算夸张之词，实际情况差不多便是那样。而我和马刚，幸在“七十”之内。我们认识在老崔负责两年举办一次的“文学创作学习班”上；我们只有在那十余天中才能见面，才有机会相处。

我和马刚之间的友谊，是在“文学创作学习班”上一天天深厚起来的。

马刚是十五团的宣传队长，善编各种文艺节目，还有表演的天分，演过“胡传奎”。在“学习班”，我每开玩笑地叫他“胡司令”。因我常穿一件绿色又洗得泛白了的上衣，并且常因为向老崔交作品而通宵达旦地熬夜，在“学习班”上面呈菜色是难免的，马刚就给我起了个绰号叫“绿脸孩儿”。而老崔很欣赏那绰号，也常叫我“绿脸孩儿”。

当年我不是“学习班”上写作水平高到哪里去的一名“创作员”，当年我在马刚面前谦虚得很，总认为他比我写小说写得好。马刚则总像兄长般地勉励我别泄气。

老崔对于我们的创作要求是很严的。我至今也不明白，他当年究竟由于什么原因偏爱我和马刚。虽偏爱，要求反而尤严。我和马刚向他交稿时，内心每惴惴不安。往往是，他一夜不睡，房间亮着灯，在审阅我们的稿；而我们也一夜不睡，为我们小说的命运担忧。第二天吃早饭时，若老崔面有悦色，我们就猜到我们的小说顺利“过关”了。

记得有一次，马刚写了一篇小说题目是《货郎》，自我感觉极其良好，得意洋洋。在我面前大声朗读，仿佛少年时期恃才自傲的普希金在别人面前朗读自己的诗作那般神采飞扬。我听了也觉他那一篇小说写得无可挑剔，接近完美，都有点儿暗暗嫉妒了。可竟被老崔毫不留情地“枪毙”了，四行用小楷笔沾红墨水写的批语是：

马刚马刚不认真，
百里卖货只卖针。
哪里来的骚小伙，
招惹姑娘一大群？

可想而知对马刚情绪的打击有多么严重，他因而一整天闷闷不乐吃不下饭去。而老崔闻听后，只说了这么一句“叫食堂给做碗细面条”，并不收回“判决”。

于是轮到我安慰马刚了。

在我和马刚当年的友谊关系中，我也只安慰过他那么一次。两年一次十余日的相处中，尽他安慰我了。我当年家中操心事多，幸有老崔马刚那样兄长般的人给我以友谊和安慰。

我下乡六年半后就上大学去了。六年半中，我和马刚只在“学习班”上相处，分别后就盼下一次在“学习班”再聚。正因为有“下一次”，我们之间通信其实不多。也正因为通信不多，再见到总是很亲很亲。每次一见面照例紧紧拥抱，分别也是那样。依依不舍，溢于言表。

在我和马刚当年的友谊中，一次列车上度过的除夕夜，半条咸的大马哈鱼，二十元抑或拾元钱，这三件连在一起的事一直深记在我心里。虽三十余年过去了，却难以忘怀。那一年的学习班结束后，老崔单单将我和马刚留下在佳木斯兵团总部招待所誊写和润色“学习班”上的几篇别的知青创作员的作品。等我们完成任务，下午登上离开佳木斯开往哈尔滨的列车，正是除夕夜。某一节车厢内，只我和马刚两名知青，如同我们的专列。没有供暖设备，老旧的车厢封闭也不严了，每一扇车窗都结满了厚厚的霜。冷啊，脚都冻僵了。我记得很清楚，我为吸一支烟，划了三次火柴。最后一次是马刚也用双手帮我罩着火柴才算吸成，可见车厢内“风凉”到什么程度。我俩紧紧偎在一起，马刚他脱下大衣盖在我们身上。那样我倒暖和了一点儿，他却分明会更冷。我反对他那样。但他为使我暖和一点儿，偏那样。我无奈，只有依他。那时，他真的像一位兄长；而我，像小弟弟似的……

他是顺路到哈尔滨去住几天，看望他的姐姐。列车到哈尔滨是后半夜。他在列车上跟我商议，可不可以先跟我到我家，睡到天明他再去他姐家？我嘴上毫不犹豫地答应，心里却不情愿极了。我那是一个什么样的家啊！我每次探家都要挤出一块炕面睡，他去了可睡哪儿呢？再说，我家还有一个患精神病的哥哥……

果然，半夜敲开家门，马刚看起来有些失悔了。我想，直到那一天他才真正明白，我为什么一向忧忧郁郁。他意识到给我家添麻烦了。但后悔也晚了。我将两个弟弟赶到里屋去，我和马刚占了他们睡觉的地方，厨房里一张小小的炕，和衣而眠。第二天一早，我家的情况更加全面地暴露在马刚面前——屋子里四壁空空，连面镜子也没有。一概有腿的家具都是残缺不全的，被哥哥犯病时砸坏的。母亲和弟弟妹妹脸上皆笼愁云，我自己更是当着马刚的面叹息不止。马刚他落泪了，胡乱喝了碗粥就匆匆告辞了。临走，操起我家菜刀，砍了半条咸马哈鱼留下。他也就为他姐带了那么一条算是年礼的咸马哈鱼。他走后，我又从他枕过的枕头下发现了二十元钱。究竟二十元或拾元我已记不清了。但我清楚，他身上当时最多只有二十几元钱。因为他在列车上曾说，回他的十五团没路费了，得伸手向姐姐要……

返城后的马刚，曾读大学。毕业后在齐齐哈尔一所师范学院任教；再后来又调到哈尔滨市，现在是黑龙江省美术出版社的老编辑……

马刚他永远是我的好兄长。

因为我知道，三十余年后的，今天的马刚，在作为一个男人的心性方面，仍是从前那个马刚。

马刚他是变不成另一种人的那个马刚——正直，正义，对人真诚而又善良，极富同情心。

唯一改变了的，也许只有打抱不平这一点，而这一点连我也变了。三十余年弹指一挥间，我们都老了，都爱打抱不平的正义冲动也就随岁月而减弱了，只剩下点儿天性之中的同情心了……

高红印象

高红自幼生活于内蒙古包头市奶奶家。奶奶是毛纺厂化验员。到了入学年龄，高红才回到父母身旁，也就是她的家乡江苏省。高红十四岁那一年，奶奶在厂里享受到一个可安排子女入厂就业的名额。奶奶很爱高红，很想高红，怕她以后“上山下乡”，不知去到哪里，再也难见到这个从小经自己抚养过的孙女了，便说服高红的父母又将她送往包头，入了奶奶所在的毛纺厂。

奶奶是那家毛纺厂的化验员。十四岁的高红也成了那家毛纺厂的化验员。十四岁，简直是童工的年龄啊！但那是非常时代，是某些十五六岁的少男少女不得不“上山下乡”的时代。能入国营工厂当化验员，无论对高红自己而言，还是对她的父母而言，不啻是幸运之事了。何况，奶奶的愿望，更是她和父母不能不尊重的呀。再说，对高红的入厂，厂里是破了例的。若高红非是江苏省某少年体校篮球队的队员，厂里是不予考虑的。那家毛纺厂从未招收过十四岁的正式工人。

小化验员高红上班时就坐在奶奶对面。对于十四岁的孙女，五十岁的奶奶实在是一位年轻的奶奶。奶奶十六岁生父亲。父亲二十岁有了高红这个长女。

高红不但是毛纺厂的小化验员了，也是毛纺厂年龄最小的业余女子篮球队的队员了。当年她最高兴的事是参加训练和比赛；给江苏体校的小队友们写信或收到对方的来信。十四岁的高红那么不习惯当一名工厂里的小化验员，她的心思常常飞出化验室门窗外，飞向篮球场……

当高红今天向我讲述她的这些往事时，她脸上洋溢着十四岁少女般天真烂漫的表情。显然，对内蒙古，对包头，对奶奶和毛纺厂的回忆，早已变成了她内心里的一种温馨。

在九月的日子里，她坐在我家向我娓娓道来……

我认识高红是在中国女子足球队获世界杯赛亚军载誉归国后，中央电视台为她们所做的一场专题节目现场。她代表中国女子足球队，与女足教练并坐台上，配合主持人共同主持那一场专题节目。而我是嘉宾，怀着对中国女足姑娘们由衷的敬爱，坐在台下第一排。我觉得她不但是一名优秀的女足守门员，还表现了很出色的节目主持能力。她的那一种能力使我为中国体育运动员们倍感欣慰。中国体育运动员中多才多艺的人，渐渐改变着国人对他们和她们的传统看法。

是的，我认为那一天她的表现的确很出色，和她在足球场上的表现一样出色。

节目结束，她望着我朝我走来。我以为她的目光是望向我身后的谁，正欲退至一旁为她让路，她却已走到了我面前，向我伸出了一只手……

她说她读过我的书，她说她坐在台上时就一眼认出了我，说我比我印在书上的照片要明显地瘦些……

那一天她的父母也在现场。她说她的父母也读过我的书，并热情地将我介绍给她的父母…

一个多月后我们又见了一面。她和她母亲以及妹妹同住宾馆。记得我当着她母亲的面问过她以后作何打算。

她就默默地望着她母亲。

她母亲轻轻叹了口气说："高红太爱足球事业了。这我当然是特别理解的，也一向支持她。可足球对于一个姑娘来说根本不可能是终生事业呀。她有一份加拿大护照，所以我希望她出国留学。"

她母亲说否则护照该过期了。

而她接着她母亲的话说："我想参加奥运赛。在这件事没定下来之前，我不作其他任何个人选择。"——停顿了一下，又说，"参加奥运赛是我的梦想。我不会特别一厢情愿地申请这愿望，但我也不讳言它是我的梦想。"

我又问："为什么用'梦想'这个词呢？"

她笑道："我喜欢'梦想'这个词。'梦想'的本意不就是连做梦都在想的意思吗？多美好的词啊！有梦想的人不但会有动力，还会真切地感受到生活中的诗性。在我这儿，'梦想'也是个诗性的词。"

高红在与我交谈时，常会说出特别个性同时也特别耐人寻味的话。与我的慢言慢语相反，她是个语速较快的人。她说那些特别耐人寻味的话时仿佛漫不经心，然而在我听来，那些话分明包含着她对生活的相当细腻的体会。最初我暗自惊讶于这一点，后来渐渐获得了答案，那就是——她是个喜欢读书的人。她不太读当代小说，她读人物传记、历史回忆录，以及探讨人性、精神和信仰方面的书。对，是这样的。她肯定是一个喜欢读书的人，却肯定不是一个喜欢读小说的人。她告诉我，她的女足姐妹们，大抵都是喜欢读书的人。

她曾自嘲地说："在爱读小说的时代很难找到一本值得读的小说。现在小说多到了泡沫般的程度，而我超过了把小说当心灵教科书的年龄。”

于是她微微地苦笑。

她还曾这样说：“小说里讲述的往往是具体的别人的人生，但好书涉及共同的人生事实。我在共同之中。”

第二次见面不久，她回广州去了。又不久，她重返北京，将与女足姐妹们聚集于西山集训。赴西山之前，她给我打电话，说替我买了两本关于宗教文化方面的书，问哪一天可以送来。我与她约定了一个日子，让她晚七点在我单位门口等我。结果那一天我因忙乱彻底忘了这件事。结果那一天她从晚七点等到八点半。往我家打电话，我家电话又恰恰出了毛病……

她将两本书放在传达室了……

第二天我去厂里，传达室老师傅将书交给我时说：“那姑娘真好！”

我成心问：“怎么个好法？”

他说：“我也说不上来，反正她往你面前一站，你觉得她好就是了！我不觉得她好，会允许她在传达室等一个半小时还陪她聊？还替她往你家打电话？找你的人多了，我也不是每一个都亲切对待呀！”

我说：“既然你对她印象如此好，总结出一点来，我替你转告，也让她高兴嘛。”

传达室的老师傅认真想了想，也用很耐人寻味的两个字回答：“干净。”

“干净？”

“嗯。”——又说，“我们传达室的人的眼睛，看人是有准的。”

倘让我用两个字来说高红，我是会感到为难，不知从哪方面说起的。但是我完全赞同我们传达室老师傅的概括。他概括了高红仿佛没被浮躁的时代污染过的气质。当我告诉他，他认为“干净”的那一位姑娘是高红时，他反问：“高红是谁？”我说：“就是女足的守门员啊。”传达室老师傅马上翻报，指着高红的照片问：“她？”我点头。“难怪我觉得在哪儿见过！可……可一个半小时里，她怎么没提女足一个字，也没提足球一个字呢？”老师傅大为遗憾，仿佛受了损失。这就是我认识的高红。只要不被认出，绝不说自己是谁。在这一点上，高红肯定不会犯某些出了名的人常犯的那一种“漫不经心”的“错误”。用她自己谈好书的话说，她在“共同之中”……

而这个晚上，是我和高红第三次见面。她坐一把椅子，我坐一把椅子，隔着一张条桌，我吸烟，她喝茶。我听她用较快的语速向我讲述种种奥运会上的见闻。她讲到精彩处，会起身情不自禁地模仿。她模仿力很强。我觉得她要是模仿太空舞步，定会获一个模仿秀奖什么的。因为她的形体语言呈现的不是强健，而是柔性。起码在她模仿外国运动员竞走时是那样。原地踏步模仿，在我看来像跳太空舞……

而我，一忽儿感动得眼睛湿润，一忽儿陷入不由自主的沉思……高红并未因中国女足在奥运赛中的失利而觉得愧对谁。她到我家之前在电话里与我简略谈到了失利的情况。她说："我们竭尽全力地拼搏了。"电话那一端的她停顿片刻又说："我认为，我们中国女足的总体表现，是对得起世界女足这一体育项目的。顽强的失败者是不必自哀自怜的。"我赞同她的话。我因她作为女足一员能有如此明朗健康的心态而钦佩她。

我在厂门口接到她时，有两个行路的小伙子驻足望着我们。我引领她快走到我家了，两个小伙子从后面追上了我们。其中一个怯怯地问："你是女足的高红吧？"高红说："对，我是。"于是他们请求高红在他们刚买的《足球》报上签名。高红爽快地满足了他们的请求。他们中的另一个激动不已地说："谢谢！谢谢！我们要把这份报好好保存起来。"

我觉得，近几年，中国公众对体育赛事，包括奥运会这种盛大的体育赛事的态度，是越来越成熟也越来越正确了。公众已能接受这样的事实——无论胜负，凡顽强拼搏过的各国运动员，都是可敬的。体育赛事的最大意义不仅在于决出金牌，更在于展示足以代表人类拼搏风采的体育精神。而这一点不只体现于胜方，有时也体现于负方……

我对高红说，我认为，中国女足的发展，除了队员们一代代继承拼搏精神，国家的关怀也很重要。与男足优越的发展条件比起来，国家对女足的关怀似乎不太够……

高红立刻说："也不能这么认为，事实上女足的发展还是受到了各方面的关怀的。比起另外一些体育项目的运动员，我们女足队员们都是毫无怨言的。我们还是有这样一个共识的——那就是要与国际强队的球技比，从自身找差距。"

她的表情是那么的诚恳。某一个时期，国内媒体曾将女足与男足比来比去，进而抨击男足的不争和骄纵之气。我认为一些批评是有根据的。然而作为女足队员的高红，从未对男足说三道四过，起码在我面前从未那样。接着她绘声绘色地向我讲起了中国曲棍球女队员们在奥运赛上的杰出表现。"她们太棒了！太了不起了！眼看大势已去，失败定局了呀！可她们硬是将比分拼了回来！……"那一时刻，她对从事别的体育项目的中国姐妹们的钦佩溢于言表。她在谈到中国女子射击队所夺的那一枚金牌时，也是深怀敬意的。

我问她参加奥运会的最大收获是什么。

她出乎我意料地回答："人性体会。"我竟一时困惑。她解释道："在奥运会上，也像在其他一切人类的重大事件中一样，人性的优点和人性的深刻，体现得特别丰富。如果只有胜没有败，那就等于是世界性的体育狂欢节了。正因为有胜必有败，才有了‘痛失金牌’四个字。这四个字使奥运会的氛围激烈中有了凝重感。失败中的人性内容也许比获胜的喜悦中包含的还要多。”

这就是高红。她看待问题是那么个性鲜明。她不是那种以胜负论英雄的人。而我认为，以胜负论英雄，一直是体育评论的一种极其浅薄极其势利的现象，也可以说是一种严重的误区。体育的精神体育的品格——不是运动员自身的，而是在说体育本身的精神和品格，它在运动员个人魅力和新闻热点之上，它在奖牌之上，甚至在争奖牌的过程之上……

是的，奥运的火炬，正是在那一切之上，才具有全人类庄重以待的意义，才具有“圣火”的意义，才配言之为“圣火”……“圣火”在光荣之上燃烧……我觉得，高红心里是想过这些的吧？高红是位待嫁的好姑娘。谁有幸与高红结良缘呢？我为高红祈祝这良缘的早日实现……

我与浪漫青年

明明数次从南昌打来电话，嘱我为《七彩帆》写篇什么，拖延至今，时日渐久，心内常常不安。奈何近一年中，旧病新疾，轮番侵体，间或执笔，皆因“一诺千金”而已。更况颈椎骨质增生，伏案片刻，头晕目眩。

值此春节假日期间，自我感觉稍转良好，复您一信，权当“交卷”，以了心债之累。

思来想去，一时竟不知作篇什么“文章”为好。倒是忆起我与明明十余年的友情，个中体会种种，于我自己，于明明，以及许许多多当代青年，似不无益处，可供浅显的参考……

大约十年前，明明出现在我家里。那时的他，许是刚刚二十出头。不谙世故，严格地说，乃一单纯少年。

他是到北京来报考中央民族音乐学院的。他是前一年的高考落榜生。正如流行歌曲里唱的，那挫折仿佛是他“心口永远的痛”。尽管他不曾多谈这一点，然而我看得出来，也十分理解。

当年流行歌曲还没像如今这么流行。但是据我想来，他是立志要在北京成长为一名通俗歌手的。他是个热爱音乐，更具体地说，是个热爱声乐的少年。他有自信心，然而也很明智。

在我的办公室里，他对我说：“今后的时代，通俗歌曲在中国必有大的发展趋势。我有一副适于演唱通俗歌曲的嗓子……”还说，“我知道，仅靠先天素质是不行的。所以我希望获得专业学习和训练的机会……”

他最喜欢，也可以说最崇拜的当年的歌手是关贵敏。虽然关贵敏不是通俗歌手，而是当年很优秀的民歌手。

但是他又说——他认为，通俗歌曲和民族歌曲之间，有着类乎血肺的“亲缘关系”。其演唱技法，也互有可借鉴之处。

最终——他道出了他的愿望——如能拜关贵敏为师，于他不啻是三生有幸的事。

这也是他对我的请求——据他想来，梁晓声哈尔滨人也。关贵敏哈尔滨人也。一文一艺，想必我们是认识的……

而我却不认识关贵敏。尽管当年我也十分喜欢关贵敏唱的歌。按今天的说法，当年我何尝不是“二关”的“发烧友”呢——无论是关贵敏还是关牧村，无论走在路上抑或已在伏案创作，一听到“二关”的歌唱，正走在路上我也会不由自主地驻足，正在创作我也会立刻放下手中的笔……

面对明明这样一位少年，除了答应他的请求，当年我又能说些别的什么呢？答应别人的请求或拒绝别人的请求，有时对我都是一件难事。有时对我，后一种难比前一种难更难……

于是明明在我家里住下，和我的老父亲一起，住在我的办公室里……

于是有一天，在我的记忆里，是初春或秋末的一个雨天，我去了中央民族音乐学院。问清了关贵敏的住处，又从中央民族音乐学院去了他家里……

当年关贵敏还未结婚。

关贵敏是一个好人，是一个性格内向的好人。这是那一天他给我留下的印象。这一印象极为深刻，至今我仍能忆起他当时那种不苟言笑、不善言谈的样子。

听我讲明来意，他说：“那么好吧，就让那个徐明明来找我吧。只要他在声乐方面真有培养前途，我一定以最负责任的态度指导他，若能帮助一个青年实现他的理想，对我来说，是和你一样乐于做的事。”

这件事我们几分钟内就谈完了。

接下来，我们还详细谈了明明的食宿问题。因为明明来京前并未了解清楚——那一年中央民族音乐学院因院舍修建，学生宿舍人满成患，决定当年不招新生……

我说明明仍可以和我的老父亲住在我的办公室……

他说他可以对校方讲明明是他的亲戚——这样明明便可以在民族音乐学院的食堂用餐……

几天后明明带了我的信去见关贵敏……

然而一个星期后明明还是离开了北京。原因有两方面：其一是，他自觉长久住在我处，会给我添太多麻烦，他于心不忍。其二是，我非常婉转地，将关贵敏对他“考试”后的坦诚的评价告知他——经过专业训练，他的演唱水平当然会大大提高，但要成为一名出色的歌手，显然有“先天不足”之憾……

于今，明明一直感念我对他在北京的日子里的关照。我却每每忆起当年之事，心中内疚不已。因为——在他走时，我曾以很烦躁的态度对待过他……

他向我借二百元钱——说是要为父母买些东西带回去。而我，刚刚因他受过厂保卫处的批评。按照北影厂规，是不得将外单位尤其是外地人留宿在办公室的。而且，刚刚觉得受了一次欺骗——一名来自湖南的少年，在我家里住了数日后，我给了他一百元钱，嘱他买火车票回家乡。可半月后他又出现在我面前，并没回家乡，始终流浪在北京，而我给他的一百元钱却花光了。

明明会不会也如此呢？

当时还有几位客人在场。他们都用制止的目光看我。他们目光所含的意思，我理解得很是分明——梁晓声你如果将钱借给这个外地的小青年，那你就是天字第一号的大傻瓜了。你受过一次骗还不够吗？……

他会还我吗？我不知道……

我还是将钱借给明明了。

二百元在今天有些微不足道。但是于当年而言，于当年的我而言，也是一笔数目可观的钱啊。相当于我三个月的工资。相当于我发表一篇一万余字的小说的稿费……

最主要的——我怕我再受一次骗。一个人受骗的次数多了，也许心肠就会变冷了。我很怕我变成一个冷心肠的人，很怕我变成一个面对求助者无动于衷的人……

两个月后，我收到了明明寄还的钱。当时我内心里的喜悦真是无法形容。明明也许至今不知，在这一点上，我是多么感激他！正如他感激我。我曾将汇款单给不少嘲笑我迂腐的人看。对他们说——这个从湖南来的少年，并非像他们所以为的那样……

后来我对明明人生路上的方方面面一真很关心，实在是包含着我对自己也曾疑心过他的那一份儿自责啊！……

我以为，当年明明在北京的日子里，我对他的一些关照，实在是微不足道的。但我以后告诉他的一些道理，即或将来，对明明却可能仍是有益的。对许许多多像明明当年一样的现在的青少年，也是可以参考的……

我曾对明明说——一个青年，当他在愿望选择方面，经受了人生的最初的几次挫折甚至打击之后，尤其是，在他的家庭没有充足的经济实力资助他专执一念继续百折不挠下去时，他便应转而考虑最现实的选择，也是对每个人来说当务之急的选择——就业。有了职业便有了工资收入；有了工资收入，便是一个自食其力的人了。便起码是一个经济方面“自给自足”的人了。而一个自食其力的人，才有资格有条件去追求愿望的实现。才经受得起人生更多次的更大些的挫折和坎坷。一举成名的机会只属于为数不多的天才。而即或确是天才，谁知又有多少终因首先不能是一个自食其力的人竟被客观生存原因所毁灭？

我们大多数人不是天才。一举成名不是属于我们大多数人的机会。我们大多数人几乎每时每刻都离不开钱，而钱对我们大多数人来说，只能靠自己去挣。连一份足以养活自己的钱都挣不到的人，好比连一片可供自己生存的草地都寻找不到的牛羊，除了饿毙没有别的下场……

明明开始将他的愿望由成为一名歌唱家转向成为一名作家。他发誓在三年内写出获奖作品，在五年内成为文坛新秀。为了实现这第二个愿望他在郊区租了房子，将一篇又一篇作品寄给我……

而我每次回信总是对他谈一件事——工作、工作、工作——

两年内他一篇作品也没发表出来……

两年后他有了第一份工作，临时的……

当他在长途电话里告诉我这一点，我内心里真是为他高兴啊！

记得我在信里曾对他说——明明，现在，你尽可以利用一切业余时间去开发自己的种种潜质，去证明自己的种种才华了。你将会明白——一份足以确保自己生活不成问题的工作，和一个人实现自己的愿望选择的条件之间，不是矛盾的，而是相辅相成的。现在，只有现在，我才想告诉你——好好写！继续写下去吧！你已大有进步！你已付出了不少，离收获也便不远了……

初一晚上，明明从南昌打来了向我拜年的长途电话。他说——他又将调转工作了。而这一次调转，可以说十分贴近他的愿望了。如今的明明，不但是一个自食其力的人了，而且，大约还是一个拥有“个体营业执照”的法人了吧？生活上没有后顾之忧，他的小说、散文、诗，都越写越好了，已接连获了几次奖呢！……

我祈祝他再为自己寻找到一位好妻子。果如我祝，明明必会有更令人可喜的成功。

忆起这些，屈指算来——十余年矣。对于我们大多数并非天才的人，尤其是青年，从依赖父母供养而至自食其力而至在人生旅途中达到顺境，大抵确乎需要十年的时间。这是一条普遍的规律。我们大多数人的命运，脱离不了这一规律。至于少数并非什么天才而又一帆风顺的人的经历，其实没有任何普遍性。从中也总结不出任何有普遍意义的人生经验。那除了是“幸运”，不是别的。把人生押在“幸运”二字上，对大多数人和大多数青年，是再糟糕不过的……

由明明我忆起另一位青年诗人。他流浪在北京，希望靠写诗养活自己并且成名。除了写诗，任何职业都是他所不屑的。他偏执得令我吃惊。“流浪诗人”这听起来多么浪漫！但当他又有一天一文不名地“流浪”到我家时，我已经认识到我的帮助对他毫无意义了。我没能力供养一位只写诗其他任何事都懒得做的诗人……

他已三十多岁了，我又可怜他又无能为力。他父亲七十多岁了，生着病，领着民政局的抚恤金。而他，仍靠他父亲用抚恤金养着。

说实在的，我甚至已不同情他不可怜他了，开始觉得他不是个东西了，断定他也成不了什么大诗人……

青年朋友们，请记住我的话——当你从父母的卵翼之下走向社会，首要的，第一位的，便是首先使自己成为一个自食其力的人。其次再谈论人生的别的什么……

我的小朋友徐明明对此最有体会了。

我和梁燕同志

写罢序名，不禁一笑——昨晚与“梁燕同志”通过电话后，睡前想了几个序名，都不甚满意。清晨半睡半醒之际，又在想，头脑中忽然冒出了以上六个字。起初自嘲江郎才尽，什么年代了，那么六个字岂做得序名的吗？未免太陈旧了呀，有一下子回到了二十世纪八十年代以前的感觉嘛！然而那六个字，偏偏像是每个字皆有了点儿魔力，胶着在脑海中赖着不去了。

一边穿衣服一边寻思，究竟好还是不好？及至下床，竟决定了——便是“我和梁燕同志”吧，明明白白，也挺好，尽管有种“从前”的气息，但我却渐渐喜欢起那种老物件般的气息来。何况，我俩都一眨眼似的，无可奈何地老了。并且，也都多多少少地，与眼下的时代有些隔膜。

梁燕同志一九二六年生人，屈指算来，已八十五岁了。

他怎么就会八十五岁了呢？

这真是我没法接受的事实！

然而正如常言所道，事实就是事实啊！

从前的他，我最初认识的“梁燕同志”，说起话来语速是很快的，习惯说短句。我俩在一起讨论什么事时，他常说的是“好”“听你的”“就那么办”“一切你做主”“没问题”……

如同不分彼此的“铁哥们儿”。

而他大我二十三岁，按年龄，是我本该尊为父辈“级别”的人。

可我却一向视他为“铁哥们儿”。因为我们曾是同事。当年那一种特别友好的同事关系，将辈分意识冲淡了。反正在我这方面是的。又因为，昨晚前，我一次也没问过他的年龄，不清楚他竟大我二十三岁。偶尔也会想到我们之间的年龄差距，但即使想到了，“哥们儿”关系已先入为主，成“主流意识”了，只不过再涂上层“老哥们儿”“老铁哥们儿”的意识色彩罢了。

“忘年交”这种很文气的说法，不太能表明我们之间曾经的友好关系。

曾经吗？

是啊。自从他退休后，凡二十五年间，我们见面的次数是越来越少了。他常住甘家口，有时到北影厂领工资，想我了，会顺便到我家看我，聊会儿天。后来北影也发工资卡了，我们见面的机会就更少了。然我是常挂念他的。他也必常挂念我——这还用说！

我于一九七七年从复旦大学分配到北京电影制片厂后，编辑部于是有了三个姓梁的。年龄最长的是梁彦同志，是位“老三八”，很正直，在编辑部极受尊敬，那时他已快六十岁了，人称“老梁彦”。由于有了位“老梁彦”的存在，当时才五十岁左右的“梁燕同志”，便被叫作“小梁燕”。而我，则被叫作“小梁”。

我们“三梁”之间关系很好。非是自诩，我们都视自己为正直之人。

“老梁彦”退休后，“小梁燕”的关系地位在我意识中“升级”，便开始称他“老汉”。这一叫，竟叫了三十多年，真的将他叫成了八十五岁的老汉，我自己也不再是当年的“小梁”了。

当年北京电影制片厂的编辑部分为三个组。外稿组是负责审阅每日从四面八方寄来的剧本投稿的。我曾是外稿组编辑，“老梁彦”曾是我组长。一九八三年我调到了组稿组，就是定向与较成熟的作家编剧进行联络的一个编辑组，“老汉”是我的副组长。两年后，“老汉”到了编剧组任副组长，不久我也调到了编剧组。

我们的关系，由是更好。

大学毕业后，我的工作分配指标是归在文化部的，当年的北京电影制片厂属文化部直接领导的单位。我可以留在部里，也可以选择分配到北京电影制片厂——我毫不犹豫地选择了后者。一则是因为心理上排斥机关氛围，二则是因为喜欢看电影。当年我才二十八九岁。我们这一代人，爱看电影的欲望比现在的年轻人强烈多了。在当年，中国青年人的精神享受内容少得可怜，看电影算是很高级的精神享受了。到了北影后，自然萌生过创作电影剧本的念头。但很快便意识到，要想实现心愿，那是“难于上青天”的。北影几位资深的老编剧，尚且屡屡失败，哪儿轮得上我呢？于是一门心思写小说。即使哪篇小说被北影或其他电影制片厂相中了，自己也不想亲自改。

于是在我们北影，“老汉”成为“梁晓声小说”之“改编专家”。除了《这是一片神奇的土地》《今夜有暴风雪》是由长影的导演亲自改编的，后来几篇当年适合于改编成电影的小说，几乎皆完成于“老汉”笔下。

“老汉”出马，一个顶俩。基本的情况是，一稿定江山。推翻重来的事，从没发生过。

“老汉”改编我的小说之前，看得认真，想得也周到，然后约我一谈。我们那种原作者和改编者之间的合作，默契到像是一个人的程度。相互之间的交流，也很少超过一个小时。

通常我一听完他的改编想法，往往根本无须补充什么，提醒什么，只说："好哇，老汉，就照你的想法改呗！"

于是一个星期后，最多两个星期，我便见到了改编剧本。字迹工整，几无涂抹。

读后，我照例只一句话："满意，就这样了。"

不是不负责任的敷衍，是确实满意。

如果是将要投拍的剧本，自然会再加一句："听听导演的吧。"

而到了导演那儿，往往也只不过这儿那儿小改几处罢了。

以至于后来北影厂的刊物《电影创作》缺剧本了，主编就找到我或"老汉"的头上，交代任务："有没有合适的小说可改？如果有，尽快进行，等米下锅！"

那真是相互愉快到极致的合作！

半句也没争论过。

"老汉"总是特谦虚，每言是因为我的小说好改。而实际情况乃是——我的小说经他一改编，从内容的丰富性、人物形象的生动性到对话的个性化、时代气息的传达各个方面，都会有明显之提高。

"老汉"的改编，在以下几点每给我留下深刻印象，也可以说使我受益匪浅。

一是他擅长写人物对话。

他笔下的人物，都像他一样，短问短答遂成自然。如果一个剧本中的人物都那么说话，似乎必将雷同。可呈现在剧本中，却并不。何以呢？因为同是短言短语，他善于根据人物的性格与文化背景的不同加以斟酌，并使之口语化。而短言短语是我不擅长的，口语化更是我的弱项。我笔下的人物，一说起话来，往往书面语的毛病就呈现了。在此点上，他是我的老师。他谙熟各色人等的日常语，我向他学了不少。

二是他的幽默。

那种不经意似的，具有黑色意味的幽默，也是他的长项。我想，这是由于他是有独立思想的人。一九四九年前后，他经历了很多事情，目睹了很多现象，虽然自己一向平安无事，但眼见他者命运的无法把握，心有同情，于是由无奈中感受到了黑色的荒诞来。黑色的幽默细胞，我也是有的。但我笔下的黑色幽默，每是刻意创作的。不如他，是笔下油然而生的。

三是他对一九四九年前后各色人等的生活常态，相当了解。

所以在改编我的小说时，他善于补充生活情节和细节，提高原作的生活气息。

我和“老汉”最成功的合作，在我看来是《西郊一条街》的改编过程。那是我一篇两万字左右的短篇小说，可我们共同将它构思成了三十集的电视剧本。

那时我已调至中国儿童电影制片厂，他已退休。他体恤我在时间和精力方面的不足，照例由他担纲创作。好在他当年已学会了用电脑，否则由六十多岁的人来执笔三十集的电视剧本，委实是冷酷之事。我们讨论了四五个晚上（白天我还要上班），之后“老汉”仅用两个月的时间就创作出了初稿。

以我的水平看，基本还是一稿定江山。

我的满意程度，远远超出预期。

那是专为郑晓龙导演创作的剧本。可由于当年城乡间的户口问题是敏感问题，被归在了不得触碰的禁区。所以当年没拍成。

我因“老汉”的一番大辛苦付诸东流，耿耿于怀了很久。

大约是四年前，郑晓龙麾下的李晓龙导演终于将剧本拍成了电视剧，更名为《城里城外》。因为故事背景移到了北京郊区，禁忌多多，改动颇大。

但是依我看来，糟蹋了“老汉”的一流剧本了。两位“晓龙”都是我的朋友，心存审查桎梏，他们不得已为之的种种改动，在我和“老汉”这儿，也只有理解万岁了。

而成为我的一部长篇小说的《黄卡》，今年又有出版社将再版了。那事实上完全是“老汉”的创作成果，作为小说出版之前，我只不过又进行了一番文字加工而已。

我一直当那是“老汉”送给我的一份厚礼。

反正非是什么畅销书，印数有限，稿费不多，我也就从没跟“老汉”客气。

“老汉”一九四五年参加革命；一九四六年入党；一九四七年参军；一九五一年转业到了中央电影局办的编剧班；一九五三年到了中央电影所，当年就赴往铁路工地体验生活，并担任教导员。次年写出了小说《我的叔叔》，那在当年是较出名的小说。

想来，那时他才二十八岁，与我分配到北影的年龄一样大。

一九五五年始，他被抽调参加各种各样的政治运动，工作单位也一直在变——《中国电影》杂志、长春电影制片厂、北京电影制片厂——这时已是一九七三年，他已四十七岁了。至“文革”结束，他五十一岁了。

一位当年极有创作潜力的文学青年，倏忽一下子似的成了半百之人。

他每对我说：“晓声啊，我退休前，咱俩合作那几年，居然成了我创作的黄金时代，可惜到来得太晚了，太晚了……”

他说得心里很不是滋味。

我听得心里也很不是滋味。

这些年来，我也渐觉自己老之将至，精力大不如前。

每当我有了创作电视连续剧的大念头，首先会情不自禁地这么想——能再度与“老汉”合作多好！但转而一想他的年龄，便快快作罢了。

事实上与“老汉”合作，那过程不但默契到极致，不但分外愉快，而且简直还是一种友情的享受。再说得实在些，那一种合作，于我是完全可以百般放心地依赖一下的。

现而今，哪儿还能指望能有这样的合作者呢？

每怅然，甚或嗒然若丧。

“老汉”，“老汉”，你怎么就一下子八十五了呢？

你何以老得这么快？

如果你仍处在刚退休时六十岁的年龄，我也再年轻十岁，我们可有多少次更愉快的合作啊！

奈何！奈何！

值我亲爱的“老汉”之创作集即将出版之际，写此序，以纪念我们之间那种弥足珍贵的友情。

“老汉”，你看我一直将对你的习惯性称呼加上引号，证明我是多么不愿面对你已八十五岁了的事实！

你要健健康康地活到一百岁以后！

也许是错过的缘

小学六年级以前，只知道中国有南方，不知道中国有上海。后来知道中国有上海了，是从大人们口中知道的。因为当年最好的手表是"上海"牌，最好的自行车是上海出产的"凤凰"牌，最好的缝纫机是上海出产的"蜜蜂"牌，好像一个时期内曾改为"蝴蝶"牌，而最好的收音机也是上海出产的。大人们谈起最好的什么什么的时候，话里话外总是离不开上海。按今天的说法，这该被认为是上海的"广告效应"了，尽管当年中国最好的东西并不大做广告，但上海毕竟是一个与我无关的地方，正如当年最好的东西并非许多城市贫民家庭敢奢望敢向往的……

后来知道上海是一座很大的城市了，是从电影中知道的。首先自然是《霓虹灯下的哨兵》，还有《战上海》，还有《不夜城》。觉得上海真是中国资本家最多的城市。当然也觉得上海人嘛，多多少少的，肯定都受到过南京路上资产阶级香风的熏染，肯定都是不同程度地有点儿"资产阶级做派"的。记得我们那条街上有一家的新媳妇是上海人，也可能并不是上海人，只不过是上海附近某小县城的人。但她自己却希望被看成上海人，结果使我们一些刚上中学的孩子，觉得她正像《霓虹灯下的哨兵》中企图腐蚀赵大大和排长陈喜儿的"资产阶级女人"。常恶作剧地冲她背后喊"拜拜"，气得她哭过好几次。她的公公婆婆还为此找过我们的家长，郑重严肃地告过我们的状……

"文革"中，北方的"红卫兵"，选择"大串联"的第一目标城市是北京，第二便是上海。不管实际上去没去成上海，没有内心里不曾希望去的……

我例外。极少有像我一样的"红卫兵"，已到了北京却不去上海，因为我的父亲当年在成都。和我最好的同学也不愿因陪伴我而放弃去上海的冲动，所以我是很孤独地登上开往成都的列车的。

像众所周知的那样，两年后我下乡了。一天，连队里来了一批二十几个上海男女知青。过了一年，又来了第二批。我生平第一次与一些和我同龄的上海人成了"知青战友"。我曾是男一班班长。我的班里就分到了几名上海知青。

上海知青改变了我对上海人的间接的成见。我对上海女知青比对上海男知青的印象好。上海男知青劳动中普遍有点儿拈轻怕重似的。但后来我对他们这一点成见也改变了。不再认为他们普遍如此了，因为连队里有几名上海男知青为人挺诚恳，也较有正义感，劳动中不怕苦不怕累的。最主要的，那仿佛是出于自觉，而不是出于什么强烈的自我表现意识。与他们相比，当年倒是我自己往往有太强的自我表现意识。

在到黑龙江生产建设兵团去的全国各地的知识青年中，我始终认为，就整体评价而言，上海女知青是尤其令我钦敬的。都认为上海人说的永远比干的漂亮，这话其实欠公道。我当年见识过不少善于夸夸其谈的女知青，有哈尔滨的，有北京的，有天津的，可在我的记忆中，却没有一个上海女知青是那样的。她们似乎永远是最服从分配听从指挥的。她们任劳任怨；她们也极少搬弄口舌，传播什么流短蜚长；受了委屈往往并不反应激烈，并不表示“是可忍，孰不可忍”的抗议。而且，在最初的几年里，她们似乎总怕受到不公平的伤害。除了她们中容貌姣好的格外引人注意，大多数的她们，其实乃是知青中最自甘寂寞的。这可能由于她们普遍比别的城市的知青小两三岁的原因吧。她们普遍较少具有知青特有的种种政治野心。她们普遍很善良，温柔又善良。包括她们中的标兵，比如我当年的副指导员许凤英，我们师的知青模范戴红珠，都是些好姑娘。她们当年获得的荣誉——如果那仍不失为荣誉的话，是她们当年通过苦干获得的，绝非是靠大“侃”革命理论“侃”到的。如今想来，我对她们的钦敬，在较大程度上是同情啊……

我做梦也不曾想到过我居然会跨入复旦大学的校门。我成为复旦的学生，对我是太意外的机遇，太大的幸运。

我是复旦中文系家境很穷的学生之一,三年内只探过一次家。我的老师们对我很好，很爱护我。其中袁越老师和秦耕老师对我的关怀，实在不是“师生情谊”四个字可以包容的。翁世荣老师和辅导员徐天德对我也是极为友善的。因某几个同学存心制造的一些小事端，因当年复旦特殊的政治背景和氛围，我受过一些委屈，于今想来，不过是小委屈，实在不值得耿耿于怀的。然而我毕业前后，尤其粉碎“四人帮”后，确曾耿耿于怀过。现在，四十四岁的我，忆起往事，心中只存一片温馨，不复再有任何积怨。我很想念我的袁越老师，也很想念我的秦耕老师和翁世荣老师。不知他们是否仍在教学。我想借此机会对他们说——老师们，我永远感激你们！在非常的年代里，在非常的大学生活中，没有你们给予我种种关怀，种种勉励，我是读不完我的大学的。徐天德老师其实只比我年长一二岁。他总亲切地叫我“大梁”。除了在什么郑重的场合点名，他几乎就没叫过我完整的姓名。多想再听他叫我一声“大梁”啊。我曾误解过他。我想对他说——“大梁”

当年太是个性情耿直的东北小子，你就多多原谅你的学生“大梁”吧……我仿佛看到他笑了……

我本是可以留在复旦，也是可以留在上海的。老师们都曾劝我留在复旦，起码留在上海。

这是我和上海确曾有过的一种缘。

我自己一心想返回我的家乡。没回成家乡，倒成了北京人。

我自己错过了这种缘。这构不成我的悔，但从此我对上海有了种“纤纤情结”……

上海，你如果问我上海最好的是什么——那么让我悄悄告诉你——对我来说，最好的是上海的女孩子和上海的女人们。

我还想悄悄告诉你——我曾很希望有一位上海妻子呢！真的。上海的好姑娘和上海的好女人，也许是中国最善于，最天生善于慰藉男人心灵的了！我听她们吴侬软语便会平和得像一条浮定在水中的鱼。尽管我应该很惭愧地承认——一句上海话也不会说……

妻自从窥到了我心中的这点儿小秘密，每每对我开玩笑——回你的上海去，回你的上海去！……

倒好像我是上海人似的呢……最后我问上海知青战友刘鸿飞一家好。祝愿他老母亲健康长寿，我在复旦读书时，老人家曾把我当一个儿子似的看待。从北到南，我坚信好人永远比坏人多。而且多极了多极了……

上海人刘鸿飞

一九七二年，我从团部宣传股，被“精简”到木材加工厂。全团仅“精简”二人，一男一女。男的自然便是我。被“精简”之于我，带有不言而喻的惩罚性。原因是我作为团“思想政治教育工作组”的成员，在木材厂“蹲点”时，公然替一名将被开除团籍的鹤岗市知青进行了“放肆”的辩护。结果是他保住了团籍，而我被逐离团机关。当年的我血气方刚，并不怎么沮丧，反而觉得自己乃是实际上“战胜”了强大对手的落魄英雄——毕竟由于我的慷慨陈词的辩护，那鹤岗市知青的团籍保住了。

当年若不被“精简”，我便不会与上海人刘鸿飞成为亲情深焉的知青战友。如今想来，格外欣慰，感觉像是一种补偿，一种生活对受到不公正惩罚的人的温爱。这一种补偿，这一种生活对人的温爱，越来越显出它美好风景般的意义和价值。起码对我如此。

鸿飞个子很高，大约一米八以上。当年高且瘦，一副形销骨立的模样。鼻梁也高，木材厂的知青就送了他个绰号“高鼻子”，后来进化为“老高”。

我初到木材厂的日子，不明所以，便也叫他“老高”。他从未纠正过我。我叫他“老高”，他就自自然然地答应，仿佛本就姓高。其实他比我小四岁。

直至有一天全连点名后。我奇怪地问大家：“连长把老高的姓念错了，怎么没人笑？”于是众人皆笑。鸿飞也浅浅地笑……

鸿飞是连里最安分守己的知青。什么鸡鸣狗盗、名利纷争之事，都与他无涉。他也是毫无绯闻的一个知青，仿佛头脑里天生没这一套“程序”。女知青们普遍地对他抱有良好印象，但也普遍地就刹在印象良好为止。他在她们面前一向作谦谦君子、斯文绅士之状，从无轻佻言语和举止。我不曾见他和哪一个女知青调笑过。

他是那种永远也不会巴结领导不会奉迎领导的人，同时是永远也不至于和领导发生冲突的人。他从不在背后议论领导的短长。但不管别人议论到什么程度，他都绝不会因了任何卑劣的目的去汇报。哪怕被郑重提审，我想他都不会出卖别人的。他也从不背后议论任何人的短长，所以他也未遭别人议论过。大家偶尔背后“讲究”他，那也纯粹是对他进行毫无恶意的调侃。但这种调侃绝不会太过分。对他，似乎谁都恪守着一种原则——勿使调侃变为冒犯。似乎不论谁都认为，冒犯他是绝不应该的，甚至是罪过的。尽管谁都明白，其实对他调侃过分了，他也断不至于生气的。但这并不意味着他没脾气。事实上他性格很倔，很耿直。有时领导也被他顶撞得翻白眼儿，那当然往往是领导糊里糊涂而又自以为是的时候。他可能是唯一使领导当众下不来台，而又不至于往心里去，不至于耿耿于怀地记恨他的知青。他天生胸无城府，里外几近透明，单纯得像个大儿童。而又一向我行我素，无遮无掩地活在他那种不防人也不被人防的大儿童的境界里。

记不清怎么一来，我俩就友好了。那是一种不显山不露水的友好。他也只能对人这么一种友好法儿。我觉出他内心里挺敬我的。而我极欣赏他的为人处世。因我和许多人身上都有的，甚至是普通的中国人身上都有的坏毛病，他身上竟没有。

他是电锯手。我是抬木班的"二杠"，平时不在一起干活。没有大木须"归楞"时，我常被派去做锯台出料工。我觉得那是比抬大木还累的活儿，也是全木材厂人人发怵的活儿。电锯一响，出料工的肩就成了输送带，负重上跳板下跳板，休想有机会喘口长气儿。

他往往会因有意照顾我而拉闸停锯。倘连里的干部走来，问为什么停锯。他就说："锯太热了，凉凉。"或者干脆瞪起眼来一句："怎么啦？歇一会儿不行啊？"那时连里的干部倒往往显得没脾气了，讪讪地转一圈儿，就会识趣儿地走开……

我上大学，因报到日期迫近，托运的包装箱，是他在班上替我做的。连里的干部发现了，问："这不是公家的木板吗？"他说："不用公家的，用你家的呀！"干部说："那也不能上班时间做啊！"他不吭声，接着做。

干部嘟哝几句什么，也就不认真干涉了。他们大概是这么想的——如果连刘鸿飞这样的知青都容忍不了，那么恐怕也就没有不背后议论他们的知青了。

在我大学生活最受极"左"氛围困扰的日子里，鸿飞回上海探家。他到复旦看我，见我心情不好，关切地询问我原因。我据实相告。

他便提议我应离开复旦一段日子，躲到某地去净净心。我说无处可去。他想了想，便约好一个日子，说要带我到乡下小住。结果他将我带到了朱家桥附近某村。

那是他姨家。老阿婆孤身一人过着寂寞的生活。每天尽量为我俩做顺口的饭菜吃。由鸿飞的姨，我对南方乡下的一些老阿婆们，至今保持着极愿亲之近之的情感。由鸿飞的老父老母，我对上海底层公众中的老人们，始终保持着深厚的敬意。

我在大学期间仅探过一次家，就是唐山地震那一年夏。鸿飞预先为我买好了五十斤精面。上海当年也控制数量。他大约要买数次，才能凑足五十斤。而我连提都没提过想往家带精面一事……

我毕业分至北京后，与鸿飞多年不见。最初给他写过几封信。他没回信。他最不愿做的事之一便是写信。但我知他心里在始终思念着我，我对他也是。

一九九三年我到上海签名售书——猛一抬头，无意间望见了他那大个子，在买书的人们后面，那么一往情深地望着我。我立刻弃笔向他奔去，问他站那儿看望我多久了。

他浅浅一笑，轻描淡写地回答："没多久，才一个多小时。"

……

今年我到上海签名售书——猛一抬头，无意间又望见了他那大个子，在买书的人们后面，那么一往情深地望着我。左边是他的妻子，右边是他的女儿。分明地，妻子女儿又陪他站在那儿默默地望我许久了……

而我当天下午便要离开上海。

中午我没去和上海作协的朋友们相聚。我的态度坚定得不容商量。我想上海作协的朋友们，是会原谅我的缺席的吧？

我带鸿飞一家回到了我住的宾馆。我们从容不迫地消费了一顿丰盛的午餐。

我说："我买单啊！"

他浅浅地一笑，十分理解我，不与我争。

我叫他的女儿为"女儿"，看着"女儿"胃口好，我心情也好得没比。我问他的工作顺心不顺心，问他的收入，问他妻子的收入，问"女儿"的学习，问现在的居住情况。

他对我没什么可隐瞒的，一一实告。他明白我要获得一份儿放心。我曾对他的处境很不放心过。他的单位在郊区，市里的老父老母还需照顾，而且仅住九平方米一间的小屋，工厂经济效益也不好……

我曾向上海寄过几封信，希望能经由我的帮助，使他的处境稍微改善——尽管他从未向我流露过这样的愿望。几年来，我内心里一直因帮助不了他而深怀不安。

所幸此次见面，他给了我一个放心。他学会了开车。停薪留职，在为一家私营公司的老板当司机。他照例像上次见我一样，郑重其事地、语重心长地嘱咐我一些话："你写东西一定要谨慎。你的一些文章我也看过，太尖锐了。不好。""干你们这一行的，一不谨慎就会跌跟头的。小跟头可能难免，但千万把握住自己，别跌大跟头。”

“你这个作家的名声还不错。我常替你高兴。人没名，不必强求个名。已经有名了，就应该爱护自己的名声。这也是尊重尊重你的那些读者，是不？”

“咱们都快老了，做人更得成熟了。这种年纪，上有老下有小的，跌不起大跟头了……”

像一位憨厚长兄，而且是从不曾离开过乡村的长兄，在对自己“混出了人样儿”的，又总难令自己完全放心的胞弟进行“谆谆教导”。仿佛不耳提面命地经常教导着，胞弟则有可能一失足被拉入什么黑帮似的……

自从我老父亲去世后，再没人以那么一种口吻跟我说话。我深为感动，诺诺连声。因为我也得回报他一个放心啊！可感动之余，内心又暗觉好笑。鸿飞这家伙他似乎忘了我俩谁年龄大些谁为兄谁为弟了！他从不与我谈文学。他谈不来文学。他无暇读什么小说。几年读一回，那八成因为是我写的。而且，八成因为他听到了有人说好，或者有人说不好。

他也从不拿我当什么作家看。仿佛在我们之间，岁月是停滞的，他仍是当年的电锯手，我仍是当年的出料工。我和他，只不过是两个情投意合的知青的关系而已。

情投意合？其实我和他之间的性格反差太大了。我们之间连共同的话题都不多。我常困惑于我们之间的那种真挚友谊。总想理清个因由。也总满足于我们之间那一种友谊的真挚，和它实实在在的存在。“数重云外树，不隔眼中人。”有一类友谊，不问为什么，岂非更好？

最后，我想对鸿飞的老板说——聘司机，能聘到鸿飞这样的人，最称心不过了。他乃是寻常中国人中，品性极可赞的一个。他乃是寻常上海人中，品性极笃诚厚道的一个。

真的！

他的品性中，有寻常中国人又寻常又难能可贵的一面。因其难能可贵，故而可曰是一种品性的可爱魅力。若轻易辞退他这样的司机，再难找第二个。

我祈祝鸿飞一生万事如意！

酷老头范圣琦

第一次见到范圣琦时，我在家里，他在电视里。

他在电视里吹萨克斯；我在听，在看。

屏幕上只有他一个，背景是海蓝色幕幔。而他，戴一顶黑色贝雷帽，帽檐斜佩一枚银色的锚形徽。白绸衣裤。上衣的领口、袖口、对襟和下摆，刺绣着图案简约又美观的红色宽边。漂亮。至于他的脸，那是一张典型的国字脸，五官分明，线条硬朗，委实够得上是一张相貌堂堂的脸。屈指算来，十年已经过去，当年他也该有六十余岁了。但若不是他的下巴蓄着一簇挺古典的、托洛茨基式的胡子，我竟不能立刻看出他已是一个老头儿。

倘若他穿着那么一身出现在街上，即使不是出现在街上，而是出现在公园里，出现于晨练的时光，看见的人们，十之七八大约是会议论他“老来俏”的——哪怕他正打着地道的太极拳或别的什么宗什么派的拳路，也还是难免会受到讥嘲吧？

但他可是在电视里呢。所以他那一套怎么看都不太像是演出服的衣裤，也就只有顺理成章地当成演出服来看待了。而若当成演出服来看待，任你是一个喜欢评头论足的人，你也不得不承认——儒雅。

儒雅归儒雅，那股子俏劲儿，却是儒不尽也雅不掉的。

显然，那正是他一心想要留给人的印象。

归根结底，无论谁的眼都能看得出一个老头儿人老心不老，胸怀里涨满着不泯的青春潮。

萨克斯曲，我是听过几次的，演奏者皆洋人。有两次是在国外的演出现场听到的；其余几次，只不过听的是碟。故我一向以为，洋乐器还是要由洋人来吹奏才够味儿。并认为，萨克斯是比小提琴、大提琴、钢琴和竖琴更洋的洋乐器。因为它看去未免太“机械化”了。

没想到一个中国人居然也能将萨克斯吹奏得那么好！而且是一个中国老头儿！

我两次在国外的演出现场所见的演奏者，一位是四十几岁的黑人，一位是三十几岁的白人。前者吹奏时，手中萨克斯根本无须吊带悬在颈上。后者用了，但吊带很窄，二指宽的黑色的皮质吊带而已。

电视里那中国老头的萨克斯的吊带，却有四指宽，还是一条锦而不艳的彩带。像他的服装，雅得可以，俏得也可以。

六十几岁的人了，身板笔直。

他幅度有致地左右摇摆着身体，将一首萨克斯曲吹奏得行云流水，回肠荡气。

我一时看得发呆，听得发呆。虽外行之耳，却也敢料定那是专业的水平。而且是，很高的水平。

再者说了，水平不高，恐怕也没机会出现在电视里呀！——人家可一连吹奏了三首曲子呀！电视台正宗的音乐频道的时段，一般舍不得全让一个老头独揽了的。

等他从电视里消失了，我这厢仍听得意犹未尽，不禁脱口赞道："好一个帅老头儿！"

仅那一次，他的形象，便深深地印在我的记忆之中了。

一年后某日，或许还是两年后某日，我到我们民盟北京市委去开会——发言稿居然忘在家里了。我低着头回忆写在发言稿上的内容，猛抬头时，见对面的一个人冲我微笑。

他是一位老同志，灰白的顶发已然稀疏。但鬓发边发还挺密，也挺长，一并向后梳拢过去，扎成一束，像女孩子们的马尾辫那样。自然，短是要短许多的。一双眼睛，目光闪闪，大而且眼神晶亮，看去精神矍铄，气色良好。那是夏季的事。他穿着一件短袖的半新不旧的浅色格子衫。事实上他坐在我对面的两排人之间并不显得多么特别，一般人也能看出他的职业大约与某类艺术有关。对于男人，不论年老抑或年轻，长发后束具有先锋艺术家的招牌意味。而坐在他左右两旁的又差不多都是搞艺术的。先锋的意味并不足以格外吸引我的眼球。

我盯住他目不转睛地研究他的脸，乃因他脸上有着一种别样的表情。他显然是一个很不习惯于开会的人，却又偏要做出一个经常出席各种会议的人的样子。他还似乎想要证明自己是一个老顽童，打算调皮捣蛋一下，以放松自己的神经，也娱乐别人一下；但又明知那不可取，于是和自己较劲儿地表现规矩。几乎每一所托儿所里都有几个那样的孩子——当有参观者们光临，只许他们小大人似的一个个端坐在小凳子上不许他们玩，或不许他们以自己喜欢的方式玩时，他们的状态往往是颇令人同情的。然而连这一点也不是我研究他的真正原因。我自己在某些会议场合的状态也同样是颇令人同情的。既不但在开着会而又喜欢开会的功夫，那是一种挺高级的功夫。

我目不转睛地盯着他乃是因为我觉得我太熟悉他那一张老脸了，可一时又怎么也想不起来究竟在哪儿见过他。想不起来还偏不能停止想。如同一个人一边行走一边数着一座摩天大楼的层数，一次次重数也数不清，于是干脆站住了数起来。

他发现我在盯着他看，一次次向我点头微笑，似乎终于忍无可忍，站起身来，大模大样地绕场半周，坐到我背后一排的一个空位置那儿去了……

终于挨到了自由发言的时候。没想到他还不甘寂寞，先声夺人地大发了一通言。我已记不得他究竟说了些什么话了，只记得众人一阵阵地笑。我们都知道的，某些很不习惯于开会的人一旦终于逮着了自由发言的机会，其率性道出的话语是我们爱听的。何况我们民盟北京市委一向鼓励和包容个性化的发言。

这老头儿发过言之后，我继着他的话题发了一通言，蓄意使气氛更活泼些。那一次会在笑声中休息了十分钟。不待我起身，一只手拍在我肩上。转身一看，是那老头儿。

他问："你相亲啊？"

我反问："我们在哪儿见过吗？"

他说："肯定没见过？"

我说："肯定没见过。"

旁边有人说："范圣琦。'老树皮'乐队吹萨克斯的！"

我不由得一拍双手："我在电视里见过你吹萨克斯！一流水平，大家风度！"

他哈哈一笑，自谦道："我是个老顽童，爱上镜！"他的笑声很爽朗。

我说："能笑得这么响亮的中国老头不多呀！"

他又哈哈大笑道："承蒙夸奖！承蒙夸奖！"

旁边又有人说："整天吹萨克斯嘛，底气充沛。"

他变得郑重了，连说："对，对。我这一辈子，全仗着那么一口气了。"

我又说："十三亿多中国人中，能把萨克斯吹得像你那么好的老头，估计没几个。"

他却孩子般的腼腆了，又连说："我那是吹着玩儿，吹着玩儿。"

我说："陪我到院子里吸支烟。"

他就陪我到院子里去了。

在树荫底下，我又问："叫你老头不在意吧？"

他说："那在什么意啊，本来就是老头儿了嘛！"

我犹豫一下，忍不住再问："六十几？"

他说："虚岁六十八。年轻。"

我不禁大发感慨："老范，老范，你在电视里，那可是一个帅老头哇！最好平时也要保持那么一股帅劲儿！"

他嘴凑我耳，小声说："那当然！今天不是来开会嘛！平时我老范，出门就要求自己有回头率，少了心里还不舒服！"

我笑了，说："支持。"

他问："老弟似乎挺喜欢我这老头儿？"

我说："是啊。想不到你老哥居然也是我们盟里的人。今天能见到你，我太高兴了。"

他又问："真话？"

我说："绝对。"

他大睁双眼把我看了几秒钟，更加郑重地问："那你说我是帅老头儿？"

我奇怪，反问："说你是帅老头儿不正是赞美你的话吗？"

"可别人都说我是酷老头儿！"分明地，他有异议。

我说："酷，那得形容小青年的。六十八了，就别酷了。帅就行了。"

"六十八怎么了？六十八就不该活得精神抖擞了吗？我要还是小青年，那就非酷个够不可！酷多上档次！帅，太腻歪人了。你是作家，你应该比我更明白帅和酷那是有很大区别的……"

"可酷，还多少有点儿另类的意味儿……"

"我很另类啊！老头儿就不许另类了？"他跟我较真。

"依你，依你。"我只得退让。

两年以后的某天，民盟中央办公室的同志打来电话，说澳门将举办纪念林则徐诞辰多少周年的活动，盟里的几位艺术家以民间人士的身份组团前往助兴，问我愿否参加。我考虑到要乘三个多小时的飞机，考虑到自己的颈椎病，有些犹豫。

"大家都希望你能一道去。特别是老范，他说都两年多没见到你了……"

"哪位老范？"

"范圣琦呀！"

"'老树皮'乐队的酷老头儿？"

"对呀。"

我不再犹豫，当机立断："去！"

可不，自从两年前相识，我和他就再没见过。两年间只通过一次电话，是我想请他到我们北京语言大学进行一场他一个人的专场演出，他当时爽快地表态："没问题！"

我说："钱很少。"

他说："不要钱。"

我说："也别不要。一点儿不要，我过意不去。"

他说："你是谁？我是谁？咱俩不是还有一层盟里的同志关系吗？何况是为了活跃大学里的文艺气氛，这是咱们民盟一向的社会义务之一呀，谈钱干什么呢？"

我说："好，不谈钱了。那么你给我个底儿，你能吹奏多长时间？"

他反问："你希望多长时间？"

我说："一个小时短了点儿，一个半小时你顶得下来吗？"

他说："没问题！"——稍停，补充道，"太没问题了！我自己有时吹着玩儿，还吹过一个多小时呢！"

那事，纯粹由于我这一方面的拖延，竟没操办成。然他当时的爽快，他的话，又给我留下很深的印象……

赴澳之日，在北京机场，我俩一见面，他打量我直摇头。

我问："看我哪点不顺眼？"

他以批评的口吻说："你穿得太不像样子了！"

我追问："得像什么样子？"

他说："咱们这是一个艺术家代表团哎！你怎么也应该穿出点儿派来嘛！"

那一天，他穿得很有派，头上又戴着那一顶招牌式的贝雷帽了。帽檐上照例佩着锚形徽，上身穿着一件褐色皮质夹克，再加上他那俄式的胡子，像一位着便服的老船长——酷！

我看着他刚欲评论，他抢先道："想好了再说！"

我说："你很酷。"

他高兴地笑了。

我接着说："等我到了你现在的年龄，也向你学习。"

他又批评道："错！大错特错！衣着能体现出一个人的生活热情。没有经济条件不必刻意追求。可你有经济条件！我们的作家你要与时俱进！干吗非等到了我这种年龄？我这只不过是随心所欲罢了……"

不待他说完，我已从他头上摘下了他的贝雷帽，戴在自己头上。

他笑道："这种帽子太不适合你了，到了澳门我帮你选一顶帽子！"

我知陋闻寡，直至那一天，还相信他只不过是一个业余的萨克斯吹奏者。在澳门，有时间从容地交谈了，才了解到酷老头范圣琦和萨克斯的关系，实在是一言难尽的。

范圣琦祖籍山东黄县的某一个小村庄，乃范仲淹三子一系的第二十九代孙。他的爷爷是晚清秀才，废除科举以后，成为村里的私塾先生。他的大爷十四五岁就随人闯关东，在黑龙江富锦县首屈一指的皮货商栈里站柜台，凭着机灵好学，二十来岁便由小伙计出息成为一个经营管理型的人才，被东家派往沈阳一个更大的皮货商栈独当一面，薪水颇丰。他的父亲，投奔他的大爷先到了沈阳，也当小店员。后来他的母亲带着他们四兄弟追随他的父亲到了东北，落脚哈尔滨，住在一位富有的亲姨姥姥家里。当年姨姥爷已经病故，给一个目不识丁的小脚老太太也就是他的姨姥姥，留下了在哈尔滨、在青岛、在上海的多处实业，洋蜡、洋皂、洋袜、洋服是它们供不应求的产品。那一年范圣琦六岁。地位上有点儿像大观园里的林黛玉。然而那么一种童年，却是亲情氤氲，其乐融融，无忧无虑，衣食富足的。这为他后来一生不泯的快乐性格奠定了成长基础。但是随着抗日战争的爆发，姨姥姥那多家实业纷纷倒闭，童年的好时光也就开始现出危机来。在那一时期的某一天，姨姥姥带着他和他的二哥逛一家日本商店，一个十四岁一个十一岁的两个少年，被一排乐器柜台里的各种各样的洋乐器吸引住了目光。姨姥姥左催右催，兄弟俩竟不愿离开了。而那年头，姨姥姥家已只靠变卖家当维持生活了，遂叹曰："等你们长大了给你们买。"

那本是一句大人敷衍小孩子的话。

然而冥冥之中，似乎有着一个主宰，偏要成全两少年的音乐梦想似的。

不久日本投降了。

又某日，范圣琦的二哥带着姨姥姥的一件貂皮大衣到当铺里去当，揣着为数并不太多的一笔钱回家时，在马路边上看到了有人在大声招徕顾客叫卖乐器……

往事如烟。

在澳门，由六十八岁而七十一岁的酷老头儿范圣琦讲到此处，仍不免神情激动。

他说："那可都是精良的乐器呀！是不是我和我二哥在日本人开的大商店里看见的那些我不敢说，但却件件都是新的！便宜呀，等于白给似的！……"

二哥怎么能经得起那一种诱惑呢？手里拿着这个，眼睛还盯着那个。

结果他二哥不假思索地就花掉了当姨姥姥的皮衣所得的一半的钱，竟买下了三把提琴两管萨克斯——也带不走啊，只得雇上一辆人力车拉着自己也拉上乐器……

姨姥姥竟没责备他的二哥。那一件便宜的事情简直使对音乐一无所知的老太太没有了责备的理由。

范家四兄弟，也同样对音乐一无所知。

大哥已是一名专科学校里学科技的学生，没精力再染指乐器了。四弟还小，兴趣也不在乐器方面。于是，三把小提琴和两管萨克斯，成了二哥范圣莹和范圣琦终日爱不释手的东西。结果就“玩”出了以后中国交响乐团的首席小提琴家和中国铁路文工团半个世纪内无人可以替代的萨克斯演奏家。

范圣琦十一岁开始自学。说是自学，其实亦经名师指点。他的启蒙老师，乃是真正的音乐大师，当年流亡到哈尔滨的前俄国国家乐队的音乐家，俄国音乐史上赫赫有名的人物。故范圣琦有幸受过正宗的古典音乐演奏之法的熏陶。

他十四五岁以全国第一的名次考取了中央音乐学院管弦乐系；十八九岁毕业后分配到铁路文工团；后来又被团里派回哈尔滨市拜俄籍名师学过一个阶段双簧管；再回到团里，时逢一九五七年被打成“右派”，那一年他二十四岁……

我问：“你怎么也会被打成‘右派’？”

他哈哈大笑，反问：“这有什么奇怪的？我被打成‘右派’才一点儿也不奇怪呢！”

追问缘由。

答曰：“还不是因为给领导提意见嘛！鼓励我提，我就提呗。一提，自然就成‘右派’啰！”

又问：“心理上受过很大的伤害吧？”

他说：“那倒没有。只不过是不服！把我打成‘右派’？我看你才是‘右派’呢！已经被宣布为‘右派’了，还敢和领导吵。我常去中南海演出啊，周总理都熟悉我了。如果再见不到我，他老人家会问：‘小范哪儿去了？怎么没来啊？’有一次我没去，周总理就这么问过，真的！”

“那领导就拿你这个‘右派’没辙了？”

“那倒也不是。把我工资降了两级呀。由八十四元降到六十二元了。才过两年，又给我恢复到八十四元了。我这个人，只要不禁止我吹萨克斯，什么工资啦、级别啦、‘右派’不‘右派’啦，不在乎。一拿起萨克斯，那就是满心怀的快乐。‘右派’经历，在我这儿没留下什么大感觉。”

我说：“那你可真是一个幸运的‘右派’。”

他一愣，沉思片刻，同意地说：“是啊，比起来，我范圣琦这个当年的‘右派’，太幸运了。”……

酷老头爱听“段子”，自己也爱讲“段子”。什么“段子”都爱听，都爱讲。“色情”的讲来无所忌讳，“情色”的讲来更不在话下。而且，尤其喜欢讲给我听。讲罢，还往往赞叹不已："多生动啊，多鲜活啊。比你们作家笔下的语言如何？"

我自是每次听了都自愧弗如，甘拜下风的。我不上网，也没手机，自己头脑里一个"段子"的储存也没有过。团里的一位老大姐，每半开玩笑半认真地制止他："老范，不许污染咱们晓声！"他反驳道："我这是熏陶！我问他，愿不愿意我这么熏陶他？"我说："愿意。"于是同行诸人皆笑。

他嘴凑我耳，又悄悄地说："记住，人不可以活得太素了。毫无半点儿荤味儿，那么一个人也就活得太没劲了。"我装傻，求教："怎么就太没劲了？"他一本正经，诲人不倦地说："人生终究是应该通趣的，那就活得太不通趣了呀！"我大声说："范老，拯救我。我要通趣，我要通趣！"那一位大姐便双手一拍，叹道："唉，眼睁睁被拖下水一个，这可如何是好！"诸人又都开心地笑。由于有他这一个成员，我们的澳门之行笑声不断。我则学作"捧哏"的，技非专业，尽力而为。车上车下，行色匆匆，东离西往，观光亦累。倘哑团状态，闷煞人也。本非文谈雅论之刻，笑话且有适当分寸，娱人悦己，我能接受。

然拜会一刻，座谈时候，酷老头又是一番样子——落落大方，彬彬有礼，性格内束，神情庄重，特绅士。我悄悄问："怎么判若两人了？"他便扯过我手，用手指在我手心写了一个字——"节"。回到住地，问他那一个"节"字的深奥，答曰："我这一生，所谓的经验，便是'节'字而已。也可以说是我做人的原则——爱国，爱民族，爱民盟，此大节。大节方面，力求行得端，做得正。其他方面，是我自由，皆小节。而小节，仅老伴有权限制我，属特权。那特权，别人我是绝对不给予的。我以大节的一贯，保障我行我素的自由。"

我沉思良久，说："所见略同。"

及纪念典礼仪式揭幕后，酷老头代表我等上台献艺。

临行，刮胡子，扰头发，正领带，擦皮鞋，旋转镜前，左照右照。

我说："可以了呀。"

他说："我一人上台，代表的是我们大家，马虎不得。"

一曲终了，掌声骤起。

于是又吹奏一曲。

那时刻，酷老头在台上神采奕奕，出尽风头。

台下人士，交头接耳。

我听到一句话是——"真是味儿！"

也不知赞的是曲，还是他这个老头儿。一想到七十余岁的一个人了，居然还能经常魅力四射地活跃在大小舞台上，不禁心生几许醋意。又想到老头儿曾对我轻描淡写地说过：“今年开门红，前三个多月已挣了一辆奥迪。”

那醋意，越发不可收拾，遂成嫉妒。

……

如今，我与酷老头又两年没见了。

他已七十有三矣。

前不久又在电视里见着了他——左右伴着两个美女，在做一道什么拿手菜。有美女从旁替他解说，而且两个！他一脸的得意扬扬，分明是——把他美得！

我又得知，我们民盟的几位大学校长副校长，去年与台湾方面的大学校长们共聚某名山，纵论教育心得。酷老头与盟里的几位音乐方面戏曲方面的艺术家，又结伴登山助兴，亦大受彼们欢迎。以至于活动结束时，有位台湾方面的大学校长夫人，带头唱起了《团结就是力量》……

噫兮！

一管乐器，竟使一个人的人生从少年至老年，那么充实，那么快乐，那么具有活力，这真是一件令别人称羡不已的事情啊！艺术不仅带给了许多艺术家以美好的满足，却也带给许多艺术家不幸与厄运。伟大如莫扎特者，尚且一生荣辱交织，伤痕累累。但它带给范圣琦的，几乎尽是快乐！缪斯女神，未免太偏爱他了！他靠了他的萨克斯，活得自信无比，嘲笑做人之拘谨，张扬真性之疏狂。智利机巧，不屑一为，浮名纷争，视若烟云。一辈子只管从无厌时地吹他那一管萨克斯，直吹得黑发变白发，少年变老人，竟还在吹着！吹时那一种如醉如痴，似拥红颜新妇！直吹得越老越酷，越老越精神！

如此艺术人生，美哉！美哉！

世人，谁能不看着高兴呢?

致仁山

仁山，你好：

我用一天半的时间读完了你的《白纸门》。我首先向你祝贺——我认为你写了一部很好看的小说，也写了一部很好的小说。

对现实的睽注以及由此引发的现实思想，乃是好看的小说成为好小说的元素之一。我过去这么认为，现在仍这么认为。

接着我要请你原谅我——我曾答应你，一定去唐山参加《白纸门》的座谈会，但是现在我须抱歉地告诉你，我不能去了。不是因为别的原因，而是因为劳累，像《白纸门》中后来的疙瘩爷一样感到劳累。昨天我六点钟起床，从老伴和儿子住的这一边，步行半小时回童影我住的那一边，洗漱吃早点，找出一些书，签上名（有些区人大代表一直要我的书，已拖得我自己不好意思面对他们），打的赶到我们北语所在的街道，再集体乘车去北京体育大学，与十几位区人大代表讨论食品安全问题；下午两点钟回到我住的童影宿舍，接待了两位客人，谈了几十分钟，连晚饭也没吃，五点赶到学校，又集体去中央电视台录节目（介绍北语的），七点应该开始录制的节目拖到了八点半，回到家里已近十二点……

接下来的一个星期里，还有几次这样全天奔波的事情。尤其是，二十九日我要讲的课，是民盟中央下达的任务，当认真对待。我自觉再去你那里，实在身心不支了。我知道你在很大程度上也是想念我了，我去了你会很高兴。故我的歉意，其实也包含内疚。

下面，我将我读《白纸门》的一些心得体会，以及一些联想写下来，委托我们共同的兄弟谭歌代我向到会的作家、评论家们汇报：

一、中国近当代的文学史，至八十年代末，比例上几乎是乡土文学史。这因为，中国近当代作家和诗人，大抵是农民的儿子。即使父辈不是农民，祖父辈差不多也是的。不是农民的后代，也大抵总在农村生活过。如鲁迅，虽是官宦人家子弟，却毕竟也有过乡土童年和少年，于是笔下便也有社戏和闰土。九十年代中期之后，中国近当代文学发生显明拐点，都市生活开始渐成主流，这也几乎是必然的。于是乡土文学边缘化。尤其是影视作品，需政府政策上给予投资补贴，才有人触碰了。我倒并不凭吊这一种文艺现象，但一想到中国毕竟仍有八九亿农民，并且都没生活在乐园里，心里总是有几分诧异的。

但是幸而还有一些同行，执着又真诚地以大的文化情怀书写乡土，书写农民。我认为这是一种文化道义，是文化的一种可贵本能。而你的名字，一直在我们的这些同行中。那么，关仁山不能不是一个我们亲爱和尊敬的名字。

二、《白纸门》已不再是农村题材的小说。这一次你将视野由土地转移向大海。我从《白纸门》的字里行间读出了你的自信、兴奋和创作激情。《白纸门》是一部充满创作激情的长篇。我认为你开拓自己创作领域的这一“战役”是胜利的。《白纸门》将是你创作进程中的重要标志性作品。

三、《白纸门》的主人公们，仍是普罗大众。你仍坚持着你的文化道义感。这一点不但没有变，反而更深切了。疙瘩爷也罢，他的孙女麦兰子也罢，这些以海为生的普罗大众人物，他们在轰然而至的商业时代，和我们一样，原本一向恪守的价值观念（我觉得那是些引人向善的朴素的价值观念）也难免发生坍塌，你看到了这一世相，并心有感慨地表现了这一点；并未因他们是普罗大众，因他们与我们所来自的阶层那么亲密而一味正面书写。你的批判也几乎是痛心疾首的。情怀的深切由而附加了思想的深刻，而这是好小说的另一元素。

四、这一部长篇小说令我对你大为刮目相看，你将荒诞色彩与现实性十分大胆地结合了起来。对于我，这是完全能接受的。七奶奶最后变成了“雷震枣门”的情节，确乎使我怔了许久，一时难以得出结论——那近乎神化的写法，究竟是好，抑或不好。我坦诚相告，现在我也难以就此自信地说三道四。我只能这么告诉你——起初觉得别扭，但后来别扭消失了，认可了你的写法。你的《白纸门》本就具有荒诞色彩，那色彩是你一定要体现在作品中的，那么对于具体的一个荒诞情节，读者尽可以不去究问它是否“太荒诞”了。对于荒诞之风格，本无所谓“太”与不“太”的，结合全书的状态来接受之，反而更近阅读情理。在你这一部长篇中，又有着很多象征、隐喻。你究竟要通过它们表达什么，不是我刚放下作品不久的现在就敢于说自己明白的。我只能说，我看出了它们，知道它们肯定象征着什么、隐喻着什么。甚至，也能领会最表层的象征和隐喻。但我又觉得，那象征和隐喻必有你独到的深意。故我只能先这么汇报——白纸门、鹞鹰，此二者在诸象征和隐喻之中，给我留下最为深刻的印象，是我目前仍不敢说完全明白的。

对于我，书中还有许多知识点，居然有那么多历史中的小说的人物皆属的神，老实说，我是读你的小说才知道。

螃蟹从海中爬上岸，要用它们的钳，徒劳无益地钳断铁轨，这细节也使我留下很深印象。难以想象，铁轨都铺近到海滩，人都一车厢一车厢地拥向海边，海如果有灵性的话，会有什么感觉。

因为海是远离热闹喧嚣，以孤寂为本色的。

你笔下的海，又确乎是有灵性的，是拟人化了的，是与人“对立统一”的一种存在。海本身倒很厚道，海狗和鱼、蟹、藻，其实是它向人类奉献的供品，为的是和人类统一。倒是人类，贪心巨大，巴不得最好把海收入自家缸里去，于是人将自己偏偏置于与海对立的立场。有些自然灾难，是人逼自然太甚的结果。

你写疙瘩爷有这么一句——“你内心里已没痛苦，只有疲劳。”

这是很厉害的一个短句。这几乎可以说是对当代许多中国人，甚而是对商业时代的许多别国人的一种诊断。

《摩登时代》中的卓别林，当他成了机器的一部分，便像疙瘩爷一样了。

五、兄弟，《白纸门》中的海狗，不就是我们在《动物世界》中见过的海狗吗？它们比海狮小，实际上又没腿可言。即使雄的，相对于手持利器的人，其凶其猛又能到什么程度呢？故我以为开篇的“引子”是不成功的。人猎海狗，无论如何，谈不上英勇，猎河马海象还差不多。在“引子”中似乎偏要写点儿“好汉”气概，而我觉得适得其反。倒莫如写出一种既猎之又怜之的矛盾心理……

六、日本海域里会有巨蟹，壳的直径有一米余，地道的“杀人蟹”，何不索性更狂想一点儿？七奶奶可变“雷震枣门”，将“杀人蟹”引入小说，又有何不可？拳头大的蟹，阵势再凶，终觉不十分可怕。因我们常吃它们，而且叫它们“海鲜”，跟毛虫大军的可怕性都没法相比……

七、你的《白纸门》，运用了与你以往小说创作完全不同的叙事方法，很新颖。当然，韩少功、李锐等我们的同行也运用过类似的叙事方法，但你与他们还是有区别。他们所借之典之故，主要还是与“农”相关。而你所用的，却来自海与渔民的关系中。海取代了土地，渔民取代了农民。比之于土地，海对人具有特别主动的攻击性、报复性，因而人与海的关系也更具有紧张感。《白纸门》一直紧抓住这一种紧张感写人写事……这一点我是钦佩的。

八、我对《白纸门》的文字风格也喜欢。我认为后边是越写越好了。“大铁锅”所引发的人物欲念，尤其那些村、乡的吏们对大铁锅的利用之心，写得不温不火，绵里藏针，点到即止。你时刻不忽视对景、境的细微描写，使小说文本很“文学”。

九、但我有些直觉的阅读印象，供你参考：即有些乡言俚语的掺入，与文学语言之间，似乎还不是融合得那么“舒服”。后来疙瘩爷和麦兰子对自己心灵的拷问，涉及正义、良心、道德等，那些语言似乎也显太直白了些，间接说教的意味儿太过显然……

仁山，以上是我的读后感，啰里啰唆，汇报完毕。

谭歌兄弟，若果而是由你来读，那么辛苦了，喝口水，谢谢。

因颈椎病重，用铅笔轻松点儿，字迹潦草，请谅。

祝研讨会开得好。

致王安忆

安忆：

见字如面！非常抱歉，剧本答应你要在北京看完的，可是隔天我就外出了，现住兰州空军第二招待所，一楼十九号。

刚刚我把你的剧本看完了。

我觉得你对孩子们的心理、语言是揣摩得很透的，把我拽回到童年及少年时期去了。因我小时候虽然没当过“留级生”，可做过“逃学鬼”。李彤彤受到的那些鄙视，我也都遭受过的。但我没有李彤彤的“个人英雄主义”。只要老师同学稍微对我好一些，往往就很感动，对我不好，往往很感伤，所谓“五分钟”热血。

李彤彤开学第一天在课堂上的“亮相”，李彤彤在乔乔家写作业的情节，望着乔乔的照片说“你还上像”这句话，李彤彤用唾沫擦乔乔衣袖上的墨迹，李彤彤“赌钱”，李彤彤外表英勇而在许多场合怯懦的性格，如不敢和女同学一块儿走路，都是刻画得很好的！

乔乔这个小姑娘，太可爱了！那样一种表现在儿童身上的忍辱负重的精神，是动人并且美丽的。她对彤彤的帮助体现在一个“毅”字上，像影子一样，处处跟着李彤彤，这样一类女孩子，如果长大了还保持这样的性格与气质，那将是一个好妻子，贤淑而温良的妻子。

但是，这个剧本也有很不足的地方。

一、李彤彤为什么处处那么调皮？难道仅仅是他在没有区别正确与错误的能力下表现出来的一种儿童天性中的“个人英雄主义”？难道仅仅是一种禀赋中的劣根性？能够看出来，你是想挖掘他心灵中更深些的东西的，但尚没有挖得很深，表现得也不够明确。

儿童幼小的心灵是非常细嫩的器官，冷酷、嘲讽和鄙视会把他扭曲成奇形怪状，一颗受了伤的儿童的心会变成这样：一辈子像核桃一样坚硬，一样布满深沟。

我建议你是否可以把李彤彤的心灵塑造成一颗受了伤害的心灵（一种什么样的伤害可以再捉摸，老师和同学们开始是不了解这一点的，因此，他们的种种对待一般儿童们的那种帮助手段，都失败了，而且适得其反，引起李彤彤的抵触）。如果下决心改的话，那么现在的一些情节就将没有意义了。也就是说，李彤彤所表现出来的、做的、说的，不是一般“捣蛋鬼”的所做所说，而是一种怪诞的，在常人看来是荒唐的不易被人理解的言行。这种言行所表现的，是对周围人们的冷漠和缺乏信任，也是缺乏自信，儿童心灵中的真善美被泯灭的结果。但这样的孩子，往往神经质自尊心极强，反抗性也极强。

因为目前写一个普通的“淘孩子”的作品太多了，写得更深些的东西太少了，所以，我看了你的剧本，有了这样一个想法。

因为仅仅把李彤彤写成一个淘气鬼，主题欠深度，并且情节容易一般化，而他为什么转变就显得无力。现在看来，李彤彤的转变不够充分，因为开始把他对乔乔的态度写得太不近情理了。你是个姑娘，大概不理解一般小伙子们的心，同样的批评，出自姑娘们的口，往往更易接受，即使儿童也是这样。可能在许多男同学面前，表现出一种“大男生”主义，而在背地里，则往往是很愿意接受女孩子的批评的。因为对李彤彤表现得表面化了些，他对乔乔的态度就有些不近人情，而后面虽然“近于人情”了，就有些勉强。

二、乔乔这个女孩子，这可爱的小天使，我从她身上感受到了一种“基督精神”。使我想起了一篇著名的小说《一个女人的二十四小时》，一个夫人，仅仅为了挽救一个沉迷于赌场的青年，甚至献出了自己的肉体，那真是十分感人。我这样想，真有点对我们这位小主人公的亵渎。方乔乔，为什么会对李彤彤那样有耐心？那样忍辱负重？难道仅仅是完成老师同学交给她的任务？支配她思想、感情、行为的是什么呢？是什么呢？这个可一定要挖出来才行！这是一种最美的东西，不但是儿童身上，而且应是一切人身上的美德，但现在我们只能看到这种美德的光彩，而看不清它的实质。

三、老师写得不够好。如果写，怎样摆老师的作用？干脆不写，又不可能，干脆把老师推到“台后”甚至不出场人物也可。

其他几个孩子，可写得不够好了，如赵健军、任嘉、王雨。

四、电影化不够。这更接近一篇小说。小说和电影在情节的结构和选材上都是不一样的。电影要求用摄影机代替眼睛，要求视觉形象，以听觉——语言的表达作为一种辅助手段。

最后，谈下这个本子的出路。看来在我厂，无论拍摄或者发表，都几乎没有可能，因为有一个《苗苗》在那顶着，而且已经开拍了。

有这样两个出路：一、改为小说；二至三万字内。我可帮你推荐到几个大型刊物上。二、改为电视剧。我目前与中央电视台的一批人同在兰州，导演是我的朋友。如你有些想法，我再和他们谈谈，你看呢？还有一个出路，可给其他几个兄弟厂看看，但最好是在改过一稿之后。

你看，我啰里啰嗦地胡乱说了这么多，都是鄙俗之见。因我从来对任何人都很直率，有什么说什么的。可能同你的作品完全格格不入，供参考吧！

剧本我先放手边，想给电视台看看。如你接到我的信后，及时来信，将你的想法告诉我，我再把剧本寄还给你，好吗？

握你的手！祝好！

晓　声

安忆：

你好！九月四日观看了由你的中篇小说《流逝》改编的电影《张家少奶奶》。我喜欢你的作品，这你知道。从你在《小说界》上发表《小王庄》后，我觉得你的创作风格有所改变。《小王庄》是你创作上的一个分界线，标志着你进入了一个新的创作王国。你并没有彻底丢掉你自己。（我认为这既是不必要的，也是不可能的。除非这作家的命运发生严峻的转折，并导致对生活的观察和思考方式发生变化。）你还是你。你还是在用你从前的态度观察和思考着生活。但你的观察具有了透视性，你的思考更深入了。你超越了从前的你。这种超越你一定大有体会。我自己尚在迷茫的体会之中。

我是将《流逝》视为你前期创作的代表作的。我觉得导演将这部影片拍得很认真、很精细，也努力忠实于你的原作，努力在银幕上体现出你原作的文学风格。行云流水，贴近生活，捕捉细节，避免故设情节的刀斧痕迹，这些是你一向追求的创作风格，也可以说是这部影片的风格。

我很欣赏片头——一幅幅仰拍的高楼大厦的画面，使我感受到城市——尤其是像上海这样的大城市，对人沉重的压迫感，有象征内涵。十年内乱中的大城市，是摆布人的命运的巨型轮盘。

我从这部影片中看到了什么呢？看到了生活在一幢小洋楼内，曾经是一个资产阶级家庭的人们，在十年内乱中，对社会所作的本能的、软弱无力的、不敢怒亦不敢言的、自卫性的防范与抗争。在这种防范与抗争过程中，我重新体会了十年内乱对当时人们所造成的咄咄的威逼力量。影片展示了“张家少奶奶”由养尊处优的生活阶层沦为里弄小工厂女工的命运。对于这位少奶奶的同情，恕我直言，应该说是较肤浅的，也较难打动人的感情。因为十年内乱中的血和泪太多了。悲惨的事情也发生得太多了，大大超过这幢小洋楼里的人们所感受到的种种冲击。看过电影后，我又重读小说。掩卷沉思，我想到了这样一点——具体的命运是在社会力量的控制下作用于人的。当然指十年内乱之中而言。这也许就是你写这篇小说的原始冲动吧？

小说写出了“少奶奶”眼中的十年内乱。而影片则侧重于描述十年内乱中的少奶奶。我认为这种角度的选取，失却了小说的一部分很重要的思想内涵。

透视生活剖析社会的角度，是你在创作中一向注重的原则。

《本次列车终点》《庸常之辈》《舞台小世界》《流逝》……都体现了这一创作特点。这部影片对社会的剖析却更多是客观的描写，未能从“少奶奶”的眼中更充分地去反映当时的社会，未能有层次地揭示“少奶奶”在十年内乱中以及动乱之后一沉一浮的心理历程。

角度——改编者正是在这很重要的一点上，出现了闪失。

记得一九八二年评奖会期间，有一天你到我的房间来之前，我与肖立君正在谈你的《流逝》。他说：“从‘走资派’、红卫兵、知识分子、一般市民的角度去反映十年内乱的作品，不计其数，而从一个当时被视为‘资产阶级少奶奶’的女人的角度去反映十年内乱，王安忆的《流逝》别具一格。”

我是完全赞同他这种评价的。

再谈情节和细节。我很欣赏“买鱼”和“顶撞工宣队”两场“戏”，但也感到很不满足。“买鱼”这场“戏”，拍得挺逼真。我在上海生活过几年。上海人对吃的问题是看得很重的。除非过年过节，我们东北人是不太会为了吃上二斤鱼而起大早排队的。那位邻居大妈尤其好。始而因发现“张家少奶奶”居然也和自己一样地起早排队买鱼了，不无“尔也狼狈若此”之色（可惜这一点未表现出来），但眼见“张家少奶奶”受了委屈，不禁正义感油然而生，上前“打抱不平”，说公道话，还讲：“要实事求是嘛！”动乱年代人变鬼，鬼变人，但更多百姓的天良未泯，正义尚存，而且表现在此地此时，很耐人寻味。但这件事对“少奶奶”的心灵有些什么触动呢？看不大出来。我觉得“少奶奶”是否太过分矜持了些呢？

“顶撞工宣队”那场“戏”意味不足。女儿才十五岁，就要被逼迫下乡，而且“动员”到家中来，而且出言强硬，“少奶奶”终于忍无可忍。忍无可忍也并未敢拍案而起。只能据理相辩几句——“少奶奶”的抗争不过如此而已，也仅能如此而已。符合人物，有分寸感。工宣队悻悻离去后，母女二人自以为是一“大捷”——抗争的软弱性、本能性、自卫性尽在其中。可怜复可叹的“胜利”心理！但这“胜利”心理应是也必然是短暂的。难道母女二人就不为顶撞了工宣队而惴惴不安吗？这种惴惴不安又必然会将短暂的“胜利”心理一扫而光，母亲对女儿以及女儿对自己今后命运的担忧随即笼罩在她们头上。多么遗憾！银幕上少了这一抹色彩！而丈夫的“戏”也缺少意味。一向以为自己能够做到“临危不惧，善于周旋”的丈夫，在工宣队面前，畏畏怯怯，竟失去了维护妻子和女儿的丈夫气概，岂不更能反衬“少奶奶”抗争的必然性、合理性与可悲性吗？一石三鸟之处，匠心不足。

你看，谈了这么多，尽是不足，尽是可惜，尽是遗憾。电影从来就是遗憾的艺术。值得认真看的影片，才能看出些不足。毕竟，这部影片，是我一九八五年以来所看到的几部较好的影片之一。这是我最后想要告诉你的总的感觉。我不是一位好作家。当编辑的时候，也不是一位好编辑。如今当编剧了，还没为我们厂写过剧本。你曾说你喜爱电影，我想我们以后共同话题又多了一个领域。因为是由你的小说改编成的影片，所谈坦率，有枉言处，勿见怪。

代问茹志鹃老师好！握手！

秋安！

晓　声

致蒋子龙

子龙兄:

深谢在津受到的诚挚款待，回厂翌日深夜，便匆匆去了江西。我是北影编剧，即或“遵命文学”，难免也搞搞的。“将在外，君命有所不受”，怎么写，还是要取决于生活本质的启示，虽遵命不唯命。

每到天津，总乐于见你一面，乃因我心目中的你，是文坛的“一条汉子”。中国文坛，倘能总体上有些出息，依赖老的中的少的一批人不趋炎附势，不见风转舵，不搞“青红帮”，不赶时髦，不人为地制造热闹，不立什么山头，不争当什么盟主，不党同伐异，不吹吹拍拍……否则，只怕“出息”不过是“出戏”罢了!

什么样的人成为什么样的作家。故与其他方面相比，我更看重一个作家的独立人格。在这独立的人格之上，才能创建作品的独立风格，或曰风骨。至于才情，那是狼狗和猎狗之间的区别。当然，倘属巴儿狗、板凳狗、观赏狗、供人戏玩的小膝犬之类，是种的不同，也就不能作横向比较。

“才情”二字，是我近来对自己的创作进行全面反省的一个思考。

真正有才情的人，是不屑于表现出什么有才情的样子的。信不?不信，便留意观察你周围的人罢!

居电影圈内，见识的就不算少。真正有才情的演员，大抵是不摆出什么演员架势的。倒是那三流四流未入流的，你瞧瞧他们或她们吧，不知该怎么“捯饬”自己了!或花枝招展，或油头粉面，或故作风流倜傥，或一举手一投足似乎都在亮相，一颦一笑也要挤眉弄眼，叫人受不了。生怕别人看不出他或她是演员，生怕别人不将他或她当大演员看待，生怕别人将他或她看俗了，不晓得他或她肚子里装着多少才情呢，恨不得一股脑儿当面呕吐出来让你瞧。即使某些有真才情的演员，镜头前有时难免产生表现“自己”一下的欲念，而这时就“过戏”了。

对于作家，道理亦如此。作家，固然须有文学方面的才情，毋庸讳言。有三分才情，就是三分才情，千万别装出有五分的样子，装出来的那二分，塞到作品中，可能会蒙住中学生。但稍有修养的读者，会一眼看出来的。被读者看出，读者就腻味这一套了。有五分才情，更不要装出有十分的样子。

读者的眼睛还是非常厉害的，一篇作品，其中哪些是真实，哪些是浮华，哪些是虚妄，不大能骗得过他们。有五分而充十分，是“半瓶醋，乱晃荡”。

我想，作家有时极容易被“才情”二字所误所累，反而写不出真正算得上好的作品了。

“最高技巧，是无技巧境界”，巴金老的这一句话，真是金玉良言。

技巧也罢，才情也罢，在我看来，永远不是第一位的东西，第一位的东西是真。没这个“真”字，作家笔下的一切文学便没了魂。没魂的文学，也便谈不上朝什么境界提高。“为赋新词强说愁”，该是作家一大忌，也是毛病。

读巴金老《随想录》，朴实无华，宛如与人促膝倾谈。那真是一种享受，思想、精神和灵魂的享受。

作家们愈到晚年，文风往往愈加变得朴实无华。这好像是一条规律。朴实无华的美于文学更是一种难能可贵的境界。我尤其喜爱这样的作品。

我自己就曾有过那种拙劣地显示“才情”的坏毛病，在《这是一片神奇的土地》中暴露得突出。有人给我统计了一下，引用西方神话典故达十七次之多。老天爷！一个短篇，“才情”泛滥若此，活活气死江郎。

作家恐怕天生应该是那样一类人——明知不可为而为之。鲁迅弃医从文，原以为靠一支笔能扬弃国民的精神。后来连他自己也明知那是难于实现的了。然而他却并没有丢了笔再去当大夫。先生如若也像今日某些作家一样实际，我们就没有《阿Q正传》和《狂人日记》可读了。《阿Q正传》不朽，阿Q的子孙们还在，而鲁迅先生却不在了。

我想，在某些很实际的考虑中，作家丢掉的是直面人生的勇气、批判的勇气、为我们时代的文明和进步大声疾呼的勇气，尽管有着崭新的据说是高层次的纯文学的理论钟爱着，究其实质，恐怕不过是维护心理平衡的自圆其说。身在中国目前的现实中，那纯得很纯很纯的文学，我不知为何物。而实际的文坛上，不会翻出怎样了不起的种种花样。当然也出不了大作家。充其量各自仅能脑袋上顶起个作家的桂冠罢了。倘某一天，文学纯到了作家只能写给作家们或评论家们看的份儿上，层次是高得无法再高了，文学也就连根拔起，成为作家或评论家客厅里的盆景了……

《文艺报》上曾有一则消息报道：某大学当代文学研究室一研究生认为，目前根本无须回避文学亦是游戏的问题。这又是什么层次的理论呢？超高层次？我的作品当然是不值得此君研究的。因我写得很苦，从没有做游戏时的轻松和好心境。此君何以会从目前的中国政治的经济的社会的心理的因素分析出中国文学等同于游戏，不得而知，令我百思不得其解的是——

中国这块贫瘠的躁动的痛苦的土地上，何以竟孕育出这么一种贵族式的闺阁心态？也许传世的文学当真应是专为她一类人而写的？那么宁肯自己的作品速朽。

但愿不至于应了陆文夫的一句话——“文学若游戏于人间，人间也就只有当它是游戏”。

我仍如从前——天狗行空，独往独来。未加入哪一“沙龙”，也未归于何方盟主麾下，永远不。只管按照自己认定的路，咬定青山不放松，走下去就是。闲时，和儿子闹一阵，儿子眼下不失为一个好儿子……谁知将来呢？

天马需有足够飘逸的毛。你我也没那神姿，就永作天狗吧！愿你永别学得那么“实际”，或曰“聪明”。

祝全家幸福！

晓　声

致周梅森

您曾代人约稿，嘱我写篇“谈创作”，当时陷于《雪城》下部的文字跋涉，如蚁负荆，创作环境也极劣，难能移思命笔。然拳拳牢记，未敢忘却。

目前，《雪城》下部终于脱稿，即还此“债”。

关于《雪城》的创作，您一直很关心，现在终于可以和您谈谈了。

某些作者，也许是因为写了上部，才写下部的。而我，恰恰反过来，是为了下部，才写上部的。也就是说，更引起我创作冲动的，并非一代知青返城后的种种际遇，而是他们今天一九八六年，乃至一九八七年、一九八八年，成了些什么样的人，在怎样生活着，奋斗着，想怎样生活，处于什么样的矛盾之中等等。

为了下部必得像现在这样写，才那样子写了上部。两部合在一起，力图能展现一代人的心理历程和生活历程，展现一代人的观念的嬗变。当然，是否展现得较好，我没自信。

《文艺报》今年一月三十日刊有“阳雨”的一篇文章——《文学：失却轰动效应以后》，很有见地。所剖所析，颇能引起我们作家思考，值得一读。

毋庸置疑，中国目前正处于一个商品时代。商品时代的文艺必然带有商品色彩，这也是毋庸置疑的。而“文”与“艺”又不相同，恰如作家与歌星们的社会存在不同一样。与几年前相比，原属于作家们的一大批青年读者，业已被一个又一个层出不穷的歌星们的光彩吸引了去。

作者们当然不必为此而伤心，各有各的存在根据和存在价值。“阳雨”的文章说得对——“人们变得日益务实以后，一个社会日益把注意力集中在经济发展、经济活动上而不是集中在政治动荡、政治变革和寻找新的救国救民的意识形态上的时候，对文学的热度会降温。”他道出了一种社会性的规律。

相反，我们恐怕应该自觉地意识到：如今当一位作家很难了。如今文学要拥有广大的读者更难了。因为文学所面对的，不是别的什么人为的大敌，而是当代人的普遍的消遣心理。

一部文学作品，乃至一部影视作品，要做到雅俗共赏，绝非易事。须知，雅俗共赏不是一个低标准，而是一个高标准。道理是那么简单。因为对于我们，唯“雅”是从不难，唯“俗”是从也不难。

但我言之“雅”——乃是尘世上仍食人间烟火之雅士们的“雅”；我言之“俗”——一门心思发财的那些个“二道贩子”是除外的。不食人间烟火，那“雅”便在天上，地上的作家，是附庸不了他们的“风雅”的。

若以为雅俗共赏，便是这两类人同时捧一本什么小说看，那是神仙写的书。雅俗共赏作为一种标准，恐怕还是要限定在喜欢文学的人们之中，否则是一句“热发昏”的话。

还有一点，两年前我便开始思考——当代作家，尤其是我们这批中青年作家，应该培养和训练写平凡的高超能力。倘没有这种能力，我们便只有背向生活写作了。

我们之中的相当大一批，是从写所谓“知青小说”起步的。因为我们的经历与下一代相比，似乎有点不那么平凡。但这一点儿“老本”是吃不了一辈子的。今天，我们面对现实，发觉生活变得平凡了。

大书特书不平凡的年代里的人和事，检验作家的功力。写平凡年代里的人和事，而且要从平凡之中见到深刻的嬗变，见到当代人们的心理历程，从平凡之中掘出生动和复杂，更检验作家的功力。

我认为我们之中许多人是缺少这样功力的。我认为从目前的文学现状看，我们的许多作家朋友，其实是在“扬长避短”。而那所长，即使是高高飘扬的大旗一杆，也是不能擎举一辈子的。不变就是死亡。而那所短，避得了一时，也是绝对避不了一生的。故我写《雪城》下部，将背景放在了一九八六年——写城市对于我是弱点。

写平凡对于我也是弱点。我必须先克服我自身的弱点。我一向认为，城市难写。生活在城市中的人也难写。一根水泥电线杆，无论怎样写来，总不如一棵树写得更生动。而一条街，也远不如一个小村庄写得更生动。写城市更是我的弱点。所以我要克服它，锻炼这方面的笔力。

梅森文弟，您的诸篇小说，包括您的力作，所书所写，其人其事——大抵不很平凡。比如《冷血》，我认为写得很出色，属于有意义而且有意思的。在写作旨趣上，我与您颇有相同之处。我喜欢表现粗犷的、壮烈的，甚至惨烈的、悲怆的甚至悲哀的人或事。

这种写作更能使我激动。您我不同在于，我前期的写作，悲壮之中绽展着理想主义或英雄主义的孔雀尾巴。这首先是观念上的尾巴。孔雀开屏，因它的尾巴比它本身大，除此之外没有多重要的意义。您的作品比我的作品好——看不出人为着色的理想主义和英雄主义，更接近事物（包括人物）的真实和本质。

但我在《雪城》下部，不但尽力摒除理想主义和英雄主义的水分，甚至已进行调侃、跺踏和摧毁了。在上部我怀着真情实感塑造的人物，在下部我将他们推翻在地，并且“踏上了一只脚”。

就我的眼光看，理想主义、英雄主义，正从当代人的生活之中逸去。

有人看到了这一点，于是调头而去，想要到别处寻找。

我看到了这一点，于是将脸更凑近生活，看一看同时还消失了些什么，又嬗变出了些什么，滋生出了些什么。

这样看，也会从平凡之中，看到另外的种种不寻常不平凡甚至惊心动魄的东西来。

您也不妨这么看一看的，更不妨这么写一写。

我们从现在起，都努力训练和培养自己写平凡的能力，这也许是时代对我们这一批人的新的苛刻的要求……

人间自有温情在

两年前有一陌生青年叩开我家门。

我一坐定，他就跟我谈人心之不古以及世道的险恶。

随后就谈“他人皆地狱”，一副视他人全是仇敌，一种很激愤的样子，似乎他已活了好几百年，打从人心很古的时代活过来的。所以对人心之不古特别地痛心疾首。又似乎终于认清了一条真理，认清了宇宙间唯一的一条真理。这一条真理便是“他人皆地狱”。

大抵真理总有根据支撑着。

他说人都是极端自私的东西。

他说“人不为己，天诛地灭”这句话再正确不过了。

他说他从他的生活经历中总结出了几条生活经验。其中一条便是——即使对那些热忱帮助过你的人，你心里也须防着他。并且时刻问自己——他帮助你图的是什么？倘你是女性，那么对方一定有男人的非分之想无疑；倘你正在落魄之际，那么对方一定早已想好了，在你发达之后，向你勒索怎样的报答。所谓“无利不起早”。

我问他来找我干什么，是不是就为耳提面命地，对我进行这样一番“再教育”？

他这才从他的包里取出一个沉甸甸的大信封，说内中装着他的手稿，三十余万字。说要求我给看看。要求在三天内看完。还说要求我推荐给某大型文学刊物。

我说：“‘他人皆地狱’——这是你信奉的真理。那么我对你来说，地狱也。你找你的地狱帮忙，岂不是太冒险的事吗？‘人不为己，天诛地灭’——也是你信奉的。我呢，尽管原先不太信，现在却已被你开导得有些信了。你找上我家门，要求我这，要求我那，可我也是人呵。我也是极端自私的东西呵。我帮助你我能图着什么呢？若我什么都图不着，我不是无利而起早吗？我何苦来着？我已生着病，躺在床上看看书不好吗？”

他说：“算咱俩合作。算咱俩合作还不行吗？”——不惜血本大牺牲的口吻。

我说：“我还是不能帮助你。也根本不想帮助你。因为你对我来说，也是地狱呵。我帮助地狱，也是太冒险的事呵，恩将仇报的人很多。我怎么敢设想你绝不是那种人？”

他信誓旦旦地说：“请你一定相信我，我要是恩将仇报，天打五雷轰！”

我说：“你发誓也没有。你发再重的誓也不能使我相信地狱不是地狱。”

他瞪大了眼睛瞅我，愣愣地呆在那儿。

看他那样儿，忍不住地，我就笑了。

我的话尽是调侃之词罢了。我并不想跟他认真。倘我认真起来，兴许会把他赶出家门。一张口闭口“他人皆地狱”，而又以一种似乎应该的口吻求于他人的人，是讨厌的。除非他所面对的是神父、教士、修女。而我与神无缘。和生活中的大多数人一样，涵养有点儿但也有限。只能做到以凡人的情绪来对凡人的心态。

我没打从人心很古世风淳厚的年代活过。果有那样的年代，自然是很令人缅怀。我的童年和少年是在很穷很苦的生活中度过的。也同时品尝过那些年代人心和世风对穷人的不古。当然那时在我看来，生活远比现在单纯得多。但单纯并不意味着就是美妙。未成年的人对生活的感受无疑是幼稚的。因为他能和生活摩擦到哪儿去呢？又能和他人摩擦到哪儿去呢？如今我们从许多回忆文章中都能看出，当年大人们之心并不古。非但不古，且彼此互为地狱的情况不少。后来“文化大革命”的发生证明了这一点。

所以我想说，世道从来不曾古过。人心呢？我看也从来不曾。

但是不古的世道，一向自有人间的温情存在。正如不古的人心，彻底变成地狱是例外的绝望。尼采说过的偏激的话，并不比任何一位哲学家说过的偏激的话少。而哲学家大抵一开始都是企图以偏激匡正什么谬误的。

有这样一则儿童寓言，始终指导我认识生活真谛。

它讲的是——

一个孩子，救了一个小精灵。小精灵答应他，可以满足他的三个愿望。

于是孩子大声说：“让所有欺骗过他人的人都变成石头吧！”

结果一切人瞬间变成了石头。世界凝固了。孩子感到触目惊心的孤独，赶紧又大声说：“让一切为了善的愿望而欺骗过的人再变过来吧！”便有一半的石头人活过来了。他们活过来后，纷纷哭泣——因为那另一半仍是石头的人，和他们有着种种血缘的关系。孩子被那么多人哭得不知所措，慌乱中说出第三个愿望——“让世界恢复原来的样子吧！”于是一切人都活过来了。包括无耻的骗子们。于是世界就是现在这个样子，几乎不曾改变过。并且将永远夹在天堂和地狱之间。普遍的人心也是夹在天堂和地狱之间的东西。

有位二十二岁的姑娘，伫立五层楼的阳台上，要往下跳。楼下的巷子里，拥塞了许多人，仰望着她，有人期待她跳，期待亲眼一睹年轻的躯体怎样被摔得七窍流血一命呜呼……

有人大喊大叫："跳哇！跳哇！吉昌不是跳下去了吗？唐嗄也跳下去了！现在该轮到你啦（电影《追捕》之台词）！……"这是一九八四或一九八五年发生在湖北省孝感市的事情。姑娘死了……对于姑娘，巷子里那些渴望看见她死的人，乃地狱。我们很难猜测她当时内心里会想到些什么。但，在那人群中，却有一位老汉，顿足疾呼："姑娘，你千万不能啊！你还年轻哪！……"那老汉却遭到了他周围一伙流氓痞子的拳打脚踢。世上，是真有一些人的人心，只能用地狱比喻的。否认这一点是虚伪，害怕这一点是懦弱。祈祷地狱般的心从善，是迂腐。好比一个人愚蠢到祈祷这世上不要有苍蝇、蚊子、跳蚤、蛆、毛毛虫、毒蛇和蝎子之类。世界之所以叫世界，正因为它绝不可能干净到如人所愿的地步。世界是处在干净与肮脏之间的永恒的现实。人心也可以这样大致去加以分析。

在北京，有一对四十余岁的夫妻。丈夫患病，丧失了工作能力，每月只能拿到百分之六十的工资。妻子的工资也很低微。他们有一对双胞胎女儿，还有老母亲。在目前北京的物价情况下，其生活之艰难可想而知。单位按章程办事，还照顾不到他头上……他当年是一个北大荒知青。他当年的知青伙伴们没有忘记他。每月每人出贰元、伍元、拾元不等，有专人收齐，送到他的家里去……他们这样做已经整整三年了，还在这样做。他们会一直这样做下去的，这是毫无疑问的。还有不少温暖之手向他伸出。如果我们揣度他们这样做，有什么不可告人的动机的话，除了证明我们自己心里的阴暗和为人的混蛋，还能证明什么呢？

北京电影学院，有一位教创作的教师，当年是一位内蒙古兵团的知识青年。一次他在新街口"西安餐馆"吃羊肉泡馍，见一喝醉了酒的蒙古族汉子伏桌失声恸哭，引起许多人反感。他将那蒙古族汉子扶出了餐馆，扶至一僻静处，询问他到北京来办什么事，遇到了什么困难，何以悲哀。告曰独生子女不幸得了癌症，在北京住院。而当父亲的，因家中有急事，又不得不撇下女儿，赶回内蒙古去。女儿无人托付，去则不忍，留则不成，哭以宣泄……

他说："你放心离开北京吧！我是当年内蒙古兵团的知青，我会代你经常到医院去探望你的女儿的……"他说到了，也做到了。他告诉那蒙古族少女："我是你父亲的朋友。最好的朋友之一。"除了她的父亲，还从没有另外一个人到医院探望过她。每次同病房的人被探望，她是那么羡慕人家。

而从此她可以获得一种情感满足了。北京对她来说，不再是举目无亲的城市了。北京有她父亲的“最好的朋友”，他答应她，会经常来看她。还给她读书，讲故事。能感受到这种关怀，对那患了绝症将不久于人世的蒙古族少女，是极其重要的，也是极其需要的。

一次他又去探望她，问她最想吃什么，她说最想吃羊肉汤，而且立刻就想吃到。他便走出医院去买羊肉。但他衣兜里只有柒角几分钱，卖羊肉的个体摊位的摊嫌不值得一卖，不卖。他只好请求于人家。人家听他说完，默默操起刀，“啪”地一刀，砍下二三斤上好的羊肉，叫他拿走。且不收他一分钱。

他困惑了，反而愣在那儿。

人家说：“我当年也是内蒙古兵团的知青。善良的事，别叫你一个人做了。有机会，我也愿意做。”

他有什么不良企图吗？卖羊肉的也有什么不良企图吗？作如此揣度的人，只能是一种人——混蛋透顶之人。

若让小偷选总统的话，他们非常可能选扒手。并且，他们非常希望，每位受尊敬的人，其实都曾有过溜门撬锁的劣迹。更非常希望，能从人类知识中，寻找到偷窃行为属人类正当行为的根据。因而无数名人的言论，被败类奉为座右铭，是丝毫也不奇怪的事。连真理有时也不能幸免遭到亵渎。

地狱并不在别处，正在每一个人内心里。所谓“圣界”也不在别处，也正在每一个人内心里。

坏人是死不绝的，正如好人是死不绝的。我们常常被告诫，要防备坏人。而这个世界，即使糟糕到极点，令人沮丧到极点，也起码是一个好人和坏人一样多的世界。故“他人皆地狱”，起码在一半意义上不是真理，而是心理变态者的呓语。纵然这句话最先是尼采说的，也完全可以这样认为。

在美国的一座城市里，每到圣诞节，总有一位老人徘徊街头，将一双双崭新的温暖的手套，赠送给不相识的、出门匆忙忘了戴手套的人们。他这样做已经整整十年。当别人问他为什么这样做，他说：“能给予人们一点儿微小的关怀，我感到一种心灵的莫大愉快。”

他不是基督徒，也不是精神病患者。

在美国的一座城市里，有另一位老人于医院里将死去了。他唯一的愿望，就是死前能再见到他在另一座城市的儿子一面。院方虽然代他通知了，但他的儿子分明不能及时赶来。在他弥留之际，主治医生和护士走到了他的床边。他以为是他的儿子来了，紧紧抓住主治医生的一只手，说：“亲爱的孩子，你不知我有多么想念你……”护士要将他的手和主治医生的手分开，而被主治医生用表情制止了。主治医生说："亲爱的爸爸，我爱你！原谅我来迟了！……"他示意护士搬一把椅子给他。他在老人床边坐下了，就那么被老人紧紧抓住一只手，从午夜到黎明，从黎明到天黑，坐了近二十个小时，直到老人那只手，自然地垂下……

这几件事，不是小说，是真人真事。

人间自有温情在。人间永远自有温情在。人内心里如果没有的东西，走遍世界也无法找到。善善恶恶，善恶迭现，世界从来就是这个样子。

信奉"他人皆地狱"的人，是很可怜的人。因为他的心，像木炭，吸收一切世间美好的温馨的情感，却体会不到那一种温馨那一种美好，仍像木炭。

这样的人，我认为，是不值得给予他们什么关怀和帮助的。即使他们在请求于你甚至乞求于你的时候，内心里也是阴暗的，也是对他人怀有敌意的。

尤其是，对那些张口闭口"他人皆地狱"的人，万勿引以为友。避开他们，要像避开毒虫一样。因为，真的可能对他人构成地狱之险恶的人，正是出在他们那些人之中。

这是我的人生经验，也是我对一切善良人的忠告。

谓予不信，你睁大眼睛，仔细观察你周围的人，听听究竟谁在那里张口闭口说"他人皆地狱"。你不难得出结论，那些人，恰恰是些怎样的人……

怀念赵大爷

“赵大爷不在了……”妻下班一进家门，戚戚地说。

我不禁一怔：“调走了？还是不干了？”

“去世了……”

我愕然。顿时想到了宿舍区传达室门外贴的那张讣告——赵德喜同志因病医治无效，于四月十四日晚去世，终年六十岁。行文简短得不能再简短……那天，我看见了讣告。可我怎么也没想到赵德喜就是赵大爷，此前我不知他的名字。当时我驻足讣告前，心想赵德喜是谁呢？我怎么不认识呢？我许久说不出话，一阵悲伤袭上心头。以后的几天里，我的心情总是好不起来……赵大爷是我们儿童电影制片厂的勤杂工，也是长期临时工，一个一辈子没结过婚的单身汉，一个一辈子没有过家的人，只在农村有一个弟弟……

1988 年底，我刚调到童影，接到女作家严亭亭的信，信中嘱我一定替她问赵大爷好。她在童影修改过剧本，赵大爷给她留下了非常善良的印象。

童影的人不分男女老少，都称他赵大爷。我自然也一向称他赵大爷。那时我的父亲还在世。有次我和他打招呼，他挺郑重地对我说：“可不兴这么叫了，你老父亲比我大二十来岁，在老人家面前我算晚辈呢！”我说：“那我该怎么称你啊？”他说：“就叫我老赵吧！”我说：“那你以后也不许叫我梁老师了。”他说：“那我又该怎么称你啊？”我说：“叫我小梁吧。”过后他仍称我“梁老师”，而我仍称他“赵大爷”。

儿子有次写作文，题目是《我最尊敬的一个人》。儿子问我：“爸，谁值得我尊敬啊？”我说：“怎么能没有值得你尊敬的人呢？你好好想！”儿子想了半天，终于说：“赵大爷！”我问为什么。儿子说，赵大爷对工作最认真负责了，一年四季，每天早早起来，把咱们周围的环境打扫得干干净净。每年开春，赵大爷总给院里院外的月季花修枝、浇水。每年元旦、春节，人们晚上只管放鞭炮开心，而第二天一清早，赵大爷一个人默默地扫尽遍地纸屑。赵大爷总在为我们干活儿……

儿子那篇作文得了优。记得我曾想将儿子的作文给赵大爷看。为的是使他获得一份小小的愉悦，使他知道，一位像他那样默默地为大家尽职尽责服务的人，人们心里是会感激他的。起码，一个孩子在父亲的启发下，明白了他便是一个值得尊敬的人。可是后来我没有这么做，不是想法改变了，而是忘了。现在我好后悔，赵大爷应该得到那样一份小小的愉悦的，在他生前。

赵大爷无疑是穷人中的一个。五年多以来，我从未见他穿过一件哪怕稍微新一点儿的衣服。我给过他一些衣服，棉的、单的、毛的，却不曾见他穿。想必是自己舍不得穿，捎回农村去了吧？他不但负责清除宿舍楼七个门洞的垃圾，还要负责清除厂里的垃圾。他干的活儿不少，并且是要天天干的。哪一天不干，宿舍区和厂区的环境就会大不一样。据我所知，他每月只拿一百五十元。在今天，每月只拿一百五十元，干他天天必须干的那种脏活儿，而且干得认真负责，任劳任怨的人，恐怕是太难找了！

干完他应该干的活儿，他还经常帮人修自行车。他极愿帮助别人。据我所知，他大概是个完全没有文化的人。然而在我看来，他又是一个极其文明的人，一个极其文明的穷人。我从未见他跟谁吵过架，甚至从未见他和谁大声嚷嚷过。一些所谓有知识有文化的文明人，包括我这样的，心里稍不平衡，则国骂冲口而出。我却从未听到赵大爷口中吐出一个脏字。我完全相信，在别人高消费的比照下，穷是足以使人心灵晦暗的。然而在我看来，赵大爷的心灵是极其明澈的，似乎从没滋生过什么嫉仇或妒憎心理。他日复一日默默干他的活，月复一月挣他那一百五十元钱。从不窥测别人的生活，从不议论别人的日子。他从垃圾里捡出瓶子罐头盒、纸箱破鞋之类，积聚多了就卖，所得是他唯一的额外收入……

这使我养成了习惯，旧报废书，替他积聚。就在他去世前一天，我还想，又够卖点儿钱了，该拎给赵大爷了……

每逢年节，我都想着他，送包月饼，一盘饺子，一条鱼，一些水果什么的……

赵大爷，我心里是很尊敬你的呀！你穷，可是你善；你没文化，可是你文明；你虽与任何名利无缘，可是你那么敬业，敬业于扫院子、清除垃圾那一份脏活儿……

你就那么默默地走了，使我觉得欠下了你许多……

好人赵大爷，穷人赵大爷，文明而善良的穷人赵大爷，干脏活而内心干净的赵大爷，穿破旧的衣服而受我及一家人敬爱的赵大爷，我们一家，和在传达室每日与你相处的老阿姨，将长久长久地缅怀你……

朱师傅一家

赵大爷死后，朱师傅来了。接替赵大爷，成为我们儿童电影制片厂宿舍楼的管理员。职责和赵大爷一样，负责环境卫生及安全。

朱师傅可能比我年龄小七八岁，安徽农民。自然，他住在赵大爷住过的小小门房里。门房约十平方米，隔为两间。外间用于收发和传达，朱师傅住里间。小小门房一分为二，里间摆一张单人床和一张窄桌外，也就没什么余地了。

收发和传达另有人负责，地方也特别小，所以朱师傅的起居，客观上就限定在里间了。

别人都叫他朱师傅，或叫他老朱。他年龄明明比我小，我叫他老朱自觉不合适，故也随年轻人们叫他朱师傅。他则随年轻人们叫我“梁老师”。

有次我说：“朱师傅，别叫我梁老师，叫我老梁。”

他愣了愣，却说：“那哪儿成呢？那么多人都叫你梁老师，我怎么能叫你老梁呢？”

我说：“那就叫我晓声。不是也有那么多人叫我晓声吗？”

他说：“他们是你朋友啊！”

我说：“那你也当我是朋友嘛。”

他说：“行，梁老师，以后我就当你是朋友！”

直到现在，他仍叫我“梁老师”——虽然，我这方面觉得，他已经拿我当朋友了。看来“梁老师”他是叫定了，没法儿要求他改了。

和赵大爷一样，朱师傅也是极有责任心的人。我们宿舍楼周围的环境卫生一直挺好，人们都比较满意。这受益于朱师傅的责任心和勤劳。

记不得从哪一年起，朱师傅的女儿朱霞来了。朱霞已经是大姑娘了，二十一二岁了，但看去仍像少女。自幼患了小儿麻痹，一只手有些残疾。人们都很喜欢朱霞，我也喜欢她。她是个有礼貌又懂事的姑娘。人们都很惋惜她的病，都希望她的病能在北京治好。

不久朱师傅的妻子和儿子也一道来了。他妻子是位质朴的农村妇女。她随朱师傅叫我“梁老师”，而我称她“嫂子”，这在辈分上是颠倒的。其实我应叫她“弟妹”，但我不习惯那么叫她。而她呢，既然我称她“嫂子”，她似乎也就只有姑妄听之了。

朱师傅的儿子比朱霞小两岁，叫朱凡。朱凡是个清秀且聪明的农村小青年，比少年大不点儿那类青年。

朱师傅常替人们修自行车。朱凡从旁看了几次，也学会了。遇有谁家的自行车坏了，推到门房外，请朱师傅修，倘若朱师傅没时间亲自修，便将“任务”交代给朱凡，往往还要严肃地叮嘱：“要认真修啊，不许对付！”

我曾对朱师傅说：“朱师傅，别不好意思，要收钱。”

朱师傅笑着说：“那哪儿行呢？那成什么事儿了呢？”

我也曾对朱凡说：“你爸不好意思收钱，你有什么不好意思的？你要收！”

朱凡也和他父亲一样那么憨厚地笑，不吱声儿。

“朱霞，你收！”

朱霞也笑。

“嫂子，他们都不好意思，你出面收！在这一点上不必学雷锋，不必搞无偿服务！”

她同样憨厚地笑。

我也曾暗中对某些关系亲密者打招呼——“咱们都不要让人家朱师傅白修车啊！”

人们都说对。

其实街口就有修自行车的。但那修自行车的天一黑就收摊了。住在楼里的大人们或学生们，往往晚上了才想起自行车有毛病，怕影响第二天上班上学，于是只有求助于朱师傅。而朱师傅从来有求必应。即使自己没空儿，也是先应下来，让儿子修。尤其冬季的晚上，不能把自行车搬屋里修，只能将电灯拉到外边，冻手冻脚地修……

这不给几元钱真是让人过意不去。

但据我所知，他们是从来不收钱的。非塞钱给他们，反而会让他们非常窘。

我妻子的自行车，我儿子的自行车，他们也不知摸黑给修过多少次了。

我们也只能送些东西，变相地表示感谢。

朱霞曾在北京住院治过病，厂里为此发起了募捐，或多或少，是一份心，总之几乎都捐了，捐的都很情愿。证明人们对朱师傅和他的一家都是很友善的。也证明朱师傅和他的一家，给人们的印象是非常良好的。

原本仅容得下一张床的传达室里间，四口之家是显然地、绝对地没法儿同住的。但这世上在一些人看来是显然的、绝对的事，在另外一些被逼到被推到那事前的人们，往往也就不那么显然、不那么绝对了。正所谓事是死的，人是活的；生存空间是小的，人生活的心气儿却可以大一些。朱师傅捡了一张破木床，修修，将两张木床摞起来了，成了双层的床。又捡了一块板，晚上临睡前将下床接出一条。就这样，显然而又绝对解决不了的困难，似乎也就得到了一定程度的解决。朱霞和母亲每晚睡下床，睡得多么挤是可想而知的。朱凡睡上床。而朱师傅自己，则每晚在厂里到处找地方借宿。好在厂里有些供值班人员睡的床，一般情况下他借宿不会遭到拒绝。

现在，这一家四口的生活，主要靠朱师傅一人的微薄收入维持着。

但我从未见朱师傅愁眉苦脸过。

朱师傅另外还有没有收入呢？

有是有的——四处捡些废品卖。

他清除七个垃圾通道时，常将易拉罐儿、塑料瓶挑出来攒着。我常见他推了满满一车废品送往什么地方的废品站。

我曾听有人说："嘿，又发了，也许卖不少钱呢！"

我不相信现而今谁靠捡废品卖会"发"。

倘真能，为什么我们城里人不也"发"一把呢？

一个易拉罐儿几分钱，一斤废报纸几角钱，这我也是知道的。一车废品卖不了多少钱，明摆着的事儿。

朱师傅挣的是城里人，尤其是北京人显然地、绝对地不愿挣的钱，也是显然地、绝对地在靠诚实的劳动挣钱。

故我常将能卖钱的废品替朱师傅积攒了，亲自送给他。

有次我问："怎么最近没见朱凡啊？"

他笑了，欣慰地说："去学电脑了！"

这一位从安徽农村来的中年农民父亲，就用自己卖废品所得的钱，供他的儿子去学最现代的谋职技能。

现在朱凡已经在某邮局谋到了一份临时的工作。尽管收入和他父亲的收入一样很低微，但毕竟，全家多了一份收入啊！

某日，朱师傅见了我，吞吞吐吐地问："你看，如果我想在车棚这一角用些胶板围一处我睡觉的地方，厂里会同意吗？"

我说："我不是早就建议你这样做了吗？只管照你的想法做吧，厂里我替你说。"

厂里的领导也很体恤他一家。

现在，朱师傅有了自己的栖身之处——就在门房的边上，一米多宽，两米多长，用胶板围的一个箱子似的“房间”。睡在里边，夏天的闷热，冬天的寒冷，大约非一般城里人所能忍受。

现在，这一家人已在北京——确切地说，在我们童影的门房生活了七八年了。除了朱霞，朱师傅、“嫂子”和朱凡，都在为生活而挣钱。不管一份工作多么脏、多么累，收入多么低微，在北京人看来是多么不值得干、不屑于干，在他们看来，却都是难得的机遇……

在风天，在雨天，在寒冬里，在赤日下，我常见“嫂子”替朱师傅清理七个垃圾通道，替朱师傅打扫宿舍区和厂区的卫生。也像朱师傅一样，从垃圾里挑拣出可卖点儿钱的东西。她替朱师傅时，朱师傅也许往废品站送废品去了，也许另有一份儿活，去挣另一份儿钱了。

“嫂子”推垃圾车的步态，腾腾有力，显示出一种“小车不倒只管推”的样子。

这一家的每一个成员，似乎总是那么乐观，似乎总是生活得那么亲情融融。

有时我不免奇怪地想——他们的乐观源于什么呢？

当然，我知道，他们一家人要通过共同的努力，早日积攒下一笔钱，然后回安徽农村去盖房子。

那须是多大数目的一笔钱呢？

三万元？还是五万元？

他们离这个目标还有多远呢？

似乎，为了达到这个目标，他们再豁上七八年的时间也不足惜。而且，一定要达到，一定能达到。

难道，这便是他们乐观的生活态度的因由吗？

哪一个人没有生活的目标呢？

哪一个家庭没有生活的目标呢？

但是，有多少人，有多少个家庭，身在灯红酒绿的大都市里，不谤世妒人，不自卑自贱，不自暴自弃，一心确定一个不超出实际的寻常得不能再寻常的生活目标，全家人同舟共济，付出了一个七八年，并准备再付出一个七八年去辛辛苦苦地实现呢？

我清楚，这样的人，这样的人家，在北京也是不少的。

这一种生活态度不是很可敬吗？

自尊，自强，自立——于老百姓而言，不是特别重要吗？

十分难得的是，他们还有那么一种仿佛任什么都腐蚀不了的乐观！

这乐观可贵呀！

我常对自己说——朱师傅是我的一面镜子。他这一面镜子，每每照出我这个小说家生活的矫情。

我也常对妻子和儿子说——朱师傅是我们一家的镜子。

相比于朱师傅和他的一家，我和我的一家，还有什么理由不乐观地生活？我们对生活所常感到的不满足不如意，不是矫情又是什么呢？……

怀念亲爱的于晓阳弟弟

我在曾经的北影，是很有几位无话不谈、推心置腹的忘年交的，也很有几位情谊深厚的好朋友。而于晓阳，是好朋友中和我关系最亲密的人。我落笔写出“最”字时，犹豫了片刻，寻思了一番——觉得朋友之好，关系已非同一般；在好朋友中还要分出“最”来，似乎是对其他好朋友们的不敬。但我还是写出了上面那个“最”字，认为倘不那么写，不足以如实表明我和晓阳那一种亲密关系。因为，忘年交也罢，好朋友也罢，他们都是一向称我“晓声”的，只晓阳例外——在我的记忆中，他几乎从没称过我“晓声”；似乎，从我们见面的那一天起，他一直是叫我“哥”的。是的，我真的不记得，他也曾叫我“晓声”。有时，我们会在北影后门那条小路上碰到，不管我与谁在一起，或他与谁在一起，他都会亲亲热热地叫我“哥”。那时的他，一脸快意，仿佛我就是他的一个手足亲哥，而他就是我一个永远脱不尽少年气的小老弟。往往，他走后，别人会诧异地问我：“你还有一个弟弟也在北京？”或我转身后，听到别人诧异地问他：“你除了姐还有一个哥？你哥是干什么的？”

在他永远离开了他的父母也就是我敬爱的于洋老师和杨静老师之前，我们曾接连数日讨论过我写的电影剧本。那是我依据自己的小说《红晕》专为他改编的剧本，也是他生前很想执导的剧本。讨论中他时常显得激动乃至亢奋，倘与我的看法相左，便会站起，困兽般走来走去，大声打断我的话：“哎哥，哎哥，你先听我说，你先听我说！……”

我们经常在一起讨论某些中国现象——政治的、经济的、文化的、电影的……

晓阳是极其爱国的。

正如于洋老师和杨静老师是极其爱国的。

他的父母更是凭情怀爱国。

而晓阳也还用思想爱国。

我一向觉得，这两种爱国，前一种，是较普遍的：而后一种，每每不怎么容易被理解，所以特别需要被理解。我的意思是，若言于洋老师和杨静老师是爱国的，当不存疑。但是倘言于晓阳是爱国的，那么某些人也许就会诧乎其异了。然而我们认识的于晓阳，或曰我所理解的于晓阳，他确实是爱国的。又然而，我认为，能像我这样理解他的人恐怕不是太多。

他不但是用思想爱国的，还是用诗人的思想方式爱国的。这是他的爱国情怀生前只被极少极少的人所理解的原因。这是他的悲哀。而我是那极少极少的人中的一个，是我的荣幸。

记得某年某月某日，在我家里，我和他讨论到了个人崇拜问题。我是一个多少还有些个人崇拜心理的人，比如，对思想史、艺术史和文学史中的某些人物。

我问："也有你崇拜的人物吗？"

他说："有。"

这很出乎我的意料。

因为我觉得，像他那么气质狷傲的人，亲历了"文革"之后，大抵是不会再崇拜什么人了。因而追问："那么你崇拜谁呢？"答曰："马丁·路德·金。"于是他站了起来，在我家小小的客厅走来走去，挥舞着手臂，朗读马丁·路德·金那一篇著名的演讲《我有一个梦想》的片段：

我的祖国，
可爱的自由之邦，
我为您歌唱。
这是我祖先终老的地方，
这是早期移民自豪的地方，
让自由之声，
响彻每一座山岗！

当我们让自由之声轰响，当我们让自由之声响彻每一个大村小庄，每一个州府城镇……

……

斯时的晓阳泪盈眼眶，几乎泣不成声。

我呆呆地看着他，顿时明白——像他这种不但用感情也用思想而且还用诗人那种思想方式爱国的人，他的思想深处便将注定是痛苦的了……

我一时不知说什么好。

他则站在我面前，凝视着我说："哥啊，我这儿，这儿，是爱国的呀！我也有一个中国梦……"

说时，手指点着自己胸口，点着自己太阳穴。

我低声回答两个字是："相信。"

分明地，对晓阳而言，马丁·路德·金不仅是美国著名的黑人人权运动领袖，当然也是美利坚合众国的伟大的爱国者；《我有一个梦想》，也不仅仅是著名演讲，还是不朽诗篇……

我和晓阳之间的友谊，始于我和于洋老师杨静老师的忘年之交。他们在北影的家，是我从复旦毕业分配到北影后的温暖去处。当时他们的家只不过七十几平方米，分为三间，一间作为客厅，一间是他们的卧室，还有一间，晓阳的奶奶住。那时晓阳在部队上还没转业，晓阳在八一厂任副导演的姐姐在厂里有宿舍可住，不常回家。我已经回忆不起来我怎么就成了他家的常客——因为我是哈尔滨人而于洋老师的童年和少年是在长春度过的，那么我们是广义的东北老乡？因为他从我身上看到了和他相同的耿直性格？因为我在编导室（当年北影的编辑、编剧、导演曾归于一个部门）的学习讨论会上，每每毫无顾忌地对"文革"、对极左的文艺桎梏表示深恶痛绝？因为我是贫家子弟而他也出身寒门？因为我行为俭束喜欢看书躲避热闹？……总而言之，他们对我满怀真诚的好感而我也格外珍惜那一种好感。于是，在我和晓阳见面之前，便已渐成于家友人。在于家那小小的客厅里，情形经常是这样——杨静老师摆出烟，沏上茶，我和于洋老师长久交谈，而她坐在一旁倾听，偶尔插言道出自己的看法和感想，一个小时又一个小时在不知不觉中过去。当年我们谈得最多的，是个人崇拜给中国带来的危害，"四人帮"在"文革"中的种种罪恶以及我们对"文革"的反思，中国电影从前的历程和现实困扰，我们对中国电影、中国文艺未来发展的期望、企盼，还有我们对人生的感悟……

于洋老师和杨静老师都是极其热爱中国电影事业的人，也都是极其崇尚艺术的人。对于我来说，于家那小小的客厅，是一处艺术沙龙。在于晓阳转业之前，那沙龙通常仅有三人，甚或仅有二人，如果杨静老师不在家的话。对于他们，那样的时光是愉快的；对于我，更是。

尽管我还没见过晓阳，但却觉得已经很熟悉他了。因为杨静老师曾捧着影集——指给我看晓阳从出生到入伍前后的照片。

那时她说："你要多了解一下你晓阳弟弟。将来他转业了，你就是他哥哥了。"

而于洋老师从旁说："对。你们兄弟俩一定会相处得很好。"

那时我因为又将有一个弟弟，而且是他们两位我所敬爱的长者的儿子，感到格外幸运。

有一天，杨静老师拿着一封晓阳的家信到北影厂分配给我的一小间单人宿舍找我，高兴地告诉我：“你晓阳弟弟快复员了，你们就要见面了！”仿佛，我和晓阳二人中有一个是女的，而我们的相见，将定下一桩婚姻似的。

晓阳复员的当天晚上或第二天晚上，我终于在他的家里见到了他。那似乎是夏季，那一年似乎是一九七九年或一九八〇年，晓阳似乎仍穿着一身绿军装——那一年的晓阳才二十一二岁吧？因为杨静老师是蒙古族，晓阳身上自然便有一半的蒙古族血统。那是于家为晓阳洗尘的家宴。晓阳的姐姐江江从八一厂赶回来了。于家一家三代聚齐在饭桌周围了，我是唯一的客人。晓阳坐在他的奶奶身旁，他身旁是江江，而我坐在晓阳对面、于洋老师和杨静老师之间……

晓阳脸形瘦削，眉清目秀，有一头浓密、乌黑、天生曲卷的好发，像极了苏联电影《保尔·柯察金》中的保尔。只不过彼保尔的脸形更瘦削，目光阴郁，气质刚毅；而我对面的晓阳，目光中却流露着几分大家闺秀般的矜持和羞涩，气质也显然是浪漫的。那一种气质我特熟悉，二十余岁而又爱诗的青年，他们的气质大抵是那样的。爱诗意味着他们的初恋。在他们的诗尚未公开发表之前，爱诗也是他们的隐私。他们因有那样一种隐私而本能地羞涩，因企图掩饰其种种浪漫情愫而矜持……

那一晚上的晓阳矜持得沉默寡言。

于洋老师显然希望他话多一些，便一再谈自己对儿子写诗这件事的看法。晓阳该算是中国最早的一批喜欢“朦胧诗”的青年之一。而于洋老师也是喜欢诗的表演艺术家，他喜欢那种激情澎湃，朗朗上口，歌颂理想、爱国主义精神和传达乐观向上的精神的诗。他甚至自己也写过那样的诗，并且登台朗诵。而晓阳喜欢的诗，则是那类词句隐晦的，象征意味十足的，体现着青年人的迷惘和质疑态度的诗，那样的诗征服他那样的青年。

父子二人对于好诗的标准是大相径庭的。

所以于洋老师那日晚上一再强调：“虽然我们父子对于诗，对于好的文艺作品的看法是不同的，但是晓阳我尊重你的个人理解，只不过希望你以后也能虚心听听我的，互相取长补短嘛！……”

晓阳说：“爸爸，我很尊敬你啊。在电影方面，你当然是我的老师。”

而那话，似乎包含着这么一种意思——关于诗，那就请允许我走自己的路吧！

杨静老师那天晚上话最多，左不过是夸一通晓阳，再夸一通我，夸得我和晓阳一阵阵不好意思。

她给我印象最深的一句话那就是——“今后晓声就是咱们家的一个成

员了。"

晓阳的目光中便流露出几分讶然来。

关于我，他当然也是有了几分了解的——复旦大学中文系毕业生，工农兵学员，北影编导室最年轻的编辑，为人正直，喜欢写小说，他父母的忘年交。于洋老师和杨静老师在电话里或信中告诉他的，想必，也就如此而已，仅此而已。

显然，他一点儿也不怀疑我的为人品质——他父母的忘年交怎么可能是为人品质有问题的人呢？但我对于文学的感觉究竟怎样，他还要进一步考察。

他的目光告诉了我这一点。

我望着他，却联想到了马克·吐温在他的小说《汤姆·索亚历险记》中的两句打油诗：

蓬松卷发好头颅，
未因失恋而痛苦。

是的，刚刚复员到北影的晓阳，正处在青涩的、多少有些叛逆的年龄。在艺术气息浓郁的家庭环境中成长起来的他，其实叛逆也叛逆不到哪儿去。如果不谈诗和文艺观，晓阳在父母面前十足是一个乖乖仔。

他的姐姐江江听了他们妈妈的话，直言快语地说："既然都是咱们家的一个成员了，那你们还莫如今天晚上就认了干儿子算了！"晓阳的目光便又讶然地转向姐姐。刚刚复员回到家中的他，对于一个比他大十来岁的、叫梁晓声的编导室编辑，如此这般地被"定性"为他们"家的一个成员"，说话工夫又将快速地成为他父母的干儿子，显然还没有足够充分的思想准备。其实我也没有。杨静老师却已在问我："晓声愿意吗？"我心里很温暖，却说："得先问于洋老师啊。"于洋老师说："得看晓声的父亲多大年纪。"那一年我三十岁出头，于洋老师五十余岁，我的父亲六十几岁。两位长者算了算这个那个的年龄，都说年龄上不成太大的问题。于是江江说："喝酒，喝酒，这么定了。"大家便碰杯，喝酒。于是杨静老师对晓阳说："晓声都是你爸妈干儿子了，今后就是你哥了呀。"

事实上，我至今一次也没对于洋老师和杨静老师叫过"干爸""干妈"，于洋老师也一向叫我"晓声"。但某几次去他们家，赶上他们一家人在吃饭，杨静老师确乎是亲切地这么叫过的："儿子，吃了没有？没吃坐下吃。"

须知，那时的我，还没发表过一篇像点儿样子的小说呢……隔了几日，大约是一个中午，晓阳出现在我的单身宿舍。他一本正经地说："我是奉命而来的呀，你干妈叫你今天晚上务必到家里去吃饭，她要亲自下厨为你做炒肝。"我问："为什么？"他说："他们喜欢你呗。"我想了想，不以为然地说："炒肝不就是把猪肝炒一炒吗？我吃过。你回去告诉阿姨，晚上我去，亲自下厨为我炒一盘猪肝就大可不必了。"他就反问我："你没吃过炒肝吧？炒肝可不是把猪肝炒一炒那么简单，工序较复杂，而且做的是羊肝。"

我笑了，承认自己没吃过工序较复杂的那一种炒肝。晓阳说很好吃的，他们全家人都爱吃，也是他妈的拿手菜之一。接着又说："你杨静老师的任务我已经完成了，现在开始谈咱俩的事儿吧。"我说："咱俩有什么事儿？"他说："以后我少不了经常来向你请教写作方面的经验，咱俩得先把相互称呼明确一下吧？"我说："有什么好明确的呢？"他狡黠地眨一下眼睛说："你叫我爸妈老师，我总不能也叫你老师吧？"我说："那就像你爸妈一样，叫我晓声。"他说："那也不太好吧，显得太不尊敬你了吧？"我说："依你呢？"他庄重地说："前几天晚上，在我家，我爸妈都认你干儿子了，按理我该叫你哥吧？"我看出他那庄重是假装的。他是在以假装出来的庄重，试探我对他日后的揶揄、调侃能接受几分，底线在哪儿。我说："这么叫我是最好的叫法呀，不是你复员之前早就确定了的吗？"他连连点头道："那是，那是。但那主要是他们的意思，咱俩再当面认可一下，也是对的吧？"

我也成心戏弄他，一本正经地说："其实按称呼的关系逻辑，你叫我老师也是对的，因为我是你父母的同事。单就这一点而论，你叫我叔叔我都担得起。"

他赶紧说："别别别，咱们还是不那么论，按既定方针办，按既定方针办。"

现在回忆起来，晓阳当年以那么一种半认真不认真的态度和我明确称呼问题，也不完全是玩笑话，还有他挺在乎的一面。叫我"老师"，显然是他不情愿的。"老师"这种称呼在北影大院及宿舍区，别提有多流行。某人如果叫别人"老师"，一般而言，差不多就等于自我限制了和别人随便开玩笑的权利。而叫"哥"，对于他来说，那又须当面从我这儿获得到愉快的反应。否则，虽然父母下了"指示"，他也是断不会执行的。他分明是一个极重视自尊感受的人。而我，可以说立刻就喜欢上了他这一个弟弟。也许是部队里那种格外严肃的上下级关系使他无拘无束的天性压抑久了吧，我觉得他极需的哥是一个特别经得起调侃，自身也不乏幽默的人。我极愿当他所希望的那么一个哥，我想我的表情使他获得到了愉快的反应。

不料他随即说："哥，你于洋老师和杨静老师夸你是一个严肃的青年，你不会因此越来越严肃吧？”我说：“日久天长呢，结论留给你自己以后下。”他又说：“他们还认为你是一个好青年，北影模范青年，完全可以做我的榜样。你这儿没外人，就咱俩，教教我，你怎么蒙蔽他们的？”我便笑出了声。他装出一副很苦恼的样子接着说：“于洋同志和杨静同志要求我向你好好学习，他们对我总是不太满意，可是我认为我也是一个模范青年啊，你看呢？”我说：“你当然是模范青年！”晓阳是一个极富幽默感的人。所谓冷幽默那一种。当他正话反说，或反话正说的时候，那就表明他开始喜欢对方了。而假如对方是一个他不喜欢的人，他是懒得和对方说话的。从那一天起，他一直是叫我“哥”的，一叫就叫了二十几年。我甚至一次都不记得，他也曾叫过我“晓声”。

我们在一起时，不管说着什么话题，如果他不同意我的观点往往会迫不及待地打断我。打断的方式就是叫道：“哎哥，哎哥，我说两句行不行？”

他若因什么事儿苦闷了，往往会给我打电话；在电话里，“哥”字说在前边了，“哎”变成“啊”了。“哥啊，你在哪儿呢？想你了，来看看你弟吧？……”接到这样的电话，我当然要去看他。在我面前，说到他的爸爸妈妈，他通常的说法是“于洋同志”或“杨静同志”——那意味着他对父母的另类的亲爱之称。有时也从我这方面称他的父母为“你的于洋老师”或“你的杨静老师”。

不消说，那时候，他可能刚刚因为什么事和父母发生了分歧。

而如果他把那种分歧告诉了我，我的观点或态度又是站在他父母一边的，他的话就这么说了：“您和您的于洋老师的观点真一致，难怪他总是要求我向您学习嘛！”或者：“您的杨静老师让我来听听您的意见，可我早料到了您是站在她那一头儿的！”

而如果我表示了赞同他的一种立场，他会感动地说：“哥啊，不愧是我哥啊，有你这哥真好……”并且，无须我来补充我的话，他自己就又会说：“当然，我理解他们是为我好，他们的主张也不无道理……”

在于洋夫妇家里，争论时有发生，有时矛盾冲突还表现得较为激烈。但是，举凡我也在场的争论，或我们知道的矛盾冲突的原因，没有一次是因为居家过日子的事情，皆由文艺观点，具体说是电影艺术观之不同引发的。起码，“暴露”在我面前的是那样一些矛盾。而矛盾的双方，当然是晓阳和父亲于洋。杨静老师往往采取调和主义的立场。我也是。有时我的观点倾向于哪一方，比杨静老师的观点倾向于哪一方令双方更为在乎。我便只有扮演调和主义者的角色，别无他法。

事实上，他们的家是极为民主的家庭。居家过日子方面的事，于洋老师虽也表达意见，但一般不会固执己见的。晓阳也不怎么热衷于参与，他对居家过日子方面的事一向淡漠。

在他们的家里，于洋老师代表着相当传统的电影文艺观。甚至也可以说，有时是正统的。从形式到内容都较为正统。他所持的电影文艺观，正如他对诗的理解那样。无论他对诗还是对电影的理解，如果由我来替他概括，一言以蔽之，似乎可以这样说——好的电影应当具有感人的力量。

于洋老师绝不是一个电影文艺观僵化、呆板、极左的人。如果他竟是那样的一个人，我们也不可能成为忘年交。如果他是那样的一个人，则根本不可能在演《戴手铐的旅客》时，满怀饱满的激情。

于洋老师所喜欢的电影，也是我喜欢的电影，甚至也是晓阳喜欢的电影。

事实上，在这一点上父子二人并无分歧。

但问题在于——好的电影不只于洋老师所喜欢的那一类。也就是说，不只是“应当具有感人的力量”的电影。

除了以上那一类好的电影，世界上还有另外许多类好的电影。另外许多类好的电影究竟能好到什么程度，取决于世界上不同国家电影审查的尺度，也取决于普遍电影观众的观赏习惯。概言之，取决于国情。

但是晓阳，他是比他的父亲更多地看过那世界上另外许多类好的电影的。他渴望自己也拍出那么好的电影。

于洋老师关于好的电影的标准，是中国特色的一种标准，是较为现实的一种标准。而晓阳关于好的电影的标准，则意味着一种国际化的好的电影的标准，一种具有鲜明的个性的标准。一种体现出形式探索和新锐思想深度的电影。

故他们父子之间的争论，也是极具中国特色的。因为只有在中国，才更成为一个问题。而在国外，只要说服了投资商，拍去就是。好与不好，由事实来评判。但在中国，首先要说服的并不是投资方，这是常识。

与其说于洋老师不理解儿子想拍的那一类电影，不如说他一再试图说服儿子，干脆不要向往去拍那一类电影，干脆不要走那样一条导演事业发展的死路。

但是晓阳，他的诗人气质和他那一半蒙古族血统，决定了他在某些事情上超现实的思维方式——逆现实而做才叫探索，而敢于探索即荣誉，虽败犹荣。唯探索才更有个性可言，唯有个性的艺术才是艺术家值得的不懈追求……

他不止一次向我苦闷而悲壮地阐明他的电影艺术观。我却只有理解又同情地倾听而已。作为一种艺术观，他是没错的，因而我不能反对。作为一条艺术发展的道路，他是不明智的，因而我不能支持。

他曾这么问我："哥，那你的意思是，我的想法，只能是一种梦想？"

而我这么回答他："如果你是画家、雕塑家，我支持你。因为你尽可以用自己的画纸、油彩、泥石或铜铁进行创作。但电影导演就像建筑师，他的设计图纸若不被采纳，那么他的追求便永远是纸上谈兵。"

以至于他竟对我说出这种话来："哥，那我不当导演了吧。"

我问："那你还能干什么呢？"

他想了想，黯然地回答："拍点儿广告，挣点儿钱，混日子吧。"

晓阳他到底想拍什么样的电影呢？

到底想怎么拍电影呢？

到底想成为什么样的导演呢？

估计于洋老师、杨静老师至今并不十分清楚。

很长一个时期里，我也不是十分清楚。

我是在开始关注香港导演王家卫的电影后才恍然大悟——其实晓阳一直想成为的是王家卫那样的导演；一直想像王家卫那样极有个性地去拍电影；一直想拍出《阮玲玉》《花样年华》和《2046》那类电影……

那才是他一直在做着的电影之梦。

至于为什么非那么拍电影才觉得更有意义？——如果王家卫曾回答过别人，那么也等于替晓阳回答了。

可是，王家卫的导演发展道路，比之于香港其他导演的发展道路，是多么难的一条道路啊！何况晓阳是在内地……

于晓阳是中国改革开放三十年来一位自我放逐式的导演，所以他一直不是大陆主流导演队列中的一员。某一时期，他自我放逐得久了，过于寂寞了，便靠拢主流电影一下，以获慰藉。而此时，他的导演才能和激情便得以发挥。但那自然不能满足他的渴望，便又苦闷，又彷徨，又自我放逐。回顾他的导演之路，每令我感慨多多。

他复员到北影后，最初做照明工作，不久入电影学院，毕业后任副导演，很快便独立执导了一部电影《翡翠麻将》，那一年他才二十五六岁，即使不是中国最年轻的电影导演，也肯定是寥寥几个三十岁以下的电影导演之一。

《翡翠麻将》是一部对"文革"进行批判和反思的电影。时隔久矣，其内容我已经记得不是太清楚——该影片中的年代背景似乎是刚刚粉碎"四人帮"的时候，故事主线是一桩案件。负责破案的老公安人员在调查案件过程中，逐渐发现案件与一个单身的姑娘有某种牵连。随着调查的深入，姑娘被锁定为主要嫌疑人，于是又引出了一桩“文革”期间的迫害事件，被迫害至死的正是那姑娘的父亲……影片的结尾是悲剧性的，双腿残疾的姑娘摇动轮椅坠楼自杀……

此片无论故事叙述、摄影、剪辑、美工、制景、灯光方面都几近完美。作为一部情节性较强的电影，其电影之叙事语言如行云流水，情绪内敛而冷静。晓阳并未一味着眼于情节，他将揭示人物的内心活动作为执导的首要任务，因而使那一部电影具有显然的心理现实主义特征。

厂内厂外，对《翡翠麻将》好评如潮。

才二十五六岁的于晓阳这一位青年导演起点甚佳，成熟得令人钦佩。

紧接着，在好评未息之时，他开始紧锣密鼓地筹拍《女贼》——该电影剧本最早分页张贴在曾经的西单“民主墙”，后来由北影的厂刊《电影创作》转载。应该说，在八十年代初期，将其拍成电影是北影编导室同志们尤其中青年同志们一直拭目以待之事，然而却并非是谁都有足够的勇气担纲的事，因为它西单“民主墙”的“出身”，也因为围绕着它的种种争论之声。

它的故事是这样的：“文革”时期，某军队高干受到迫害，其独生女儿流落街头，沦为贼窝女首领，绰号“黄毛”。粉碎“四人帮”后，首都打击流氓团伙，“黄毛”成阶下囚。她对改造充满抗拒心理。而且，给人的印象似乎不可救药。是什么原因使出身于军队高干家庭的如花少女成为女贼首领，而且对现实的敌意不泯于心，坚如块垒？——这是原剧本的一种叩问，意在唤起人们对“文革”的深省……

在当年，以小说、戏剧、电影的形式对“文革”进行批判，在理论上是不被禁止的，也是政治现实和社会现实仍需要的。但，看待这一类题材之文艺审查的目光，又是特别敏感的、谨慎的，有时甚至是反弹猛烈的。可以说，《女贼》是“鸡肋”题材。这是某些电影厂某些电影导演既觊觎之又顾虑重重的原因。

我已经记不太清楚晓阳执导《女贼》，究竟是他主动请缨的结果，还是厂里寄予厚望交给他的任务。

总之，他很兴奋，很自信。

从题材方面和思想性方面来看，《翡翠麻将》与《女贼》有相同之处。晓阳既然能将前者驾驭得很好，在具有了一次执导实践之后，似乎成功完成后者亦不应太难。也许还会给人们以超过前者的惊喜，导出另一种新意来吧？

这是包括他的父母和我这样的朋友在内的许多人的期许。

然而《女贼》毕竟与《翡翠麻将》有些不同。它涉及的理论争执太多、太大，如典型与非典型；一个少女变成贼首领的主观原因与客观原因究竟哪一种原因才是主要原因；人物心理转变好还是不转变好；表达积极的思想性好还是表达尖锐深刻的思想性好；越尖锐越深刻是否也越容易助长人们的社会怀疑思潮；唤醒人们的怀疑更有益于对“文革”进行批判和反思，还是巩固人们以往的信仰才能将对“文革”的批判和反思进行得更深刻、更彻底，如此等等，不一而足。我知道，晓阳当时既是自信满满的，同时也不可能不倍感压力。最后他决定将《女贼》拍成一部形式主义的电影，一部所谓意识流的电影。试图以令人耳目一新的画面感觉和接近梦幻的人物心理片段回避以上那些争执不休的问题对他的困扰。应该说，他是进行了严肃认真的思考的，拍摄方案原则上也是可行的。但，《女贼》刚一送审就被“枪毙”了。北影厂许多人其实都没来得及看到那一部影片。我也只看到过部分样片。他这个“弟”迫不及待专为我这个“哥”单独放了一次。当时他坐在我旁边，悄悄问我：“哥，我这些画面美不美？”我说：“美，但是……”他说：“我知道你想说什么，我正是要形式感大于实际内容。哥我只能这样，否则你弟可就交不了差了！”我无言以答。对于《女贼》，我无法妄加评说，因为我至今并没看过全片。我只能根据我所了解的情况这样说——晓阳他认认真真、仔仔细细、身心投入地撞了“南墙”。不但由晓阳来驾驭《女贼》结果会是那样，恐怕由另外任何一位导演来拍《女贼》，结果还会是那样。也许，它本就不该被搬上银幕。在当年，它委实太敏感了。谁拍谁都必“死”无疑……《女贼》之后的晓阳，消沉了一个时期，重新振作起来，继而执导《少女武则天》，结果又一次遭遇了“滑铁卢”。《少女武则天》我连一部分样片都没看过，更是没有发言权了。这一次他消沉的时间更长。似乎，正是在那一阶段，他度过了他三十岁的生日……后来他拍了《大海风》，反映的是造船厂面临体制改革的内容。

此片获了华表奖。

又后来，我看了他的《开着火车进北京》，也是只给我和另外二三人单独放的一场。

《大海风》《开着火车进北京》都属于主旋律题材的电影。拍此类电影，晓阳同样是激情饱满的。但是我知道，他的电影梦确实另有寄托……

二〇〇〇年以后，又长了十岁的晓阳，远赴新疆拍了电视连续剧《阿凡提》，并且认识了后来成为他妻子的维吾尔族歌唱家阿丽贝赛尔，于是高高兴兴地结婚……

婚后的晓阳过了一段幸福的日子，渐渐发福了。于洋老师和杨静老师也为他倍感欣慰。在他们的家中，杨静老师有次满面春风地对我说："我们的家，有台湾女婿、维吾尔族女儿，还有我这个蒙古族妈妈、于洋这个汉族爸爸，是一个两岸关系和睦、民族团结的大家庭。"接着我和于洋老师、杨静老师又谈起了晓阳，我们都认为作为导演，他该再拍电影了。此时的北影已归于中国电影集团。而此时的中国电影，已经市场化、商业化。这意味着娱乐化电影成为主流电影。过后我把晓阳请到我家，严肃地问他："晓阳，还想不想拍电影？"他说："想啊哥。"我又问："能面对现实了吗？"他说："慢慢学着接受现实吧。"再问："那现在想拍什么样的电影呢？"答："在主旋律电影和娱乐电影之间的那一类电影。"我一愣。他说："哥，这话可是你在一篇关于电影的文章中写着的。你认为中国电影应该把两者之间接近空白的地带填补上。"我说："让别人去补上。你拍既能顺顺利利地通过，还具有一定娱乐性的那一类电影。"他凝视我片刻，低声说："哥，你什么时候变得这么世故了？"后来，他请我向他推荐剧本或可以改编为电影的小说，包括我自己的。

几天后，我又请他到我家，接连向他讲了几种题材的几个故事，他皆以沉默表示不感兴趣。我说："那讲最后一个故事。"便概括地讲了我的小说《红晕》的内容：二〇〇〇年后的某年某月某日，中国登山训练队在某雪域山顶，发现了三具当年进行长征的红卫兵尸体；冻尸在某市的生命科学研究所被解冻了，居然活转过来。以当年偏僻落后的小县城红卫兵的眼来看今日中国之大都市，其发展变化令他们目瞪口呆，恍如做梦……

他立刻大叫："哥，咱拍这个，咱拍这个！……"但这样的电影，尽管立意是良好的，毕竟题材与"文革"沾边。于是共同商议，将三名红卫兵改成一名女赤脚医生……电影局很快批准了选题。于是晓阳像一台能量充分的马达般运转起来——改剧本、分镜头、定摄影、组建摄制组……他激动、自信、亢奋。

忽而听说，中影集团公司又给了他新的任务：拍一部中韩男女青年之间的都市爱情片。他只得暂且放置《红晕》，在电话里和我告别了几句，第二天，便前往外地选景去了……

回来的，却是长眠不醒的晓阳。

他在电话里跟我说的那几句告别的话，成为与我的诀言……

今年是晓阳离开他的父母、亲人和朋友们的第四个年头。杨静老师告诉我——她打算将晓阳遗留下来的字稿整理成集，出版为一本书，以了却他们夫妇对儿子的一桩心愿。

我当即说："那么由我这个哥，为晓阳作一篇序吧。"她说："我们正是这么想的。”

是以，在春节期间，我断断续续地，为我的晓阳弟弟写下如上一些文字。

我想说，作为电影导演的于晓阳，他一生最大的最多时候的苦闷，不是别的苦闷，而是他与中国电影那种剪不断、理还乱的苦闷。

但是我不认为，那一种苦闷，完完全全是外部的、客观的原因造成的。我觉得，事实上，那一种苦闷，也由于他对中国电影过于一厢情愿而又理想化的执着所致。

电影是足以表现理想的事物。

但是电影本身，尤其商业时代的电影本身，总体而言是大可不必理想化地去看待的事物。并且，过于自我地和它发生关系，也是不明智的。然而我又觉得，晓阳所经历的那一种苦闷，有许许多多的电影导演，都是或多或少经历过的。所以，那一种苦闷不仅仅是他个人的：它具有一定的文化性……

但愿天堂也有电影这一回事，那么我的晓阳弟弟，可以继续在天堂里去追逐他的梦想了……

怀念陈剑雨兄

陈剑雨——福建泉州人，长我十岁，著名电影艺术理论家、评论家，并且是位出色的编剧。在八十年代至九十年代，改编及创作了《红高粱》《带轱辘的摇篮》《大漠双雄》《紧急追捕》等优秀影片，也是动画片《宝莲灯》和《赵氏孤儿》的文学顾问、编剧。

他还是富有热情的电影活动家。

可以这样说，四十岁以上的中国电影人，不知陈剑雨者是很少的。

我和他曾随中国电影艺术家协会组织的团队共同访问日本。

前几天，他的夫人向前大姐用信函寄来了几张他在日本为我拍的照片，并在短信中告知我，剑雨因病去世了。

我心戚然。

由此忆起我与剑雨兄从相识到相知的往事。

一九七九年，是我从复旦大学毕业分配到北京电影制片厂的第二年。时年三十岁，未婚。剑雨兄当年任《电影艺术》的编辑，刚满四十岁。

某日我阅《电影艺术》，头条文章是谈电影中的人性与人情问题的。三年前才粉碎了“四人帮”，一年前《电影艺术》才复刊，中国新时期电影的开端之作还没问世。故剑雨兄的文章，主要是针对一九七九年以前的中国电影而言的。众所周知，在一九七九年以前，“人性论”不但是打击中国文学的一柄大棒，更是砍杀中国电影的利斧。许多国产电影，仅仅因为表现了美好的、普遍的人性和人类情感，便被扣上了宣扬和贩卖“资产阶级人性”的黑帽子，于是编、导、演“罪”责难逃，命运陷于悲惨。

后来，“四人帮”虽然被粉碎，但其危害文艺界的余毒还没被彻底肃清。

在文艺创作、文艺理论、文艺评论等方面，业内人士们仍觉时时被不信任的、监察的眼睛所睽注，并觉时时潜伏着再次被划入“另册”的威慑存在。用当时业内人士无奈的说法是“头上悬刀”，是“走钢丝”，是“戴着镣铐舞蹈”，总而言之，是心有余悸。反“右”及“文革”恐惧后遗症，仍是笼罩在业内人士心头之乌云。后来果然就发生了“清除资产阶级精神污染”和“反对资产阶级自由化”两次全国性的政治运动，于是一些刚刚获得政治平反的人士，又被划入了“另册”，证明人们的谨慎和担心并非神经过敏……

在许多人心有余悸的情况下，剑雨兄以长文质疑“人性论”之罪名，指出若不为“人性论”彻底平反，中国之文学和电影，绝难摆脱政治桎梏的束缚……

应该说，这在当年是颇需要勇气的，因为“左”的势力不但仍在，而且仍可置人于绝境。也应该说，当年的中国影坛，迫切需要那样一篇有质量的文章。但是，我以我当年的眼光，看了那样一篇文章，却不由得一时来气。何故？因为我从少年时起，便早已深深地中了雨果、屠格涅夫们的“资产阶级人性论”的“毒”了，而且无怨无悔，而且中“毒”有理。

虽然，我完全理解剑雨兄文章的良好目的，也预见得到它的良好效果，但剑雨兄文章中时时映入我眼的“无产阶级的美好人性”“社会主义的人性颂歌”之类文字，似伤我眼。

于是如鲠在喉，不吐不快。当即写成一篇六千余字的文章，题曰——《浅谈“阶级的人性”和“超阶级人性”——兼与陈剑雨同志商榷》。

我的观点是，什么“资产阶级的人性”，什么“无产阶级的人性”，人性的美好如果只在阶级的范围内获得提倡，其美好的质地是可疑的。而人性的美好一旦超乎阶级意识，其美好才更美好。总而言之，无非是说——“超阶级的人性万岁”！

当年，《电影艺术》编辑部在新闻电影制片厂院内。某日，我骑辆北影编导室公用的破自行车，带着我的文章，也带着三十岁电影界新人那一种冲劲儿，来到了新影厂。“哪位是陈剑雨同志？”“我是。”“这是一篇与你商榷的文章，那么，请你亲自来处理吧！”

“您是……”

我报了自己的姓名和单位，他请我坐下，为我沏茶，问我吸不吸烟。当时编辑部那一间办公室仅他一人。他指间夹烟，正改稿。我从兜里掏自己的烟时，他说：“别掏了，干脆吸我的吧。”我一愣，但接过了他的烟。他说编辑部的其他人都开会去了，只有他自己留下值班；之后问：“你对我那篇文章的内容有什么意见？”面对一位兄长般年龄，又兄长般和气的编辑，我一时竟有些不知所措，甚而，有些后悔自己的做法。我急急切切地向他陈述我的观点。他端端正正地坐着，聚精会神地倾听。我举例——鲁迅先生说，贾府的焦大，是不会爱上林妹妹的，这自然是由阶级的人性所决定。但，如果林妹妹失足落水，沉浮呼救，焦大恰巧第一时间经过岸边，他救不救她呢？如若救了，那时焦大的下人阶级的人性，不就成了超阶级的人性了吗？如若竟见死不救，那么焦大还算是个人吗？……

剑雨兄频频点头。我更加不知所措，嘟哝：“其实，文章不发也没什么，能与你面对面讨论人性问题，我已经很满足了。”他说：“究竟能不能发，我一个人做不了主。给我几天时间，等我消息行不行？”我说：“当然行。”一个诚恳、厚道，涵养很高，说话负责任的人——他给我留下了良好印象。离开新影厂时，我确乎已不在意自己的商榷文章能否在《电影艺术》发表了。数日后，不料他竟冒着中午的炎热，也骑辆旧自行车，找到了我住在北影的单身宿舍。他说：“你的文章通过了。”显出极高兴的样子。我大受感动，说我已忘了那事儿了。他又说：“但是题目最好改一改，不要在题目中直接写出‘超阶级人性’的字样，改为‘共同人性’，这你能不能接受？……”见我犹豫，他又说，“文章中关于‘超阶级人性’的观点，可一字不改……”

我立即说：“那行，那行。”他的一只手，就拍在我肩上了。他说，他亲自做我那篇文章的责编，下午就发稿，他还要赶回编辑部认真校对一番。他连口水也没喝，说罢，匆匆告辞。隔了一期，我那篇文章在《电影艺术》发表了，还是栏目上很靠前的一篇文章……

后来，我们在几次座谈会上又见到过，关系一次比一次亲密。记得，曾有人当着我们的面问：“别人，即使曾是朋友，公开在报刊上一商榷，关系就出裂痕了，怎么你们反倒成了朋友？”剑雨兄便默默地笑。我呢，也只有笑。再后来，我了解到，我那一篇文章，虽然改了题目，还是被上级点名严加批判了。

我替是我那一篇文章责编的剑雨兄不安，打电话问他情况，他在电话那一端说：“没事儿，没事儿，我比你年长，保护你一下应该的，扛扛就过去了。”

“我比你年长，保护你一下应该的。”

他这一句话，我是怎么也不会忘的。

在日本访问期间，我们一有机会，便坐在一起说啊说啊的。

团长谢铁骊老师因问：“你们怎么那么好？”

他愣了愣，问我：“是啊，咱俩怎么这么好？咱们怎么认识的来着？”

分明，他已忘了十几年前的事。

我心里顿时一片感动……

怀念小钰大姐

一个好人的去世，定给我们留下许多怀念。有如心灵的营养，滋润着我们的情感，使我们的情感更趋于良好与美好的挂牵。这实在是好人辞世前对我们的最后贻赠啊！

好作家去世，同时还留给我们好作品。好作家辞世前对我们的最后贻赠乃是双份的啊！

小钰大姐是一个好人。是好作家。是我所敬重的、年长于我的女作家。作家也都是凡人，都是食人间烟火的俗常人。既都食着人间烟火，既都消化着人间烟火，便都有人间烟火必然生出的毛病。有些毛病还是臭毛病、坏毛病。自己并未真能脱离低级趣味的作家也是不少的。我时时自省，自检，才斗胆这样说。

但我心目中的小钰大姐，却是位没有什么臭毛病和坏毛病的作家。也是一位自己首先脱离了低级趣味的作家。作家既善于编织和演绎人间的种种故事，久而久之，也便善于通过自己的作品乔装自己的假面了。故“文如其人”这句话，往往靠不大住。

但我心目中的小钰大姐，却是“文如其人”的，起码对我而言是这样。她的作品首先注入了她对现实生活的真诚关注。她的作品是丝毫看不出炫耀才华而凸呈出来的矫揉造作的。她也从不因自己是小说家，是女小说家，是在名牌大学里受过高等教育的名副其实的知识女性而多么欣赏自己、钟爱自己。她认为，自己既是作家了，既是知识女性了，便当然要具有对社会对普通人生的责任感，要具有对广大人民群众的物质与精神两方面的关心和同情，否则便等于辜负了是作家的幸运。这一种虔诚的思想，她是与我倾谈过的，也是与我的心相通的。如今这样的作家的这样的主张，似乎颇受轻蔑和嘲讽。那么，便让那些个轻蔑者轻蔑，嘲讽者嘲讽吧。我愿陪着辞世的小钰大姐一块儿被轻蔑被嘲讽。留下缪斯的奥林匹斯山上——果真有这么一座美妙的山的话——自己身旁的座位让他们坐吧。倘小钰大姐在另一个世界感到孤独和寂寞了，浙成兄长会到另一个世界去寻找她的。我也会的。我们就在那山脚下“租赁”一小块地方，继续谈我们主张所未能实现的文学夙愿吧。据说另一个世界很漫长，一天等于我们这个世界三年。

如此看来，我们逗留在这个世界的时日不会甚长啊……

我与小钰大姐相识于十年前。相识于《天津文学》举办的一次笔会上。地点在北戴河。时间一个星期。那些日子我们几乎朝夕相处。浙成兄长和小钰大姐，是我们所有人心目中互敬互爱、十分幸福的一对伉俪。在留给我的记忆中，仿佛他们当年都是北大的学生，是才子和才女，又都是运动员中的佼佼者。毕业后去了内蒙古。这些是天津作协的谷应大姐告诉我的，当时他们夫妻仍属于“内蒙古作家”……

他们是参加笔会的作家中最年长的。他们对人都很诚恳。不是热情，而是诚恳。事实上，他们给我的印象不是那种一见如故热情得要命的人。他们对人的热情几乎全揣在内心里。对人的好感和感激也几乎全揣在内心里，绵绵地转化成亲切和友谊，用他们的真诚层层包裹着回报给你。我曾想，是否也因他们在内蒙古生活了二十几年，心灵都受了蒙古族人民的淳朴性情的熏陶呢？我们在那一次笔会上一见如故。双方靠的都非热情而是真诚，所谓“相知何必旧，倾盖定前言”吧……

那次笔会大家都很高兴，都很愉快。而且，相处得都很真诚。真诚是有感染力的。那也是一次文明的笔会，没有谁传播文坛上的什么飞短流长，没有谁议论别人的什么隐私，没有谁津津乐道什么风月艳事，甚至，也没有谁开什么低俗的玩笑……

作家们的笔会总该有作家们聚在一起的样子，哪怕表面的。

做一个文明的人，做一个知识者，做一个脱离了低级趣味的人，有时并不容易。这需要良好榜样的影响。

浙成兄和小钰大姐，在那一次笔会上是给我们年轻些的人做了榜样的。

记得有一天，我们在阳台上谈到了毛泽东他老人家的功过，都谈得没了顾忌，声音也就都高了起来。忽而我们的下层，有人唱起了《东方红》。下层住着几位享受疗养待遇的劳模。

于是大家一时面面相觑，都缄口了。

浙成说：“我们大概影响别人休息了。”

小钰大姐说：“大概还使别人感到对毛泽东他老人家的情感受到了伤害。”

浙成又说：“如果真是这样，我完全能理解他们的情感。毛泽东尽管有错误，但仍是伟人。在朴素的情感和理性的反思之间，时代应该留给许多人过渡的时间和权力……”

小钰大姐又说：“在这一点上，也同样要尊重他人的存在。现在都十点半多了，毕竟我们同住一楼，影响了人家休息，明天我替大家向他们表示一下歉意……"

他们就是这样地善于理解和尊重别人的存在。以后我们和那些劳模也相处得很友好起来。他们早于我们离去，离去前还主动和我们告别……

即使你的思想真比他人深刻，也绝不应因这一点而忽略了他人的存在。这首先便是浅薄的。人对人的尊重，是世上首先的起码的文明，有时也是至高的人际原则……

这是我在那之后所想到的，并一直这样要求着自己……文学和爱情，在小钰大姐心里，是同样神圣的、美好的、庄重的。我们曾在散步时谈到爱情。记得我说了一句话是——"爱情这样东西……"她不禁驻足，表情异样地凝视了我一眼。第二天散步时又谈到了爱情。记得我又说了一句话是——"缺少美好的爱情，生活不过是一团发酵但做不成面包的酸面。爱情使它变成香喷喷的面包和各式各样的甜点心……"她又驻足凝视了我一眼，笑了。她说："晓声，你这么比喻，是浪漫主义和现实主义相结合呢！……"并认真地问："那你昨天说——'爱情这东西'？什么都可以用'东西'这个词包括，爱情却不可以。记住，我们都是首先学会用美好的词谈论美好的事，然后才学会用美好的心灵珍藏美好的事的……"

浙成兄和小钰大姐，实在堪称文坛的一对至爱夫妻啊。浙成兄在小钰大姐病中，对她一往情深地关怀照料，体贴入微，是非常令我感动的。他使"爱情"这两个字变得很浓馥。他使"丈夫"这两个字得到了一次很理想又很古典的诠释……

几年后我知道他们调到了杭州……又几年后我知道小钰大姐病了……是谷应大姐有一次在电话里告诉我的。我记下了他们的住处，某天去看他们，不料他们已离京了……

至今我也不能说出小钰大姐患的是哪一种病。当初我想，不是癌，便没理由替她朝忧处去想。每每思念起，向人问起，也总是朝乐观和希望着想的。小汪（汪逸芳）从杭州来，告知她的病况愈重；抗抗从杭州探家回来，也告知她的病况愈重，我则总是暗暗替她祈祷……

及至我和国文老师去杭州参加一次笔会，探望了她，方觉朋友们所忧所戚，皆是不无根据的。

是小汪陪我们去探望的。小汪先入室内，帮浙成扶她离开床，坐于椅上，我们才进去看她。我想，其实她是完全可以躺在床上见我们的。而她竟不。她对朋友是尽可能地以礼相待的，又自尊得极刚强，令我们感动又肃然。我们看出她有些倦了的时候，就体恤地告辞了。而我们内心里，又多想久陪她聊些轻松愉快的话题呢……

那之后，我仍祈祷并希望，她的病哪一天会奇迹般地好起来，她哪一天会奇迹般地站起来行动敏捷如前。她的身体曾多棒啊！……

后收到浙成兄亲笔信，获知哀息，那一整天心情都不好。觉得所谓运命实欠公道。是夜，伤感难眠，遂坐起，执笔录心，凝成小诗一首，今抄于下，以志怀思：

黄鹤倏逸去，
灵犀焉复还？
一钰虽吻土，
文心恋阳前。
……

我们收受了好人和好作家的最后的赠赠，我们自己的心也会变得好起来的，我们自己为文的品格也会变得执着起来的……

怀念陈怀皑老师

思之再思，念之再念——终觉怀皑老师之逝，如一颗流星之隐泯。他曾属于我的前辈电影工作者们的“星系”。他在电影的“宇宙”中“运行”一生，并从他那个“星系”，穿透种种隔膜，热忱地“运行”到我这一代电影工作者的“星系”，留下了“陈怀皑轨迹”。如今他已经永辞我们而去，但他留下的“轨迹”，似乎依然有其声形存在，似乎依然保持着一束对于中年的和青年的电影工作者们由衷的、虔诚的并且是温馨的关照……

我为怀皑老师之逝而泣，同时为某一个电影时代的“终结”而感伤。我所以将“终结”二字标上引号，乃因我认为，那一电影时代既具有很大的可悲之处，亦具有很多优良的传统。我希望那很多优良的传统不至于也“终结”在那一个电影时代。它应在后辈电影工作者身上继续得以发扬光大。然而后辈电影工作者们所面临的严峻的现实，使绝大多数的我们都是难以寻找到乐观的根据的。仍以为业已经似乎成了问题，还遑论什么发扬光大呢？成功的例子是有的，但那成功分明更是个人性质的，非是中国电影总体性质的。故我之哭怀皑老师，实在也是包含着中国电影的成分在内的。

却原来我们悲伤我们落泪，更多的时候，更经常的情况之下，只为着对我们的情感具有影响的人们的不幸和死亡，并不与他们自身的伟大与平凡相关。

我是将怀皑老师作为一位亲近的长者、一位平凡的电影人来缅怀的。他当然算不上大师。他在中国电影史上的地位，无论怎样高地评价，也是不能与那些他的同代人中被誉为“大师”的人相比的。就这一点而言，评论家马德波老师的话确实一语中的——“陈怀皑人未尽其才”。时代限制了他的才情的充分发挥。大师们过去、现在和将来都是有的。而对我来说，一位名叫陈怀皑的亲近的电影界长者，却只有一个。与我有亲近关系的电影界长者当然不只怀皑老师一位，但是没有另一位亲近长者与我的关系，是“陈怀皑与梁晓声”式的。每一种个人情感之所以能在我们心灵中被悟到价值，盖因它有其不可取代性。我哭怀皑老师，亦是在哭自己的一份情感损失，还是在哭情感在生活中大面积流失的现象。这一现象早已使我变成了一个以忧郁的目光看生活看现实的中年人了。当生活当现实从我自己身边又夺走了我很看重的东西的时候，我的眼泪便会像一个孩子似的抑制不住了。我并不因此而感到害羞，只是越来越感到惆怅了。

我为怀皑老师之逝而悲哀，更因着一份无法弥补的内疚。他患病之后，我竟一次也没去看望过他。而他却经常跟去看望过他的别人谈到我。他对我的关怀是无私的，他对我的亲近是由衷的。我对他的内疚，其实又使我想到了另一位电影人。这另一位电影人的名字叫武兆堤。也许这名字早已被许多人忘记了，但武兆堤老师也是与我有着亲近关系的人。他生病了我没去看望过他。他逝世了我没去参加追悼会。如今多少年过去了，武兆堤三个字也成了我最难忘的名字之一。此前我从未对任何人说过这一点，我只是用我的心去记住他。每当我在宿舍区的小街散步，恍惚地，常会觉得有人骑着辆破自行车迎面驶来，望见我发出一声亲切的呼唤“晓声……”于是便下车，似久未相见，有无穷无尽的话可说……

继武兆堤老师之后，每当我在宿舍区的小街散步时，又将再也看不到怀皑老师熟悉的身影了。他那熟悉的身影，曾使小街对我来说也是无比亲近的。我热爱这一条小街正由于我更热爱那一些亲近的身影。他们的身影总体上组成着中国电影的昨天的一部分。他们的身影从我们生活的这一条小街上一个接一个消失，于是“昨天”仿佛也从现实中隐去了。于是历史和现实之间那一种使我感到亲近的纽带，我觉得渐渐地断了。这些熟悉的身影呵，这些亲近的身影呵，我们曾经由他们，可以直接与中国电影的历史对话，可以感觉到那历史是活的，是血肉鲜明栩栩如生的，是可以交之以友予之以情的，是被“现代化”了的我们与我们所处的职业之“昨天”的一种缘分。你功利地去想这缘分并没有值得我们依恋的成分，你感情地去想这缘分其实十分可贵……

怀皑老师是一位勤勉好学的长者，是一位从善如流的长者，是一位人格清高又平易的长者，是一位对年轻人十分无私有求必应的长者，是一位“未尽其才”又尽量发挥其才并慷慨授人的长者……

怀皑老师是一个我们可以称之为“好人”的人……

我更加缅怀的是一位好人。

至于我和他的那一份情缘，因了他的匆辞，而更是他留给我的一份纪念了。它将由纪念而成记忆而成回忆，进而成为温馨我心灵的营养……

缪斯的使者——怀念编辑家章仲锷

虽然我也已经六十岁了，但于已故的章仲锷先生，我还是愿意虔诚地称他为老师的。尽管，在他生前，我们接触得很少。

事实上，真正地给我留下深刻之“人”的印象，倒是在他离休以后。那时，经汪兆骞兄热忱联络，我有幸和章仲锷先生、崔道怡先生等几名离休的老编辑、老诗人共同出现在各类业余文学写作者的短期培训活动中。并且，我和他的夫人高桦大姐，已经相当熟悉了。我将“人”字括上引号，意在强调，之前“章仲锷”三个字，对于我只不过是一个肃然起敬的名字。因为他先后在《十月》《当代》《文学四季》《中国作家》主掌过发稿权，故他的姓名在文学期刊编辑和作家，尤其中青年编辑和作家中，是举足轻重的。

“当编辑就要当到章仲锷那种水平……”我每每从中青年编辑和作家口中听到这类话。而如果哪一位作家的哪一篇或哪一部作品的责编是章仲锷，无疑便荣幸。作品入其法眼，即使不能获奖，那也肯定会是一篇引起广大读者和评论家们重视的佳作……是的，八九十年代的中青年作家们，普遍有此种看法。然在他离休之前，我没见过他几次。记忆中，似乎也没说过话。原来这个人就是章仲锷啊！直至我们共同出现在业余文学写作者们的培训班上，我才终于能够确凿地将他的名字和他这个人准确地对上号。一回忆，我们竟多次在各类文学活动场合见到过。又一回忆，他在那类场合委实太沉默寡言了，我没格外注意过他，也不记得有什么人特别郑重地介绍过他。

我的回忆使我得出这样一种印象——仲锷先生，似乎是一个低调到但愿人们在寒暄场合完全忽略他的程度。进言之，那已经不是低调不低调了，而是对寒暄的、具有仪式意味的场合并不适应，于是退避三舍的本能表现。

在我的回忆中，在那一种场合，他这个身材颀长、面有倦色的男人，每次一旦出现，便开始东张西望，在人们之中寻找。而目光一旦将谁锁定，便不再旁顾，直盯着谁大步匆匆走将过去，扯对方于角落，旁若无人地低语起来。自然，谈的肯定是稿件之事。都不经意间，他已谈罢，身影已从那一种场合悄然消失……

虽然我终于知道他便是章仲锷了，但还是不知道他便是高桦大姐的丈夫。高桦大姐提到他时的惯常说法是“我们老章”，章、张同音，说来惭愧，我在相当长的时期，一直张冠李戴，误以为高桦大姐的“老章”是另一位“老张”。

某次在活动的午餐桌上，不知谁首先谈起了高桦大姐，我便也说了几句我的感觉——一位对文学事业和环保事业都热忱可嘉的女性；一位办事认真，责任感极强的女性。我举例证明，说她怕我事多忘了，为我已答应参加的某一次“环境文学”的活动，不厌其烦地用电话提醒我多次。最后我说：“大姐是中国自然环境保护课题与文学之间任劳任怨的红娘。”

举座点头，唯仲锷先生照吃他的，没什么表情反应。当时我多少有些纳闷。因为他的样子给我一种误解——似乎对我的话不以为然。饭罢，在楼梯上，有人的手拍在我肩。一回头，是他，不动声色地说：“晓声，谢谢啊。”

我自然反问：“为什么？”

他又说：“你那么称赞高桦同志嘛。我要把你的话捎回家去，告诉她。她这人喜欢听到称赞的话。”我这才明白了他和高桦大姐的关系，不禁又问：“您呢？”他说：“我无所谓。我不在乎别人如何评说我，只在乎我做责编的稿子怎么样。”

那天的讲座顺序，我排在他前边。我准备得并不充分，即兴而谈罢了。讲完，没立刻走，坐在最后一排，成心听听仲锷先生讲些什么内容，怎么讲。

一听之下，汗颜不止。他分明有备而至，从一篇好作品的主题提炼到情节和生活素材的关系、细节和平时观察能力的关系、意象和场景描写的关系等等普遍性创作问题，娓娓道来，极少空泛之词，一路胸有成竹，从容不迫地谈下去，直谈得听众席上肃静无声……

那日他使我领略了——一位阅稿无数的老文学编者（当时我确实还没有以看一位杰出的文学编辑家的眼光来看待他），文学一事在他心里的位置是多么主要。哪怕仅仅是对一些完全陌生的写作爱好者谈论之，其虔诚亦发乎内心……

后来我再参加高桦大姐通知的关于自然环境保护、野生动物保护的座谈会时，竟也看到仲锷先生的身影在场了。他苦笑着对我说：“我一传达你那几句称赞的话，不料她说我更要支持她，结果连我也只得受她调遣了。”我说：“您当然责无旁贷啦！”他认真地对我耳语：“其实我自己的想法是，离休就是离休了，要像离休的样子。”我问：“太一厢情愿了吧？”他又苦笑，连说：“是啊，是啊，这可怎么办才好呢？”而我较全面地了解他，是读了他那篇《大型文学期刊与我》以后。了解他的编辑成就的人，自然无须再读那一篇文章。不甚了解而想要了解的人，那一篇文章则是不可不读的。那一篇文章，肯定会收在仲锷老师这一本集子中，此不赘言。我只说一句话——在我看来，那不啻是一份有价值的文学文献。起码是一份文学文献之补充。自八十年代以来，中国当代文坛传言几种，字里行间皆有证实矣。编者作家之烦恼与无奈几种，皆记录也。

而最主要的，我们能从该文看出，一位对文学事业有真挚社会责任感的老编者，有时竟是多么奋不顾身地恪守“为社会的文学”这一义不容辞的文学宗旨；同时又能兼容并纳，坚持“百花齐放”，以不断向文坛推出新人为使命。

如此阅稿无数、与老中青作家结下过深厚友谊的老编者，当其逝世后，遂享有“杰出编辑家”的普遍认同，实在是将恰如其分的荣誉，给予了当之无愧的人啊！

章仲锷，在当年，他好比是缪斯遣往中国的文学使者。出这样的编辑家的时代，它的文学和作家们，自然总体上也是有质量的……